高等院校新闻传播学专业教学丛书编委会

主任委员　　严三九（华东师范大学）

副主任委员　陆　地（北京大学）

委员　　　　（排名不分先后）

　　　　　　　　张骏德（复旦大学）

　　　　　　　　黄芝晓（复旦大学）

　　　　　　　　雷跃捷（中国传媒大学）

　　　　　　　　匡文波（中国人民大学）

　　　　　　　　吴　飞（浙江大学）

　　　　　　　　李本乾（上海交通大学）

　　　　　　　　李同兴（华东师范大学）

　　　　　　　　商娜红（广西大学）

　　　　　　　　沈　荟（上海大学）

　　　　　　　　姜智彬（上海外国语大学）

　　　　　　　　邓长荪（南昌大学）

高等院校新闻传播学专业教学丛书

YOUXIU XINWEN ZUOPIN XUANDU

优秀新闻作品选读
（第二版）

主　审　刘仁圣
主　编　廖雪琴　郑贵兰
副主编　柯小艳　陈　强

华中科技大学出版社
http://www.hustp.com
中国·武汉

内容提要

本书以优秀新闻作品为范例,探讨了消息,通讯、专访、新闻特写与深度报道,广播电视网络新闻报道等各类新闻文体的写作技法,并对个案进行评析。本书可作为大中院校新闻专业的教材,宣传工作者、新闻爱好者的自学读物,也可供新闻采写业务进修、提高之用。

序

　　新闻传播媒介是社会的中介,发挥社会各阶级、阶层、团体和个人之间相互沟通的桥梁作用。国家的政策要靠它来宣传,企业的产品要靠它来推广,这种作用随着时间的推移愈发不可替代。新闻传播推动了社会的发展和进步。随着经济全球化与媒介市场竞争的加剧,新闻传播工作和新闻传播教育面临一系列的挑战和发展机遇。新闻传播教育工作者和新闻传播工作者只有对此有一个清醒的认识,抓住机遇,主动迎接挑战,才能使新闻传播教育工作和新闻传播工作在继承优秀传统的基础上,不断创新,与时俱进。

　　近几年,我国媒体发展迅速,特别是新媒体发展更快。同时,高校新闻传播教育的规模迅速扩大,新闻学、传播学、广播电视新闻学、广告学、编辑出版学等专业成为文科最热门的专业之一。根据教育部高等学校新闻学学科教学指导委员会掌握的数据:目前,国内有861所高校创办了新闻学、传播学、广播电视新闻学、广告学、编辑出版学等专业,成立新闻传播院、系的高校有657所,每年招收本科生、专科生近11万人。虽然新闻学、传播学、广播电视新闻学、广告学、编辑出版学等专业扩展快,但教科书更新却很慢,且好教科书不多,因此,急需为高校的新闻传播专业学生提供符合新媒体时代、贴近新闻传播实际的最新教科书。这套教科书正是在这样的背景下应运而生的。

　　本套教科书的特点是吸收当前新闻学、传播学的最新研究成果,以新媒体作为新闻传播主要平台,并从这一视角出发,以实务为基点,阐述新闻传播的主要理论,采用大量案例聚焦新闻传播的知识要点,注重实际训练,培养学生的基本技能,尽量做到理论通俗易懂但不肤浅,教学案例众多但有特色,紧扣新媒体传播技术但尊重传统。

  为编写本套教科书成立了编辑委员会,成员有教育部高等学校新闻学学科教学指导委员会委员,各高校新闻传播院、系分管教学的副院长、系主任和中青年骨干教师。为了提高本套教科书质量,特聘请所在领域的专家审稿。

  本套教科书适合高校新闻学、传播学、广播电视新闻学、广告学、编辑出版学等专业的学生和教师使用,也可供新闻传播工作者、自考考生、新闻传播爱好者等作为业务参考用书。

教育部社会科学委员会委员
复旦大学新闻学院教授、博士生导师
丁淦林
2009 年 12 月 6 日

第二版前言

《优秀新闻作品选读》自出版以来,得到了全国各地读者的支持,还有一些高校教师主动与我们探讨关于新闻教学方面的经验和做法。可以这么说,这本书是在读者的大力支持下成长起来的。在此,我们对全国各地的读者深表感谢。

随着新闻业日新月异的变化,优秀新闻作品不断涌现,《优秀新闻作品选读》中有些内容确已需要调整。本着对读者负责的态度,在出版社的大力推动下,在主编、副主编的共同努力下,才有了您今天看到的《优秀新闻作品选读》(第二版)。

在第一版的基础上,《优秀新闻作品选读》(第二版)更新了大量的新闻案例,同时加大了提问力度,既满足了读者对新案例的需求,又提供了更大的思考空间。根据读者的意见,我们还补充了电视新闻报道方面的内容,从电视消息、电视系列报道、电视新闻专题、电视访谈、电视直播、电视新闻评论等方面,对电视新闻报道的文体特征进行了介绍,并辅以案例评析和优秀作品赏析。

所以,我们认为第二版内容更全面,编写方式更新颖,可读性和实操性更强。相信您一定会从中得到更多的收获。

限于编者水平,本书在内容取舍及编写方面难免存在不妥之处,恳请读者批评指正。

编者于南昌
2014 年 3 月

前言

传统的新闻文体主要就是消息和通讯两大类。尽管随着新闻事业的发展,新闻体裁在不断丰富,但消息和通讯无论过去、现在还是将来,必然还是最基本的新闻体裁。万变不离其宗,消息和通讯就是新闻文体之"宗"。

时代的发展和社会对信息的多样化需求是新闻文体发展变化的根本动力。自20世纪90年代以来,传统新闻文体的界限日趋模糊。新兴媒体不断涌现,人们对信息的需求也提出了不同的要求。一方面,消息、通讯这两种传统的新闻体裁得到了补充和丰富,其信息内容、表达方式和结构样式呈现出多样化、边缘化的趋向。另一方面,新兴的新闻文体也随之出现,文体创新日见成效。新闻特写就是在消息和通讯之外衍生出来的一种新的文体样式。此外,深度报道作为一种独立的报道方式和新闻思潮,开始成为新闻报道领域中一种重要的整合力量。深度报道自被介绍进国内,曾经红极一时,它不是一种独立的新闻体裁,而是一种报道方式,消息、通讯都可以写成深度报道。对于这种类型的作品,本书将单独进行分析。可以说,这些新潮文体与媒体和时代的变化发展有着不可分割的联系。

在电子媒体昌盛和网络媒体兴起的背景下,新闻报道的固有模式逐步被打破,呈现出一种多姿多彩、百花齐放的文体新局面。因此,我们也应当以一种"变、通、活"的眼光来看待和研究这些纷繁复杂的现象,总结一些经验,提炼出一些可行的规律,来丰富我们的新闻写作技巧。

《优秀新闻作品选读》是一本以优秀新闻作品为范例,探讨各类新闻文体写作技法,并对个案进行评析的著作。本书选入的大多是20世纪以来的优秀新闻作品，我们特别挑选了近两三年的新作，主要是荣获中国新闻奖的新闻作品，但也保留了少量较早的经典性篇章，还收入少量西方记者的作品，涵盖了报纸、广播、电视、网络等媒体，以扩大我们的鉴赏范围。我们尤其注重选择了一些重大新闻事件的报道。这些作品呈现出来的新闻特征更加逼近现时的媒体状态，通过分析和鉴赏可以获得最新的感性认知和理性把握。

本书与同类书籍相比，最明显的特色就是强调操作性、实用性和可读性。因此在体例上，我们先介绍每种新闻文体的写作特点，再通过个案点评、作品鉴赏、同题文本鉴赏等方式对新闻作品进行写作技法与技巧的分析点评，以供学习参考，并提供一部分未做分析的新闻作品，给读者留下更多的思考空间。我们的目的是：通过编前的概论及编尾的综述，以及对获奖作品的鉴赏评析，力求在新闻写作的基础理论、规范要求、方法技巧和改革创新上，确确实实地给读者以新的帮助和启发。

编者于南昌
2008年8月

目录

第一编 消　息

第一章　简讯 …………………………………………………… (3)
　　一、文体概说 …………………………………………………… (3)
　　二、个案评析 …………………………………………………… (4)
　　三、同题文本鉴赏 ……………………………………………… (6)
　　四、作品鉴赏 …………………………………………………… (6)

第二章　动态消息 ……………………………………………… (10)
　　一、文体概说 …………………………………………………… (10)
　　二、个案评析1 ………………………………………………… (11)
　　三、个案评析2 ………………………………………………… (14)
　　四、同题文本鉴赏 ……………………………………………… (16)
　　五、作品鉴赏 …………………………………………………… (21)

第三章　人物消息 ……………………………………………… (30)
　　一、文体概说 …………………………………………………… (30)
　　二、个案评析1 ………………………………………………… (31)
　　三、个案评析2 ………………………………………………… (33)
　　四、作品鉴赏 …………………………………………………… (35)

第四章　非事件性消息 ………………………………………… (43)
　　一、文体概说 …………………………………………………… (43)
　　二、个案评析1 ………………………………………………… (44)
　　三、个案评析2 ………………………………………………… (45)
　　四、同题文本鉴赏 ……………………………………………… (48)
　　五、作品鉴赏 …………………………………………………… (50)

第五章　述评性消息 ……………………………………………………(58)
　　一、文体概说 ………………………………………………………(58)
　　二、个案评析 ………………………………………………………(59)
　　三、作品鉴赏 ………………………………………………………(61)
　　四、同题文本鉴赏 …………………………………………………(65)

第六章　描写性消息 ……………………………………………………(71)
　　一、文体概说 ………………………………………………………(71)
　　二、个案评析 ………………………………………………………(72)
　　三、作品鉴赏1 ……………………………………………………(74)
　　四、作品鉴赏2 ……………………………………………………(78)

第七章　现场新闻 ………………………………………………………(81)
　　一、文体概说 ………………………………………………………(81)
　　二、个案评析1 ……………………………………………………(82)
　　三、个案评析2 ……………………………………………………(84)
　　四、作品鉴赏 ………………………………………………………(87)

第二编　通　讯

第八章　新闻小故事 ……………………………………………………(106)
　　一、文体概说 ………………………………………………………(106)
　　二、个案评析1 ……………………………………………………(106)
　　三、个案评析2 ……………………………………………………(108)
　　四、作品鉴赏 ………………………………………………………(110)

第九章　人物通讯 ………………………………………………………(112)
　　一、文体概说 ………………………………………………………(112)
　　二、个案评析1 ……………………………………………………(116)
　　三、个案评析2 ……………………………………………………(126)
　　四、作品鉴赏 ………………………………………………………(129)

第十章　风貌通讯 ………………………………………………………(136)
　　一、文体概说 ………………………………………………………(136)
　　二、个案评析1 ……………………………………………………(137)
　　三、个案评析2 ……………………………………………………(139)
　　四、作品欣赏 ………………………………………………………(142)

第十一章　工作通讯 ……………………………………………………(148)
　　一、文体概说 ………………………………………………………(148)
　　二、个案评析 ………………………………………………………(149)
　　三、作品鉴赏 ………………………………………………………(152)

第十二章　事件通讯 ……………………………………………………(157)
　　一、文体概说 ………………………………………………………(157)

二、个案评析1 …………………………………………………… (158)
　　三、个案评析2 …………………………………………………… (161)
　　四、作品鉴赏 …………………………………………………… (164)
第十三章　社会观察通讯 ………………………………………… (169)
　　一、文体概说 …………………………………………………… (169)
　　二、个案评析 …………………………………………………… (169)
　　三、作品鉴赏 …………………………………………………… (174)

第三编　专访、新闻特写与深度报道

第十四章　专访 …………………………………………………… (180)
　　一、文体概说 …………………………………………………… (180)
　　二、个案评析 …………………………………………………… (180)
　　三、作品鉴赏 …………………………………………………… (186)
第十五章　新闻特写 ……………………………………………… (198)
　　一、文体概说 …………………………………………………… (198)
　　二、个案评析 …………………………………………………… (199)
　　三、同题文本鉴赏 ……………………………………………… (202)
　　四、作品鉴赏 …………………………………………………… (208)
第十六章　深度报道 ……………………………………………… (215)
　第一节　解释性报道 …………………………………………… (216)
　　一、文体概说 …………………………………………………… (216)
　　二、个案评析 …………………………………………………… (217)
　　三、作品鉴赏 …………………………………………………… (219)
　第二节　预测性报道 …………………………………………… (227)
　　一、文体概说 …………………………………………………… (227)
　　二、个案评析 …………………………………………………… (228)
　　三、作品鉴赏 …………………………………………………… (231)
　第三节　调查性报道 …………………………………………… (238)
　　一、文体概说 …………………………………………………… (238)
　　二、个案评析1 ………………………………………………… (239)
　　三、个案评析2 ………………………………………………… (246)
　　四、作品鉴赏 …………………………………………………… (249)

第四编　广播电视网络新闻报道

第十七章　广播新闻报道 ………………………………………… (260)
　　一、文体概说 …………………………………………………… (260)
　　二、个案评析1 ………………………………………………… (261)
　　三、个案评析2 ………………………………………………… (262)

四、作品鉴赏 …………………………………………………… (264)
 第十八章　电视新闻报道 ………………………………………… (273)
　第一节　电视消息 …………………………………………………… (275)
　　一、文体概说 …………………………………………………… (275)
　　二、个案评析 1 ………………………………………………… (277)
　　三、个案评析 2 ………………………………………………… (280)
　　四、作品鉴赏 …………………………………………………… (282)
　第二节　电视系列报道 ……………………………………………… (287)
　　一、文体概说 …………………………………………………… (287)
　　二、个案评析 …………………………………………………… (288)
　　三、作品鉴赏 …………………………………………………… (292)
　　四、同题文本鉴赏 ……………………………………………… (295)
　第三节　电视新闻专题 ……………………………………………… (305)
　　一、文体概说 …………………………………………………… (305)
　　二、个案评析 1 ………………………………………………… (306)
　　三、个案评析 2 ………………………………………………… (315)
　　四、作品鉴赏 …………………………………………………… (317)
　第四节　电视访谈 …………………………………………………… (324)
　　一、文体概说 …………………………………………………… (324)
　　二、个案评析 …………………………………………………… (325)
　　三、作品鉴赏 …………………………………………………… (331)
　第五节　电视直播 …………………………………………………… (334)
　　一、文体概说 …………………………………………………… (334)
　　二、个案评析 …………………………………………………… (334)
　　三、作品鉴赏 …………………………………………………… (341)
　第六节　电视新闻评论 ……………………………………………… (345)
　　一、文体概说 …………………………………………………… (345)
　　二、个案评析 1 ………………………………………………… (346)
　　三、个案评析 2 ………………………………………………… (353)
　　四、作品鉴赏 …………………………………………………… (358)
 第十九章　网络新闻报道 ………………………………………… (365)
　　一、文体概说 …………………………………………………… (365)
　　二、个案评析 …………………………………………………… (366)
　　三、作品鉴赏 …………………………………………………… (370)
后记 ……………………………………………………………………… (383)

第一编

消 息

第一章　简讯
第二章　动态消息
第三章　人物消息
第四章　非事件性消息
第五章　述评性消息
第六章　描写性消息
第七章　现场新闻

消息是一种历史悠久的新闻传播样式,是信息时代最为流行也最具有新闻性与信息性的一种重要的新闻体裁。消息最明显的外部特征就是有消息头,即电头或讯头。

消息要具备六个要素,即何时(when)、何地(where)、何人(who)、何事(what)、何因(why)和怎么样(how)。"五 W"是把事实写清楚的最起码的条件,少了其中一个都不行,如同一个人,五官中若少了哪一个部分,便不是一个正常完整的人。不管消息如何分类,它在报道新闻事实时,安排组织材料有它自己的处理方式,行文一般都有标题、导语、主体、背景和结尾等部分。消息写作有三大基本原则:真实性原则、及时性原则、可读性原则,这也是消息写作的基本要求。

消息的篇幅有长有短,长的千字以上甚至更长,短的只有几句话甚至一句话,以五六百字到千字左右的消息最为多见。消息看上去似乎"版图效应"小,但其独特的"秤砣效应"却很强。消息的写作要善于"以小见大",要善于"四两拨千斤"。编者主张,能写消息的一定不要写通讯。

我国的新闻写作是从宣传写作转变过来的,现在也难免带着一些宣传写作的痕迹,如对事实的叙述,经常不自觉地添加主观的价值判断。2003 年 8 月,梅尔文·门彻 112 万字的《新闻报道与写作》的译著在中国出版,定价虽然高达 85 元,却很快脱销,这反映了新一代的新闻从业人员对更新新闻写作理念和知识的追求。在这本译著中谈到了新闻写作的十项原则,现原文摘抄,以飨读者:

(1) 先理解事件,然后再写。

(2) 知道自己想说什么时再写。

(3) 要展现,不要讲述。

(4) 把好的引语和具有人情味的内容放在报道的显著之处。

(5) 把相关的说明或有趣的故事放在报道的显著之处。

(6) 使用具体的名词和生动的行为动词。

(7) 避免滥用形容词,避免用大量副词修饰动词。

(8) 避免在报道中做判断和推论,让事实说话。

(9) 不要在文章中提出你无法回答的问题。

(10) 质朴、诚实并迅速地写作。

总之,消息写作的学习只是新闻业务学习的开端。本书将各类媒体上常用的消息式样分为六种,即简讯、动态消息、人物消息、非事件性消息、述评性消息、描写性消息(其中的现场新闻一类单独成章),通过对这几种消息样式的分析、点评和鉴赏获得对新闻写作的一定认识。

第一章 简讯

一、文体概说

简讯,又叫单细胞新闻、简明新闻、短讯、快讯,是一种用最简洁、最概括的言语报道事实的新闻文体。从字义上来看,它主要是做到两点:"简",就是要做到简练;"讯",就是要能够告知讯息。它一般不交代事情发生的经过和背景,没有多余的解释性的话,也没有导语,而是以最快的速度和简短的文字,将事情的简要情况迅速地报道出去。报纸上经常出现的"一句话新闻""标题新闻""无标题新闻"均是简讯形式。简讯的题材广泛,适用范围也比较大,可用来报道一些重大的突发性事件,也可用来报道社会各个领域的简况。

作为新闻媒体中最为常用的报道形式之一,简讯最突出的特点是短小精悍。简讯多则一两百字,少则几十字,一般是将最有价值的新闻事件准确无误地拎出,将最受关注的问题一针见血地指出。在写作上大刀阔斧地省略事件的过程,省略细节,只写要害,用一句话高度浓缩事实梗概。因此,简讯中的新闻五W要素可以省去"何因"这个要素,这在所有新闻文体中是唯一的。由于简讯的新闻篇幅短小,在同样的版面里可以容纳更多的新闻信息,因此也有效地保证了时效的领先。而时效是新闻报道(尤其是简讯)的永恒要求。

简讯虽然简短,但并不代表所报道的消息分量轻或者新闻性弱,为了以最快的速度报道新闻事实,重大新闻往往会以简讯的形式出现。有些记者在面对重大的突发性事件时,往往先发一条简明新闻,以争时效;继之补充较为详细具体的长消息或连续报道。1865年4月1日,美国总统林肯遇刺,劳伦斯以最简单的文字传递了这一重大新闻。此后,第一次世界大战停战协定签字、日本偷袭珍珠港、德国无条件投降、肯尼迪遇刺、人类登上月球、"挑战者号"航天飞机爆炸、伊拉克入侵科威特、海湾战争爆发、拉·甘地遇刺等等都是通过简讯首先传播到世界各地的。

值得一提的是,随着网络社会提供新闻的便利,人们从网络上获取信息往往从新闻标题和简讯开始,从而导致了一种倾向:信息过载给人们的生活带来一定的压力。美国一项研究发现,很多18岁至34岁的年轻人因被大量标题新闻和简讯"轰炸",无法及时接触深度报道而患上"新闻疲劳"。正是在此意义上,简讯在媒体上只是一个很小的部分,不能成为媒体的主流文体。事实上,一条消息是否作为简讯的形式发表,一般是由编辑决定的。因此,记者和通讯员无须刻意写简讯,而应该将消息写成非简讯形式。

二、个案评析

◇ 原文

美国对伊拉克开战

1. 快讯:巴格达响起空袭警报
2. 简讯:美军战机袭击伊拉克

新华社巴格达3月20日电 新华社获悉,美军开始空袭伊拉克,首都巴格达遭到若干枚火箭的袭击。

3. 美国对伊拉克发动战争

新华社巴格达3月20日电 美国星期四凌晨发动了对伊拉克战争。

美国战机是在总统乔治·布什要求伊拉克总统萨达姆·侯赛因要么离开伊拉克,要么面临战争的最后期限到期1个半小时后,袭击伊拉克首都巴格达的。

巨大的爆炸声不绝于耳,火焰照亮了天空,空袭警报声响彻这座拥有500万人口的城市。

目前,这次空袭的目标尚不清楚。

4. 美国开始对伊拉克展开军事行动

新华社华盛顿/巴格达3月19日电 白宫星期三宣布,美国已经展开旨在解除伊拉克武装的军事行动。当地时间星期四凌晨,美军对伊首都巴格达的伊拉克领导层所在的建筑物进行了空袭。

巴格达上空传出空袭警报数分钟后,白宫发言人阿里·弗莱舍对记者说:"解除伊拉克政权武装行动的初始阶段已经开始。"

美国战机是在总统乔治·布什要求伊拉克总统萨达姆·侯赛因要么离开伊拉克,要么面临战争的最后期限到期1个半小时后,袭击伊拉克首都巴格达的。

巨大的爆炸声不绝于耳,火焰照亮了天空,空袭警报声响彻这座拥有500万人口的城市。

第一轮爆炸发生在格林尼治时间星期四早晨2点45分,曳光弹和大团的黑烟出现在巴格达南部。居民们纷纷躲进家中加固的房间里或大型建筑下的公共防空洞里。

供电并没有停止,但爆炸之后国家广播电台已经停止了播音。

目击者说,伊拉克领导层所在的建筑在美军针对巴格达的两轮空袭中遭到了袭击,造成人员伤亡。伊拉克防空部队对美军战斗机进行了回击。

周三晚上,美军战机在伊西部和南部袭击了伊拉克地对地导弹和炮火设施,但五角大楼坚持说此举只是为了维护禁飞区,并不算战争的开始。

早些时候,联合国秘书长科菲·安南曾向美国和英国发出警告:"根据国际法,交战方有责任保护平民。"

(新华社国际部 2003年3月20日 贾迈勒)

◇ 点评文章

"快、短、重"——简讯的优势与魅力

伊拉克当地时间2003年3月20日凌晨,美国不顾国际社会的强烈反对,对伊拉克发动了战争。这是21世纪初最重大的国际事件之一,新华社国际部及时地报道,完成了消息《美国对伊拉克开战》,并荣获第十四届中国新闻奖一等奖。作为一组简讯成功获选中国新闻奖,其魅力体现在以下几个方面。

快。简讯在新闻消息诸体裁中,时效性是最强的,要求争分抢秒,迅速完稿,"立马可待"。尤其是这种世界性的突发事件,抓住了时机,也就获得了成功。伊拉克战争爆发,新华社最先向全世界播发了这则消息,第一条快讯领先全球10秒,引起国际新闻界轰动。新华社的眼疾手快绝非偶然,而是背后的积极策划、主动跟进、辛勤努力换来的。早在伊战爆发前半年,新华社就开始进行报道策划,加强了总社编辑部、中东总分社与巴格达分社的协调,加强了对当地报道员的指导。战争爆发前夕,中东总分社采编人员和巴格达分社记者贾迈勒彻夜未眠,严阵以待。20日凌晨,贾迈勒见到火光和听到爆炸声后,立即用手机向中东总分社报告,中东总分社迅即抢发了"巴格达响起空袭警报"的快讯(北京时间10时33分55秒),取得了时效领先全球10秒的佳绩。随后,"巴格达响起巨大爆炸声""美军发动攻击"等新华社消息传遍全球。新华社当天英文滚动发稿达110余条之多,这里选的只是其中4篇。在此次伊拉克战争的报道中,新华社及时抢占了时效的制高点,赢得了应有的荣誉。

短。写短是一种艺术。短,首先是提炼、凝缩的艺术,关键是要了解读者需要,明确报道意图,瞬间判断新闻价值。特别是简讯对时效性的终极关注,写得长必然就会阻滞时效性功能的正常发挥。同时,受众又希望在最短的阅读时间里获取尽量多的信息(尤其是重磅有效信息)。因此,用最少的表征符号表达最大的信息量成为简讯的一大特点。在这组稿件中,第一条快讯仅9个字,连电头都略去。第二条简讯除去电头,仅29个字,但是事件交代清晰完整,内容翔实,短而不空,又毫无啰唆。短要建立在实的基础之上,长而空固然不行,短而空也不好,空洞无物的短,也是长。很多人认为简讯的写作因其短小而"困锁才情",往往只有几根干巴巴的"枯骨",因此务必要做到短而实,短而准,"一字一金",成为真正的"电报文体"。可以说,短,是保障新闻时效的手段之一,也是增加媒体信息承载量、突出新闻要害的重要途径。

重。所谓重即要有分量、有影响力。本组简讯的社会收效甚佳。这组简讯之所以能够抢得先机,获得如此好评,背后的功夫不可忽略。巴格达分社伊籍雇员贾迈勒冒着生命危险到现场采访,获得第一手材料,是新华社独家新闻。伊战爆发报道系列稿受到中央领导同志的表扬,认为新华社播发得"非常及时,时效比外电快,比海外的电视台快"。美联社、法新社、路透社等西方通讯社称新华社的报道"时效快得难以想象"。香港《明报》则以"新华社10秒领先世界"的标题称赞其报道时效。美国一个重要思想库在发表的一篇文章中称"新华社已经表明它有能力在战争报道中与英国广播电台(BBC)和美国有线电视新闻网(CNN)并驾齐驱",或许这句赞誉能够成为这组简讯的最大收获。

三、同题文本鉴赏

肯尼迪遇刺丧命
约翰逊继任美国总统

路透社达拉斯(1963年)11月22日急电　肯尼迪总统今天在这里遭刺客枪击身亡。

总统和夫人同乘一辆车中,刺客连发三弹,命中总统头部。

总统被紧急送往医院,并经输血,但不久身死。

官方消息说,总统下午1时逝世。

副总统约翰逊将继任总统。

肯尼迪遇刺

快讯之一:

合众社梅里曼(1963年)11月22日电　总统在穿过达拉斯的大道上遭到枪击,总统伤势严重,可能是致命的重伤。

快讯之二:

新总统就要在飞机上宣誓就职。

> **阅读思考**
>
> 关于1963年肯尼迪遇刺事件,分别选登了英国路透社和美国合众社两大通讯社发出的快讯,试比较分析之。

四、作品鉴赏

刘翔打破男子110米栏世界纪录

在刚刚结束的2006年瑞士洛桑田径超级大奖赛男子110米栏的比赛中,刘翔以12秒88打破了英国运动员保持13年之久的世界纪录并夺取该项目冠军。原来的世界纪录12秒91由英国的科林·杰克逊于1993年8月在斯图尔特创造的。在2004年雅典奥运会的比赛中,刘翔曾经平过这一纪录。

(新华社2006年7月12日)

> **阅读思考**
>
> 写简讯务必做到这一点:写出来之后,反复删减。如果发现删除某些字,文章的意思和语气不会改变,那么再精湛华丽的语言实际上对文章的理解起不了很大的作用,均可删除。但是必须要注意一点:简讯的写作讲求快,也就意味着根本没有太多修改的机会。因此,精炼的写作能力得靠平时的培养,养成习惯,习惯养成,写作简讯绝不是问题。

阿部长会议主席谢胡自杀身亡

据阿通社报道,阿尔巴尼亚部长会议主席穆罕默德·谢胡12月18日凌晨自杀身亡。

这一则消息是阿尔巴尼亚党政领导在18日晚发布的一项公报公布的。这项公报说,谢胡是"神经失常"时自杀的。

在这之前,阿通社在12月17日曾发表谢胡16日在地拉那接见罗马尼亚政府贸易代表团的消息。

谢胡自1948年起任阿尔巴尼亚劳动党中央政治局委员,1954年起任阿尔巴尼亚部长会议主席,终年68岁。

(新华社 1981年12月19日)

阅读思考

简讯的写作也有技巧可言。《阿部长会议主席谢胡自杀身亡》一文,作者在很短的篇幅内,巧妙地选择了事实来表达自己的观点,使人读完后,禁不住发出疑问:前天接见外国贸易团的人,今天怎么忽然"神经失常"自杀身亡了呢?果然,不久阿通社就改为另一种说法,说谢胡早就是西方的间谍云云。

瘫痪女孩靠鼻尖创作文学

身患徐动型脑瘫女孩黄扬长期卧床,无法站立,但她以超乎常人的毅力,两年内用鼻子和下巴在手机和iPad上完成了60余万字的文学创作《许我以微笑问候》。近日,该书由湖南文艺出版社正式出版。

(《新华每日电讯》2013年8月16日 刘峰颖)

揭古玩行业内幕小说热销

介绍典当古玩行业诸多内幕的网络小说《黄金瞳》,自2011年7月起,改名《典当》,由天下书盟正式出版实体书。近日,《典当》终于迎来结局,前后共13册,总销量超过100万册。

(《新华每日电讯》2013年8月16日 尚蕾)

欧阳奋强首次执导电影

8月9日,电影《超萌英雄》在京举办开机发布会。该片是87版《红楼梦》"贾宝玉"的扮演者欧阳奋强首次执导电影。电影讲述了一个业余保镖和三个奇葩绑匪共同展开的一次惊心动魄的护花之旅,有望于2014年春节贺岁档上映。

(《新华每日电讯》2013年8月16日 周渊)

"艺术中国"再启动

近日,"第七届AAC艺术中国·年度影响力评选(2012)"启动仪式在故宫举行。艺术中国评选委员会将于2013年5月16日在故宫宁寿宫广场举办AAC艺术中国巅峰之夜。评选包括雕塑组、出版物组、展览组、水墨组、油画组等组别。在初评名单中,蔡国强、张晓刚等榜上有名。

(《新华每日电讯》2013年2月22日　张浩为)

国防大学教授著书阐释"中国梦"

国防大学刘明福教授近日出版长达40万字的作品《中国梦》,以中美21世纪战略竞争为核心,指出21世纪中国发展的目标是"冲刺世界第一,竞争冠军国家,创造中国时代,建设无霸世界"。刘明福表示:"新书仅代表个人观点,同时反映了一种思潮。"

(《新华每日电讯》2013年2月22日　宋涛涛)

《九歌·山鬼》主题艺术展征集作品

"屈原《九歌·山鬼》主题艺术展"拟定于2013年农历端午节期间在北京展览馆举行。该展览现正面向全国艺术家征集以山鬼为主题的各类艺术作品,并希望借此之机大力宣传中华优秀传统文化,弘扬爱国主义精神。

(《新华每日电讯》2013年2月22日　王磊)

阅读思考

以上几则简讯皆来自《新华每日电讯》。这些简讯事件的时效性并不突出,写作成简讯是为了增加版面的信息量。

九江段4号闸附近决堤30米
两千余军民奋力抢险

本报江西九江8月7日16时5分电　今天13时左右,长江九江段4号闸与5号闸之间决堤30米左右。洪水滔滔,局面一时无法控制。现在,洪水正向九江市区蔓延。市区内满街都是人。靠近决堤口的市民被迫向楼房转移。

本报江西九江8月7日16时35分电　现在大水已漫到九瑞公路。据悉,决堤时,一些居民还在睡午觉。现在在堤坝上被洪水围困的抢险人员大约上千人。

本报江西九江8月7日17时5分电　国家防汛总指挥部的有关专家正在查看缺口。专家们决定用装满煤炭的船沉底的办法堵缺口。

本报江西九江8月7日17时15分电　记者已赶到缺口处。汹涌的江水正从30米宽的缺口涌向市区。南京军区两个团正在国家防总、省防总有关专家的指挥下现场抢险。现在有一条100多米长的船无法靠近缺口,抢险队正在想办法。

本报江西九江8月7日17时40分电　专家们拟定了三套抢险方案:1.将低洼处的市民转移到安全地带。2.市区内的军队、民兵组成一道防洪线。3.全力以赴堵住缺口。现在,一条大船装满煤,正由北向南岸靠近,准备堵缺口。

本报江西九江8月7日22时5分电　截至记者21时撤离时,决堤口还没有堵上。一条装满煤炭的百米长的大船已横在距决堤口20米处,在其两侧,三条60米长的船已先后沉底。数千军民正在沉船附近向江里抛石料。水势稍有缓解。目前,留在决堤处抢险人员总计有2000多人,防汛指挥部组织抢险人员正在市区的龙开河垒筑第二道防线。据悉,市中心距决堤处的直线距离约5公里。市区内目前还未进水。记者赶回市区时看到,一些店铺还在营业。市民们的情绪较下午平稳了一些。

路上,出租车司机告诉记者,市政府已在电视上发出紧急通知,告诫市民,凡家住低于24米水位的住房,要迁到更高的楼上。

本报江西九江8月8日零时15分电　记者刚刚与前线指挥人员通话:现在沉船部位上端水流有所减弱,但船下的漏洞水流仍然很急,缺口处洪水不见缓解。抗洪军民仍在连夜奋战。

本报江西九江8月8日零时45分电　记者刚刚得到消息,从昨天下午4点开始,万余名解放军战士正在龙开河连夜奋战,构筑一道10公里长、5米宽的拦水坝,作为市区的最后防线。至发稿时止,仍有大批军车赶往此地。

(《中国青年报》1998年8月8日　贺延光)

阅读思考

《九江段4号闸附近决堤30米》是《中国青年报》记者贺延光在1998年抗洪抢险中关于九江段4号闸附近决堤的报道,此稿获得了第九届中国新闻奖特等奖。

试分析:这组简讯的写作特色突出在什么方面?

第二章 动态消息

一、文体概说

新闻圈内的人见了面常常会问:"今天有什么新闻?"提问者在这里所指的"新闻"往往是动态消息:他想知道的是世界上发生了什么重要的事情,哪位重要人物做出了什么样的重要决定,或者哪个国家的政府发生了更迭。可以说,绝大部分新闻事件都是通过动态消息这一形式传播的。

动态消息是迅速及时地反映现实世界最新变动状态的消息样式,它是消息体裁中的一种重要类型。动态消息适合于报道那些时效性强、事实清楚、事件不太复杂的内容,如新近发生的大大小小的事情,反映新情况、新成就、新问题、新气象等,也包括会议活动。它一般以一地一事、一人一事为对象,报道一个单独的突发性事件,篇幅短小,文字简洁。

动态消息一般都要求五个 W 和一个 H 俱全,一般都有导语、主体、结尾,必要时还要穿插背景材料。落笔于动,在简短的文字中舒展自如地叙述新闻事实,是动态消息最基本的写作要求。在写作动态消息时,我们要谨记"五条军规":

(1) 文字简约,重在信息的充分展现。用尽可能短的篇幅把事实交代清楚是动态消息写作的基本要求。因此务必做到把写作动态消息比作发电报:一字一金,一事一报。

(2) 用事实说话,疏于议论。"记者的舌头是藏在后面的。"客观叙事,以新闻事实蕴含的意义潜移默化地感人,一般不必发议论。

(3) 写好导语,善用背景。力求一语定意,写好导语,要干净利落,不拖泥带水。善用背景,灵活就位。在新闻写作中背景是消息结构的组成部分,主要作用是画龙点睛。

(4) 抓住特点,不必求全。把笔墨集中落到写个性特点上,"以少许胜多许",是动态消息写作的基本技法。

(5) 交代来源,真实可靠。

概括之,动态消息以事物的最新变动为主要着眼点,以时新性与重要性为主要价值取向,以突发性事件为主要报道内容,以客观叙事为基本特征,以开门见山、一事一报为主要写作原则,给人以动感和现场感。

特别注意的是,动态消息讲求的是事件性叙事表达,而非模式照搬的写作,一度流行的所谓"写作万能表"就是一种抹杀新闻消息写作个性的形式。

写作万能表

在_____以来的大好形势下,在_____会议精神的鼓舞下,_____厂党委认真贯彻执行_____精神,组织党委一班人围绕_____专题,反复认真学习了_____文件。通过学习,深刻认识到_____的重要性,进一步明确了开展_____的重要意义,从而大大增强了贯彻执行_____的自觉性。在提高认识的基础上,他们针对本单位_____的特点,狠抓了_____的工作,做到了_____,从而有力推动了厂里的生产。到_____为止,全厂已超额完成_____计划的百分之_____,总产值达_____,比去年同时期增长百分之_____。群众高兴地说:_____。目前,_____厂的干部群众正在成绩面前找差距,力争为_____作出新的贡献。

[注] 本表结构严谨,层次分明,段落清楚,主题突出,适用于所有工矿企业的新闻报道。大、中、小学文化程度的同志均可使用,使用时稍加填写就可成为一篇正规的新闻稿。

"没有调查就没有发言权",新闻注重的是对事实的调查,所谓的在"写作万能表"指导下写成的新闻稿,只能冠以"虚构"的名头。经过采访、实践、构思、打磨成就新闻稿,这是新闻人不能冲破的专业操守底线和最起码的良心。

二、个案评析1

◇ 原文

3.5万救命钱留给病友

前日19时许,在长沙湘雅医院,当白血病患者彭敦辉送走病友欧阳志成回到病房后,看到了欧阳志成留给他的3.5万元现金和两封信。读罢信件,捧着救命钱,彭敦辉顿时泪雨滂沱。

家住浏阳市文家市镇伍神岭村的彭敦辉,1999年高中毕业后苦学食品加工技术,2000年在老家开办了食品加工厂,直到今年1月生意才稍有起色。去年底,他感觉到身体有些不舒服,经医生仔细检查,被确诊为白血病。今年3月,他来到湘雅医院住院治疗。不到半年时间,家里便负债20多万元。而接下来的干细胞移植手术,还需要数十万元费用。

现年29岁,在隆回县山区当中学教师的欧阳志成,前年下半年也不幸患了白血病。今年8月9日,他再次来到湘雅医院治疗,恰好住在彭敦辉邻床。欧阳志成和彭敦辉的身材、脸型非常相像,而且两个都戴着帽子和眼镜。医护人员和病友都说他俩酷似亲兄弟。由于相同的命运和际遇,他俩成了一对无所不谈的好朋友,经常来到楼下散步,相约共同战胜病魔。

前不久,欧阳志成和彭敦辉的骨髓都配上了型,只待完成干细胞移植手术,便有望完全康复。为了筹集这笔手术费,欧阳志成和年仅23岁的妻子四处奔走,尽管有关部门向他伸出了援助之手,但仍有10多万元不能到位。在这种情况下,欧阳志成决定放弃治疗。而彭敦辉的手术费用也差一大截,由于一时借不到这么多钱,他和家人同样心急如焚。

前日傍晚,欧阳志成不顾医护人员和彭敦辉的强烈反对,执意办理了出院手续。彭敦辉将欧阳志成送到楼梯口后,欧阳志成马上催他回去,说给他留下了一件礼物放在病床旁的抽屉里面。彭敦辉打开抽屉一看,里面是码放得整整齐齐的3.5万元现金,以及分别写给他和医院院长的两封信。在写给院长的信中,欧阳志成表示,他已留下遗嘱,让家人在其去世后将遗体捐赠给医院作解剖研究之用,为攻克白血病尽自己最后的微薄之力。

彭敦辉立即跑下楼,但早已不见了欧阳志成的身影。他马上拨通了欧阳志成的手机。欧阳志成说完"我走了,兄弟保重"几个字后,便匆匆挂断了电话。

(《长沙晚报》2005年8月24日　陈国忠)

◇ 点评文章

一个新闻故事化的样本分析
——浅谈如何提升消息的感染力

第十六届中国新闻奖一等奖作品《3.5万救命钱留给病友》是一篇行文精炼、极富感染力、社会反响强烈的优秀新闻作品,讴歌了当代青年舍生取义、先人后己的可贵精神品质。《长沙晚报》首发后,湖南多家媒体纷纷跟进报道或者转载此文。不少好心人亦纷纷向文中的两位主人公捐款捐物,其中一位不愿留名的江苏商人在酒店内看到此文后,一次性捐款15万元作为手术费用。有读者在给《长沙晚报》的来信中写道:"你们对欧阳志成的报道,其实是一场净化人们灵魂的思想革命。在当前这个物欲横流的社会,欧阳志成以自己义薄云天的举动,成为当代中国当之无愧的'平民英雄'!"可见文章所体现出来的感染力十分强。而新闻的感染力来自于其成功的叙事方式——新闻故事化。

所谓新闻故事化就是在遵循新闻写作基本原则的前提下,用故事化的写作手法构思新闻,把报道写成有背景、有鲜活描写、有曲折情节的短篇小说,使新闻呈现出一种文学的韵味。故事性新闻具有较强的可读性和趣味性,满足了受众的好奇心,使原本枯燥无味的新闻素材,变得更有人情味。这种叙事方式有利于新闻信息的传播,有利于舆论的有效展开,极大地增强了新闻的可读性,符合大众传播的媒介传播效果。具体分析该篇文章,其故事化写作手法主要体现在以下方面:

1. 源于事件本身的故事性因素

事物虽然都是客观的,但一旦作为新闻事件发生,它就一定有特殊价值在里面。因为能够写成新闻的往往都是具有一些特殊意义的东西,也就是新闻价值。比如5·12汶川大地震的发生,引起了无数中国人的关注和关怀;北京奥运会开幕式的那一刻,作为一个国际性的体育盛会无疑使世人欢腾……这些事件因为其特殊的新闻性而能够感染受众,引起人们的共鸣。

就该事件而言,它本身就是一个令人无法忘怀的故事。假如说故事的发展并非如此,而是两位患者最终如愿获得了成功的救治,双双出院,这个事实可能欠缺一个曲折发展的故事性情节。但是从文中的生死、白血病、高额手术费、舍己救人、捐赠身体器官等关键词中无不看出这个事件具备的故事性元素足以令人震撼和感动。新闻就是讲故事的艺术。记者在叙事上面所表现出来的叙事技巧亦很好地完成了一个完整故事的讲述:完整的开头、曲折的发展、迭起的高潮、催人泪下的结局,这正是一个故事的标准样本。尤其是当故事中的"前日19时许""在长沙湘雅医院""彭敦辉"和"欧阳志成"等真实的时间、地点、人物因素俱全时,无疑会更能抓住受众,带来情感上更大的冲击力。

2. 叙事节奏张弛有力

节奏本是乐理上的术语,它表示一种连续而又有间歇的运动。受众对于平淡无奇的内容是容易疲倦的,因而要在叙事中适当地通过速率和强弱的变化来形成起伏变幻的节奏。以事件为主的叙事,事件发展进程本身是有节奏的,有时候风平浪静,有时候却狂风骤雨,这种形势缓急的强弱形成的速率也是一种节奏,而流水账式的平铺直叙是不符合受众接受心理的。

在这篇文章中,首先介绍了两位患者彭敦辉和欧阳志成的本不富有的家庭背景和由于白血病而倾家荡产的经历,读者的情绪也和他们的遭遇一样跌至谷底。接着又谈到两位患者一见如故,相约一起战胜病魔,"医护人员和病友都说他俩酷似亲兄弟。由于相同的命运和际遇,他俩成了一对无所不谈的好朋友,经常来到楼下散步,相约共同战胜病魔",让读者无不从乐观的心态中获得了信心,节奏明显舒缓。当看到"欧阳志成和彭敦辉的骨髓都配上了型,只待完成干细胞移植手术,便有望完全康复"的时候,尤为酣畅和明快。接下来记者笔锋一转,谈及高额的费用使两家人都"心急如焚",节奏急速加快,最后欧阳志成执意出院,把读者的心揪得生疼,而他留给彭敦辉的3.5万元现金无不使人潸然泪下。结尾处,欧阳志成说完"我走了,兄弟保重"几个字后,便匆匆挂断了电话。戛然而止的结尾,定格于平静空远的画面,让人们的心情久久不能平静……

人物命运中的悲喜原本就是一种节奏,应该让它们凸显出来。而在这个故事中,作品叙事所形成的感情上的张弛亦是一种美妙的节奏,这种内外结合的节奏起伏牢牢抓住了受众的注意力,让受众的情绪节奏紧跟着人物命运的节奏而起伏。

3. 语言通俗易懂

一直以来,我们都信奉"话怎么说,文章就怎么写。用浅显的话,说出深刻的道理"这样一条写作规律。语言,不是蜜,但能粘住一切。新闻是"明白文",文章只有写得明白如平常话,才具有强烈的感染力。大众传播是以反映客观社会生活、自然奇观,向受众传递各种新鲜信息为己任的。像曾经得到广大受众喜欢的央视《东方时空》中"讲述咱老百姓自己的故事"一样,叙述者通过讲故事的方式将应有的情感传递给受众,受众也就会很容易接受了。

感染力来自语言的平实、质朴。《3.5万救命钱留给病友》的成功,就在于作者用平实、质朴的语言,通过两位病友之间的交谈及留下3.5万元救命钱的感人事实和一位病人写给另外一位病友的信的叙述,阐发了一种人间的真情大爱。读罢全文,既不佶屈聱牙,也无文绉绉之感,记者只是简单地使用词与词之间、句子与句子之间不同的关联和组合来形成语言张力,产生预期表达效果。全文朴实、流畅,就好像在火车上听别人娓娓道来的故事,却又如此深刻、难以忘怀。

4. 情感跃然纸上

动态消息的写作必须有创新精神,不能认为单纯描述完事实就万事大吉了,应当贯穿"感人心者,莫先乎情"(白居易)的美学原则。为了增强其感染力,有着舆论引导功能的新闻作品更应当充分挖掘其中蕴含的情感因素,起到最佳的传播效应。然而,当我们在强调新闻的真实性的时候,似乎将新闻真实性以外的东西,譬如情感因素都撇在了一边,以为这都是文学作品的东西。其实不然。

细节能够形象地刻画人物性格,细节在表现人物内心世界时,不仅可以见其形、听其声,而且可以传其神。人物的个性和内心情感的变化通常在他们的一些细微动作和表情中得以充分体现。如文章写道:"读罢信件,捧着救命钱,彭敦辉顿时泪雨滂沱。"只是一个无声的动作"捧",但是其传达出的表情符号,深深地留在了读者心中。

用细节表现情感和人物的心理活动比解说词等文字语言更有感染力。它可以是一个无声的动作,可以是一句平淡的话语,可以是一个人在瞬间的表情变化,也可以是无声的画面所传达的所有表情符号,却会深深地留在受众心里,这种魅力正是来自于细节画面所造成的互动效果。

此外,记者愿意放下电话,离开网络,丢掉材料,深入一线采访,到现场用眼睛观察,用耳朵聆听,用嘴巴提问,用心灵感受。其极具情感的挖掘能力,能够再现当时的感人场景,做到描写具体、细节感人、情节曲折、视角独特,也使文章平添了几分感染力。

三、个案评析 2

◇ **原文**

翔纪录:罗伯斯破了　　刘翔说:反而轻松了

12日在捷克俄斯特拉发进行的国际田联大奖赛中,古巴小将罗伯斯以12秒87的成绩打破了中国选手刘翔保持的男子110米栏世界纪录。

罗伯斯当天以完美的起跑和栏间跑完成了这一壮举。他的这一成绩打破了刘翔保持的12秒88的世界纪录。原纪录是刘翔于2006年7月11日在瑞士洛桑创造的。

21岁的罗伯斯赛后说:"这是上天赐予我的好成绩,其实我并没有准备破纪录。尽管我现在很兴奋,但是我不知道在北京奥运会上我是否能战胜刘翔。"

罗伯斯表示,成为男子110米栏世界纪录保持者之后,他的下一个目标就是在北京奥运会上取得好成绩,同时争取打破英国名将杰克逊保持的7秒30的室内60米栏的世界纪录。在今年的室内赛季里,他曾跑出过7秒33的好成绩。

不是惊讶,而是激励——这是刘翔孙海平师徒获悉罗伯斯打破刘翔保持的男子110米栏世界纪录的第一反应。

刘翔13日早上得知了这一消息。他表示,自己对这一天的到来确有心理准备,觉得很正常;纪录早晚会被破的,现在被打破了,反而感到一些轻松。他期待在奥运会上与罗伯斯一决高下。

很多人拿罗伯斯的上佳状态与刘翔近来的低迷相比,对北京奥运会刘翔的卫冕前景表示担心。刘翔则认为,这对他不会有太大的影响,"大家都有这个实力"。

"我不感到吃惊,他(罗伯斯)一直就很强,从两年前开始,我们就把他当作最大的竞争对手。"孙海平坦言。

目前,刘翔孙海平师徒正在北京训练,将一直备战到奥运会。孙海平表示,虽然罗伯斯打破了世界纪录,但刘翔的训练不会有什么改变。

(《新华每日电讯》2008年6月14日　丁宜　肖春飞)

◇ **点评文章**

两则消息的"无缝对接"艺术

发表在《新华每日电讯》2008年6月14日第3版的这篇关于罗伯斯打破刘翔记录的文

章是一篇处理巧妙的文字消息。在版式上,左边配图,两则消息居右,大标题下,文字数量、版块大小相差无几,形成对偶对仗之势,一目了然,无论是从整体上还是局部上来看都是非常优秀的排版设计。在其写作手法上亦是可圈可点之处颇多,我们这里就此方面进行初步的分析。

1. 巧妙的结构嫁接艺术

这两则消息在结构设计上十分巧妙,采取了完美的嫁接艺术,既似"合二为一",也像"一分为二";既像一篇新闻的巧妙"二分",又如这两则消息在进行无缝对接。

首先,标题"翔纪录:罗伯斯破了   刘翔说:反而轻松了"写得非常成功。拆开来可以成为两则标题:其一是"翔纪录:罗伯斯破了";其二是"刘翔说:反而轻松了"。两个标题如果是拆开来可谓平平淡淡、欲言又止的感觉,但是放在一起,二者对称对偶、口吻轻松、结构巧妙、一目了然、信息量丰富,无论是从朗读口感上还是心理接受上均达到极妙的效果。

其次,导语上的无缝对接。在第一条消息的导语中写道:"12日在捷克俄斯特拉发进行的国际田联大奖赛中,古巴小将罗伯斯以12秒87的成绩打破了中国选手刘翔保持的男子110米栏世界纪录。"第二条消息中导语马上回应:"不是惊讶,而是激励——这是刘翔孙海平师徒获悉罗伯斯打破刘翔保持的男子110米栏世界纪录的第一反应。"及时地了解受众的求知情绪,及时抖开了包袱,受众的知情权得到了尊重和满足,获得心理上的满足感和愉悦感。

再次,主体部分,第一则消息重在写罗伯斯破翔纪录,主角是罗伯斯;第二则的主角转换为另一个主角——刘翔师徒,以师徒的回应和反应作为第二则消息的主要内容,最大限度地满足了国内受众的信息需求。以此种创新结构方式写作出来的消息,不留痕迹,自然流畅。

2. 善用"藏"的艺术

消息是藏舌头的艺术。客观是新闻消息最主要的特征。记者在写作中必须要把舌头"藏"起来,要"表现"而非"表达"。在这篇新闻中,"用事实说话"的手法用得相当娴熟。全文无任何主观表达,尤其是在第二则消息中,虽然作者绝无站出来说话,但是对于刘翔的表态无疑是赞许和肯定的,这主要是得益于其对于引语的使用。

在这两则消息中,作者的间接引语使用得简洁自然,如:"罗伯斯表示,成为男子110米栏世界纪录保持者之后,他的下一个目标就是在北京奥运会上取得好成绩,同时争取打破英国名将杰克逊保持的7秒30的室内60米栏的世界纪录。""他(刘翔——编者加)表示,自己对这一天的到来确有心理准备,觉得很正常;纪录早晚会被破的,现在被打破了,反而感到一些轻松。"而在间接引语和直接引语的转换上也过渡自然:"刘翔则认为,这对他不会有太大的影响,'大家都有这个实力'"。

然而,真正要增加文章的生气、活力、可读性和信赖性,还是要恰当而精炼地使用直接引语。如两则消息分别选用了罗伯斯和孙海平个性化的原话:"21岁的罗伯斯赛后说:'这是上天赐予我的好成绩,其实我并没有准备破纪录。尽管我现在很兴奋,但是我不知道在北京奥运会上我是否能战胜刘翔。'""'我不感到吃惊,他(罗伯斯)一直就很强,从两年前开始,我们就把他当作最大的竞争对手。'孙海平坦言。"罗伯斯的满怀信心,以及孙海平的绝不掉以轻心、不轻言放弃的人物个性特征,都显而易见。

3. 简洁、个性化的语言艺术

在消息写作中,公式化、模式化的语言表述,在国内媒体中普遍存在。对受众来讲,报道者所写的新闻事实都是陌生的、未知的,受众只能从字面上去理解、去感受新闻事实与信息。字面上的模糊给人留下的必然是模糊的印象,字面上的错乱也必然给人留下错乱的印象。

总体来说,这篇新闻语言表达简洁、具体充实,事件的表述清晰明了,保证了信息量的有效输入,绝无累赘之感。记者用简洁的文字,不施浓墨重彩,不加渲染、烘托的朴素描写,勾勒出人物的鲜明形象,把新闻事实生动、立体地展现在读者面前,使新闻增添神采。全文 600 来字,但是输入的有效信息量却很充分。语言干脆直接,符合受众对信息的接受心理。

个性化的语言之所以生动,是因为它没有固定的模式,鼓励创新,并采用灵活多变的方法充分展示事物的特性。"不是惊讶,而是激励——这是刘翔孙海平师徒获悉罗伯斯打破刘翔保持的男子 110 米栏世界纪录的第一反应。"在文章中,记者善于引用主人公这些充满个性化的语言,如破了纪录的 21 岁罗伯斯赛后说:"这是上天赐予我的好成绩,其实我并没有准备破纪录。"能让读者看到是一个栩栩如生、有血有肉的人物形象在说话,比那些陈言套话更加形象、生动。

四、同题文本鉴赏

◇ 原文

中国总理与艾滋病人握手

国务院总理温家宝 1 日在北京地坛医院与 3 位艾滋病患者握手攀谈,以此举表明中国政府与艾滋病作斗争的决心,并号召社会给予艾滋病患者更多关爱。

"你们要有坚定战胜疾病的信心,全社会都在关爱你们。"温家宝对三位患者说。1 日上午,这位中国总理胸佩象征着关爱艾滋病患者的红丝带,走访了地坛医院的艾滋病病房,以纪念"世界艾滋病日"。

年初刚刚就任的温家宝是第一位与艾滋病病人面对面握手交谈的中国政府首脑。在这个还有很多人认为艾滋病会在餐桌上传染的国度,此举不仅颇具勇气,甚至有点出人意料。

"可喜可贺!温总理迈出了勇敢的一步!"联合国儿童基金会驻华办事处官员孔文听到这个消息后说。他认为,此次握手显示出中国政府不仅下定决心要控制艾滋病的传播,而且将努力减少针对艾滋病病人及病毒感染者的社会偏见与歧视。

据卫生部统计,中国目前有艾滋病病毒感染者 84 万,其中艾滋病病人约 8 万。有专家预测,如不采取有力措施,2010 年中国的艾滋病病毒感染者总数将超过 1000 万。

一些学者指出,在中国及其他很多亚洲国家,由于文化、社会等因素的影响,容易对艾滋病人产生歧视,这造成患者和病毒携带者生活艰难,也使很多人不愿深入了解有关艾滋病的知识。

最近一项调查显示,约 20% 的中国人从未听说过艾滋病,只有 66% 的被调查者知道艾滋病不会通过共餐传播。多达 77.2% 的被调查者表示不能接受让感染艾滋病病毒的同事继续工作。

27 岁的李想在高中时因输血而感染了艾滋病病毒。他说:"一些人对于艾滋病的无知到了可怕的程度,常常让我感到很受伤害。我们只是想过正常人的生活。"

孔文指出,歧视已成为中国艾滋病防治的最大障碍。他强调,艾滋病不仅是卫生问题,更是社会问题。歧视会使艾滋病感染者走向犯罪或做出其他危害社会稳定的行为。近日很多中国媒体都报道了浙江杭州破获一个"艾滋扒窃团伙"的新闻。该团伙 26 名成员中有一半被查出是艾滋病感染者,而他们却把这种致命的疾病当做了避免警察抓捕的"挡箭牌"。

中国新一届领导人执政近一年来,始终对社会上的"弱势群体"表现出极大关注。这些"弱势群体"包括城市下岗失业人员、农民工,当然还有艾滋病患者。

"对艾滋病患者,全社会应该营造一种关爱、帮助、平等和不歧视的良好氛围。"温在探访艾滋病病人时说。他强调,"艾滋病是可防可治的",并要求医护人员为患者提供好医疗、护理、健康宣传和法律援助等人文关怀。温家宝还要求各级政府加强疫情监测监控,实行免费抗艾滋病病毒治疗和免费匿名检测,让艾滋病患者的孤儿免费就学。他表示,中国将与国际社会一道,共同探讨预防控制艾滋病的对策。

今年 11 月初,中国卫生部宣布将为农村以及城市中经济困难的艾滋病患者提供免费治疗。首批 5000 名受益者将于年底前开始接受治疗。

"艾滋病人看到了希望,"河南上蔡县农民程向阳在接受电话采访时说。"新一届国家领导人对艾滋病显示出极大关注,我相信中国一定会控制住艾滋病魔。"程的妻子是一名艾滋病感染者。

中美艾滋病预防与关怀项目主任叶雷认为,温家宝总理用自己的行动为所有政府官员做了很好的示范。他同时向全社会发出了一个信号:艾滋病感染者需要支持和关爱。

"我认为,这应该是中国艾滋病防治的一个重要转折点。"叶雷说。

(新华社 2003 年 12 月 1 日　周效政　赵晓辉)

中国国家主席与艾滋病人握手

在"世界艾滋病日"前夕,国家主席胡锦涛 30 日下午走进北京一家医院与艾滋病人握手、交谈,用实际行动推进中国抗击艾滋病魔的斗争。

胡锦涛在北京佑安医院与艾滋病人握手时说:"党、政府和全社会都会关爱和帮助你们,希望你们增强信心,积极配合治疗,争取早日康复。"

在医院的一小时里,胡锦涛胸前佩戴着象征爱心与关怀的红丝带,探访了两间艾滋病房。他一进病房,就主动伸手与病人握手,临别时又再次握手,祝他们早日康复。

患者们开始时还略显紧张。但当胡锦涛微笑着与他们聊起家常,了解他们康复情况时,患者们慢慢放开了。

一位姓卫的患者对记者表示:"胡主席与我们握手,说明艾滋病并不可怕,艾滋病感染者也能跟正常人一样生活。"40 岁的小卫是一位山西的养猪农民,7 年前被确诊为艾滋病感染者。

中国国务院总理温家宝曾在去年"世界艾滋病日"与三位北京艾滋病患者握手。仅仅过了一年,作为最高国家领导人的胡锦涛又再次与艾滋病人握手。这向世界发出了一个强烈而明确的信号:中国政府决心遏制艾滋病毒的进一步蔓延,并努力消除社会对艾滋病感染者的歧视。

世界卫生组织驻华代表贝汉卫获知此次握手的消息后说:"胡主席如此直白地向全国各个省市的领导干部和民众宣示中国政府要认真对待艾滋病问题的立场,令我感到很吃惊也很激动。"

联合国儿童基金会驻华代表处的艾滋病项目协调员林凯说:"在艾滋病防治方面,中国领导层一年来的努力为各国领导人作出了榜样。"

艾滋病曾经是中国官员们的一个"禁忌"话题。但在温总理去年12月与艾滋病人握手后,从中央到地方的各级政府都开始高度重视艾滋病预防以及艾滋病患者的福利问题。

中央财政对艾滋病防治的拨款已由2001年的1500万元人民币提高到去年的3.9亿元。新增的资金为一系列新出台的措施提供了实施保障,这些措施包括为公民提供免费的艾滋病毒检测,为贫困的艾滋病患者提供免费医疗,为吸毒人员提供清洁针具和毒品替代品等等。

在河南这个90年代由于非法卖血导致大批村民感染艾滋病的中原省份,从去年起一批省政府官员开始进驻所谓的"艾滋村",帮助染病村民得到及时的治疗和救助。

大众的艾滋病预防意识也在不断提高。在北京三里屯著名的"酒吧街"上,两周前立起了一大批宣传艾滋病防治的公益广告牌,而全国各地不少高等院校也纷纷对性教育、艾滋病知识讲座和免费分发安全套等新鲜事物敞开了校园的大门。

28岁的北京艾滋病感染者李想亲身感受到,过去一年来"公众对艾滋病的歧视减少了,艾滋病患者的生存环境有了改善"。本月早些时候,一个展示艾滋病患者创作的艺术作品的小型展览在北京举办,3天内吸引了300多名参观者,不少人甚至表示要把这些患者的画作买回家中收藏。

尽管成就显著,但胡锦涛30日在佑安医院与投身抗艾斗争的医务人员和志愿者座谈时指出,中国的艾滋病防治"仍然形势严峻"。

自1985年发现首例艾滋病病例以来,中国目前大约有84万名已知艾滋病病人和病毒感染者。联合国驻华卫生官员本周发出新的警告——艾滋病在中国的流行已经开始从高危人群(如性工作者、吸毒者和男性同性恋)向一般公众蔓延。

胡锦涛30日向全党、全社会发出号召:"高度重视艾滋病防治工作,努力遏制艾滋病的扩散。"同日,10万本专门针对各级官员的《预防控制艾滋病党政干部读本》被分发到全国各省、自治区和直辖市。

世界卫生组织中国艾滋病项目协调官赵鹏飞指出:"胡锦涛主席看望艾滋病人并和他们亲切握手,将使各级党委、政府一把手亲自抓艾滋病防治工作成为必然。"

(新华社2004年11月30日　周效政　刘思扬　樊曦)

◎ **点评文章**

两篇对外传播的好报道

这两篇消息分别荣获第十四届中国新闻奖二等奖、第十五届中国新闻奖一等奖,均是新华社记者、编辑打破领导人活动报道的常规,大胆创新,抓住重大新闻事件,积极主动进行深度发掘而采写出的优秀稿件。稿件播发后在海内外引起巨大反响,国际舆论对中国政府的举动一致高度称赞,并为全世界媒体广为转载,足可见其影响力之大。综合分析之,这两篇报道国家重要领导人活动的消息有一定的共同优势所在,这些宝贵的经验可以为领导人活动的此类报道提供些许借鉴,故分析归纳之。

1. 对新闻内涵的充分挖掘

这两篇消息皆行文生动、自然流畅,同时新闻内涵揭示充分、权威性强、说服力强。稿件分别以"中国总理首次与艾滋病人握手"和"中国国家主席与艾滋病人握手"为由头,但是在新闻内涵上却上升到"中国政府决心遏制艾滋病毒的进一步蔓延,并努力消除社会对艾滋病感染者的社会偏见与歧视""中国、亚洲乃至全球应对艾滋病挑战、消除对艾滋病人歧视"的高度,体现了中国政府加强艾滋病防治工作的坚定决心和对包括艾滋病患者在内的社会弱势群体的高度关爱,体现了中国领导层"以人为本"的亲民爱民作风。

与艾滋病患者握手,可以说只是国家领导人的一个小举动,但是新华社记者却从中看出非常意义:这是国家防艾工作的一大步。尤其是连续两年里,国务院总理、国家主席与艾滋病人握手,表明中国政府在艾滋病这一过去高度"敏感"的问题上有了历史性的态度转变。这种"以小见大"的主题提炼使文章的内涵有了质的提升。此等重大的历史意义,新华社记者没有忽略,更是淋漓尽致地发挥出来,绝非记者的灵机一动或奇思妙想,而是与其政治修养和知识储备分不开的。新华社记者通过深入的现场采访和对世界卫生组织等海外专家以及艾滋病团体人士的补充采访,全面揭示总理、主席此举的历史意义。稿件不仅在时效上全面领先海内外媒体,在深度、背景和后续跟踪等各方面也更加全面、准确,体现了以我为主的报道方针。

2. 用事实说话的客观笔法

一直以来,中国的对外报道缺乏恰当的定位。近年来,为了增强中国的传播力量,外宣媒体纷纷改宣传为传播,力图扩大中国在世界舆论界的话语权。而其首要的一个改革就是增加作品的可读性和可信度。这两篇消息一改以往在对外报道中以宣传为主要目的的写作方式,其对于写作中的笔法强调客观,主张记者"藏起自己的舌头",从而具有较强的说服力和权威性。

这两篇消息在引语的使用上非常成功。首先,直接引语和间接引语过渡自然,相得益彰,真实可信,如"胡锦涛30日在佑安医院与投身抗艾斗争的医务人员和志愿者座谈时指出,中国的艾滋病防治'仍然形势严峻'"。其次,大量引用联合国和外国专家的评论,体现了对外报道的客观性。在这两篇消息中,除了引用主席、总理和国内患者的原话之外,还特别选用了"联合国儿童基金会驻华办事处官员孔文""中美艾滋病预防与关怀项目主任叶雷""世界卫生组织驻华代表贝汉卫""联合国儿童基金会驻华代表处的艾滋病项目协调员""世界卫生组织中国艾滋病项目协调官赵鹏飞"等权威人士的原话。这些人曾对中国领导人"不够关心艾滋病人"颇有微词,当从记者处获悉这一消息后,都大喜过望,对此举纷纷给予高度评价。记者还电话采访了一位河南艾滋病患者家属,使稿件更显全面。尤其是第二篇,安排机动记者补充采访与胡主席握手的一位姓卫的艾滋病人,"胡主席与我们握手,说明艾滋病并不可怕,艾滋病感染者也能跟正常人一样生活",获得独家材料,极好地丰富了文章的内涵。

西方有谚语云:魔鬼隐藏在细节中。西方记者对于细节的描写十分注重,细节描写大有可为。这两篇消息也十分注重细节的描写,善于从细节描写中表现人情味,在《中国总理与艾滋病人握手》这篇稿件的英文版中加入了中文通稿中没有的总理看望艾滋病人的细节和直接引语,使得稿件更富人情味,更具可读性。再如《中国国家主席与艾滋病人握手》中写道:"在医院的一小时里,胡锦涛胸前佩戴着象征爱心与关怀的红丝带,探访了两间艾滋病房。他一进病房,就主动伸手与病人握手,临别时又再次握手,祝他们早日康复。"通过一个小"镜头",表现出新一代国家领导人的亲民、爱民,人情味陡然倍增。

无论是用引语说话,还是用细节说话,抑或是用权威人士说话,文章始终有效地引导了海外舆论向于我有利的方向转化,既做到了客观公正,又起到了正面的舆论引导。

3. 丰富的背景补充内涵

背景是新闻写作中的一个重要的要素。善于运用背景材料是增强新闻信息量和可读性的关键之一。注意运用背景材料已成为世界新闻写作发展的趋势,不使用背景材料,几乎没有什么报道是全面的。这两篇消息均用了一大半的篇幅和文字来介绍背景,但由于运用得巧妙和恰到好处,读起来并不感到累赘和多余,反而觉得信息量加大,内容丰富、有深度,增加了报道的知识性和趣味性。背景的运用对突出新闻主题、揭示新闻事实的意义、增加新闻的客观性,都起到了极为重要的作用。

在这两篇消息中,背景对凸显文章主题、引导正确舆论起到了很大的作用。文章没有回避一直以来中国防艾工作中存在的问题,但始终坚持以正面宣传为主。如谈到"河南这个90年代由于非法卖血导致大批村民感染艾滋病的中原省份",接下来马上提到政府的作为:"从去年起一批省政府官员开始进驻所谓的'艾滋村',帮助染病村民得到及时的治疗和救助";谈到"艾滋病曾经是中国官员们的一个'禁忌'话题"后,马上写道:"在温总理去年12月与艾滋病人握手后,从中央到地方的各级政府都开始高度重视艾滋病预防以及艾滋病患者的福利问题";既不回避联合国的警告:"艾滋病在中国的流行已经开始从高危人群(如性工作者、吸毒者和男性同性恋)向一般公众蔓延",也积极动作:"胡锦涛30日向全党、全社会发出号召:'高度重视艾滋病防治工作,努力遏制艾滋病的扩散。'同日,10万本专门针对各级官员的《预防控制艾滋病党政干部读本》被分发到全国各省、自治区和直辖市。"

背景对稿件深度和广度的挖掘并非偶然。这两篇消息都是团队集体创作的成果,凝聚了众人的心血。稿件是由专门负责领导人活动的常委记者、后方的英文撰稿人和负责跟踪报道的记者三方面力量协同作战,共同完成的。其他机动记者还采访世卫组织官员、艾滋病团体人士,获得了一些相关的背景资料。撰稿人将这些材料补充到滚动报道中去,在保证时效性的前提下,使报道更加丰满、充实、深入,从而牢牢控制了舆论主导权,体现了国家通讯社在重大事件报道上的权威性和影响力。

4. 积极正面的传播效果

作为对外传播的最后一个环节,传播效果应当得到重视,尤其是当传播对象是整个世界的受众时。好的效果是一个系列运作的最终目标和结果。而这两篇谈及敏感话题的对外报道之成败的最后检验就是其对外传播效果能否奏效。实践证明,这两篇消息都是成功的。

稿件根据对外报道的要求和特色,独家、全面、突出地报道了这两次重大新闻。在重大敏感事件的报道中,新华社的稿件先声夺人,发挥出解疑释惑、积极影响海外舆论的作用。由于时效领先、报道全面深入,稿件在海外产生重要影响。

新华社对这两次重大新闻的英文报道也很及时充分。《中国总理与艾滋病人握手》一文在国际上引起巨大反响,根据互联网的搜索结果,全世界有200多家媒体采用这一消息,其中包括《纽约时报》《华盛顿邮报》《洛杉矶时报》等近百家美国报纸和英国的《金融时报》以及印度、肯尼亚等国的英文报纸。海外舆论一致认为温总理此举是中国政府直面艾滋病问题、消除社会偏见的标志性事件。

《中国国家主席与艾滋病人握手》一经刊发,美联社、法新社、路透社等主要西方通讯社立即予以详尽转播,并在"世界艾滋病日"播发的全世界综合消息中多次引用。由于新华社报道充分、及时,外电对这一事件报道普遍积极正面。新华社统计部数据显示,《华盛顿邮报》等12家海外主要英文媒体采用此稿。网上搜索显示,100多家海外媒体刊用。

此外,编者认为在第一篇报道中有一些瑕疵值得提出来,如记者在引用数据时来源交代含糊。这条消息中出现"据卫生部统计""一些学者指出""最近一项调查显示"等,而没有交代"卫生部统计"是哪年的统计数据,"一些学者"是哪些学者,"最近一项调查"的调查机构是谁、调查时间是什么时候、是一项什么样的调查等,这些正是新闻报道所忌讳的。新闻的职责是向公众报告事实,交代事实的"who"是必要的,除非不提,提到就得清晰,不能含糊其辞,否则会使消息的可信度大打折扣。这也从另一个方面说明记者采访仍不够深入。

五、作品鉴赏

钟南山院士在广州被抢!

昨天,钟南山院士出席新发传染病技术会议,在回应其"手提电脑上月被抢"的问题时表示,非常感谢广州市公安部门破案迅速,10天之内就帮他寻回失物。他还建议出台严格规定,加大打击飞车抢夺的力度。

5月8日上午,钟南山在工作单位广州医学院的门口,被盗贼飞车抢夺手提电脑,幸亏人没受伤。

"当时我还以为有人好心替我提包,没想到竟然是劫匪,一下子都愣了!"钟南山说,感谢广州市越秀区公安部门高度重视,立刻就找他了解情况,并在10天内就找到他被抢的手提电脑。"当时我非常着急,有好几个国际会议就要开,电脑里面还有很多重要的学术资料。没想到公安部门行动这么迅速高效,真是非常感谢他们!"

钟南山建议,应该出台严格规定,提高法律威慑力。他希望广州加大打击飞车抢夺的力度,以维护良好的社会治安秩序。

(《南方日报》2006年6月14日　陈枫)

阅读思考

这位《南方日报》跑卫生口的记者陈枫具有相当的新闻敏感度。作为抗击"非典"的英雄、院士,钟南山可不是一般人,绝对是一个符号性的人物,连他都被抢了,可想而知,广州街头从事"双抢"工作的毛贼已经猖狂到什么程度。这个跑线记者听人说起钟南山被抢的事,但是没有得到更进一步的确认,于是就在一次钟南山参加的学术会议上故意堵住他询问。钟南山一说感谢广州公安,那就证明有这个事了。《南方日报》这个稿发出来以后,很多地方都在转载。一周之后的6月22日,《南方周末》发表深度调查《钟南山被抢为何破案神速》追踪此事的前因后果,引起社会各界的极大反响。

党中央国务院高度重视　首批获救矿工成功升井

179小时,王家岭见证生命奇迹

代表党中央、国务院,代表胡锦涛总书记、温家宝总理,张德江致电向获救矿工表示亲切慰问,向所有参加救援的同志们致以崇高的敬意。希望同志们再接再厉、争分夺秒,继续加大救援力度,全力以赴解救被困矿工。

经过179个小时全力救援,截至凌晨1时15分,王家岭煤矿透水事故首批9名获救者被陆续抬出井口,送往位于河津市的山西铝厂职工医院。据医务人员介绍,9名获救者意识清醒。

零时40分,获悉4名矿工获救升井后,中共中央政治局委员、国务院副总理张德江发来慰问电,代表党中央、国务院,代表胡锦涛总书记、温家宝总理,向获救矿工表示亲切慰问,向所有参加救援的同志们致以崇高的敬意。希望同志们再接再厉、争分夺秒,继续加大救援力度,全力以赴解救被困矿工。

以人为本,生命至上。华晋焦煤公司王家岭矿3月28日发生透水事故以后,党中央、国务院高度重视,胡锦涛总书记、温家宝总理立即作出重要指示,要求采取有力措施,调动一切力量和设备,千方百计抢救井下人员,严防次生事故。受胡锦涛总书记、温家宝总理委派,张德江副总理于事故发生次日凌晨紧急赶到现场,指导抢救工作。

国家安全监管总局、山西省委省政府认真贯彻落实中央决策部署,主要领导立即赶到现场指挥抢险救援,按照抽水救人、通风救人、科学救人的要求,全力组织抢救。一方有难、八方支援,社会各方力量迅速集结,全体救援人员发扬不怕疲劳、连续作战的精神,不抛弃,不放弃,奋战7天7夜,成功救出首批9名被困矿工,创造了奇迹。

截至记者发稿时,救援工作仍在继续紧张进行。矿井深处还不断传来声声敲击管道的生命之音。

(《人民日报》2010年4月5日　安洋　刘鑫焱)

阅读思考

这篇文章最大的特点:一是时间快,二是信息量大,三是现场感强。在王家岭煤矿首批矿工成功升井后,报社马上核实新闻事实,并根据电视直播、电话连线,抢在新华社前编发了中央领导对获救矿工的慰问电,突破了《人民日报》刊发中央领导新闻必须送审的惯例,率先抢占"第一落点",体现了党报在突发事件中的舆论引导力。全文既有高度,诠释了救援事件背后的政治意义,又有细节,开篇与结尾蕴含了浓厚的人文关怀。

电线杆上绑"美女"
吉林市街头惊现骇人广告

一家洗车行为招揽生意,竟将一"妙龄少女"道具模特高高地绑在了电线杆上,此行为受到了社会公众的严厉谴责。

2月12日,城市晚报驻吉林市记者接到一读者打来的电话:"你们快来吧,有一个女孩被人绑在了3米高的电线杆上……"记者火速赶到现场,远远就看见在该市某路口一根电线杆的3米高处,绑着一个头戴黑色围巾、身穿白色羽绒服、黑色长裤,脚蹬枣红色皮鞋的年轻女子。来到电线杆下,记者才看清楚,这一"妙龄少女"竟是一个道具模特,手中还拿着一块写有"洗车"二字的木牌……

据附近的居民讲,这个道具模特前一段时间一直被立在电线杆下,不知什么时候又被人绑到电线杆上。记者在居民楼里找到了挂道具模特的洗车行,该行经理解释说,他并无恶意,把道具模特挂在电线杆上只是为了招揽洗车生意。

随后,记者与吉林市城管执法局110机动大队等部门取得联系,5分钟后,执法人员赶到现场,用铁剪刀剪断道具模特身上的铁丝,将这名"妙龄少女"成功"解救"下来。

2月13日,此事经城市晚报曝光,立即在读者中引起强烈反响。此商家做出这种招揽生意的广告,遭到了公众的反感和谴责。有人士在报上发言:"没有规矩不成方圆。凡事都要讲规则,商家打广告也同样如此。一旦越过了应有的限度,就既容易违反了商家做广告的初衷,更可能对正常的社会公共秩序带来影响。"在长春街头报摊前,有读者对本报记者说:近些年,美女广告成风,有的甚至达到低俗程度。这个洗车行以"少女"做广告招揽生意的做法,真令人作呕反胃。

13日上午,东北师范大学和吉林大学两位关注妇女问题的教师,给本报记者打来电话,她们认为,将女道具模特绑在电线杆上招揽生意,无论从哪一角度出发都让人不可接受,表面上带给人们的是人性上的残忍刺激,而深层次上的是对女性人格的歧视和不尊。这些年,以中国妇女报为首的众多媒体,对传媒与广告中的女性形象问题给予了积极的关注,并在全社会大力宣传和弘扬马克思主义妇女观。然而,时至今日,这些有悖于社会进步与文明的性别歧视现象仍不断出现,可见腐朽的观念在社会生活中特别是在商业广告中的陈规定型是多么严重。她们借本报再次疾呼:要在全社会下大力气宣传马克思主义妇女观,树立尊重女性人格、关注女性合法权益的良好风气,对一切不文明不人道的行为,要给予坚决的抨击和评判。

(《中国妇女报》2004年2月14日 何力)

17岁杭州女孩发现小行星

■已获国际天文联合会临时代号■一旦确认,她将成为全球首位FMO女性发现者

昨天是不同寻常的一天! 昨天下午12点55分,17岁的杭州女孩丁舒珊发现了一颗全新的近地小行星(简称FMO)。两个小时后,美国亚利桑那大学FMO搜索计划专家已经初步确认丁舒珊的发现并发来贺电,这颗杭州女孩发现的新的FMO,很快获得了国际天文联合会给予的临时代号SW40QY。

今天,全世界的天文大望远镜都将一起对准这颗FMO,帮助验证杭州高中女生的新发现。

全国FMO爱好者奔走相告

昨天,全中国的FMO爱好者奔走相告杭州女孩的新发现,记者在中国FMO的QQ群看到几乎所有人都沉浸在一片喜悦和激动当中。

"由于这类小行星往往离地球非常非常近,几乎可以说是擦肩而过,所以它们中的大多数都对地球有很大的威胁。"杭州高级中学老师林岚告诉记者,一颗新发现的靠近地球的小行星有没有危险,会不会撞击地球,什么时间撞击地球……接下来的诸多问题,需要科学家们确认后作出一一回答。

发现源自电脑上一颗亮点

昨天傍晚,记者看到了发现FMO的17岁杭州女孩丁舒珊。白净的皮肤,短头发,一副眼镜,一位斯文的杭州邻家女孩。昨天下午12点55分,丁舒珊进入FMO的专门网络,接收了美国国家天文望远镜最新拍摄的实时星图。丁舒珊一颗一颗地检对过去,突然一颗直

竖的横条亮点,砰地"撞"了丁舒珊的"心"。丁舒珊直觉地感到这是一颗新的近地小行星,她马上把图片保存一下,并把自己的发现通过电子邮件传输给美国的FMO天文学家。很快,美国专家发来了这颗近地小行星的其他3张图片,供丁舒珊再次确认。一一点开后,"没错!没错!"丁舒珊一边电子邮件答复美国专家,一边对自己的发现更加有信心了。

两个小时后,美国专家发来了祝贺信,并且将此发现上报给了MPEC(国际小行星组织电子电报中心),同时,丁舒珊发现的近地小行星获得了临时代号SW40QY。

按照程序,美国FMO专家将向国际天文联合会汇报,今天全世界的大型天文望远镜将一起对准丁舒珊发现的这颗行星,"如果这次再度得到确认的话,那么这颗行星将获得永久编号。"林岚老师告诉记者。

北京天文馆馆长表示关注

"CONGRANTULATION……"昨天下午2点左右,美国专家发来祝贺电子邮件。

"恭喜!恭喜!"记者在网上的全国近地小行星邮件组(FMOLIST邮件组)中,来自全国各地FMO发烧友不断发来祝贺。

昨天傍晚,SOHO彗星发现数量居世界排名第6的美国"名将"托尼霍夫曼,向丁舒珊发来了祝贺信。

中国第一位发现FMO的中国科大博士虞骏也向17岁的丁舒珊发来了贺电。昨天傍晚,北京天文馆馆长、著名小行星专家朱进向记者表示,他将跟国家天文台兴隆观测台联系,如果丁舒珊的发现能被世界其他大型天文台再次确认,那么她将成为中国第二位FMO发现者,并且是中国首位女性发现者。

记者电话联系南京紫金山天文台的杨捷兴教授,告之杭州中学生的新发现。杨教授非常震惊:"在国内,小的望远镜是不可能观测到小行星的,需要大型的望远镜和先进的探测设备。如果发现了一个天体是移动的,并且确认这是一个天体,那么这很有可能是一颗小行星。但这是不是新的小行星呢?这还需要算出小行星位置,计算小行星轨道才能确认。"

新闻链接

1994年7月,彗星撞击木星后,引起科学家警觉:万一近地小行星撞击地球,那么一场新的"彗星撞击木星"的惨剧会不会在地球上演?于是美国人发起FMO系统,并发动全世界的天文爱好者一起寻找近地小行星。

美国国家天文台搜索FMO的0.9米望远镜(FMO搜索系统是隶属于著名的SPACEWATCH巡天系统,专门搜索一类移动异常迅速,能在照相机底片上留下移动轨迹的近地小行星)得到了PaulG.Allen基金会的支持,把拍摄的星图通过专业的网站实时向全世界公开,鼓励全球天文爱好者下载发现。这样,不管白天还是黑夜,即使天文学家们疏忽或是休息了,来地球的"不速之客"都会受到全世界天文爱好者的观察检测,而同时天文爱好者通过寻找新的近地小行星监测得到了巨大的荣誉。

美国人StanPipe曾经在去年的12月通过该系统发现了一颗从地球上空34500 km划过的FMO,这颗FMO甚至比同步卫星的轨道还要低,这也是有记录的历史上离地球第二近的小行星。值得推崇的是,搜索FMO的0.9米望远镜得到了PaulG.Allen基金会的支持,将他们拍摄的图片实时地发到网络上,鼓励全球天文爱好者下载发现。截至目前全球已经有19个天文爱好者(分别来自美国、西班牙、荷兰、中国),通过该系统发现了26颗FMO。这种近地小行星的搜索对于中国天文爱好者来说是非常"占便宜"的,美国天文学家在深夜辛苦拍摄图片的时候恰好是中国的下午。

(《今日早报》2005年9月1日　赵晋　洪慧敏)

市委书记当红娘　本报和双拥办搭平台

兵哥哥开心寻觅意中人

又一个"七夕"节，又一个相亲会。昨晚，由本报和市双拥办联合举办的军营相亲会在台州军分区招待所大礼堂举行，驻台各部队的105名单身军官和137名台州单身姑娘，喜气洋洋地寻找着自己的另一半。

今年第一个"七夕"，本报主办了首届台州相亲大会，引起市委书记蔡奇的高度重视。7月31日，蔡奇在刊有相亲大会消息的《台州晚报》上批示，建议主办方再举办一个军营相亲活动。本报与市双拥办协商后，决定在今年的第二个"七夕"举办这一活动。

彩带，气球，还有人们的笑脸，昨晚的军分区招待所大礼堂很温馨。淡蓝色的相亲牌是年轻的军官们的，姑娘们的则是淡淡的粉红色。相亲牌前，是围得严严实实的军官和姑娘们。

"部队的官兵们大胆些，地方的女青年都是好样的。"军营相亲会的倡议者、市委书记蔡奇也来到现场为姑娘小伙们鼓气。他说，台州是"双拥"模范城，相亲活动不仅为部队官兵解决了个人的终身大事，也为"双拥"工作增添了新的篇章。"希望你们一个人走进来，成双成对走出去。"

来自台州军分区的001号军官颇受姑娘们的青睐。一位姑娘刚刚在相亲牌后填完自己的手机号码，另一位姑娘又凑了上去。9点不到，这张相亲牌后面就留下了19位姑娘的资料。

女儿没找到对象，当妈的最是着急。专程从临海赶到椒江的楼大妈对记者说，女儿比较内向，终身大事就拖下来了。"不管这次能否成功，都要感谢晚报为我们提供了这么一个好机会。"

仿佛是印证蔡奇书记的话，8点半左右，记者在礼堂门口看到，两位兵哥哥先后领着相中的姑娘出去散步了。

"这么旺的人气，出乎我们的意料。"市双拥办一位负责人说，通过军营相亲活动，能解决驻台官兵们的后顾之忧，使他们安心在台州工作。

(《台州晚报》2006年8月31日　余海鸥)

火车首次跨越"世界屋脊"
(英文倒译稿)

中国周六创造了历史：第一对满载乘客的列车沿着连接西藏和中国内地的高原铁路首次跨越了"世界屋脊"。

当两列庆典列车"青1"和"藏2"分别驶出格尔木和拉萨车站时，世界为之瞩目。

数千名身穿各色民族盛装、讲各地方言的群众目睹了这一历史时刻，高呼"扎西德勒"。

国家主席胡锦涛为首趟进藏旅客列车开通剪彩。

"这不仅是中国铁路建设史上的伟大壮举，也是世界铁路建设史上的一大奇迹。"他对会聚格尔木火车站参加庆典的2600多名各界代表说。

周六是中国共产党建党85周年纪念日。当晚还有三列进藏客车分别从北京、成都和西宁首发。

梦想成真

青藏铁路全线通车,圆了中国革命先行者孙中山的梦想,也攻破了美国现代旅行家保罗·泰鲁"有昆仑山脉在,铁路就到不了拉萨"的断言。

青藏铁路从西宁至拉萨,全长1956公里。其中814公里的西宁至格尔木段已于1984年通车,格尔木至拉萨段2001年6月29日开工建设。

这一工程被喻为"奇迹",因为人们过去普遍认为沿线的多年冻土层根本无从支撑铁轨和火车。

"没想到,这辈子我还能坐上火车!"乘坐首列出藏列车700名旅客之一、藏族牧民土登当曲说。他的"英雄结(辫子)"是用新的红头绳编的,"因为今天是大喜的日子",他说。

土登当曲有5个孩子,最大的27岁,他希望能带着孩子外出打工、做生意。

拉萨大昭寺僧人次仁为沿线的风光陶醉,迟迟不肯坐下。"到了青海我要去塔尔寺朝佛。"

塔尔寺是藏传佛教格鲁派("黄教")的六大寺院之一,也是黄教创始人宗喀巴的诞生地。

重写历史

下午5:38,驶离拉萨的首次列车"藏2"经过青藏铁路最高点——海拔5072米的唐古拉山口,历史被重写。

青藏铁路从此取代秘鲁利马至万卡约的铁路成为世界最高的铁路。

行车海拔超过4000米时,列车开始弥漫式供氧,旅客还可以随时用吸氧管吸氧,以免出现高原反应。

胡锦涛称造价330亿元的青藏铁路建成通车是中国社会主义现代化建设取得的又一个伟大成就,并再次证实中国已跻身世界强国之列。

"这一成功实践再次向世人昭示,勤劳智慧的中国人民有志气、有信心、有能力不断创造非凡的业绩,有志气、有信心、有能力屹立于世界先进民族之林。"他说。

1300多年前,文成公主和亲吐蕃,从现在的西安到拉萨,走了近3年。今天,从北京到拉萨仅需48小时。

不仅是经济繁荣

铁道部预测,2010年,铁路将承运75%的进出藏货物,降低运输成本并使旅游收入翻番。

而专家认为,青藏铁路带给西藏人民的远不止地区经济的繁荣。

针对一些国际舆论对大量汉民的到来会"灭绝藏文化"的担忧,藏学专家安才旦说,青藏铁路恰恰为藏文化带来了新的发展空间。

"西藏人民有追求发展的权利,"他说,"铁路将推动西藏的繁荣,并向世界展示藏文化。"

中国西藏文化保护和发展协会理事黄福开说,铁路开通后,人们的生活方式难免会有所改变。"人们会继续吃糌粑、喝酥油茶,也会吃西餐、穿牛仔衣,这是人类文明进步的必然。"

一些环境论者还担心铁路会破坏高原环境。

为保护高原生态,青藏铁路用于环保的资金达15亿元,是目前中国政府环保投入最多的铁路工程。

"我对中国政府的做法感到钦佩!"正在拉萨访问的意大利汉学家米良多说。

国家主席胡锦涛在周六的开通庆典上发表的讲话中也强调了环保问题。

"广大干部职工和乘客要增强环保意识,自觉爱护青藏高原的山山水水、一草一木,切实保护好沿线生态环境。"他说。

据悉,中国政府还计划在10年内将青藏铁路延伸至日喀则、林芝和亚东。届时西藏铁路总里程将突破2000公里,部分贸易物资可不再经过马六甲海峡,直接从南亚出入境。

(新华社2006年7月1日　周岩　吴宇　拉巴次仁)

阅读思考

动态消息是报道"事件"的主要方式,是消息体裁的"正宗"。写好动态消息是新闻记者的基本功。动态消息各部分的写作有不同的要求:生动的标题就是消息主线。如《兵哥哥开心寻觅中人》《电线杆上绑"美女"》等,均以鲜明的报道线索为标题,以生动活泼的文字进行处理,做到了文采与平实相结合,雅俗共赏。而丰富的导语类型展示不同样式消息的特殊效果。如《17岁杭州女孩发现小行星》的描述型导语可感可视,《火车首次跨越"世界屋脊"》的概述性导语简括明了。

26小时,573万次

奥运主题歌《我和你》无线下载创纪录

中国移动新闻发言人12日说,从8月8日22时至8月9日24时,26小时内奥运主题歌《我和你》无线下载量达到573万次,即每小时有22万人次下载。

据了解,此举开创了无线音乐史上最快的传播速度,同时开创了有史以来全球音乐单曲最快发售纪录,是本届奥运超越以往的独特亮点。

8月8日,万众期待的北京奥运主题歌《我和你》在开幕式上精彩亮相。据悉,当晚主唱刘欢和莎拉·布莱曼来到中国移动"分享空间"体验厅,举行《我和你》MV首映和全球无线首发仪式。通过中国移动无线音乐平台发布奥运主题歌《我和你》后,中国移动用户都能在第一时间下载这首歌曲。

(《中国青年报》2008年8月13日　冯晓芳　周丹丹)

"奥运之吻"
俄格双娇缔造历史性一刻

昨天在女子十米气手枪的领奖台上,动人的一幕上演。

亚军俄罗斯名将帕杰林娜与铜牌得主格鲁吉亚的妮诺·萨卢克瓦泽在领奖台前主动相互拥抱,并送上"奥运之吻"。

就在这一吻的同时,远在千里之外,格俄战火仍在延烧。

妮诺说,"能一起在体育比赛里同场竞技的运动员都是朋友,更何况我和帕杰林娜曾经一起代表俄罗斯队出场过,我和她一直以来都是很好的朋友。"

奥运让战争走开

与北京奥运会开幕同一天,格鲁吉亚南奥塞梯地区局势骤然恶化。联合国秘书长潘基文在奥运开幕当天再次呼吁遵守奥林匹克休战。

奥林匹克休战是国际奥委会根据3000多年前古希腊神圣休战的做法设计的和平活动。1993年10月,联合国大会通过决议,恢复了这一古希腊传统,呼吁联合国各会员国在每届奥运会开幕和闭幕前后各一周以及奥运会期间实行奥林匹克休战。

2007年10月,第62届联大一致通过由中国提出、186个会员国联署的《奥林匹克休战决议》,号召联合国成员国采取积极行动,在奥运会期间休战,并根据《联合国宪章》精神,和平地解决所有国际争端。

在动荡的世界里,奥运会让人们暂时抛开分歧,获得和平的宝贵时刻,甚至由此缔造了许多人类永志难忘的历史瞬间。

奥运带来和平

据考古学家统计,古代奥运会共举行了293届,鼎盛时观众达到8万人。神圣的"奥运休战"宗旨保障了古代奥运会的和平,不知挽救了多少人的生命。

1956年墨尔本奥运会,分裂的东、西德国共用一面五环旗入场的场景被载入了史册;

1992年巴塞罗那奥运会,在联合国和国际奥委会的共同努力下,波黑交战双方暂时停火;

1994年挪威冬奥会,巴尔干地区战况血腥,时任国际奥委会主席的萨马兰奇前往萨拉热窝调停,促成各方停战一天,拯救了数千生命;

1998年日本冬奥会,美国威胁攻打伊拉克,联合国秘书长安南以"奥运休战"决议为契机,访问巴格达,通过外交途径阻止了冲突的爆发;

2000年悉尼奥运会,朝鲜和韩国运动员高举半岛旗帜联合入场……

2008年北京奥运开幕式上,上千人组成的巨大"和"字,再次将奥林匹克的和平精神展示给世界。然而,格俄战火纷飞、韩朝在运动员入场时相隔三国先后入场、伊拉克参赛一波三折,都将战争的忧思弥散在奥林匹克旗帜飘扬的天空。

没有运动员要回国 俄格确认继续参加奥运会

虽然俄罗斯和格鲁吉亚两国发生持续军事冲突,但国际奥委会昨天证实,两国代表队都将继续参加北京奥运会,目前亦没有运动员个人表示要回国。

俄罗斯和格鲁吉亚近日在南奥塞梯地区爆发冲突。据报道,格鲁吉亚代表团曾提出回国,但该国总统萨卡什维利连夜向代表团发信,要其留在北京,总统的指示由正在北京的第一夫人桑德拉在凌晨两点向代表团宣布。而俄罗斯国家奥委会也向国际奥委会表示将继续参赛。

国际奥委会新闻宣传部部长戴维斯说,"这很好地体现了奥林匹克精神,而且也体现了奥运会的价值观,国际奥委会认为这绝对是正确的决定,尤其是格鲁吉亚运动员训练得那么艰苦,而且对他们来说是一生难得的机会。"

(《青年时报》2008年8月11日 中新社记者 张量)

阅读思考

背景运用见功力。如果抓出与众不同的新闻事实，巧妙地处理新闻背景，就能够使新闻事实的价值凸现出来。《奥运之吻》中有这样一段文字：

亚军俄罗斯名将帕杰林娜与铜牌得主格鲁吉亚的妮诺·萨卢克瓦泽在领奖台前主动相互拥抱，并送上"奥运之吻"。

就在这一吻的同时，远在千里之外，格俄战火仍在延烧。

试分析：这段是想表达什么深意？这一篇新闻稿最成功之处在哪里？它的主题是什么？

第三章 人物消息

一、文体概说

新闻报道从人开始到人结束,亦即新闻报道总是以人为中心。人物消息是人物报道的重要方式,但是近年来这种重要的新闻体裁却被许多媒体所忽视。人物消息是以人物为主的消息,它要求抓住人物的本质特征,选取新鲜、典型的事实材料,迅速地反映新闻人物的某种行为或某个侧面。报纸上常见的人物新闻往往从某一个侧面去反映人物的性格、精神、境界等。

人物消息的特点是:篇幅短小,叙事单一,内容、主题集中;时效性强,其内容必须是"现在进行时"或"现在完成时",要求快速采写、报道;要求以人帅事、以事显人。人物消息和一般消息一样,其特点仍然是"简括"二字。它不是详写人物,而是为人物做剪影、画速写。此外,人物消息大多依托与人物有关的新闻事件写人,使其带有动态消息的特点。

如何才能写出有影响的人物消息?

(1)标题精彩就成功一半。人物消息的标题就好似这个新闻人物的眼睛,眼睛长得好,人物才会有生气。要做到读罢题目,人物的形象和性格就已经酣畅淋漓地表现出来。准确、鲜明、生动的标题,是作品产生震撼力和感染力的前提。

(2)要善于以小见大,以短见长。人物消息写作中要注意选准新闻人物,也不要贪大求全,不要将人物消息写成人物通讯。同一新闻题材,能用人物消息处理的,一定不要拉扯成人物通讯。

(3)角度就是"新闻眼"。要写出有影响的人物消息,选准角度是第一位的。只有大、新、深的主题,才能产生强的新闻效应。有了准确的角度,材料才有了剪裁的尺度。意不精,文难短。

此外,讣闻——报道人物逝世的消息,也是人物消息的一种。西方有专门采写人物讣闻的记者,讣闻写作也是一种艺术。我们特别应当强调,一些生活性、娱乐性小报上对某些影视歌"明星"的趣闻轶事的报道,与我们所说的主流传媒上的人物消息有本质的不同。用"明星"的那点"烂事"去招徕读者,实属人物消息的旁门左道之列,不足为训。

因此,本章集中笔墨,专门对动态的和讣闻类的人物消息进行了评点,把握它们各自的写作规律,希望能够给人物消息的写作带来一点思考和借鉴。

二、个案评析1

◇ **原文**

张品正带着"奶奶"出嫁25年
当年少女的一个善举结下了没有血缘的祖孙奇缘

每天早晨6点多,52岁的张品正就会下楼到奶奶屋里,为99岁高龄的老"奶奶"梳洗穿戴、打扫房间,伺候老人吃完早饭才去上班。

张品正是北苑学校的会计,她的"奶奶"姓靳,熟悉的人都知道,靳奶奶其实与张品正毫无血缘关系,但张品正却像对待自己的亲人一样,无微不至地照顾了靳奶奶32年。

靳奶奶原是张品正家的房客。1974年,靳奶奶的老伴去世了,老人撕心裂肺的哭声触动了张品正的心。张品正想,老人无儿无女,又没有房子,看着真让人心疼,从那以后就认下了这个"奶奶"。

1981年,张品正结婚的时候又做出了一个惊人的举动,带着奶奶出嫁。从那时起,她把靳奶奶接到了自己的新家,开始照顾起当时已70多岁的老人。孩子出生以后,住房明显紧张,张品正就和丈夫请人在楼下的空地上盖了一间小平房。从那以后,她和丈夫搬进了小平房,把楼房留给靳奶奶和孩子。

住了几年之后,靳奶奶说什么也不住楼房了,非要换到平房去住,万般无奈之下,拗不过靳奶奶的张品正才和老人换了房。"奶奶心疼人,其实她是不愿意让我们住在小平房里。"张品正说,"每天早上我来之前,奶奶都会把痰盂清理得干干净净,从不让我帮她倒,她说那东西脏。"

为了防止老人摔倒,张品正每次离开之前都会特意在屋里多放几把椅子,"她随手都能摸着,就不会摔了。"靳奶奶不喜欢穿套头的衣服,张品正就将老人的衣服一一改成了开衫。本来张品正不会针线活儿,但为了让奶奶穿上可心的衣裳,她还学会做棉裤。

如今,北苑学校又新分给张品正一套房子,"本来我想把奶奶接进来住,可她就是不肯,非说房子是给我儿子结婚用的。"如今,每天下班以后,张品正总是在楼上的家里做好饭,然后送下楼和老人一起吃。20年来,她几乎没有和丈夫、孩子吃过一顿晚饭。"每次我外出时,都会先安排好送饭的人。"张品正说,"奶奶都快100岁了,我一定要让奶奶活一天就享一天福。"

(《北京晚报》2006年4月12日 孟环 刘湘琼)

◇ **点评文章**

骨感的写作
—— 评人物消息《张品正带着"奶奶"出嫁25年》

如果说人物通讯塑造的是丰满的肉感美人,那么人物消息塑造的就是一个骨骼清奇的骨感美人,它注重"简括"二字。相对于肉感的写作,人物消息的写作更加注重框架结构的构建、叙述的线条和棱角,力造一个骨感美人。第十七届中国新闻奖二等奖作品《张品正带着"奶奶"出嫁25年》就是这样一篇用朴实的原生态语言写作的人物消息佳作,其成功之处很大程度上源于其材料的选择和原生态语言的运用。

1. 寻找横纵向素材是骨感写作的基石

人物消息对选材的要求很高,只有丰富的新闻元素才能突出人物个性和特点。而这篇作品胜在找到了丰满而充实、极具说服力和吸引力的材料。记者正确地选择了恰当的材料,而这些素材在文中起到了"树"形象"立"主题的作用。25年的相处生活,可以写得太长太长,但是作者只是横向纵向地选择了几个典型的、有代表意义的镜头进行简笔勾画,巧夺天工的手笔却绘出一幅祖孙感人的生活全景。

记者纵向选择了"1974年,张品正认下了无儿无女、又没有房子的靳奶奶"、"1981年,张品正结婚的时候又做出了一个惊人的举动,带着奶奶出嫁,并且让新房给老人"、"几年之后,奶奶坚持和张品正换房"、"如今的生活状态"这样几个不同时间段的典型事例材料。通过巧妙地截取25年来的这些片段、瞬间,再进行适当的"放大",这个放大不是通讯或者特写的精雕细琢,而是强调和重现画面。在塑造人物形象上,正是这些纵向材料打下了一个基石和初步结构,让读者对张品正其人有一目了然的视觉感受,而不多的横向材料的选用则恰当地丰盈了人物形象,使其不至于形象太多薄弱,呈现苗条姿态。

横向的素材方面,记者选择了"每天早晨6点多,52岁的张品正就会下楼到奶奶屋里,为99岁高龄的老'奶奶'梳洗穿戴、打扫房间,伺候老人吃完早饭才去上班""每天下班以后,张品正总是在楼上的家里做好饭,然后送下楼和老人一起吃。20年来,她几乎没有和丈夫、孩子吃过一顿晚饭"这样的感性材料来丰富文章的内容。记者选择的这几个生活片段和事件都是典型的、有特征的、新闻价值高的横断面,让读者看到了一个鲜活的人物形象。而这些横向材料的选择记者亦是经过了仔细斟酌。如记者第一段写道:"每天早晨6点多,52岁的张品正就会下楼到奶奶屋里,为99岁高龄的老'奶奶'梳洗穿戴、打扫房间,伺候老人吃完早饭才去上班。"这是生活中每天的例行事件,如果记者把它作为纵向材料来写,安排在某一年的一个片段中,显然是没有什么价值的。俗话说,"做一件好事容易,做一辈子好事很难",同样道理,这个材料的新闻突出点就在于很普通的两个字——"每天"。如果每天都能够做到这一点,足以说明张品正人品之高尚。因此这个材料作为横向材料,才能最好地发挥其功用,塑造人物性格和特点。同样最后一段的横向材料也是如此,关键词在于"每天""20年来"等字眼。

2. 原生态语言再现正是骨感写作的外在表现

正所谓集束信息、惜字如金是新闻消息精品之形。新闻消息是通过语言文字传递给读者的,因此要学会使用精炼的文字浓缩信息,以传递更多的内容。

作品将张品正无微不至地照顾了与自己毫无血缘关系的靳奶奶32年一事,用最朴实的语言进行原生态再现;大量富于震撼力的材料,使主人公心底至真的爱心深深感动了读者;全文无任何华丽辞藻,亦无煽情的话语,但是读来却感人至深,受众无不感同身受,为主人公的无私大爱而啧啧赞美。

写作技巧上,记者对于新闻跳笔的使用十分娴熟。短段落、多分段,不但给新闻减了肥,还考虑到了读者的接受心理。跳跃式的文字结构,拉大了句子与句子间的跨度,多角度、多侧面地提供了丰富的信息,并以简洁的文字完成了生动的叙述。

三、个案评析 2

◇ 原文

一座城市向一位普通市民告别

一个高尚而完美的灵魂永远地走了。

昨天上午,丛飞同志遗体告别仪式在深圳市殡仪馆隆重举行。近 4000 名被丛飞帮助过或被感动过的人,从四面八方络绎不绝赶来。

只能容下 300 人的追悼大厅,挤满了从四面八方赶来的人们。"只要你快乐,只要你幸福……只要你回头一笑,我就很知足……"的歌声在回荡,交织着每个人眼里写满的悲与哀。洁白的鲜花丛中,丛飞的遗像含笑注视着爱他和他爱着的人们。

中共中央政治局委员、书记处书记、中宣部部长刘云山委托中国文联发来唁电,中共中央政治局委员、广东省委书记张德江敬献花圈。团中央书记处第一书记周强,中国作家协会党组书记金炳华等领导同志和单位敬献了花圈。中央文明办、团中央、国家民政部部长李学举等单位和个人发来唁电、信函。

中国作协党组副书记张健、团中央书记处书记尔肯江·吐拉洪,市领导李鸿忠、许宗衡、白天、李意珍、戴北方、李锋、王京生、邱玫、廖军文等参加了告别仪式。

默哀 3 分钟。丛飞的生命虽然只有 37 岁,但他用无私大爱所铸造的崇高精神境界,犹如电光火石照亮深邃夜空,让一座城市引以为傲。

"我们会珍惜和记住丛飞所留给我们的每一个故事,这是诉说爱和坚韧的故事,是真正的深圳人、深圳英雄的故事。"王京生主持仪式时,眼中噙满泪水。

灵堂外,聚满向丛飞告别的市民,手捧束束鲜花,带着亲手折叠的纸鹤,为自己心中的英雄送行。莲花北康复站工作人员,与丛飞有着长达 8 年的深厚友情,泪流满面地说:"一定要把丛飞的爱心传递下去。"

大爱无疆。丛飞去世前,在遗言中提出,要无偿捐献眼角膜等有用的器官,为社会做最后一次奉献。昨天,4 名接受丛飞眼角膜移植的受益者,带着这个世界的光明,专程前来诀别丛飞。

生前好友巫景钦,说起丛飞的故事,痛哭不已:你倾其所有,资助贫困小孩上学,帮助残疾人康复;在贵州山区,你不顾天寒,把棉袄脱下来,交给穿单衣的贫困学生……"你把幸福、好梦、快乐留给世人,把爱洒向人间。"

王京生说:"感谢你丛飞,感谢你对我们共同生活的这座城市和人民的挚爱,你永远不可能与这座城市分离,你的精神就是这座城市的精神象征,并将永久地守护她前进和成长。"

几天来,关于丛飞病逝的消息在社会上产生了震撼性的影响。在深圳新闻网,市民网上献花达 17000 多人次,相关纪念文章录得 8 万多人次点击量,网友留言近 5000 条。

阳光下,深圳殡仪馆内外,丛飞的"只要你幸福"这首歌久久回响。

(《深圳特区报》2006 年 4 月 26 日　叶晓滨)

◇ 点评文章

这是一曲催人泪下的赞歌
——兼谈讣闻的写作

近年来,讣闻在媒体上出现得越来越多。讣闻——报道人物逝世的消息,作为人物新闻的一个分支已经在媒体上展现出多种多样的风格。西方甚至有专门采写人物讣闻的记者,而国内媒体上讣闻的写作也已经不仅仅局限于模式化的"公告牌"形式,而是有血有肉的、催人泪下的情感制作,犹如谱写了一曲曲感人至深的赞歌。我们以《一座城市向一位普通市民告别》一文为例,谈谈讣闻的写作特点和要求。我们通过了解和分析其写作特征,找寻其写作规律,更好地指导讣闻写作。

1. 情感的自然流露,凸现讣闻的感染力

讣闻的关键在于其感染力。读罢全文,感触最深的恐怕就是文章流露出来的真情实感,很明显作者是用真情铸成的这篇哭泣之作。

文章的标题"一座城市向一位普通市民告别"做得很有沧桑感和厚重感,给全文定下了一个基调:情意绵绵、抒情意味十足、深沉的格调。文章情感流露自然而不造作,开头就写道:"一个高尚而完美的灵魂永远地走了。"一语道破文章的主旨。接下来,"'只要你快乐,只要你幸福……只要你回头一笑,我就很知足……'的歌声在回荡,交织着每个人眼里写满的悲与哀。洁白的鲜花丛中,丛飞的遗像含笑注视着爱他和他爱着的人们",这样的环境描写很恰当地烘托出了现场的悲情气氛,使人潸然泪下。

记者在文字语言上的功底也是成熟得道的。为了表现丛飞的感染力,第二段最后一句写道:"近4000名被丛飞帮助过或被感动过的人,从四面八方络绎不绝赶来。"接下来第三段开头写道:"只能容下300人的追悼大厅,挤满了从四面八方赶来的人们。""4000"和"300"马上形成了受众心理上的视觉感,现场的拥挤无不体现得恰如其分。

讣闻最后说:"阳光下,深圳殡仪馆内外,丛飞的'只要你幸福'这首歌久久回响。"既是全文情感基调的一脉相承,更是给全文的情感流露做了一个完美的收尾,对丛飞"只要你幸福"这种先人后己的无私品格的最大赞扬。纵观全文,记者只是选取最为精当的极少的情节来点"睛",并且言简意赅,信息量大,笔墨有现场感、真实感、形象感。

2. 背景的巧妙穿插,增强文章的厚重感

轻松、巧妙的背景穿插能大大地加强讣闻的厚重感,加深人物形象在读者心中的印象。如果仅仅只是描写现场人们对丛飞的恋恋不舍、对丛飞的感激至深,恐怕无法很好地表现出丛飞生前所具备的伟大品质和个人魅力,因此,最好的办法是"让事实说话"。记者正是把握到受众的这种阅读心理,不着痕迹地穿插了大量的背景材料,使受众对丛飞的个人形象有了更加深刻的认识,也使该讣闻具有了更加深远的意义和价值。

"大爱无疆。丛飞去世前,在遗言中提出,要无偿捐献眼角膜等有用的器官,为社会做最后一次奉献。昨天,4名接受丛飞眼角膜移植的受益者,带着这个世界的光明,专程前来诀别丛飞。""生前好友巫景钦,说起丛飞的故事,痛哭不已:你倾其所有,资助贫困小孩上学,帮助残疾人康复;在贵州山区,你不顾天寒,把棉袄脱下来,交给穿单衣的贫困学生……'你把幸福、好梦、快乐留给世人,把爱洒向人间。'""几天来,关于丛飞病逝的消息在社会上产生了震撼性的影响。在深圳新闻网,市民网上献花达17000多人次,相关纪念文章录得8万多人次点击量,网友留言近5000条。"

全文记者少发个人议论,力求让最典型、感人的事例、情节和细节来承担形象的塑造。通过这些数据、直接引语等对丛飞的高远品格予以肯定和赞扬,文章的内涵得到了极大的充实。

3. 语言的洗练高远,衬托出超脱的境界

超脱境界,这是讣闻的感染力的一个外在表现。在生与死面前,人们总是能够获得一些不曾有过的人生领悟;在无私大爱的英雄面前,人们总是感觉到一种灵魂的超脱;而在英雄离去的这个场合,人们的跌宕情感更加需要一种相应的语言来表现。因此,讣闻语言应具备其独特魅力,达到一种"此曲只应天上有"的高远境界。

读罢全文,有一种精神受到洗礼、情感得到升华的超脱情绪,这是由于记者情感创作的表现形式:语言的魅力。"丛飞的生命虽然只有37岁,但他用无私大爱所铸造的崇高精神境界,犹如电光火石照亮深邃夜空,让一座城市引以为傲。"这样的语言读来无不使人潸然泪下,欲罢不能,无法自已。

四、作品鉴赏

就业局长"潜伏"打工探扬州用工

昨天中午,扬州宝亿制鞋厂,60多名云南曲靖市的务工人员前来报到。欢迎新员工的典礼上,一位戴眼镜、挎皮包的中年男子,从人群中挤上主席台,向乡亲们挥手致意:"我叫陈家顺,曲靖市就业局副局长,去年曾在宝亿制鞋厂打工一个月……"这一句自我介绍,令宝亿鞋厂的新老员工惊讶地瞪大了眼睛。

去年春天,西南大旱,扬州众多企业向云南曲靖等重旱区发出用工"邀请函"。很快首批80多名曲靖农民来到宝亿鞋厂,陈家顺就是他们的领队,有人称他"工头",也有人叫他"大哥",却没人知道他是曲靖市就业局副局长。

原来,曲靖当地百姓很少走出大山,总担心外出受骗受欺负。扬州务工环境究竟咋样?光看招工广告不行。百闻不如一见,百见不如一试,陈家顺自告奋勇当起"工头",要实地体验扬州的务工环境。

经过一周岗位培训,陈家顺被分配到整理车间,负责打包卸运。一周工作五天,周六加班计发加班费,周五晚上工厂还开展联谊会。八人一间宿舍,有空调、有热水。每月10日,工厂按时发薪水,外来员工全部参加社会保险。陈家顺按时拿到首月工资后,向宝亿老总递上自己的名片说:把家乡工人交给你们,放心!他在"打工报告"中这样写道:扬州企业合理工资吸引人,人性管理温暖人,事业发展激励人。随后,一拨又一拨的曲靖农民工被输往宝亿制鞋、川奇光电等企业。

去年12月底,扬州市人力资源和社会保障局前往曲靖,将曲靖列为扬州第58个外省劳务基地,今年春节前,200多名曲靖员工被吸纳到扬州经济技术开发区的企业中。

今年春节后,全国各地大闹"用工荒",扬州经济技术开发区跨省招工,一周招聘签约1.8万人,用工计划甚至排到今年七八月份。扬州市人力资源和社会保障局副局长颜军说,扬州园区企业用工缺口2万多人,但没有出现"用工荒",就是因为扬州建立了一批外省劳务合作基地,扬州企业注重待遇留人、感情留人、事业留人。

在昨天的欢迎仪式上,颜军拉着陈家顺的手说:"你的特殊'打工'经历,就是对扬州务工环境的最好宣传,感谢你啊!"

(《扬州日报》2011年3月8日　胡俭)

> **阅读思考**
>
> 2011年初,"节后用工荒"席卷全国,而部分农村富余劳力难转移,矛盾突出,这成为社会焦点中的难点。在这样的特殊背景下,诞生了就业局长"潜伏"打工的故事。该文抓人眼球,具有极强的新闻性,同时该文以小见大,深刻反映了具有时代感的重大社会主题。

我军第一代女导弹操作号手高原亮剑

35名平均年龄不足23岁的军中女"剑客"首次实弹发射圆满成功

盛夏时节,第二炮兵某基地训练团女兵发射分队千里挺进西北高原,首次执行实弹发射任务。随着惊天动地的轰鸣响彻群山,两枚导弹刺破苍穹,准确命中目标。此举标志着我军第一代女子导弹操作号手全面形成实战能力。

2010年3月,第二炮兵某基地着手组建第一代女子导弹发射单元。经过层层选拔,35名女军人脱颖而出,她们之中,有4名军官,31名战士,32人具有大专以上学历。从此,这群平均年龄不到23岁的女兵,开始了挑战自身极限的冲刺:强化意志体能、深研基本理论、苦练实装操作、合力排障除险……经过480多个日月晨昏的洗濯磨淬,顺利通过了导弹操作号手资格认证,创造了第二炮兵战斗部队独立发射能力生成周期最短的纪录。

此次实弹发射,她们从受命出征的那一刻起,历经跨区机动、伪装防护、野战宿营、对抗演练,最终走向海拔3000多米的陌生战场。

高原朔风劲,寒气侵征衣。

晨曦微露,女子发射单元指挥长、0号手彭锁棣一声令下:"占领阵地!"其他号手迅速就位。展车起竖、转弹瞄准、装订诸元……在她们的娴熟操控下,乳白色导弹直指长空,蓄势待发。2号手陈勤执行完最后一道指令,面向发射车伫立。她的哥哥陈大桂,生前也是一名出色的导弹操作号手,在汶川大地震中为抢救群众光荣牺牲。2008年底,陈勤参军入伍,循着哥哥的足迹成为一名火箭兵。此次高原亮剑之地,正是她哥哥曾经发射导弹的地方。

"10、9、8、7、6……点火!"上午9时整,1号手谢凌霞沉着按下发射按钮。导弹呼啸而起,在天空中划出一道壮美航迹。

"导弹命中目标!"几分钟后,作战指挥大厅传来捷报,35名女兵欢呼雀跃,相拥在一起。

(《解放军报》2011年7月15日　梁蓬飞　李永飞)

> **阅读思考**
>
> 本文是一篇独家新闻和首发新闻。记者以独特视角、简洁语言、流畅笔调,首次披露共和国第一代女子导弹操作号手这一神秘群体。记者突出事件的思想主题和时代意义,行文删繁就简,素材优中选优,故事和细节均属独家披露,作品的"含金量"极大。

打破"官本位"回归"学本位"　临沂大学八位处长辞职当教授

近日,山东临沂大学完成了新一轮专业技术岗位全员竞聘,8位具有正高职称的在职处长"辞官从教",一心一意当起了教授。

"我评上教授已经7年了,但是由于长期从事繁忙的行政管理工作,很难有足够的时间和精力进行深入的教学和科研。这次竞聘,学校党委出台了导向教学和科研一线的优厚政策,促使我下定决心转岗。"已经在正处级岗位上干了12年、刚刚辞去社科处处长职务的汲广运教授对记者说。辞去资源环境学院院长职务的于兴修教授也向记者表达了同样的想法。

据介绍,临沂大学此次辞职的还有教务处长、科研处长等学校"要害"部门处室的"一把手",能够让他们下如此决心辞去举足轻重的行政职位,足见临沂大学政策倾斜的力度之大。临沂大学以"导向教学、导向科研、导向高层次人才"为此次专业技术竞聘的基本原则,下决心要把高层次、高职称、高学历人才向教学和科研一线引导,为此,大幅提高了教授的津贴待遇。如教授最末位四级岗位的津贴每月也要比"处长"多20%,教授三级岗位每月津贴比"处长"多40%,特聘教授二级岗位的岗位津贴则是教授四级岗位的5倍左右。特聘教授一级岗位的津贴根据教授个人贡献大小,一般在150万元到200万元左右;贡献特别突出者,另外获赠价值300万元的一套别墅。面对如此巨大的"倾斜",有能力的处长们纷纷弃官从教也就不足为奇了。

"临沂大学目前的首要任务是内涵提升,而人才是最大的瓶颈,彻底打破'官本位'思想,重新回归'学本位',让专家、教授深入教学科研一线,临沂大学才会大有希望。"学校党委书记丁凤云这样解释学校政策的初衷。

据了解,在丰厚待遇的背后,临沂大学的教授们也将承担更重的责任。以教授三级岗位为例,临沂大学规定,任期内必须获得国家科学技术一等奖额定位次或者二等奖前五位,获得国家教学成果特等奖额定位次或者一等奖前五位,获得全国高校科学研究优秀成果一等奖前五位或者二等奖前三位或者三等奖首位;或者首位发明专利两项以上,并在实践中推广应用,创造经济价值1000万元以上。一位辞官从教的前处长表示,这些工作任务,对临沂大学教授们而言,也是全新的挑战。

（《光明日报》2012年11月25日　周华　赵秋丽　文锋）

阅读思考

近年来,我国高校"官本位"现象日盛,为学界所诟病。从"官本位"回归"学本位"是高校健康科学发展的必然要求,也是贯彻落实十八大精神的有力举措。临沂大学打破"官本位"、回归"学本位"的破冰之举,对我国高校改革有积极的借鉴作用。该新闻荣获光明日报2012年年度好新闻一等奖。

试分析:这篇人物新闻在写作上有哪些特点?

山东作家莫言获诺贝尔文学奖

晚上7点刚过,高密的大街上便响起了鞭炮,一条消息在鞭炮声中口口相传:高密走出去的山东作家莫言荣获2012年度诺贝尔文学奖。这是中国籍作家首次问鼎这一奖项。

几天前,莫言成为诺贝尔文学奖大热门的消息不胫而走。来自国内外20余家媒体的记者奔向高密,在莫言文学馆的手稿里,在莫言出生的大栏乡平安村,在高密的剪纸、扑灰年画和山山水水中找寻密码,期待一条爆炸性新闻。

这是收获的季节,高密的棒子黄澄澄地摆满了场院和房顶,侍弄着活计的老乡们略带疑惑地观望着纷至沓来的记者。莫言的二哥管谟欣已经说不清接待了几拨客人,但他还是面带笑容。

随着时间推移,记者群里散发出焦急和期盼的气氛。他们不停地看表,翻着网页,并一遍一遍追问着莫言的下落。莫言事后对记者说,那时,他正躲在一个地方逗着小外孙玩耍,还舒舒服服吃了顿晚饭。

"成了!"晚上7点刚过,记者当中一个手疾眼快性子急的率先确认了这一消息,人群中随即爆发出热烈的掌声。

在斯德哥尔摩当地时间10月11日13时,远在北欧的瑞典文学院宣布,2012年诺贝尔文学奖授予中国作家莫言。

瑞典文学院常任秘书彼得·恩隆德在瑞典文学院会议厅先后用瑞典语和英语宣布了获奖者姓名。他说,中国作家莫言的"魔幻现实主义融合了民间故事、历史与当代社会"。

诺贝尔文学奖评委之一、瑞典汉学家马悦然说,莫言的作品十分有想象力和幽默感,他很善于讲故事。莫言获奖会进一步把中国文学介绍给世界。

晚9点,让各路记者找得好苦的莫言终于现身。对于获奖,莫言表示"可能是我的作品的文学素质打动了评委,中国文学是世界文学的一部分,表现中国独特的文化和民族风情,站在人的角度上,立足写人,超越了地区、种族的界限。"他强调,"诺贝尔文学奖是重要的奖项,而并不是最高的奖项",自己要"尽快从热闹喧嚣中解脱出来,该干什么干什么"。

莫言出生于1955年2月,原名管谟业,山东高密人。小学即辍学,曾务农多年,也做过临时工。1976年2月离开故土,尝试写作。1981年开始发表作品,一系列乡土作品充满"怀乡""怨乡"的复杂情感,被称为"寻根文学"作家。他的主要作品包括《红高粱家族》《丰乳肥臀》《檀香刑》《蛙》等。长篇小说《蛙》获第八届茅盾文学奖。

按照诺贝尔奖有关规定,所有获奖者将前往瑞典首都斯德哥尔摩,参加12月10日举行的颁奖典礼。

(《大众日报》2012年10月12日 郭剑)

阅读思考

莫言获诺贝尔文学奖,是中国当代文学得到世界认可的标志性事件。这是大新闻,也是中国文化的大事件。稿件准确记录珍贵的历史一刻,是现场新闻的范本,是改文风的切实体现,把新闻的速度和文学的深度有机结合,进行了一次全新的文本尝试。稿件带着浓重的文学色彩,有很强的现场感和冲击力,展现了消息体裁的魅力,被多家媒体用作消息写作培训案例。

试分析:这篇新闻的人物塑造有何特点?

在心里写了10年的家信

12月2日午后,温煦的阳光照遍抚顺市莫地沟棚户区改造后新建的楼群。忙活了两天的居民谢素芹和丈夫胡本印刚把新家拾掇出模样,就迫不及待地给山东娘家去了信儿。

"大哥:我家搬进了新楼,还铺了地板。屋里挺暖和,也亮堂,你和家里人快来看看吧……"

这封家信在34岁的谢素芹心里整整写了10年。这是她结婚10年第一次邀娘家人来串门儿!

莫地沟是辽宁省最典型的棚户区。这里居民不少是低保户,住的多是老房危房,屋顶漏水、墙体开裂。在社区干部的记忆里,过去的10年没有一个姑娘嫁进莫地沟。以前谢素芹一直不让娘家人来,是因为她在莫地沟的居住条件还不如农村老家。

10年前,谢素芹在山东菏泽老家遇到来走亲戚的胡本印,相中了他人老实,也想摆脱家乡的穷困,就跟他走进了胡家。公爹胡树彬是抚顺西露天矿退休工人,从1955年建矿开始就住在莫地沟一个45平方米的低矮工棚里。已经住了40年的屋子划出一间给他们小两口做了新房,房顶早就塌了个角,山墙裂了个大缝,常年用木桩支撑着。到谢素芹的女儿都8岁了,一家三代还挤在窄仄的工棚里。

谢素芹的娘家哥哥非常自豪妹妹嫁到了大城市,几次要过来串门儿。要强的谢素芹看着挤巴、憋屈的棚子总是阻止。婚后10年,没有娘家人来看过她。

谢素芹居住的城市年年都发生巨大变化,她和邻居们年年都盼着这变化能早日惠及莫地沟。谢素芹不知道,在全辽宁省,像她和邻居们这样的,还有27万户、84万多口人,住在几十年前遗留下来的棚户区里,他们的困难牵动着党和政府的心。

和谢素芹命运休戚相关的莫地沟注定要被写进辽宁棚改历史。2004年12月26日,刚到任12天的省委书记李克强来到莫地沟,他含着眼泪对"老棚户"们说:"政府一定让你们早日住上新房子!"

4天后召开的省委九届八次全会提出,2至3年内完成全省806万平方米集中连片的棚户区改造任务。2005年,省里筹集30亿元资金下拨各市。到12月初,莫地沟有800户棚户区居民和谢素芹一样拿到了新房的钥匙。在全省还有6万户棚户区居民元旦前也将乔迁新居。更让棚户区居民高兴的是,政府不光管他们安居,还操心他们就业。谢素芹的邻居们就有十几人在政府帮助下实现了再就业。

打心眼儿里感谢党的谢素芹可能并不知道政府为棚户区改造克服了多少难处,不过她很高兴自家只花5000多元钱就住上55平方米的两居室。她说:"一定要让娘家人来看看这亮堂堂暖洋洋的新楼房!"

(《辽宁日报》2005年12月8日 蒲若梅 刁新建 赵建明)

张强:废墟中奋力救出4名同学

张强今年16岁,就读于四川什邡市蓥华初中三年级,6岁那年的一场车祸使他再也不能像正常孩子一样自由奔跑。

5月12日14时28分,正在四楼教室外面走廊上休息的张强突然感到两下明显的晃动,正诧异间,教学楼突然剧烈抖动,发出"轰轰"巨响。"地震了!"张强惊出一身冷汗!刹那间,眼前的走廊护栏已经在剧烈的摇晃中掉了下去。"快跑!""楼塌了!"一时间,尖叫声、哭喊声响成一片。

此时的楼梯口已被迅速撤离的同学挤得水泄不通。仅十几秒钟,教学楼已经被剧烈的抖动扯开无数的裂口,水泥板、砖头开始往下掉!"怎么办?怎么办?"张强紧张地思索着,"旗杆!"这时,距教学楼前约2米远的红旗旗杆进入视线。不容多想,他迅速用右手攀着已断裂的护栏,左脚使劲一蹬,使出全力向旗杆跃去。

当他成功抱住旗杆时,教学楼也在同一时间整体坍塌,巨大的建筑材料砸断了旗杆,"我想只要抱紧旗杆,就会没事!"旗杆倒地的刹那间,张强果断地松手跳开,他得救了!

尘土中,有同学的手在废墟中晃动。张强立即一瘸一拐地"跑"向那里。孙伏伟是他发现的第一个同学。"别怕,我来救你!"他一边大声地安慰,一边用手搬动压住孙伏伟的那块预制板,实在太重了,一只右手不行,再搭上残疾的左手,终于,大大小小的砖石被搬开,受伤的孙伏伟已无法行走,张强低低地蹲下来,把孙伏伟扯到背上,一瘸一拐地背到操场。

"坚持住,还有那么多同学!"拖着伤腿,他又跑向废墟,继续寻着呼救声奋力"挖"人。手流血了、膝盖流血了,"没觉得疼,第二个同学被挖出来时,我高兴得差点哭了。"当他第三次回到废墟中时,已经看不到明显呼救的同学。

正当他准备撤离时,突然又听见废墟里传来一个虚弱的声音:"同学,救救我……"闻讯而来的老师和张强一起搬开一个又一个沉重的阻碍物。同学的头终于露了出来!

地震结束后的几个小时里,张强一直在废墟中奋力营救同学,并先后救出4名同学,直到赶到的军队要求他撤离,他才带着一身伤痛离开了那片废墟。

(《中国青年报》2008年6月26日　新华社记者张森森)

生前他为二十五位老人送终　身后一千多人为他送行
"全国敬老好儿女"73岁的李月生献身祭孤途中

昨日上午,方山县委、县政府在麻地会乡石湾村隆重举行悼念仪式,为一生义务赡养了27位孤寡老人的李月生送终。从四面八方赶来的一千多人含泪与这位"全国敬老好儿女"告别。吕梁市委、市政府发来唁电并送了花圈。

9月5日,是李月生赡养过的老人吕世有去世后的100天祭日,李月生骑车去30多公里外的马坊镇刘家坡村祭奠时,突感头晕跌倒在坟地里,等送到县人民医院救治时不幸去世。73岁的李月生,将生命中的最后一份爱,同样献给了他大半生关爱和牵挂着的孤寡老人。

1933年出生的李月生,是方山县麻地会乡石湾村一个普通农民的儿子。1961年加入中国共产党后,先后当过村党支书、麻地会乡农机站站长、乡镇企业管理员。

1956年,与石湾村隔河相望的东沟村请来了一位唱道情的老人胡玉喜,喜欢学戏的李月生认识了孤身一人的这位艺人后十分高兴,主动照顾起了老人的生活起居,像亲儿子一样一直赡养了胡玉喜15年直到去世。从此,闻名乡里的李月生与许多老人结下缘分,50年来,他先后义务赡养了附近村子里的27位老人,并给25位老人养老送终,其中,年龄最大的一位活到了102岁。

李月生生动感人的事迹,感动了乡亲们,也受到了党和政府的表彰。曾先后被授予"全国敬老好儿女"金榜奖、"山西省十大学雷锋标兵"等光荣称号。1990年,吕梁地委、行署命名李月生为"当代吕梁英雄"。

李月生去世的噩耗传来,县里的领导,村里的乡亲,赡养过的老人,熟悉的不熟悉的,都从四面八方涌到了英雄的家里,结果令人吃惊的是:李月生的家庭状况竟然非常清贫,窄小的院子里只有两孔破破烂烂的土窑,窑洞内泥皮斑驳,除了一台14英寸的老式黑白电视机外,再也找不到一件像样的东西。作为一名乡镇干部,李月生的收入非常有限,月工资在上世纪90年代初只有60多元,去世前他每月的退休金也只有500多元。睹物思人,大家怎么能够不明白呢?多少年来,李月生把自己所有的钱都用在了孤寡老人们的身上,他是用无私的爱撑起了一片七彩的天。

(《山西日报》2006年9月12日　薛锁明　肖继盛)

黎秀芳先进事迹报告会讲述一个圣洁人生
台上,泪眼婆娑　台下,掌声如潮

4个月前,将自己一生全部智慧和爱心都献给我国护理事业的黎秀芳,走完传奇而近乎完美的一生;4个月后,人们依然被她的崇高信仰和人生追求深深震撼。今天上午举行的黎秀芳同志先进事迹报告会感动了在场的所有听众。

今天,能够容纳800人的人民大会堂小礼堂座无虚席。伴随着《黄河女儿》的雄浑旋律,礼堂里响起黎秀芳坚定的声音:"时至今日,我终于可以说自己选择的道路没有错。护士,就是没有翅膀的天使,我愿终生守卫在这片神圣的天空。"——正是怀着对党无比忠诚、对事业无限热爱的信仰,黎秀芳成为我国护理事业的主要奠基人,她创造并完善的我国护理制度和护理模式一直沿用至今。

"人生可以有这样那样的缺憾,但决不能有信仰上的缺憾。黎秀芳直到生命最后一刻仍然矢志不渝,是忠贞的信仰撑起了黎秀芳的完美一生。"伴随着报告团成员、兰州军区联勤部政治部副主任徐昌健深情的讲述,人们了解了身为国民党中将之女的黎秀芳一生坚定跟着共产党走的忠诚情怀。

今年7月,黎秀芳逝世后,兰州军区总医院政治部的几位同志在整理她的遗物时发现,在加了锁的床头柜中,有一个铁盒子,里面精心保存着她从1952年7月12日起写给党组织的6份入党申请书,共有71页。

1978年9月3日,鲜红的党旗下,61岁的黎秀芳庄严地举起右手,成为一名中国共产党党员。从满头青丝到两鬓斑白,为了这一刻的到来,黎秀芳整整等待了26个春秋。临终前,她唯一的愿望是:"请组织在我的遗体上覆盖一面党旗。"

解放军第二军医大学原护理系主任、全军护理专业委员会主任委员李树贞,尽管已年逾古稀,仍一口一个"先生"地尊称黎秀芳。作为黎秀芳在新中国成立后招收的第一批学生和黎秀芳多年的副手,李淑贞讲到黎秀芳桃李满天下时泣不成声。

"在护理一线和护理课堂上,先生始终着装整齐,仪态端庄,就连随身携带的手绢,也总是清洗后贴在瓷砖上晾干,然后叠成平整的小块。在先生的影响和带动下,许多护士在工作中追求完美,养成了科学严谨的作风。"

由于黎秀芳的言传身教,不少学生后来成为蜚声全军乃至全国的护理专家。

黎秀芳的侄女、美籍华人黎烈芬讲述自己眼中"了不起的姑姑":"姑姑终生未婚,无儿无女,但姑姑有一个最温馨的家,这就是祖国;姑姑有一个最坚实的依靠,这就是中国共产党;姑姑有一群胜似儿女的亲人,这就是像她那样热爱护理事业的人们。"

报告会现场,一幅幅生动的图片为人们展示出一个"捧着一颗心来,不带半根草去"的黎秀芳。在生命的最后时刻,黎秀芳写好遗嘱,将自己毕生积蓄的 80 万元全部捐献给兰州军区总医院。

北京护士学校三年级学生小陈流着眼泪听完了报告会,"在这个年代里,还有如此坚定信仰追求一生的人,确实难能可贵。我最难忘的是黎老要求学员们牢记南丁格尔的名言:护士工作的对象,不是冷冰冰的石头、木头和纸片,而是具有生命和热血的人类。护士必须具有一颗同情心和一双乐意工作的手。这也会成为我以后工作中的座右铭。"

黄河远去,秀芳长留。在台上的泪眼婆娑和台下的如潮掌声中,人们感受到了——永远的"提灯女郎"黎秀芳没有走!

(《中国青年报》2007 年 11 月 2 日　王亦君)

阅读思考

刻画人物,我们常常说要能够根据你的文字,在芸芸众生中一眼看得出他的存在,当然这只是流于形式上的刻画;更重要的体现在人物新闻中,我们希望能够通过文字刻画,非常清晰地呈现一个人物形象。

本章我们选择了几篇动态式的人物消息、讣闻,普通的人物消息注重对人物性格、形象的刻画和描写,如《在心里写了 10 年的家信》一文,记者通过巧妙处理双重背景,将谢素芹的个人命运置于时代背景中,突出了主题;讣闻则更注重情感的发掘和流露,如《台上,泪眼婆娑　台下,掌声如潮》一文,讲述的黎秀芳同志传奇而近乎完美的一生着实令人深深震撼,情感喷薄而出。

对于典型人物的报道,如何不局限于惯性思维,而能够深入一线,感受主人公的生活,写就感人至深的非典型之作?这个是我们对人物新闻的写作应该思考的问题。

第四章 非事件性消息

一、文体概说

无论是人物消息还是简讯、动态消息,都是关注事物的最新变动,突显的是"事件",而非事件性消息则是关注社会问题、社会现象,用以推动全局、指导工作的一种消息体裁。这类消息日益受到人们的关注,是媒体和记者的研究课题之一。它既有概括的观点,又有具体的做法,它偏重于交代情况、叙述做法、反映变化、总结经验。篇幅一般比其他体裁要长,但不宜贪大求全,应注意其针对性。这类消息贵在题材重大、典型,提供的经验具有普遍的意义。写作时要着眼于政策,避免陷入事物性与技术性之中。

从理论上看,非事件性新闻具有以下三个基本特征:

(1)无限广阔的报道空间。非事件性消息进一步拓宽新闻消息的报道面,是丰富报道题材、满足读者求知需求的重要途径,也是记者承担社会责任、主动反映社会生活、监督社会进程的有效手段。非事件性新闻的体裁可以是显而易见的,也可以是潜在的、容易被忽视的。它们是以生产、经营、科研、学习和其他各项工作等方面取得的成就、经验和做法等为内容的报道,可以为读者提供出事件性消息之外的更加丰富多彩的信息,满足受众的"信息欲"。大多数的非事件性消息具有综合新闻的特点,往往在更大的范围、更广阔的领域反映社会现象与社会问题。

(2)不明确的时效性。非事件性消息报道的是时间性相对较弱的新成就、新情况、新动向、新问题等等。在时间跨度上,它们可以是现在的,也可以是过去和未来的。它没有完备的主体内容,事情的发生、发展过程没有具体时限,也没有明确的新闻由头,渐进和动态发展是其主要特征,需要根据主题和立意的要求去发现新闻并选择时机进行播发。

(3)显著的思想特征。非事件性消息的报道往往是作者自己发现和提出问题,从这一点来说,人们又往往把它们叫作"发现性新闻"。非事件性消息具有新闻学、宣传学的双重身份,通过深入挖掘事实材料,突出非事件性消息的意义,体现社会主流价值观,立足点是唱响主旋律,从而有效地发挥了新闻报道的舆论监督和引导功能。

非事件消息的体裁广泛,如预测性消息、服务性消息、解释性消息、精确新闻等均是其品种。总之,作为新闻报道的轻骑兵,非事件性消息正在这一领域发挥着重要作用。

二、个案评析 1

◇ **原文**

3000 小考生"妖魔化"妈妈

"楚才杯"五年级作文题"给我一点时间",让 3000 名被逼培优的十龄童,不约而同地将妈妈刻画成"变色龙"、"母老虎"、"河东狮吼"的形象……

22 日记者在"楚才杯"组委会,发现五年级 4200 份考卷中,超过 70%的孩子选择了一个共同题材——被妈妈逼着整天培优,学习压力大,期望妈妈给自己一点时间。

孩子们被妈妈逼着赶场培优、参加奥赛、练琴学画,做着永远也做不完的练习题。在这些孩子的笔下,妈妈是"会计师",计算好了他们的每一分钟;妈妈是"变色龙",考了满分她睡着了都会笑醒,考差了就会大发雷霆;妈妈是"母老虎",每次出去玩总被她准确地堵回来;妈妈是"河东狮吼",看一会儿电视她就会发作……

在妈妈们看来,这样做是因为爱,是望子成龙。但孩子们并不领情:"妈妈,你在我心中的地位非常高尚,我不愿因为这而讨厌你,害怕你,我渴望拥有快乐的童年。"

华中科技大学教育专家郑丹丹认为,3000 考生不约而同地"妖魔化"妈妈,反映了妈妈们在当代社会面临的共同困惑,也说明构建和谐母子关系迫在眉睫。

(《武汉晚报》2005 年 4 月 25 日　胡俊　秦杰)

◇ **点评文章**

独家报道是怎样炼成的
——评《3000 小考生"妖魔化"妈妈》

第十六届中国新闻奖二等奖作品《3000 小考生"妖魔化"妈妈》是一则非事件性消息,记者独具慧眼地发现了"3000 小考生'妖魔化'妈妈"这一社会问题,从而展开了独家报道。报道发出后,人民日报、央视等近百家媒体,对此进行了转载和跟踪报道;新华社《新华视点》推出专题报道;一些报纸、电视、网站还开辟言论专栏。这篇独家报道之所以产生如此大的反响,在于其独家新闻的娴熟创作手法。

1. 以小见大的独家视角

首先,记者反映的主题重大。中小学生学业负担过重,母亲又逼迫孩子培优,造成孩子产生逆反心理,这已成为一个困扰众多家庭的社会问题。报道抓住这一热点,从一个侧面披露了现行教育体制存在的弊端,必然会引发家庭、学校和政府参与讨论,共同寻找解决途径。

但是面对如此重大的主题,记者没有选择从正面下笔,而是巧妙地捕捉特殊的有效信息,来反映这一重要题材。这篇文章的记者利用其发散思维,选择了一个很好的新闻切入点。作品以"3000 小考生'妖魔化'妈妈"这一典型事例开路,然后加以放大,让读者看到细微之处,如"不约而同地将妈妈刻画成'变色龙'、'母老虎'、'河东狮吼'的形象",仿佛借助显微镜观察一个细胞,最后,获得对这一"个案"背后的社会问题根源的实实在在的认知和感知:"反映了妈妈们在当代社会面临的共同困惑,也说明构建和谐母子关系迫在眉睫。"既有鲜明的个例,又有普遍代表性,角度新颖的报道推出社会必将引来广泛共鸣。

可以说,这种"以小见大"的写法已经形成非事件性消息常用的写作方法。"小",即个别的、典型的事例,"大",即全局情况。选择"小"可以增强消息的说服力和感染力,反映"大"则可囊括事物总的姿态。值得注意的是,这个"小"还应具有"活"的特点,即富有思想感情和故事性,能够轻松为受众所接受。

2. 短而精的写作手笔

全文不到400字,内容丰富,叙述流畅,十分精炼,符合消息短小精悍的外部特征。标题"3000小考生'妖魔化'妈妈"形象化地概括了文章的精髓所在,记者将突出的新闻元素置于导语中,简洁明了地叙述了文章的主旨。

这篇作品主体部分表现出的精湛的写作技巧更是值得称赞。从传播效果理论来说,人们容易接受"暗示"出来的道理。因此记者始终都没有站出来说话,而是兼顾到三方的观点,平衡地表现:特意选择了从孩子、妈妈和专家这三个角度来表达各自的观点,尤其是最后专家的权威点评可谓是替全文提出了一个深刻的社会问题。

这正是"用事实说话"技巧的运用。客观报道技巧使记者能够冷静地分析对待这个社会问题的出现,通过向读者提供精心选择的材料,使读者自己说服自己。事实上,选择事实材料是一种思维的结果,是记者用新闻价值标准过滤事实材料的结果。记者一方面要面对庞杂的自然界和社会生活中的大量事实进行思索,一方面要面对各类读者的阅读接受规律。从此角度来说,记者确实是一项脑力劳动强度相当大的工作。

3. 凸显媒体强烈的社会责任感

这篇文章的"问题意识"很明显。文章通过"3000名小考生在作文中'妖魔化'妈妈"这一个实例提出了一个严重的社会教育问题:只有家庭的和谐,才有社会的和谐。首篇报道后,《武汉晚报》持续报道3个月,不仅揭示了"妖魔化"妈妈产生的社会成因,还开展了系列公益活动,为家长特别是妈妈们排忧解难,是一次具有责任感和显著成效的新闻操作。报道推出后,在社会上亦引起强烈反响。报社成立"构建和谐母子专家团"及志愿者队伍,为100对母子家庭进行个例辅导;为1300对母子开办讲座,引导10000对母子参与"做和谐母子"签名活动。媒体的这种强烈的社会责任感,能够"发现问题,解决问题",正是传媒公信力的源泉所在。

此外值得一提的是,我们不得不佩服记者的新闻敏感。记者在饭桌闲聊时获悉,湖北地区最有影响的"楚才杯"作文比赛中,很多孩子把逼他们培优的妈妈塑造成"母老虎""河东狮吼"形象。后经调查统计,发现有3000名小考生在作文中"妖魔化"妈妈。记者据此成文,并围绕"构建和谐母子关系"这个主题,展开报道。正是因为记者时刻保持一种"新闻预感",所以才能够"一触即发",从人们司空见惯的新闻现象中挖掘出具有重大意义的作品。

三、个案评析2

◎ 原文

吃饭如吃毒药,这群特殊孩子盼关注

有这样一群患有苯丙酮尿症(英文缩写为PKU)的孩子,从出生开始,他们就过着与普通孩子不一样的生活:常人喜欢的鸡、鸭、鱼、肉等美味佳肴与他们无缘;粮食成了伤害大脑、造成智力发育迟滞的"毒药"。

为了生存,为了不沦为智残,他们一生只能吃兼有药、食功能的昂贵特食。因生存的特殊要求,PKU家庭几代人共同承受着精神和物质的双重煎熬。据统计,我国PKU患者累计约有10万人。

一个PKU孩子的典型生活

一名PKU孩子在作文中写道:"我和所有小朋友一样聪明。只是,我要靠特殊药、食才能活下去。如果有一天我无'饭'可吃,不是饿死,就是变成白痴。"

PKU孩子因肝脏中缺乏一种酶,不能充分分解蛋白质中的苯丙氨酸,而苯丙氨酸在体内蓄积过多,将衍生成一系列毒性物质,伤及大脑细胞,使人智力残疾。

蛋白质是绝大多数食物中不可或缺的营养成分,而苯丙氨酸就存在于蛋白质之中。因此,PKU孩子只能食用人造的无(低)苯丙氨酸食品。

于女士的儿子丁丁(化名)是一名PKU孩子,今年5岁的他,在南昌市一家幼儿园上大班。在人们眼里,丁丁与普通孩子一样活泼可爱,没有什么差别。

丁丁一出生,于女士就辞职当起了全职妈妈,为孩子的一日三餐操碎了心。与普通家庭最大的不同是,丁丁从来没有享受过跟家人一起吃饭的幸福。为了避免给孩子带来痛苦,于女士一家都是先让丁丁吃饱、出去玩后,家人才开始吃饭。这一细微做法,从丁丁懂事开始一直坚持了数年。

因为PKU孩子一日三餐必须吃特制食品,不管是幼儿园还是学校,一听说孩子吃饭特殊,都连声拒绝道:"负不起这个责任。"丁丁的生活状况反映的是所有没有放弃治疗的PKU孩子遭遇的困境。怕孩子被人歧视,成为这些孩子的家长心中的痛。因此,隐瞒孩子的病情,不与外界交往,成了很多PKU家庭保护孩子的无奈之举。

据记者了解,很多不治疗或者晚治疗的PKU孩子,99%都存在智力残疾,甚至有的生活不能自理。

家庭承受经济和精神的双重高压

在国外,养育一名PKU孩子至少需要4个人:一名保育员、一名幼教老师、一名营养师和一名心理医生。但在国内,PKU孩子的照料只能靠父母。

据中国优生科学协会苯丙酮尿症治疗与康复学组副组长孟光华介绍,PKU孩子食用的无(低)苯丙氨酸食品主要由北京、上海的几家小厂生产。由于在治孩子少,市场小,成本高,所以特食价格非常昂贵。特殊主食面零售价为16元/公斤,特殊大米为49元/公斤,特制蛋白粉高达900元/公斤。孩子吃进口特食每月需要花费3000~5000元。

面对如此昂贵的特殊食品,PKU家庭承受着巨大的经济压力,这种压力将伴随着父母及孩子的一生,不少家庭因此致贫。

同样,PKU家庭也承受着精神折磨。南京市民岳女士的女儿菲菲(化名)也是一名PKU孩子。岳女士告诉记者说,她的孩子看到好吃的东西,总会流露出渴望的眼神。被拒绝后,菲菲就会说:"我就是看看,我不要吃。"

专家:应把PKU纳入医保

面对这个鲜为人知的特殊群体,我们用什么托起这些孩子的美好明天?

作为苯丙酮尿症治疗与康复学组的发起人之一,孟光华说,如果在婴儿出生时即筛查出这个病,通过治疗,孩子完全可以健康成长。弃治时间越久,其康复的希望越小。因此,提高各地新生儿出生缺陷筛查率是当务之急。然而,当前全国新生儿出生缺陷筛查率不到20%,PKU检出率更低。近30年来,我国PKU患者累计约为10万人,坚持治疗的却不足2000人。

孟光华说,目前无(低)苯丙氨酸饮食疗法,是全世界治疗PKU的唯一方法。中断治疗威胁着每名患儿。要从根本上解决这个问题,需要把PKU纳入城镇医保或农村新型合作医疗以及发挥商业保险的补充作用。

除了治疗,心理干预也是不可忽视的方面。孟光华说,鉴于PKU孩子的特殊生存状态,需要从小培养他们超常的心理承受力和特殊的行为习惯。

(《新华每日电讯》2008年6月6日　蓝天蔚)

◇ **点评文章**

<h3 style="text-align:center">感性认知　理性说明</h3>
——谈《吃饭如吃毒药,这群特殊孩子盼关注》的写作方法

发表于2008年6月6日的这则非事件性消息《吃饭如吃毒药,这群特殊孩子盼关注》是一则专业性很强的新闻,主要介绍了一群患有苯丙酮尿症(英文缩写为PKU)的孩子的生活困境。但是对于这一专业性的话题,记者借鉴了西方盛行的"华尔街日报体"写作形式,独具匠心地采用"说故事"的形式讲出来,其高明之处主要表现在利用"橱窗"感性认知、添加背景理性说明的综合运用上。

1. 巧设"橱窗",增加文章的可读性

所谓橱窗式写作,多用于非事件性的综合新闻,指由典型事例构成,靠讲故事吸引读者。通过讲述故事,读者可以了解到事物的细微部分,获得具体的印象,受到感染,为之感动,产生兴趣,进而由感性认识转入理性思考。

在这篇文章中,记者设置多个橱窗,根据实际,灵活穿插于文中,发挥着给全文穿针引线的作用。文章的第一部分"一个PKU孩子的典型生活"从一开始就设置了一个读来令人惊心的"橱窗":一名PKU孩子在作文中写道:"我和所有小朋友一样聪明。只是,我要靠特殊药、食才能活下去。如果有一天我无'饭'可吃,不是饿死,就是变成白痴。"同时也给读者产生了悬念:PKU到底是一种什么病症?

接下来,"于女士的儿子丁丁(化名)是一名PKU孩子,今年5岁的他,在南昌市一家幼儿园上大班。在人们眼里,丁丁与普通孩子一样活泼可爱,没有什么差别"。此"橱窗"的设置,使读者对PKU这种疾病有了具体可感的认识。

在"家庭承受经济和精神的双重高压"一段中也有一个"橱窗":"南京市民岳女士的女儿菲菲(化名)也是一名PKU孩子。岳女士告诉记者说,她的孩子看到好吃的东西,总会流露出渴望的眼神。被拒绝后,菲菲就会说:'我就是看看,我不要吃。'"读来令人心生怜意,触动了读者的情绪,在心中留下挥之不去的印痕。

这些橱窗故事的选择都具有典型性、人情味以及趣味性的特征,同时记者注重细节的表现,以达到用事实说话的目的。正是通过这些感性的具体的认识,读者获得了对于PKU病症、PKU孩子及其生存状态这些抽象概念的理解,而这正是橱窗运用的特殊效果。

2. "背景"运用,增加文章广度、深度

人们不仅对当下的事情充满兴趣,也对这个事情的来龙去脉充满兴趣,他们更希望在一个更大的视角里回视发生的事情。而背景的运用往往能够使文章显得更加有厚度,有立体感。因此,记者必须自觉地将善用背景增加文章深度这种思维运用在采访过程中,并采集到足够的素材。

记者巧设多处橱窗,使读者获得感性认识,同时还不失时机地在文中天女散花般穿插了关于 PKU 病症、PKU 孩子的多个背景知识:从 PKU 患者病例数目、PKU 病症的患病原因到患者的艰难生存状态甚至关于保障患者正常生活的建议等,记者都及时地进行了专业的介绍、分析和预测。这些背景的穿插给文章平添了几分深度和科学性、可信度。

记者采用的就是"从个别到一般"的演绎法,以具体的个例反映普遍的社会问题,以尽可能的客观叙述代替主观评论,由感性的、实证的披露上升到理性思考的角度。"以点带面"极大地增加文章的高度概括性,如果说橱窗设置的是点,那么背景材料的补充就是由点及面的扩张,使读者的感性认知及时化作理性思考。

事实上,记者的这种"感性认知、理性说明"的平衡、交叉使用也是为了适应读者的心理接受能力。二者的灵活穿插、转化,既没有长篇的科学介绍和说教,也不是流于纯粹故事性的肤浅讲述,二者达到了完美的结合,加强了读者的理解,使人可以从中获得理性与感性的双重满足。可以说,"华尔街日报体"改变了非事件性消息枯燥、抽象、缺乏动态感的现状,使此类新闻达到了"变静为动"的绝妙效果。

四、同题文本鉴赏

患怪病一辈子不能吃饭　婴儿生存依靠特制食品

8月上旬,一名刚出生的婴儿在省妇幼保健院被查出患了一种罕见的疾病——苯丙酮尿症(简称 PKU),患这种病后,不能吃含高蛋白多的食物,否则将损伤神经系统,最终变成痴呆儿。这个可怜的小生命,自出生那一刻起,就将不能食用大米、白面、豆类、肉类等食物,要依靠特制奶粉和食品来维持生长发育。据悉,全省现在共筛查出18例患者,但按比例来推算,更多患者没有查出来,进而没及时治疗,酿成终身遗憾。那么,为何会得这种病?如何查出?又如何治疗?记者近日就此进行采访。

大儿子因发现晚得了脑瘫

记者先后与多名患儿的家长取得联系,他们多数不愿意接受采访,几经努力,南昌市民张伟(化名)愿意接受采访,他生了2个儿子,两个都是 PKU,大儿子因发现晚,已经无法继续治疗。但他一再要求用化名,不透露工作单位。记者非常理解他们。

明明(化名)是张伟的大儿子,今年15岁,3岁之前还看不出与别的小孩有明显区别,只是反应慢,走路要晚些,而且不会说话。3岁时因生病去医院检查,发现得了智力障碍症。"那时医院也没告诉是什么 PKU 症,我们没有意识到它的危害性,否则如果及时治疗,就不会像现在这个样子。"张伟一脸的内疚和遗憾。

由于发现晚,再加上没有进行食物控制治疗,小明很快就脱离了正常人行列。他不会说话、智力低下,得了脑瘫了,只能听得懂些简单的话,生活根本无法自理。

可怜孩子"不食人间烟火"

1998年,张伟申请生二胎,还是个儿子,全家人很高兴,取名帅帅(化名)。但命运再次捉弄了张伟一家,小儿子依然是个PKU患者!值得欣慰的是,这一次发现得早,也治疗及时。帅帅可以和别人一样快乐地生活,逐梦,但治疗却必须交出大量的金钱。帅帅的成长路上布满了辛酸。

开饭了!一小碗奶糊和一碗面条端到帅帅面前,奶糊是用特制奶粉、凉开水、藕粉兑成的,一年四季、一日三餐,几勺特殊奶粉加少许藕粉兑成的奶糊,就是帅帅一成不变的主食。而面条可不一般——用特制的无苯丙氨酸面粉擀成,面碗里的"佐料",是青菜和胡萝卜。帅帅说,他已经吃厌了,但为了填肚子,他必须得吃。帅帅几乎是闭着眼睛把面条吃完。

如果仅仅看帅帅的食谱,他真的可算是"怪人"。他可以吃的东西屈指可数:主食有特制面粉、土豆、藕粉,菜有青菜、胡萝卜、白菜,水果倒基本都可以吃,零食只能吃不含奶的糖。

帅帅对记者说:"我最大的梦想是能吃上一口饭,也不要别的菜,有一份肉末豆腐就足够了!"帅帅还有一个梦想,就是当个科学家,能发明一种新的疗法,使所有的PKU患儿都能"食人间烟火"。

一个月治疗费用1000多元

大儿子明明现在实际上已经放弃食物控制治疗,他没有"忌口",和大人一样,什么都吃。而小儿子帅帅的治疗费却高得惊人。

张伟告诉记者:"一个月就吃七八桶(每桶400克)一种名为'华夏二号'的奶粉,一桶要105元,为了补充营养,还要买一桶200克的华夏蛋白质粉,另外买一些特制的面粉。一个月下来,要1000多块钱。"

记者了解到,从帅帅生下来至今,家里已经花费了10多万元。家里房子和多数家电是在帅帅出生前买的,自他降生后,家里就再也没有添置过什么家具或家电。因为家里条件也不允许。张伟在南昌卫生部门上班,工资也不多,而其爱人没上班。"现在我的父母那边每月会支援我几百块钱,日子就凑合着过呗,太远的生活也不敢想。"张伟的话里透着一丝无奈,"但我们不会放弃治疗,哪怕倾家荡产。"

有亲戚建议他们再生一胎,张伟却怎么也不肯。张伟干脆地说:"养不起,而且这种病是遗传性疾病。我们用心把帅帅养大,也值得。"

由于确诊及时,加上家人的悉心呵护,帅帅至今发育健康,在智力上毫无缺陷。"他现在上二年级,这次期末考试,每门课都是90多分。"说这话时,张伟一脸的笑容。

多位PKU患者放弃治疗

省妇幼保健院新生儿筛查中心主任王枫介绍说,该中心受省卫生厅委托,从1997年10月开始正式开展新生儿筛查,到今年8月初,共筛查了40万新生儿,查出16名小孩患有PKU,另有2人是通过门诊治疗发现是PKU,目前在该医院登记在册的就是这18人。这些患者中,最大的9岁,最小的是前些天刚出生的。

"据我们了解,目前坚持治疗的只有14人,其余患者,因家庭经济困难、封建思想等原因而放弃治疗,我们做随访时,有些家长现在都联系不上。"王枫不无遗憾地说,不治疗的话,结果只有一个,那就是影响生长发育,变成痴呆儿或脑瘫。全国PKU发病率是万分之一左右,我省开展筛查较晚,许多医院几乎没有开展这项工作,而每年出生小孩有50多万。"那么多小孩没进行过筛查,如果有患病没有及时治疗的话,就影响孩子的一生。"

家长期盼政府和社会给予救助

每月1000多元的治疗费用,对多数PKU家庭来说,是一笔很大的开销,较难承受,于是他们通过多种途径寻求政府和社会的帮助。他们也通过博客、QQ群等多种方式互相鼓励,互相传递治疗和康复信息,其中一个群号为17199509的群聚集了170多位家长,他们来自全国各地。

记者了解到,在北京、上海、深圳等地,政府会给予PKU患者一定的补助,如在北京,政府提供至6岁的免费治疗奶粉(一般认为6岁左右大脑发育基本完成),6岁后,家长要自行负担奶粉费用。但在我省,目前还没有这方面的救助项目,只是省妇幼保健院每年给每位PKU患者提供2500元左右的补助,前几年这一数目达到4000多元,但现在病人多了,医院也有压力。

王枫说,将这一病种纳入基本医疗保险或医疗救助项目是最好的解决办法,但包括我省在内大多数省市还没有这样做。

而一些专家也提出,对于PKU儿童上学和生活中的种种不便,社会应给予他们更多的关注。政府要为6岁以下PKU儿童提供免费药食,并对家庭困难的孩子给予更长时间的照顾。经济许可时,政府应该给他们提供一直到成年的治疗奶粉。

相关链接

遗传性疾病 苯丙酮尿症

PKU(苯丙酮尿症)是一种隐性遗传性代谢疾病,由于酶的丢失或缺陷,苯丙酮尿症患儿不能完全代谢苯丙氨酸蛋白,于是就严重影响中枢神经系统的发育,导致智力低下。当父母双方都是苯丙酮尿症基因携带者时,出生PKU患儿的几率为25%。如果未经治疗,到3~4个月时,会发现尿液和汗液中有一种特殊的臭味,同时伴有头发发黄、皮肤变白。到1岁时,他们的发育就明显迟缓,常常易怒、焦躁不安。智力逐渐衰退后,最后发展为痴呆儿。

其实筛查初生儿是否患有PKU很简单,只需在宝宝出生72小时并喂奶后,在其足跟部取两滴血化验即可。而且这种病是可以控制的,尽管可能要终身服用特制食品或药品,但只要做到了,孩子的身体和智力就可达到正常孩子水平,可结婚生子。目前有2种治疗方法,一是饮食治疗,另外一个是药物治疗。前者小的时候吃得多,大了就吃得少;后者是按体重吃药,因此随年龄增长而增加。但平均下来,每月大概都要1000多元。

(《都市消费报》2007年8月17日 全来龙 宁云 刘彦谷 戴柳青 韩长明)

阅读思考

《患怪病一辈子不能吃饭 婴儿生存依靠特制食品》也是一篇关于PKU患者的消息,比较分析之,两篇文章的优点分别表现在哪里,哪一篇报道更加具有吸引力?

五、作品鉴赏

787死魂灵混进广东新农保

死人也能参保并领取养老金?记者昨日从广东省社保局获悉,惠及千万广东农民的新农保参保人员中混进了787名已经死去的冒领者,他们早在参保之前已经入土为安,却突然"醒来"领起了养老金。

莫某,粤北一个小山村的农妇,1936年出生,2010年8月参加了广东新农保,然后领养老金一直领到今年2月份时,却被社保机构核查发现其人已经在2004年死亡。

黄某,粤东一个山沟的农夫,2010年1月参加新农保,2010年12月被省社保局查出其人在1997年5月14日已经死亡。

2009年11月,广东省选定14个县(区)正式推开"新农保"试点,截至今年4月,广东已有993万农民参加养老保险,其中214万人领取养老待遇,分别比2009年底增长了1.8倍和2倍。特别是年满60周岁的广东老农们自己没花一分钱就过起了每月领养老金的生活,心里别提有多美。

暴风骤雨式的参保浪潮过去之后,广东省社保局开始仔细核查新农保数据。2011年1月,广东省社保局通过省级基金核算系统数据与省公安系统信息比对,发现了一些蹊跷事:一些正享受着新农保养老金的参保人员,却早在参保之前已经死去,这样的人有787个。通过与省职工养老保险信息比对,查出在农保、城保两个制度内重复领取待遇的有97人。幸好,新农保刚刚启动,待遇不高,每人月均55元,涉及的金额仅38万。

然而,千里之堤,毁于蚁穴。启动不过一年多的新农保,今后所面对的将是3800万的应参保人员,而且分布在广东的1236个镇中。这种贪念如果不遏制的话,就凭区区几千个社保经办人员怎么可能将分布在偏远山村的冒领者一一揪出。而任其发展的话,刚刚建立起来不久的、还很薄弱的、却是今后几千万广东农民的养命钱又怎样保得住?

(《广州日报》2011年7月15日 蒋悦飞)

阅读思考

新农保是国家这几年大力推进的新险种,它让几千年来"养儿防老"的数亿农民首次有了社保的依靠。报道紧跟国家政策动向,揭示了在新政策执行过程中,由于操作流程的不规范而引发的死人领养老金的现象,给广东几千万农民的"养命钱"安全敲响了警钟。报道案例翔实、比喻形象、文笔犀利。

试分析:本报道作为独家报道有何特点?

牧民开始用卫星放牧

"图门桑,牛群已离开您的牧场,在伊克尔湖东南约3.5公里处。"11月20日下午,鄂尔多斯市杭锦旗牧民图门桑看了一眼手机上的短信,急忙骑上摩托,向着伊克尔湖方向疾驰而去。在卫星放牧系统应用之前,图门桑为了找寻在沙尘暴中迷失的牛群,曾在草原上转了整整15天。

目前,杭锦旗已有4个牛群、2个驼群、1个马群受到卫星的守护。卫星放牧系统开始在内蒙古草原逐步推广。

卫星放牧系统的一部分制成项圈套在牲畜颈上,一部分安置在卫星数据服务站,另一部分则是游走于浩瀚太空的卫星。华东师范大学专家王远飞说:"运用遥感、卫星定位、地理信息化等技术的卫星放牧系统,在我国首次应用,必将推动我国现代草原畜牧业的发展。"

有关数据显示,2010年我区因灾死亡牲畜近20万头(只)。失去了看护的畜群,会在一场沙尘暴中惊慌失措,消失得无影无踪;会因突降的暴雪,刨不出一点干草,冻饿致死。图门桑说:"一场大雪之后,你总会听说谁家的牲畜找不回来了,谁家的牲畜死掉了。"

杭锦旗农牧业局朝鲁介绍,卫星放牧系统应用之后,牛羊的移动路线一览无遗,会通过互联网或手机短信告知牧民。现在,畜群就像图门桑手里牵着的一只永远也飞不远的风筝,每隔三四天他才会去看上一眼。

科技逐渐将原本脆弱的畜牧业生产武装到牙齿,同时节省了养殖成本,减少了人力物力投入。图门桑不再雇人放牧,节省下每月3000元的支出。在失去牛倌的情况下,图门桑第一次不必和牛群紧紧拴在一起,多出了时间从事第二职业。他说跑运输每天可以给他带来100多元的收入。

(《内蒙古日报》2011年11月23日 哈丹宝力格 海粼)

浙江:93名农民上大学由政府"埋单"

2月23日,对于农民石海燕来说,是一个特殊的日子——她戴上了浙江林学院的校徽,正式成为该校的一名全日制大学生,圆了她埋藏在心底多年的大学梦。

虽然是大学生,但石海燕的户口依然在农村,毕业以后还要回乡务农。尽管如此,石海燕仍自豪地说:"今后我将会是一个有知识的农民,在大学里学到科技知识后,一定可以在农村闯出新的天地。"

石海燕来自浙江省欠发达地区——云和县黄源乡黄家畲村,3年前她高中毕业,因为家庭经济困难不得不放弃了上大学的梦想。2005年年底,石海燕得到一个好消息:浙江省政府将出资送农民上大学。她立即报名参加招生统考,并在150多名报考学生中脱颖而出,被浙江林学院录取为首批农民大学生。

与石海燕一样,今天共有来自浙江省25个欠发达地区的93名农民,走进了浙江林学院的校门,注册成为该校林业技术专业全日制大学生,接受为期两年的大专学历教育。

与其他大学生不同,这93名农民大学生在校学习期间,所有的学费全部由浙江省人民政府埋单——浙江省扶贫办通过财政扶贫基金全额资助这些农民大学生的学费。他们在校期间不转户口,毕业以后依然回乡工作,为新农村建设服务。在接下来的两年里,他们将和该校其他学生一样,住学生寝室,进行全脱产学习。

据了解,从今年起,浙江在全省211个欠发达乡镇组织实施"扶千名人才、促千村发展"计划,主要招收25周岁以下、具有高中文化、从事农林业生产的贫困农民子女开展成人学历教育;学生在校脱产学习两年,他们所需的学费、学杂费和教材资料费等由省扶贫经费全额资助。

由于主要是培养农林业专门技术人才,今年首批招收林业技术专业的农民大学生在林学院期间将学习森林病虫害防治学、经济果林培育学、山区药材栽培学、特种经济动物养殖、高山蔬菜培育学等与农业相关的课程。

针对这批特殊大学生将来的生活学习,浙江林学院继续教育学院院长韦新良表示,学校将根据该班的特点,在教学计划和课程设置时增强实用性,以实践技能培养为重点,力争让每个学生都掌握一技之长;相关学院将选派责任心强又具有丰富实践经验的教师采用多种形式授课;加强对学生实践技能的培养;在勤工助学等有关政策方面予以优先考虑,并加强学生生活后勤保障;此外,在校学习期间表现优异的农民大学生,将与该校其他学生一样可享受奖学金。

浙江省扶贫办的有关专家指出,政府出钱,让农民上大学,这是浙江省为推进社会主义新农村建设的具体行动,培养"有文化、懂技术、会经营"的新型农民,是塑造社会主义新农村的主体。

(《中国教育报》2006年2月26日　朱振岳　陈胜伟)

阅读思考

大量的非事件性消息是我国新闻传播的一大特点,许多记者的高明之处就在于赋予非事件性消息以故事性,从而使新闻具有强烈的动感和可读性。

《浙江:93名农民上大学由政府"埋单"》和《牧民开始用卫星放牧》这两则消息可读性很强,具有典型的"华尔街日报体"风格。"华尔街日报体"是美国《华尔街日报》自创的一种固定的新闻写作形式,即在报道非事件性消息时,常常在开头讲一个小故事。这个开头的轶事和小故事与新闻报道的主题密切相关,而与报道的事实不一定有关。其目的是:用读者熟悉或者容易理解的事实,把他们引向深奥难懂或抽象的新闻主体。"华尔街日报体"讲求报道的首尾相呼应,报道从小故事或者人物过渡到新闻报道主体后,开头的人和事不可丢掉,在报道的结尾又要重新引出开头的人和事,保证一篇报道的完整性。

我国离婚率算高一倍

我国的离婚率被人为翻了一番,并且这一统计错误足足延续了近20年。

自上世纪80年代末公布离婚率起,我国的离婚率就一直虚高,直接导致学术界和媒体的不少错误论断。在上海学者的呼吁下,该错误终于在2006年版的《中国统计年鉴》上得到了纠正。记者昨天获悉,这一事件已被列入"2006年十大家庭事件评选"的候选项目。

那么,究竟是什么原因导致了我国离婚率虚高?上海社科院社会学研究所研究员徐安琪告诉记者,根据国际通用算法,离婚率是一个年度内某地区离婚数与年平均人口之比,通常以千分率表示。问题在于,对"离婚数"该如何理解:一对夫妻离婚,离婚数是计作"1"还是"2"？联合国编撰的权威词典和我国出版的《人口学辞典》都将离婚数规定为"离婚对数"或"件数",即一对夫妻离婚,离婚数计作"1"。

而1988年民政部发函规定,我国离婚率的计算方法是:每一千人中离婚的数字,分母是总人口,分子是离婚次数。"我估计,问题就出在对这个'离婚次数'的理解上。"徐安琪说,"因为该函没有明确定义'离婚次数',操作部门就把'次数'与'人数'等同了起来,结果明明是1件离婚,统计时被当成了2件。"

因为这个纰漏,我国几乎所有的国家和地方统计年鉴都把离婚率翻了一番。这些错误的数据报到联合国,还造成了一些国际人士和专家对我国国情的误判。"联合国统计的中国离婚率甚至达到过世界第一,比美国还高,让人瞠目结舌。"徐安琪说,如今国家统计部门已作了更正,希望其他社会学、人口学辞典、教科书等也能迅速纠正。

据了解,我国目前的离婚率低于世界平均水平,上海的离婚率近年来在全国第四、第五位上下浮动,约为全国离婚率的一倍。

(《新闻晚报》2007年1月24日　俞陶然)

鄱阳湖回复到原面积

我省将在"联合国人居论坛"上做经验交流

历时四年的"平垸行洪、移民建镇、退田还湖"工作,使我省鄱阳湖湖区面积已由原先的3900平方公里扩大到5100平方公里,基本恢复到1954年的水平。今年6月在上海举行的"2003年联合国人居论坛"上,我省将就鄱阳湖的移民建镇工作做经验交流。

半个多世纪以来,我省在鄱阳湖周边地区开展了大规模的围湖造田运动,数以万计的人口进入湖区内生产生活,不仅使鄱阳湖的面积减少了1/4,还导致其蓄洪能力退化,湖区的生态受到严重破坏。在遭遇1998年特大洪水后,我省按照中央关于灾后重建工作的总目标,在南昌、九江、上饶等20多个市县的滨湖地区,开展了为期四年的移民建镇活动,共平退圩堤427座,90.82万人迁出湖区并搬到高处居住。与1998年相比,如今鄱阳湖的水面面积扩大了32%,新增湖区面积1200平方公里,蓄洪能力由原来的298亿立方米增加到359亿立方米。鄱阳湖的生态环境也因此呈现出良好的发展态势,候鸟翔,鱼虾丰盛,成为我省一张国际生态品牌。

(《江西日报》2003年2月28日 姚文滨 王纪洪)

阅读思考

非事件性消息重在记者的独特发现,然而很多记者却缺乏发现力,"新闻敏感"变成了"新闻冷感"。《鄱阳湖回复到原面积》一文,记者能从繁杂的汇报材料中抓住"中国最大的淡水湖——鄱阳湖回复到原面积"的线索,并向纵深进行报道。而在《我国离婚率算高一倍》一文中,记者从一次全国范围的家庭事件评选中,抓出"专家纠正我国离婚率统计漏洞"这个具有关注度的参选事件。这些独家新闻的成功采写或许可以给我们的新闻采写提供一定的借鉴意义。

"本地企业发展快,群众都坐着火车又回来了"
火车站见证兰考经济变迁

12月2日下午3点15分,兰考县南彰镇徐洼村村民李麦花在新疆摘棉94天后,乘坐K1352次火车回到了兰考。

94天挣了6100元,比去年少了2000元。"今年全国涌到新疆摘棉的人有70多万人,比去年又多了10万。"李麦花说。

"今年兰考到新疆摘棉的明显减少。"兰考县火车站总支书记何金峰说,"从火车站出发摘棉的约为1.8万人,比去年少了8000人。"

兰考县劳动和社会保障局统计数字显示,在2008年达到18万人次峰值以后,兰考劳务输出总数逐年回落。今年前10个月,兰考就地转移劳力6万人,本地就业和外出务工人数比例达到了74∶26。

"兰考的劳务经济,已从劳务输出进入到回乡创业和带动就业层面。"兰考县劳动和社会保障局局长孔留书说,"劳务经济的变化和本地经济发展密不可分。"

自2008年起,兰考县委、县政府每年春节都举办"返乡创业明星评比活动",在评出的52

名创业明星中,无一不是上世纪90年代从兰考走出去的务工人员。

第五届创业明星古顺风回报家乡的是投资1.5亿元的生态农业科技园。"公司已促使2500亩土地实现流转。"古顺风说,"1亩地2万元的效益,完全可以让村民不出村就挣钱。"

在古顺风生态农业科技园打工的城关镇姜楼村村民有470人,人均月收入1600元。"在家门口就能养家,还能顾家,俺咋还会舍近求远外出打工呢?"村民齐庆竹说。

"兰考火车站虽然是陇海铁路线上一座普普通通的县城车站。但却见证了兰考人民生存的几次改变。"焦裕禄纪念园管理处副主任董亚娜说,"1962年焦裕禄来兰考的第一天,在火车站看到外出逃荒的群众直流泪。上世纪90年代,百姓又一次坐上火车离开兰考,兰考进入劳务输出时代。"

"17年共介绍了2万多人外出打工。"作为兰考最早从事劳务输出的游富田说,"因为本地企业发展快,群众都坐着火车又回来了。今年我就不再介绍劳务外出了。"

"随着当地企业用工越来越多,企业用工空岗、用工备案在我局频率越来越快,从2010年的一年4次,发展到现在的一月一报。"孔留书说。按照规划,未来5年,兰考企业将全部消化本地富余劳动力。

2011年,兰考县财政一般预算收入完成5.1亿元,同比增长76%,由2008年的全省排名第103位上升到第42位;固定资产投资完成63.5亿元,增长30.7%,增幅居全省10个直管县第一位。

(《河南日报》2012年12月3日　童浩麟)

> **阅读思考**
>
> 　　这篇报道反映的是我国城镇化进程中,地方经济发展的变迁及百姓所享受的政策"福利"。作品有三个特点:一是以小见大的新闻视角;二是生动凝练的表达方式;三是灵动活泼的结构形式。
>
> 　　试分析:这些特点在文中是怎样体现出来的?

变"死亡之海"为"幸福之海"

14年前,当24岁的新疆工学院大学生姚莫白收拾行装去罗布泊工作时,他脑中浮想联翩,既兴奋又恐惧。

罗布泊曾是中国最大的内陆咸水湖,干涸后即成"生命禁区"。近两个世纪以来,多少探险科考人士舍生忘死深入"死亡之海",彭加木神秘失踪、余纯顺离奇死亡,无数未解谜团让罗布泊成了恐怖和神秘的代名词。

涌动着一股悲壮的情怀,姚莫白上路了。

罗布泊其实没有路,只有部分路段有科考车压出的轮胎轨迹,经验丰富的司机也只能用GPS定位装置,一路标着记号前行,可即便如此,也会迷失方向,茫茫荒滩上没有任何参照物,大片雅丹风蚀地貌如同迷宫,让人很容易产生错觉。

姚莫白好奇地观察着这片干涸千年的"死亡之海",很难想象寸草不生的地表下,竟是富含钾盐的"聚宝盆"。越往罗布泊中心走,大片龟裂的盐壳显现在眼前,往远处看,如同发怒的波涛,错落地耸立着,高温下,不时发出噼噼啪啪的断裂声,这些用榔头都砸不碎的坚硬盐壳常常会扎破轮胎,成为行进中的阻碍。

经过一整天的奔波,终于抵达了目的地——罗布泊中心。

当年,国投新疆罗布泊钾盐有限责任公司已立志要在罗布泊打造一艘制取硫酸钾的航母。

据了解,美国、加拿大、以色列和乌克兰4个国家垄断着全球90%的钾肥生产和贸易,钾肥技术也从不转让。而我国是一个钾盐资源缺乏但消耗量较大的国家,长期依赖进口,罗布泊钾资源的开发利用,将降低钾肥的对外依存度,保障国家农业安全。

当一汪翡翠般的盐水池映入眼帘时,姚莫白简直要被它震撼得发狂了,这耀眼的绿宝石晃得他睁不开眼。这些绿宝石是从罗布泊地下抽取的天然卤水,富含钾元素。

可兴奋过后,他抬头四处张望这无垠的盐碱滩,不禁在想,"死亡之海"里真的能建成现代化制钾工厂吗?他心里充满了疑惑。

姚莫白所要做的,就是在实验老师的带领下,进行卤水蒸发试验,从卤水中提取硫酸钾。面对前期实验人员费尽艰辛建成的3个共计5000平方米的卤水池,每3小时检测一次气象资料和蒸发量,将数据进行分析。

没有水、没有电,唯一能够同外界的联系是通过无线电台发送电波,姚莫白每天两次通过电波与公司取得联系,汇报情况。

傍晚,常常是一整夜的沙尘暴陪伴着他,鬼哭狼嚎般嘶吼着,让人不寒而栗。住在地窝子里,即使嘴上蒙着棉布帽,第二天一早也同样是厚厚一层沙尘。

由于公司建厂之初人手少,2000年国庆节前的103天,偌大的罗布泊荒原仅有姚莫白、一名司机和一个厨师,守在"绿宝石"旁。日子一天天过去,姚莫白看完了带来的所有书籍,荒凉和恐怖侵袭着他,他需要转移注意力。

他开始四处行走,发现不一样的罗布泊。他最喜欢夕阳西下的罗布泊,那时一切都静止了,毒辣的阳光渐渐温和起来,照射在雅丹地貌上,泛出五彩的光芒。

那时,所有的饮用水都要从420公里外的哈密市运来,约合400元一立方,油比水贵,大家用起水来都小心翼翼,洗澡更是奢望。

在无边孤寂的陪伴下,1999年至2005年,包括姚莫白在内的科研人员经过探索性试验、小试、中试、两万吨工业试验直至年产硫酸钾8万吨工业试验,走完了相当于美国犹他州大盐湖15年、国内同行30年走过的建设历程,创造了世界盐湖开发史上的奇迹。

在此过程中,国投新疆罗布泊钾盐有限责任公司拥有盐湖卤水制取硫酸钾工艺和关键设备的全部核心专利技术,"罗布泊地区钾盐资源开发利用研究"项目获2004年度国家科技进步一等奖。

为了服务钾盐开发,新疆巴音郭楞蒙古自治州若羌县在人迹罕至的罗布泊中心建立了罗布泊镇,这是中国最大的一个镇,因为辖区面积5.2万平方公里,比海南岛还要大,同时也是"最小"的一个镇——全镇仅有一栋二层小楼,驻有镇政府和卫生所,还有一排日用百货商店和加油站。

随着罗中到哈密市、若羌县简易公路的相继修通,迷失方向的事再也不会发生了。

2006年4月,投资48亿元的年产120万吨钾肥项目在罗布泊正式开工建设,项目由采输卤、盐田、矿石采输、加工厂区、外部供水、热电站、哈密铁路专用线及仓储等七个主项工程,以及哈密办公基地和红柳井第二供水工程等其他配套工程组成。

建筑大军涌到罗布泊荒原,最高峰时约有3500人,罗布泊没有一草一木,所有物品都需要到周边城市采购。姚莫白笑着说:"公司把整个哈密市的红砖都买完了,只能到乌鲁木齐进货!"

国投新疆罗钾改写了罗布泊中心荒无人烟的历史,一幢幢现代化工厂和宿舍楼拔地而起。孤岛罗布泊远离人烟,为了缩短与城市之间的距离,企业投入上千万元修建了四层员工活动中心,配有健身器材、台球、休闲吧、网络信息中心、图书阅览室等;修建了可供千人就餐的员工生态餐厅,为员工供应营养丰富的饮食,宿舍采用中央空调系统,按公寓式管理,均配独立的淋浴间。

如今,盐湖的面积已经近200平方公里,站在湖边水天一色,宛如到了海边。

可由于硫酸钾生产所涉及的生产区域面积较大,作业区分布在方圆一万多平方公里的戈壁、荒漠等无人区内,许多基层操作工人来罗布泊工作了几年,还从未见过碧波荡漾的盐湖。

姚莫白不愿让工人留下遗憾,他会专门组织工友来盐湖参观,不忘告诉他们:"一定要穿色彩艳丽的衣服,这样拍照才好看!"

38岁的姚莫白如今已是国投新疆罗布泊钾盐有限责任公司最大的硫酸钾厂厂长,闲暇时回顾往事,他会觉得不可思议:"罗钾人已经不把罗布泊叫做'死亡之海'了,这里现在是造福百姓的'幸福之海'!"

(《中国青年报》2013年7月16日　王雪迎)

阅读思考

《变"死亡之海"为"幸福之海"》主要采用了那种写作手法?这种写作手法的要求和特点是什么?

第五章 述评性消息

一、文体概说

述评性消息也叫记者述评或新闻分析,是用叙议结合的方式来反映国内外重大事件的一种消息。夹叙夹议,读后让人既有新知,又有新悟,是述评性消息的突出特点。述评性消息既叙述事实,又评论分析;选材精当,事实材料要丰富、典型;评论、分析要讲究逻辑,即事明理;叙述和议论要紧密结合,事理交融,防止有述无评、只评不述、述评脱离。

述评性消息在我国有悠久的历史,从消息出现到现在,述评性消息始终存在。中国新闻史上的许多大记者、名记者都是写述评性消息写作的高手,梁启超、黄远生、范敬宜、艾丰等都曾留下过不少名篇。

述评性消息的写作在选题上要有迫切意义,在立意上要有全局观念,在述评上要有客观态度。它在写作形式上同一般消息没有区别,也由导语、背景、主体、结尾等几个部分组成。述评性消息其实就是有记者直接议论的消息,在写作上最大的特点就是夹叙夹议。即做到六个词:评述结合、以评为本、述中有评、评中有述、由述而评、以评驭述。

述评性消息根据其内容可分为以下四种类型:

(1) 事件述评——根据记者直接调查了解的材料,以具体而典型的新闻事件为评述对象的述评。注重由表及里、由此及彼、举一反三的报道与评论。

(2) 社会述评——以社会实际工作或生活中的经验、教训、现象或问题为评述对象的述评。注重对社会现象或问题的归纳、判断、分析和议论。

(3) 形势述评——以国内外政治、经济、军事、外交等领域的形势为评述对象的述评。注重归纳与评析形势的变化和发展。

(4) 人物述评——以典型人物的相关生平、言行或事迹为依托,对其历史功过或所作所为进行评价、分析和议论的述评。注重与人物相关的事物、思想或精神的介绍与分析。

述评性消息是介于新闻报道与新闻评论之间的一种边缘体裁,兼有二者的特点和优势,融新闻和评论为一体是其基本特征。目前学术界对于述评性消息的文体属性一直都没有定论。有人认为是属于新闻报道领域,如刘明华等先生在《新闻写作教程》一书中就是将述评性消息认定为一种报道文体;也有人将其划归为新闻评论文体,如丁法章先生在《新闻评论教程》一书中做过相关论述。其实,述评性消息和新闻评论的主要区别在于:"评"在消息中的地位和目的、文章对时间的要求、文章篇幅等方面均有所不同。

在此,为了不让述评性消息这种新闻文体边缘化,我们将其纳入研究范围之内。

二、个案评析

◇ 原文

铭记抗震救灾的这十个"第一次"

汶川大地震是新中国成立以来破坏性最强、波及范围最广、救灾难度最大的一次地震。地震发生一个月来,在抗震救灾的过程中,人们见证了新中国历史上众多的"第一次"。这些"第一次"的背后,是坚强不屈的意志,是血浓于水的情感,是以人为本的理念,是共和国前进的足音。

第一次启动一级救灾响应

新中国成立以来的第一次国家一级救灾响应于5月12日22时15分正式启动。

根据有关规定,一级响应启动后,民政部门直接向国务院报告灾害信息,灾害发生后24小时内下拨中央救灾应急资金,协调铁路、交通、民航等部门紧急调运救灾物资,组织开展全国性救灾捐赠活动,统一接收、管理、分配国际救灾捐赠款物等。

国内外捐助款物第一次突破400亿元

截至11日12时,全国共接收国内外社会各界捐赠款物总计445.74亿元。也就是说,地震发生以来,平均每天有近15亿元的捐赠。这个数字已超过了有关部门统计的中国2006年、2007年捐款总额。

志愿者第一次大规模参与救灾

从灾难发生的第一天开始,参与抗震救灾的志愿者就无处不在。20多万奔赴前线的救灾志愿者,系着黄丝带,与消防队员的红色、子弟兵的绿色、医护人员的白色一起,构成了这次抗震救灾现场的一个特殊场景。据有关部门统计,全国各地参与救灾的志愿者超过1000万人。

国外救援队第一次参与地震救援

自5月16日起,日本、俄罗斯、韩国、新加坡四国的救援队相继抵达四川灾区,并立即投入救援工作。新中国历史上第一次国际救援人员参与救灾的行动在震灾最前线展开。

5月20日以来,来自俄罗斯、日本、意大利、德国、英国、法国、古巴7个国家和港澳台地区的11支救援队285名医务人员在四川成都、德阳、绵阳、广元等重灾区开展人道主义救援工作。

第一次举国为平民哀悼

5月19日清晨4点58分,天安门广场上的五星红旗一如平常地随着朝阳冉冉升起,然后徐徐降至半旗。当天14时28分,凄婉的警报声、汽笛声、喇叭声在中国大地的各个角落鸣响,天地同悲、举国齐哀。这是新中国成立以来第一次设立为期3天的全国哀悼日。

对逝者的哀悼,无疑是对生者最大的慰藉。举国哀悼3天,寄托着政府对遇难者的尊重,对生者的关怀,是"以人为本"理念的特殊体现形式。

第一次专门为地震灾后重建制定国务院条例

6月8日,国务院公布实施《汶川地震灾后恢复重建条例》,这是我国第一个专门针对一个地方地震灾后恢复重建的条例,将灾后恢复重建工作纳入了法制化轨道。从2003年《突发公共卫生事件应急条例》的出台,到这次专门出台《汶川地震灾后恢复重建条例》,中国在建设法治政府的道路上又迈出了坚实的步伐。

第一次震撼世界的信息透明

突如其来的汶川大地震,却没有造成社会恐慌,一个非常重要的原因就是信息的及时、全面披露,与1976年唐山地震时极为封闭的新闻报道形成天壤之别。

从地震发生的那一刻起,中国政府准确、及时、公开、透明的信息披露,聚焦了全民的关注,传达出对生命的关切。抗震救灾中每天的新闻发布会,将灾情和救灾的进展及时告知公众;向所有外国记者开放灾区采访……

第一次大规模实施空降空运救灾

5月14日,在灾情最紧张的时刻,15名空降兵在没有地面指挥引导、没有地面标识、没有气象资料且气候恶劣的情况下,冒险从4999米高空伞降到重灾区茂县,创造了世界空降兵史上的奇迹。

同日,空军飞行132架次,将6000余名增援部队和131.5吨救灾装备、药品空运至灾区。15日,空降兵一架大型运输机在汶川映秀镇上空,用大型降落伞成功空投下挖掘机和工程车等大型救援设备。解放军在这次救援行动中,空运规模无论是在亚洲还是在世界上,都是最大的。

第一次大规模实施对口支援救灾重建

6月5日召开的中共中央政治局常务委员会会议决定,为加快灾后重建,按照"一省帮一重灾县"的原则,合理配置力量,建立对口支援机制,组织有关省区市对口支援灾区加快灾后恢复重建。有关部门已经确定了21个省区市对口支援重灾县。这次对口支援灾区和重建的规模,已远远超过其他救灾和重建的规模。

第一次成功处理巨型地震堰塞湖

高危型堰塞湖由于蓄水量大、落差大,往往在形成后几天至几年后会被冲垮,形成严重的地震滞后次生水灾。史载,1933年四川叠溪7.5级地震中形成的3个堰塞湖在震后45天大溃决,大水一直冲到250公里外的都江堰,死亡2500人。

汶川特大地震形成的唐家山堰塞湖,蓄水量最高时达到2.5亿立方米,威胁着百万人生命财产安全。经过艰苦奋战,到10日17时左右,唐家山堰塞湖抢险取得决定性重大胜利,实现了无一人伤亡的目标,创造了世界上处理大型堰塞湖的奇迹。

(《新华每日电讯》2008年6月13日　车玉明　徐扬　王洋)

◎ 点评文章

动态易得　深度难求
——评一则述评性消息《铭记抗震救灾的这十个"第一次"》

适逢汶川地震发生一个月,发表在《新华每日电讯》2008年6月13日第3版的《铭记抗震救灾的这十个"第一次"》,总结性地回顾了抗震救灾以来的成就和发展。这则消息夹叙夹议,在陈述事实的同时发表个人观点,是一则典型的述评性消息。通过分析这则消息,我们来找寻述评性消息写作的一般规律。

1. 动态易得:陈述客观事实

消息总是记录正在发生或者发展的事物,或者是已经发生但是新近被发现的事物。这则消息显然是属于一则发现性消息。记者简单陈述抗震救灾过程中,中国政府所采取的一系列作为:从"启动一级救灾响应"到"志愿者第一次大规模参与救灾""第一次举国为平民哀悼",最后收尾于"第一次成功处理巨型地震堰塞湖",时间跨度一个月,采取综合叙述的处理方法,简略地把一个月以来政府各界的行为做了综合处理,这是遵循新闻消息客观陈述事实规律的表达。

全文叙述语言毫无华丽辞藻,但是"绚烂之极归于平淡",除去所有修饰、还原真实的新闻带来的是更多的震撼和表现力,这可谓是记者采访工作的一次回归。"新闻的魅力来自于事实本身"。这篇文章更加重视逻辑的力量,它除去地震现场、震撼人心的画面描述,而回归了新闻最本色的表达——事实。记者对新闻事实所包含的社会意义的感受、捕捉与表达准确、得当和深刻。

2. 深度难求:表达主观倾向

或许动态未必易得,但是深度确实难求,深入浅出就更为不易。

深刻的思想未必需要深奥的语言来装裱。在这篇述评性消息中,记者为了表达深刻的理论和思想,主要还是依循新闻写作"用事实说话"的基本写法。评要依赖消息中的事实而发,即因事而发,这样才能做到述评相得益彰,收到甚好的预期效果。

这篇文章正是巧妙地把观点和事实进行了综合处理,达到一种用通俗的事实说明抽象的道理的最终目的。记者把事实作为背景材料天女散花般穿插在事实的叙述中,使句子之间形成一种逻辑关系,这种很强的逻辑力量使人不得不信服其阐述的道理。述评性消息的最佳写法就是因事论理,理由事出,让事实的叙述为论的出现铺平道路,使之水到渠成,论得自然。这样才能使述评中的观点和意见言之有据,使读者喜闻乐见。

全文真正由记者站出来说话的地方并不多:除开第一段开宗明义表达主基调的一段评论之外,就是"对逝者的哀悼,无疑是对生者最大的慰藉。举国哀悼3天,寄托着政府对遇难者的尊重,对生者的关怀,是'以人为本'理念的特殊体现形式"一处做了点睛之笔。

无论是背景材料凸显深度还是精到议论阐明道理,这篇文章所蕴含的深刻意义显而易见,那就是中国人民面对灾难的大无畏、大团结和大奋进之气概。

在述评性消息中,述是血肉,评是灵魂,要做到叙议水乳交融,以便让事实本身托起言论的高峰。述评性消息的写作往往要求记者具备一定的知识储备,写作起来具有较好的知识运用能力,做到真正的"妙手著文章"。

三、作品鉴赏

中国奥运备战姚明骨折是警醒

姚明骨折,无数"姚迷"为之心碎。姚明能否参加北京奥运会,已成悬念。而对正在紧张备战北京奥运会的中国奥运军团而言,必须强调在高强度的训练比赛中防止运动损伤。

中国奥运军团如何预防运动损伤？具体而言，一是高度重视队医的作用、着力提高队医的素质，二是尊重科学规律、以人为本，不宜再提倡"打了封闭也要上"、"轻伤不下火线"。

多年来，在中国体育界庞大的奥运金牌计划中，队医往往是被忽略的一个角色。国外的队医能决定运动员是否要上场、是否要停止训练，这在我国是不可思议的事情，队医的意见常常被教练员和体育部门领导轻易否决。此外，我国运动队的队医素质参差不齐，不少队医多是一毕业就分配在运动队，而且我国也基本没有开展这方面的培训，这限制了队医们的水平。

虽然近年来，我国运动队队医的地位与水平均有所提高，但跟国外相比，还有相当欠缺。这是中国体育备战奥运过程中亟须补上的一块"短板"。

队医是预防运动损伤的一个关键环节，但更关键的还是要在体育界树立科学的金牌观念——在健康的前提下去争取金牌。健康第一，是国外诸多职业运动员恪守的原则，因为健康意味着可持续发展，健康意味着一次放弃后还有更多的机会。

但是，在过去相当长一段时间内，由于"金牌至上"等错误观念的影响，我国体育界不重视运动员运动损伤后的保护，甚至提倡"打了封闭也要上、成绩拿到手再说"的不正确做法，造成许多运动员陷入"一伤再伤"的境地，大好青春年华，带着一身伤病过早退役，退役后依然伤病缠身，令人唏嘘不已。

顽强拼搏、"三从一大"是中国体育界的"传家宝"，但是现在应该提倡在科学指导前提下的顽强拼搏。如果过分强调意志品质的作用，一味要求运动员"轻伤不下火线"、"带伤拼搏"，那么，被忽视的小伤小病，极有可能给运动员带来灾难性的意外。

(《新华每日电讯》2008年2月29日　肖春飞　仇逸)

手中剑　轻如鸿毛
心中剑　重似千钧

8月9日，女子佩剑个人赛，谭雪、包盈盈止步四强；8月10日，男子重剑个人赛，王磊、黎国介、尹练池无缘八强；今天，女子花剑个人赛，孙超、张蕾、苏婉文又无人进入八强。

这一连串的失利，让曾经演绎无数精彩瞬间的中国剑客汗颜。老前辈栾菊杰说："以前我要面对中国击剑'零的突破'，我做到了。从那以后，中国击剑就在争取'1的突破'，遗憾的是，到现在都还没有做到。我看了这两天的比赛，女佩和男重都看了，感觉中国的运动员还要再努力才行。"

栾菊杰已经说得很客气了，在她看来，中国剑客相继失利，最大的原因就是压力过大导致不能正常发挥水平。

"我想，大家都是因为压力太大的缘故，我知道在家门口比赛，东道主运动员会有很大压力。但如果因为想得过多，在场上或者很急躁，或者被束缚，只能说明很多运动员的心理素质不好。"栾菊杰说，"胜败乃兵家常事，要真正体会到这一点才行。"

但前3天参加击剑比赛的所有中国运动员，没有一人表现出"兵家常事"的潇洒，相反，一个个饮恨而归。

名将谭雪，赛后给出的理由是没能根据对手的战术变化进行有效调整；名将王磊，自称因为"过度紧张"，技术动作僵硬失常。

剩下的那些"小字辈"，本就实力不济，再加上临场应变能力不足，更没有人能以"黑马"

姿态冲出重围。

"我知道他们平时训练很苦,但是可能还不够。"栾菊杰说,"只有在平时吃了苦中苦,才有本事应付各种情况。可能比赛中只用到平时训练内容的一半,但平时一定要练够,等到了赛场,就是两军相遇勇者胜,克服不了压力就不可能有必胜的信心。"

栾菊杰同时也期待,中国击剑选手能够在接下来的比赛中放开手脚,正常发挥。

(《中国青年报》2008年8月12日 郭剑)

美国女篮一点不给中国队面子

最后十几秒,苗立杰的最后一次进攻被美国队破坏。随着终场哨响,比分被定格在63:108。45分的差距,美国女篮没给中国队留任何面子。

昨晚,"梦八队"同中国男篮的比赛,上半场打得兢兢业业,下半场打得轻松惬意。这些已经习惯了娱乐为上的超级明星,当然知道要给东道主留些面子,何况中国队里还有姚明和易建联。

但美国女篮可不这么想。据记者了解,在乘飞机来中国的途中,有中国乘客问美国女篮的队员:如果她们大比分领先中国队,会不会放水?美国女篮队员非常吃惊地反问:"为什么会?"

美国女篮确实说到做到。首节,她们就打了中国女篮一个33:11,半场结束时,中国女篮只得了27分,而分差已经拉大到了34分。和美国男篮一样,美国女篮也是用压迫性的防守,迫使中国队失误。但和男篮不同的是,她们更懂得配合,更具有整体性,而且一丝不苟。赛后的数据很有说服力:美国队全场有19次助攻,11次抢断,迫使中国队出现了19次失误。"我们打得和昨晚的比赛一样有激情,所有队员都在场上大声呐喊,我们很快设定了相应的战术,而且取得了很好的效果。"美国队主教练安娜说。

对于中国女篮来说,刚刚通过一场艰苦的胜利建立的信心,是否会因为今天惨痛的失利而受影响呢?对此,隋菲菲表示:"我们确实稍逊一筹,但我们的篮板和快攻很好,我们也一直没有放弃。失利不会影响我们的信心。"

(《中国青年报》2008年8月12日 杨屾)

豪华圣诞宴动辄上万,谁请谁吃为啥

圣诞节前夕,各大星级酒店又掀起豪华宴席的市场争夺战。令人诧异的是,这些标价动辄数千元甚至上万元的宴席,销售却异常火爆。

贵阳市一家五星级酒店今年推出每人1088元的豪华圣诞宴,节前就订出去七成多,酒店方准备增加餐位。记者采访到的几家高档酒店,情况与之相似,有的酒店圣诞宴席在节前就预售完毕。据媒体报道,有的城市圣诞宴火爆场面远甚于贵阳,单人消费近万元的晚宴也不乏消费者。

一个原本属于西方人的节日,却在传统文化底蕴深厚的中国逐渐形成蔚为壮观的市场,成了商家博取利润的好机会。知情人士透露,圣诞节期间的豪华宴席,非但与圣诞节的内涵不沾边,而且显得有些怪诞,因为它大多是某些人进行利益交换的产物。

一桌饭就吃掉数千元甚至上万元,没有几个人愿意自己掏腰包,"答谢客户""市场公关"等等,往往是这类豪华宴席最堂皇的名目。而企业愿意花费如此高的代价答谢的"客户",一定是能给企业带来更大利益的特殊人物,掌有各种行政权力的大小政府官员,无疑是其中惹眼的主角。

除了圣诞节,接下来的元旦和春节,也可能有人以豪华筵席为名,行权钱交易之实。如果有关方面能够多花些工夫,抓住这些节点查一查豪华宴席上谁是主角,应该不难揪住腐败者的尾巴。

(《新华每日电讯》2007年12月25日　王丽)

万里大造林案:何庆魁变脸挺小品的

作为万里大造林案件的重要涉案人员何庆魁,能否按照公安机关的要求退出数百万元涉案资金,已经成为人们关注的焦点。在强大的法律震慑下,4月28日下午,何庆魁携其子何树成等来到内蒙古公安厅万里大造林专案组,配合警方调查取证,并表示将退还涉案资金。

4月1日,内蒙古警方在万里大造林案件新闻发布会上,郑重说明,为了最大限度地减少被骗投资群众的经济损失,将全力追缴涉案资金,绝不让投资群众被骗的血汗钱、养老钱被万里大造林公司大大小小的既得利益者非法占有。同时,公布了万里大造林公司副董事长、小品剧作者何庆魁占有涉案资金拒不退出情况。至此,笼罩在小品剧作者何庆魁头上的神秘面纱被撩起,长期萦绕在公众心头的谜团被迅速解开。

然而,面对舆论的一片斥责声,何庆魁仍然扮演着"强硬"角色,他一方面声称自己只拿走少量的费用,从万里大造林公司收取的资金主要用于拍摄电视剧《圣水湖畔》;另一方面又极力撇清与万里大造林公司的利益关系,表明自己没有参与非法经营活动。

4月12日,何庆魁突然来了个180度大变脸:透过媒体吹风,何庆魁承认自己在有些方面处理不当,"有错,咱就认错!"

何庆魁先与内蒙古警方电话联络,后派其子何树成赴专案组探底。几番试探后,4月28日下午,何庆魁终于迈出了退还涉案资金的第一步。

经警方核查,何庆魁、高秀敏与陈相贵于2003年就签订了"合作开发百万公顷大造林工程"的《合同书》。《合同书》明确约定何庆魁、高秀敏参与万里大造林公司的生产经营活动,拥有20%的林地销售利润,何、高二人开始从万里大造林公司提取利润分成。

2005年7月1日后,何庆魁、高秀敏分别与陈相贵签订了形象代言协议,又以形象代言劳务费的名义从万里大造林公司提取款项。截至案发,万里大造林公司共向何庆魁与高秀敏支付916万元。

警方表示,现有证据说明,何庆魁参与了万里大造林公司部分宣传经营活动,何庆魁与万里大造林公司并不是简单的形象代言关系,而是相互利用的关系。陈相贵正是借着何庆魁等人的名人效应,把万里大造林公司的非法经营活动搞得这么大,诓骗了全国3万多购林群众。

目前,警方已认定何庆魁一人应退的涉案资金数额为488万元。

据万里大造林专案组负责人介绍,何庆魁主动与警方接触后,表示对自己过去的言行有所悔悟,要积极配合公安机关调查工作,尽快清退涉案资金。何庆魁同时给警方出具了退款计划。警方对此表示欢迎,但同时强调仅有退款保证是不够的,何庆魁必须在规定的期限内退款。

对于警方为什么要求何庆魁退488万元,内蒙古英南律师事务所主任张若冰分析:"看来警方不认为何庆魁与高秀敏属于法定婚姻关系。否则,何庆魁应退的涉案资金数额不会是目前这个数字。"

自治区处置万里大造林公司涉嫌经济犯罪案件协调领导小组办公室负责人表示,警方勒令何庆魁限期退款一事表明,全力追缴涉案资金,最大限度地减少被骗投资群众的经济损失,是公安机关侦办万里大造林案件的重要任务。个别人企图将3万客户与非法经营犯罪嫌疑人陈相贵绑在一起、扣为陈的"人质",从而借机挑拨煽动的险恶用心昭然若揭,其谎言不攻自破。

(《新华每日电讯》2008年5月3日 汤计 周宁)

阅读思考

述评性消息具有倾向性。动态消息的倾向性是隐藏在对事实的选择上,但是述评性消息则是记者的有感而发,直接表明自己的观点与看法。我们选登的《美国女篮一点不给中国队面子》《豪华圣诞宴动辄上万,谁请谁吃为啥》《万里大造林案:何庆魁变脸挺小品的》这些作品的新闻倾向性是鲜明的,其中观点十分明确,记者提倡什么、反对什么,毫不含糊。

四、同题文本鉴赏

阜新原书记和他的儿女们,可悲可叹

辽宁省阜新市中级人民法院原副院长王晓云因徇私枉法,前不久被判处有期徒刑3年。此前她的父亲——阜新原市委书记王亚忱犯虚报注册资本罪和职务侵占罪被判有期徒刑8年,王亚忱儿子王晓军也因同案被判刑。一个原市委书记和两名子女因触犯刑法先后入狱,在当地引起了较大反响。

父亲——退休后追逐财富不择手段

2005年7月18日,辽宁省纪委专案组找王亚忱谈话,请他配合组织调查,王亚忱却对专案组某处长说:"你没有资格跟我谈这事,你级别不够。"一个退休多年的领导干部缘何如此专横跋扈、目无党纪呢?

王亚忱曾任辽宁朝阳重型机器厂会计科长,1980年任厂长,此后几年他在国有企业大胆进行改革,成为"全国五一劳动奖章"获得者。1986年王亚忱从朝阳市委副书记调任阜新市代市长,之后担任阜新市市长、市委书记、市人大常委会主任,1998年退休。

从权力高位退下来后,王亚忱转而投身商海。2002年2月,王亚忱以顾问名义进入正在策划开发阜新商贸城项目的民营企业双龙公司,后任商贸城项目总指挥和财务总监。

在公司立住脚跟后,王亚忱向公司负责人高文华提议,让他具有"南非国籍"的儿子王晓军与高文华合资重新注册外资企业华隆公司,以获得政策优惠。公司注册资金800万元,王晓军以外商身份占40%股份,担任副董事长;高文华占60%股份,为公司董事长。

2003年8月,商贸城主体工程竣工,销售形势很好,王亚忱又强逼高文华把双方投入更改为各400万元,让王晓军所占股份达到50%。2004年2月,商贸城项目基本完工,王亚忱

为了进一步控制公司,又要求高文华让出董事长位置,改由王晓军担任。高文华不同意。

为了搞掉"绊脚石",王亚忱以儿子王晓军的名义向阜新警方举报高文华虚假出资并挪用资金。当时,王亚忱女儿王晓云任阜新市公安局副局长,另一个儿子王某某任市公安局治安支队副支队长。

2004年3月,高文华被阜新市公安局在北京抓捕,拘留长达11个月之久。被捕后的高文华多次检举王亚忱一家,于是引发王亚忱家庭成员的相继落马。

2007年7月,丹东市中级人民法院终审认定,王亚忱、王晓军等人在注册、经营华隆公司的过程中,均有虚报注册资本行为。王亚忱还利用职务之便,将华隆公司评估价为477万多元的商贸网点非法划走。法院以犯虚报注册资本罪、职务侵占罪判处王亚忱有期徒刑8年,以犯虚报注册资本罪判处王晓军有期徒刑1年6个月。

辽宁省社会科学院研究员侯小丰认为,权力失控的领导者存在预期犯罪的可能性。像王亚忱这种退下来的"一把手",一旦有计划地追求比在任时更多的财富,往往会不择手段。

女儿——为了家族利益徇私枉法

王亚忱入监后,女儿王晓云的违法违纪问题开始浮出水面。王晓云1995年至2005年11月任阜新市公安局副局长,分管治安、户政、巡警等方面工作。其弟王某某从2002年9月起,任阜新市公安局治安支队副支队长。"姐姐管弟弟"长达3年,实际上形成了阜新市的治安都由王家姐弟俩说了算的局面。直到王亚忱案发后,王晓云才被交流到阜新市中级人民法院任副院长,其弟王某某被上级公安机关暂时停止工作。

调查发现,早在2004年2月23日,阜新市华隆房地产公司高文华的司机许宁,在进入辽宁省政协会议委员驻地——沈阳某宾馆院内时,被警卫人员拦截,并发现他携带的多份检举信,检举内容涉及王晓云。

2005年4月4日,王晓云要求阜新市海州区人民法院院长郭海忠立案追究许宁对其诬告、陷害及诽谤的刑事责任。郭海忠指令立案,4月10日,没有任何犯罪事实的许宁被海州区法院拘留。

2008年初,辽宁省兴城市人民法院认定郭海忠犯徇私枉法罪,因"认罪较好"等免予刑事处分。

兴城市人民法院在对郭海忠定罪后,认定王晓云为泄私愤,指使其他司法工作人员对明知是无罪的人行使司法追诉的行为,也构成了徇私枉法罪,一审对其判处有期徒刑3年。

侯小丰研究员说,王晓云的犯罪与其父王亚忱一案有直接关系。如果不是高文华等人检举王亚忱犯罪,许宁也不会被王晓云送进看守所。对于王晓云来说,与父亲属于利益共同体,所以她把党纪国法放在一边,不惜铤而走险。

阜新市委一位领导干部透露,阜新市公安局的一些民警认为,王晓云不能说没有能力,但她能够担任副局长,应该说确有其父的作用。王亚忱利用自己的影响力,将子女安置在重要部门。之后父女、父子在当地做事为所欲为,不愿受到制约。

"一把手"——退休了也要监管

调查发现,此案不仅暴露了权力失控的严重后果,而且将"一把手"退休后的监管问题也提了出来,对于新时期反腐倡廉工作具有警示作用。

王亚忱在阜新主政十多年,提拔了许多干部,社会关系错综复杂,影响力根深蒂固,几乎没有他办不成的事。对于王亚忱这样的"一把手",退休以后谁来监管?以及如何监管?

一些干部和群众反映,王亚忱退下来后,经常对市委、市政府的工作指手画脚,有时甚至要挟组织。他与高文华发生矛盾后,不仅利用子女在政法机关工作的便利条件,实施报复,甚至还找到市委主要领导,说高文华应该抓,必须判刑。

中共阜新市委副书记于言良接受记者采访时说,退休的领导干部没有公权力了,但还有影响力。如果往不正常的方向使用,也会给社会造成危害。

侯小丰等专家建议,对于退下来的领导干部经商,应当明确加以限制,比如规定退休多少年内不许经商等。同时,要增加对退休高官的监督考核。另外,上一级纪检、干部等部门应当定期对留在任职地的退休领导干部进行走访,了解他们的日常活动和思想动态,发现不正常的苗头,要及时提醒或制止。

(《新华每日电讯》2008年6月25日 张非非 范春生 任鹏飞)

《一个退休高官的生意经》报道追踪——
缺乏监督导致犯罪的典型样本

6月16日,辽宁省"5·27"专案组工作人员赶赴阜新市公安局,宣布该局治安支队副支队长王晓刚"暂时停止工作"。随后,王晓刚被带走。

今年年初,王晓云(王晓刚的姐姐,长期担任阜新市公安局副局长、后任阜新市中级人民法院副院长)因徇私枉法罪被判处有期徒刑3年。

2007年4月9日,王晓刚的哥哥王晓军因犯虚报注册资本罪二审被判有期徒刑一年半,他们的父亲——阜新市原市委书记王亚忱同时被判有期徒刑8年。

一个原市委书记的三名家庭成员先后因触犯刑法而入狱,在当地引起了较大反响。

王亚忱及其子女被判刑,都和一个极具商业价值的建筑——阜新商贸城有关。为了争夺阜新商贸城的所有权,退休多年的王亚忱利用自己的影响力和儿女掌握的公权力,将其一步步据为己有,而且将阜新商贸城真正的主人高文华关押11个月(见本报2005年5月18日报道《一个退休高官的生意经》)。

王亚忱案是一个官商斗争的案例,也是一个缺乏监督导致犯罪顺利实施的典型样本。

到哪儿都说了算的王书记

今年76岁的王亚忱曾历任辽宁省阜新市市长、市委书记、市人大常委会主任。虽然他在1998年退休,但阜新官员还是尊称他为"王书记"。

2001年7月,阜新商人高文华等人以双龙公司名义开发建设"阜新商贸城"项目。

2002年2月,王亚忱以顾问名义进入双龙公司,随后任项目总指挥和财务总监。在一份非法出版物《中国法制》对他的访谈中,王亚忱这样解释自己的动机:"我是想用一个老党员的实践告诉人们,老同志仍然可以为社会的发展建设继续发挥不可低估的作用"。然而,王亚忱的行动表明,他虽然不是为社会发展建设作贡献,但作用确实"不可低估"。

进入公司后,王亚忱以儿子王晓军是南非公民为由(实为虚假身份)成立中外合资企业,约定王晓军占股37.5%,公司注册时上升到40%,随后又上升到50%。

2004年年初,商贸城竣工时,王亚忱要求高文华让出全部股份并把董事长的位置让给王晓军,遭到高文华拒绝。

2月2日,王亚忱向阜新市公安局举报高文华涉嫌虚假出资罪、挪用本单位资金罪等4

项罪名。3月2日,正在北京找律师的高文华被阜新市公安局抓捕,关押11个月后被释放。

高文华案在办理过程中,存在大量的违法事实,有的甚至让人瞠目结舌。

2004年5月10日,阜新市公安局对高文华案侦查终结,以挪用资金罪和侵占罪向阜新市检察院提交《起诉意见书》,随后进入法院程序。

9月7日,就在高文华准备应诉时,细河区法院却通知律师,检察院已经撤诉。

9月16日,细河区检察院向阜新市公安局退卷,要求对高文华虚假出资罪和私刻公章罪补充侦查。

10月12日,阜新市公安局重新将本案移送到细河区检察院起诉科,加入了以前自己否定的"虚假出资罪"和"私刻公章罪",连同职务侵占罪和挪用资金罪,建议检察院一同起诉。

检察院为什么这样做?原因很简单,王亚忱不同意。在阜新市公安局确认对高文华的"虚假出资罪"和"私刻公章罪"不予起诉后,6月8日,王亚忱向市检察院提出不同意见,"望能将高文华涉嫌虚假出资罪与其涉嫌侵占、挪用资金罪一并起诉"。

11月16日,办理此案的抚顺市望花区检察院作出了《望花区检察院公诉案件审查报告》。《报告》认定"公安机关移送审查起诉的数个罪名事实不清,证据不足,不具备起诉条件"。同时,《报告》还对阜新市公安局移送的本案证据进行了分析论证,主要问题有:

——大量书证没有注明提取时间、提取人员、提取部门、提取于何处及所要证明的事实。

——卷宗所列证据混乱,所需证明的事实的相关证据不够确实、充分。

——对犯罪嫌疑人高文华没有进行逐笔询问,对犯罪嫌疑人的辩解没有开展工作,以鉴别其真伪……

更为离奇的是,阜新市公安局在向望花区检察院第二次移送起诉时,竟然故意撤出对高文华有利的证据材料。

王亚忱对阜新市司法部门的影响巨大

2005年4月,王晓刚抓捕了高文华的司机许宁。阜新市公安局内部对许宁能否抓捕和定罪存在不同意见。此时,身为市公安局副局长的王晓云多次明确指示下属要将许宁"弄进去"。同时,王亚忱给阜新市政法委书记袁传军、市公安局局长郝宏军写信,同时电话告诉郝宏军:"对许宁的事要处理不好,就告公安局。"

随后,袁传军专门召开会议讨论许宁案。会后,许宁被关进看守所。

4月,本报记者到阜新采访王亚忱与高文华争斗一事时,阜新市人大一名官员对记者说:"王亚忱是我的老领导,高文华是我的小兄弟(高当时是阜新市人大代表),我们都很熟。他们为什么现在闹得这么僵呢?就是在商贸城谁说了算的问题上产生了分歧。王亚忱当市长时,市委书记和人大常委会主任要听他的;当市委书记时,市长肯定要听他的;他当人大常委会主任的时候,市长和市委书记还是要听他的。人家走到哪儿都说了算,到你商贸城说了就不算了?"

新华社的报道说,2005年7月18日,辽宁省纪委专案组找王亚忱谈话,请他配合组织调查,王亚忱却对专案组某处长说:"你没有资格跟我谈这事,你级别不够。"

随后,王亚忱被专案组带离阜新时,拒绝乘坐警车,而是坐自己从阜新市人大退休时带走的奥迪,而且"因病"要求120急救车跟随。有阜新人感慨说:"人家王亚忱是带着车队走的!"

王亚忱家族的精巧布局

王亚忱退而不休,在阜新一言九鼎,和他在阜新为官多年、人脉深厚密不可分,也和他儿女身居要位有直接关系。

资料显示,王晓云1955年出生,1974年12月至1976年8月,为朝阳市柴油机厂工人。

此后,王晓云的人生轨迹发生变化,并随着王亚忱官位的不断升高而一路高升。1976年8月至1990年6月,她担任朝阳市公安局科员、副主任科员。此时的王亚忱正在仕途上一帆风顺,1980年,他任辽宁朝阳重型机器厂厂长,此后几年他成为改革家,并获得"全国五一劳动奖章"。

1986年王亚忱从朝阳市委副书记调任阜新市代市长。

1987年3月,王亚忱任阜新市委副书记、市长后,王晓云也来到了阜新。

1989年3月,王亚忱任阜新市委书记。

1990年6月至1995年8月,王晓云任阜新市公安局户政科副科长、科长。

1993年2月,王亚忱任阜新市委书记、市人大常委会主任。

1995年8月,时年40岁的王晓云任阜新市公安局副局长。

比王晓云稍晚一些,1989年11月,王晓刚从朝阳市东风机械厂调到阜新市公安局。2002年9月,王晓刚升任阜新市公安局治安支队副支队长,他的上司,就是姐姐王晓云。

王亚忱的另一个儿子王晓军则选择了经商,在大连开有公司。

至此,一个家族的权力布局已经完成并达到顶点。

2006年8月6日,中共中央办公厅发布《党政领导干部任职回避暂行规定》,明确提出"有夫妻关系、直系血亲关系、三代以内旁系血亲关系以及近姻亲关系的,不得在同一机关担任双方直接隶属于同一领导人员的职务或者有直接上下级领导关系的职务……"

但这一规定生效时没有影响到王晓云姐弟的任职,"姐姐领导弟弟"的情况持续了3年。在侵占高文华财产的过程中,王亚忱充分利用了子女的优势——以王晓军商人的身份在高文华公司占股,用王晓云、王晓刚掌握的公权力施压。高文华在接受本报记者采访时说,王亚忱要求股份从40%涨到50%被拒绝时,王晓刚用警车拦住高文华的去路,用枪指着他说:"要是让我爸爸不高兴,你就别在阜新混了!"

谁来监督退休高官

无论是王亚忱强占高文华的阜新商贸城,还是王晓云、王晓刚抓捕许宁并最终将其定罪,权力的影子随时都会出现。而在王亚忱及其子女实施犯罪的过程中,众多政府部门都为其造假提供条件,只要是王亚忱一封信或一个电话,都会是一路绿灯,法律、规章、原则都被抛弃。

王亚忱案还暴露一个问题:谁来监督退休高官?

王亚忱在阜新担任一把手多年,各种关系盘根错节。王亚忱案和王晓云案涉及诸多政府部门,一些政府工作人员竟然仅因为"王书记让这么办"就违规为其办理了一些手续。

早在1985年,中共中央、国务院就发出《关于禁止领导干部的子女、配偶经商的决定》,"凡县、团级以上领导干部的子女、配偶,除在国营、集体、中外合资企业,以及在为解决职工子女就业而兴办的劳动服务性行业工作者外,一律不准经商。所有干部子女特别是在经济部门工作的干部子女,都不得凭借家庭关系和影响……牟取暴利"。

有评论认为,这一规定过于笼统,类似王亚忱这样退休后利用自己的"影响力"经商的,并没有相关限制。而"影响力"和公权力一旦被毫无制约地利用,必然造成严重的后果。

中国青年政治学院副教授、律师周泽认为,基于人情等因素,在职官员会帮助提拔自己的老领导,退休官员也是通过在职官员行使权力,所以,无论是对在职官员还是退休官员的监督,重要的是要让权力在阳光下运行,透明才是最好的监督。

2007年4月9日,辽宁省丹东市中级人民法院终审裁定,王亚忱犯虚报注册资本罪和职务侵占罪,判处有期徒刑8年。

鉴于阜新商贸城巨额资金去向不明,为利于查清王亚忱侵占事实,2008年1月14日,辽宁省公安厅"5·27"专案组对王亚忱涉嫌职务侵占犯罪案正式立案查办。

(《中国青年报》2008年6月25日　刘万永)

> **阅读思考**
>
> 　　这两篇文章同样是关于贪官王亚忱的报道,但是写作角度有不同,不同在哪里?其各自的优点表现在哪里?

描写性消息

一、文体概说

随着时代的推移,报纸媒体上的描写性报道越来越受读者的欢迎。

电视媒体和报纸媒体相比,其优越性体现在音像合一以及现场感强的特殊效果上,受众对于电视这一直观性很强的媒体形式更加容易接受,他们不但可以听到声音,还可以看到人物等实体。而印刷媒体的文字报道往往是无法做到这一点的。正是在此情况之下,有识之士提出要重视读者心理需求,增加文字报道中的现场再现能力。因此,以"再现"为主要写作手法的描写性消息也就应运而生,并且风生水起。

运用"再现"手法进行写作,也就是以文字重现新闻事件的现场情景。主要的写作手法就是描写。包括现场新闻、新闻素描、视觉新闻、散文式新闻、情景新闻、花絮等体裁。做到这一点的方法有二:一是通过现场采访,二是事后的调查采访。本章主要介绍和分析新闻素描和花絮这两种描写性消息。鉴于现场新闻的特殊性和重要性,我们单独成章,专门予以介绍。

新闻素描是以描写为基本手段写作的消息,又叫特写性消息,实际上就是微型特写。其最主要的特点就是"再现",以描为基调,通过描写,再现一个较为完整的过程和场面,再现具有新闻价值的一幕。这和以描写占主要位置的新闻特写有相似之处,但是新闻特写不是细描,而是简笔勾勒。如果说将新闻特写比作工笔画,那么,新闻素描就是中国写意画,区别主要在于繁简。

花絮不同于新闻素描,它篇幅更为短小,几十字或上百字而已,是描写性消息中的"简讯"或"单细胞"新闻。花絮的写作特点可以概况为以下三点:

(1) 小角度。新闻素描在题材上表现为正面下笔,描述的多是新闻事件中比较典型、完整的场面;花絮则不然,它是从侧面入手,从重大事件、重大活动、重大场面中选取一些小的场景、情节、趣闻轶事进行描述,是一些角落里的边缘地带的小新闻、小点缀。

(2) 大视野。花絮虽小,但是却有不容忽视的过人魅力。花絮的写作要求记者有把握形势、把握全局视野的概括能力。

(3) 轻松幽默,可读性强。花絮的文字风格更为灵活,富有个性色彩,这是花絮最容易为人接受的一点了。它不同于枯燥的会议新闻,可以放开发挥自己的写作才能,豪笔挥洒,但是又言简意赅。

二、个案评析

◇ 原文

张丹等中国双人滑选手的悲壮演出震撼都灵

张丹腾空、旋转、落地、摔倒、受伤、站起，慢慢地滑到场边，又回到赛场；音乐再次响起，掌声如潮，张丹再次跃动在冰面上……中国三对选手尤其是带伤的张丹和赵宏博今晚在都灵冬奥会双人滑比赛中以悲壮和出色的演出震撼了现场观众，并勇夺第二、三、四名。他们不是冠军，却是人们心中的英雄。

俄罗斯名将托特米亚尼娜/马里宁凭借无懈可击的完美表现获得金牌。

13日晚在都灵帕拉维拉体育馆举行的双人滑自由滑比赛中，张丹意外受伤后仍与搭档张昊勇夺银牌，老将赵宏博顽强战胜脚伤的困扰与申雪获得第三，庞清/佟健也以高水平发挥取得第四。今晚在一些强手纷纷失误的情况下，三对中国选手面对困难都有超水平的发挥，创造了中国选手在冬奥会双人滑项目上的历史最好成绩。

短节目排名第一的托特米亚尼娜/马里宁今晚在倒数第二位出场。他们以近乎完美的动作获得了204.48分的高分，远远超过了当时排在第二和第三位的申雪/赵宏博和庞清/佟健。

肩负冲金任务的张丹/张昊最后登场。在《龙的传人》音乐的伴奏下，张丹/张昊按照计划尝试从来没有人在世界大赛中完成过的"抛四周跳"，不幸张丹在落冰时摔倒受伤，举止和表情显得痛苦。音乐停止，比赛中断。张丹勉强滑到了场边，对花样滑冰队主教练姚滨说了一句"对不起"，但仍选择了继续比赛，最终高质量地滑完了全套节目，获得了125.01的高分，并以189.73的总分超过两对队友，奇迹般地获得银牌。

赵宏博在去年8月左脚跟腱断裂后，仅隔半年时间就高水平地出现在都灵冬奥会赛场。他和申雪今晚在普契尼的歌剧《蝴蝶夫人》荡气回肠的乐曲声中出色地完成了全套动作，最后像上届冬奥会一样夺得铜牌。

这两对中国选手滑完后，面对全场不息的掌声，一次次地鞠躬、致意……

张丹在赛后的新闻发布会上说："摔倒之后我的脑子一片空白，但是奥运会的比赛机会实在太难得了，我不想放弃。"

在现场观战的国际奥委会资深委员何振梁说："他们两个都是英雄。"国际滑联主席钦宽塔说："她实在是太顽强了。"中国代表团团长刘鹏说："张丹/张昊在世界的瞩目下创造了奇迹。"

姚滨赛后说，张丹上场继续比赛是她自己作出的决定，队医和教练组尊重了她的意见。姚滨坦言，自己当时的心情很复杂。他还说这是自己所经历过的最残酷的一次大赛。

（新华社2006年2月13日　王镜宇　刘阳　刘卫宏）

◇ 点评文章

再现：新闻素描的魅力

再现是指用短小的篇幅，集中展现景物或人物的基本特征的场景描写手法，是当代读者

第六章 描写性消息

的一种心理需求。第十七届中国新闻奖三等奖作品《张丹等中国双人滑选手的悲壮演出震撼都灵》就是这样一篇运用再现手法创作的佳作。作品以写意式的再现,为我们记录下"张丹等中国双人滑选手在都灵的震撼演出"这一震撼、多彩的瞬间情景。我们分析这篇作品,希冀总结出新闻素描的再现手法和规律。

1. 简笔勾勒

一些人认为,描写性消息的关键是场景的描写,对场景写得越细越好,文笔越优美越好。事实上,消息作为一种记叙文体,最常用的是白描手法,它抓住事物的主要特征,用简洁的笔墨,概况地勾勒事件的现场情景、人物的活动,以及某个场面,而不易过多地描写细致。

这则消息中,写入描写性的内容少而精,记者只是抓取了主要的最具代表性的场景、人物活动来写。描写的文字主要集中在导语、第五段和第七段。如文章导语中富于动感的描写:"张丹腾空、旋转、落地、摔倒、受伤、站起,慢慢地滑到场边,又回到赛场;音乐再次响起,掌声如潮,张丹再次跃动在冰面上……"仅仅只是用了几个连续性的动词,张丹顽强不屈的形象就深入人心,这种用精炼的文字加以描述的写法,使读者的目光更易集中,新闻的视觉效果更强。

新闻素描力求简括,这是因为描写性消息注重时效性,以最快的速度首先报告现场场景,形象地传达最新的动态。归根结底,简笔描写这种白描手法是消息的时效性、篇幅和任务决定的。

2. 描中有叙,叙描结合

正如前文所述,文章只是用了小量的笔墨进行场景的白描,更多的还是叙述。事实上,新闻素描不会排斥叙述,只有加入了准确的叙述,事实才会更加明晰,记者的观点才能得到明确的体现。

全文首先以"橱窗式导语"完成对张丹表演的场景描写,接下来的第二、三、四段均是对此次比赛组合、赛况、金牌得主等的介绍和说明。记者通过叙述串联起了所描写的场景和人物活动,对事情背景进行了补充、说明,从而顺利地完成了事件中的因果关系,丰富了文章的内涵,也使读者更好地理解了典型场景的重要性。

这篇文章中后半部分的叙述部分主要是靠引语来完成的。"摔倒之后我的脑子一片空白,但是奥运会的比赛机会实在太难得了,我不想放弃。""他们两个都是英雄。""她实在是太顽强了。""张丹/张昊在世界的瞩目下创造了奇迹。"这种直接引语的加入使文章倍添几分现场感和真实感,张丹不屈不挠的人物个性也被表现得淋漓尽致。而概括的间接引语亦使文章更加简洁明了。最后一段看似戛然而止,仔细分析之,事件的完整叙述已然完成,而"最残酷的一次大赛"可谓是一句结束语,事实上也正是全文的点题之笔。

3. 形象的场景描写

文字报道中的场景描写虽然比不上新闻图片直观和电子媒体声画一体的原生态效果,但通过白描手法"再现"事实,也可使读者通过阅读中的想象力而触动读者的感官,使人"如临其境","如见其人","如闻其声",从而产生一种心灵的体验。由此可见,场景描写是新闻素描的重点,在有限的篇幅之内,记者描写的每一个景物、活动、人物都应是有丰富内涵的。因此,怎样选择合适的场景就显得尤为关键。这些场景必须做到:要么能够反映文章主题,激发读者情感;要么能以形象传达某种信息,帮助记者表达某种观点。

在这篇作品中,记者的选择集中在"张丹的带伤表演""张丹/张昊的登场表演""中国选手滑完后的鞠躬、致意"这三个关键场景,这些场景均是典型的、富有丰富的内涵,具有很强的认识价值和说话功能。通过这些场景描写较好地表现了消息的主题:"他们不是冠军,却是人们心中的英雄。"这给描写性消息赋予了一定的思想深度。

同时,记者敏锐捕捉了现场动态,抓取现场细节。如这段写道:"张丹在落冰时摔倒受伤,举止和表情显得痛苦。音乐停止,比赛中断。张丹勉强滑到了场边,对花样滑冰队主教练姚滨说了一句'对不起'",记者通过消息中的画面、声音,对读者造成视觉和听觉的双重冲击,从而以活的事实去打动、说服读者。正是因为记者对于现场进行准确而生动的描述,使受众有如临其境的感觉。

三、作品鉴赏1

今天火车登陆海南

我国第一艘跨海火车渡船——粤海铁1号,像漂移的陆地,载着火车驶向海南。

今天上午9点15分,渡船从琼州海峡北港出发,10点1分抵达海口南港。

6级海风掀起滔天白浪,汪洋大海上不见一片帆影。渡船在波峰浪谷间行进,十分平稳,杯水不摇。

吴邦国站在布满鲜花飘扬彩旗的南岸栈桥上,临风而立,迎接渡船上岛。他满脸喜悦,似乎在对大海说:执政为民的共产党人彻底改写了海南与大陆不通火车的历史。

自古以来,天涯路短,思念情长。苏东坡被贬海南时,这里的路只有1195里;洪武元年,官道仅2230里。苏东坡、海瑞一批千古功臣,均无力将孤悬海外的海南与祖国拉近。

张之洞曾提出"筑铁路至海南腹地"的设想;孙中山勾画了火车轮渡琼州海峡的蓝图。然而这些宏愿终被大海吞没。

1942年,日本侵略者为掠夺财富,在八所一带用4万中国人的生命筑了200公里的铁路。解放后,虽经改建,但作为"孤立的存在"几乎被人遗忘。

交通不畅,物流不旺,经济难上:

1993年启动的洋浦开发区,计划15年建成一座40万人口、600亿元产值的现代化城市,目前生产总值仅3.3亿元,人口不足4万。1995年,海南引进外资14.6亿美元,2001年降到5.7亿美元。去年瓜果菜出岛340万吨,卖了53亿元,而汽车运费付掉18亿元,还有40%因登不上汽车烂在地里。海南有年2000万人的旅游接待能力,因交通不畅,只能接待1200万人。

党中央、国务院深情关注着海南。江泽民指出,通道是海南经济发展的生命。于是,一条致富线作为实践"三个代表"思想的杰作写进南国热土。

1998年8月开工的粤海通道,投资45亿元、全长345公里,由湛海线、火车轮渡和西环线组成。其中高科技的渡船,减摇能力达50%,在8级风浪中可平稳行进。

通道连接全国7万公里铁路网,将全面整合海南的经济结构和物流资源:90%的港口吞吐量、80%的商贸业、70%的仓储业因铁路正呈现出蓬勃生机。

铁路使海南的交通能力提升一倍,运价降低2/3。仅瓜果菜出岛,一年将多收入50亿元。

10点48分,吴邦国为火车轮渡开通剪彩后,上千海南人涌向码头看热闹。一位老大爷挤进去又被挤出来,帽子都挤掉了,他嘴里喊着:"让我再看一眼。"

这时,一首《春天的故事》骤然响起,人们感受到"铁龙渡大海,琼崖尽是春"。

据悉:由于琼州海峡火车轮渡成功,大连到烟台间火车轮渡即将上马。

(《中国铁道建筑报》2003年1月11日　朱海燕)

刘翔夺金　创造世界高栏史传奇

起跑,刘翔落后!50米,刘翔落后!80米,刘翔依然落后!

大屏幕中的刘翔咬紧牙关、双眼爆出血丝,拼命地追赶着领先的美国名将特拉梅尔。

距离在一厘米一厘米地缩短,终点在一米一米地接近。还剩最后一个栏了,刘翔还在苦苦地追赶,他和特拉梅尔相差半个身子。

只有奇迹,似乎才能挽回刘翔当晚在世界田径锦标赛男子110米栏决赛中的"颓势",而奇迹居然就在这瞬间出现!

最后10米,刘翔宛如霹雳雷神,以惊人的速度冲刺。撞线时,人们惊呆了,就在这短短的10米内,刘翔居然明显地超越了特拉梅尔,冠军最终属于刘翔!成绩是12秒95!刘翔欣喜若狂!

这个胜利使刘翔成为世界高栏历史上,唯一将世界纪录、奥运冠军和世界冠军称号集一身的传奇明星,其"大满贯"成就超过了英国的杰克逊、美国的阿伦·约翰逊等巨星。这个胜利也结束了中国田径八年在世界锦标赛上"零金牌"的尴尬。12秒95是今年世界第二好成绩,也是刘翔第五次跑进13秒大关。

在这场竞争空前激烈的比赛中,特拉梅尔以12秒99的成绩赢得银牌,他的同胞帕内以13秒02的成绩获得铜牌。赛前对刘翔威胁最大的古巴新锐罗伯斯仅获第四名,成绩为13秒15。中国另一名选手史冬鹏跑出个人最好成绩,以13秒19列第五名。

这场大战前充满变数。刘翔被分在最靠边的第九道,这是一条几乎从没产生过世界冠军的跑道。刘翔的对手极其凶悍,两届奥运会亚军特拉梅尔今年曾跑出过12秒95;罗伯斯则在今年赛事中战胜过刘翔,决赛前竞技状态奇佳。

刘翔当日提前两小时就开始热身,国内预测他夺金牌的呼声给了他空前的压力。"我非常紧张,以前比赛中从没这样紧张过,"刘翔赛后透露。他甚至赛前哭了起来,他解释说是过于激动,"我对自己说一定要跑出来,我必须要夺冠军。"

刘翔起跑没有优势,前三栏起码有三名对手在他前面,最后一栏前依然没有优势。"幸亏我最后冲刺不错,最后一栏下来,我知道领先了一点点。要不是太紧张,今天应该能跑到12秒90左右。"刘翔赛后说。

孙海平教练赛后动情地说:"这是我带刘翔这么多年最不容易的一场胜利。这次大赛刘翔的压力很大,我也是第一次看到他这么激动,刘翔太不容易了。"

刘翔承认,这是他拼得最狠、最残酷的一次比赛,"非常不容易,太棒了!太棒了!太棒了!"

(新华社2007年8月31日　杨明　肖春飞)

绵阳"醒"来

绵阳,一夜"醒"来。

12日早上,小雨,新华社记者走上绵阳街头,看到一座既熟悉又陌生的城市。

街头熙熙攘攘,人们赶着上班、买菜、吃早餐。1/3淹没线的标志犹在,但路上已经车水马龙;防洪的沙袋犹在,但鳞次栉比的商店纷纷拉开卷闸门恢复营业。涪江两岸,市民在悠闲地散步、遛狗;富乐山上,帐篷正被陆续拆除、折叠……

仅仅在一天前,绵阳还是一座空城,静悄悄的楼房,空荡荡的马路,警戒线前站着警察与民兵。一入夜,到处是黑暗与沉默,只有凄冷的灯光照着涪江。

这座西部名城,在不到一个月的时间内,接连经受了八级大地震与2.4亿立方米"悬湖"的双重考验。

绵阳市城区固定人口是80.8万人,加上流动人口,城区共有约130万人,由于余震和堰塞湖的双重威胁,市民或投亲靠友,或撤离到地势高的安置点,城区剩下的人口为30多万,近100万人离开了绵阳城区。

"终于可以回家啦!"在富乐山,王朝福抱着孙子王垣皓说,孩子在11日刚满一周岁,生日是在帐篷里过的。

先是避余震,后来躲洪水,王朝福一家离开游仙区沈家坝富乐小区的家,已有20天。10日唐家山堰塞湖泄洪后,洪水过绵阳,王朝福与众多市民走出帐篷,到涪江桥上看洪水,颇有些震惊:"头一次看见这么大洪水!"

富乐山是绵阳市撤离群众的重要安置点,漫山遍野均是密密麻麻、五颜六色的帐篷。11日起,人们陆续返回家中。

来自游仙区的谢成东正冒着零星小雨收拾帐篷,他说:"绵阳经受了洪水考验,绵阳的新生活已经开始。"

在海棕路,29路公共汽车满载乘客缓缓驶出站台,司机宋思满喜笑颜开,他说:"我们这条线已经停开一段时间了,现在恢复正常了。"

连接涪城区与游仙区的涪江大桥下,绵阳市交警直属一大队的邓洋正在忙碌地指挥交通,他说,这一段此前是1/3溃坝淹没区,几乎没有车辆通行,12日一大早,这里车流量就不断增加。"我们的绵阳终于挺过来了!"

涪江的水势较洪峰来时已经平稳,但依然浑浊,缓缓向下游流去,防洪堤上,市民们在散步、聊天,穿着时尚的年轻姑娘,开始结伴逛这里的精品商店。

距离涪江不远的南河东街,一家名叫"玉竹奶汤面"的饭店顾客盈门,老板周洪自豪地说:这条街是1/2溃坝淹没区,虽然不在撤离范围内,但街上只有他们一直坚持营业,总得给没走的人一个吃饭的地方。

记者在这里吃完早餐,但是周洪执意不让记者付钱:"你们这些天一直守在绵阳这座空城里,很辛苦,我请你们吃面。"

地震发生后,生意清淡,他受到一些损失,但现在一切正在恢复正常。"绵阳的未来会越来越好,我们的生意会越来越好的!"他说。

(《新华每日电讯》2008年6月13日　肖春飞　伍皓　姚润丰)

信丰西瓜"长"汉字　远赴澳门迎回归

8车载着"长"有"迎澳门回归"、"盼祖国统一"等字样的大西瓜,日前从江西信丰县虎山乡出发运往澳门,为澳门回归祖国送去一份贺礼。

西瓜能"长"汉字,是虎山乡隘高村一位叫刘新女的瓜农发明的。虎山西瓜素以个大、形美、肉甜而畅销港澳,全乡家家户户种西瓜,年栽种面积达6000亩。一年前,刘新女在摘西瓜时发现,瓜藤爬过的西瓜皮上会留下一道白色印痕,受此启发,她将纸剪成空心字贴在瓜上,通过阳光照射,一星期后纸脱落就留下了白色印痕的汉字。她用这种方法让自家2亩地的西瓜都"长"出"信丰虎山"、"吉祥如意"等词语,结果6000公斤西瓜以每公斤高出市场价0.2元销售一空。虎山乡从中得到启示,在全乡推广西瓜贴字技术。

今年西瓜栽种时节,虎山乡统一字型,建议每户在个头大的西瓜上贴上"迎澳门回归"、"盼祖国统一"、"思念同胞"等词语,并决定组织2万只8公斤以上的西瓜运往澳门,以表达对澳门亲人的思念和问候,庆祝澳门回归祖国。西瓜成熟时,虎山乡又与外贸部门联系,设法将西瓜顺利运到澳门。

(《华南新闻》1999年6月25日　钟玉忠　曹向平)

伟人的俭朴震撼万名观众
小平夹克衫　感动三代人

自《世纪伟人邓小平——纪念邓小平同志诞辰100周年展览》10日在国家博物馆公开展出以来,已经有近万名首都各界群众前往参观、缅怀邓小平同志。人们从一件件展品中,再次感受到小平同志的伟大。

王老先生是在女儿和外孙的陪同下,来到国家博物馆的。参观中,王老先生的外孙惊奇地发现,小平同志生前穿的一件夹克衫好像有毛病:夹克衫纽扣间距都是15厘米左右,但最下面一颗纽扣离衣服下摆只有四五厘米,显得非常不协调。找讲解员一问,王老先生和他女儿、外孙三代人不禁齐声感叹:邓小平如此朴素随和,真是可钦可佩!

原来,当年邓小平视察南方之前,女儿给他买了这件夹克衫。回家试穿发现下摆长了一截。邓小平舍不得把这件新衣服搁置浪费,就让裁缝剪掉一截下摆。在整个视察南方期间,这件灰蓝色夹克是邓小平的两件主要外套之一。他就是穿着这件纽扣不协调的夹克衫,站在罗湖口岸,深情地眺望香港的。

听到这个故事,几位围过来的观众不约而同地鼓起了掌。负责布展设计的国博工作人员龚青女士眼眶都湿润了,她说,虽然这件衣服纽扣间距不协调,但和邓小平这位老共产党员朴实无华的作风是和谐一致的。

在展厅后部,分别按0.7∶1和0.5∶1比例复制的房间格外引起观众注意。这是邓小平在景山后街家中的办公室和会议室。30来平方米的房间完全按真实情况布置,暖壶、沙发等物品都是由邓小平家人提供、邓小平当年用过的。

右侧房间内,只有9张老式的套布沙发,8个小茶几,一条2米多的条案和一个小书柜,再也没有其他装饰,这就是邓小平设在家中、用了20多年的会议室。这里曾召开过许多重要会议。邓小平的办公室也很普通,办公桌上是一把十几元的暖壶、放大镜、毛笔和孙辈送的一个小毛绒玩具。唯一的电器是一台彩电,产于上个世纪80年代,一直陪伴到邓小平去世。

许多观众感慨道:"小平同志真是太俭朴了!"

(《北京日报》2004年8月12日　童曙泉)

四、作品鉴赏 2

"小球"与"大球"互动
——"中国外交与北京奥运"外交部公众开放日活动侧记

1971年,"小球推动大球"的"乒乓外交"翻开了中美关系史上新篇章。36年后的今天,中国外交部主要外事活动场所橄榄厅里上演了一场"小球"与"大球"互动的特殊比赛。球桌一端是原乒乓球世界冠军邓亚萍,她面对的并非某位势均力敌的外国选手,而是身着北京奥运标志运动装的外交部部长杨洁篪。

"好球!""加油!"……掌声、笑声、加油声不绝于耳,从全国各地前来参加外交部主题为"中国外交与北京奥运"开放日活动的120名公众兴趣盎然地观看这场别开生面的比赛,心弦被比分紧紧牵动着。

"奥运会与外交有着密切的联系。"杨洁篪说,"相互了解、友谊、团结和公平竞争的奥林匹克精神,在当今和平与发展的时代体现包括中国在内的世界人民求和平、谋发展、促合作的共同心愿。我们通过举办奥运会将充分体现,中国将始终不渝走和平发展道路,始终不渝奉行互利共赢的开放战略,坚持在和平共处五项原则的基础上同所有国家发展友好合作。"

2008年8月8日,北京将举办第29届奥运会。"中国何时才能派一位选手参加奥运会?中国何时才能派一支队伍参加奥运会?中国何时才能举办奥运会?——1908年伦敦奥运会后,《天津青年》提出这三个问题。"北京奥组委新闻宣传部常务副部长王惠说,"今天距离北京奥运会召开还有257天。到时,中华民族的百年期盼就要实现。"

为了北京奥运会的成功举办,外交部工作人员付出了大量心血和努力,如邀请国际贵宾、火炬境外传递、提出《奥林匹克休战决议》、国际舆论环境和新闻宣传等。

国际奥委会驻华首席代表李红、现任北京奥组委火炬接力中心特聘专家叶乔波等都参加了开放日活动。篮球运动员姚明从美国发来了视频短片,为开放日活动更增添了热烈气氛。

奥运吉祥物火娃"欢欢"、藏羚羊"迎迎"也来到了橄榄厅,这让6岁的叶闻萱和她的小伙伴们兴奋不已。"'欢欢'的寓意是奥运圣火,'迎迎'象征的是大地。"叶闻萱说,"我最喜欢羽毛球,明年要去看奥运会的羽毛球决赛!"

趣味横生的乒乓球赛将一上午的开放日活动推向高潮,结束前,公众代表们纷纷在"同一个世界 同一个梦想 中国外交北京奥运"的横幅前写下了自己对祖国的祝福、对奥运的期盼。

这是外交部自2003年9月首次举办以来的第13次"公众开放日"活动,也是今年第二次举办公众开放日活动。

(《新华每日电讯》2007年11月26日 常璐)

敦煌传递:千手观音迎圣火 天现"祥云"

7月5日,演员们在敦煌莫高窟标志性建筑九层楼前进行表演。当日,北京奥运会圣火在甘肃敦煌传递。

而当圣火盆点燃不久,天空中飘起了一朵"祥云",正好在圣火盆的上空。有人说她像飞天,有人说像圣火,在人们的欢腾声中,天空的这块"祥云"在快速地变幻着,如同一个漫舞的飞天。

(新华社 2008 年 7 月 5 日)

手球比赛花絮两则

主教练"罚站"

中国女子手球队 23 日与实力强劲的法国队进行北京奥运会第五名的争夺。队员们在场内奔跑投球,主教练、韩国人姜在源在场外也没闲着。下半场刚开始,中国队 10 比 15 落后,他在场边随着队员的攻防节奏来回走动,一会儿大声喊着最新的进攻谋略,一会儿挥手招呼队员回防,"害"得翻译在后面快步紧跟着,不停地大声翻译。姜在源足足连续站了十多分钟,才在教练席上坐下。随后,法国队的主教练也开始站起来指挥。

"手球宝宝"助阵忙

北京奥运会手球赛的间隙,赛场内活跃着一群可爱的"手球宝宝"。这些来自北京市育才学校小学部的孩子们身穿红、黄两色的运动衣,在两场比赛之间进行"垫场赛"。

虽然不是正式比赛,小队员们也只有九岁,练习手球不过半年的时间,但他们在球场上还是每球必争,常常因为激烈的争抢而摔倒在地。投球成功的小姑娘还顺势跑到替补席,和同伴一一击掌。身着黑衣的两名小朋友则担任裁判。比赛一开场,他们就绷着小脸,不时吹响手中的红色哨子,严肃地执行判罚。他们的出色表演很快吸引了刚刚入场的观众的注意力。大家纷纷拿出手中的相机为他们拍照。

(新华社 2008 年 8 月 23 日　宋盈　蔡玉高)

北京奥运会足球比赛幽默瞬间

北京奥运会足球比赛紧张激烈,精彩纷呈。不过,绿茵场上偶尔也会闪现一些幽默镜头,令人莞尔。

玛塔妙传轰倒队友

8 月 6 日,女足德国队与巴西队比赛中,第 21 分钟时玛塔左路高速插上,抢在德国队后卫之前夺得皮球,在角球区附近以常人所不能及的速度和角度将球妙传门前。队友克里斯蒂安妮虽然快马赶到远门柱,但并没有为玛塔的这粒妙传做好准备,反而被高速飞来的皮球轰中头部,猝然倒下。

梅西为阿奎罗捡鞋

8 月 19 日,男足阿根廷队在半决赛中与巴西队相遇。52 分钟时,阿根廷球星阿奎罗首先破门,打破场上僵局。但刚刚庆祝完重新开球后,阿奎罗的鞋却在一次拼抢中突然飞了出去。正在他四处寻觅球鞋时,队友梅西已经将鞋捡起送还给他。小小花絮,引发观众会心一乐。

巴拉玛晃倒裁判

8月21日,女足铜牌争夺战中德国队迎战日本队。59分钟替换上场的德国新秀巴拉玛在上场10分钟后就为德国队攻入一球,引起了日本队员的严密盯防。84分钟时,她拿球后随即有两名日本球员上来逼抢,但巴拉玛巧妙扣球一晃而过。这一扣球,还令当值主裁阿根廷的阿尔瓦雷斯也失去重心,摔倒在地。

"观众到底在喊什么?"

北京奥运会足球比赛进入四强后,不论男足还是女足,场面愈发精彩、对抗愈发激烈。在工人体育场的比赛中,场上每一个精彩镜头都会引发五万余名观众的欢呼。但欢呼之后,他们总会全体高呼"谢亚龙,下课",以发泄对中国足球现状的不满。这一"陌生"的呼喊也引发现场一些老外记者的疑惑,纷纷打听,"观众到底在喊什么?"

(新华社2008年8月22日　潘治　蔡拥军)

阅读思考

以上不仅选登了第十四届中国新闻奖获奖作品《今天火车登陆海南》、第十八届中国新闻奖获奖作品《刘翔夺金　创造世界高栏史传奇》,而且还选择了中央级大报的关于汶川重建工作中的报道,如《绵阳"醒"来》。同时,还选登了几篇花絮以供参考。这些力作均为我们把握分析描写性消息的写作方法和技巧提供了优秀范本。

试分析:描写性消息的适用范围有多大?描写性消息和新闻特写有哪些区别?新闻素描和花絮有何区别,在写作上有哪些不同的要求?

第七章 现场新闻

一、文体概说

现场新闻又叫目击新闻，顾名思义，就是记者在新闻事实发生现场目击采写的新闻报道。采写现场新闻，记者须亲临现场，运用多种感官全方位地感受现场的事件、人物、环境，感受现场的色彩、声音、气味等。随着近年来"把新闻写得短些、更短些"这一理念的影响，现场新闻的一个子品种"现场短新闻"应运而生、方兴未艾。本章重点介绍现场短新闻。

现场短新闻的基本要素有三：现场、短、新闻，也就是新闻价值高、现场感强、短小精粹。

（1）新闻价值高。即所写的新闻要具有时新性、接近性、显著性、重要性、趣味性等特征。

现场短新闻的写作有"三忌"：①少用或不用背景材料。必要的背景材料可以天女散花似的穿插在文中，分散开来，效果更好一些。②一般不采用"倒金字塔"式的结构，而是常常先用引导性的文字引出新闻事实，再对新闻事实予以概述，进而才是对其重点部分进行绘声绘色、有情有景的详尽描绘，力求再现客观事实。现场短新闻的写作要有立体感，忌平铺直叙，要刻意给读者几个鲜明的画面，画面间应一层比一层深入，不能是同一层次的循环。③有"我"（记者）出现，但不能突出"我"。记者出现有三种情况：记者对新闻事件有高明的见解、独到的观察和体会、独特的感受；报道的事实特别重要，却又很反常，记者出面加以证实，增加新闻的可信性；记者需要用目击材料来补充事实、深化主题。

现场短新闻采用"第一人称"容易写得生动、具体、可信。不使用第一人称的，可在导语中交代，如"记者来自现场的报道"，或在副题中有交代，如"附记""侧记"。

短新闻重在外形的表述，不追求内在的剖析。在现实生活变化多、生活节奏日益快的今天，要求记者眼尖手快，在客观事物的急剧变动中，写出更多的时代生活的急就章。

（2）现场感强。现场短新闻是记者发自现场的目击式的新闻，不是事后现场追补的新闻。记者是事件的目击者、参与者和见证者。它是来自发生事件的现场的报道，事件发生和记者采访同步进行。现场短新闻是"再现式"的报道，不是"反映式"的报道，文件资料介绍、见证人转述的，不能成为现场短新闻。如名篇《刘胡兰慷慨就义》虽然现场感强，但不是记者亲眼所见，因此只能算是一则新闻素描，而不是现场短新闻。

（3）短小精粹。就是要求消息的写作简明扼要，不拖泥带水，用笔直截了当，忌冗长繁杂。能用一句话说明事实的就不用两句,要文约事丰,对文字要字句推敲。通过短而精的文字,将新闻的精华浓缩在消息里,使其精确、生动而有力度,同时有利于读者阅读。

二、个案评析1

◇ 原文

三峡大坝昨下闸蓄水

千古峡江顿失滔滔　高峡平湖初步显现

记者剑文三峡梯调中心1日9时电　三峡总公司总经理陆佑楣刚刚在这里下达了三峡大坝下闸蓄水的命令。从这一刻开始,中华民族"高峡出平湖"的百年梦想渐渐变成现实。未来15天内,蓄水将达135米高程。

中心多媒体屏显示,此刻三峡坝前水位106.11米,上游来水量1.2万立方米/秒。

记者礼兵三峡大坝1日9时20分电　此刻,大坝第20号导流底孔弧形闸门在强力液压启闭机作用下紧紧闭合了,刚才还巨流喷涌的20号闸室外已波平浪静。

三峡大坝22个导流底孔只保留3个宣泄江流,流量控制在3500～4000立方米/秒,以保证葛洲坝电厂发电和下游通航。

记者忠贤葛洲坝1日11时电　三峡大坝下闸蓄水两小时后,葛洲坝二江电厂中控室电脑屏幕显示:入库流量3713立方米/秒,葛洲坝坝上水位66米,坝下水位39.4米。值班员赵阳说,现在流量刚好达到发电最低要求,葛洲坝21台机组中有10台在运转发电。

1小时前,二号船闸送走了驶向下游的3条机驳拖船。

记者周芳秭归港1日11时电　温驯的江水已经漫过港口的6级台阶,比上午9时涨了约1米。

"我亲眼看到江水一点一点爬上台阶。"茅坪居民熊宇平兴奋不已。她5岁的女儿却不高兴:小蚂蚁跑得太慢,淹死了好多。长江5号飞船经理张宏斌盼望水早点蓄到位:"到那时,风平浪静的江面会让旅客感觉更舒适、更安全。"

记者志兵归州1日14时电　归州水位较上午9时时上涨了1.5米。当靠江最近的副食店老板郑家运卖出今天第4包香烟时,江水终于淹没厂原秭归县实验小学校址。

老归州城边的鸭子潭已与长江完全融为一体。江边看水的彭树森老人有些惋惜:"再也看不到人们成群结队到潭中舀桃花鱼的景象了。"

记者月波巴东港1日15时电　尽管江水在迅速上涨,但巴东港并未受多大影响,西上东下的客船不时停靠。巴东旧城遗址已淹没大半,江面宽了70多米。

对岸神农溪口已展宽至400多米,江水倒灌约10公里。约1小时前,县旅游部门成功炸除了溪中涨水后碍航的"神农石"。

记者剑军巫山1日17时30分电　由宜昌开往重庆的"江山1号"客轮在长长的汽笛声中驶离巫山港时,港口通往县城的"人"字形路分叉部分已全部没入水底;巫山水位较上午涨了近两米。

记者立新奉节1日19时电　瞿塘江水已失去了往日的汹涌,只在江风吹拂下泛起涟漪。据航道部门测定,夔门水位已升至108米。

落日余晖下,有不少摄影爱好者在拍摄夔门摩崖题刻,风箱峡段也有不少游客在参观、留影。

记者礼兵三峡大坝1日24时电 此时大坝中央控制室电脑屏幕显示：坝前水位108.89米，过去15个小时蓄水2.78米。值班人员说，首日蓄水达到预期。

截至记者发稿时，蓄水仍在进行中。

（《湖北日报》2003年6月2日
剑文 礼兵 忠贤 周芳 志兵 月波 剑军 立新）

◎ 点评文章

一篇构思奇特的现场短新闻

《三峡大坝昨下闸蓄水》是《湖北日报》报道三峡工程这一重大事件的一篇现场短新闻。这篇稿件以非同寻常的形式记录了非同寻常的大事件，堪称消息报道佳作。

本文发表后，在湖北新闻界和广大读者，特别是三峡建设者中产生了较大反响，"荆楚在线"刊用后，新浪、搜狐等门户网站纷纷予以转载。本文获第二十一届湖北新闻奖一等奖，在第十四届中国新闻奖的评选中获得一等奖。正可谓：《湖北日报》见证三峡50年，三峡工程终于迎来了收获的季节。通读全文，编者认为以下几点是值得新闻界同仁学习和借鉴的。

1. 主题重大，策划独到

三峡大坝蓄水、永久船闸通航、首批机组发电是三峡工程建设中里程碑式的大事件，而其中又以大坝蓄水、高峡出平湖为首要标志，本文以富有创意的方式真实、生动地报道了这一举世瞩目的重大新闻。对于历史重大事件的报道，编辑记者首先可能会选择长篇纪实特写的方式，或是全景方式记录三峡工程建设的概貌，但是《湖北日报》却把"三峡大坝6月1日下闸蓄水"这一大事件，列为这次报道的重中之重，别出心裁地选择一条近千字的短消息来见证"大坝蓄水"这个重大时刻。在保证此消息打赢了时效性这一仗的前提下，记者们再接再厉，同日又发回了更翔实的现场特写，同时推出了《平静的消失 伟大的升腾——三峡工程蓄水首日纪实》整版特写。这种有点有面、有详有略、形式多样的策划使这个历史重大事件的传播效应十分到位。

这篇消息之所以能摘取中国新闻奖的最高奖项，还来自报社从上到下的新闻精品战略、精品意识。这主要表现在事前报社组织力量进行了精心策划、精心准备，并专门细致研究了采写的具体方案。为了报道三峡工程建设中里程碑式的"三大成就"，2003年5月下旬，湖北日报编辑部派出由一名副总编辑、多名部主任带队，10多名骨干编辑记者组成的报道组进驻三峡坝区，成立前方报道指挥部，强势策划、组织"2003三峡工程特别报道"。正是在这支精锐采编"部队"的共同努力下，如此重大的主题才得到充分的展示和发挥。

2. 形式创新，视角独特

消息在表现方式上有很强的创新，它以9个电头报道三峡区间8个有代表性的地点蓄水首日不同时段的现场。记者以特有的视角，全景式记录了这一举世瞩目的重要历史时刻。

在写作形式上的创新尝试，来自成功见报稿背后的精锐团队。下闸蓄水发生在坝区，但如果只报道坝前发生的事，消息会显得单调；整个135米水位蓄水过程长达10多天，如果以连续消息的形式天天刊发蓄水进展，平均着墨，不但没有高潮，还容易让读者失去耐心。为了能够彰显报道分量，避免其过于苍白、单薄而忽略其历史意义，报道团抓住了三峡蓄水的关键点——蓄水首日,因为这既是重大新闻发生时,又是库区发生亘古未有之变化的一天、高峡平湖初步显现的一天。然后在下至宜昌、上至奉节 200 多公里的坝区内,在库区 8 个有代表性的地点部署 8 名记者采写首日蓄水的观场报道,最后采取多电头消息的报道方案。

在写法上,记者采用了零距离第一现场目击的"镜头组合"式笔调,情景交融、动静结合、笔触细腻、流畅生动,忠实地记录了新闻事实发生、发展的过程,定格了发生在千古峡江中的"平静的消失"和"伟大的升腾"。为了体现现场感,记者的写作无不体现出"现在进行式"的姿态,如"刚刚在这里""从这一刻开始""此刻""现在""亲眼看到"等词,不仅增添了语言的动作色彩和全文"动"的魅力,而且营造出一种紧张气氛和磅礴气势。全文紧扣人心,一气呵成,勾勒出"三峡首日蓄水"的壮丽场面,彰显出历史厚重感。

此外,编辑还有意选择了不同的情景。前几个电头都是全景观望式,仿佛一台摄像机随着坝前水位抬升跟踪拍摄江水"倒灌"200 多公里的宏大场景,但是除了用全景取景框取景外,编辑特意选择了几个特写镜头:茅坪居民熊宇平 5 岁的女儿看小蚂蚁逃生、江边看水的彭树森老人惋惜看不到人们成群结队到潭中舀桃花鱼的景象、摄影爱好者和游客在参观留影。这些画面均采用白描手法,细腻周到,在紧张的气氛下舒缓了紧张情绪,给予读者深刻的视觉印象,人情味跃然纸上。正是这种忽近忽远的画面、动静相宜的节奏赋予了整篇报道波澜起伏的立体效果。

3. 文笔精粹,信息量大

本文另一显著特点是文笔精粹有力、凝练明快,素材丰富,信息量大。

全文千余字,含 17 个自然段,一组组镜头跳跃而来,既有奔放的气势,又不失细腻;既观照宏观事件,又包含若干细节;既关注蓄水本身,又关注蓄水过程中人的活动和情感。

消息精悍而厚实,覆盖了蓄水首日三峡库区及下游葛洲坝近 20 个代表性地点的变化情况,仅这篇文章中,报道有名有姓的人就达 6 人之多:"三峡总公司总经理陆佑楣"、"值班员赵阳"、"茅坪居民熊宇平和她 5 岁的女儿"、"长江 5 号飞船经理张宏斌"、"靠江最近的副食店老板郑家运"、"彭树森老人"。

此外,记者们深入现场,捕捉到了最鲜活的人物语言。如选用的直接引语,并没有一般化,而是注意个性化语言对个性特征的彰显,如:"'我亲眼看到江水一点一点爬上台阶。'茅坪居民熊宇平兴奋不已。她 5 岁的女儿却不高兴:小蚂蚁跑得太慢,淹死了好多。""长江 5 号飞船经理张宏斌盼望水早点蓄到位:'到那时,风平浪静的江面会让旅客感觉更舒适、更安全。'"短短的不到 100 字,但是内容却相当之厚实,三个有个性的人物形象跃然纸上:情绪高涨的"茅坪居民熊宇平女士",可爱、童真的"5 岁的女儿",成熟稳重的"长江 5 号飞船经理张宏斌"。字数虽少,但是透露出的信息量却十分丰富。

三、个案评析 2

◎ 原文

海拔 4161 米:总理跟我们合影

今天 16 时 30 分,共和国总理温家宝专程乘坐火车,来到海拔 4161 米的玉珠峰站工地,与工人们共度劳动者自己的节日。

第七章 现场新闻

今天是第116个五一国际劳动节。14时30分,温总理来到青海格尔木市郊30公里的青藏铁路南山口铺架基地。他健步走下汽车,直奔工人中间,与大家热情握手交谈。工地上,欢呼声、掌声响成一片。

"来,我们一起合个影。"总理的提议让早已激动的工人师傅们更加欣喜若狂。青工小夏非常兴奋地说:"真没想到,总理会主动同我们照相,跟做梦一样。"

"和大家在工地上过节,心里感到非常高兴。"总理对这些长年累月工作在"生命禁区"的辛勤劳动者深情地说:"建设这条世界上海拔最高、难度最大的铁路,非常不容易。""我向大家表示致敬和感谢!"

轨排成品区旁,温总理与70多名劳模合影。站在前排中间的罗发兵、李金城、马新安、程红彬最令人羡慕。他们昨天与总理同在北京人民大会堂出席全国劳动模范和先进工作者表彰大会,今天又和总理在青藏高原相聚。

15时,总理登上一列由两台东风4型高原机车牵引的铁路工作车,沿着尚未运行而被称为"幸福路"的青藏铁路新线,以70公里的时速,穿越戈壁荒滩。90分钟后,列车徐徐停靠在玉珠峰站。

玉珠峰站在全路首次采用数字无线通信网络,是全线25个无人值守车站之一,离格尔木站110公里。

天公作美,这里虽然不像南山口那样阳光明媚,但飘飘洒洒的雪花突然消失了。温总理身穿橘红色羽绒服,和蔼的笑容让大家无拘无束。职工们围在总理身边,用照相机将历史定格在"玉珠峰"站牌前。站台上100多名职工几乎人人都与总理合了影。

看到机车上两位司机一直坚守岗位,温总理多次举起右手致意。16时40分,总理独自走上铁道,背对机车和机车司机。霎时间,快门声响个不停。

(《人民铁道报》2005年5月3日　毕锋　李晓华)

◇ **点评文章**

透视感　镜头感　跳跃感
——评《海拔4161米:总理跟我们合影》

刊登在《人民铁道报》2005年5月3日上的消息《海拔4161米:总理跟我们合影》一稿,在第十六届中国新闻奖的评选中,荣获消息一等奖。这篇消息通过现场记录温家宝总理专程来青藏铁路建设工地考察,与建设者共度五一国际劳动节这一重大新闻事件,充分展现国家总理与铁路工人之间的深情厚谊。这篇佳作的炼成源于记者从以下三个方面来把握重大新闻事件的现场报道。

1. 透视感

重大新闻事件主题的开掘需要下苦功夫,为了突出一个中心同时力求深刻,要选择新闻价值高的素材。从青藏高原恶劣的环境、青藏铁路重要的意义,以及"五一"这个特殊节日的内涵来看,我们不难判断,这篇现场短消息不仅报道的是举世瞩目的国家重点工程,反映的是党和国家主要领导人的重要活动,更重要的是关注在构建社会主义和谐社会过程中,密切高层与基层、政府与百姓之间关系的重大课题。

温总理这次考察活动的内容非常之丰富,不可能面面俱到、贪多贪全,那样往往会丧失个性和走向趋同。记者独具匠心地通过"小心截取,大胆放大"的方式巧妙设计独特视角:通过多个"合影"的场景来透视"新一届中央政府以人为本的为政新风,温总理真诚、主动、亲切、自然的亲民形象"这一重大主题。如与工人们合影,与劳模合影;在南山口合影,在玉珠峰合影;温总理不仅在合影时情真意切,而且热情主动提议要与工人们合影;特别是在海拔4161米的玉珠峰车站站台上,一批接一批的职工围在总理身边合影;细心的总理没有忘记一直坚守在工作岗位上的两位机车司机,总理多次举起右手致意,后来干脆走上铁道,与在机车上的司机合影……可以说"合影"贯穿新闻事件全过程,犹如一条红线,把几个考察现场串在一起。之所以选择"合影"这个小角度来反映"总理考察重点工程"这个重大事件,是因为这些片段具有较高的新闻价值,具备了内在的张力,而且颇具亲切感和亲和力。

"小角度反映大主题",这种主题表现方式发挥了消息"透视"的传播效果,它通过选取新闻事件的一个片段,并把这个片段"镜头化",对读者产生了更强的感染力,使读者能够更深入细致地体味其中的神韵和精髓,以达到"以少少许胜多多许"的传播效应。

2. 镜头感

现场短新闻特有的魅力在于"现场"。这篇佳作中,记者抓住主要场景,突出描写细节,准确引用对话,不仅给人以如临其境、如闻其声、如见其人之感,而且生动真切地反映了总理的亲民形象,有效体现了总理的爱民之心、亲民之情和为民之举。

首先,用强烈对比凸显视觉感受。在标题上就通过高海拔和高职位预设出高海拔与内地平原、高权威与普通工人的两组对比,尤其是在"五一"这个特殊节日背景下,凸现了总理对国家重点工程建设的关心,对青藏两省区经济社会发展和人民生活的关注,对青藏铁路建设者的关爱。这种强烈的对比感给了受众以视觉冲突,恍如一幅对比鲜明的画面历历在目。

其次,善于用细节说话。记者不仅用事实说话,更是用形象化的事实情景说话:"他健步走下汽车,直奔工人中间,与大家热情握手交谈。工地上,欢呼声、掌声响成一片。""看到机车上两位司机一直坚守岗位,温总理多次举起右手致意。16时40分,总理独自走上铁道,背对机车和机车司机。霎时间,快门声响个不停。"一个爱民如子的总理形象栩栩如生。此外,记者写作中不是用笼统的叙述代替关键事实的描绘,善于使用"子概念",如"工地上的青工小夏""轨排成品区旁的劳模""站在前排中间的罗发兵、李金城、马新安、程红彬""机车上两位司机"等,这些报道中出现的空间均有准确的定位,新闻主体亦是具体可感的,它抖开了所有的包袱,使人看了不存在任何疑问。事实上,这是记者事先充分准备的成果。记者后来在谈到这篇文章的采写过程中说:"早早地就来到现场,赶在首长到来之前,把现场的环境状况、人员状况和生产状况了解清楚。比如对轨枕生产线生产工艺流程、各工序人员操作要领等相关信息一一提前把握。"正是因为很多相关信息都做到了提前把握,充分准备,因此,在新闻事件发生发展的进程中,记者才能够用更多的精力去把握现场细节、现场对话,比较从容地把握现场气氛,才可以做到忙而不乱,紧张有序,使采访效率大大提高。

再次,在文体结构和形态上表现出了一种文字镜头的美。记者犹如一位摄影记者抓拍下了一个个特写镜头,只不过他使用的不是摄像机,而是手中的笔。记者绝不仅仅是把客观事实进行"照相式"的翻版,他善于将目击式和感受式有机结合在一起写,如:"天公作美,这里虽然不像南山口那样阳光明媚,但飘飘洒洒的雪花突然消失了。温总理身穿橘红色羽绒服,和蔼的笑容让大家无拘无束。职工们围在总理身边,用照相机将历史定格在'玉珠峰'站牌前。站台上100多名职工几乎人人都与总理合了影。"情景交融,给读者造成从视觉到情感上的强烈冲击与心灵感应。国务院总理的爱民之心、亲民之情、为民之举,跃然纸上。

3. 跳跃感

要做到用现场的活的事实说话,主要的采访方法是现场观察:抓住正在进行的新闻事实,抓好瞬间动态,化静为动,设法使静态的景物栩栩如生,富有动感。动感是新闻事实变动的反映,有较强的感染力。动感地再现现场,能够使读者得到新闻事实正在变动的真实的感受。

记者善于用个性化的语言来表现动态事实。文中字字句句反映了总理亲民爱民为民的工作作风和务实形象,如文中写的:"来,我们一起合个影。""和大家在工地上过节,心里感到非常高兴。""建设这条世界上海拔最高、难度最大的铁路,非常不容易。""我向大家表示致敬和感谢!"总理说的这些话,读来亲切、自然、感人,让人感受到"人民总理为人民"的人格魅力和博大的爱民情怀。人物表情、空间变化往往稍纵即逝,因此应抓特写镜头,如记者敏锐地观察到:"他健步走下汽车,直奔工人中间,与大家热情握手交谈。"在"健步""直奔""热情"这几个关键词的引领下,总理热情主动的亲切形象深入人心。

此外,这篇新闻消息段落短小,可读性强。全文共分9个自然段,基本上是一个段落写一件事,表达一层意思,长短适宜,让人感觉简洁、明快、清晰,便于理解和记忆。好的新闻写作是干脆而明快的,简短的句子和段落是它的特征。提行分段是能够引起读者注意的一种印刷手段。把一长段文字分成三小段来叙述,使读者下意识地感到每读一段都得到一些新东西,重新开始了三次,要比一长段容易读下去。

最后,全文的背景材料天女散花般地穿插在文中,形成良好的分散效果。背景穿插巧妙,语言流畅精炼,时效性强,信息量大,600多字的篇幅传达了30多个有效信息。这个作品堪称一篇既具行业特色,又富社会意义的新闻精品。

四、作品鉴赏

我舰载机首次夜间行进间着舰成功

11月4日,海军舰载直升机在黄海海域首次进行夜间行进间着舰训练,并取得圆满成功。此举标志着我舰载机部队战斗力提升。

夜间行进间着舰,是舰载直升机征服大洋的最大难关。据介绍,夜间海上飞行,舰载机飞行员对速度、高度、方位很难判断;加之驱逐舰飞行甲板狭小,着舰的时机很难把握,稍有不慎就会导致机毁人亡。由于其难度大、风险高,世界各国海军鲜有涉足。

记者在训练现场目睹了这一扣人心弦的场面。夜幕下的黄海某海域,一艘驱逐舰悄然破浪前行。一架新型舰载直升机闪着夜航灯迎面飞来,当其飞抵驱逐舰甲板上空后,飞行员利用高超的夜航技能牢牢控制飞行速度,并不断下降高度。战舰在波浪中起伏摇摆,飞行员抓住战舰相对平稳的瞬间,以一个平稳的"三点着舰"动作准确降落在飞行甲板的"圆心"上。稍许,舰载机的旋翼加速旋转起来,很快又飞离战舰……从黄昏到深夜,舰载机共完成数十个架次的起落,次次干净利落。

负责此次训练的某舰载机部队长郑佃祥告诉记者:为了完成夜间行进间着舰训练,部队多次在陌生海域进行了舰机协同训练、夜间超低空飞行和夜间静止间着舰训练。在不断积累经验的基础上,他们周密制定方案,从而确保此次飞行训练取得成功。

(《解放军报》2004年11月9日 胡宝良 钱晓虎)

阅读思考

这一篇来自我军训练场的现场短新闻,反映的是我军现代化建设取得进步的大主题。舰载机夜间行进间着舰一稿是《解放军报》的独家报道,事件本身有很强的新闻性。用记者的视角、记者的语言,把这一事件的来龙去脉交代得一清二楚,把本来专业性较强的军事训练通俗化,让读者一看就了解到这一事件的重大意义。现场描写栩栩如生,气势磅礴,让人有身临其境的感觉。通过记者的现场目击白描,读者仿佛来到了紧张、惊险的海上训练场,我军官兵不惧风险、刻苦训练的精神跃然纸上。

伊拉克举行战后首次正式议会选举

伊拉克战后首次正式议会选举于15日在伊拉克全境举行。虽然在选举开始后不久,巴格达、拉马迪等地便发生反美武装人员袭击投票站附近地区事件,但整个选举过程未遭到大的破坏。

选举投票自上午7时持续至下午5时,预计将有1500万名选民前往5000多处指定地点投票。选举开始时,许多选民出于安全考虑未去投票。在看到并未发生大规模袭击事件后,选民们陆续走出家门,各投票站因此在中午时分迎来选民潮。

巴格达天气晴好。由于过渡政府在选举期间实施交通管制,大部分街区失去了往日喧嚣,零星传出的爆炸声和枪声清晰可闻。新华社记者看到,伊拉克警察和安全部队人员在各投票站附近严阵以待,而美军则在外围进行部署。

77岁的哈什米·贾米尔说:"我老了,走到投票站很吃力,但我坚持来投票,就是要选出我们认为合格的国家领导人。我们不想让外人为我们指定领导人,因为这些领导人让我们很失望。我们要自己决定自己的未来。"

高中生穆罕默德·哈什米告诉记者,他希望选出的领导人是能够为所有伊拉克人提供安全和公正的人。而在家人陪同下前来投票的78岁高龄的老人乌姆·易卜拉辛则希望选出的新政权不再充满派系纠纷。

在年初举行的伊过渡议会选举中,逊尼派选民曾对选举进行集体抵制。但在这次选举中,逊尼派选民积极参加投票。逊尼派选民阿什拉夫告诉记者,他决定选择由穆特拉克领导的逊尼派政党"全国对话委员会",因为穆特拉克在宪法起草过程中为维护逊尼派利益做了许多工作。

基督徒阿布·西南告诉记者,他选择临时政府总理阿拉维领导的"伊拉克团结名单",因为"阿拉维是个强有力的领导人,而且他对基督徒很友善"。

另据新华社通讯员发自费卢杰和拉马迪的报道,费卢杰当日投票进展平缓,一些抵抗组织呼吁选民积极参选;而拉马迪当日投票情况较为踊跃,投票站负责人称,选票主要流向逊尼派政党和阿拉维领导的"伊拉克团结名单"。

伊拉克过渡政府总统塔拉巴尼在北部城市苏莱曼尼耶参加投票后说:"今天是美好的一天,伊拉克人民有责任选择一个更好的未来。"在戒备森严的巴格达"绿区"内参加投票的过渡政府总理贾法里说:"真正重要的是,人们通过投票,而不是炸弹来表达自己的意见。"

本次选举将选出伊拉克正式议会,共有包括政党、政治联盟和独立候选人在内的307个政治实体的7655名候选人角逐275个正式议会席位。

（新华社2005年12月15日　蒋晓峰　冉维）

> **阅读思考**
>
> 　　新华社是唯一一家在伊拉克有常驻记者并对这次大选进行现场报道的国内新闻媒体。同时，伊战后绑架事件层出不穷，反美武装将投票站作为攻击目标，对记者正常采访构成了生命威胁。对这一重大事件的报道，新华社事先进行了周密的报道策划。巴格达分社记者不顾个人安危，按"我在现场"的要求，深入高风险的投票地点，以有别于西方媒体的中国媒体的视角进行独立观察并报道选举过程，第一时间从伊境内多个投票现场发回了生动的现场报道。同时编辑部同前方记者密切联系，本着通讯社高度的服务意识，争抢时效，抢发快讯并进行滚动报道，在最短的时间内精编前方来稿，显示了新华社对战役性事件报道的整体实力。

"我们就是你的亲人"
——胡锦涛总书记在呼和浩特市看望困难群众侧记

　　安排好困难群众生活，一直是胡锦涛总书记牵挂于心的事。

　　11月19日上午，正在内蒙古自治区考察工作的中共中央总书记、国家主席、中央军委主席胡锦涛，特意来到呼和浩特市新城区西落凤街，亲切看望困难群众，给他们送来了党中央的真情关怀。

　　初冬的草原青城呼和浩特，寒冷中透出阵阵暖意。

　　"我们就是你的亲人，有什么难处给我们说一说……"一走进低保户贾钧家中，胡锦涛就拉着主人的手，深情地对他说。

　　51岁的贾钧7年前下岗，妻子也是下岗职工，夫妻俩身体都不好，儿子正在复习考研究生，女儿是高三学生，全家人日子过得比较拮据。

　　听着总书记真挚的话语，看着总书记关切的眼神，贾钧夫妻俩的眼角顿时泛起了泪花："您就是亲人！您胜似亲人！"

　　下岗几年了，身体好些没有，孩子学习成绩怎么样……胡锦涛同一家人促膝而坐，仔细地询问着。

　　贾钧告诉总书记，现在全家主要靠低保金和失业保险金生活，该享受的政策都享受了，我们自己再想办法挣点，生活基本上还能过得去。

　　"低保每人每月能补多少钱？"总书记进一步问。

　　"230块。"

　　"你们两口子都办医疗保险了吗？"

　　"两个孩子上学都要钱，我的医保准备缓一缓再办，先给她办了。"贾钧指指妻子说。

　　胡锦涛点了点头对他们说："我想你们最大的心愿，就是把两个孩子都培养成才。请你们放心，党和政府已经作出承诺，绝不会让任何一个孩子因为家庭经济困难而上不了学。"

　　总书记接着说："像你们这样的家庭，看病确实有一定困难。国家将尽快建立城镇居民基本医疗保险制度，中央政府和自治区政府、呼和浩特市政府都要拿钱。这个制度建立起来以后,你们看病的问题就会逐步得到解决。"

听了总书记的这番话,贾钧高兴地说:"这样我们心里就踏实了。"

"党的十七大明确提出,要使全体人民学有所教、劳有所得、病有所医、老有所养、住有所居,真正实现社会和谐。你们的困难是暂时的。随着国家经济实力的增强,随着各项改善民生政策的落实,也随着孩子们的长大成才,你们家的日子一定会越来越好。"

胡锦涛温暖人心的话语,让贾钧一家感动不已。他们拉着总书记的手,连声说:"党的政策太好了,尽给咱老百姓办实事。"

得知贾钧两个孩子学习都很勤奋,胡锦涛起身走进两个孩子的小屋。贾钧女儿贴在墙上的两句座右铭吸引了总书记的目光,他俯下身子,一字一句地念道:"梅花香自苦寒来"、"做最好的自己"。

胡锦涛语重心长地说:"家里条件差一些的孩子,往往更能知道父母的不容易,更能在学习上刻苦用功。"他叮嘱两个孩子:"你们一定要好好学习,不要因为家里困难而影响学业。我等着听你们的好消息!"

两个孩子懂事地点点头,全家人沉浸在幸福之中。

离开贾钧家,胡锦涛又来到住在附近的退休职工周云家中看望。

67岁的周云和妻子已退休多年,儿子是下岗职工,儿媳没有工作,9岁的小孙子正在上小学,一家人主要靠退休金和低保金生活。

住房挤不挤,取暖有没有补贴,冬天室温有多少度……总书记同周云一家人坐在一起,亲切地拉起家常。

"最近食品价格有所上涨,你们家的开支是不是比原来多了些?"胡锦涛问道。

"稍微有点影响,不过国家给了我们一些补贴。"周云回答。

胡锦涛对周云说:"这些年,我们国家发展得比较好,这是包括退休人员在内的广大干部群众共同努力奋斗的结果,党和政府不会忘记你们的贡献。按照党的十七大精神,中央决定连续3年提高企业退休人员的养老金标准,明年1月1号开始实行。"

"太好了,我们太高兴了!"周云夫妻俩由衷地说。

胡锦涛又对在场的当地干部说,党和政府带领人民搞改革开放、推动经济社会发展,根本目的就是要让老百姓的生活越来越好。我们一定要把保障和改善民生这件大事抓好,使广大群众共享改革发展的成果,感受到社会主义制度的优越性。

这时,周云的小孙子给总书记递上自己的作业本:"胡爷爷,能不能请您给我写几个字?"

"好啊!"胡锦涛接过本子,一笔一画地写下——好好学习,长大后成为对国家、对人民有用之才!

放下笔,胡锦涛亲切地问孩子:"明白这里面的意思吗?"

"明白!"

"光明白不行,还得要做到,好不好?"胡锦涛又对他说。

"好!"又是一声有力的回答。

充满童稚的声音,引来一阵欢快的笑声。洒满阳光的小屋里,洋溢着总书记与人民群众亲如一家的深深情意……

(《中国青年报》2007年11月20日 新华社记者孙承斌)

北京：非常时期　平常高考

613万考生迎来了他们人生一搏的时刻——2003年非典时期的正常高考今天静静地拉开帷幕。

清晨，明丽的阳光散发着勃勃生机，将北京8万余名考生送入遍布全市的200余个高考考点。记者在北京35中和北师大实验中学考点看到，8点刚过，多数考生已经在出示《准考证》、《健康状况登记卡》并接受体温检测后进入考点，而在北京四中，不到7点就已经有考生赶到了。

今年的高考，因为提前一个月、考生人数多、改革力度大等因素而备受关注，更因为非典疫情的袭击而显得非同寻常。非常时期的非常高考，广大考生及家长却以一颗平常心轻松地面对。在北京四中的校园里，学生们三五成群说说笑笑，若不是胸前挂着准考证，手里拿着考试用具，丝毫感觉不到他们即将面临一场严峻的考验。一位女生平静地对记者说："高考不过是一次考试，尽管受到非典的一些影响，但它也给了我们经历挫折和磨难的机会，应该是人生的一笔财富。"校门外，目送儿子走进考点的一位家长也说："各级政府部门和学校为保证高考安全顺利进行做了周密的安排，为考生提供了细致的服务，我们心里觉得特别踏实，孩子心态也很好，没问题，一定能考好！"

据教育部有关负责人透露，与往年相比，防控非典的任务使考务管理无论在工作量还是在工作难度上都大大增加。例如，为调整考场内人员密度，今年全国各地增设考场数量1/3左右，仅考务人员就增加了10万。

在北京，一系列防控措施保证了高考过程万无一失：从昨天下午6点开始，全市200多个考点的4800多个考场进行了全面的封闭消毒。封闭1小时后，全部考场彻夜开窗通风。今天清晨，280部贴有"专车送考生"标志的高考专车，分别从全市20个考区分150条线路，将1万多名考生送达考场。此外，北京急救中心还首次派出16辆120"高考巡视车"，今明两天分赴各区考点，为考生提供急救服务。由于考点的增加，今天北京公安部门出动的警力也大大增加，据悉，仅海淀区进行高考巡查的公安人员就是去年的4倍。

今天上午全国进行的均为语文考试。由于考试科目的限制，全国大部分省市的考试时间为7、8两日，广东、广西、河南、江苏四省区的考试则将持续到6月10日。

（《光明日报》2003年6月7日　丰捷）

我国首次载人航天飞行圆满成功

"看到了，我们看到了！"晨曦初现的草原上传来惊喜的欢呼声："神舟回来了！"

清晨6时23分，经过绕地14圈飞行，中国首位航天员杨利伟乘坐"神舟"五号飞船，在东经111度29分、北纬42度06分的飞船着陆场安全着陆，距理论着陆点仅4.8公里。返回过程非常顺利，返回舱完好无损，航天员自主出舱，身体状况良好。北京指挥控制中心宣布：我国首次载人航天飞行获得圆满成功！

杨利伟于北京时间10月15日9时在酒泉卫星发射中心升空。在太空飞行过程中，杨利伟监视飞船重要指令的执行情况及飞船的工作状况，完成了预定的空间实验活动，实现了中国人之间的首次天地通话。

北京时间16日凌晨5时35分，"神舟"五号接到指令返航。6时51分，飞船返回舱舱门缓缓打开,身着白色宇航服的杨利伟从返回舱中走出,向人们挥手致意。掌声和欢呼声在辽阔的大草原上回响。中国探索太空的伟大创举开启了崭新一页。

(《人民日报》2003年10月16日　蒋建科　吴坤胜)

"4·28"事故现场目击记

4月28日,百年胶济铁路发生的一场悲剧,牵动了从中央领导到无数百姓的心。截至28日19时20分记者发稿时,这场灾难已夺去70人的生命。

灾难,在睡梦中袭来

28日凌晨4时48分,北京至青岛的T195次下行到胶济线周村至王村区间时,客车尾部第9节至第17节车厢脱轨,与上行的烟台至徐州的5034次旅客列车相撞,致使机车和五节车厢脱轨,造成重大人员伤亡。到晚间发稿时为止,已死亡70人,伤416人。其中有4名法国旅客受伤。

记者在现场看到,从北京至青岛的T195次列车有8节车厢倾覆到铁路一旁。与其发生碰撞的5034次从烟台至徐州的火车,至少有4节车厢脱轨。

淄博中心医院副主任医师徐东谭14时在现场接受记者采访时说,他从早6时就来到现场,负责将伤员分派到各家医院。已有110多名伤员经他的手被分派往多家医院救治。他说,伤员多是面部受伤、受撞击骨折等。

据初步调查显示,这是一起人为责任事故。铁道部已作出决定,免除济南铁路局党政主要负责人的职务,接受审查,听候处理。

据了解,胶济线周村至王村区间限速为每小时80公里。北京至青岛的T195次下行通过时达到每小时131公里。事故详细原因正在调查中。

"只盼着赶快回家"

几位事故亲历者向记者讲述了他们的"惊魂一刻"。

记者在现场看到一对受轻伤的母女,母亲姓于。她告诉记者,她乘坐的是5034次列车,在2号车厢。火车出事时,她感觉火车明显一震,车停了一会后又开始行进,接着就翻了。她和女儿从车厢被撞裂的口子中钻出来。她说,她所在的车厢没有人死亡。救援人员给她们提供了面包、矿泉水等食品。她说:"现在只盼着赶快回家!"

23岁的王晓雨是一名欲前往青岛找工作的大学生,事发时在T195次列车7号硬座车厢。他回忆说,事故发生时天刚微微亮,车厢里大多数人都还在睡觉。突然火车有晃动,桌上的水瓶倒了,车厢先向左倾斜,然后又向右倾斜,倾斜角度都很大,左右晃了两三次后,大半节车厢停电了,随后车也停了下来。

王晓雨说,一开始大家并不知道是怎么回事,以为是临时停车。过了十几分钟后,列车乘务员前来解释说出了事故,请男乘客下车参与救援。他和车厢里年轻一些的男乘客都下了车,发现后面的一些车厢滑下五六米高的路基,侧翻在地。在乘务员的组织下,他和一些乘客在17号车厢救人。当时这节车厢侧翻在地,车厢内的物品一片狼藉,但救援工作秩序很好。他们进行了分工,砸碎车窗玻璃,有人钻进车厢,有人在外接应。几十分钟后,正式的救援人员到达。

紧急大救援

胶济铁路发生重特大交通安全事故后,党中央、国务院高度重视,胡锦涛总书记、温家宝总理立即作出重要指示，要求全力抢救伤员，妥善处理善后事宜，查明事故原因，尽快恢复铁路正常运输秩序。

受党中央、国务院委托，中共中央政治局委员、国务院副总理张德江28日上午紧急赶赴事故现场指导救援和善后工作，并到医院看望慰问伤员。

记者在现场看到，铁路、解放军、武警、公安、消防、医护等救援人员各司其职，紧张忙碌。一批批救援人员从倾覆的车厢中认真搜寻乘客。一旦搜到受伤人员，便立即用救护车送往医院救治。

据介绍，事故发生后，济南铁路局发布紧急救援命令，出动救援。山东省委、省政府接报后，省委书记姜异康、省长姜大明立即作出批示，要求地方政府全力协助组织救援。山东省政府立即启动应急预案，组织力量进行救援。省委、省政府主要负责同志赶赴现场。淄博市启动了34家救助站，130辆次救护车，在现场救治的医疗专家、医护人员有700多人，共有19家医院收治伤员400多人。山东省组织起1200多名武警、公安和当地干部群众进行救助和秩序维护；调集500多名特种技术人员抢救伤员。滞留旅客得到及时疏散，妥善安置。

记者看到，28日中午过后，两辆吊车开始清理铁轨上破碎的车厢残骸和被破坏的枕木。坡下几架推土机将部分断裂车厢推离现场。一些武警战士将遗留在列车上的一件件旅客行李搬到货车上。

15时40分左右，随着横阻在胶济铁路上的破损火车车体被推下铁路路基，被阻10多个小时的胶济铁路抢修工作加速进行。

两辆铲车正沿着路基挖掘砂石，先将铁路上的列车碎片清理出路基，并顺势开始平整路基。在路基两侧，上千名铁路工人手持铁锹、镐头等工具，忙着清理路基上的碎片、碎石等杂物，同时很多工人开始每两个人一组，扛起厚重的枕木，从铁路的东面开始向中间铺设枕木。

在铁路线的南侧道路上，钢轨、枕木、钢管等抢修物资正通过汽车源源不断地运到抢险现场。在铁路南侧的空地上，五六节撞毁的列车车厢横躺在地面上，车窗上的玻璃已破碎不全。几台大马力的推土机正利用钢索，把车厢慢慢拖离抢险现场，为铁路抢修腾出更多的空间。在铁路两侧，电力工人正在忙着给两侧电线杆上安装应急电灯，以便为即将到来的夜晚抢修提前做好准备。截至记者发稿时，现场抢修工作仍在紧张进行中。

（《新华每日电讯》2008年4月29日）

美记者：头顶上子弹飕飕飞过

阿富汗首都喀布尔27日举行的阅兵式突然遭到武装人员袭击，造成包括一名阿议员在内的3人死亡、约10人受伤，总统哈米德·卡尔扎伊安然无恙。塔利班事后宣称对这起袭击事件负责。

"趴下！趴下！"

美联社记者阿米尔·沙阿事发时在现场，他记述了现场的情形：

第一声枪响听起来很突然，显然出事了。

我听到了第二声枪响，接着是第三、第四、第五声，那时，所有的记者都趴在地上，头顶上子弹飕飕飞过。

"趴下！趴下！"人们互相叫喊着。

开火始于军乐队奏国歌时。

两名美军士兵用枪指着附近的房子,子弹显然来自那里。他们所在的露天看台靠近卡尔扎伊的位置,枪响时他们正举手敬礼,国歌声消失时,两人又抬手敬了个礼。

在意识到危险前,数十名阿富汗国会议员一脸茫然四处看,然后争相寻找隐蔽物,前排两名戴头巾的议员被子弹击中,一个腹部中弹倒在地上,另一个跌倒在座位上。他们离卡尔扎伊的座位大概30米远。

卡尔扎伊迅速在保镖们簇拥下离开,没有受伤。他们驾驶了4辆黑色多功能运动型汽车,从看台后边的出口脱身。

数百人争相奔逃

自动步枪开火的声音又持续了数分钟,还听到几声火箭弹爆炸的声音。

数百人争相奔逃,现场一片混乱,内阁成员和外国大使们赶紧坐上他们的车离开。我和其他举着摄像机和三脚架的记者跑向一堵大约3米高的墙,令我们惊讶的是,穿着制服的士兵和拿着枪的警察也跟我们一齐跑。军乐队此时已经跑散了。

"安全情况太糟糕了,他们怎么能如此接近仪式现场还能朝我们开火?"一名阿富汗军官气喘吁吁地抱怨说,由于惊恐,他的脸色变得惨白。

士兵们呵斥我关掉手机,他们担心任何仍在使用手机的人可能是袭击参与者。

(《新华每日电讯》2008年4月29日)

阅读思考

现场短新闻不仅是文字量的限制,也是采访作风的改革。许多人,特别是一些青年记者习惯于打电话、听介绍而不是到第一线,那样是写不出现场短新闻来的。

倡导采写现场短新闻对改进记者的作风和文风的意义将是深远的。现场短新闻多为具体的事件新闻,具突发性又时间短暂。不是所有的事都可以写成现场短新闻。有的报道的事实不需要反映气氛,现场不是新闻的必要组成部分;有的新闻事实的主要价值并不在现场的瞬间,而在背后,在事实今后的走向,在形成事实的原因。

原局长调离,一张集体照留念
新局长上任,一瓶矿泉水相迎

3月7日,吉林省柳河县邮政局35岁的局长杨军辉离任,走上市局领导岗位,新提拔的38岁的局长朱东走马上任。听说局里要开新老局长欢送、欢迎会,柳河局一些干部职工私下里议论纷纷:两个局长一来一去,都属提拔重用,一定又要大吃大喝一番了。

当天14点30分,柳河局行政及党委两套班子成员,全局班长、支局长以上干部准时来到会议室,参加欢送、欢迎会。出乎大家意料的是,这次的会既没装点会场,也没摆设鲜花,就连水果、瓜子都没准备,每人只发了一瓶矿泉水。

在会上,原局长杨军辉话不多,却句句语重心长。他动情地说,柳河县是全省贫困县之一,邮政要发展实属不易。他在任两年期间,柳河局能实现近3000万元的年业务总收入,年年保持15%以上的收入增幅,首先得感谢全局干部职工,大家同甘苦、共患难,理解、支持并积极落实局里出台的各项改革措施,积极发展业务,这才使全局发展步入了快车道。他希望大家在新领导班子的带领下团结奋进,为柳河局再创辉煌,并表示自己在新的工作岗位上,也将一如既往地关心和支持柳河局的发展。

新局长朱东随后也发表了就职演说。他表示,要继承和发扬原局长务实创新、敢为人先、廉洁自律、克己奉公以及一心一意为企业、为职工谋利益的工作作风,助柳河局进一步转变发展观念,创新发展模式,提高发展质量,逐步建立并完善现代企业制度,立足高起点、高标准,在全局干部职工中牢固树立创优争先思想,努力提升服务水平,实现柳河局各项业务更好更快发展。

会议内容虽然简单,但开得很成功,受到了干部职工的欢迎,新局长的就职演说更是把会议推向了高潮。与会人员情绪饱满、激情满怀。两年来,职工收益平均增长26%、增幅排名全省邮政县(市)局前3位的发展成绩让大家相信,柳河局的明天会更好。会后,柳河局工会的一名摄影爱好者给大家拍了一张集体照,作为送别老局长的留念。

编后

时下,给高升的老领导送行、给提拔的新领导接风,在一些地方形成开大会、吃大餐、喝大酒的不良风气,群众不敢怒不敢言,严重影响了干群关系,败坏了党的作风。柳河局迎新送老的做法,失了给领导接风洗尘的"礼儿",却拉近了干部职工间的距离,让大家拧成一股绳,将一股清新的节俭之风、实干之风吹到了我们面前。这种不摆谱儿、让局长"饿肚子"的做法,好!

(《中国邮政报》2008年3月7日 张景全)

午夜"接力赛"

"我们赶上了,顺利完成交接",4月11日凌晨1:20,江苏省扬州市邮政速递公司营销员王强难以抑制心头的喜悦,从上海给公司副经理王宇平电话报捷。至此,一场"扬沪线"上的邮件传递"接力赛"完美谢幕。

4月10日21:00,王宇平接到Celebration公司业务员赵敏的电话,说有一件货物当晚急需寄往美国。Celebration公司是扬州邮政速递的一个重要客户,位于距城区3公里的新港名城小区。王宇平看了一下时间,如果马上就上门收寄,刚好能赶上22:10专送"全夜航"邮件的"扬沪线"邮车,于是他通知王强立即出发。

21:15,当王强出现在Celebration公司时,眼前的情景却让他吃惊,原来要邮寄的是20多个长毛绒玩具,不仅没有装箱,甚至最后一道"挂吊牌"的工序都没有完成。这怎么能赶上邮车呢,焦急万分的王强一边打电话回公司,一边帮客户处理。

21:45,王强接到公司回复:"邮车1分钟都不能耽搁,你们还有5分钟。"

望着尚未处理完的货物,赵敏赶紧通过网络与远在美国的老板联系。"今天不发货,等着考核吧!"老板斩钉截铁的回复彻底打消了她最后一丝希望。面对十万火急的邮件,此时只有追赶邮车这唯一的办法了。快、快、快,大家更紧张地忙碌开来。

22:00,邮件终于装箱完毕,而此时"扬沪线"邮车已整装待发。

22:10,王强抱着邮件箱一路小跑下六楼,回公司。

22:35,风风火火赶到公司的王强,迅速开始称重、量体积、打包、贴单、采集信息,等候他多时的同事金洋则忙着制路单、封发、上传封发信息,两人以最快的速度一气呵成将邮件收寄完毕。

23:00,装着邮件的轿车驶出扬州局大门、奔向无边的夜色中,此时"扬沪线"邮车已到丹阳。追、追、追,轿车开足了马力,"扬沪线"上紧张的"接力赛"进入了冲刺阶段,时间一分一秒地过去,镇江、常州、无锡、苏州,追赶的轿车与邮车一点一点地靠近。

凌晨1:20,当邮车驶入上海地界时,终于被赶上了。

(《中国邮政报》2007年4月17日　吴富伟　王宇平)

> **阅读思考**
>
> 　　以上两篇皆为北京邮政速递杯现场短新闻大赛的获奖作品。请比较这两篇现场短新闻的写作特点。

我看见历史在爆炸

这是一个十分迷人的、阳光和煦的中午,我们随着肯尼迪总统的车队穿过达拉斯市的繁华市区。车队从商业中心驶出后,就走上了一条漂亮的公路,这条公路蜿蜒地穿过一个像是公园的地方。

我当时就坐在所谓的白宫记者专车上,这辆车属于一家电话公司,车上装着一架活动无线电电话机。我坐在前座上,就在电话公司司机和专门负责总统得克萨斯之行的白宫代理新闻秘书马尔科姆·基尔达夫之间。其他三名记者挤在后座上。

突然,我们听到3声巨响,声音听起来十分凄厉。第一声像是爆竹声。但是,第二声和第三声毫无疑问就是枪声。

大概距我们约150或200码前面的总统专车立刻摇晃起来。我们看见装有透明防弹罩的总统专车后的特工人员乱成一团。

下一辆是副总统林顿·约翰逊的专车,接下去是保卫副总统的特工人员的专车。我们就在这后面。

我们的专车可能只停了几分钟,但却像过了半个世纪一样。我亲眼看见历史在爆炸,就连那些饱经风霜的观察家,也很难领悟出其中的全部道理。

我朝总统专车上望去,既没有看见总统,也没有看见陪同他的得克萨斯州州长约翰·康诺利。我发现一件粉红色的什么东西晃了一下,那一定是总统夫人杰奎琳。

我们车上所有的人都朝司机吼了起来,要他将车向总统专车开近一些。但就在这时,我看见高大的防弹玻璃车在一辆摩托车的保护下,号叫着飞速驶开。

我们对司机大喊:"快!快!"我们斜插过副总统和他的保镖车,奔上了公路,死死地盯住总统专车和后面特工人员的保镖车。

前面的车在拐弯处消失了。当我们绕过弯后,就可以看到要去的地方了——帕克兰医院,这座医院就在主要公路左侧,是一座灰色的高大建筑物。我们向左边来了一个急转弯,一下子就冲进了医院。

我跳下汽车,飞快跑到防弹玻璃车前。

总统在后座上,脸朝下,肯尼迪夫人贴着总统的身子,用双手紧紧将他的头抱住,就像在对他窃窃私语。

康诺利州长仰面朝天躺在车里,头和肩都靠在夫人身上。康诺利夫人不停地晃着头抽泣,眼泪都哭干了。血从州长的上胸流了出来。我未能看见总统的伤口,但是我看见后座上

第七章 现场新闻

一摊摊血斑,以及总统深灰色上衣右边流下来的暗红色血迹。

我已通过记者专车上的电话,向合众国际社报告了有人向肯尼迪总统的车队开了三枪。在医院门前目睹总统专车上血迹斑斑的景象,我意识到必须马上找一个电话。

专门负责总统夫人安全的特工人员克林特·希尔正靠在专车后面。

"他伤势有多重?克林特。"我问道。

"他快死了。"他简单地回答说。

我已记不起当时的详细情景。我只记得一连串急促的吆喝声——"担架到什么鬼地方去了……快将医生叫到这儿来……他来了……快,轻一点。"在不远的地方,还有可怕的抽泣声。

我抄一条小路径直冲到了医院的走廊上。我首先看到的是一间小办公室,这儿根本不像办公室,倒像一个电话间。办公室里站着一个戴眼镜的男人,他正在摆弄一大堆乱七八糟的表格。在一个像银行出纳台那样的小窗口,我发现木架上有一部电话机。

"怎样接外线?"我气喘吁吁地问道,"总统受伤了,这是紧急电话。"

"拨9。"他边说边将电话推到我身旁。

我连拨了两次,终于接通了合众国际社达拉斯分社。我用最快的速度发了一个快讯:总统在穿过达拉斯的大道上遭到枪击,总统伤势严重,可能是致命的重伤。

我正打着电话时,抬着总统和州长的担架从我身边经过,由于我背向走廊,直到他们到距我75或100英尺的急救室门前,我才看见他们。

我从窗口外的人的脸上突然出现的恐惧神情上知道他们已过去了。

我站在通往急救室的淡褐色走廊上,一边向合众国际社打电话报告枪击时的情况,一边紧盯着急救室外面,看会出现什么新情况。这时,我眼前展开了一片忙乱的景象。

白宫新闻秘书基尔达夫上气不接下气地在走廊上跑来跑去。警官拼命地嚷嚷:"让开!让开!"两位神父,手里提着紫红色袈裟的衣角,紧跟在一名特工人员后面走了进来。一名警官中尉手捧一大瓶血浆走到走廊上,一位医生也来了,他说要将所有的神经外科医生都叫来。

神父从急救室里走了出来,说总统接受了天主教的最后圣礼。他们说,总统还活着,但昏迷不醒。总统办公室的人员陆续来到了,他们乘的车在我们后面,由于交通阻塞,被迫姗姗来迟。

当时在医院中急需电话,我将电话看得像生命一样重要,紧紧抓住不放。我不敢离开那儿,怕失去与外界的联系。

这时,我看见基尔达夫和白宫另一名工作人员韦恩·霍克斯从我身边跑了过去。霍克斯边跑边喊:"基尔达夫马上要在护士值班室发表声明。"

护士值班室就在上一层楼的尽头,我急忙撂下手中的话筒,紧跟在他俩后面。当我们一到值班室门口,就听见里头在大声地喊:"请安静!"基尔达夫抑制住自己的感情,宣布说:"约翰·肯尼迪总统约在一点钟逝世。"

我一下子闯进附近一间办公室,但是医院的总机乱成一团。这时,我在人群中发现了合众国际社西南分社编辑部主任的妻子维吉尼亚·帕耶特,她本人就是一名老记者。我告诉她再上一层楼看看付费电话是否能打通。

医院总机还是接不通,我急得像热锅上的蚂蚁。我求一位护士帮忙。她领着我七弯八拐,穿过好几条走廊,拐到楼下一个付费电话间。我终于接通了达拉斯分社办公室。维吉尼亚在我之前就接通了。

接着,我又顺着原路,上气不接下气地跑回临时会议室。我刚一进门,白宫负责交通的官员吉格斯·福弗就一把将我拉住,他告诉我,基尔达夫要三名报业联营的记者立即乘总统专机"空军一号"返回华盛顿。

福弗说:"他要你现在就到楼下去。"

我匆匆赶到楼下,冲到院子里,发现基尔达夫的车已开走了。

我和其他两名记者,《新闻周刊》的查尔士·罗伯茨与威斯汀豪斯广播公司的锡德·戴维斯恳求一名警官用他的警车将我们送到机场。特工人员叮嘱我们,车在机场附近不要鸣警笛。这名警官驾驶技术十分高超,当时公路上一片混乱,交通拥挤不堪,但他从容不迫,顺利将我们送到机场。

我们在离总统专机约200码的跑道边跳下车时,基尔达夫看见了我们。他示意要我们赶快。我们跑到他跟前,他说,机上只能上来两名记者,约翰逊就要在机上宣誓就职,飞机然后就立即起飞。

我看见跑道旁有一排公用电话间,问是否有时间让我向我的上司报个信。他说:"上帝保佑,要抓紧时间。"

接着,又是一场电话战。达拉斯总机占线。我拨华盛顿,所有电话都占线。我又拨合众国际社纽约分社,终于接通了。我告诉说,新总统就要在飞机上宣誓就职。

基尔达夫从飞机上钻了出来,在朝我这边招手。我扔下话筒,直向飞机跑去。一位侦探将我止住。他说:"您的梳子从口袋里掉出来了。"

我终于上了"空军一号"。作为一名专门采访肯尼迪总统的记者,我曾多次登上这架飞机。可是今天,座舱里所有的窗帘都拉上了,显得特别闷热和阴暗。

基尔达夫将我们推进飞机上总统的专用房间,房间是用来作起居室兼会议室的,可以坐八到十人。

我挤进房间,数了数,共有27人。站在中间的是约翰逊、约翰逊夫人伯德和美国地区法官萨拉·休斯。萨拉·休斯是一位和蔼的老太太,今年67岁,她手上拿着一本黑色封面的小圣经,等着领誓。

房间里越来越闷热。约翰逊担心肯尼迪手下的工作人员挤不过来,要大家尽量往前靠一靠,但是站在角落的一张椅子上的摄影师塞西尔·斯托顿说,如果约翰逊再移动一下,这张历史性的照片就照不好了。

原来,约翰逊正在等肯尼迪夫人,她还在飞机后面的卧室里尽量设法使自己镇静下来。她一个人孤零零地走来了,身上仍然穿着那件粉红色的羊毛外衣,这天早上,她就是穿着这件衣服,站在丈夫身边,兴奋地同机场上欢迎的人们一一握手的。

她面色苍白,眼泪都哭干了。当她心神恍惚地悄悄走过来时,人们都向她伸出了热情的手。约翰逊握着她的双手,示意让她站到自己左边。约翰逊夫人站在右边,勉强地笑了一下,看得出她心情十分紧张。

约翰逊向休斯法官点了点头,法官是他们家的老朋友,是由肯尼迪任命的。

"举起您的右手,跟着我念。"女法官对约翰逊说。

正在这时,传来一架飞机降落的嗡嗡声。

休斯法官托起圣经,约翰逊用他巨大的左手按在上面。他慢慢地举起右手,法官开始念誓词:"我庄严地宣誓,我将忠实地履行美利坚合众国总统的职责……"

简短的就职仪式在法官的领读下,以约翰逊深沉而坚定的"……我祈求上帝保佑"的声音结束。

约翰逊首先转向他的夫人、紧紧地搂住她的两肩,亲吻她的面颊。接着,他又转向肯尼迪的遗孀,用左臂挽住她,吻了吻她的面颊。

当其他人,如一些得克萨斯州民主党众议员、约翰逊和肯尼迪手下的工作人员,向新总统走过来时,他步步后退,好像不愿接受这种祝贺的表示。

仪式只进行了两分钟,在东部时间下午3点38分结束,过了片刻,总统就斩钉截铁地宣布:"现在立即起飞!"

专机驾驶员詹姆士·史温达尔上校立即启动右舷的发动机。这时,有好几个走出了飞机,其中包括威斯汀豪斯广播公司记者锡德·戴维斯。由于飞机载人有限,白宫官员只允许两名报业联营记者留下。我和罗伯茨被选中了。实际上,我们在机上也没有座位。

在东部时间3点47分,"空军一号"的起落架离开了跑道。史温达尔将这个空中庞然大物一下子升到了41000英尺的高空,飞机以每小时625英里的速度,向华盛顿郊外的安德鲁斯空军基地飞去。

当总统专机达到巡航高度时,肯尼迪夫人离开了卧室,向飞机后舱走去。这里是所谓的家庭起居室。就在这里,她曾同肯尼迪、同亲人和朋友们一道叙谈和用餐,度过了许多令人兴奋和激动的时光。

肯尼迪的遗体就停放在这里,是由一群特工人员抬上飞机的。

肯尼迪夫人走进后舱,拿起一把椅子,坐在棺材旁边。她一直呆在那儿,直到飞机降落才离开。陪她守灵的还有肯尼迪的四名贴身工作人员:肯尼迪的挚友和私人顾问戴维·鲍尔斯,秘书及主要政治顾问肯尼思·奥唐奈,肯尼迪驻国会的首席联络官罗伦斯·奥布里恩,肯尼迪的空军助理戈弗雷·麦克休准将。

肯尼迪的军事助理切斯特·克利夫顿少将在飞机上成了一个大忙人,他又是打电报,又是商量到达仪式,又是安排将遗体运往比贝塞斯达海军医院,一刻也没有休息。

飞机起飞后,约翰逊又回到座舱。我的手提打字机在医院附近弄丢了,只得坐在一台大型电传打字机前写稿,这台打字机是肯尼迪的私人秘书伊夫林·林肯用来起草肯尼迪讲话稿的。

当我和罗伯茨正忙于记下刚才亲眼看到的历史性场面时,约翰逊走到我们跟前。

"我在几分钟后要发表一个简短的声明,这里是讲话的副本,是给你们的。"他说,"下飞机后,我要再宣读一遍。"

这是新行政首脑第一次公开表态,既简短、又动人:

"这是全体人民悲痛的时刻。我们的损失是无法估量的。对于我来说,这是一场沉痛的个人悲剧。我知道,全世界都像肯尼迪夫人和他们全家一样,心情十分沉重。我要竭尽所能、全力以赴。我祈求你们和上帝的帮助。"

飞机离华盛顿约有45分钟路程时,新总统通过特别无线电电话,与已故总统的母亲罗斯·肯尼迪夫人通了电话。

"我以上帝的名义起誓,我希望能分担您的悲痛。"他对她说,"我希望您能理解我的心情。"

接着,约翰逊夫人也要与老肯尼迪夫人通话。

"我们心中就像刀割一样。"约翰逊夫人说。她突然忍不住抽泣起来。过了一会儿,当她平静下来后,接着说,"我们永远爱您,并为您祈祷。"

离华盛顿约30分钟路程时,约翰逊与内利·康诺利通了电话,内利是身负重伤的得克萨斯州州长的夫人。

新总统对州长夫人说:"我们为你们祈祷,亲爱的,我知道一切都会好起来的,对吗?替我拥抱他、亲吻他。"

天色黑下来的时候,飞机掠过华盛顿地区灯火辉煌的上空,向安德鲁斯空军基地飞去。飞机在东部时间5点59分降落到地面。

我谢过帮我收拾打字机的空中小姐,穿上风雨衣,就开始走下舷梯。罗伯茨和我站在机翼下,看见总统的遗体从飞机后舱抬下,又由一群士兵抬上一辆灵车。我们看见肯尼迪夫人和肯尼迪的弟弟——司法部长罗伯特·肯尼迪也从棺材旁登上了灵车。

新总统通过麦克风重新宣读了他的首次公开声明,他与前来迎接的一些政府官员和外交官员一一握手后,就走向他的直升机。

罗伯茨和我坐在另一架直升机上,向白宫的草坪飞去。在机舱里,我们身旁靠近窗户的地方,放着一张很大的椅子,椅子上坐着西奥多·索伦森,他是肯尼迪最亲密的助手之一,官方头衔是总统特别顾问。他没有与主人一道去得克萨斯,但是他却在这个空军基地等着主人回来。

索伦森坐在那儿,面容憔悴,泣不成声。他的沉重的悲痛是6小时前发生的这一场悲剧和人们心情的一面镜子。

当我们乘坐的直升机在暮色中盘旋,就要在白宫南草坪降落时,谁会料到,6小时前,约翰·肯尼迪还是一个欢快活跃、笑容满面、精力充沛的人啊!

(合众国际社1963年11月23日 梅里曼)

阅读思考

1963年11月23日中午12点30分,在美国达拉斯城,肯尼迪总统遇刺。数小时后,合众社记者梅里曼写出了消息《我看见历史在爆炸》,全文事实充分,获得1964年普利策全国报道奖。本章我们特别选择了这一力作,希冀提供些许借鉴经验。

全文中,记者以其说话的口吻徐徐道来肯尼迪遇刺的全过程,现场感很强,虽然篇幅长,亦不失为一篇不可多得的现场新闻,从中可以学到很多现场新闻写作的要领。如在新闻作品中,梅里曼描绘出记者本人、总统的司机、特工人员、总统、总统夫人、康纳利州长、州长夫人、白宫新闻秘书、警察、神父、副总统约翰逊、总统专机驾驶员、女法官、已故总统母亲、司法部长罗伯特·肯尼迪等一干人在总统遇刺后的相应表现。

第二编

通　讯

第八章　新闻小故事
第九章　人物通讯
第十章　风貌通讯
第十一章　工作通讯
第十二章　事件通讯
第十三章　社会观察通讯

1. 通讯的特点

通讯和消息都是我国传统的新闻报道文体，也是新闻文体之"宗"，但是通讯是一种比消息更加详细而深入地报道新闻事实的新闻体裁，是综合运用叙述、描写、抒情、议论等多种手法，生动、形象地反映新闻事件或典型人物的一种新闻报道形式。

通讯和消息之间存在着几点区别：

(1) 从容量上看，通讯容量大、事实详细，一般篇幅较长。新闻业内人士认为，通讯是"消息的展开"或"展开了的消息"，既可以报道一人一事，也可以涉及众多的人物和事件。通讯要求比较详细、具体地报道前因后果，满足受众对"如何发生的"及"结果怎么样"的新闻欲。消息容量相对小些，一般篇幅较短，常用简洁明快的语言，告诉人们"发生了什么事"，大多不展开情节，一般是一事一报，事实概括性强。

(2) 从结构上看，通讯的文体结构形式多样，比较灵活多变，每一篇都有自己独特的结构形式；而消息为了吸引受众，一般都呈倒金字塔结构，把最重要的事实放在导语里，这是消息特有的结构，程式性比较强。

(3) 从表现手法上看，通讯可以综合运用叙述、描写、议论、抒情等表现手法，甚至可以借鉴文学艺术领域内其他形式的表现方法，比较灵活自由，强调生动形象地报道真人真事，尤其重视情节的使用和细节的刻画，以增强报道的可读性和感染力。因此，是否具有较强的形象性常常成为衡量一篇通讯成功与否的重要标准。而消息因为文体本身的限制，大多以客观叙述为主，显得循规蹈矩和程式化。在语言的使用上，通讯的语言一般会具备一定的文采和创造性；而消息的语言比较简洁朴素，含义直接明了，以凸显文体的实用性功能。

(4) 从表现口吻上看，通讯可以灵活采用第一人称或第三人称，采用第一人称能增强现场感，采用第三人称则显示出较为客观的报道意味；消息一般只采用第三人称进行客观报道，记者不直接出场，即使出场也只用"记者"而绝不使用主观性很强的第一人称。

(5) 从报道时效上看，通讯不如消息快。消息特别讲求时效性，有时间限制，体现出新闻是"易碎品"的特征，受众多半把它当作信息来看；而通讯虽然也注重时效性，但是相对来说没有消息那么严格，因此很多优秀的通讯作品能穿透时空，显示出新闻报道之外的魅力，如魏巍的《谁是最可爱的人》。

2. 通讯的种类

通常按照内容，通讯可以分为最常用的四种类型：人物通讯、风貌通讯、工作通讯、事件通讯。随着新兴媒体的出现以及人们对信息的需求提出了不同的要求，通讯这种传统的新闻文体得到了补充和丰富，出现了像新闻小故事和社会观察通讯等新的类别。

按形式分，通讯分为一般记事通讯、访问记(专访、人物专访)、小故事、巡礼、速写、散记、侧记。

本篇所分析的通讯还是按照内容划分出来的六种类型，这也是我们最常用和最常见的。

3. 通讯的结构形态

常见的通讯结构形态有纵式、横式和纵横式三种。

1) 纵式结构

按照时间顺序、事物发展的顺序或者记者对所报道事物认识发展的顺序来安排层次的就称之为纵式结构，它能让读者对事件发展的全貌一目了然。在纵式结构中又有三种基本形态。

(1) 时间结构。其基本特点就是按照时间顺序安排层次、组织材料。但是采用这种结构时要注意详略和布局，否则平铺直叙，很沉闷。

(2) 递进式结构。它是按照事物发展的顺序或记者对所报道事物认识的深入来安排层次，呈现出逐层深入的态势，也有人把这种结构形象地称为"层层剥笋"。这种结构方法大多用于问题性、政论性通讯的写作。它不是以故事吸引人，而重在以思想启迪人。

(3) 时间递进式结构。简单来说就是前面两种结构的组合，也就是把时间发展的顺序和事物发展的顺序结合起来。这种结构比较难驾驭，但是掌握得好，能为报道的深度和广度添彩。经典名篇《县委书记的榜样——焦裕禄》就是这种结构。

2）横式结构

根据报道的主题思想，将某一事件按空间变换或将几件事按照事物的性质来安排层次，就叫横式结构。其特点在于能合理安排不同空间的变换以及通讯所涉及的各个方面的问题，概括面广，但是横式结构不易承上启下，一气呵成。这种结构也有若干类型。

(1) 空间并列式结构。它是用地点的变化来组织段落，围绕一个中心，把发生在不同地点的具有相同性质的新闻事实组织在一起，形成一个整体。变换空间就会形成新的层次。

(2) 人物并列式结构。为了揭示一个深刻的主题思想，集中报道几个相同类型的人物，这样的结构就是人物并列式结构。

(3) 侧面并列式结构。即围绕通讯的主题，截取新闻事件的横断面，各个侧面的重要性都相等或相似。这类结构在人物通讯和工作通讯中占有较大的比例，它是把事物的不同侧面根据文章主题的需要并列组织在一起。

3）纵横式结构

纵式和横式结构结合，能起到取长补短的效果，在现代通讯写作中，这种结构很常见。在这种组合结构中，根据文章的需要，两种结构形式的地位也会有所不同。1960年2月28日《中国青年报》上刊登的《为了六十一个阶级弟兄》就是采用这种结构方式的成功之作。这篇通讯从总体上看是纵式结构：写的是抢救61名食物中毒民工的过程，从2月2日民工中毒开始，写到2月5日民工被抢救脱险为止。而在同一时间内，北京、山西、河南的多个不同单位和无数工作人员，都在为抢救民工而奔忙，于是文章的局部出现了空间并列的结构形态。

以上介绍的这三种结构形态是通讯结构常见的基本形式，但不要把它们看成是固定模式，所谓"文无定法，文成法定"，在具体的通讯写作中可以灵活组合使用，要根据体裁和题材的不同特点，找到最恰当的、最富于表现力的结构形式，不必完全拘泥于某一种特定的结构模式。

4. 通讯的写作要领

1）主题要明确

主题是文章的灵魂和统帅，刘勰在《文心雕龙》中说"驱万涂于同归，贞百虑于一致"，这"同归""一致"之处，就是文章的灵魂所在。有了明确的主题，才能据此选择新闻事实、组织素材、谋篇布局，并选择最恰当的表达方式，这是通讯写作成败的关键。

不仅如此，主题对于一篇通讯的价值、影响也有着举足轻重的作用。虽然通讯的写作可以借鉴文学艺术创作手法，但是通讯始终是新闻报道体裁，必须以真实性为前提，因此记者首先要对新闻事实进行深入调查研究，看看它与实际情况是否相符，然后依据事实提炼主题,这个步骤是必不可少的。在我国,通讯常常承担着"新闻+宣传"的双重功能,因此,我们还要慎重考虑通讯主题的思想性、科学性和时代背景以及传播后将会获得怎样的社会效果,这就要求新闻记者必须对丰富的材料进行深入分析,运用独到的新闻视角抓住事物的本质,提炼出具有时代精神的主题,达到最佳的宣传效果。

2) 选材要精当

如果说主题是文章的灵魂,那么材料就是文章的骨骼和血肉。因此,选材这个过程绝不是简单的材料组合,为了更好地反映主题,应精心选材剪裁。首先要围绕主题从不同角度选择材料,防止材料单调,以凸显通讯的深度和广度。其次要尽量选用最能反映事物本质、具有典型意义和最有吸引力的材料,要注意选用与主题相契合而又非常鲜活的细节,它能给读者留下深刻的印象,能产生"窥一斑而知全豹"的效果。例如获得过第七届中国新闻奖特别奖的通讯《北京有个李素丽》(《工人日报》1996年10月4日)为了表现李素丽全心全意为人民服务的先进思想,专门选择了她工作时的细节,下雨天在车门口为乘客打伞,并通过乘客的议论从侧面将李素丽的思想境界真实地表现出来。还有大家熟悉的《县委书记的榜样——焦裕禄》中写到焦裕禄带病工作的情景就用了一个细节:"很多人都发现,无论开会、作报告,他经常把右脚踩在椅子上,用右膝顶住肝部。他棉袄上的第二和第三个扣子是不扣的,左手经常揣在怀里。人们留心观察,原来他越来越多地用左手按着时时作痛的肝部,或者用一根硬东西顶在右边的椅靠上。日子久了,他办公坐的藤椅上,右边被顶出了一个大窟窿。"这对于反映焦裕禄的思想有着不可估量的作用,也在读者脑中留下了深深的烙印。

典型的细节犹如"细胞",能为精当的选材注入"活力",增添文章的表现力。

3) 文风活泼有文采

在遵循真实性的基础上,可以综合使用叙述、议论、抒情、描写的写作技巧,把通讯写得活泼、富有文采。

首先要灵活使用叙述技巧。叙述在通讯写作中最好是直接明确、简明扼要地报道事物的概貌,反映出事件的过程,它能告诉读者"事件是怎样发展的"。

其次要掌握描写的技巧。通讯要形象生动,要有感人的情节和典型的画面,就必须运用描写的手法。它能描摹生动的场景,刻画富有个性的人物,尤其是对一些细节能做细致的描绘,从而达到引人入胜、富有感染力的效果。

再次要掌握议论和抒情的技巧。一篇通讯仅仅对客观事实进行描述是不够的,还需要运用抒情和议论的手法来充分表达感情,其中抒情能满足读者的情感需要,议论可以让读者了解事件的深层含义,满足读者的评判心理。在通讯写作中,议论和抒情一般是结合在一起的,能起到画龙点睛的作用。

4) 写好开头和结尾

古人作文有所谓"凤头、猪肚、豹尾"的说法,"凤头"是说作品的开头要像凤凰的头那样秀气、漂亮;"猪肚"是说文章内容要像猪的肚子那样内涵丰富、充实,有分量;"豹尾"是说作品的结尾要像豹子尾巴那样有力、刚健。唐代诗人白居易在《新乐府序》中说:"首句标其目,卒章显其志",意思是指作品一开头就要切题,要开门见山;而结尾又要起到进一步明确和深化主题思想的作用,充分显示出作者立言的本意。明代著名学者谢榛《四溟诗话》中"起句当如爆竹,骤响易彻;结句当如撞钟,清音有余",意思是作品一开头,就要像放炮似的,使人耳目为之一震;而结尾,又要像敲钟似的,使人觉得余音绕梁。这些关于作品的开头和结尾的言论,尽管说法不一,但其实质都是要求作者认真写好作品的开头和结尾。好的开头不仅是吸引读者卒读全文的前提和基础,而且还有利于文章主题的展开。在通讯写作中根据内容的需要,可以用悬念开头、景物描写开头、情节开头或引言开头等方式。通讯的结尾一定要做到"卒章显其志",点明主题,深化主题。

第八章 新闻小故事

一、文体概说

新闻小故事是通讯的一种，它兼具新闻与文学两者的特征，把新闻与小故事相融，用故事情节写真实新闻，着重反映现实生活中的一个片断，通常表现为一人一事，线索单一而有故事情节。因其短小精悍、故事集中、情节生动、含义新颖、新闻性强、简洁易懂，素有"小通讯"之称。

新闻小故事的采写要注意以下几个方面：

（1）充分体现其"小"。新闻小故事的特点就是小，首先篇幅要小，字数通常在五六百字左右；其次取材范围要小，小故事通常反映一人一事，表现一个片断，人物不多，事情不杂，线索简单。

（2）结构简单，情节生动。新闻小故事就是寓真实新闻于故事中，要在简短的篇幅中讲述一个完整的故事，因此它的结构不能像纯文学创作那样复杂，必须抓住新颖生动的情节和片段来揭示故事的内涵，彰显新闻的价值和意义。

（3）以小见大，立意高远。故事虽小但思想深刻，落脚虽小但着眼点高，能反映出一定的社会面，揭示其社会意义，这样才能升华主题。当然这需要记者的高度新闻敏感。

（4）材料真实，时效性强。虽然写法体现了文学写作的特征，注重故事性，但是选择的材料必须真实，新闻的5W要素要齐全，同时要配合当前的社会背景，才有现实意义。

（5）用白描的写作手法。就是少用烘托和渲染的手法，多用动词，形成一种客观叙述的状态。

（6）语言简洁明了，一看就懂。新闻小故事本来就是要具有可看性的，除了情节的生动之外，还要求语言口语化，简洁明了。

二、个案评析 1

◎ 原文

商业部长买鞋上当记

商业部长胡平买了双皮鞋，穿上脚不到24小时，后跟就掉了一块。这件事最近在商业部机关大楼里广为流传,成为人们痛斥伪劣商品的话题。

7月12日下午,胡平在湖北省调查研究,逛了逛武汉百货商场。在皮鞋柜台前,胡平看中了一双带网眼的棕色牛皮鞋,试了一双,号不合适;又试了一双,正好;于是付款49.5元,买下了这双鞋,并当场穿上新鞋,继续参观。

之后,胡平穿着这双鞋走访了粮库、肉联厂和服装学院,13日下午回到北京,谁知到家一脱鞋,就发现右脚一只鞋的后跟已掉了一块。翻过来,调过去,细看才发现这双鞋既没有商标,也没标明产地和生产厂家,只是鞋底上有"上海"两个字。

17日,在11城市一商局长会上,胡平不点名地讲了这件事,又深有感触地说,劣质产品泛滥,太可恶了。这个问题,生产者有责任,商业企业进货把关不严,也有责任。

会后,武汉市商委的同志主动向胡平要回了那双鞋,经查:鞋底是上海的,鞋是武汉制作的。

21日,轻工部长曾宪林约见胡平,听说胡平买了双"一日鞋",便说:"鞋的质量问题是当前消费者反映最强烈的问题,轻工部已打算专门举办一个假冒伪劣鞋的展览会。"

胡平当即表示:"我支持,如果你搞这个展览会,我希望我买的那双鞋也能作为一件展品,曝曝光。"

如今,胡平已经穿上了武汉百货商场为他换的新鞋,可是他的心情并没有轻松。他说:"我是一个部长,买了劣质鞋能及时退换。但若是普通消费者呢?"

(新华社1990年9月11日　陈芸)

◇ **点评文章**

"以小见大"的魅力

这是一篇典型的小通讯,篇幅不长,影响却不小,自1990年9月11日由新华社播发以后,全国有30多家省级以上的报纸相继转载,还获得了首届中国新闻奖二等奖和全国维护消费者权益好新闻一等奖两项大奖。一篇小通讯为何有如此大的影响力呢?应该是它的"以小见大"产生的魅力使然。

如何做到"以小见大"呢?这需要新闻记者具备高度的新闻敏感,能够从看似"小事情"的事件中挖掘到新闻价值。文章一开篇就点出了故事的缘由:"商业部长胡平买了双皮鞋,穿上脚不到24小时,后跟就掉了一块。"商业部长买鞋本是一件小事,但是商业部长买到了一双劣质鞋,有点大水冲了龙王庙的意思,材料本身就很新鲜,同时也说明,市场上商品的质量问题对消费者来说是防不胜防的。20世纪90年代,商品质量问题很普遍,已成为一把"危险的双刃剑":商业部门面临信誉危机,消费者无法保障自己的权益。长此以往,整个社会也难得和谐。如何引起相关部门重视并解决呢?这些正是隐藏在商业部长买劣质鞋背后的新闻富矿,于是记者笔锋一转:"这件事最近在商业部机关大楼里广为流传,成为人们痛斥伪劣商品的话题。"如此一来,看似简单之极的一件小事就与"商品质量"这个敏感的社会问题联系在一起了,其新闻价值也因此得到彰显,小事就变成典型,不再平凡。所以"以小见大"在文章的开头就显示出了"威力"。

接下来,记者用白描的手法把商业部长胡平买鞋、穿新鞋参观的经过不加任何烘托地勾勒出来,形象生动传神。行文中记者没有任何评论,如实地介绍了新闻事实,并在结尾处借商业部长之口说:"我是一个部长,买了劣质鞋能及时退换。但若是普通消费者呢?"这立马直击到国计民生的焦点问题:假冒伪劣商品对社会的危害是很大的,若不及时解决,消费者的权益如何实现?这个结尾实在高妙,留给读者的是掩卷长思,也为整个商业部门的质量监管工作敲响了警钟。

记者陈芸曾在采访札记《新闻在于发现——〈商业部长买鞋上当记〉采写经过》中谈到,这个新闻素材是她在商业部采访和人家聊天时偶然得到的。这也告诉我们,在平时的采写中,要时时处处做一个"有心人",要善于联想和感悟,才有可能会挖到新闻富矿。

我们不得不佩服记者陈芸高超的采写才能,500多字的文章,按照事件发展的顺序记叙了一个含义深刻、振动了社会敏感神经的新闻小故事,语言干净利落,甚至有点风趣,情节完整紧凑,细节生动到位。当年发表后立即成为老百姓街谈巷议的话题,即使离发表已经过去了20多年,今天读起来仍然能感受到其中强烈的吸引力和感召力,仍然能引起广大读者的共鸣,这大概就是这篇小通讯的魅力所在吧!

三、个案评析2

◇ 原文

老城捉贼记

4月3日凌晨2点。

正在澄迈老城开发区珠江管桩厂值夜班的陈工程师,忽然听到"嘎、嘎、嘎"的声音。陈工循声望去,被眼前的情景惊呆了:走廊雪亮的日光灯下,一高一矮两个家伙正在用菜刀撬斜对面厂办的门。两人都穿着深色衣服;高的有一米八〇左右,戴眼镜。

"什么人?"陈工程师大喝一声。小个子见被人发现,撒腿就往楼下跑。正在撬门的高个歹徒凶狠地对着陈工举起菜刀,恶狠狠地说:"不许说话!"然后退到楼梯口,一边用菜刀敲着楼梯扶手,一边威胁:"你敢过来!"一边下楼跑了。

陈工见状,急忙返回办公室,打电话报告有人撬办公室门的情况。厂里立即组织几十名工人追赶歹徒。但是狡猾的歹徒凭借黑夜,逃走了。

接到报警后,老城公安分局110报警服务台5名110巡警队员,火速赶到现场,迅速开始围追堵截行动。

5名巡警队员在周边搜捕了一个多小时,也没见歹徒的踪影。根据分析,巡警们把目标锁定在往返于老城到马村十公里的公路上。

果然不出巡警所料,大约早6点15分,从马村发出的第二班车将到老城时,目标出现了。在路口处的公交车站旁,正蹲着两个穿深色衣服的人,其中一个个子矮小;一个个头高大,戴着眼镜。高个子手中的塑料袋口还露出崭新的铜线。两人正是陈工程师看到的盗贼。

巡警老黎不等小个子回过神来,就一个箭步冲上前将其按倒在地。高个戴眼镜的歹徒见状,拔腿就跑,边跑边从腰间拔出菜刀,企图负隅顽抗。紧随其后的巡警小谢见歹徒拔刀,果断鸣枪警告,吓得歹徒手一抖,将刀抛向空中。紧追不舍的4名巡警队员追了有500多米,将其制服。

小个子供出还有一个同伙宋飞。他正逃往仲音村,几名民警一路紧追了200多米,巡警小陈第一个扑向歹徒,将其按倒,将歹徒铐住。

经讯问和调查查明:宋飞,男,26岁,河北省定州人;2004年曾在珠江管桩厂当过保安队长,后因行为不端被解雇。高个子戴眼镜名字叫许习群,男,33岁,江西省九江人。矮个子叫陈颖生,男,29岁,海南省东方市人。3人均无业。

目前,宋、许、陈三名犯罪嫌疑人已经被澄迈县公安局刑事拘留,等待他们将是法律的制裁。

(《海南日报》2006年4月7日　黄尚斌　刘志群)

◎ 点评文章

白描:客观现场的还原

这篇小故事从主题的层面上来说,并没有什么特殊之处,它的精彩就在于运用白描手法,客观而生动地报道了老城抓贼这一新闻事件。

所谓白描,原本是中国绘画的传统技法,指不着颜色,也不画背景,只用墨线勾勒人和物的形象的画法。它重在以形传神,不重形似而求神似。后来人们把这种写意的技法引进写作。白描的作品,没有过多的风景描写,没有过长的人物对话,没有抽象的人物心理描绘,没有琐碎的事件发展过程的陈述,而是用最简练的笔墨,不加任何烘托,勾勒出生动、传神的形象,显得客观真实。这在新闻小故事的写作中很常见。我们来看看白描手法在这篇小故事中是如何运用的。

1. 简笔勾勒人物形象,少用形容词

白描重在以形传神,追求神似,所以在人物刻画上多采用简笔勾勒,有种漫画的效果,虽不具体却生动形象。如"一高一矮两个家伙正在用菜刀撬斜对面厂办的门。两人都穿着深色衣服;高的有一米八〇左右,戴眼镜",从中我们无法获知两名小偷的具体模样,但是他们的外形特征却毕现无疑,给读者留下了深刻的印象,也为后文中警察的搜捕提供了线索。若是使用过多的形容词,特别是一些华丽的甚至是冷僻的辞藻,进行过分的描写,写作效果反而不佳。所以从这个层面上来说,白描仿佛是一位洗净铅华的淡妆美人,素雅干净。

2. 多用动词,紧扣人物行动性格

受篇幅限制,新闻小故事不可能会铺陈笔墨去描写人物的外貌、心理、服装和环境,一切笔力都集中在人物的行动性格上。这篇小故事紧紧围绕"抓贼"这个主题,紧扣"抓贼"的行动,使用了大量的动词,显得形象生动,现场感强。如"小个子见被人发现,撒腿就往楼下跑。正在撬门的高个歹徒凶狠地对着陈工举起菜刀,恶狠狠地说:'不许说话!'然后退到楼梯口,一边用菜刀敲着楼梯扶手,一边威胁:'你敢过来!'一边下楼跑了"。这一连串动词的运用,把小偷当时色厉内荏的形态真实再现在读者面前。而对于没有外形勾勒的陈工程师,记者通过以下几个动作的刻画,把他勇敢无畏的个性生动地显露出来,如"'什么人?'陈工程师大喝一声","陈工见状,急忙返回办公室,打电话报告有人撬办公室门的情况"。再如,"巡警老黎不等小个子回过神来,就一个箭步冲上前将其按倒在地。高个戴眼镜的歹徒见状,拔腿就跑,边跑边从腰间拔出菜刀,企图负隅顽抗。紧随其后的巡警小谢见歹徒拔刀,果断鸣枪警告,吓得歹徒手一抖,将刀抛向空中。紧追不舍的4名巡警队员追了有500多米,将其制服"。恰当的动词运用不仅突出了警察的敏捷身手,而且把小偷害怕的狼狈形象淋漓尽致地勾勒出来了,现场生动又紧张的气氛凸显无疑。

3. 语言简洁洗练,节奏快,有利于情节的发展

白描手法特别强调语言简洁,用鲁迅的话说就是"有真意,去粉饰,少做作,勿卖弄自

己"。这篇小故事没有过分渲染和铺张辞藻,语言显得简练,显示出节奏感。文章一开始就是发现小偷,接着报警,然后小偷被抓,整个情节非常紧凑,尤其是警察制服两名小偷的那一幕,仿佛就在眼前,透射出鲜活的现场感,简练的语言起了很大的作用。试想,若是此刻加入大量的人物心理、外貌或环境的描写,势必打破文章既定的紧张的节奏氛围。当然,白描的写作功夫不是一朝一夕就能练就的,是精心锤炼语言的结果。

所以我们使用白描的写作手法时,一定要记住,它没有浓墨重彩,一切都显示在人物的行动和朴素的语言上。

四、作品鉴赏

"小"也不放过

2004年6月,汪锡广到某仓库进行预算审计。这个仓库位于濒临大海的山坳里,分库却远在市内,属于小、散、远单位,规模不大,人员不多,司务处也只有一名士官,只允许有几千元现金流动。

"越是小、散、远的单位,就越不能掉以轻心。"汪锡广给自己打气。车子一到库区,就径直到司务室,对司务长说:"请将保险柜打开。"

"首长,昨天去总库办事把钥匙忘在那里了……"一时摸不着头脑的司务长,脸色涨得通红。

"没关系,再等一会,让总库派人送过来。"汪锡广安慰这位借口说谎的士官小伙。

对白几句,这位士官只好从命。

打开保险柜一看,汪锡广只见里面还有一个小抽屉,小抽屉里放着一叠现金。按照财务制度,这已属违规。再一查,现金的流量比账上少了整整两千元。

"说说,怎么回事?"汪锡广盘问道。

司务长一阵沉默,过了一会,眼泪情不自禁地掉了下来。原来,他的姐姐就在驻地谋生,做生意资金周转不过来,便向弟弟借,可因存款没有到期,怕影响了自己可得的利息,便生主意,挪用了公款。

汪锡广一方面严肃地批评了这名士官司务长,让他立即到银行取出自己的存款将公款补上,另一方面又与仓库领导商议,将思想工作做细,防止出现其他的问题。

(中国广播网 2011年3月16日)

快节奏的线路改造

"嗨哟!嗨哟!"一声声苍劲的呐喊声回旋在山谷之间。

2月19日,寒风冽冽。海拔1900余米的大峰矿露天采区,山风格外猛烈,粉尘沙粒飞舞中,该矿维检队几十号人改造线路的劳动热情丝毫不减。

几天不去露天采区,老司机都难免迷路。这是露天开采的特殊性所致。有人戏谑"露天开采就是移山运动",一座山峰经过数十年的剥离开采夷为平地,一些沟壑被山石填埋,地形地貌不断在变化。随着露天采区剥离工作的进展,道路需要不断进行改造,而输电线路也要随着改造。

为了配合大峰矿露天采区剥离工作的进展,道路需进行改造,进户线618号、625号刚好经过现在通往工业广场的盘山路,必须进行改造,春节前夕622号已经改造完毕。618号和625号是用电缆代替架空线,其中一段电缆要从路面挖坑,穿钢管地埋,另一段要用钢钩悬挂于墙面。时间很紧,石嘴山市供电局停电时间有限,线路铺设工作必须在规定时间内完成。

维检队输电班男员工一共11人,人员严重紧张怎么办?为了按时保质保量完成任务,该队召开紧急会议,合理调整各岗位工作,从各班临时抽调人员,组成了一个50人的线路改造小分队。该矿副矿长程永峰、矿安全副总刘观宁、安全管理科副科长、维检队队长、书记等深入现场、紧盯安全关口,与员工一起冒着寒风铺设电缆。

任务如何重?有人会好奇。6根300米长的电缆总重8吨全凭人力,像河岸边的纤夫一样拉拽到指定地点。这6根中有直径150毫米的3根,另外3根直径是185毫米。在临时排土场等杂乱场地机械设备无法施展"拳脚",全部凭借人拉肩扛,在拖拽、拉扯电缆的过程中,坑坑洼洼山石纵横的地貌,不时将电缆夹在石缝中。这时就需要分出人员现场处理,很棘手。然而,他们干群一心密切配合,尽管从电缆摆好,到埋电缆,再到挂电缆很费劲,50多号人全部上阵,用3小时就摆好了电缆,小心谨慎地穿进铁管仅花了1小时,2小时就按标准挂好了电缆。有人问:"这样紧锣密鼓地劳动,不累吗?"不少员工笑答:"干部个个现场身先士卒,我们干起活有劲头啊!"

完工后,大家自豪地说:"这真是一场漂亮仗。"

(中国煤炭新闻网2013年3月3日　王苏红　赵小泉)

阅读思考

《"小"也不放过》是截取了工作中的一个小片段,表现了军队审计干部汪锡广一心为公、一丝不苟、一身正气的精神面貌和宝贵品质。全文采用白描的手法,重视故事情节,通过人物对话,凸显人物个性思想特征。写作中注重对事件场景的真实再现,情节紧凑,波澜迭起。值得一提的是,稿件的标题制作匠心独具,生动贴切、口语化,深入浅出揭示主题。故事虽小,但小中见大,具有很强的新闻价值和宣传价值。

《快节奏的线路改造》写的是大峰露天煤矿输电线路改造的事,重点讲述了该矿维检队员工克服恶劣自然环境和重重困难,最终实现了快节奏、高效率输电线路改造的故事。正文主体中通过巧妙提出人员紧张、任务重两个突出问题,来体现线路改造的难度和艰辛。尤其是稿件开头散文式的景物描写和背景材料运用很到位,为塑造环境添上精彩的一笔,使稿件增色不少。

试比较《快节奏的线路改造》与前几篇小故事的写法,谈谈你对小通讯写作手法的认识。根据以上作品,请仔细揣摩情节的设置在新闻小故事写作中的实际运用。

第九章 人物通讯

一、文体概说

人物通讯,是指具体、形象地报道特定人物的先进事迹、经历和精神面貌的通讯,是我国各类媒体新闻报道常用的体裁之一,影响广泛而深刻。

正面先进人物的报道最具"新闻+宣传"的色彩,已经成为我国人物通讯的主导。如各行各业有突出贡献的先进人物、英雄人物,像焦裕禄、李月华、蒋筑英、韩素云、徐洪刚、李素丽等,他们的精神道德品质,能激励、教育广大群众,推动整个社会前进。人物通讯还可以对反面人物进行报道,从反面对社会公众起到警示作用,如《解放军报》1980年12月9日发表的通讯《迫害狂——江青》。

人物通讯可以写单个人,也可以写群像,如获得第十七届中国新闻奖一等奖的通讯《风雪中,伫立着四位"厚道"的农民工》(《工人日报》2006年1月24日);当然人物通讯还可以写普通百姓。

人物通讯的中心是写人,因此刻画典型人物的形象美,是人物通讯写作的核心。在写作方法上有以下几点需要注意。

1. 要善于选择运用典型材料

人物通讯具有"新闻+宣传"的色彩,它不仅是要宣传先进人物的精神思想,更重要的是要通过先进人物来表现和反映时代风貌,这就必须选择有代表性的、能够表现人物精神面貌的典型材料。《人民日报》1972年12月19日刊载的通讯《人民的好医生李月华》,集中笔墨刻画她为贫下中农看病的感人事迹,我们来看其中一个典型材料的运用:

李月华一心想着贫下中农,她的家,也成了一个"家庭病室"。贫下中农到李月华的家里看病,不论是一身汗水,还是两脚泥巴,也不论是普通病,还是传染病,李月华总是把他们让到自己的床上检查治疗,甚至还做些小手术。有时候,医院里的病床住满了,李月华就把需要住院治疗的病人接到自己家里,腾出一张床给病人住。这几年,先后在这张家庭病床上住过的病人,往少里说也有150人。李月华家的煤炉子,白天黑夜都不灭,那是李月华为病人准备着的茶水炉子。远路来的病人,就在这个炉子上烤馍做饭。李月华对贫下中农是这样关心体贴,难怪人们说,李医生给俺看病,"药方没开俺的病就好三分!"

这一段描写,细致入微地体现了李月华对贫下中农的关爱,"家庭病室"反映了李月华可贵的为人民服务的精神品质。

荣获第七届中国新闻特别奖的通讯《北京有个李素丽》(《工人日报》1996年10月4日)选择了雨天李素丽在车门口为乘客打伞的典型事例来表现她真诚为人民服务的思想：

雨点如断线的珠子砸在雨伞上，她的脸上、胳膊上都溅上了雨水，她招呼乘客们上车。

拥挤的人群变得有序了，他们一个个在雨伞下跺脚，脱下雨衣，折好雨伞，抖去雨水，依次上车……

选用典型材料最关键的是要会选择和运用细节，俗话说，"故事好找，细节难求"，细节是故事情节的"细胞"，能为"血肉"注入活力，能凸显人物生动逼真的形象，因此精彩的细节不仅能加强通讯的思想性和艺术性，也能因其动人魅力而令人始终难忘。

2. 真实准确地刻画人物个性特点

人物通讯要避免把新闻人物刻画成"高、大、全"的人。"文化大革命"时期的人物通讯报道大部分都是按照这个模式"塑造"出来的"神"的形象，也就失去了真正的典型的意义。无论是先进、英雄还是伟人，他们都是要食人间烟火的，有一般人的喜怒哀乐，因此我们在刻画人物个性特点时就必须真实准确。

1）凸显人情味

以往写新闻人物，喜欢把常人写成全人、超人、圣人，如写先进人物坚守岗位、勤奋工作，动不动就写他身患恶疾不在乎，或者父母妻儿生病不回家亦不离岗，还是接着拼命工作。这种宣传其实会产生反作用，给读者留下不真实的印象，也与当前"以人为本"的科学发展观的时代主题相违背。试想一个对自己、对家人都不爱的人，他会有多少情感付出给别人呢？因此真实地表现新闻人物的真情实感，在亲情、友情等人情味上着墨，展示人性之美，不仅不会影响人物形象，反而会增添人物的个性魅力，让人觉得可亲可信可爱可敬，所谓"无情未必真豪杰，怜子如何不丈夫"。

新华社2004年6月2日发表的通讯报道《警察任长霞》中，用"如雷、如火、如水、如霞"四个片段来概括任长霞的性格特征，特别是在"如水"一节中，记者着重表现了任长霞在不同时间、不同场合为百姓、为罪犯的孩子、为自己的老父亲落泪的细节，生动展现了身为公安局长的任长霞执法如山之外的女性柔情，如此丰富完整的个性描画，真实可信。

此外，还要正确处理好先进人物的优缺点，"金无足赤，人无完人"，先进人物的缺点并不会影响他们在某个方面的成绩，也不会影响大众对他们的尊敬，反而会丰富人物形象，让人产生亲近感。

2）用行动刻画人物形象

行动是人物精神面貌、内心世界、个性特征的直接反映，所以用行动刻画人物是塑造人物形象的重要手段，也是人物通讯写作中的一种常见手法。

在大家非常熟悉的通讯《县委书记的榜样——焦裕禄》中，就有焦裕禄的许多行动描写，如在大雪天，他带人一天内走访了九个村子，访问了几十户生活困难的老贫农，又如严寒中，他带领县委干部到兰考火车站了解群众疾苦等等，这些都生动具体地表现了焦裕禄心系群众、与群众同甘共苦的崇高精神品质。

通讯《我党我军宗旨的模范实践者——李国安》(新华社1996年1月22日)，介绍的是北京军区给水工程团团长李国安的光荣事迹。其中人物的行动描写非常生动具体：

回到阔别4个月的团队，李国安恨不得把病榻上的时间都抢回来。每天，他让战士们架着,巡视一处处打井工地。"隆隆"的钻机声和一张张熟悉的面孔令他兴奋,但伤痛却时刻折磨着他。听汇报,手抖得连笔都夹不住,坐不了一会,头上就冒虚汗。上厕所,弯不下腰,只好在一张木椅上挖个大洞……因此,当他提出考察八千里边防水文情况时,几位团领导和技术人员不干了:团长,要去,我们去! 正在呼市讲学的程东源教授匆匆赶来:"你这样的病人,不在医院躺着就够危险的了,上边防,还要不要命了?!"

这是李国安因手术住院,时刻不忘找水计划,出院第二天回到边疆带着病痛接着工作的情景。这一系列的行动描写,把李国安不顾病痛、争分夺秒工作的形象勾画得淋漓尽致,也烘托出了人物的思想境界。

所以作品中的人物只有"行动起来",其形象才能"站立起来",才能丰满鲜活起来。

3) 用语言来写人物

"言为心声",成功的人物语言描写是人物形象性格化的直接表现,不仅能反映人物的内心思想感情和性格特征,还能为人物的行为举止提供依据,使人物形象跃然纸上、栩栩如生。在具体写作中,人物语言要做到恰如其分,恰到好处,贴切自然,首先要合乎所写人物的年龄、身份、职业、性格;其次要合乎人物特定的环境、特定的时期、特定的心情和特定的说话对象。因此在通讯写作中,写好人物语言至关重要,一般来说有三种方式:

(1) "由说话看出人来"。

不同个性特征的人物有不同的语言表达,要想人物形象鲜活,就必须抓住个性特征鲜明的语言,从中展示人物的内心活动和外在行动,唯其如此才能"由说话看出人来"。

获得第十七届中国新闻奖一等奖的通讯《闪耀在手术刀上的道德光芒》(上篇),讲述的是医德高尚、医术高超的好军医,北京军区总医院原外一科主任华益慰的感人事迹,我们来看看几处语言描写:

56年从医,华益慰常常见到一些贫困的外地患者,把一张张皱巴巴的人民币数了又数。他常说:"这些病人贫病交加,不是万般无奈不会到北京来住院求医。我们将心比心,为他们精打细算,不光是救患者的一条命,也是帮他们一家人!"

……

2005年8月3日,华益慰因患晚期胃癌,要进行第一次手术。

进手术室之前,一名与他朝夕相处的医生来送他。

华益慰拱手相托:"麻烦你,给我预约的一位病人道个歉,就说我自己要动手术,不能再给他做手术了,对不起……"

作为一名医生,华益慰比常人更明白自己病情的凶险。然而,在即将躺在手术台的时候,他想到的不是自己生命的安危,而是对患者的承诺!

通讯中华益慰医生的话语并不多,这两处话语也很简短,但是记者抓住了华医生说话的特定场景,从中我们看到了一位细心、负责、一切为病人着想的好医生的崇高形象。

在写作中,人物语言的运用还是以简洁、能体现人物性格特征为原则,因此记者要深入采访,熟悉人物,掌握人物的特点,这样才能真正做到"由说话看出人来"。

(2) 用别人的话来表现人物。

这其实也是一种侧面烘托的手法,它能较为客观地为读者勾勒出新闻人物的道德品质。《闪耀在手术刀上的道德光芒》(上篇)中就是用这种手法,为我们展现新时代白求恩式的好医生华益慰的精神品质：

> 舟桂芳的丈夫张秋海，给记者讲述了一个关于"红包"的故事：
>
> "我老伴9年前得了小肠癌，华主任给她做的手术。我打心眼里感谢他，就包了1000元钱送给他。华主任不要，我撂下红包就跑了。后来，华主任好几次找我退那个红包，我还是老办法，拔腿就跑。"
>
> "后来，我们搬家了。我寻思，这回华主任可找不到我了。万万想不到，今年6月18日，华主任的老伴张燕容找到我家，把一个存折交给我。打开存折一看，是存了9年的1000元钱。户主，是我的名字。"
>
> "张燕容说，当时你把钱撂下就走了。总也退不掉，老华就把这个钱以你的名义存起来。现在老华不行了，这个存折成了他的一个心病，他嘱咐我一定要找到你，亲手把存折交给你。"
>
> "当时，我就大哭起来，哭得惊天动地。我长这么大，从来没有这么哭过，我自己的爹妈去世了也没哭得这么伤心……"
>
> ……
>
> 章晓莉说："这些年，华主任委托我退的红包有多少？我数也数不清。华主任退红包绝对真诚，不是作秀。"

通过这些别人的话，华益慰医生耿直、清廉、细心的品质得到了淋漓尽致地展现，使人读后如见其人。这就需要记者在采访的过程中，除了对所写的中心人物很熟悉之外，还需要对外围进行深入而广泛的采访，以获取更多具有表现力的材料。

（3）用特定情境中的对话来表现人物。

在人物通讯中，人物的语言有时是以对话的形式出现的。人物对话不仅能清楚地表达人物的思想，还能真实准确地反映特定情境下人物之间的关系。

在通讯《领导干部的楷模——孔繁森》中，写到孔繁森第二次进藏前，与老母亲的一段对话：

> 要走了，孔繁森默默地站在母亲面前，用手轻轻梳理着母亲那稀疏的白发，然后贴在老人的耳朵旁，声音颤抖地说："娘，儿又要出远门了，到很远很远的地方去，要翻好几座山，过好多条河。"
>
> "不去不行吗？"年迈的母亲抚摸着他的头舍不得地问。
>
> "不行啊，娘，咱是党的人。"孔繁森的声音哽咽了。
>
> "那就去吧，公家的事误了不行。多带些衣服、干粮，路上可别喝冷水……"
>
> 想到也许这是同年迈多病的老母亲的最后一面，孔繁森再也抑制不住内心的感情，"扑通"跪在母亲的面前："自古忠孝不能两全，娘，您要多保重！"说完，流着眼泪给母亲深深磕了一个头。

孔繁森要进藏，路途几千里啊，一边是工作，一边是年迈的老母亲，一旦远行，多少不舍，所以他才会声音颤抖，强忍着内心的悲伤，故作平静地告诉母亲这个消息；而老人家的几句简短的话也包含着"儿行千里母担忧"的深挚情感和开明大义的崇高情怀。母子之间的真情实意在这段语句不多的话中显得朴实无华、亲切真挚，十分感人。

要写好特定情境下的人物对话，绝非易事，必须下一番功夫才能做到"话到人到"，情真意切,富于表现力。

人物语言的表现力虽然有无法替代的作用,但不能滥用,既要符合人物身份,不能胡编乱造,还得简洁,不能有话必录。

(4) 通过肖像描写来刻画人物的形象。

在通讯写作中,肖像描写以最直接的方式,用简练的笔墨,把人物的容貌、姿态、神情、服饰等恰到好处地呈现出来,以此突出人物的个性。不过,人物通讯中肖像描写可以灵活使用,可以细致描绘,也可以简笔勾勒,甚至不需要肖像描写。肖像描写不是人物通讯中必不可少的部分。

(5) 用内心矛盾来刻画人物。

通讯作品中的人物也是来自生活中的,他们也会遇到一些难以抉择的事情,也会有动摇的时刻。抓住这些内心的思想斗争来表现人物,使人物形象富有立体感,有助于增强人物形象的可信度和说服力。《领导干部的楷模——孔繁森》中孔繁森想到要与年迈的老母亲告别去西藏时,内心是十分不舍,但又不得不舍,这种复杂的心态的描摹反而衬托出孔繁森对工作的热忱、对母亲的不舍,是一个重情重义的人,人物形象显得立体生动。

20世纪80年代青年人的楷模张海迪的成长事迹感动了全国人民,但是她的成长之路充满了困难和荆棘。为此,张海迪曾一度想用自杀来解脱自己和家人。按照当时的宣传惯例,这件事会"影响"先进人物的形象的,而1983年《中国青年报》上发表的《生命的支柱》中却并不回避,做了较为恰当的描述,更显示出张海迪成长的不易,也使得人物形象更加丰满、生动、可感,产生了非常好的效果。很多读者看到这个片段的时候都很感动,也很佩服张海迪的毅力。

用人物的心理矛盾和变化来表现人物也更能突出人物的个性特征,使人物的外在活动有思想感情的根由,能够避免出现"千人一面"的现象。

3. 借环境描写来衬托人物

不论是社会环境描写还是自然环境描写,都能为人物提供一个特定的典型环境,它可以映衬、烘托人物,更加充分地表现人物的精神风貌和个性特征。

4. 恰到好处的议论

一般来说,人物通讯以叙述、描写为主,也可以恰到好处地使用议论,能使记者的感情充分流露,与读者形成情感共鸣。但是切忌空泛的议论。

5. 切忌"褒一贬百"

在处理人物与领导、与群众的关系时,不宜用"水落石出"的方法,压低一片,抬高一个,不能故意把群众写得特别落后、矮小,以突出所写人物的先进、高大,这样并不能真正说明问题,而应用"水涨船高"的方法,处理好"一"与"百"的关系。

二、个案评析 1

◎ 原文

索玛花儿为什么这样红

眼前这位苗族汉子矮小、苍老,40岁的人看过去有50开外,与人说话时,憨厚的眼神会变得游离而紧张，一副无助的样子，只是当他与那匹驮着邮包的枣红马交流时，便透出一种会心的安宁。

整整一天，我们一直跟着他在大山中被骡马踩出的一趟脚窝窝里艰难地走着，险峻处，错过一个马蹄之外就是万丈悬崖。

傍晚，就地宿营，在原始森林的一面山坡上，大家燃起篝火，扯成圈儿跳起了舞。他有些羞涩地被拉进了跳舞的人群，一曲未了，竟跳得如醉如痴。"我太高兴了！我太高兴了！"他嘴里不停地说着。"今晚真像做梦，20年里，我在这条路上从没有见过这么多的人！如果天天有这么多人，我愿走到老死，我愿……"忽然，他用手捂住脸，哭了，泪水从黝黑的手指间淌落下来……

这就是那个一个人、一匹马、一条路，在大山里默默行走了20年的人吗？

这就是那个20年中行程26万公里——相当于21趟二万五千里长征、绕地球赤道6圈的人吗？

这就是那个为了一个简单而又崇高的使命，在大山深谷之中穷尽青春年华的人吗？

我流泪了。

在这个高原的夜晚，我永远地记住了他——四川省凉山州木里藏族自治县马班邮路乡邮员王顺友。苗族名字：咪桑。

如果说马班邮路是中国邮政史上的"绝唱"，他就是为这首"绝唱"而生的使者

王顺友的话不多，却见心见肝。他说，他常常觉得自己这一辈子就是为了走邮路才来到人世上的。

马班邮路在正式文字中被定义为"用马驮着邮件按班投送的邮路"。在21世纪的中国邮政史上，这种原始古老的通邮方式堪称"绝唱"，而在木里人的眼里，这却是他们唯一的选择。

木里藏族自治县位于四川省西南部，紧接青藏高原。这里群山环抱，地广人稀，平均每平方公里的地面上只有9个半人。全县29个乡镇有28个乡镇不通公路，不通电话，以马驮人送为手段的邮路是当地乡政府和百姓与外界保持联系的唯一途径。全县除县城外，15条邮路全部是马班邮路，而且绝大部分在海拔4000米以上的高山。

王顺友至今记得，他8岁那年冬天的一个夜晚，做乡邮员的父亲牵着马尾巴撞开家门，倒在地上。"雪烧伤了我的眼睛。"母亲找来草药煮沸后给父亲熏眼。第二天清早，父亲说，看到光亮了。他把邮件包往马背上捆。母亲抱着他的腿哭。父亲骂他："你懂什么！县里的文件不按时送到乡上，全乡的工作就要受影响。"

11年后，父亲老了，他把邮包和马缰绳交到了19岁的儿子手上，那一刻，王顺友觉得自己长大了。他开始沿着父亲走过的邮路起程，负责木里县至白碉乡、三桷垭乡、倮波乡、卡拉乡的马班乡邮投递，邮路往返584公里。

年轻的乡邮员第一次感受到了马班邮路的遥远和艰辛。他每走一个班要14天，一个月要走两班，一年365天，他有330天走在邮路上。他先要翻越海拔5000米、一年中有6个月冰雪覆盖的察尔瓦山，接着又要走进海拔1000米、气温高达40摄氏度的雅砻江河谷，中途还要穿越大大小小的原始森林和山峰沟梁。他这样描述自己的生活：冬天一身雪，夏天一身泥，饿了吞几口糌粑面，渴了喝几口山泉水或啃几口冰块，晚上蜷缩在山洞里、大树下或草丛中与马相伴而眠，如果赶上下雨，就得裹着雨衣在雨水中躺一夜。另外，他还要随时准备迎接各种突来的自然灾害。

有一次,他走到一个叫白杨坪的地方,下起了暴雨,路被冲毁了,马一脚踩滑跌向悬崖间,他想伸手去拉,也掉了下去,幸亏双双被一棵大树挡住。他摔得头破血流,眼睛和半边脸肿得没了形。当时他真想大哭一场,盼望着有个人来帮一下多好啊!可是除了马、邮件,什么都没有。

这些艰辛在王顺友看来还不是最苦的,最苦的是心头的孤独。邮路上,有时几天都看不到一个人影,特别是到了晚上,大山里静得可怕,伸手不见五指,他能感觉到的只有风声、水声和不时的狼嚎声。家中操劳的妻子、年迈的父母、幼小的儿女……此刻就会像走马灯一样在他的脑子里转,泪水落下一行,又落下一行。于是他便喝酒,让自己的神经因麻木而昏睡过去,因为明天还要赶路。

如果仅仅是为了一个饭碗,王顺友在这条马班邮路上或许早就坚持不住了。让他最终坚持下来的,是这条邮路传达给他的一种神圣。

"每次我把报纸和邮件交给乡亲们,他们那种高兴劲就像过年。他们经常热情地留我住宿,留我吃饭,把我当成共产党的大干部。这时,我心里真有一种特别幸福的感觉,觉得自己是一个少不得的人!"这是王顺友最初感受到的乡邮员工作的价值。

白碉乡乡长王德荣曾对他说过这样的话:"你的工作虽然不是惊天动地,但白碉乡离不开你。因为你是我们乡唯一对外的联络员,是党和政府的代表。藏民们有一个月看不见你来,他们就会说:'党和政府不管我们了。'你来了,他们就觉得党和政府一直在关心着他们!"这话让王顺友心里滚烫。

一次,顺友把邮件送到倮波乡政府,就在他牵着马掉头的时候,看见乡干部正翻阅着报纸说"西部大开发太好了,这下子木里的发展要加快了!"一时间,王顺友高兴得像是喝了蜜,因为乡干部看的报纸是他送来的,这薄薄的一张报纸竟有这么重的分量?!他越来越觉得乡邮员工作了不起。

于是,王顺友在马班邮路上一年一年地走下来,至今已经走了20年,而且还在继续走着。邮路上的每一天,他都是穿着那身绿色的邮政制服,他说:"山里乡亲们盼望我,其实是盼望穿这身制服的人。"邮路上每一天,他都像保护命根子一样保护着邮件,白天邮包不离身,晚上邮包当枕头,下雨下雪,他宁肯自己淋个透,也要把邮包裹得严严实实。邮路上的每一天,他都会唱起自编的山歌,雅砻江的苗族人本来就爱唱歌,他说:"山歌是我的伴,也是我的心。"

翻一坡来又一坡,
山又高来路又陡,
不是人民需要我,
哪个喜欢天天走。
太阳出来照山坡,
照亮山坡白石头,
要学石头千年在,
不学半路草鞋丢。

这是王顺友无数山歌中的一首,邮路成为他心中一道神圣的使命。既然他深爱着自己大山连大山的故乡,既然他牵挂着山里的乡亲们,既然他崇敬着像太阳一般照耀着大山的共产党和人民政府,既然他生在中国邮政史上马班邮路的"绝唱"之年,那就上路吧!一个心怀使命的人,才是一个有价值的人。

如果说马班邮路是一种"心"的冶炼,他在这冶炼中锻铸了最壮美的词句——"忠诚"

王顺友爱看电影,特别爱看关于英雄的电影,他说,这是父亲给他的遗传。父亲年轻时参加过"剿匪",打仗不怕死,常教导儿子不要向任何敌人投降。当王顺友第一次在电影《英雄儿女》中看到那个高喊"向我开炮"的王成时,便敬佩上了他。"王成和我一个姓,他不怕死,为了党,命都敢丢。现在没有打仗的机会了,把信送好就是为党做事。"

1988年7月的一天,王顺友往倮波乡送邮件,来到雅砻江边,当时江面上还没有桥,只有一条溜索。他像往常一样先把马寄养在江边一户人家,然后自己背上邮包,把绳索捆在腰上,搭上滑钩,向雅砻江对面滑去。快滑到对岸时,突然他身上挂在索道上的绳子断裂了,他大叫一声,从两米多高的空中狠狠地摔下去,万幸,落在了沙滩上,但邮包却被甩进江里,顺水漂去。王顺友疯了一般,不识水性的他抓起一根树枝就跳进了齐腰身的江水中,拼命地打捞邮包,等他手忙脚乱地把邮包拖上岸后,人一下子瘫倒了。岸上有人看到这惊险的一幕,连说他傻,为了一个邮包,命都不要了。他说:"邮包比我的命金贵,因为那里面装的都是政府和乡亲的事!"

2000年7月一天的傍晚,他翻越察尔瓦山时,突然从树丛中跳出两个劫匪,号叫着命令他把钱和东西都交出来。他本能地向前跨出一步,用身体护住了驮在马背上的邮包,大声喝道:"我是乡邮员,是为党和政府服务的,是为乡亲们送信的。要钱没有,要命有一条!"说着,他抽出随身携带的柴刀,死死地盯着劫匪。两个劫匪一时竟被这个一身正气的乡邮员吓呆了。趁他们出神的空当,王顺友疾步上马,冲了过去。事后有人送他一个绰号"王大胆",他说:"其实我心里也怕得很,是这身邮政制服给我壮了胆。"

这身邮政制服给予王顺友的何止是胆?它给了他一个马班邮路乡邮员的最高品质——忠诚。这也是他作为一个共产党员对党的事业的忠诚。忠诚洒满了他邮路上的每一步。

1995年的一个秋天,王顺友牵着马走过雅砻江上刚刚修建起的吊桥,来到了一个叫"九十九道拐"的地方。这条由马帮踩出的羊肠小道陡峭地盘旋在悬崖峭壁之间,走在这条路上,马的粪便可以直接落在后面的马和人身上,跟在后面的人只能看到前面马的尾巴,路的下面便是波涛汹涌的江水,稍有不慎,就会连人带马摔下悬崖,掉入江中。

王顺友小心翼翼地跟在驮着邮件的马后边,一步一步地向前迈,眼看就要走出"九十九道拐"了。突然,一只山鸡飞出来,吓得马一个劲地乱踢乱跳,他急忙上前想拉住缰绳,谁知刚一接近,受惊的马抬起后脚便朝他蹬来,正蹬中他的肚子,一阵剧疼之后他倒在了地上,头上的汗水大颗大颗地往下落。

过了很久,受惊的马终于安静下来,它回头看着主人痛苦的样子,眼神变得悲哀而凄婉,用嘴一下一下不停地噌着王顺友的脸。王顺友流泪了,他抬起手向马做了一个手势,告诉它不要难过,他不怪它。他忍着疼痛慢慢地站起来,牵上自己的伴,继续上路了。一路上疼痛不断加剧,他走走停停,停停走走,实在挺不住了,就倒在地上躺一会儿,就这样,坚持把这班邮件全部送完。

9天以后,他回到木里县城,肚子已经疼得受不了。邻居用拖拉机把他拉到了医院,医生检查后大吃一惊:大肠已被踢破,由于耽搁时间太久,发生严重的肠粘连,肚子里到处都是大便和脓血。医生说,再晚些时间,命就没了。经医院全力抢救,王顺友总算保住了一条命,但他的大肠从此短了一截,留下终身残疾,肚子经常作痛。

我直截了当地问王顺友,有没有想过不干这份工作了,哪怕去打工。他认真地告诉我:"不可能。乡亲们需要我,他们等着我带给他们亲人的消息,乡政府盼着我带给他们党的声音。我做这个工作是给党和人民做事,有人喜欢我;如果我打工,只是个人挣钱,没人喜欢我。我只有为党和人民做事,心里才舒坦、好过。"

这个苗族汉子的话,句句都是从心窝里淌出来的。正是凭着这样一颗心,20年来,他没有误过一次邮班,没有丢失过一封邮件和一份报刊,投递准确率达到百分之百。

"山若有情山亦老"。如果王顺友走过的邮路可以动情,那么,这里的每一座山,每一道岭,每一棵树,每一块石头,都将洒下如诗如歌的泪水,以敬仰这位人民的乡邮员,用20年虽九死而不悔的赤心,锻铸了一个共产党员对党和人民事业的最高贵的品质——"忠诚"。

如果说马班邮路是一条连接党和人民的纽带,他就是高原上托起这纽带的脊梁

跟着王顺友一路跋涉,终于来到了他送邮路上的第一个大站白碉乡。路边等候着一群乡亲,见到他,都围了上来。有人给他递茶,有人往他口袋里塞鸡蛋,还有一个乡亲竟然抱来一只活生生的老母鸡捆到了他的马背上。王顺友像个远道回家的大孩子一样,高兴得牙龈都笑得露了出来。晚上,坐在一户乡亲家的小院里喝酥油茶,他对我讲:"每次走到乡上都是这样,乡亲们需要我,我也离不开他们。"

山里人交朋友是以心换心。他们对这位乡邮员的情意,让我更深切地触摸到了王顺友的一颗心。

1988年8月,木里县遭受百年罕见的暴雨和泥石流袭击,通往白碉乡的所有大路、小路全被冲毁,这个乡几乎成了一个与外界隔绝的孤岛。按规定,这种情况王顺友可以不跑这趟邮班。但是,当他在邮件中发现了两封大学录取通知书时,便坐不住了。他清楚地知道对于山里的孩子来说,这两份通知书意味着什么。"我决不能耽搁娃儿们的前程!"他上路了。

王顺友是怎样拽着马尾巴连滚带爬地走到白雕乡,他已经记不清了。但是当年接到通知书的布依族女孩海旭燕和藏族女孩益争拉初的家人至今都清楚地记得,当他们在连日的绝望中打开家门,看到一身水、一身泥、腿上流着血的王顺友,从怀里掏出那封用塑料袋裹得严严实实、滴水未沾的大学录取通知书时,全家都哭了。现在,这两个女孩都已经大学毕业,参加了工作。益争拉初的父亲王八金红着眼圈说:"咪桑是一个最忠诚的人,是我们这里离不开的人!"

王顺友的确是大山里离不开的人。因为他的付出,乡亲们更多地感受到了大山外面世界的温暖。

邮路上的深山里零零星星地散居着一户户人家,他们附近没有集镇,更没有邮局,王顺友就成了这条路上的"流动邮局"。20年中,他代收、代发信件和包裹不计其数。他走邮路的时候,总有一些乡亲拿着信件和包裹早早在路边守候着,请他代寄到外地。很多山里的人不知道邮寄信件和包裹是需要邮资的,每次王顺友都是一声不响地收下,回到县城后,再自己掏钱贴上邮票或付上邮费,把它们寄出去。

山里的居民,生活大都十分贫困,他们与外界的联系常常仅仅是买些盐巴、茶叶,而就这点东西也得在大山里往返三四天才能买到。看到这些情景,王顺友心里很难过,便在每次跑邮路时,装上几包盐巴、茶叶和药,山里人谁需要了,他就递上一包。看到他们接过包包时脸上绽放出的笑容,心头便有一种很幸福的感觉。

王顺友的路上要经过鸡毛店村和磨子沟村两个彝族聚居区。这里的乡亲们祖祖辈辈只种土豆、包谷和荞麦，不懂种蔬菜，他们的饭碗里常年看不到绿颜色。王顺友从县城里买了白菜、青菜、萝卜、莲花白等各种菜种子，送给两户人家，手把手地教他们怎么种，怎么管理。当这两户人家的菜园子里长出绿油油的蔬菜后，邻居们都来学了，王顺友又买了种子送给他们。现在，这两个村的家家户户都有了自己的菜园子。

好事做多了，乡亲们都说王顺友是雷锋。他说："我比不上雷锋，但我要学雷锋。"

按照规定，乡邮员只要把信件送到每个乡的乡政府就算圆满完成任务。但王顺友总是坚持把信件直接送到农户。他说："乡里的干部忙，没时间送信，让乡亲们跑老远的路到乡上来取信，我不忍心。我多走几步，大家都方便了。"

有一年冬天，雪下得很大，王顺友从木里走到白碉乡已经是第三天了，他的手上有一封寄给白碉乡呷咪坪村陶老五家的信，猜想可能是陶家十多年没有音信的女儿写来的，便巴不得让他们立刻看到。于是，他放下乡里的报纸，水没喝一口，又上路了，在雪地里走了10多公里，把信交到了陶老五的手上。信果然是陶家女儿写来的，说她已经在外面结婚生子，还附了一张孩子的照片。陶家人喜极而泣，王顺友也高兴地流泪了。

1997年，从木里县城到白碉乡的公路全线贯通，乘车只需要4个小时就可以到达。按照规定的投递点，王顺友可以改道走公路直达白碉，既安全又省力。可他依然牵着马，翻山越岭步行两天到白碉。有人想不明白，说他傻。他却说："不是我傻。如果改道，我是方便省力气了，可雪山下那些托我带信、带包裹的乡亲们就不方便了。所以，我还要继续走这条路！"

2004年秋天，国家组织的为老少边穷地区白内障患者免费实施复明手术的"健康快车"驶进木里。木里县残联的同志把通知书交到王顺友的手上，希望在"健康快车"离开木里之前能把它送到俫波乡，因为那里有因白内障而失明的老人。当时王顺友正患胃痛，可他什么也没说，牵着马上路了。他几乎是一路急行军，没有吃过一顿安稳饭，没有睡过一个安稳觉，只要两条腿能动，他就不停歇地走。结果，7天的路，竟用4天赶到了。这时，他已经被病痛和过度的劳累折磨得不成样子，两手捂着胃，脸白得像纸，虚汗不停地往下淌，连说话的力气都没有了。他被送进了乡医院。

当天晚上，"健康快车"的消息传遍了俫波乡每一户人家，王顺友为送通知生病的消息也随之传开了。第二天一大早，乡亲们涌到了医院，一位双目失明的藏族老阿爸，拿着家里仅有的几个鸡蛋，让人搀扶着来到王顺友的病床前，拉着他的手，不停地抹泪，嘴里反复地念叨着："我的儿子！我的儿子！"

一颗金子的心，换来的是金子的情。马班邮路沿途的乡亲们都把王顺友当成自家的亲人，每当他要来的日子，许多人家就会等在路边，拉他到家里喝茶吃饭，走时，他的口袋里会塞满鸡蛋、核桃、水果等各种好吃的东西。

2003年冬天，王顺友送邮途中胃病犯了，躺倒在俫波乡一户叫邱拉坡的人家。他歇了半天，坚持要继续上路。邱拉坡劝阻无效，又放心不下，于是就把手头上的活交代给家人，陪着生病的王顺友一起上了路，走了整整6天，直到把邮件送完，又把王顺友送回木里家中。

王顺友是幸福的，他的幸福来自于他的工作。尽管他长年一个人默默地行走，但是他的胸膛间却激荡着大山内外的心声；尽管他身躯矮小，但是他却在党和人民之间托起了一条血脉相连的纽带；尽管他朴实如石，但是他又挺立如山。他就像高原上的一道脊梁，用无声的力量实践了自己心中一个朴素的信念：为党和政府做事了不起，为人民做事了不起！

如果说马班邮路是一个人的长征，这条长征路上凝结着他全家人崇高的奉献

一提到家，王顺友总是说："我有三个家，一个在山上，一个在路上，一个在江边。"

江边的家是他住在雅砻江边白碉乡老家的父母的家。这个家厚载着对他的养育之恩，他本当在父母的膝前尽忠尽孝，然而，老父亲在把马缰绳交给他的那一天告诉他："你只有为政府和乡亲们把这件事做好了，做到底，才是我的好儿子！"一句话，交给了他如山的使命，也让他永远地负了一份做儿子的心债：是他的弟弟们在替他这个长子孝敬着老人，最疼他的老母亲活着没得到他一天的照料，临病逝前，喊着他的名字，见不到他的身影。那一刻，他正在邮路上翻越雪山。从此，顶着蓝天的雪山，成为他心中永远的痛！

山上的家是他和妻子儿女在木里城外一个叫绿音塘的山腰间建起的清贫小窝。他和妻子韩萨结婚那年，也正是他从父亲的手里接过马缰绳的那年。他们结婚20年，他在邮路上跑了20年，20年算下来在家的日子不到两年。三亩地，三头牛，十几只羊，四间土坯房，一双儿女——这个家全部是由妻子一个人苦苦撑起来的。韩萨说她自己是"进门门里没人，出门门外没人"，想得太苦了就拿出丈夫的照片看看。由于操劳过度，她的身体很坏，长年生病。而这样的时刻，王顺友总是在路上。

有一次，韩萨病了，因为没有钱，去不了医院。当时儿子在学校，女儿去了亲戚家，她只好一个人躺在家里苦熬着。不知道熬了几天几夜，当王顺友从邮路上回来时，她已经说不出话来，望着丈夫，只有眼泪一股股地往下流。王顺友向单位的工会借了1000元钱，把妻子送进了医院，服侍了她3天。3天后，妻子出院，他又要上路了。握着韩萨的手，他心头流泪，轻轻说："人家还等我送信呢！"善良的女人点点头。

这样的记忆，又何止一次两次。那一次，是邻居发现了几天不吃不喝、已经病得奄奄一息的韩萨，撒腿跑了两个多小时，赶到县邮政局报信，才保住了她一条命。而那时，王顺友离家还有3天的路程。

有人曾问韩萨，想不想让王顺友继续跑邮路？她的眼泪一下子出来了。"只要他天天在家，哪怕什么活也不干，我也高兴。可他送信送了20年，你要让他不送，他会受不了的。邮路是他的命，家是他的心哪！"

韩萨真的是最懂得王顺友的女人，这个家的确是他放不下的心。他有一本发了黄的皱巴巴的学生作业本，每一页上面都记满了他在邮路上唱的山歌，其中很大一部分是相思相盼的情歌。他说："那是唱给韩萨的。"说这话时，他眼里有泪。

高山起云遮住山，
马尾缠住钓鱼竿，
藤儿缠住青岗树，
哥心缠住你心肝。
獐子下山山重山，
岩间烧火不见烟，
三天不见你的面，
当得不见几十天。

优美哀婉的歌词里，蕴满了多少离别之苦。

幸福因为稀少而珍贵。王顺友对家人的每一点细微处，都流淌着这个情重意重的苗族

第九章 人物通讯

汉子的挚爱。邮路上乡亲们塞给他的好吃的东西,哪怕是一个果子、一颗糖,他从来舍不得吃一口,总是带回家,让妻子儿女品尝;每一趟出门,他总是把家里的事一件件安排好,把妻子要吃的药一片一片地数好,包好,千叮咛,万嘱咐。他对记者说:"每次邮路上回来,当老远能看见半山腰的家时,心里就开始慌得不得了啦,巴不得一纵身就跳到家里,剩下的两个小时的路,几乎是一路小跑……"

扁担挑水两头搁,顾得了一头,顾不了另一头。王顺友对家人的愧疚或许是他一辈子都无法释怀的。他说:"马班邮路总得有人去走,就像当年为了革命胜利总得有人去牺牲。为了能传达党和政府的声音,为了能让更多的乡亲们高兴,我这个小家舍了!"小家舍了,路上的家却让他付出了几乎生命的全部。在这个家,马是他的最爱。他说:"这么多年,跟我度过最苦、最难、最多的日子都是马,我跟我妻子儿女在一起的日子还没有跟马在一起的多,我心里所有的话都跟马说过!"

20年里,王顺友先后有过30多匹马,他能说得出每一匹马的脾气性格,还都给它们起了好听的名字。其中有一匹叫青龙的马,一身雪白,跟上他的时候只有5岁,一直伴他走了13年。这匹特别有灵气的马,能记得王顺友在邮路上每一处习惯休息的地方,每当天色渐晚,看到主人因疲倦而放慢了脚步时,它就会用嘴咬咬他的肩头,意思是说快点走。然后,便会独自快步向前走去,等王顺友赶到休息的地方时,它早已安静地等候在那里了。

让王顺友最为刻骨铭心的是,这匹马救过他的命。

2005年1月6日,王顺友在倮波乡送完邮件后往回返,当他牵着马走到雅砻江边直奔吊桥时,不知怎的,青龙四个蹄子蹬地不肯走了。仅差十几米远,王顺友看到一队马帮上了吊桥,他想同他们搭个伴,便大声喊:"等一等……"可他的青龙一步不动。正当他急得又拉又扯时,一个景象让他惊呆了:吊桥一侧手臂粗的钢缆突然断裂,桥身瞬间翻成九十度,走在桥上的3个人、6匹马全部掉到江中,转眼间就被打着漩涡的江水吞没了。半天,他才回过神来,抱住他的青龙哭了。

这匹马现在已经18岁,他把它寄养在了一个农户家,隔上一些日子就会去看看。他说,平原上的马一般寿命30年,而天天走山路的马只能活20年。像青龙这样的好马,他还有过几匹,但有的老了;有的伤了,也有的已经死了。县上和省里的电视台拍了不少他和马在邮路上的片子,他从来不看。因为一看到他的那些马,心头就会流泪。20年里,他给了马太多的爱。

在他每个月拿到手的800多元工资中,光买马料就要贴上200元。尽管单位每月发的70元马料费够吃草,可他还要给马吃很多苞谷。他常说,马只有吃得好,身上才有力气,走路才走得凶。

邮路上,即使走得再苦,他从来舍不得骑马,甚至当看到马太累时,他会把邮包从马背上卸下来,扛在自己身上。

马给了王顺友太多的安慰。

他最愿看的电视节目是赛马;他最愿去的地方是马市;他最感激的人是北京密云邮政局职工哈东梅和凉山州委书记吴靖平,还有几位他叫不出名字的捐赠者,他现在的两匹马就是他们送的。记得他第一次接过吴书记送的那匹马时,来不及说一句感谢的话,一把拉过马头,双手扳开马嘴看牙口,连声道:"好马!好马!"说完就流泪了。因为他没有想到,20年,他只是干了自己应该干的事,却得到了这样贴心的鼓励。他说:"只要能走得动,我就一直走去!"

真的无法想象没有马的日子王顺友该怎么过。前不久,他作为全国劳模去北京开会的那几天,每天晚上躺在宾馆松软的床上,就是睡不好。他说,和马在一起睡惯了,有马在,心头就安稳,没马在,心头空落落的,即使眯一会儿,又梦见自己牵着马走邮路。

三个家,三重情,三份爱。王顺友因它们而流泪,也因它们而歌唱;因它们而痛苦,也因它们而幸福。有人问,这三个家哪个最重要?他说:"哪个都放不下。"放不下,是因为连得紧。三个家,家家都连着同一颗心,一颗为了马班邮路而燃烧的心!

如果说马班邮路是高原上的彩虹,他就是绘织成这彩虹的索玛

王顺友牵着马一步一步专注地走着,从后面望过去,他的背驼得很厉害。

在一般的工作岗位上,40岁正是一个黄金年龄,但对马班邮路上的乡邮员来说,40岁已经老了。和其他的乡邮员一样,王顺友患有风湿、头痛、胃痛等各种病症,另外,他还患有癫痫病,现在每天要靠吃药控制病情。

这位在木里的马班邮路上走得年头最长的人,还能走多远呢?

他说:"走到走不动为止。"

记者问:"如果让你重新做一次选择,还会走马班邮路吗?"

"那不会变。"

"为什么?"

"马班邮路把我这一辈子的心打开了,为党和政府做事,为乡亲们做事,让我活得舒坦,敞亮!也让我觉得,自己在这个大山里是个少不得的人呢!"

"在一般人看来,一个牵着马送信的人能有多重要?"

"我们木里山太大、太穷,没有邮路,乡亲们就会觉得心头孤独了。现在我们有十几条马班邮路,十几个乡邮员,每个人跑一条路,不起眼,可所有这些路加起来,就把乡亲们和山外面的世界连在一起了,就把党与政府和木里连在一起了!"

记者的心被一种热辣辣的东西涨得满满的。

5月的凉山,漫山遍野盛开着一片一片火红的花儿,如彩虹洒落在高原,恣意烂漫。同行的一位藏族朋友告诉记者,这种花儿叫索玛,它只生长在海拔3800米以上的高原,矮小,根深,生命力极强,即使到了冬天,花儿没了,它紫红的枝干在太阳的照耀下,依然会像炭火一样通红。

噢,索玛花儿……

(新华社2005年6月2日 张严平 田刚)

◎ **点评文章**

花儿为什么这样红

《索玛花儿为什么这样红》在第十六届中国新闻奖评选的时候以高票获得通讯一等奖,除了文章本身写得真切感人外,评选专家们普遍认为,它的成功首先在于采访的成功,这是很中肯的。

在一般人眼里,邮递员的工作单调且重复,没有什么惊天动地的举动,即使是20多年辛劳在凉山邮路上的王顺友也不过比其他邮递员多走了一些路而已。如果我们一开始就带着

第九章 人物通讯

这样先入为主的意识来认识王顺友和他的工作的话,那么一切都会很平淡。于是新华社记者张严平、田刚决定采用"贴身"采访的方式来全面而深刻地了解马班邮路上的一切,带着读者开始一段追问人生价值的旅程。

20多年来王顺友每年有330天在路上走,每趟邮路要走14天,每月两趟,要翻越海拔5000米的大山,要穿过原始森林,冬天一身雪,夏天一身泥,20年来他在这条邮路上来回了26万公里,一直都是一个人。所以记者的同行让王顺友这趟邮路很是热闹,又是唱歌又是跳舞又是喝酒,可是"突然,他用手捂住脸,哭了","'今晚真像做梦,20年里,我在这条路上从没有见过这么多的人!如果天天有这么多人,我愿走到老死,我愿……'"。文章从这个细节开始,敲开了王顺友内心隐藏的"脆弱"和"孤独",这个角度很独特,让读者一开始就触摸到了王顺友细腻的内心世界,感受到一位普通人的心跳,拉近了读者与人物的距离。紧接着,读者的疑问也来了,这么艰辛孤独,为什么不换一个工作呢?不仅仅因为"木里藏族自治县位于四川省西南部,紧接青藏高原。这里群山环抱,地广人稀,平均每平方公里的地面上只有9个半人。全县29个乡镇有28个乡镇不通公路,不通电话,以马驮人送为手段的邮路是当地乡政府和百姓与外界保持联系的唯一途径。全县除县城外,15条邮路全部是马班邮路,而且绝大部分在海拔4000米以上的高山",更因为在工作中,王顺友感觉到了一种神圣。因为他每个月定期递送邮件,藏民从他身上感受到了党和政府的温暖;因为他,木里人与大山之外有了交流;因为他,倮波乡的白内障患者可以得到免费治疗;因为他,藏民吃上了蔬菜;因为他,考上大学的女孩及时拿到了入学通知书……一桩桩、一件件,让王顺友感受到了乡邮递员的工作价值:"每次我把报纸和邮件交给乡亲们,他们那种高兴劲就像过年。他们经常热情地留我住宿,留我吃饭,把我当成共产党的大干部。这时,我心里真有一种特别幸福的感觉,觉得自己是一个少不得的人!"

正是这种朴素的认识,让王顺友渐渐成为这条寂寞的马班邮路上忠诚的"联系纽带"。为了打捞邮包,不识水性的王顺友跳进了齐腰身的江水中;为了方便藏民寄送邮件,他宁愿放弃平坦的公路而走崎岖的山道;为了保护邮件,他能挺身面对劫匪。这一连串的行动,既印证了他的忠诚,也换来了藏民金子般的情感。在这种情感中,他真切地感受到了前所未有的幸福,他认真地告诉记者:"乡亲们需要我,他们等着我带给他们亲人的消息,乡政府盼着我带给他们党的声音。我做这个工作是给党和人民做事,有人喜欢我;如果我打工,只是个人挣钱,没人喜欢我。我只有为党和人民做事,心里才舒坦,好过。"

而后,记者在结尾处的总结,升华了文章的主题,也清楚地回答了文章的标题:索玛花儿为什么这样红?因为王顺友倾注一生都是在"用无声的力量实践了自己心中一个朴素的信念:为党和政府做事了不起,为人民做事了不起",从而完成了引领读者追问人生价值的旅程。

整篇文章饱含深情,于无声处动人心,这便是记者贴身采访带来的成功。新闻工作者都知道这样一个道理:采访的广度决定写作的广度,采访的深度决定写作的深度,采访的感情决定写作的感情,采访的成功决定写作的成功。

正是贴身深入的采访,记者才能观察捕捉到许多生动的事实,才能在细微处真切感受到王顺友非一般人所能忍受的艰辛与孤寂,才能形成对王顺友清晰的认识和由衷的崇敬。我们国家的新闻宣传工作向来强调要"贴近实际,贴近生活,贴近群众",要关注民生、体察民情、反映民意、展示民心,而这些必须通过深入的采访才能实现。在"以人为本"的时代主题下,新闻工作者应恪守这一科学发展观,秉持一颗敬业的心,树立爱岗敬业的精神,自觉地深入采访,才能反映处在大发展时期的祖国的新鲜的事物,奏响时代的强音,才能揭示出新闻事件所包容的政治意义,挖掘出新闻事件所具有的宣传价值,展示出新闻事件所蕴含的真情实感。

所以索玛花儿为什么这样红,不仅是因为王顺友真挚的朴素信念,还因为记者的深入采访,才让这朵开在凉山马班邮路上、暖在木里区藏民心头的索玛花儿,开遍了祖国大地。

本文的人物很少,事例多,然而记者精心谋篇布局,用"使者""忠诚""脊梁""奉献"四个词语串接,把每件单看起来似乎没有什么关联的事放在一起回味,显得那么不同寻常,显示了记者高超的驾驭材料的能力。例如在文章的第二部分,王顺友告诉记者,他很佩服很崇拜电影《英雄儿女》的主人公王成,记者敏感地抓住了这个细节,把它作为灌注王顺友"忠诚"的精神内涵,于是选取了"跳江捞邮包""保护邮件直面劫匪""受伤送邮件"三个充盈着执着和勇敢的事例来表现王顺友对工作的满腔忠诚,读来令人动容。

本文还有一个最大的特点就是很善于用事实说话。文章中记者尽可能地避免使用直露的、主观的评论词句,精心地组织材料,巧妙地将自己的情感和观点"藏"在事实之后。例如王顺友忍受病痛为藏民递送"健康快车"的讯息而病倒时,乡亲们都涌到医院去看他。"一位双目失明的藏族老阿爸,拿着家里仅有的几个鸡蛋,让人搀扶着来到王顺友的病床前,拉着他的手,不停地抹泪,嘴里反复地念叨着:'我的儿子!我的儿子!'"还有白碉乡乡长王德荣曾对他说过这样的话:"你的工作虽然不是惊天动地,但白碉乡离不开你。因为你是我们乡唯一对外的联络员,是党和政府的代表。藏民们有一个月看不见你来,他们就会说:'党和政府不管我们了。'你来了,他们就觉得党和政府一直在关心着他们!"在这些事例中,读者真切感受到了王顺友与藏族同胞的真情,也体会到了他20年的坚守。正是这样不露痕迹的写作手法,使得读者在文章结尾处不经意间就接受了记者的观点。

此外本文的心理描写也很出彩,在年复一年的马班邮路上,王顺友内心有着深深的孤独,他也会流泪,也会想念"家中操劳的妻子、年迈的父母、幼小的儿女……",正是这些好似"脆弱"的表现才把王顺友的形象衬托得更加完整、真实、可信,也更能反衬出他20年坚守岗位的不易。

《索玛花儿为什么这样红》是一篇很成功的人物通讯,在带给读者感动的同时,也引发读者深深的思索。

三、个案评析2

◇ **原文**

临汾小伙情动川蜀

汶川大地震牵动国人心,灾情发生后,海内外中华儿女纷纷行动起来,赶赴灾区开展志愿服务,临汾职业技术学院学生屈印印就是这个庞大队伍中的一员。

深受震撼　奔赴震区志愿服务

屈印印是临汾职业技术学院临床三班的学生,在得知四川灾区需要大量医护人员时,他毅然背起行囊,于5月17日赶赴灾区。在长达18天的志愿医疗救护中,他不畏艰险,兢兢业业,赢得了良好的声誉,也带去了临汾人民对灾区人民的诚挚关爱。

"作为一名共青团员,以及未来的医护工作者,责任、誓言、良知告诉我,必须得去抗灾前线。"屈印印激动地说,"灾情就是命令,时间就是生命,这是我的责任。"

说干就干!有了这个想法后,他便立即着手行动。又一个难题出现了,身边没有足够的钱,怎么办?为了能顺利成行,他便给家里人说明情况,希望能得到支持。屈印印的家在尧都区大阳镇乔村,父母都是农民,收入本来就不多,当时全家只有不到1000元的存款。在得知儿子的想法后,父亲一开始也不同意冒险去灾区,但最终还是拗不过执著的儿子,于是取出了600元钱,并千叮咛万嘱咐:"一定要注意安全,要好好工作,好好表现。"

同学们得知他的想法后,纷纷伸出爱心之手,进行了募捐。屈印印拿出在临汾市第二人民医院的实习押金300元,加上同学们的援助,总共筹得1000多元钱。

"震后最缺的是药品",屈印印告诉记者,当时他拿出400元钱购买了一些灾区急需的药品。为了不给当地人民增加更多的生活负担,他还购买了简易食品,50包方便面、24瓶矿泉水、饼干等便是他为自己准备的食品。

在匆忙中准备好这一切后,屈印印便踏上了去四川的征程,经过11个半小时的旅途颠簸,终于在19日凌晨1时45分到达广元市。当天早晨6时40分,他又踏上了去往成都的大巴车。到达成都后,他四处打听,与成都市共青团志愿者报名处取得联系,同时也联系到四川省红十字会,报名登记了志愿服务信息。

临汾小伙　无私奉献获得好评

由于当时四川省肿瘤医院收诊病人较多,缺少人手,屈印印几经争取被分配到医院提供志愿医疗服务。

每天不仅需要搬运急需的货物,还需要从事输液、膀胱冲洗等护理操作,虽然这些工作比较繁琐,但屈印印感觉能真正做点事了,心理甚是安慰。

之后,屈印印被安排到云南抗震救灾医疗队,跟随查房、简单诊治处理轻伤患者。随着患者日渐增多,工作量越来越大,他从简单的护理工作,慢慢地开始换药、小型手术了。

伤员继续增多,他每天的工作已不局限于诊治上,还需要做心理辅导。没有经验,怎么办?他每天都会往临汾打数个长途电话,向母校的心理教师罗丽霞老师请教,将事例描述给罗老师,给出专业的解释。通过无线电波,许多灾区伤员得到了及时的心理疏导,恢复了健康的心理状态。

敬业、细心的屈印印赢得了医院大夫和护士长,以及众多志愿者的好评,提及他都会竖起大拇指,"临汾小伙子,好样的!"

爱无疆界　情深战友谱写赞歌

随着大多数危重病人的陆续转移,医院的工作量也有所减轻,在灾区已经志愿服务了18天的屈印印计划返程。6月6日,他恋恋不舍地告别了相处多日的志愿者朋友,踏上了回临汾的列车。

在灾区的18个日日夜夜里,屈印印和全国各地的志愿者同吃同住,产生了深厚的感情。

"谢谢你不远千里来到四川省肿瘤医院赈灾,你的行动将让我以及科室里的全体医护人员敬佩。在这里的日日夜夜,看到你劳累的身影,无私的奉献,也成为我们工作的动力,是你让我看到了祖国的未来一定会更美好。"四川省肿瘤医院护士长秦英在分别留言本上写道。

"爱无疆界，我被你的精神、无私的爱所感动。在你身上，我看到了一个热血青年，生生不息的新青年形象，你的博学、勤奋、不畏艰难让我感动，为你喝彩。"湖南省抗震救灾医疗队在留言中，这样评价屈印印的志愿服务。

……

在他珍藏的记事本里，还有许多在那段日子里朝夕相处的"战友"的留言和祝福。

"我知道，这一点微不足道，但能给灾区做点事，我也欣喜，这是我的一份心意和对灾区人民的一份爱。也许这世间需要帮助的人还很多，我没有能力——帮助，尽了自己一份力至少不内疚……"屈印印把此次赴灾区的志愿服务当成一辈子难以磨灭的经历，"以后要在家乡这块土地上奉献我的爱心，更好地为人民服务。"

(《临沂晚报》2008 年 6 月 20 日　张莹超)

◎ 点评文章

行动当中见真情

2008 年 5 月 12 日，我国四川省汶川地区发生里氏 8.0 级的大地震，灾情发生后，全国人民在党中央和国务院的领导下，齐心合力抗震救灾。无论是奋战在抗震救灾第一线的子弟兵，还是活跃在不同岗位上的无数海内外中华儿女，他们用生命、用真情为灾区人民支撑起爱的家园，共同谱就中华民族多难兴邦的伟大传奇。在这伟大的传奇篇章中，通讯《临汾小伙情动川蜀》是其中一首闪烁着真情光芒的动人乐曲，温暖着我们每一个人的心。

这篇通讯写的是震灾发生后，临汾职业技术学院临床三班的学生屈印印，在得知四川灾区需要大量医护人员时，毅然赶赴灾区，参加了长达 18 天的志愿医疗救护的故事。

从文章立意上看，抗震救灾这个大背景，必然赋予它特定的主题。这篇通讯出彩的地方在于通过人物的行动描写来表现一名普通志愿者对灾区人民的真情。

人物通讯的写作，强调运用一切手法，使人物在读者心中"活"起来，通讯中的人物只有"活"起来，才能"立"起来，这都源于行动描写。通讯中的行动描写，就是要通过先进人物的行为美来反映先进人物的心灵美。

屈印印去灾区，自筹款项、自备药品和食物、自费前往，一到成都，"他四处打听，与成都市共青团志愿者报名处取得联系，同时也联系到四川省红十字会，报名登记了志愿服务信息"。这一连串的行为，为读者展现了一位办事利落的青年形象。也正是因为他心念灾区，才会有如此火速的行动，人物心灵之美在此绽放光芒。在医疗队服务的时候，屈印印"每天不仅需要搬运急需的货物，还需要从事输液、膀胱冲洗等护理操作"，之后，他还要"跟随查房、简单诊治处理轻伤患者。随着患者日渐增多，工作量越来越大，他从简单的护理工作，慢慢地开始换药、小型手术了"。屈印印担任的工作日渐增多，也说明这是一个认真肯干的年轻人。此外，为帮助伤员恢复健康的心理状态，屈印印"每天都会往临汾打数个长途电话，向母校的心理教师罗丽霞老师请教"，这个细节更加生动地表现了屈印印对待伤员的热情和细致。

但是这篇通讯还是有不足的地方。首先，整篇文章人物形象单薄。人物心理是人物行动的反映，也是行动的支撑，它能使得人物形象更加丰满立体，很可惜，文章除了在开头部分有一小段屈印印的心理描写之外，就再也没有任何人物心理活动的展现，因此人物成了一个只有一连串行动的"活动人"。

其次,在进行行动描写的时候,只写了屈印印一方面,没有写到被照顾的伤员的反应,而且屈印印在医疗队的行动是以概述的方式出现,没有细节的点染,显然没有起到深刻发掘人物心灵美、人物关系与情感交流的作用,这不能不说是一个遗憾。因此,文章的第三部分虽然用了许多"别人的话"来烘托屈印印的优秀品质,但是多少都给人一种"跳"的感觉,如果前文有必要的情感交流做铺垫的话,那么这个部分的升华就会水到渠成。

尽管如此,临汾小伙的真情还是给灾区带去了温暖,还是给读者留下了美好的印象。

四、作品鉴赏

真情援疆　不悔追求
——援疆干部、兵团日报社副总编辑田百春的故事

4月3日下午,在北京公安医院肿瘤科病房里,初春的阳光照在窗棂上,病房暖意融融。正在打点滴的田百春,见到援疆的同事来了,眼眸闪着亮光:"这么远来看我,真是辛苦了!"

他有意提高声调,一如昔日那般激情澎湃,讲述援疆工作的点点滴滴。

然而,他的话语却不时被自己剧烈的咳嗽打断,他试图赶走那份虚弱和疲惫,依依不舍地对同事说:"再坐一会儿,等我休息几分钟,咱俩继续谈。"他似乎忘记了自己是一个正在接受治疗的重症病人。近3个月来,他已经历两次化疗、十几次放疗,每天都有大量药物进入他的身体。化疗时,口中又咸又苦,浑身骨头刺痛;放疗时,还要承受一次次针扎刀割般的疼痛。他默默忍受,以明朗的笑容,给周围的人和照顾他的亲人以力量。

听说田百春病了,曾经和现任的领导、同事、援友来看他,大家不禁被他的经历所感动:年仅46岁,10年驻港后,又踏上3年援疆路,只因一个知识分子、一个共产党员的责任和抱负。但于田百春而言,病痛没有什么,他说:"这只是得了一次重病,把我逼进了医院,我会积极配合医生治疗,争取早日回到新疆和兵团。"

此刻,3000公里外的新疆、兵团,依然是他魂牵梦绕的地方……

"我一直有个愿望,到新疆工作几年,趁还年轻,让我去吧"

"10年驻港,还要再去援疆?"求是杂志社副总编辑朱铁志试图阻拦,"你家人同意吗?"

田百春回答道:"这么多年不在身边,她们母女已经习惯了。这次援疆,她们肯定会理解,也会很支持。"

朱铁志先后三次找田百春谈话,"离家驻港10年,你已经为国家作出了很大贡献,这次不要去援疆了。"

但田百春郑重地讲了三个理由:

"第一,我对新疆有感情,在香港时,就带着记者去新疆和兵团采访过;第二,我对新疆历史和文化感兴趣,已经积累了几万字的文字材料,想写一本关于新疆的书;第三,我是学历史的,深知新疆的特殊重要地位。我一直有个愿望,想到新疆工作几年,想为边疆发展、民族团结做点事。这对我来说,是一次非常有意义的人生经历。"

求是杂志社人事处主任荣琪告诉田百春:"中组部给我们的名额是处级干部,你级别超了,到那边不好安排。"

田百春语气肯定地说:"没关系,只要有岗位,能工作就行。"

在田百春的坚持下,社里最终同意了他的援疆请求。

回到家,田百春告诉了妻子自己的想法。妻子只是略带嗔怪地问:"为什么不等女儿今年高考结束再去?"

田百春和妻子商量说:"错过这一轮援疆,还要再等3年,趁还年轻,这次就让我去吧。"

驻港10年,田百春的女儿田雨晴已经从8岁大的小女孩,变成了亭亭玉立的大姑娘。在女儿眼里,爸爸很了不起,像一本"百科全书",任何问题,都能给她信服的答案。虽然长期不在家,但每次休假回来,爸爸都会给家人带一大堆礼物,然后一头扎进厨房,做饭、打扫,好像要把一年积攒的活儿一下子都干完。多年来,电话牵连起一家人相隔千里的亲情。

对于田百春的决定,妻子梁文欣和女儿田雨晴选择了尊重和理解。

"千里迢迢来到这遥远的地方,只是因为,使命在心中激荡"

"共和国61年大庆时,许多兵团老兵才第一次走出荒漠、走出兵团,他们把一辈子都献给了国家和边疆。"田百春说,这让他深受感动和震撼,"比起这些老兵,我们所做的真是微不足道。"

2011年8月,田百春随中央第七批援疆干部来到兵团,任兵团党委机关报兵团日报社副总编辑,分管报纸改版、发行、广告工作。他的认真、严谨,给同事们留下了深刻印象。

针对报社的改版工作,他始终强调:"深度报道,要策划先行,打有准备之仗。""走基层的稿子虽然短、小、快,但立意要高,可以做深、做透、做广。"

"有些好的选题,不要急于出手,要有准备、有积淀,扩大影响。"

有一次,因为一篇评论,在改与不改的问题上,田百春与责任编辑起了争论。事后,他主动找到这位编辑表示歉意,他语重心长地说:"改版后推出的'言论·声音'版经过3个月的试行,从读者反映看,已经有了口碑;要维护版面质量,要求不严是不行的。"

2011年"十一"长假后的第一天,他就来到办公室。同事问他:"听说你女儿今年高考,怎么没有多陪女儿几天?"

他却说:"报社人手紧,任务重,大家手头上都有自己的工作,如果我不在,就会增加别人的工作量。"

其实,作为父亲,田百春怎能不惦记这件事呢!在基层采访的日子里,他每天都会通过电话询问女儿的学习情况,还通过电子邮件给女儿辅导作文。

在今年元旦的援疆干部迎新年晚会前,田百春受命代表援疆干部创作节目,深夜2点,他还在台灯下伏案疾书,创作了长诗《我们来援疆》:"没有人要求我们别离妻子、远赴他乡,我们主动申请,甚至竞争上岗,千里迢迢来到这遥远的地方,只是因为,一个使命在心中激荡。"这首配乐诗朗诵,获得兵团领导的高度赞赏,引起援疆干部们的共鸣,并被搬上兵团第七届文艺汇演的舞台。

也正是因为这首诗,田百春给援友、兵团电视台副台长郭静留下了深刻印象,她说:"田百春时刻都像一个整装待发的战士、温文尔雅的诗人、风趣幽默的大哥,是一个骨子里视援疆为生命的人。与他交谈,总是被他身上极为迫切的援疆意识和急于做事、做成事的精神影响激励着。"

援疆干部、兵团工会副主席孙涛是田百春无话不谈的好友,一天晚上10点,在宿舍楼下遇到才去吃饭的田百春,本想请他吃顿饭、聊聊天,可田百春告诉他:"咱俩得速战速决,我还有个未完成的稿子,不能耽误呀。"为此,孙涛感叹道:"田百春好像总是有干不完的事、写不完的稿。"

第九章　人物通讯

"对于这次难得的工作机会,再辛苦都是一种收获"

求是杂志社的同事去医院看他,田百春摸摸因为化疗剃光头发的脑袋,幽默地说:"头发没了,省事,不用洗头了。"同事劝说道:"你现在成了'一休'哥,就该好好休息。"田百春摆摆手说:"真想明天就回新疆,还有好多事没做完。对于这次难得的工作机会和经历,再辛苦都是一种收获。"

在初来兵团的4个月时间里,田百春就赴兵团5个师开展采访、调研和报纸发行工作,作品超过2万字。他常说:"作为一名新闻工作者,就要关注问题,勤于记录,善于写稿。"

来兵团不到2个月时间,他就在《兵团日报》星期刊上发表了近6000字的长篇通讯《回望天山——一位将军的兵团情怀》,通过一位将军的视角,回顾和提炼了半个多世纪以来,伴随着新中国屯垦戍边事业开篇而诞生的兵团精神及其时代价值。他说:"'沙海'老兵和兵团精神的存在,代表的是一种正气,而正气本身是有感召力的。时代发展了,社会进步了,我们生活好了,但兵团精神丢不得。人要活得有尊严,就不能被物质的东西所左右。弘扬兵团精神,我们党才能永远占领精神高地。"

文章刊出后,屯垦戍边事业第一代战士、兵团原副政委李书卷给予高度赞赏,他说:"能写出这样分量的作品,一定是对兵团历史和兵团精神有着深入研究的人。"他热情邀请田百春来自己家里,认识一下这位不简单的军垦"新兵"。

今年1月,田百春深入农九师、农十师两个边境师采访,历时10天,回来后撰写了通讯《兵团精神和事业的传承从哪里抓起》。田百春解释说:"正如小白杨哨所呈现给世人的一样,'守望'作为所有兵团人身上的特质之一,就像白杨般伟岸、正直、质朴,以极强的生命力,迎风耸立,守望着北疆。对于这种精神文化资源,我们进行了积极发掘,但还不够,还要加倍努力工作,力争形成更多更有影响的精神文化产品,以培养人、教育人、凝聚人,弘扬兵团精神,传承兵团事业。"

在基层单位采访,他总是谦虚地说道:"打扰你们了,向你们学习来了!"与干部职工交谈,他毫不掩饰自己对他们的敬意:"你们是最辛苦的人,感谢你们为祖国作出的贡献!"

"我是农家子弟,一向反对特权,住普通病房就好"

田百春1965年出生于河北省卢龙县一个农民家庭,1988年,从北京师范大学历史系研究生毕业后被分配到中国革命博物馆工作。仅4年间,他就参与主持和编撰了17部文史类著作,个人撰写的文章累计超过100万字。

1992年,田百春调入求是杂志社并于2001年被选派到香港中联办工作。10年驻港任务结束后,他又欣然接受了《红旗文摘》创刊重任。作为总编辑,对每期34万字的文稿,他都会一篇一篇认真审读,经常在样稿上留下密密麻麻的修改和校稿意见。

妻子梁文欣说:"我最担心的是他的身体,老田做事就是这样,手上的工作,总想一口气干完,觉得这样心里才舒坦。"

田百春患病的消息,牵动了很多人的心。考虑到他的身体极度虚弱,组织上给他安排了高干特护病房,但他坚决拒绝:"我是农家子弟,一向反对特权,住普通病房就行了。"

在不大的病房里,和妻子说起各级组织的帮助、朋友的关心,深怀感激的他反复念叨着:"到新疆没有工作多久,就生病住院,给组织添麻烦了。"

病床旁的桌子上,放着几份《兵团日报》,他仍然惦记着要做的几项工作。

3月初,兵团党委书记、政委车俊去探望他,嘱咐他要好好养病,但身体虚弱的他一心只想着工作,他说:"报社的发展还面临很多困难,特别是建设新闻大楼的事还需要领导的支持。"

见到援友,他努力微笑着:"我很快会回去,还要和你们一起帮助兵团多申请一些援建项目。"

见到报社同事,他嘱咐道:"现在全国19个省市援疆,报纸改版后应开设专栏,尽快策划选题,这是党报的优势。报道好援疆工作,重要的是反映中央和全国对新疆及兵团发展的大力支持,让职工群众真正感受到关爱。"

他还想利用业余时间,研究新疆的历史和文化,为新疆文化和兵团精神写两本书……对新疆、对兵团,他有着深深的眷恋!

田百春,我们与你相约天山!

(《兵团日报》2012年5月2日 殷雪静 马林)

像007一样活着

如果可能,23岁的艾山江希望自己能像周杰伦一样开一场演唱会,底下是黑压压的观众。

这个爱美的新疆克拉玛依市小伙儿把头发留得很长,锡纸烫、离子烫……他不断尝试着最潮的发型。他喜欢穿日韩风的衣服,耳朵上还戴着一枚红色的耳钉,虽然他的耳朵只有黄豆般大小。

他把自己称为"外星人"。因为一场火灾,他的上身缩成了一团,看人时,得整个身子一起扭转过去,因脖颈和左肩有一半粘连,他的面部严重扭曲,头始终歪着,嘴巴被撕扯得咧在一边,两只胳膊黏在腋下动弹不得,手掌也严重变形。由于全身97%的面积重度烧伤,医生说他活不过12岁。

如今,他已经经历了80多次手术。

很长一段时间里,从头到脚,艾山江被层层绷带紧绑成"木乃伊",只露出一双眼睛。每周换一次绷带是艾山江最痛苦的事情,很多时候,为取一次绷带就要做三四台手术。

担心患者被自己烧伤的样子吓坏,病房从不摆放镜子。谁能想到,艾山江已经悄悄溜进医生办公室,站在角落的镜子前自我"欣赏"。呆看了几分钟后,他笑着说:"我变身成外星人了!"科幻片里的外星来客都顶着一个皮肤皱巴的大脑袋,他随即用粗笨的指头夹起梳子梳起头来。

他调皮得很。刚看完007的系列电影,闲不住的艾山江就从病房搜出一把黑伞,模仿电影镜头从二楼撑伞跳了下去,"哈哈,我就是邦德,太酷了!"万幸,没有摔伤,他还到处炫耀。

他总想往人多的地方钻。妈妈阿曼古丽牵着艾山江在闹市闲逛,那些变魔术的摊点原本围拢了一堆看客,小"怪物"一出现,所有人都悻悻离去。年轻人在游戏机房玩得乐不可支,他也想进,管理员把他堵在门外,"不准进,客人都会被你吓走的!"

每当路人突然传来"哎呀妈呀"、"吓死我了"的一声声惊叫时,妈妈会故作淡定地说:"这些人是不是有心脏病啊,别理他们!"她会牵着儿子焦黑的手,笑容满面地去任何他想去的地方。在阿曼古丽心中,儿子活着就是做母亲的最大幸福。

原本,那个炎热的夏天过后,艾山江就可以与晚出生5分钟的双胞胎弟弟玉山江穿着同样颜色的背带裤一起入学,可1996年7月30日克拉玛依市发生的一起马路燃气泄漏爆炸事故让他走上了与弟弟不同的人生道路。

为弥补不能上学的缺憾,阿曼古丽送给不会说汉语的儿子一台最流行的小霸王学习机,供他识字打游戏。

和病友交流期间,他边练习对话,边把想说的字都打出来,再逐字写到本子上,他用变形的手指敲字,速度越来越快,不出一年,汉语就说得比妈妈还好了,还常常充当妈妈的翻译。

北京、乌鲁木齐……17年来,他辗转于不同的烧伤医院接受治疗。活泼好动的个性,让他结交了形形色色的病友。他发现了他们的通病:孤僻又自闭,易烦躁、爱发脾气,喜欢独自一人躲在角落,不愿出门、不爱结交。

病友都比艾山江年长许多,他成了大家的开心果。"等你长大后,就知道什么是痛苦了!"一位"总活在别人眼光里"的中年病友给他泼冷水。

一位脸部烧伤的青年病友从不敢去网吧玩,"网游高手"艾山江决定带他出去"见识一下"。出门时,害怕路人指点,病友全副武装,戴上一副黑框墨镜,用围巾包裹全脸,一副战战兢兢的模样。

"不是别人抛弃你,是自己抛弃自己!"从小看着这些自卑的人长大,艾山江认为心态与年龄无关。

面对各种眼光,艾山江的做法是,若是成年人盯着你看,甚至擦肩而过后还一步一回头,那你也死盯着对方看,他们自然就会不好意思了;若是遇到吓傻的小孩,他会眨巴着卷翘的长睫毛,对自己说:"哎,又多了一个粉丝!"

虽然经过了多次植皮手术,艾山江的皮肤依然疤痕累累,小表弟第一次见到他吓得不敢说话,艾山江逗他,指着胳臂上如蛛网般纵横交错的淡红色疤痕,拖长声调、表情夸张地说:"你看我的皮肤,我可是无所不能的蜘蛛侠!"表弟仔细研究一番,深信不疑,总叫嚷着让他展示爬墙功夫。

事实上,艾山江经受的痛苦要远远超过那些局部烫烧伤的病友们。

17年来,阿曼古丽看着儿子经历了喉管切开术、手指根部剖开术、植皮术等80多次手术,最痛苦的是切割和缝合烧伤粘连处,需要一点一点地割开、缝合大手术一做就是五六个小时,对这对母子来说,每一分钟都是煎熬。

小时候,一上手术台,艾山江就惊恐地又哭又闹。阿曼古丽为哄儿子,手术前,总是哭肿了眼向他承诺:"只要你好好配合医生动手术,想要任何东西都给你买!"

游戏机、玩具、吉他……都是艾山江手术的战利品。

他在麻醉剂与手术刀下长大,习惯了忍受痛苦,早已不需要礼物的安慰,却依然愿与妈妈"赌"。

"每次手术前,妈妈都会大哭一场,那种撕心裂肺的伤痛如同永别,可每次我索要礼物时,妈妈就会停止哭泣,笑着答应,这似乎成为了妈妈的一种盼头!"艾山江说。

手术时医生忘记打麻药、手臂浸入滚烫的蜡油中康复治疗……虽然经历了常人难以想象的疼痛,但很多时候,艾山江都忘记自己是个残疾人了。

他对同龄人喜爱的一切运动都很感兴趣。

医生告诫他不要剧烈运动:"你全身烧伤,疤痕上没有毛孔,无法排汗,运动容易昏厥!"

"同龄的男孩们都在篮球场、足球场玩,而我却永远当个观众?"艾山江不愿意。他在动物世界中发现了秘密,狗也没有排汗系统,却天生好动,就是靠大口喘息、呼出热气来降低体热的。

在篮球场、足球场,艾山江一跑动起来,就感觉40摄氏度的高温火炉笼罩在头顶,他越跑越热,憋得满脸通红,快要昏厥时,就停下来学"狗喘","呼哧呼哧"。

当别人用怪异的眼光望着他时,他还会故作镇静地反问,"没见过'狗喘式'练声法吗?"他可真嘴硬。

17岁时,他从朋友那里得知克拉玛依市将举办残疾人运动会的消息后,一路小跑到社区报名,"能报所有项目吗?"艾山江野心勃勃。"只能选两项!"社区人员瞄了眼这个满身疤痕的年轻人,"重在参与吧!"

艾山江可不愿给别人当陪衬,他的目标就是拿名次。

"人活在世界上就要证明自己,证明自己是活着的,而且,我发现,只要真心想做一件事情,没你做不出来的!"艾山江说。

在近千人参与的比赛中,艾山江以10个10环的成绩获得射击比赛第一名。

200米跑步比赛时,他不顾一切地往前冲,感觉自己似乎飞起来了,跑到半道,他皮肤憋闷,几乎要晕过去,赛场可不容他"狗喘"休息,他不顾一切地往前冲,最终只败给了一位断了小指头的"残疾人",获得第二名。

弟弟玉山江翻着小时候的旧照片说:"哥哥太要强了,不愿任何人说他不行,性格越来越倔强。"

10岁时,病房里一位叔叔在缝枕头,艾山江好奇地凑上前去,望着小男孩扭曲变形的双手,这位叔叔开玩笑说:"看什么看,你的手又干不了!"

嘴里没说,心里却很不服气。回到病房,他让妈妈拿来针线,利用三四根有知觉的指头,学起穿针引线来,苦练许久后,他故意跑到叔叔面前秀成果,听到大家啧啧赞叹,这才作罢。

"我不觉得自己有什么地方比不上别人,别人说我做不了时,我并不急于表态,练习好后拿给他们看就好了!"艾山江说,只有自己强大起来,才能获得别人的尊重。

经过80多次手术,艾山江的脖子能够自由活动,双臂也伸展自如。

艾山江很爱搞怪,亲人朋友都被他开朗的性格所吸引。

"老妈,我这辈子估计都没有皱纹咯!"一天,他发现新大陆似的给阿曼古丽报告了一个好消息。

累累疤痕也没能阻挡一个23岁青年的爱美之心,他喜欢追逐潮流。

冬日,他身着嘻哈的运动服饰,顶着时髦的爆炸头,戴着大口罩,常有女孩主动搭讪。就连在慢摇吧,他也气场十足,一同去的朋友们从不敢在台上秀舞,艾山江主动跳上高台展示,调动现场气氛。他乐观热情健谈,朋友们都喜欢找他聊天儿。

有时,弟弟玉山江会不自觉地在脑海里"绘制"画面,"他小时候真的是漂亮过头了,所有人都认为他是小女孩,虽然烧伤了,但我仍觉得哥哥是个标准的帅哥,他有标准的鹅蛋脸,双眼又圆又大,仔细看时,还能辨出精致的五官呢!"

手术仍将伴随着艾山江的一生。

他一边接受治疗,一边在新疆医科大学培训中心招待所一间昏暗的地下室里自学唱歌、吉他,他在网上已经有一小批粉丝。录制歌曲时,他收养的两只流浪猫常常温柔地趴在键盘旁聆听,小狗则在床边静卧,他舍不得把它们送人。

第九章 人物通讯

虽然生活并不宽裕,在路上见到乞讨者时,他还是会倾囊相助。一次,他与朋友在闹市闲逛,看到一位高位截肢的男子正在乞讨,他放下10元钱走了。

"呱哒、呱哒",乞讨男子坐在用木板拼制的简陋滑轮上,靠双手扶地滑行追赶艾山江,"你都这样了,还给我钱!"男子准备还钱,被艾山江拒绝:"你更不容易,至少我还能正常行走!"

(《中国青年报》2013年7月17日　王雪迎)

阅读思考

《真情援疆　不悔追求》荣获第二十三届中国新闻奖二等奖。田百春作为一个有责任和抱负的当代知识分子,带着党中央的关怀和援疆省市的深情厚谊来到新疆和兵团,为支援边疆事业做出了突出贡献。细读这篇文章,我们会想起县委书记的好榜样焦裕禄,会想起当代雷锋郭明义,以及许许多多在工作岗位上默默奉献的先进人物。这些时代发展方向的先进人物,集中体现了劳动人民的本质特色,闪烁着时代精神的光辉,对他们的报道能鼓舞斗志和推动历史进步。

《像007一样活着》是一篇来自《中国青年报》的冰点人物报道。"冰点人物"是一种非传统典型人物的代表。该类报道更多地关注普通人的生存状态和想法,谱写普通人的价值和尊严,侧重用普通人的生命故事去打动人,展现了人物报道类型的多样性。写作中注重挖掘凡人的闪光点,凝聚人性大光辉,表现人物的人性美。小人物彰显大境界,小故事描写大生活,小情节刻画大情感。该篇报道写的是一个全身重度烧伤病人艾山江的故事。

这两篇人物通讯虽然报道的人物类型不同,但都彰显了高尚的人性光辉,都带给读者灵魂上的震颤。细节描写是写活人物的关键,这两篇通讯都非常注重用细节来刻画人物,文章当中有很多感人至深的细节描写,增强了文章的感染力。但是两篇文章还是有许多不同之处,《真情援疆　不悔追求》从四个方面层层深入,侧重于人物语言描写、行动描写来刻画人物,呈现了主人公执着援疆的大爱情怀和奉献敬业的可贵品质。通篇布局新颖,将主人公田百春的形象刻画烘托得很形象。在结构上,首先稿件开头通过领导、同事、援友们来看望病床上的田百春,凸显主人公的突出贡献;其次四个小标题一一展述,将全文布置得有条有理;最后结尾段以两个抒情感叹句结束全文,既呼应了开头,又彰显了标题"真情援疆　不悔追求"。另外,全文上下并未用任何华丽辞藻,在尊重客观事实的同时,使文章内容显得朴实有力,反映出了记者的工笔之妙。

《像007一样活着》塑造了一个让读者印象深刻的坚强乐观的人物形象——艾山江。这篇通讯在写法上与《真情援疆　不悔追求》有所不同,人物的语言描写很少,主要通过人物的行动描写和部分心理描写,从正面和侧面烘托出人物的人性美。在细节的处理上做到生动自然,不刻意渲染,显出柔和之美。如对艾山江穿着嘻哈的运动服饰、顶着时髦的爆炸头、主动跳上高台秀舞等场景细节的捕捉,使得人物的性格丰满、形象真实可信。

试分析:社会主义转型期,人物通讯报道类型发生了哪些变化?变化的意义何在?并谈谈自己对人物通讯报道写作手法的认识。

第十章 风貌通讯

一、文体概说

风貌通讯以报道某个地方的社会面貌、风土人情、自然风光以及变化发展中的新成就、新成绩为主的一种新闻报道体裁,题材广泛。风貌通讯所反映的风情状貌,大多是概略的、轮廓式的,所以又称概貌通讯。不少风貌通讯是旅途中的所见、所闻、所感的记录,所以又称旅途通讯。

风貌通讯常见的形式有见闻、巡礼、侧记、纪行、散记、访问、特写等。

风貌通讯能通过对自然风貌和社会风貌的描写,反映地方变化,反映时代气息,帮助受众增长知识,开阔视野。

要写好风貌通讯必须从以下几个方面入手:

(1) 抓住特征,突出表现见闻。风貌通讯采写的关键,在于通过记者的实地观察和感受,给受众展示精美、吸引人的新景象。这就要求记者首先在现场观察体验中,抓住一些具有鲜明个性特征的事物进行生动细致的描绘。其次采用移步换景的描写方法,介绍所见所闻,将读者带进特定的意境之中。

(2) 对比衬托,着重写"变化"。风貌通讯必须紧紧围绕"变化"做文章,写作时可以在今昔对比中将历史背景材料适当加以穿插,以衬托今日的发展变化,向读者展示正在变动的新景象。

(3) 情景交融,注重现场感。风貌通讯向读者介绍的自然风貌和社会风貌是记者亲历采访的,会带有较多的感情色彩和主观感受,这是打动读者的基础。记者在讴歌新时代、新生活、新风貌的时候要善于将现场见闻、个人情感和相关背景材料糅合在一起,描绘出情景交融的精彩场景,美感与现场感完美结合,打开读者的情感之门,激发读者的心理共鸣。

(4) 厚今薄古,强调真实准确。风貌通讯在运用材料的时候,要把真实准确放在第一位,不可盲信道听途说或一面之词,一定要有实地调查。在使用历史材料的时候,要特别注意"厚今薄古"的原则,将笔墨的着力点放在当下,不然,风貌通讯就变成了历史故事的介绍,偏离了本身的功能。

(5) 传播知识,增加趣味。优秀的风貌通讯能帮助读者开阔眼界、增长知识、陶冶情操,因此记者在写作时如果能适当选择一些与主题相关的典故、传说等穿插其中的话,不仅能使风貌通讯增色生辉,还能增添作品的趣味性和吸引力。但是在引用这些材料时,一定要做到少而精、恰到好处,以能更好地表现通讯的主题为原则。

二、个案评析 1

◇ 原文

夜宿车马店

内蒙古自治区土默特右旗今年获得历史上最好的收成,粮食总产22亿多斤,比去年增长两成;油料总产4000多万斤,比去年增长70%多。全旗350多个穷队,今年面貌都有很大变化。农村的繁荣,给集镇也带来了兴旺。不久前的一个晚上,记者来到这个旗萨拉齐古镇的车马店投宿,生动地感受到了社员们丰收的喜悦。

记者在暮色苍茫中来到车马店的时候,老远就听到里面传出庄户人爽朗的笑声和牲口的叫唤声。进店一看,宽敞的院子被进城来卖粮卖油的车辆挤得水泄不通。店堂里灯火通明,满屋子的人拉呱得挺热火。

车马店的老炊事员周二旦一边飞动着菜刀,一边乐呵呵地说:"俺在店里干了十多年,天天跟庄户人打交道。过去庄户人眉头上挽着疙瘩,如今,个个腠得脸上放光。那些年住店的,多数人拿的是红(高粱)黄(玉米)面窝头,舀两碗开水就着吃;现在可不一般了,拿着白面馒头还嫌不顺口,还要到街上买块豆腐割斤肉,打二两白干,人家就图那个美气哩!"

"那算啥美气!"坐在菜案旁的一位叫贾满贵的瘦高个老汉有点不服气地说:"上一次进城来卖公粮,俺把儿媳妇、小孙孙、老姑娘一齐拉了来,饭馆里的烧卖、馅饼、锅盔,娃娃们想吃的都尝遍了。服务员一算账,俺一次掏给他十几块。俺今年一家打了10000斤粮食,8000斤油料,光卖给国家的粮食油料就是10000斤,进钱3500块,那场面才叫美气哩!"

"贾大个子,如今你肚圆了,兜鼓了,可前几年记得你进城拉返销粮时,在店里光吃点窝头。"车马店服务员丁大叔"揭底"了。

这时,来自黄河边上十六股村的青年后生高兴宽接上话茬:"过去队里年年不分红。有次俺爹进城,说要领俺去开开眼。到了街里,一不敢进商店,二不敢进饭馆,兜里空空,怕看了眼馋。这回俺进城,一次就卖了3000多斤油料。"说到这里,高兴宽拍拍自己鼓囊囊的上衣口袋。

"小伙子买啥好东西了,叫众人看看。"不知谁这么说。

高兴宽倒实在。他打开一个大大的包袱,里边全是衣服,有媳妇的,有妹妹的,有老父亲老母亲的,什么涤纶、涤卡、弹力呢,都是时兴货。青年后生说他还打算买台切面机,给村里人加工切面,让庄户人也能吃上城里人吃的饭。

满屋子的人好像都是老熟人,越谈越起劲,越拉越高兴。车马店的火炕似乎也烧得分外热,更显得店堂里温暖如春。

(新华社1981年11月30日 刘云山)

◇ 点评文章

生动的社会缩影

这是一篇写得很好、很有生活趣味的见闻式风貌通讯,通过记者的所见所闻,报道了内蒙古自治区土默特右旗实行生产责任制以后,农民生活发生巨大变化的情景。

它在写作上体现了以下几个特点:

一是对比手法的成功运用。风貌通讯在报道新成绩、新成就,向读者展示正在变动的新景象的时候,必须紧紧围绕"变化"做文章。本文为了向读者展现农村落实政策后丰产增收的农民"肚圆了、兜鼓了、气顺了、话多了、人和了"的生动情景,大量使用对比手法。文章一开始就是轮廓式的概括对比:内蒙古自治区土默特右旗今年获得好收成,粮食总产比去年增长二成,油料总产比去年增长七成多。然后又通过老炊事员周二旦的话,再次强化这种概括对比:"过去庄户人眉头上挽着疙瘩,如今,个个瞟得脸上放光。那些年住店的,多数人拿的是红(高粱)黄(玉米)面窝头,舀两碗开水就着吃;现在可不一般了,拿着白面馒头还嫌不顺口,还要到街上买块豆腐割斤肉,打二两白干,人家就图那个美气哩!"接着记者把目光转向具体的人物,从"吃""穿""用"三个方面展开具体比较,寻找农民生活发生变化的印证。"吃"的对比是通过贾满贵的自夸和丁大叔的"揭短"来展现的,"贾大个子,如今你肚圆了,兜鼓了,可前几年记得你进城拉返销粮时,在店里光吃点窝头"。"穿"和"用"方面的对比是通过青年高兴宽的话来实现的:过去队里不分红,兜里空空,进城也只是"眼馋"而已,没钱买东西,而现在却可以买大包的"时兴货"。

风貌通讯要求记者善于将亲眼所见、亲耳所闻的事实再现出来,这并不意味着记者可以不分主次,任意堆砌,而应该抓住每个事物的特征融进自己的感受、印象,渗透时代气息。文中的这些对比恰恰是记者着意选择的,体现了"点""线""面"的结合,具体生动地反映了实行责任制以后农村的深刻变化,而且在对比中,现实的情况叙写较多,过去背景的介绍少而精,更好地、更有力地突出了"新"和"变"。

二是"电影镜头"式的叙述角度。记者在文章中好似隐形的"电影镜头",给读者带来一场生机勃勃的生活秀。先是一个远景镜头,夜色下的车马店灯火通明,热闹非凡;紧接着就是一组令人印象深刻的近景特写镜头,比如炊事员周二旦的动作和语言,比如贾满贵老汉的底气十足,比如小伙儿高兴宽对未来生活的设想。记者并没有着意刻画这几个人物的具体长相,但是人物的神情、动作却纤毫毕现,仿佛就在我们身边。这组特写镜头勾勒出了富民政策下中国农民饱满的精神面貌,很有代表性。然后镜头又拉远,车马店里人们还在憧憬着实实在在的幸福生活,透出热闹又温暖的美好。这种远近镜头的使用,有助于刻画场景,突出现场感,显得生动传神又无刻意的痕迹,着实值得我们好好品味。

三是运用了富有地方色彩和个性特征的语言。如"满屋子的人拉呱得挺热火","眉头上挽着疙瘩","个个瞟得脸上放光","那场面才叫美气哩!","肚圆了,兜鼓了",等等。这种语言的运用,既符合人物的身份特征,又有相当浓郁的地方色彩,增强了文章的形象性、生动性,同时也加强了通讯的亲切感和真实感。

尤其值得一提的是,文中的场景是夜晚的车马店,如何在这个小场景中反映大环境的"新"和"变"呢?记者没有做抽象化、概念化的交代和空洞的叙述,而是采用生动、形象的人物语言来展示社会变化,角度独特,读来如临其境、如闻其声,有直接的现场感受和强烈的现场印象。时至今日,我们再读这篇通讯,依然能感受到农民丰收的喜悦。

三、个案评析 2

◇ 原文

见证巅峰之旅

2006年7月1日11时04分,这刻,将永载共和国的史册。

青海,格尔木,这个因交通而生的城市,将永远铭刻于人们的记忆。鲜花,彩球,红地毯;掌声,欢笑,震天鼓。站台上,首趟进藏列车"青1"次,静卧铁轨,蓄势待发。胡锦涛总书记手中的金剪,利落地划过横在身前的红绸。汽笛响处,满载着600多位劳动模范代表、各族各界代表和普通旅客的"青1"次列车,如昂首蛟龙,似奋蹄骏马,开启了期盼已久的旅程。

这是一次巅峰之旅、见证之旅、幸福之旅、圆梦之旅。

一

能成为这一史无前例的旅程的首批乘客,每个人都兴奋无比。兴奋之外,更有一份期盼与好奇,都想尽快揭开"青1"次列车的神秘面纱。于是当班的乘务员就自然而然成了记者们的"向导"。

穿行在车厢里,记者注意到,一般火车两节车厢之间的隔门为单向开启,而"青1"次列车首次实现无障碍通过,为双向摆门,门上藏式纹饰和图案,让人耳目一新。

进入宽敞整洁的硬座车厢,明显感觉到座位空间较大,座椅舒适大方。每节车厢都配置有制氧机,除了弥散式供氧以满足大部分旅客的需求外,座位底下的供氧盒和卧铺的壁挂式供氧盒可让旅客享受到一对一的单独供氧。软卧包间内配备有液晶电视,内置有8套影视节目,供旅客自由选择观看。硬卧卧铺与走廊采用半封闭形式,休息环境舒适。

餐车配置了电气化厨房,安全环保。车内设有真空集便式厕所,开敞式整体玻璃钢洗面间,自动控制的电开水炉。

列车空调系统能够实现冬、夏季车内温度的调节,确保四季如春,给乘客提供一个舒适的环境。

车厢的电子屏幕上滚动着藏、汉、英三种文字,介绍乘车的注意事项及沿途风景点。

当班的乘务员曹建玲介绍说,这趟列车不仅硬件设施一流,车上20多名乘务员也个个百里挑一。她们是从西宁客运段2000多人中挑选出来的,并且经过了两个多月的英语、藏语培训和形体训练。执行完"青1"次列车的运行任务后,她们将承担"兰州(西宁)-拉萨"的客运任务。

大约半小时后,列车驶进青藏铁路(格拉段)的第一站南山口,"青藏铁路新起点"几个大字赫然醒目。

在列车行进过程中,乘务员不停地在车厢内巡视,仔细询问每一位旅客的身体状况,并向大家介绍一些进入高原后的注意事项。列车医务人员为一些主动要求体检的旅客进行了检查。由于列车配备了先进的制、供氧设备,旅客没有因缺氧而感到不适。

11时45分,伴随着车内广播播放的悠扬乐曲,餐车开始供应午餐。旅客们坐在明亮宽敞的餐车中,一边享受午餐,一边欣赏窗外的美景,在餐车的每张桌上都摆放着藏羚羊雕塑,提醒乘客要关爱这一高原精灵。

二

列车上的记者们格外忙碌。有的在利用无线网络发快讯,有的游走于各节车厢采访,有的则忙着向乘务员问长问短,摄影记者们四处拍个不停。有人发现,慕生忠将军的儿子慕雅峰也在列车上,立刻围拢过去。一时间,他成了众人注目的焦点。慕雅峰为自己能搭乘首趟进藏列车而激动不已,提笔为此次旅行写下了"青藏铁路尽显当代中国铁路人风采,功在当代;高原列车满载青藏高原几千年企盼,利在国家"的对联,以表达他的心情。

采访完慕雅峰,记者回到自己所在的车厢。这时,列车的电子显示牌用藏、汉、英三种文字提醒旅客,现在列车行进在高海拔地区,请不要进行剧烈运动。当时,海拔显示器显示的海拔高度是4828米。

忽然,车厢里起了一阵小小的骚动,许多旅客纷纷将目光投向了窗外,记者定睛一看,一副巨幅对联映入眼帘:"乘白云扶蓝天搏击雪域缚苍龙,踏清风邀明月洞穿世界最高隧。"这就是青藏铁路沿线著名的风火山隧道。穿山而过的风火山隧道如巨大的磁场,将远方蜿蜒而来的铁轨从山这边揽进,又从山那边吐出。

风火山隧道地质结构非常复杂,集多种不良地质于一体,这样的构造极易造成开挖时冻土融化成泥浆水而发生隧道坍塌。因此,风火山隧道是青藏铁路沿线施工难度最大、科技含量最高的一个工程,铁路的建设者们在这里创造了多个"世界之最"——海拔最高、穿越冻土区最长、冻土层最厚、覆盖层最薄、气候条件最恶劣的高原永冻土隧道。

15时33分,窗外一条条蓝色的河流将我们的目光吸引住了:它们时聚时离,静静地流淌在湛蓝的天空下,让人感觉车在画中走,人在画中游。乘务员告诉我们:沱沱河到了。

青藏高原流传着这样一句话:上了昆仑山,进了鬼门关;到了沱沱河,不知死和活。但在今天,沱沱河无疑已成了青藏线上极具吸引力的著名景点。沱沱河站是青藏铁路格拉段青海境内除格尔木外唯一有乘客上下的车站。为了方便旅客观赏长江源头的迷人风景,青藏铁路公司在车站修建了观景台。长江源大桥旁设立的"长江源"纪念碑,唤起了人民对长江源头地区生态环境保护的意识。

三

18时05分,"青1"次和"藏2"次列车在布强格车站胜利"会师",这意味着青藏铁路格拉段全部经过了旅客列车的行驶。在快速的会车过程中,两车的旅客微笑着挥手致意……

18时40分,"青1"次列车停靠在唐古拉车站。

列车内的仪表显示当前每拔5080米,车外温度12摄氏度。许多乘客的手机都收到了"欢迎来到羌塘草原!扎西德勒!"的短信。此时,车内广播放起了极具藏民族风格的歌曲《走进西藏》,车厢内的气氛顿时轻松活跃起来。

位于白雪皑皑的唐古拉山脚下的唐古拉车站海拔5072米,是世界最高的火车站。世界铁路最高点此前在秘鲁,1869年,由波兰人埃内斯托·马利诺夫斯基设计的太平洋沿岸到安第斯山脉大铁路,海拔最高点为4817米。那里树立着巨大的标牌,写着:"这是世界准轨铁路最高点。"青藏铁路的建成,改写了这一历史记录。

19时54分,夕阳下,列车缓缓驶入安多车站。几百名群众自发聚集在站台上,用欢快的舞蹈欢迎远道而来的列车。

小女孩潘多是安多一所学校二年级的学生,今天她坚持让妈妈带她来看火车。冷风中,潘多的小脸被冻得通红,但她的笑容却灿烂无比。"我要坐火车到北京去看天安门,还有长城!"她说。

在依依不舍的挥别中,带着小潘多的梦想,列车渐行渐远。下一站——藏北重镇那曲。

以赛马会而闻名遐迩的那曲,是镶嵌在藏北草原的一颗明珠。然而,又有谁能想到,50多年前,解放军修筑青藏公路时,那曲镇却只有10多顶牧民的帐篷和几十个驻军的铁皮房,被称为"铁皮小镇"。如今,这里已经发展成为面积有12万平方公里、人口3万多人的现代化城镇。

知道火车要来,那曲镇的群众一大早便纷纷涌向镇子以南6公里外的那曲火车站。还有人在车站附近的缓坡上搭起了帐篷,亲朋好友聚在一起喝酒、品茶等待钢铁巨龙的到来。

夜幕降临,寒风瑟瑟,但迎接列车的干部群众依然兴致勃勃地守候在站台上。

21时18分,一道车灯划破夜空,茫茫藏北大草原迎来首列进藏客车。

站台顿时成了一片欢乐的海洋。身着盛装的藏族群众手捧洁白的哈达,跳起欢快的锅庄,欢呼雀跃,挥手致意。

夜色茫茫,车轮辚辚,钢铁巨龙已在高原驰骋了10个小时。旅客不但没有丝毫的疲倦,反而精神十足。许多人拿着车票,请司乘人员签名留念;司乘人员也纷纷拿出《青藏铁路旅行指南图册》,找旅客签字留念。大家心里明白,旅程的终点已经不远了,分手在即,恋恋难舍的是这份长存心间的情谊。

7月2日零时31分,经过13小时26分的运行,跨越行程1142公里,首趟进藏的"青1"次旅客列车安全抵达目的地——西藏拉萨火车站。

古城今夜不眠,雪域激情澎湃。从今天开始,从此刻开始,横亘于这雄峻山川之间的幸福之路、生态之路、团结之路、发展之路,将连接起现实与理想,构筑更加辉煌的未来!

(《西藏日报》2006年7月　葛卫平　王京　林敏　黄志武)

◎ 点评文章

匠心独运　条理清晰

2006年7月1日,举世瞩目的青藏铁路全线通车,举国欢庆。建设青藏铁路是几代中国人梦寐以求的愿望,然而青藏铁路是世界上海拔最高、线路最长的高原铁路,沿线高寒缺氧,地质复杂,冻土广布,工程十分艰巨。修建这样一条铁路,不仅是对我国综合实力和科技实力的检验,也是对人类自身极限的挑战。2005年10月15日,青藏铁路全线完成铺轨,不仅实现了几代中国人特别是沿线各族干部群众的心愿,也使每个中国人油然升腾起一种民族自豪感。所以,关于青藏铁路的题材非常丰富,但要做到标新立异,凸显文章的主题,非得独出机杼、匠心独运不可。记者突破了"英雄"模式的歌颂,而选择了乘坐首趟进藏列车"青1"次旅行的方式来向读者介绍这人类铁路建设史上前所未有的壮举,也从侧面反映出我国现代化建设欣欣向荣、蒸蒸日上的新气象,角度独特,让人耳目一新。本文获得了第十七届中国新闻奖二等奖。

清晰的条理,是本文的又一特色。本文是以列车行进的时间作为叙事线索来组织材料的,首先向读者详细介绍了"青1"次列车的内部结构和陈设,然后根据列车行进时间向读者分别介绍了铁路沿线比较有特点的景物,如风火山隧道、沱沱河、唐古拉车站、安多车站、藏北重镇那曲。如此多的内容如果不是以这种"动态行进"的方式来介绍,而以静态描述来呈现的话,显然缺少动态美感,而且相关材料的穿插也会显得杂冗。所以,文中按照行进的时间顺序,逐一介绍记者在列车上的见闻,使文章条理明晰,也增强了文章的现场感。

　　细节的灵活运用也是本文的一大特色。这篇通讯的主旨就是颂扬,但是全篇我们看不到记者直接的"呼喊"和"说教",但是又处处感受到记者发自内心的歌颂,原因就在于记者善于灵活运用细节来表现主题。例如慕生忠将军的儿子慕雅峰为表达自己激动的心情,写下了"青藏铁路尽显当代中国铁路人风采,功在当代;高原列车满载青藏高原几千年企盼,利在国家"的对联,这个细节好像是记者不经意间"碰到"的,实际上它显现了记者不动声色的用意:青藏铁路的完工就是一件功在千秋的"利民工程"。接下来在文章的第三部分着重描写了小姑娘潘多的梦想和那曲镇藏民热烈欢迎的场景,这其实就是在回应对联中"功在当代,利在国家"的深刻主题。所以这篇通讯实际上是按时间顺序,紧紧围绕着这个颂扬的主题,来记叙这次进藏之旅,来展现记者所见所闻的青藏铁路的风貌。

　　风貌通讯在描写景物时,要求记者做热情的讴歌者,要抓住每个事物的特征融进自己的感受、印象,渗透时代气息。这方面,本文也有精彩体现,例如:"风火山隧道地质结构非常复杂,集多种不良地质于一体,这样的构造极易造成开挖时冻土融化成泥浆水而发生隧道坍塌。因此,风火山隧道是青藏铁路沿线施工难度最大、科技含量最高的一个工程,铁路的建设者们在这里创造了多个'世界之最'——海拔最高、穿越冻土区最长、冻土层最厚、覆盖层最薄、气候条件最恶劣的高原永冻土隧道。"这段对风火山隧道的介绍,就从侧面歌颂了我们的铁路建设者艰苦奋斗、迎难而上的拼搏精神,也隐含着今昔对比的意思。而"长江源"纪念碑的介绍,就彰显了可持续发展的时代主题。对那曲镇的介绍,则有抚今追昔、展望未来的意味。记者在描述自然景观时,注意将其与人文历史相结合,展现给读者的是一幅幅流动的满载着情感的风情画卷,既拓展了文章的内涵,增加了读者的见识,又巧妙地将"新"和"变"自然呈现。

　　从以上两篇反映建设成就的风貌通讯中,我们可以知道,记者的写作角度和写作技巧对主题的发掘有不可磨灭的功绩。

四、作品欣赏

雄伟的人民大会堂

　　在天安门右前方,巍然耸立着一座雄伟壮丽的大厦,这就是人民大会堂。全国各族人民的代表在这里共商国策。

　　庄严的人民大会堂,是首都最宏伟的建筑之一,建筑面积达 171800 平方米,体积有 1596900 立方米。一条黄绿相间的琉璃屋檐,把巍峨的大会堂的轮廓从蓝的天空中勾画出来。那壮丽的柱廊,淡雅的色调,以及四周层次繁多的建筑立面,组成了一幅庄严绚丽的画图。

　　我们在建筑师的陪同下,从天安门广场往西走,参观了人民大会堂。老远就看见镶嵌在正门顶上的国徽的闪闪金光。踏上一层楼高的花岗石大台阶,迎面是 12 根浅灰色的大理石门柱。门柱有 25 米高,柱身要 4 个人才能合抱过来。柱距采用我国柱廊的传统样式,明间宽,紧邻的两个次间较窄,再往两旁,各 4 个次间又较窄。这样高大而有力的柱廊,是建筑师们吸收了中外古今门柱造型的优点创造出来的。

第十章 风貌通讯

迈进金黄色大铜门,穿过宽阔的风门厅和衣帽厅,就到了大会堂建筑的枢纽部分——中央大厅。建筑师站在这里,指着四周向我们介绍了整个建筑的布局:朝西直入万人大礼堂;往北通宴会厅;向南穿过长长的廊道,是全国人民代表大会常务委员会的办公大楼。整个建筑就是由这三部分组成的。

万人大礼堂,里面宽76米,深60米,中部高33米,体积达86000万立方米,像一座大厦。但是由于设计师们处理得巧妙,走进大礼堂的人放眼一望,从屋顶到地面,上下浑然一体,并不感到怎样空旷。屋顶是穹隆形的,天花板上纵横密排着近500个灯孔。灯光齐明的时候,就像满天星斗。顶部的中心挂着红宝石般的五星灯,灯的周围是70条瑰丽的光芒线和40瓣镏金的向日葵花瓣,象征着全国各族人民万众一心,紧密团结在中国共产党的周围。在它的外围,有3环层次分明的水波形暗灯槽,同周围装贴的淡青色塑料板相映,形成"水天一色"的奇观。

大礼堂椭圆形,有两层挑台像两弯新月围拱着主席台,使大礼堂成为层次分明错落有致的整体。两层挑台连地面共3层坐席,有9600多个席位。礼堂的主席台像个小会场,能容纳300多人。礼堂底层席位的桌柜都装有能同时翻译12种语言的译意风,每4个席位还有一个即席发言的扩音器。第一层挑台的第一排同样装有扩音器,其余席位都有能听到一种语言的扩音小喇叭。屋顶和挑台下的灯光,能够把礼堂的各个角落照得通明。

大礼堂的体形如此完美,色调如此清新,我们不能不赞叹建设者杰出的创造和智慧。但是,在这样大的空间里,音响问题是怎样处理的呢?能保证坐在任何角落的人都听清主席台上的发言吗?

在大会堂将要竣工的时候,建筑工人在这里举行庆祝大会。记者参加了这个,并且听了著名演员梅兰芳演出的京剧,从座位的最前排走到最后排,都听得一样清晰和圆润。建筑师告诉我们,处理这个万人大礼堂的音响,确实给建筑师和声学家们提出了一个新的课题。从声学角度来说,礼堂中每个人所占的空间以4至6立方米为宜,如果按此计算,这个万人大礼堂最多只能有6万立方米的体积,再大了,声音就难于听清楚。按照这个常规,就要把万人礼堂盖成一般影剧院那样,让屋顶和挑台向前倾斜,缩小空间。但是这样就会给人一种压抑的感觉。处理这个问题的时候,建筑师们跳出常规的圈子,放宽了每人所占的空间,巧妙地在每个座位上都安装上小喇叭,屋顶和墙内装置矿渣棉,天花板上钻了几百万个孔,使它变成钻孔吸音板。采取这些技术措施以后,主席台上发出的音波,多余的能完全吸走,不产生回声,又能留点混响,人们可以清晰准确地听到发言人的声音。

在这座高大的礼堂里,尽管上下3层席位高低差距很大,底层面积达3000多平方米,最远处距离主席台有60米,但是中间没有一根柱子。为了让我们了解建筑物的结构,设计师画了一张草图,并且告诉我们,大礼堂顶上藏着比北京新扩建的长安街路面还要宽的12榀钢屋架。其中有6榀,一端压在一个9米高的钢筋混凝土横梁上,所有这些重量又一起压在主席台台口的两根柱子上,每根柱子都能承受3000多吨的重量。这样庞大而复杂的结构,该是一项多么艰巨的工程啊!在这里,建筑师极力推崇建筑工人的伟大智慧和创造性的劳动,是他们在短短9个月的时间内,完成了这种复杂的结构工程,同时安装了声、电、冷热风、电视转播等各种复杂的现代化的设备。

人民大会堂的北翼是宴会厅,面临长安街。从大会堂北门进去,穿过大理石柱廊、风门厅、衣帽厅,就进入宴会厅底层大厅。这是宴前休息的场所。往前走,是5组62级的汉白玉大台阶,迎面墙壁上镶嵌着以毛主席的《沁园春·雪》为主题的巨幅国画。画的一边是一片白茫茫的江山,"山舞银蛇,原驰蜡象";画的另一边,在云海苍茫中旭日东升,照耀着大地,显得"江山如此多娇"。从这里经过东西两侧的走马廊,就进入宴会厅。

有5000个席位的宴会厅,又是另一番景象。它的面积有7000平方米,比一个足球场还大,设计的精巧也是罕见的。大厅内部的高度只有15米多,由于运用了方井高、四周低的手法,形成不同层次的对比,就显得明朗宽敞。厅内屋顶和回廊圆柱的艺术装饰最引人注意,它把整个大厅美化了,给人一种雍容典雅的感觉。

建筑师还领我们参观了设置在大厅北面东西两角的厨房。厨房直通大厅两侧的回廊,开宴的时候,服务员可以从廊道进出宴席之间。厨房里的设备都是现代化的,上部厨房与地下室冷藏间和食品加工间等,都有专用电梯和楼梯上下运输。生冷和熟食,未洗的和洗净的餐具,各有专线输送。

人民大会堂的南翼是人大常委会办公楼。这是一座口字形的大楼,中间有6000平方米的庭院,里面一片草坪,是理想的集体摄影场地,也是幽静的休息场所。从这庭院穿过一座拱形的洞门,就到了人民大会堂的外面。

我们花了一整天时间看完这座大厦的时候,万道霞光洒在外面苍翠的树丛上,洒在杏黄色的墙壁上,洒在天安门的红墙黄瓦上,放射出一片光辉灿烂的异彩。

(新华社1959年9月24日　孙世恺)

留住即将消逝的村庄
——江山市历史文化村落纪行

在古村落日渐消逝的今天,江山市留住了她们匆匆的脚步。全市102个行政村保留着历史文化村落的特色,宛如颗颗散落在乡野的明珠,熠熠闪光。

春夏之交,在古村落中穿行,不禁想起了海子的诗句:我要还家,我要转回故乡,我要在故乡的天空下,沉默寡言或大声谈吐……

一

雨后的大陈村,绿树掩映,古朴中透着清新。

扶着爬满青苔的砖墙,走在湿滑的青石路上,侧耳细听,幽远的小巷里飘来歌声:轻轻地在风中翻转,香香的在碗中盘旋……不管我们走得多远,故乡永远在我们心间……

循声而去,走进古老的"汪氏宗祠",只见男女老少在村支书汪衍君的带领下且歌且舞,歌名叫《妈妈的那碗大陈面》,是他们的村歌。

"大陈村的乡土文化也曾面临消逝。"汪衍君说。

改革开放以来,一些村庄发展迅猛,变化很大,但是她们也消逝了,因为丢掉了该有的灵魂、脚步和炊烟——那些与城市截然不同的生活美学和心灵秩序。这样的村庄只是单纯的"居住地",只是一个"空壳"。

大陈村也一度过度开采资源换取村庄的发展,经济上去了,在全市名列前茅,但村里风气日下,甚至成了央视《焦点访谈》曝光的后进村。

2005年,汪衍君被推选为村党支部书记。上任第一天,再一次踏入村中那幽深的小巷,望着眼前走过200多年风雨沧桑的幢幢古宅,汪衍君若有所思。

在村民惊讶的目光中,汪衍君修缮了古建筑,请人写了村歌《妈妈的那碗大陈面》。

音乐声中,只见汪衍君在天井里深情歌唱,舞台上下,两边厢廊,村民们为他伴舞。一曲终了,汪衍君和白发苍苍的老奶奶偎依在一起。他说,村歌讲述的正是汪氏祖先一个关于母爱的故事。

"大陈面是村里秘传百年的美食,寄托了思念和家的味道。"一位老大爷眼噙泪花。文化润泽了百姓的心田,歌声中,村民被唤醒,浮躁的心得到了抚慰,大陈人不再片面追求经济发展。眼下,虽然人均收入只排在全市中游,但是村民的幸福指数却攀升到全市前列。央视记者再次来到大陈村,这次记录的是村民的幸福。

历史文化村落不仅是历史留给当代的遗产,也应该是当代留给未来的遗产。汪衍君相告,其实,我们的生活更离不开其中的文化。

二

同是古村落,形态却各异。

青山环抱,曲径通幽,徽派建筑古雅、简洁,青石板小路纵横交错。这是大陈村。

池塘四周,整洁的村道两旁树木葱茏,整齐划一的户外健身设施、老年活动室等一应俱全。这是永兴坞村。

粉墙黛瓦,素然而立,不带一丝奢华,不见一缕雕琢。小溪潺潺绕村过,荷叶田田迎客来。这是清漾村。

竹林摇曳处,古老的"馒头窑"散落在房前屋后,各式花盆壶罐的泥坯泛着泥土的芳香,成排成列晒在农家院子里,竹椅上,老陶工悠然地抽着烟。这是和睦村。

江山共有各类历史文化村落102个,其中被命名为国家历史文化名镇1个,省级历史文化村(镇)2个。在这些村落中,散布着古栈道、古牌楼、古宗祠、古建筑群、名人故居等各级重点文物保护单位111处。在推进特色文化村建设过程中,结合特色乡土文化、田园风貌等自然禀赋,江山市科学编制了特色文化村发展与保护规划,力求"一村一品、一村一韵、一村一景"。

保护原真,修旧如旧。各特色文化村也纷纷聘请高资质规划设计单位,发掘文化底蕴,量身绘制蓝图。如清漾村的规划,由全国知名古建专家阮仪三教授作为牵头人,邀请同济大学国家历史文化名城研究中心、同济城市规划设计研究院共同编制完成;保安村、和睦村的规划,还荣获国家级优秀城乡规划设计大奖。

一路走来,我们看到生活在古建筑中的村民同样能享受现代文明生活。因为这些村庄的规划既包括古村落保护、村庄整治,又涉及乡村旅游开发,三大规划同时引领着历史文化村的建设。

廿八都因此成了一个活生生的千年古镇。虽然是一个大景点,但是古镇的居民,绝大多数还是住在老民居里,你随时可以到他们家里讨碗水喝。制作蓑衣的老人,依然坐在自家临街的门房里穿针。还有杂货店、理发店、糕点店等等,一如往昔。

三

资金不足,始终是历史文化村落建设的"瓶颈"之一。

江山市找到了破解之法:政府资金保障、引导,确保历史文化村落建设的项目前期及主体工程、基础设施建设。至今,全市累计投入历史文化村落保护利用资金2亿多元。同时,以项目推进、适度开发来带动古村落的保护。

和睦村瓦窑自然村,是一个不足600人的小村落,在商代就有比较成熟的制陶工艺,至今保留着60多座"馒头窑",被誉为中国古陶的"活化石"。但随着科技的发展和人们生活方式的转变,土陶村慢慢沉寂。

江山市政府及时启动了和睦彩陶文化村的保护与开发项目,成立和睦彩陶文化保护开发有限公司,政府出资2000万元,引入社会资金2000万元,整合村庄整治、幸福乡村建设等资源,统一规划、统一设计、统一建设。和睦人请来了陶瓷工艺美术师姜子牙,在原始制陶工艺中融入仰韶文化、半坡文化和马家窑文化等多种元素,开发生产800余种仿古彩陶工艺品,远销海内外。如今,传统制陶工艺得到传承,土陶文化产业重新成为村民的致富产业。

清漾村是江南毛氏发祥地,也是一代伟人毛泽东的祖居地。踏着青石板和鹅卵石铺就的小路,依次走过清漾祖宅、国学大师毛子水故居、清漾毛氏名人堂等景点,游客络绎不绝。

利用村内原有自然环境和历史遗存的建筑景观,江山市对历史文化村落进行了适度旅游开发,举办"毛氏旅游文化节"等活动,精心培育古村落文化休闲旅游业。清漾、浮里、花园岗等文化特色村,每年签约上海、杭州等城市游客5万人次以上。2009年以来,江山历史文化村落已接待考察游览的客人50多万人次。

古村落的保护还吸引了社会各界的参与,全市92个市级机关部门和部分规模骨干企业结对帮扶共建,到位帮扶资金500多万元。

四

这里,每个老百姓都担当着优秀传统文化保护和传承的重任,每个细胞里都跳动着文化的因子。

年逾古稀的吴赛仙,是省级非物质文化遗产廿八都山歌的传承人。老人现在演出不断,慕名而来的客人想听,她就唱;市里举办大型演出活动,她也登台亮相。在杭州打工的孙女更是欣喜地发现,奶奶的名气已在网络上传播开了。吴老太的"粉丝",遍及海内外,其中不乏专家级的人物,日本的民俗研究者已两次专程来听她唱歌。不过,最让她高兴的,则是山歌课已经在当地学校成为正式科目。

走进永兴坞村缪氏宗祠,最吸引人的莫过于墙上的光荣榜,一边是好媳妇等名单,一边是小孝星等"五小"名单,村支书缪顺朝说:"小小光荣榜,让'礼仪孝敬'在孩子们的心里悄悄扎了根。"在村两委会议室里,挂着"省文明村"、"省文化村"等40多块荣誉匾,是江山所有行政村中最多的,这其中的三分之二和"文化"有关。

多年来,大陈村一直努力构建全村男女老少都能参与的文化平台。村里出资购买了音响等设备,组建了排舞队、坐唱班和合唱团,全体村民可以根据自己的兴趣爱好,参加一项或多项活动。村民汪长秋高兴地说:"白天干活,晚上来唱唱歌,能消除一天的疲劳,也融洽了邻里关系,生活很充实,很开心。"

每年农历十月十的麻糍文化节上,外地人慕名而来,与村民一起互动,举办文艺活动。那一天,全体村民都要登台演出,而村民评选出来的"孝子贤孙"、"十佳绿化示范户"、"文明和谐家庭",往往是舞台上最大的明星。

正是充分发挥和实现了农民的主体作用,江山才把历史文化村落的保护工作不断推向深入。

(《浙江日报》2012年5月11日 毛广绘)

第十章 风貌通讯

阅读思考

通讯《雄伟的人民大会堂》可以说是风貌通讯写作的典范,还被编入中学语文教科书,成为中学生学习语文的经典之一。文章采用巡礼式的形式,详略得当、层次清晰地介绍了人民大会堂的建筑结构,使读者切身感受到人民大会堂设计的精密巧妙、结构的雄伟壮丽,读来如临其境。本文除了清晰的条理、严密的结构和准确的语言外,还有真挚的抒情、精辟的说理和犀利的见解,在文中起到了"画龙点睛"的作用。这也说明在概貌通讯的写作中,记者不是冷眼旁观的人,而应是充满热情的讴歌者,笔触中应当融进记者的饱满热情。

《留住即将消逝的村庄》是一篇纪行式风貌通讯,获得了第二十三届中国新闻奖二等奖。

2012年5月9日,浙江省历史文化村落保护利用现场推进会在江山召开,记者随与会人员一起现场察看了江山的历史文化村落,深深感受到江山在保护古村落方面所做出的努力和取得的成果,写出了这篇通讯。这是一篇反映重大主题活动的报道,按照常理,此类报道给人的感觉一般是官话、行话比较多,没有什么很真切的内容,但是本文却打破了这一"认识",去除了宣传腔。记者运用散文的笔法,在轻松的笔调中给出了历史文化村落保护的江山答案,充分体现了"走转改"的精神,对党报工作性报道做了有益探索和创新,行文中毫无政策的生硬感和形式感。

文章开篇即以记者的行踪带着读者走进了古村,在优美的文字中,读者领略了形态各异、具有诗意美的古村落,现场感很强。尤其是文中背景材料的使用很精妙,记者通过与村支书的交谈,很自然地交代了大陈村过去的困境和现在的发展;在对古村落群诗意的描绘中,颂扬了江山市为保护古村落方面所做出的努力和取得的成果。这些材料加深了读者对古村历史发展的了解,却毫无突兀感,与文章形成了天衣无缝的完美结合。

试分析:风貌通讯中,情感起到一种怎样的作用?如何做到情景交融?风貌通讯中背景材料的运用要注意些什么?

第十一章 工作通讯

一、文体概说

工作通讯就是报道和反映当前实际工作中的新经验、探讨新问题的通讯,它既能反映各部门贯彻党的大政方针的成就与问题,也能指导工作、推动实际问题的解决,由此成为通讯中的重要报道形式之一。

工作通讯的内容一般包括:先进典型的工作经验或某些具有普遍意义的业务经验介绍,对当前实际工作中存在的某一重要问题的提出和探讨,工作作风问题和思想问题典型事实的论述,等等。一般而言,工作通讯大多数用来介绍和推广先进经验。

根据其内容,工作通讯可以分为两类:报道型工作通讯和研究型工作通讯。前者主要是向读者报道工作中的新经验和社会生活中存在的一些重要问题;后者的重点是探讨和研究解决问题的办法。

工作通讯写作要求如下。

1. 切合当前工作的需要,抓准具有现实针对性的问题

工作通讯旨在解决实际问题,具有很强的针对性和指导性。问题抓得准不准、是否具有现实针对性,取决于记者对党的政策和对实际工作进展情况的了解程度,以及判断是否正确。这不仅决定着通讯能否发挥指导作用,也决定着整篇通讯的成败,所以这也是衡量一篇工作通讯质量的基准。

因此,要抓准具有现实针对性的问题,应该从以下几个方面入手:

(1)要选择具有普遍指导意义的,与人民生活息息相关、事关切身利益和公共事业的热点难点问题,如物价上涨、环境污染、交通阻塞等。

(2)抓反面典型,通过反面事例,提出问题,能起到警醒社会的作用,也有利于问题的解决。

(3)抓住社会发展中出现的新事物和新问题。这有利于廓清人们对社会发展的认识和理解,缓解新旧矛盾的对立,具有极强的指导性。

2. 用事实说话,找到解决问题的办法

首先要选择典型事例。通讯写作必须遵循新闻报道用事实说话的原则,这就需要运用

第十一章 工作通讯

具有说服力的典型、生动的第一手材料,在此基础上才能为分析矛盾、解决问题提供事实依据,也能使读者更直接、更快捷地接受。

其次要做实事求是的透彻分析,不要急于下结论。对事实进行分析一定要实事求是地从实际材料中找出事物之间的内部联系,展现出事物产生、发展和变化的过程,以便读者正确认识问题或清晰经验的普遍意义和适用范围,有利于工作的开展。在碰到比较复杂的问题的时候应该多侧面、多角度地反映,不要做简单的判断和结论,这样有利于工作更细致、更有针对性地开展。

3. 叙议结合,写出思想深度

在报道事实的同时结合一定的评议,既能使事实的叙述显得更加有生命力,又能使议论更加有说服力,显示出文章的思想意义。在结合事实发表评论时要恰当适度,真正做到叙事出理,议论生风。

4. 多样的表现形式

比起人物、事件、风貌等通讯来,工作通讯在题材方面的生动性要差些,但是不能因此就放弃对生动性的追求。在表现手法上,可以挥洒自如,综合运用各种写作手法,充分利用采访得来的材料,穿插知识趣闻、设置曲折的情节等,把可触感的人、事和一些场景的描写,呈现给读者。总之,要在叙述清楚事件的基础上,尽可能把枯燥的东西写得生动活泼、妙趣横生。

在表现形式上,可以写成见闻式、日记式、谈话式、对话式、随笔式等。

二、个案评析

◇ 原文

联星村里的笑声
——宁夏农村税费改革纪事

从2002年开始,宁夏回族自治区在全区推行农村税费改革。两年多过去了,农村税费改革给农民带来哪些好处?8月18日,记者来到贺兰县金贵乡联星村。

马建国:以前交农业税和"三提五统"用了14袋小麦,今年只用了5袋小麦。农民负担比改革前减轻了70%。

马建国是联星村农民,家里4口人。提起农村税费改革带给农民实实在在的利益,马建国拿烟的手有些颤抖,双眼一下子就湿润了。

马建国清楚地记得,他2001年到粮站出售小麦时,用小四轮拉了14袋子小麦,每袋子小麦100斤,就是1400斤。小麦卖完后,扣完农业税和"三提五统"的钱,能够装进马建国口袋里的只有不到30元。马建国感慨地说:多亏我家离粮站近,午饭是赶回家吃的,如果在街上吃饭,身上那点钱就所剩无几了。今年就不一样了,只用小平车拉了5袋小麦,扣除应交的农业税款,粮站还找给他每斤2毛2分5。马建国算了一笔账,农村税费改革前,他每年要交的农业税款加上"三提五统"得800多元,现在只要交220元就够了。改革前后相比,差距真是太大了。

吴学国:不再交"三提五统",农民的负担大大减轻。以前收各种税费隔年都收不完,现在 10 来天就交齐了。

联星村会计吴学国给记者列出村民金希伏家在税费改革前应交的"三提五统"清单：公积金、公益金、管理费、教育附加费、民兵训练费、优抚费、计划生育费和道路修建费，合计404.1 元。吴学国扬扬手里的清单说，农村税费改革后，就意味着金希伏家的这 400 多元不用再交了。减负就是增收，就相当于金希伏家无形中多收入了 400 元。实际上也不是金希伏一家，全村的 720 个农户都是这样的。

吴学国摁了摁手里的计算器说，税费改革前，联星村农民人均负担需要 200 多元，现在只要 35 元左右就够了，亩均负担需要 43.6 元，现在如果加上政府发给的粮食直补金和化肥补贴，亩均负担只有 9.2 元。

这位曾为征收"三提五统"和各种税费伤透了脑筋的村会计无奈地说，以前，为了收那些钱，不知磨多少嘴，跑多少腿，常常是今年的钱到明年还收不完。现在只有农业税了，那是农民应当交的，联星村今年收农业税只用了 10 天时间。

纳建林：对种地投入更多，撂荒地不再荒了。农村税费改革调动了农民种粮和农业结构调整的积极性。

谈到自家的种粮计划，村民纳建林就显得兴奋不已。这位年轻人乐呵呵地说，农村税费改革后，农民负担减轻了那么多，现在，他一心想的就是多投入，多产粮。镇上良种站推广什么新品种，他总是花大价钱买回来，头一个试种。书店里进了农业技术方面的新书籍，他都要买一本，仔细钻研。纳建林说，原来他有 2 亩地撂荒了，现在他在撂荒地上又种上了水稻。

陪同记者采访的贺兰县分管农业的副县长吴万军介绍说，农村税费改革的成功实施，调动了农民种粮和农业结构调整的积极性。今年，贺兰县粮食种植面积发展到近 50 万亩，比去年增长 2.3%，仅小麦播种面积一项就比去年增长了 3%。贺兰县紧靠银川市，发展蔬菜种植有得天独厚的条件，目前，该县的二代日光温棚已发展到 12 万间。该县农民还进一步优化蔬菜种植布局，增加弓棚香瓜、冷棚韭菜、麦套螺丝菜、地膜茄子、地膜土豆等特色菜种植面积，上半年完成蔬菜产值 3300 多万元，比去年增长了 10.8%。

杨占明：过去因为收费"吃饭没人让，狗咬没人挡，进门就抬杠"，现在村民脸上笑容多了，还请喝酒哩！

农村税费改革密切了干部与群众的关系。提起这档子事儿，联星村党支部书记杨占明就咧开嘴笑了。

过去因为收取"三提五统"的事儿，杨占明可没少得罪人，弄得村干部和群众之间的关系非常紧张。有时候在张家收钱呢，李家知道了，就把门一锁躲了。那次他到一个农户家里去收费，刚进门，家里的小孩子就跑着给大人报信去。杨占明不好意思再进门，扭头就走。杨占明笑说，因为收费，我们村干部成了"吃饭没人让，狗咬没人挡，进门就抬杠"的主儿，有时候在巷里碰上个村民，还没张口说话呢，对方先开腔了：我家的"三提五统"已经交了！搞得人怪不好意思的。

农村税费改革后，原来的"三提五统"不收了，村民们乐了，脸上有了笑颜，时不时地买几瓶啤酒，把杨占明请过去，跟他喝几杯。

李彦凯：农村税费改革规范了农民与国家、集体之间的分配关系，促进了基层组织职能和干部工作作风的转变。

李彦凯是宁夏回族自治区专门分管农村税费改革的财政厅副厅长。他说，实行农村税费改革后,明确了农民应尽的义务,规范了涉农收费行为。农民对国家只缴纳农业税,对村集体只缴纳农业附加税,并承担生产公益事业"一事一议"筹资筹劳,理顺了国家、集体和农民三者之间的分配关系,有效遏制了农村"三乱"。同时,规范了农业税收征管,农民凭纳税通知书依法纳税,提高了透明度,增强了依法纳税意识。

李彦凯对记者说,改革前,农村税费征收环节多、工作量大,乡村干部"一年四季忙,只为收钱粮",工作难度大。税费改革后,征收项目减少,集中服务,程序简化,工作量大大减少,把乡村干部从大量的琐碎事务中解脱出来,使他们有精力和时间去研究如何发展农村经济、为农民提供服务、为群众办实事,促进了干部作风的转变。

(《人民日报》2004 年 8 月 28 日　杜峻晓)

◇ **点评文章**

角度带来的生动

2000 年 3 月,中共中央、国务院下发了《关于进行农村税费改革试点工作的通知》,正式启动了农村税费改革。2003 年,随着各方面条件都已成熟,这一改革开始在全国所有省区市进行试点。农村税费改革主要是减免直至最终取消农业税、农业特产税以及面向农民收取的提留款、统筹费,使农民负担大为减轻,同时对种粮农民实行直接补贴、良种补贴、农机具补贴、农资综合补贴以及退耕还林补贴等,使农民得到国家财政的直接支持。它是继土地改革、家庭联产承包责任制之后的又一次重大改革,是促进农业发展、农民富裕、农村繁荣的重大举措。

这一惠民政策在实施过程中会带来怎样的成效,是人们关注的焦点。针对这一情况,记者选择了推行税费改革两年多的宁夏回族自治区,深入腹地,直接到村、到户采访,收集到大量税费改革成功的事例,这就有了这篇《联星村里的笑声》。

这篇通讯通过对各级干群的访谈,将宁夏回族自治区推行农村税费改革两年的成就呈现在读者面前:农民负担减轻了,干部工作好做了,农民种田的积极性提高了。文章读来生动有趣,仿佛一串串笑声就萦绕在耳畔,这就是记者选择的角度带给我们的生动。

"角度"一词,我们从达·芬奇画蛋的故事中能够得到最直接的诠释:从多方面反映事物以获得对事物更全面、更完整的认识。同样在新闻写作中,选择好新闻角度,就是要把事实的新闻价值更加充分、更加突出地挖掘和显示出来,更好地起到新闻报道吸引人、感染人、教育人的作用。这也是搞好新闻宣传的一个重要方面。但是政策性的题材要表现得生动绝非易事,因为政策的严肃和生硬很容易给读者产生距离感和歌功颂德的印象。然而这篇通讯则突破了人们对政策的定性认识,以贴近的方式,用平视的角度,从村民的切身感受入手,将农业税费改革中涉及的一些僵硬数据变得灵活生动,化解了政策的距离感。以平视的角度来报道一些复杂的经济现象,特别是一些重大经济政策的出台,能显示出独特的传播效果。因为它具备深入浅出、论述准确、具体生动、说服力强的特点。例如文中讲到农业税费改革前后农民的负担的变化、积极性的提高等方面就通过村民的话直接表现出来,完全没有罗列数据的生硬、单调和高高在上的态度,反而流露出一种浓郁的生活气氛,真实可感。试想一下,假如记者列出数据表,再用政策化的语言来解说的话,显然不会有现在的感染力。

因此,为了选准、选好新闻角度,新闻工作者就需要有较强的政治理论知识修养,能够把握正确的方向,在看待问题、分析问题时,思想要解放,这样才能发掘出文章独特的角度而使其变得灵活和生动。当前,中央要求新闻报道工作做到"三贴近",要关注群众切身利益,联系群众身边实际,改进宣传方法,提高引导水平,运用群众的语言,报道有实在内容、有新闻价值的事情。本文的平视角度,应该说是新闻报道工作"三贴近"的体现。

此外,本文在采访上很好地处理了群众与领导的关系。文章的每一个部分都是先采访村民,他们是政策成效的最好检测者,最有发言权,然后再去采访相关领导,而不是先从领导处得到信息,再去找事例印证,避免了偏听偏信。因此整篇文章显得全面、客观、真实。

好的采写角度还需要好的表现手法的配合才能创造出好的传播效果。本文在表现手法上,大量采用对比,借用人物语言将过去和现在进行比较,不需要记者过多言语就向读者传递着政策实施的正面效应。另外,人物语言生动有趣,极富表现力。例如,讲到税费改革前后的干群关系的变化,联星村党支部书记杨占明说:"过去因为收费'吃饭没人让,狗咬没人挡,进门就抬杠',现在村民脸上笑容多了,还请喝酒哩!"虽然简单,却浓缩了许多内容,生动有趣,也意味深长。

三、作品鉴赏

解决问题在现场

——天津三级党政机关干部帮扶基层纪实

群众工作的"主场"在哪里?不在领导干部的办公室,不在机关大院的会议室,而在企业社区,在百姓邻里。

5年来,天津市、区县、街道乡镇三级党政机关干部坚持开展深入基层的主题活动,成为群众路线教育实践的扎实平台。目前,市级四套班子负责人都建立起自己的联系点,推动了一大批民生问题的解决。

民心工程验收居民当场打分

"你的施工节点有问题吗?"市级民生项目第五服务组组长、建交委副主任穆怀国询问承担陈塘庄热电厂搬迁配套任务的负责人。7月10日,在纪庄子污水处理厂搬迁指挥部,五组专题研讨这两大搬迁工程夏季安全施工及工程进度。

位于中心城区的热电厂、污水处理厂迁到近郊,市民十分关注,其中陈塘热电搬迁共有11项配套工程,民生项目五组详细听取施工单位"有骨头有肉"的防中暑、度汛期、保安全措施。

会散了,仍有施工单位追着穆怀国讲协调的难题,穆怀国笑着说:"你们给我派活。干民心工程一定要得民心。"记者细查民生项目五组的帮扶汇总表,包括新建改造社区老年日间照料中心等29个问题,5个月解决了27个,像夏季安全施工这样开在一线的调研协调会达60余次。

"变化可谓新旧两重天。"天津河西区龙江里改造居民监督组成员王世珂说。龙江里22栋楼整修今年5月已竣工,"多年的道路铺砖硬化,居住条件改善,更换了上下水管,顶层加厚达到二步节能……居民未花一分钱。"80岁的居委会老主任茹景俊说道,市区指挥部负责人在施工前、中、后面对面听取居民建议,经常不打招呼就抽查到工地,居民代表参与"日碰头"例会,下水管的更换直接吸收他们的意见。

市旧楼区提升改造指挥部每周召开全市施工调度会和市级17个部门的工程协调会,全程监管、重点跟进、专项对接。今年市指挥部聘请了588名居民监督员,巡查所在小区文明、安全施工,竣工验收享有一票否决权,并且由居民代表当场打分。

1400余名群众"乡贤"调解社会矛盾

三级干部帮扶基层,如何保障城乡基础的改革发展与稳定?在津郊武清区,区委书记张勇介绍说,我们摸索了"三个三"体系,即整合"三个站室"——综治信访服务站、社区警务室和人民调解室;实现政法干警、基层党组织、人民调解"三个下沉";调动老公安老法官老检察官,党代表、人大代表、政协委员和"乡贤""三个参与"排查化解矛盾。

武清区已选派18名富有经验的政法干警,弹性挂职重点村居支部副书记。南蔡村镇法庭庭长刘仲祥今年4月挂职泗村店村支部副书记,新村委会上任,刘仲祥通过谈心聊天,宣传《村民委员会组织法》,帮助村委会成员提高依法办事的觉悟。

武清区首批选聘5位退休老公安、老法官和老检察官,担任5个街道综治信访服务中心副主任。法庭退休审判长门舒翔被选任为亨通花园小区综治信访服务中心副主任。在这个5223户的社区里,他坐镇人民调解室,每天开门遇到各种邻里家庭纠纷,养鸡养狗、做买卖不扰民等,老门一一给以调解咨询。

"想讲理吗?到社区调解室"成为左邻右舍的习惯。调解室今年已调解500余人次。东蒲洼街道办事处副书记傅海勇说,"我们把居民身边的上访诉求化解在社区。调解就是做群众工作的过程。"

武清区组织1400余名有群众根基和较高民望的"乡贤",参与社会矛盾调解。村店镇人大代表李学岐就是其中一位。今年5月,太子务村两家前后街坊因房屋构造修缮产生矛盾,恶语相向,李学岐以乡情劝说,找来瓦匠,定位画线,平息纠葛。当时又有一交通事故当事人找来,李学岐依法耐心劝说,尽快赔偿,难事化了。

便民惠民成准绳,服务专线日均受理3600件

天津自上世纪80年代兴建"两北"居民聚集区——体院北和咸阳北路,近年坐落红桥区的咸阳北路部分社区服务设施滞后,下岗困难群众较多,街道办事处摸准实情,在707所社区开办蔬菜超市,在街道和20个社区工作站开设就业超市,通称"双便民"超市。707所社区老年人占1/3强,蔬菜超市位于居民楼群原社区活动中心,中午想吃茄子白菜,老人下楼即买,捎带副食品,回家即烧,而且蔬菜由街道办事处联系,从武清区的大棚直供,与居民餐桌对接,价格便宜,来买菜的居民连连夸赞。

靳思刚、任铁成是咸阳北路街道"50后"下岗人员,通过就业超市应聘到新建的火车西站蓄车区,当上管理员,任劳任怨。半年来,咸阳北路街道就业超市提供1000多个工种岗位,月月举办招聘会,总计400多待业青年、下岗失业人员再就业。

"干民心工程,如履薄冰。"谈起市旧楼区提升改造,市国土房管局副局长王菁这样告诉记者。天津从去年起用3年完成1000多个、5000万平方米成片旧楼区提升改造,今年计划完成480个小区、2000万平方米,惠及32.5万户、110万居民。启动前,市区房管系统对旧楼现状作了层层大量调研,问卷调查,摸清底数,问需于民。

12319是天津24小时服务专线电话接报最多的,涉及供水、燃气、供热、公交、出租车、排水等居民须臾不可离的事项,还担负旧楼区提升改造等民心工程的意见征询。中心主任蔡

建华告诉记者,热线日均受理达3600件,随报随派,马上就办,是市民生活难题现场解决的窗口。

(《人民日报》2013年7月26日 陈杰)

寒冬·暖流
——吉林省抗严寒保民生纪实

风雪肆虐、寒潮频袭。入冬以来,吉林大地天寒地冻、雪覆千里。

严寒蓝色预警,大雪橙色预警,极端最低温度-37.6 ℃……5次暴雪、4次寒潮席卷全省,"冷,太冷了!"一时成了人们的口头禅。天气预报,成为吉林人"每日一听"。

今年1月以来,全省平均气温为-17.5 ℃,较常年同期低2.3 ℃。1月13日,省气象台预报:吉林省将出现严寒天气。极端最低气温将出现在15日至16日,全省大部分地方一般为-27 ℃至-30 ℃,局部地方可达-36 ℃。

专家称,当气温处在-25 ℃以下时,每降一度,生产运行和机器故障率就会提高3%。极端天气给吉林省供热、供水、供电、供气等生产生活设施的管护和设备的正常运行带来了极大威胁。

面对严寒,吉林省严阵以待,紧急部署,采取一系列针对性措施,启动应急预案,积极应对严寒天气,千方百计让老百姓温暖过冬。

省委书记孙政才,时刻牵挂着群众的冷暖。去年12月,孙政才书记作出重要指示:"把抗严寒作为当前民生工作一件大事,切实抓好!"要求各级党委、政府和相关部门,强化措施,落实责任,切实加强城市供热,抓好供热保暖和城市供水、供电、供气,以及煤电油气的生产和调运,努力把严寒天气对广大人民群众生产生活的影响,降到最低限度,确保人民群众安全过冬。

去年12月17日,省长王儒林深入供热一线,长春热电二厂成为应对严寒、研究解决供热问题省长办公现场。王儒林强调,冬季供热是北方群众最基本的保障性、生存性民生需求,要采取针对性措施,着力解决突出问题,千方百计克服困难,积极应对严寒天气,全力以赴保障供热。

寒潮突如其来。长春热电二厂和长春热电四厂发生"棚煤"冻堵,令人猝不及防。煤炭在送煤漏斗中形成黏结冻块,影响锅炉给煤,供热运行受到严重影响,两个热网低温运行,长春经开区和朝阳区、南关区、二道区、宽城区、绿园区等城区部分区域群众受到严重的冷冻威胁。面对复杂情况,长春市委、市政府主要领导紧急部署,坐镇指挥供热设备维护和供热系统运行,千方百计采取有效措施,全力以赴把供热温度烧上去。

抗击严寒,让百姓温暖过冬!省委、省政府发出的动员令响彻全省各地!一场抗严寒、保民生的行动在冰雪皑皑的吉林大地迅即展开。各级党委、政府积极采取措施,科学组织,全力以赴,迎战低温严寒天气,确保群众温暖过冬,确保群众生产生活不受大的影响。"让百姓温暖过冬"如同冬日暖阳,在吉林老百姓心头涌动!

"多亏有了'暖房子',要不然,这么冷的天儿真是没法过啦!"家住长春市解困小区的李大叔,指着卧室里的温度计对记者说,家里的温度有18 ℃以上,全家都挺知足的。李大婶抢着说:"我家是20多年的老楼了,以前是铁窗户,在窗户旁站一会儿,一边肩膀就吹透了。现在免费给换了窗户,房子贴上了保暖板,要不然再咋烧,屋里也留不住热乎气。"

第十一章　工作通讯

三九严寒,"暖房子"功效凸显。采访中,我们听到最多的一句话就是"多亏有了'暖房子'"! 去年年初,吉林省成立由省领导挂帅的吉林省暖房子工程领导小组,一年来,全省用于"暖房子"的各项投入高达60多亿元,新增集中供热能力5949万平方米;改造撤并小锅炉800座;陈旧管网改造800公里;既有建筑节能改造及供热计量改造1200万平方米……"暖房子"工程,让全省15.15万户、48.49万城市居民冬季供热保暖得到了根本改善。此时,记者想起了去年这个时候第一次报道"暖房子"时的那句话——"暖房子"工程暖民心。现在,记者又想起这样一句话——"暖房子"工程见实效。

抗严寒,保民生,让百姓住上暖和屋子,这是省委、省政府的郑重承诺,是供热企业的社会责任。

长春市低保户董淑贤家,紧靠冷山,暖气片锈蚀,室内温度很低。前两天,桂林街道办事处给她家更换了新的暖气片和暖气管。董淑贤难以掩饰内心的喜悦:"这一年,我家收获还真不少,楼外面给做保暖了,屋里给换暖气片了,我们这些低保户有人管,有人关心啊!"这只是长春市朝阳区桂林街道办事处开展"党员送温暖"活动的一个小镜头。长春市宽城区启动了"温暖"大走访,深入居民家中,为低保户、低保边缘户、鳏寡孤独户等特殊群体购买供暖设施,确保困难群众温暖过冬。

1月13日,长春热电二厂机组控制室电脑显示,热网出水温度90℃左右,回水温度43℃左右,水的压力、每小时流量和燃煤运送设备等所有数据,纷纷指明一个方向——供热达标。在东岭热力公司锅炉房,记者看到,5台80吨以上的大锅炉炉火通明,司炉工紧张有序地忙碌着。有关负责人告诉我们,平时只烧3至4台锅炉,烧煤700多吨,现在启动了备用锅炉,用煤量比平时多近一半。为了杜绝"棚煤"现象发生,这里增加了许多工作量,先将煤运到干煤棚内,把湿煤和干煤掺拌到一起,上煤时少上、勤上,控制好煤斗里的存煤量,派专人死看、死守,防止"棚煤"堵冻。

面对新一轮寒潮,长春各家供热公司纷纷厉兵秣马,严阵以待。同鑫热力公司承担1000万平方米的供热面积,热用户11万户。他们成立了一支专业的应急抢修队伍,专门负责应对突发事件,为保供热设立了双重防线。长房供暖公司特别要求,严寒天气不计成本,务必烧热值高的优质煤。

在极端恶劣的天气里,"供热达标"并非易事。在应对寒潮中,吉林省超前谋划,做好预测预警,提前做好防范措施。工信、住建、供电等部门,对供热、供煤、供电实行"日调日报"和"24小时专人值守"制度,及时准确了解情况,与地方政府相互沟通信息,切实解决苗头性、倾向性问题,保障群众不受冻。刚刚到任的省住建厅主要负责人秦福义,召集"暖房子"会议,就今冬保障供暖和今年"暖房子"增量扩面、推进到县作出部署。目前,省供热协会14个小组,已经奔赴全省各地检查供热安全运行和设备检修情况。据了解,今年如果把全省县以上城市急需改造的7000万平方米既有居住建筑,全部实施节能改造,将惠及110万户、340万城市居民。

保障供暖,煤炭先行。煤炭短缺历来是吉林省一个客观瓶颈,特别是采暖期,仅电煤需求就高达2700万吨,而严寒更加剧了煤炭的紧缺形势,调煤抗寒,保生产、保民生,成为当务之急。为此,省工信厅副厅长张伟民四处奔波、紧急调动。龙煤集团、霍煤集团、沈阳铁路局、哈尔滨铁路局,几天就得去个来回。现在,每天可以保证20趟煤炭专列驶入吉林省。随着春节临近,为应对正在逼近的寒潮,省工信厅建立了省、市、企"三级煤炭储备"、"三级监控体系"和"三级应急响应"机制,全力组织煤炭供应。

　　天寒人心暖。抗严寒、保民生,吉林在行动!

(《吉林日报》2011年1月14日　李新民　崔忠文　栾哲)

阅读思考

　　《解决问题在现场》写的是天津三级党政机关干部帮扶基层的事情,这是一篇有思想、有内容、契合时代主题的好文章。

　　党的十八大提出,在改革开放和社会主义现代化建设的关键时期,坚持党的群众路线,紧扣贴近群众、联系群众、服务群众、惠及群众、依靠群众的主题,全面加强党的作风建设,着力做好新形势下的群众工作。2013年是党开展群众路线教育的关键性一年,党政机关如何为民、务实、清廉开展群众工作是当前社会普遍关注的焦点和热点问题。该稿件的刊发很合时宜,在全国范围内推广天津经验,为全国各级党政机关送来了比黄金更重要的信心与精神动力,催人奋进。

　　稿件的标题既展示了工作通讯的记事性,又清晰地向受众传达了其主题与新闻价值,站在全局高度,体现时代精神,起到了良好的导向作用。写作角度既展现了宏观大局,又寓大于小,细腻入微。文中所选取的事例生动鲜活,语言朴素真实,平凡中见真情,深深感染了读者。

　　《寒冬·暖流》荣获第二十二届中国新闻奖二等奖,采写的是2011年吉林省抗严寒、保民生、千方百计让老百姓温暖过冬的工作报道。报道主题生动,紧扣时代脉搏,彰显了党和政府的民生情怀,体现了时代精神。在一年中最冷的日子,记者奔波于省委、省政府、各有关厅局全面了解情况,深入供热、供水、供电、供气相关部门,切实了解煤电油气的生产和调运,走访住宅小区、居民家中体会冷暖,采访过程的艰辛可想而知。由于采访人物众多,记者获得了大量的第一手材料,写出了一个又一个生动可信的事例。

　　局部地方最低温达-36℃!报道从极端天气起笔,到猝然发生的"棚煤事件",形势危急,省委、省政府高度重视,提出"把抗严寒作为当前民生工作一件大事,切实抓好!"全省上下严阵以待,紧急部署,采取一系列针对性措施,启动应急预案,积极应对严寒天气,千方百计让老百姓温暖过冬。全文虽涉及面广,但脉络清晰,重点突出,文笔跌宕起伏,较好地运用了夹叙夹议的写法,写出了思想深度。

　　工作性通讯的目的,是通过报道当前实际工作中的新经验、新成就和新问题,以期更好地指导社会活动。具体的事实新奇多变,概括而言,又带有人们熟知的规律性,"眼前有景道不得",说出了记者写作工作通讯的难点。能否从事物的共性出发,找出各自工作的特色,亦即事物的个性,成为报道成败的关键。这两篇文章就此为我们提供了成功的范例。难能可贵的是,记者在作品中把导向性和可读性巧妙结合在一起,使报道内容具有较强的吸引力、感染力和说服力,对新闻工作者如何抓新闻、如何写新闻都具有一定的启示和示范意义。

第十二章 事件通讯

一、文体概说

事件通讯是指详细报道现实生活中新近发生的、有意义的、具有新闻性的事件的通讯。在通常情况下,它是消息的补充和发展。

事件通讯的选题极其广泛,可以涉及政治、经济、军事、司法等各个层面,既可以赞扬社会主义时代的新思想、新风尚,也可以揭露存在的实际问题,引起人们的重视。

事件通讯以报道社会中新近发生的事件为主,非常强调时效性,一旦时过境迁,就可能因失去报道的时效性而丧失应有的新闻价值。

在事件通讯的写作中,我们要注意以下几个方面。

(1)立意要高远,要体现时代的主题。事件通讯报道的新闻事件必须放在社会、时代的大背景下来考量,才能揭示新闻事件蕴含的深层意义,才能反映时代发展的特点,提炼出具有鲜明时代特征的报道主题。

(2)表现手法的多样性。事件通讯一般以叙述和描写为主,但是为了增强文章的生动性、形象性,还可以综合运用议论、抒情等手法,熔事、情、理于一炉,给受众以更多的感受。

(3)叙事线索模式多样。每天发生的新闻事件多种多样,情节也各不相同,因此事件通讯的叙事线索模式不可能固定,它可以根据事件的不同,进行灵活选择:

①按照事件发生、发展、结束的顺序为叙事线索。事件发展的基本脉络可以得到很清晰的呈现,这是最常见的一种叙事模式,也可称之为纵向叙述。

②根据事物发展的空间变换作为叙事线索。多采用并列的方式,从几个方面分别描述,能很好地展示事件的全貌。

③制造悬念,倒叙开头。先讲事件的结局,再交代事件发生、发展的过程,这也是事件通讯中常用的一种叙事手法,能使得整个叙事显得有吸引力、有变化。

④"花开两朵,各表一枝"。其实就是围绕一定的中心,对有关联的几件事逐一进行介绍,着重揭示事件之间的因果关系。

无论采用哪种叙事模式,前提是保证事件的叙述完整,要服从通讯主题的需要,为突出通讯主题服务,不能为了新颖而过分追求叙事技巧。

(4)在叙事中写好人物。"事因人生,人因事显",事件和人物有密不可分的关系,因此事件通讯中也要写好人物。而事件通讯中所写的人，是为了写事、为描述事件的进展服务的，所以要挑选那些能体现事件思想意义的典型人物来写；要通过事件的产生和发展的叙述带出人物来，做简洁的描述，不能着力写人，因此事件通讯中的人物常以"群像"的方式出现在读者面前，他们能从不同的角度显示事件的意义和内涵。

二、个案评析1

◎ 原文

莲花绽放不夜天——澳门回归夜纪实

这是中华民族历史上又一个庄严神圣的时刻——

这是中华儿女翘首期盼的时刻——

1999年12月20日零时，一个发自肺腑的呐喊在澳门上空回荡："母亲，我回来了！"

澳门欢腾了！濠江沸腾了！

庆典的礼炮，又一次为民族的盛事鸣响；美丽的礼花，再一次为祖国的团圆怒放。

澳门进入了历史新时代，祖国统一大业又迈出重要的一步。

鲜艳的五星红旗和美丽的澳门特别行政区区旗在澳门升起，高高飘扬。走上新历程的澳门，今天凌晨是如此美丽，"南海宝石"熠熠生辉，放射出夺目的光芒。

站在澳门半岛的最高点——东望洋山顶俯瞰澳门，远近灯火辉煌，处处流光溢彩。澳门的最高建筑中银大厦的墙上，长城、莲花、回归燕组灯闪烁着七彩光芒；伶仃洋灯火点点，澳氹大桥和友谊大桥的光带把澳门半岛和氹仔岛、路环岛的灯火连成一片；东望洋山上13米高的灯塔发出的光束与浩淼海面上的点点渔火交相辉映。

大街小巷处处充满浓烈的喜庆气氛。街道两旁的建筑物上遍插五星红旗和澳门特别行政区区旗，绵延不断的串灯五彩缤纷，"回归燕"、"莲花"、"五星"等灯饰把澳门装扮得千姿百态。从妈阁古庙到大三巴牌坊，从关闸到新口岸港口，从市政厅广场到南湾湖畔，从氹仔到路环，到处是欢庆的人群。人们尽情地跳，尽情地唱，尽情地抒发满腔的喜悦。

作为澳门社会活动的中心地带的市政厅广场，彻夜灯火辉煌，人声鼎沸，一片欢歌笑语。歌舞晚会"万众欢腾迎回归"吸引了数千市民参与。100多位市民在晚会上表演节目，有满脸稚气的孩子，有白发如霜的老人，更多的是风华正茂的青年学生。舞蹈《回归颂》、《回归扇舞》，歌曲《在希望的田野上》、《明天更美好》，赢得观众们一阵阵热烈的掌声。100多位演员齐声高歌《歌唱祖国》，激昂的歌声飞向夜空，传向远方。

观看节目的建筑工人谭寿宁激动地说："树高千丈，叶落归根。澳门回归梦想成真。这完全得益于祖国日益繁荣强大，祖国好，澳门也好。"

时针指向零点的时候，在市政厅广场值勤的治安警察冯仲权掏出早已准备好的新警徽佩戴上。这位年轻的警察说："今晚所有值勤的澳门警察都会像我一样，在第一时间内以最快的速度更换徽章。"

澳门回归，带着澳门40多万居民的欢乐，载着12亿中国人民的自豪，也牵动着世界的目光。许多外国嘉宾和新闻记者在这里亲眼见证了澳门历史的转折。

在政权交接仪式现场，当五星红旗和澳门特别行政区区旗冉冉升起时，93岁的澳门归侨总会会长梁披云眼里噙着泪花。今昔对比，他忘不了当年自己出洋在外寄人篱下遭受歧视的痛苦,更为今日祖国强大、人民挺起腰杆而自豪。他告诉同时出席澳门政权交接仪式的儿子梁仲虬:"现在澳门继香港之后回到祖国怀抱,可喜可贺啊!我们澳门归侨一向有爱国爱澳传统,回归后要继续与祖国、与澳门、与海内外华夏子孙携手并肩,为促进祖国的统一大业出力。"

对这神圣一刻同样刻骨铭心的澳门大学教授杨允中说:"我早就盼着这一刻了。"参加交接仪式和澳门特别行政区成立仪式后,他将飞赴北京参加首都各界庆祝澳门回归活动。"今晚我不睡觉了。这么大的喜事,有几个澳门人能睡得着觉呢?"他边说边开怀大笑。

午夜时分,有500多年历史的妈祖阁前聚集了众多的澳门居民,他们是来这里庆祝澳门回归的。"妈祖阁是中华文化在澳门的象征之一,是澳门人维系与祖国血脉相连的根。"来自北区的梁伯激动地说,"我要为回归的澳门烧一炷香,祝愿澳门在祖国的怀抱中日益发达。"妈祖阁前的海事博物馆是当年葡萄牙人的登陆地,零点时分,工人们忙着更换大门口上的旧徽章。

澳门最北端的关闸,是连接澳门与内地的重要陆上通道。北区居民们在夜幕降临后便早早聚集在祐汉街市广场,用歌声和舞蹈迎接澳门新纪元的到来。零时刚到,随着葡萄牙国旗降下,人们热烈欢呼:"回归了,我们今天回家了!"

望厦社区的几条主要街道上,挂满了五星红旗、澳门特区区旗和澳门回归吉祥物"回归燕"的招贴画。望厦街坊会大门上"欢庆回归"几个大字在霓虹灯下更添喜气。零时钟声敲响时,望厦社区欢腾了,居民们在彩灯闪烁、彩旗飘扬的街道上载歌载舞。带着孩子在街头庆祝回归的居民梁海亮说:"今后,我们可以堂堂正正做中国人了。"

大三巴牌坊是澳门最具特色的标志性建筑之一。回归之夜,3000多名澳门市民及宗教界人士汇聚在这里,在临时搭起的舞台上,表演各种欢庆的歌舞。零点时分,当舞台上的大屏幕出现五星红旗冉冉升起的画面时,掌声、欢呼声响彻在牌坊的上空。年轻的学生们紧紧拥抱在一起;澳门浸信教会的数百名基督徒为澳门的明天祈祷;澳门宣道堂诗班吟唱起诗歌联唱:"澳门回归众欢欣,祖国护荫心连心,信众濠民同庆贺,锦绣河山共创新。"

在电视片《澳门岁月》中演唱"七子之歌"的小歌手容韵琳和父母及弟弟一起参加了大三巴牌坊前的欢庆活动。她激动地说:"我今天特别高兴,中午在机场向江主席献了花。晚上和这么多叔叔阿姨一起联欢庆回归。"她用稚嫩的童音说道:"澳门回归,我还要唱更多更好的澳门歌曲给大家听。"

在离岛氹仔、路环,居民们纷纷聚集到海边,遥望对岸灯火通明的澳门政权交接仪式场馆。从祖辈开始就已在氹仔岛居住的林阿水老人说,家人早早就去参加庆委会举办的联欢活动了,自己也想能亲眼见见回归盛况。

中华强盛四海升平,澳门回归万民欢腾。已是凌晨4时多了,在南湾湖边,在市政厅广场,在海岛,在学校……不夜的澳门,在欢庆和欣喜中迎来回归后的第一个黎明。

(新华社1999年12月20日)

◇ 点评文章

莲花绽放庆回归

1999年12月20日澳门结束了葡萄牙的殖民统治,回归祖国的怀抱,中华民族团结统一的脚步又向前做出了历史性的跨越。这一刻濠江两岸沸腾了,这一刻全体中华儿女怀揣同样的心情热情礼赞,这一刻将永远彪炳史册,宣告着中国的繁荣昌盛,预示着中国的伟大复兴。通讯《莲花绽放不夜天》记叙的就是澳门回归这一重大事件。

国家统一，这是个有着历史厚重感的题材，很容易在凝重肃穆的氛围中落入追忆往昔的俗套，而这篇通讯只截取了澳门在政权交接的时刻人们欢庆的场景，来表现澳门回归祖国统一的主题，基调欢悦而不失历史感，给人耳目一新的感觉。

这篇通讯的特点之一就是"镜头化"表现手法的运用。文章先是用抒情的笔调写出20日零点，鲜艳的五星红旗和澳门特别行政区区旗在澳门升起，澳门进入了一个新的历史时期。接下来就以横向并列的方式，用"镜头化"的表现手法，全景展现了这个历史时刻澳门各处的欢庆情景："站在澳门半岛的最高点——东望洋山顶俯瞰澳门，远近灯火辉煌，处处流光溢彩"；然后"镜头"推进、聚焦，于是读者看到了在澳门的大街小巷、在社会活动中心的市政厅广场、在政权交接仪式现场、在妈祖阁前、在澳门最北端的关闸、在望厦社区的几条主要街道上、在澳门标志性建筑大三巴牌坊前欢庆回归的喜悦；最后再用全景式的画面收束全文："不夜的澳门，在欢庆和欣喜中迎来回归后的第一个黎明。"这种"镜头化"的表现手法，能很好地展现事件的全貌，带有纪录片的风格，读者在阅读的时候会产生身临其境的感觉，好像在观看现场直播。

其实，事件通讯的写作很重视"镜头化"的表现手法的运用，它用一个个镜头突出再现事件中具有典型意义的某些片段，能够层次清楚地把复杂的事件有条不紊地交代清楚，使得材料各得其所，构成有节奏感的画面。例如"镜头"在跟进、聚焦的时候，读者记住了在市政厅广场观看节目的建筑工人谭寿宁和值勤的治安警察冯仲权、在政权交接仪式现场93岁的澳门归侨总会会长梁披云、澳门大学教授杨允中、参加大三巴牌坊前欢庆活动的小歌手容韵琳等人物。这些人物特写的细节渲染、穿插使得整篇文章的各个场景前后呼应，环环紧扣，也实现了记者从"面、线、点"上展现澳门回归的构思，使得欢庆回归的场景更加立体。

有深意的人物描写是这篇通讯的第二个特点。文中出现的几个人物，从年龄跨度上来说既有饱经风霜的耄耋老者、持重稳健乐观的中年人，也有敬业爱岗爱国的年轻人和轻盈可爱的孩童，他们就是澳门过去、现在和未来的历史见证。记者借这几个人物之口，抚今追昔、展望未来，抒情意味浓郁，不仅拓展了文章的历史纵深感，而且再一次深化了文章回归统一的主题，有点"羚羊挂角，无迹可寻"的意味，足见记者高超的写作技巧。在进行人物刻画的时候，记者真正做到了以人带事，因此都抓住了人物当时最有代表性的表情动作，来表现澳门回归在有不同经历的人物的内心的变化和反映。例如93岁的澳门归侨总会会长梁披云"噙着泪花"、建筑工人谭寿宁激动、澳门大学教授杨允中"开怀大笑"、小歌手容韵琳轻盈可爱，这些描写给读者留下了深刻的印象。此外还有像在妈祖阁前、大三巴牌坊前和海边等地聚集的庆祝回归的澳门民众，记者始终用人物话语来刻画人物群相，于是读者的脑中始终回荡着澳门民众热烈的呼声："回归了，我们今天回家了！"文章主题不经意间又一次得到体现。

文章的结尾带有象征的意味，预示着澳门灿烂的明天，这不禁让我们想起在澳门特别行政区成立五周年庆典上，时任国家主席胡锦涛说的话，"国家好，澳门必定会更好。我们对澳门的未来充满信心。"

澳门回归已逾十年，然而阅读这篇通讯仍然会让我们热血沸腾、欢悦不已。

三、个案评析 2

◆ **原文**

一百零六岁老寿星和她亲历的十五次选举

首届人大选举,"火纸"当选民证、"玉米"作选票

12月5日,仁寿县凤陵乡民生村9社,106岁的唐孝珍老人正独自坐在院坝里,堂屋里的电视上播放着时事新闻。唐孝珍是仁寿县凤陵乡仅有的两位百岁老寿星之一,如今已是五世同堂。目前除脚不够灵活、右眼几近失明外,耳朵还灵敏,记忆力没有减弱,思维也很清晰,精神状态很好。谈起她有生以来,连续4届担任乡人大代表和1届县人大代表、亲自参加过15次人大代表选举的亲身经历,老寿星沧桑纵横的脸上荡起幸福的微笑,干瘪的嘴唇不停地颤动,她抑制不住内心激动,"每次选举,我们生活都会发生一次很大的变化哟!"

1950年,唐孝珍50岁,她成为了凤陵乡民生村首届妇女主任。1953年冬月间,乡公所通知各村公所干部开会,传达上级指示,要召开人民代表大会,选举人大代表和乡长,还要推选两人到县上出席选举县长的会议。

唐孝珍说,那年因为是首次搞选举,大家都"摸着石头过河"。晚上,她打起火把,连夜通知各家各户:"凡是年满16岁的村民,不论男女,都要参加选举大会。"由于刚解放,当年的村干部大多没文化,唐孝珍也认识不了几个字,选民证是用祭祀的"火纸"裁成的,选民的名字是请凤陵街上一位教书先生用毛笔写的。

选举那天,选民抱着板凳站在院坝里,黑压压一片,教书先生和村干部站在台阶上,教书先生按照选民证上的名字唱票,唱到一个人的名字,这个人就上前领取写有自己名字的选民证,选民证就这样依次发给每个选民。

选举大会以村为选区,各选区先选乡人民代表(人大代表的旧称——编者注),后选村长、文书和妇代会主任、武装队长(即后来的民兵连长)。唐孝珍还清晰地记得,解放后的这场首次选举大会,是由乡长主持的。几百名贫下中农一大早就自带板凳,来到"鸡公庙"参加选举大会。当时会场周围有民兵站岗,选民进入会场,都要凭选民证。

选民们在场内依次坐好。由于当时选民基本没有文化,既不会认也不会写,连笔也没几支。因此,在选举时,就让候选人坐在主席台上,在其背后放一张桌子,桌上放一个碗。由于只选4名,走上主席台的选民就抓4颗玉米籽,然后在自己认为合适的候选人背后的碗里丢入一颗玉米籽,最后由监票员按每个候选人碗里的玉米籽的多少,依次确定哪4位当选。

就在这次选举中,她当选为乡人民代表。唐孝珍说,当时,她真正感到穷人翻身了,腰板伸直了,当家做主人了!

1953年农历腊月,唐孝珍光荣地出席了凤陵乡公所首届人民代表大会,投票选举产生了乡长。之后,唐孝珍又当选为仁寿县首届人民代表。再后来,唐孝珍花了半天时间,步行到仁寿县城参加县长选举。"选了村长选乡长,选了乡长选县长,解放后的领导干部全是人民群众选举出来的哟!"唐孝珍无比兴奋地说。

选举会场里年龄最大、资格最老的选民

1956年农历正月,第二届人民代表选举大会召开。唐孝珍说,这次选举要比第一次正规得多,但因为村民没有文化等原因,选民证还是用"火纸",还是采取丢玉米籽办法。"五选四",选举产生村干部和乡人民代表。这届,唐孝珍又当选为人民代表和村妇代会主任。

第二届人民代表大会选举结束后,农村进入高级社,实行联户搞生产、修塘堰,大搞农田水利基本建设。

1959年冬天,第三届人民代表大会召开,农村已进入到人民公社,选举也比前两届更加正规。选票由县上统一印制,地主富农的子女首次有了选举权,乡上人代会时间也由以前的1天变为2天,乡长在会上还作了乡政府工作报告。村上的选举也仿照乡上进行,采取在统一印制的选票上画圈圈、打叉叉的方法,确定自己满意的候选人。

从1950年到1962年,唐孝珍连续担任了12年的村妇女主任。1962年,唐孝珍已经62岁了。因为没有文化,从1963年起,她就不再担任村干部,但连任乡人民代表直到1965年。

虽然已70多岁高龄,但每届选举,唐孝珍都积极主动参加。实在走不动,就喊幺儿和幺儿媳妇用滑竿把她抬进会场。因为幺儿两口子也是选民,选民一家正好同路。唐孝珍说,我晓得人民当家作主这权利来得不容易,何况自己还当过10多年村干部。因此,每届选举,唐孝珍就成了选举会场里年龄最大、资格最老的选民,会议主持人还给她倒开水、把她奉为特别嘉宾呢!

乘着滑竿去选举

唐孝珍清晰地记得,2000年农历腊月那天选举,她刚满100岁。那天天气很阴冷,她60岁的幺儿毛华祥不让她再去参加选举大会,而唐孝珍死活都要去。毛华祥问她为何这样坚决?老人说,这是因为感觉到自己年龄一天天增大,今后参加选举的机会不多了,因此要倍加珍惜来之不易的权利,不能轻易放弃。

结果,毛华祥争不过她,只好与妻子用滑竿把她抬到会场,大孙子拿一把椅子跟在滑竿后面。说来碰巧,那天,毛华祥夫妇刚用滑竿把她抬上公路,正好遇见区上的小车,区领导把唐孝珍老人搀进小车,让她坐小车去村上参加选举。

唐孝珍感慨地说:"从1986年那届人民代表选举以来,农村变化实在太大。'飞凤岩'(即现在凤陵街)变得好大好宽哟,尽是登登房子(楼房)。乡坝头先是拉高压线,点起了以前只有仁寿县城才能看得见用得起的电灯,家家户户再也不用煤油灯了。后来又修公路,现在又把泥巴公路变成了'洋灰'(水泥)公路,草房变楼房,吃水不用挑,洗衣裳有机器代劳,家家户户安电话、看彩电、骑'洋马儿'(摩托车、自行车),还搞啥子信息高速公路。现在看哪个的衣裳不是穿得伸伸展展,日子不是过得红红火火,赛神仙啦……"

唐孝珍老人掐着指头说,细算起来,从刚解放到现在,除了2003年和今年9月这两届选举大会,因为下雨和岁数太大的原因,嘱咐小儿子毛华祥帮她代票、没有亲自前往会场参加选举外,新中国成立以来,唐孝珍老寿星总共参加过15次人民代表大会选举,自己也荣幸地当选了4届乡人大代表和1届县人大代表,她最担心自己已经106岁了,"还不晓得能不能参加到下一届人大选举呢?"

(《四川日报》2006年12月22日 郭成钧 刘正国 廖文凯)

第十二章 事件通讯

◎ 点评文章

以人带事回放历史

人民代表大会及其制度是我国民主政治的体现，它记录了新中国成立以来的民主政治的发展历程，这样的题材从立意上来说是没有问题的，但是要写出政治题材的"亲近"感却不容易。而这篇回顾人民代表大会选举制度发展历程的事件新闻，从一位参加过15次选举的106岁老人唐孝珍的亲身经历出发，娓娓而谈，为读者展现了一段珍贵的历史，文章中没有丝毫"刻板"的"政治口吻"，反而透露出浓郁的生活气息，是篇不可多得的人大新闻报道。

应该说本文的角度选得很好，充分体现了记者善于动脑、敏感地捕捉新闻线索的能力，然而我们只想从事件新闻的写作手法上来分析本文。

"事因人生，人以事显"，事件和人物有着血肉相连的关系，在事件通讯的写作中，人物的刻画常常有着举足轻重的作用，因而首先要选好人物，一定要选择与事件密切相关的、能体现事件思想意义的典型人物。文中的唐孝珍老人从第一届选举开始，一共经历了15次，每一次选举的场景在她的记忆中都是鲜活的，因此以她的经历作为载体来展现人民代表大会的选举历程是非常贴合主题的。

其次是简笔勾勒人物形象。唐孝珍老人的形象，记者并没有做过多的描绘，只是简笔勾勒："目前除脚不够灵活、右眼几近失明外，耳朵还灵敏，记忆力没有减弱，思维也很清晰，精神状态很好"，记者有意识地突出老人的记忆力、听力和思维状况，这为后文的叙述提供了真实可靠的依据。这也说明在事件通讯的写作中，虽然人物很重要，但是不能像写人物通讯那样，对人物进行精雕细琢，而应抓住人物在事件发展过程中富有特征和表现力的部分，简笔勾勒，以此凸显事件。

再次，语言生活化，生动自然。本文以老人的经历为线索来展现具有重大意义的题材，所以在写作的时候，无论是记者的叙述，还是引用老人的话语，都非常注意运用生活化的语言，生动有趣。"结果，毛华祥争不过她，只好与妻子用滑竿把她抬到会场，大孙子拿一把椅子跟在滑竿后面。说来碰巧，那天，毛华祥夫妇刚用滑竿把她抬上公路，正好遇见区上的小车，区领导把唐孝珍老人搀进小车，让她坐小车去村上参加选举。"这段话就很有生活情趣。第三部分中，唐孝珍老人的感慨，很有生活特色，也间接反映出历史的变迁。

最后，文章选材精当。老人一共参加过15次选举，选择哪几次做重点描述，这是需要精心选择的。记者选取了老人参加的第一届选举为叙述的切入点，让读者感受了新中国民主政治的开端，在这部分中记者特别记录了老人说的两句话："每次选举，我们生活都会发生一次很大的变化哟！""选了村长选乡长，选了乡长选县长，解放后的领导干部全是人民群众选举出来的哟！"简单的话语浓缩了新中国成立后发生的翻天覆地的变化。尔后，记者又选取了老人70多岁到100岁时参加选举的典型细节，做重点描述。"每届选举，唐孝珍就成了选举会场里年龄最大、资格最老的选民，会议主持人还给她倒开水、把她奉为特别嘉宾呢"，"那天，毛华祥夫妇刚用滑竿把她抬上公路，正好遇见区上的小车，区领导把唐孝珍老人搀进小车，让她坐小车去村上参加选举"，这些都反映出时代的进步和民主发展的历程。

这篇通讯的个人亲历感很强，拉近了与读者的距离，在第十七届中国新闻奖评选中荣获三等奖，而在此之前，经层层推荐，该作品还分别被四川省、眉山市、仁寿县人大常委会评为当年宣传人民代表大会制度好新闻一等奖。一篇作品先后在各级人大常委会和新闻学会获奖,实属难得,这也说明选择好的角度和好的表现手法能给事件通讯带来不一样的传播效果。

四、作品鉴赏

英雄携手飞天
——神舟六号航天员费俊龙、聂海胜出征记

2005年10月12日凌晨5时37分,中国人进军太空的又一次伟大出征,从酒泉卫星发射中心航天员公寓——问天阁拉开序幕。

两年前,在同一个地点,我国航天员杨利伟首次从这里走向太空,圆了中华民族的千年"飞天梦"。

天公似乎有意要考验出征者,几天来风和日丽的戈壁滩,此时突然风雪交加,气温骤然下降十几摄氏度。

"总指挥同志。我们奉命执行神舟六号载人航天飞行任务,准备完毕,请指示。中国人民解放军航天员大队航天员费俊龙。""航天员聂海胜。"

"出发!"问天阁前的广场上,响起了载人航天工程指挥部总指挥陈炳德洪亮的出征令。

"是!"坚定的回答,标准的军礼,中国航天员的风采又一次定格在人类征服太空的史册上。

片片雪花带着祝福,丝丝细雨滋润着征程。在《迎宾曲》的伴随下,航天员费俊龙、聂海胜肩负着中华民族探索宇宙奥秘、和平开发利用太空资源的使命,在风雪中踏上了通天之路。

费俊龙,汉族,江苏昆山人,大学文化,1965年5月出生,1982年入伍,中国航天员大队三级航天员,上校军衔,是中国首批航天员当中级别最高的飞行员——特级飞行员,曾连续安全飞行1599小时22分,荣立二等功。

聂海胜,汉族,湖北枣阳人,大学文化,1964年9月出生,1983年入伍。中国航天员大队三级航天员。上校军衔。他飞过3个机种,安全飞行1480小时,被评为一级飞行员。先后两次荣立三等功,是我国首次载人航天飞行首飞梯队成员之一。

两小时前,被确定为执行神舟六号载人航天飞行任务的费俊龙、聂海胜准时起床。面对充满风险的太空之行,两人平静得如同一次普通的"出差",心跳依然保持着每分钟70次左右。经过7年常人难以想象的艰苦训练,经过一次次近乎苛刻的考核选拔,他们从14名航天员中脱颖而出,代表祖国第二次出征太空。

寒风习习,国旗招展。酒泉卫星发射中心航天员公寓前的广场上,身着军装、礼服和五颜六色民族盛装的人们在夜色中静静地等待着。中央领导来了,与航天员朝夕相处的战友、教练员来了,天真烂漫的孩子们也来了……大家有一个共同的期待,为英雄出征太空壮行。

5时30多分,在千百双企盼的目光中,费俊龙、聂海胜身着乳白色的航天服,从容地从问天阁航天员专用通道向送行的人群走来。他们的脸上,挂满自信的微笑。

在出门的刹那,记者看到,费俊龙、聂海胜不约而同地把目光瞄向了问天阁门前的右侧墙上。那里,有首飞航天员杨利伟招手致意的巨幅画像。尽管两人刚刚与战友杨利伟话别。但他们还是深深地凝望着画像。头顶天空,背靠深邃的宇宙,杨利伟传递着中国人屹立世界民族之林的豪迈,折射出中华民族不屈不挠的探索精神。

在得到总指挥的授命后,费俊龙、聂海胜转身走向停在旁边的专车。车队在7辆摩托车护送下,穿过夹道欢送的人群,向发射场驶去。

此时,天公好像也特意为英雄壮行——雪停了,风小了。6时许,车队到达发射架下。仰望高高的塔架,只见上面悬挂着"祖国和人民等着你们凯旋"的巨幅标语。

陈炳德总指挥带领全体工程指挥部的领导和科学家,已率先来到塔架下,在防爆电梯门口排成一列,向航天员告别。

当费俊龙、聂海胜走来时,陈炳德总指挥突然下令:"敬礼!"送行队列里的将军和科学家们分别行军礼和注目礼。

敬礼,象征着嘱托。共和国把庄严的使命交付飞天骄子。

敬礼,象征着祝福。航天人把真挚的祝愿献给航天英雄。

"费俊龙同志,聂海胜同志,你们就要肩负祖国和人民的重托飞向太空,希望你们发扬我军一往无前的战斗精神,沉着冷静,坚毅果敢,出色地完成这次光荣的任务。我们期待你们凯旋!"陈炳德对费俊龙、聂海胜深情叮嘱着。

"请首长放心,我们坚决完成任务,北京见!"费俊龙信心百倍地回答。

电梯启动,在无数双火热目光的注视下,两位英雄从容地登上发射塔架,走进飞船舱……

9时整。火箭点火发射,神舟六号载人飞船拔地而起。费俊龙、聂海胜携手乘坐飞船飞向茫茫天穹。他们将沿着杨利伟开辟的航迹,飞得更长、更远……

(《解放军报》2005年10月12日　李选清　赵波　刘程)

"总书记给我们拜年了!"

2006年1月23日,一个让常年驻守在潞西市城郊镇双坡垭口的云南公安边防总队德宏木康公安检查站全体官兵激动不已的消息,迅速传遍开来。

在新春佳节即将到来之际,中共中央总书记、国家主席、中央军委主席胡锦涛将通过视频,向木康公安检查站全体官兵及全国广大公安民警、武警官兵送上新春佳节的慰问和祝福。

一大早,得知消息的木康检查站官兵便排列成整齐的方阵,来到院场里两台电视机前,等待着激动人心时刻的到来。

10时20分,胡锦涛、温家宝等中央领导亲切的笑容出现在电视屏幕上。

"总书记好!各位领导好!我们是云南木康公安检查站全体官兵。"云南木康公安检查站站长吴勇军浑厚有力的声音通过电波传向北京。

"同志们,你们辛苦了。你们为保卫国家安全、维护社会稳定、保障人民安居乐业,付出了艰辛的努力,作出了突出贡献。在中华民族传统节日春节即将到来之际,我代表党中央、国务院、中央军委向你们并向全国广大公安民警、武警官兵表示亲切的慰问和崇高的敬意。希望同志们在新的一年里牢固树立'立警为公、执法为民'的思想,坚持严格执法、公正执法、文明执法,为党和人民再立新功。"温馨的祝福、殷切的希望,总书记的亲切话语回荡在每一位官兵的心中。

与总书记通完话后,木康检查站站长吴勇军的心情久久难以平静。他抑制不住内心的激动:"今天,我们木康检查站全体官兵代表全国公安边防广大官兵,受到胡锦涛总书记等中央领导的亲切慰问和关怀,心情非常激动。我们一定要认真贯彻落实总书记的讲话精神,按照'缉毒战场当先锋,执法为民当典型,基层建设当标兵'为目标,爱民固边,圆满完成党和人民赋予我们的神圣使命,以优异的成绩回报党中央、国务院、中央军委的关心和厚爱。让总书记放心,让祖国和人民放心。"

国旗与太阳同升,卫士与国门同在。检查站广大官兵纷纷表示,将把中央领导的关怀和厚望化作今后工作的动力,不断加强理论和业务学习,提高执法水平和服务水平,加大执法力度,继续深入开展禁毒人民战争,为维护云南边境地区平安稳定,为促进边疆经济发展、民族团结、社会和谐再创佳绩。

(《云南日报》2006年1月 沈向兴 陈晓波 杨金高)

"和谐搬迁"背后的故事

"新年到,大街小巷放鞭炮,舞龙灯踩高跷,迎财神接元宝,家家户户乐逍遥……"1月20日,记者走进江西省贵溪市滨江生态小区,一家超市的音箱传出喜庆的歌声,大老远就能听见。花木掩映中,一栋栋别墅式单元楼房相当抢眼。可让人想不到的是,住在这个小区的几百户居民,均是普普通通的当地农民。

"种了一辈子田,做梦也没想到能住进这么好的房子。"71岁的村民江太有激动地说,"比起以前那个脏乱差的村庄来说,这里强了一百倍,现在我天天都有生活在画里的感觉。谢谢党和政府帮我们老百姓搬新家!"

江太有之前住在贵溪市滨江乡庞源村,与他家一墙之隔,就是江铜集团公司下属的贵溪冶炼厂。30年来,该厂治理"三废"(固体废物、废气、废水)取得一定成效,但随着生产规模不断扩大,还是给周边村民的生产生活造成了影响。与江太有一样困窘担忧的,还有庞源、苏门、其桥三个自然村的500多户农民。2009年2月,江西省委巡视组在巡视中发现这一问题。省委书记明确指示,要断然进行治理,积极组织,尽快搬迁。鹰潭市委、市政府和贵溪市委、市政府随即于当年上半年启动"三村整体搬迁工程"。

"整体搬迁共涉及558户1651人,三个村都有几百年的历史,实施整体搬迁,群众在情感上很难割舍。另外,三村情况各异、矛盾突出,例如,有贵冶建厂时遗留的土地产权问题,有拥有房产但长期在外工作的户主,有四代同堂要求增加宅基地的……"贵溪市委书记杨解生介绍说。

江西省委、省政府对"三村整体搬迁工程"十分重视,省委书记多次听取搬迁进展情况汇报,强调要把这一民生工程办成人民满意工程。省委常委、省纪委书记尚勇先后6次深入搬迁安置现场指导协调工作,解决了一系列实际问题。省委常委、常务副省长凌成兴召开搬迁经费专题协调会。鹰潭、贵溪则将其作为最大的环保工程、民生工程、发展工程,一方面动员各方力量加快安置点建设,另一方面派懂政策、晓民意、能吃苦的干部驻村包户。各级党委、政府始终坚持把群众利益摆在首位,做到"不搞强行搬迁,不伤群众感情,把群众满意作为搬迁安置工作的基础",演绎了一个又一个感人的故事。

周荣辉,从贵溪市司法局抽调到搬迁安置工作组的一名干部,在上岗之前,没想到自己的工作有一天会在监狱进行。在周荣辉包干的村小组里,有一江姓村民在近百公里之外的饶州监狱服刑,这样的工作对象一度使他一筹莫展,几次硬着头皮去监狱找江某商谈搬迁之

第十二章 事件通讯

事,换来的总是一句"不出狱不谈"的冰冷回应。然而,周荣辉并没有因此放弃,而是多方取经,借鉴监狱工作人员的帮教思路,4个月来先后28次到监狱为江某做"帮教",不仅打动了江某本人,就连江某的家属都被深深感动了。最后,江某不仅同意在搬迁协议上签字,还在狱中给同村的亲朋好友写信,劝导他们配合搬迁。

像周荣辉这样的干部还有很多,他们用诚心感化了群众,用真情赢得了理解和支持。面对工作组,村民的态度由起初的"村口堵、关门拒、见面跑"变成"交口赞、见面笑、开门迎"。"三村整体搬迁工程"实现了零上访、零强拆、零事故,成为和谐搬迁的典型。

行走在小区中,记者注意到,这里家家有庭院,户户有露台,新颖别致。"这叫'有天有地',既保留村民的农村生活习惯,又让他们同城市文明对接。"滨江乡乡长付文全告诉记者,现在,滨江生态小区的水、电、通讯、垃圾处理等设施已全部竣工;成立了社区居委会,计生、办证等便民服务进驻社区;投资700万元建设学校,并建了三个诊所、一间药房,基本实现小病不出区;配备保洁员、保洁车,建文化广场、农民书屋,努力把小区打造成集生活、学习、休闲为一体的生态化、宜居型、高品质现代化综合社区。

"截至2011年12月20日,558户搬迁安置协议全部签完,418栋新房已竣工408栋,搬迁入住率为93.1%。"杨解生表示,搬迁就是为了让群众生活得更好。下一步,市里将着力解决安置村民后续发展问题,确保就业有路、困有所济、老有所养、学有所教。同时,继续选派干部上门入户对搬迁户进行"民情家访",切实解决群众在生产生活中遇到的问题。

红灯笼、红对联、红窗花、红辣椒……所到之处,家家户户张灯结彩一派红红火火。美滋滋、喜洋洋、乐呵呵、笑哈哈……目力所及,不论老少,均把快乐写在了脸上。在滨江生态小区,活色生香的年味,从吉庆祥和的生活图景中走来,从萦绕耳畔的欢声笑语中走来,让每个人不由自主沉醉其中。

(《中国纪检监察报》2012年2月4日　陈治治　施新华　孟维伟)

阅读思考

《英雄携手飞天》获得第十六届中国新闻奖一等奖,《"总书记给我们拜年了!"》获得第十七届中国新闻奖二等奖。两篇通讯的共同点就是现场感很强,都是截取事件的重要时刻来揭示事件的内涵和新闻价值。

其中,《英雄携手飞天》,记者以军事记者特有的视角,全景式记录了航天员费俊龙、聂海胜出征太空这一举世瞩目的重要历史时刻,采用零距离第一现场目击的"镜头组合"式笔调,情景交融,动静结合,笔触细腻,流畅生动。文中还穿插了对杨利伟当年出征太空的回顾,使全文增添了历史的厚重感。

《"总书记给我们拜年了!"》这篇通讯从标题就能感觉到一种激动喜悦的心情,通过胡锦涛总书记对云南木康检查站官兵的视频新年问候,表现了全国各级公安、武警"国旗与太阳同升,卫士与国门同在"的坚定信念。

《"和谐搬迁"背后的故事》获得第二十三届中国新闻奖一等奖,还获得第四届"江西省反腐倡廉建设好新闻奖"特等奖。这篇作品的"特殊"之处有这么几点:一是角度独特。提到"拆迁",人们脑海中总是会浮现一幅幅暴力的画面,根本与"和谐"扯不上一丁点儿关系,可是记者却用逆向思维将两者结合在一起,这个角度既新颖又能引发读者的阅读兴趣。在新闻真实性的基础上,记者充分运用故事化的手段、细节化的手法、情感化的表述,给读者呈现了一幅充满着正能量、人情味的画卷。二是充分运用典型材料来说话。记者选取了周荣辉4个月先后28次到监狱为江某做工作,最终感化江某的故事,展现了党委政府"不搞强行搬迁,不伤群众感情,把群众满意作为搬迁安置工作的基础"的群众利益至上的理念,非常具有代表性和说服力,也体现了事件通讯"以人带事"的特点。三是可读性强。"拆迁"是个严肃的话题,本文的意图是要进行正面宣传,但是全篇没有官腔、没有套话,反而让人觉得这个事件叙述得简洁生动,语言朴实接地气。

事件通讯中,人物仍然是非常精彩的部分,他们起着"纽带"作用,连缀着颗颗"珍珠"(事件),赋予事件生动的气息。

前两篇通讯还有一个共同点,都抓住重要事件的重要场景或片段进行细致刻画,现场感强。《"和谐搬迁"背后的故事》开篇也使用了场景描述,突出了现场感。这也说明,在写作事件通讯的时候,不一定要完全按照事件的发展顺序来写,可以借鉴现场新闻的写法突出某一场景中的事件的意义,赋予事件通讯灵活生动的表现力。《"和谐搬迁"背后的故事》全文使用了大量"跳笔",呈现一种"乱"的状态。

试分析:在事件通讯中,人物刻画需注意些什么?"跳笔"在《"和谐搬迁"背后的故事》一文中起到了什么作用?运用"跳笔"应该注意什么?

第十三章 社会观察通讯

一、文体概说

社会观察通讯也叫问题通讯,是现代社会备受关注的一种新兴通讯类型,它以报道社会现象、剖析社会问题为宗旨,尤其关注社会弱势群体的生存状态和社会的公平与正义。对这些老百姓关心的问题的报道、揭露和批判,在一定程度上起到了警示社会、纾解社会情绪和矛盾的作用。此外,社会观察通讯还可以报道比较浅近、比较易为读者接受的热门话题或是追踪报道社会上出现的新事物、新动向,满足受众的获知欲。

社会观察通讯的写作要求是:

(1)深入调查采访,掌握第一手材料。社会观察通讯贵在调查采访,尤其是敏感的新闻事件和批判揭露型的报道。

(2)细心梳理,反复核查事实。为了防止虚假报道造成不良影响,记者必须对所掌握的材料进行反复核查,一旦材料失实,不仅报道会失去公信力,记者本人的职业前途也会受到影响。2007年的"纸馅包子"新闻就是一个教训。

(3)纪实手法的运用。这是社会观察通讯的主要写法,也与调查采访密不可分,能增强通讯的现场感。

(4)保护被采访者的隐私。以批判揭露为主的社会观察通讯,在采访调查的时候必然会涉及"敏感部位",这就要求记者在采访写作的时候要注意尊重被采访者的隐私权,否则会给被采访者带来伤害,也会给记者和媒体单位带来法律纠纷。

(5)冷静、客观、审慎的采访写作态度。首先,记者看待社会现象、问题要全面,不仅要揭露社会的阴暗面,也要歌颂社会的光明面;其次,在揭露报道丑恶、不公平现象时要冷静,否则会失去应有的审慎、客观、冷静的态度,于报道不利;再次,在采写社会观察通讯的时候应当以社会的健康发展为己任,要给受众以理性的启迪,自觉防止媚俗,盲目追求"卖点"。

二、个案评析

◎ 原文

电脑游戏是瞄准孩子的"电子海洛因"

近日,武汉的一位母亲奔走于新闻单位,悲痛欲绝地向记者控诉害人不浅的电脑游戏机室。根据报社编辑部的指示，记者决定暗访武汉的电子游戏厅和电脑游戏室，看看"电子海洛因"是怎样毒害孩子的，是如何泛滥成灾的。

第一次暗访这位深明大义的母亲一定要陪我暗访，她说："你自己很难找到电脑游戏室。"我说："我知道有些地方有很大的电子游戏厅。"她说："那种老式的电子游戏机，对孩子有危害，但只是鸦片；电脑游戏才是真正可怕的'电子海洛因'。"这位母亲说，电脑游戏厅在周围一平方公里内有20家。

在武路路附近一幢普通居民楼前，这位母亲用手一指：二楼就是。

我以找孩子为由独自进去，只见二楼中间一间大房里放满了电脑，大约有30台，坐满了孩子，最大的不过十几岁，正聚精会神地在机子上拼杀。

街头发廊旁，没立任何牌子，也未写"电脑游戏"字样，但是，只要推开其中任何一扇铁皮门，里面玩电脑游戏的80%都是孩子。

令人不解的是，这时正是上午11时左右，都是学校上课时间。知情人士说：游戏机室最火爆的时候是：12:00—14:00、18:00—23:00。有的游戏机室提供一条龙服务，包吃包住，甚至包代替家长签字。

在武昌民主路旁安家湾的一幢居民楼里，记者推门而入，只见一楼摆满了电脑，而二楼则摆满了高低床。我问老板："摆这么多床，给孩子们睡呀？"老板说："对，有时实在太晚了，怕他们回去不安全。""那么你这里就安全了？""当然安全，我这里除了电脑就什么也没有了。"

这些开在偏街上的、没有牌子的电脑游戏厅几乎都是非法经营的，而那些公开开设的电子游戏机室又怎么样呢？记者一行来到了××大学门口的学院路。在相距不到100米远的地方，有两个大型的电子游戏室。一个里面至少有50台游戏机，几乎都是孩子在机上拼杀，而且有10个女孩子，有的孩子还熟练地拿着烟，里间的小房子里有5台苹果机，是可以赌博的那种。另一家规模更大，称为××娱乐中心，有电子机、电视游戏机、电脑游戏机，约有120多台，简直是一个大工作平台。只是坐在上面的都是花季少年。我走到柜台前买了10元钱的硬币，然后问："你们这两家相隔这么近，不抢生意？"卖硬币的老头说："不用抢，这周围一平方公里内有4所中小学，有的是孩子来玩。"记者3天之内还遍访了汉口宗关街、汉阳钟家村、武昌胭脂路、武昌珞珈山路、洪山广八路等地，无论是在电子游戏厅还是电脑游戏室，几乎都是孩子们的天下。

据武汉方面知情人透露：在武汉公开挂牌的电子游戏厅有500多家，没有合法手续的电子、电脑游戏机室有3000多家。游戏室设有包房，包玩、包吃、包睡，有的学生玩游戏竟然5天5夜不回家。武汉市至少有30%的学生迷恋游戏机。

第二次暗访这些秘密的电脑游戏室都在一些居民区内，孩子们是怎么知道的呢？为了与孩子交朋友，记者花了一个晚上学会了目前正流行的《星际争霸》和《英雄无敌》，然后来到一个正在聚精会神地"打着"的孩子身后说："你不行，我做给你看。"我的"高招"果然吸引了他。

很快我就成了他的师傅。我们有了共同的话题，这个只有11岁的孩子就对我无话不谈了。

晚上11点，我说："我带你出去吃点东西吧？"他说："那好吧。"走出了电脑游戏室，我对他说："这么晚了，你跟我走，你不怕我把你卖了。"他说："你卖我？把我卖了才好呢，只要能打游戏,到哪儿都无所谓。"

在一个排档前我们停下了,因为孩子不肯走远,想速战速决地赶快吃完好回去接着打。我只好稳住他:"吃饱了才好战斗到天亮啊?过会儿我们俩联机打,决一胜负。"这时他才安下心来。

我慢慢地与他交谈起来。"这些电脑游戏室都藏得这么紧,有的干脆就在居民家里,你是怎么知道的。"他说:"别的同学带来的。""他们怎么知道的呢?""可能是老板去校门口发了纸条吧,也有的是跟着高年级的同学来的。""你是怎么被带来的?""班上有很多同学经常聚在一起谈怎么打怎么打,大家交流谁打得好,那时我从未玩过,那年我8岁,我觉得好像很丢人,就跟他们一起来了。""那你又用什么办法带别的孩子来?""很简单,我们打赌,谁赢就由谁做作业。我曾带我隔壁的小弟弟来过,他可聪明了,只有6岁,就能过很多关了。""家长不给钱,你拿什么打?""老板可以欠账,只要你天天去就行。也可以带别的同学去打,带三个以上,可以免打一次。""你欠老板多少钱了,我替你还?""快两个星期了,我已带了不少同学来打,但老板说,仍然欠了100元。""怎么欠这么多?""我差不多每天晚上都打到半夜或者天亮。""你晚上不回家,父母就不知道吗?""开始我骗他们,我晚上先睡觉,然后等他们都睡了,就溜出来,打个通宵。早上6点多,装作跑步跑得满头大汗,证明我是起早床。后来父母发现了,我也就不再骗来骗去了。""爸爸妈妈不打你?""打,经常打,我不怕打,我的皮很厚,有时他们打得急了,我就在脑里过关,反而不怎么痛了。""那你还来?""他们现在打少了,怕我出走,反正游戏室里包吃包住,我到哪儿都能过。"……

我实在不忍心再问下去了,我甚至害怕问出他怎样弄钱或骗其他孩子的事。他的眼睛由于长期面对电脑,已有些近视了,但仍然有孩子般的纯真,我给了他100元钱还债,然后默默地离开了。他向电脑游戏室的方向跑去。

不久前,武汉一家媒体报道:家住武汉满春街的一个只有16岁的少男,与两名同伙今年3月初在游戏机室里以交朋友为名,把两名14岁的少女骗入圈套,卖给了自己的表哥,获利4000元和一支枪。少男为什么拐卖少女?少男又何以能拐卖少女?这件触目惊心的案子与风靡江城的"电子海洛因"有什么样的联系呢?

第三次暗访为了了解那些开游戏厅的老板们,记者决定再访电脑游戏室。

老板们大多是中年人,看样子没有多少文化,有的长得也挺凶的。

我到了几家私家电脑游戏室,都没有套出什么,他们挺老练的,口风紧,都异口同声地说"没赚到什么钱"。但看到他们手上拿着那么一大沓找零钱的票子,你相信吗?

4月26日夜晚,机会来了,我在胭脂路一带的小巷子里瞎转,我知道就这么一条小巷子,也不下5家。可我推开了好几家的门,都没有人打,有的说机子坏了,有的说有人暗访不开机。由于我一身大学生的装扮,加上对电脑游戏又张口就是行话,总算没有引起老板的怀疑。

我对一个年轻老板说:"今天虽然是4月26日,但是我本身是电脑专家,如果开机之后引起故障,我可以排除,不能修复的话,我甘愿一赔十,怎么样,让我玩一会,我实在手痒心痒。"然后我主动交了100元押金,老板相信了。我熟练地打了一会儿,老板就不再起疑心,就与一个黄头发的青年人聊。

黄头发说:"××地方游戏室比较少,可有市场,周围有好几所学校,我想在那里开一个。"

老板说:"那个地方的文化站长搞不定,再说房租可能贵。"

黄头发说:"街道、工商、派出所还熟,重点是文化站长和房租。"

我见机会来了,就说:"房子我可以想办法,我住那里,我家有多余房,是又偏又不偏的那种,一楼有三室一厅。我们合伙怎么样?我负责房子,你们负责关系。"

就这样,我们聊开了。我说:"那里的孩子家长都是干部,家庭环境好,家长又看得严,你们怎么开拓市场?"

老板说:"这方面的办法我多得很,我本人就是初中迷上了游戏机,没考上高中,只好想办法开一家了。我的经验是,只要迷上几个坚定分子,不愁拉不到一个班,拉到了一个班就可以拉来半个学校的孩子。"

"怎么样拉?"

黄头发说:"那是孩子们自己的事,他们有的把别人骑的自行车气门芯扒掉,中午没办法回家,又没办法睡觉,只好到我们这里转悠,看多了,就想上去,一上去就下不来了。"

怪不得在你们这条巷子里有几个修自行车的。

我故意装傻地问:"孩子们玩上瘾了,下不来了,怎么办?"

老板说:"就睡在我这里。我包吃包住还代替家长签字。"

"那孩子没有钱了,怎么办?""我这里很便宜,一个小时2元钱,打一通宵只收10元,一般的孩子这点钱不在话下。""要是一个孩子喜欢打,又实在搞不到钱呢?""两个办法,一个是哄别的孩子来,一个是去参加'擂肥'。""什么叫擂肥?"

老板不耐烦说:"就是在路上抢别的更小的孩子的钱。"

我更傻地问:"你这不是引诱孩子变坏吗?"我为迷惑他,仍没有停止游戏。

黄头发说:"你的电脑游戏玩得这么好,怎么就不知道呢?这电脑游戏就是毒品,就是海洛因4号,不是我引诱他,孩子一迷上了,自己就会变坏。"

老板补充说:"整天在游戏室里的孩子,只有一个结果,男孩子最后变成抢劫犯、小偷,女孩子最后变成三陪小姐。"我害怕他们起疑心,就赶紧接上说:"要是这样,我们没办法合作了,因为我家有小孩子啊。"

遍布偏街小巷的电脑游戏室,难道真的不为有关部门所知吗?我们不是有《未成年人保护法》吗?我希望那些黑心的游戏机室的老板们,那些应该管而没有管或者暗中支持这些地下游戏机室的人想一想:也许明天沦落迷失的是你的孩子!

(《光明日报》2000年5月9日　夏斐)

◇ **点评文章**

调查采访彰显社会责任意识

电脑游戏这个高科技产物在带给人们快乐的同时也毒害了许多人,尤其是青少年,我们经常会在媒体报道上看到青少年沉湎电脑游戏引发的触目惊心、令人扼腕的惨剧,社会各方都在努力寻求彻底解决之法,但这一危害度极高的社会问题仍不时以高强度冲撞人们敏感脆弱的神经。

本文抓住这一社会问题进行调查揭露,无疑具有十分重要的社会意义。曾有评论评价说,这篇通讯值得说道的不是通讯本身,而是这篇通讯的采访写作过程。诚然,记者的三次暗访获取了宝贵的第一手材料,成就了这篇通讯的深度,然而记者倾注其中的社会责任意识

第十三章　社会观察通讯

也是本文的闪光之处,甚至可以说,正是因为记者强烈的社会责任感才有了这篇令人沉思的问题通讯。

本文的调查采访缘于一位母亲对害人不浅的电脑游戏机室的悲痛欲绝的控诉,她说电脑游戏是毒害孩子的"电子海洛因",于是"根据报社编辑部的指示,记者决定暗访武汉的电子游戏厅和电脑游戏室,看看'电子海洛因'是怎样毒害孩子的,是如何泛滥成灾的"。应该说记者此时还没有"自主"地去思考这个问题,他只是"根据报社编辑部的指示"来一探究竟。所以第一次暗访,记者是在这位母亲的"带路"下展开的,大体上搞清楚了武汉市整个市场上的电脑游戏机的概况,从面上说明了电脑游戏危害的严重性,并获得了几个关键点:"游戏机室最火爆的时候是 12:00—14:00、18:00—23:00","只要推开其中任何一扇铁皮门,里面玩电脑游戏的 80% 都是孩子","有的游戏机室提供一条龙服务,包吃包住,甚至包代替家长签字"。正是这些关键信息点促使记者主动进行第二次暗访,这次他采访了玩游戏机的主体——那些玩游戏机的孩子。从与那个 11 岁孩子的对话和媒体报道的青少年犯罪的事实中,记者真切感受到"电子海洛因"对孩子的危害。这时强烈的责任意识促使记者想要探究,是什么原因造成"电子海洛因"的泛滥,又是谁在向单纯的孩子们兜售"电子海洛因"?这就有了第三次暗访,还是从"点"出发,这次记者采访了游戏机主的情况,从开办游戏机生意的这些人的言谈中进一步证实了电脑游戏的巨大危害:"整天在游戏室里的孩子,只有一个结果,男孩子最后变成抢劫犯、小偷,女孩子最后变成三陪小姐。"如此触目惊心的答案,让记者心头不由得一颤,也清楚地告诉了大家:"电子海洛因"就是"人祸"。

因此,文章的结尾处,记者实在忍受不了心头的怒火,大声斥责有关部门的不作为,质问《未成年人保护法》贯彻实施的进展情况,也向社会发出警示:"我希望那些黑心的游戏机室的老板们,那些应该管而没有管或者暗中支持这些地下游戏机室的人想一想:也许明天沦落迷失的是你的孩子!"

记者出于强烈社会责任感的理性警示也引出了大众对更深层问题的思索:教育不仅仅是家庭和学校的责任,更是整个社会的责任,我们每一个人都应该对良好的社会教育环境做出应有的努力和贡献,否则就会产生恶性循环。文中一游戏室老板的话就是明证:"这方面的办法我多得很,我本人就是初中迷上了游戏机,没考上高中,只好想办法开一家了。我的经验是,只要迷上几个坚定分子,不愁拉不到一个班,拉到了一个班就可以拉来半个学校的孩子。"若一直如此陈陈相因,我们的国家又如何用教育托起希望的明天呢?这像一击重锤砸在我们每个人心上。

本文记者的职业精神也非常值得称道。新闻记者都知道,采访诸如批评、揭露类的题材是要承担风险的。从文中几位游戏机室老板的谈话,我们就能知道,本篇社会观察通讯的采访存在着很大的风险,也体现了记者追求社会正义、维护大众利益的职业精神。

本文曾获第十一届中国新闻奖二等奖,并作为范文被选入人民大学高校统编教材"世纪新闻传播学系列教材"《新闻写作教程》,这应该是对记者的社会责任意识和职业责任感的褒奖。

在写作手法上,纪实手法也是本文的特点。记者暗访了许多电脑游戏室,也从侧面了解了许多相关信息,文中把暗访的过程、相关人物的话语等都如实地记录下来,给人很强的现场感,起到了以"点"带"面"的作用。另外,本文以三次暗访为线索组织材料,层层推进,这样既有利于记者组织采写,实现"点""面"结合,也有利于读者的阅读了解。

三、作品鉴赏

数万亩耕地在黄河边上喊渴
——官亭灌区什么时候才能有效灌溉？

万里黄河从这里流出青海，在告别这片高原之前，留下一个小盆地，这就是位于民和南端的三川地区。

黄河及其支流把它变成了一片冲积平原，使这里成为青海高原海拔最低、气候光热条件最优越、土地最肥沃的一片宝地，但凡中国北方能够生长的所有农作物和植物在这里都能生长。但是因为干旱，世代居住此地的各族父老乡亲，一直望河兴叹。直到上世纪60年代末，国家在这里投资建设了一个用来发电灌溉的水利工程，才将这里变成一个灌区，使之成为青海名副其实的瓜果之乡。

这个水利工程就是官亭泵站。因为这个泵站的存在，在过去三四十年间，这里的近3万亩农田得到了有效灌溉，聚居这里的土族和回族人家还很早就拥有了电力，照上了电灯。也因为这个泵站的存在，使这里成为青海民族地区农村经济最活跃、教育最发达、市场最繁荣的地区之一。可以毫不夸张地说，如果没有这个泵站，就没有三川地区富庶文明的今天。

但是，这也只是近几十年时间的事情。对这片土地所经历的漫长岁月来说，几十年时间只是短暂的一瞬。在两千多年以前的久远岁月里，因为有大山的阻隔，黄河在这里还像一个湖泊一样荡漾，这片土地也为黄河所困，水涝成灾，水患成了一个噩梦。举世瞩目的官亭"喇家遗址"所揭示的洪水大灾难当发生在这个时期，那一定是黄河泛滥的结果。之后，大禹治水曾到这里，"导河自积石"，这积石就是今天的积石峡，就在三川之上，是黄河进到三川的唯一入口。

于是，黄河奔流而去，千万年被黄河水浸泡的土地开始干裂，时刻为洪涝所担忧的时代终于结束，而一个更加惨烈的时代随之而来，干旱又成为这片土地上的主宰。之后的两千多年间，世代躬耕于大河一岸的三川人民一直苦守着黄河，过着吃不上水也浇不上地的苦日子。直到官亭泵站的建成，这一切才有了根本的改变。

官亭泵站是一个水利实验项目，据说，在整个中国，用这样的水轮泵灌溉的项目只有两家，另一家早已经被淘汰更新，现在只此一家了。而这个灌区在整个中国的灌区中恐怕也是难得一见的一个特例，它的灌溉用水来自黄河，但是，除了一条动力渠的水是顺着黄河流淌之外，真正用来灌溉的3条支渠的水却都是逆着黄河往上游流淌的。有道是，水往低处流，乍一看，这个灌区的渠水却不是这样。它是把原本可以自上而下的水流，先引到下游很远的地方，然后，在那里建了一个小型水电站，再用电站的电力带动一个水轮泵，把水泵到3条支渠里，再往回一路流淌，去灌溉农田。即使这样，它依然是民和三川地区的一个民生工程和幸福工程，它曾给三川地区创造了无法估量的物质财富和社会价值。

可是，这个泵站已经运行了40余年。因为是一个设备实验性的项目，与之相关的所有技术都早已淘汰，灌区体系本身在规划设计等方面也存在着诸多先天性严重缺陷和不足，加上年久失修，近20年间，每发一度电，每浇一亩地，泵站管理所和整个灌区都在付出惨重的代价。每年浇水季节，水轮泵的一些关键零部件都得重新更换维修，市场上又没有现成的零部件供应和销售，每一次更换都得找专业厂家重新设计和加工。来去一次，少则十天半月，多则一月两月,已经越来越多的耕地无法正常灌溉,延误或根本无法灌溉的耕地面积也在逐年增加。那是2009年春灌的季节,黄河水位下降,动力渠引水口进不了水,为了保障灌溉,灌区管理所所有的职工都到进水口背石头修筑堤坝,吃住在工地上,一个星期下来,所有人的肩上、背上都是一片血肉模糊。一年年的灌溉时节,他们都是用这样的办法在尽可能地保障灌溉。这还是其次,更重要的是,整个灌区的运行成本都在逐年加大,农民浇地种田的劳动和经济负担也在逐年加重。

现在又是春天了,以前的这个时节,三川大地已经是一派麦苗青青、春意盎然的景象了,苗灌也已经开始。但是,这些年,几乎所有的灌溉季节黄河的水位都会严重下降。这种情况在六七年以前就已经非常严重,近几年更是越发的严重了。

尤其是自2010年10月上游临近的积石峡水电站下闸蓄水之后,这个问题更是日趋严重。黄河正常的来水量应该在每秒400立方米以上,而据官亭泵站管理所对动力渠进水口的观测,现在每天凌晨到上午十点以前的来水量估计不会超过每秒200立方米。那条设计流量达到每秒34立方米的动力渠有很多天的实际流量只有每秒不到10立方米,而用来提灌发电的电厂至少需要每秒16立方米的水流量,致使电厂无法运行,几条灌渠都无法提灌上水,影响了几万亩上好农田的及时灌溉。考虑到三川地区大片农田长久性的有效灌溉,积石峡水电站在设计和建设中预留了一个出水口,刚刚开始动工建设的三川地区北干渠水利工程就要从那里引水。可是,眼下的灌溉问题怎么解决呢?

由三川地区出了青海境内,也有一座水电站,就是甘肃境内的炳灵水电站,再往下就是建于上世纪70年代中期的刘家峡水电站了。炳灵水电站四台机组总装机24万千瓦,第一台机组于2008年11月并网发电,最后一台机组到2009年底也已并网发电。这座水电站的蓄水已经淹没了官亭泵站的一些基础设施,从炳灵水电站开始筹建的那一天开始,他们就一直在跟官亭灌区磋商怎么解决这些问题,最后达成的协议是,由炳灵水电站改建中川电厂,重建官亭泵站的水轮泵站,改为电灌站,以保证灌区的正常生产和灌溉不受影响。可是,现在这座水电站早已建成发电,但是这些因建设这座水电站而不得不新建的电灌站却至今没有建成。

于是,官亭偌大的一个老灌区就在这些大中型水电站的夹缝中成了无辜的受害者。三川地区近3万亩农田在黄河边上依然遭受着干旱,25000多饱受其苦的灌区各族父老乡亲也正翘首以盼。不知,到什么时候,这些土地才能得到有效的灌溉?

(《海东时报》2012年4月6日 古岳)

学术著作出版:缘何"不差钱"却"差了学术"

"创作生产更多无愧于历史、无愧于时代、无愧于人民的优秀作品,是出版繁荣、学术繁荣、文化繁荣的重要标志。这个标志不是虚的,要靠一套一套的丛书,一本一本有影响的学术著作去支撑。要把出版高水平的学术著作作为出版界落实中央部署、落实十七届六中全会要求的一个具体举措,作为出版社安身立命乃至于争夺世界话语权的基础性重要工作去做。胡绳同志在任人民出版社社长和多次谈话中说,一个国家的出版要有门槛,如果我们把门槛放低,学术风气会变坏。现在已经到了认真解决这个问题的时候了。"

——新闻出版总署副署长邬书林

在某高校的一个会议上,两位在国内颇有名气的教授见面了,之间有一段对话。一个说："现在的学术出版物，90%都是不用看的。"另一个迟疑了一下说："哦，60%，60%吧。"前者说："那是因为你是图书馆馆长，作为馆长，你不能说我只买10%的书，你要买40%的书。而我是看书的人，而且我管研究院，要为研究院买书，我只买10%的书。"

无论是一九开还是四六开，"学术著作出版让人感到失望"的情绪，当下正在学界、出版界弥漫。"我们出的相当一部分所谓学术著作，说实话，都是我们不想出的，但因为它带着补贴，还是出了。何况，你不要这书稿，有的社要，钱让人家挣去了。作为企业，无奈呀！"一位社长感叹。

"不是出书难，而是学术著作出版这件事很难！"一位出版社总编辑的这句话，说的是实情：在出版社有生存压力的时候，是抬抬手，让水平较差却带着钱的选题入选，还是坚守质量标准，不被人情、关系、经济利益左右，确实不是件容易事。

门槛低了，乱象丛生，有的出版社沦为"二流堂"、"三流社"

曾经，学术著作出版确实难。大多数学术著作印数少，又受图书低定价限制，出版后几乎没有利润。但学术出版体现了出版的深度和厚重度，是一个出版社担当社会责任和塑造品牌的必然选择。所以，尽管学术著作出版要用自己的利润来补贴，一些出版社还是优中选优，始终坚持追求。有的出版社、集团还设立专项基金扶持优秀学术著作出版，如"重庆出版集团（社）科学学术著作出版基金"、山东科技出版社的"泰山出版基金"等等。这样一来，在"钱紧"的那些年，还确实出了不少优秀的学术著作。

这种情况，大概延续到本世纪初

如今不同了。随着国家对科技、文化、教育的空前重视，学术活动的日益活跃，特别是近年来国家出版基金的设立，加大了对学术出版的扶持力度，客观而言，近年来，优秀的原创的学术著作还是不少的。对于优秀的富有创见的学术著作，出版社依然趋之若鹜。"常常是商务、中华、北大、三联……我们好几家出版社去争夺一部书稿。"中国人民大学出版社社长贺耀敏坦言。

但这种现象毕竟不太多见。更为常见的情况是，一位学者要出书，只要带着出版补贴，在一些出版社那儿，就"出书全不费工夫"了。于是，学术著作出版鱼龙混杂，结果是出版社出书"不差钱"，想出书的人也"不差钱"，但出版的学术著作却"差了学术"。

对当前我国学术著作出版现状，比较主流的评价是：层次较低，规模较小，影响不大，学术出版在中国出版产业中还没有占据重要的位置。学术著作中，对整个社会具有重大影响的，对某一学术问题具有突破意义、带动学科发展的，回答重大现实问题的著作，就整体而言，还属于凤毛麟角。

重庆出版集团总编辑陈兴芜对当前学术著作出版中的问题作了概括：迎合并取悦大众阅读的关涉学术的各种演义戏说喧嚣上市，导致学术失信和误导读者；学术研究和写作方面，缺乏实用性和创造性的研究成果及论文并不乏见，学术抄袭、学术造假、论文买卖时有发生，学术出版的严肃性和权威性受到挑战。

商务印书馆学术出版中心哲社室主任李霞进一步指出：学术著作出版的问题还表现为出版体例不规范，学术著作浅俗化、肢解化，有的学术著作论述缺乏基本学术思维，对学界和社会造成很坏影响。另外，一些依托学位论文、课题为原本的书，没有进行书籍形态的转换，比较粗糙。

对当下的学术著作出版，北京万圣书园总经理刘苏里的表述是"情况堪忧"。他说，多年来，学术著作出版原创不足，有创见的更少；年轻一代学者还跟不上来；国外学术著作翻译的译文质量有待提高；类别分布不均等问题相当普遍，甚至呈现积重难返之势。

乱象纷繁，一言以蔽之：有"钱"开路，出版社选择选题时，学术水平的"门槛"低了，一些本来在学术出版中有所建树的出版社，如今也成了"二流堂"、"三流社"。

评价体系的问题，助长了学术、出版的粗制滥造

造成学术著作出版乱象的原因，不能笼统地归咎于浮躁的社会大环境。受访者批评的矛头，首指当下学术、出版评价体系中的问题。他们指出，由于社会转型期急功近利浮躁之风盛行，学术研究也不能独善其身。现行的学术评价体制和学术激励机制存在问题，通常以论文和著作数量多少为衡量标准，研究人员争取项目时花费精力大，拿到项目后下的工夫少，导致不少论著"水分"大，缺乏含金量和独创性。出版社的考核也存在重量不重质的取向，经济效益指标和发稿量指标，相较于书稿质量指标权重更大，导致片面追求市场效应，放弃对学术著作严谨、创新的追求，从而降低了学术著作的出版质量。

中华书局副总编辑顾青指出，当下，学术界的评价机制已经偏离了对内容的审查和评价，更多地关注数量。他指出，人文社科学术著作出版处在出版业高端，是一个民族的精英在这一领域的原创成果、思想文化的贡献，这一类著作的出版，在学界和出版界都应有严格的评价和遴选机制。在科研经费不充足、出版能力不强的时候，我们对学术著作选题的评价和遴选还是相对比较严格的，出版的门槛并不低。现在，这两个机制的功能被弱化了，这既有社会风气的影响，也有制度设计的原因。

同时，严肃的学术批评日趋式微，"相互提携"之风盛行，导致学术界自清自律能力严重下降，也为学术著作出版乱象推波助澜，招致有识之士的激烈批评。

站在学术著作出版之外的刘苏里，多年来与学术著作"亲密接触"，他的批评一针见血：造成"乱象"的原因还用说吗？是急功近利、沽名钓誉习气在学术思想类图书生产上的反映而已，是劣币驱除良币、不奖励优异制度设计社会状态的缩影，是蔑视文化建设的必然结果。

借鉴他山之石，建立奖惩制度，把一流出版社信誉与机会留给优秀学术著作

社长、总编辑们在接受采访时指出，国外学术出版为我们提供了借鉴。专业化和高品质是西方学术出版的基本取向，不少出版社都有相当严格的评审制度，他们依托大学，由业内专业研究者组成评审委员会。很多出版社的学术出版往往有大学和基金会的资助。学术著作出版集中在一些优秀的品牌出版社、大型的学术出版机构。一些出版社规模虽然小，但是在某一类学术出版上却是大名鼎鼎。许多大学出版社在学术出版中更是建树颇丰。

贺耀敏指出，"国外很多著名的出版社，都是以学术著作出版安身立命的，像麦格劳希尔、艾思维尔，以及现在和我们合作的圣智集团，它以出版专业参考书为自豪。哈佛大学出版社一年出书不到100种，但它的图书品质相当好。"

参观过美国国会图书馆的刘苏里，也走访过美国最著名的书店，他的观感是：学术思想类图书分类之详尽、涉题之细密，令人叹为观止。

专家学者们对改变目前学术著作出版状况发表了意见。最集中的意见是，从基础做起，从国家层面改革人才评价、学术评价体制和激励机制，营造重视学术写作和出版的良好氛围。

其次，制定相关的财税政策，加大国家出版基金资助学术出版的力度。出版社也要根据自身实际制定相应的学术出版激励政策。

第三，要加强科研经费使用的科学管理，改变出版补贴、资助办法。有学者建议，科研经费的使用应强化科学管理，用于出版补贴，应有学术共同体的推荐，以确保选题具有出版价值。同时实行出版资金倒推追加奖惩（补贴）的办法，即学术著作出版后，获得学术界优秀评价的，作者和出版社可以得到追加补贴；如果评价不高，甚至获得一致批评，则应该收回补贴，甚至处罚。出精品书可以名利双收，出劣质书就声名狼藉，这对出版社是一个很好的导向。

第四，增强学术著作出版精品意识。顾青认为学术著作坚持出精品，优秀出版社应有更多担当与自觉。要把一流的出版社信誉与机会留给优秀的学术著作，通过吸纳一流学术成果，形成出版社自身的品牌，担当起时代文化思想积累的责任。

第五，建立严格的奖惩制度。刘苏里认为，眼下能做的，是建立学术思想类图书出版的匿名审稿制度，是建立对抄袭者实施严厉处罚的制度，是建立公开、权威的此类图书评价、奖励制度。有业内人士认为，实行出版资金倒推追加奖惩（补贴）是个好办法，为加大落实力度，不妨作为一项奖惩制度实施。

（《光明日报》2012年3月19日　庄建）

阅读思考

这两篇通讯都获得第二十三届中国新闻奖三等奖。《数万亩耕地在黄河边上喊渴》触及的是"三农"问题，农业、农村、农民应该是三位一体的，必须一体化综合考虑，中国作为一个农业大国，"三农"问题直接关系到社会稳定和国家富强。本文记者看似好像只从官亭泵站过去和现在的对比来谈三川地区的灌溉问题，实际上是在揭露几个关键：已经存在了十来年的灌溉问题，涉及"三川地区近3万亩农田"和"25000多饱受其苦的灌区各族父老乡亲"，为何一直没有得到实质有效的解决？当地党政部门在做什么？国家政策的执行体现在哪里？文章批评得有理有节，文字老辣，读后令人深思，显示出记者强烈的社会责任感，起到了良好的舆论监督作用。

《学术著作出版：缘何"不差钱"却"差了学术"？》批评的是当前学术出版中的一个突出问题，也是关涉学术研究与学术评价体系建设中的突出问题。记者从学术著作出版的"乱象"中层层推演开来，揭示了这种"乱象"带来的恶劣后果，也在与国外的对比中提出了可供借鉴的解决之道，观点鲜明，批评尖锐，显示了记者深层次的思考。文章发表后，在我国知识界、学术界引起了较大反响，非常具有现实的参考价值。

这两篇通讯都具有批评揭露性质，显示出新闻报道的监督功能。但是两篇文章的批评都是基于记者大量第一手材料的掌握，呈现出非常理性的状态。

试分析：社会观察通讯的批评原则是什么？采访调查方式对揭露性的社会观察通讯的主题和写作有什么帮助？

第三编

专访、新闻特写与深度报道

第十四章　专访
第十五章　新闻特写
第十六章　深度报道

第十四章 专访

一、文体概说

专访是访问记的一种,它就特定的问题、特定的对象进行专门的访问,内容集中。专访以人物、现场和记者为三要素,突出"专"和"访"二字。专访涉及面一般不宜太宽,不应贪大求全。专访新闻写作注重选准新闻人物或代表性人物,访问时注意方法和技巧,准确而巧妙地运用引语(或同期声),恰当地运用背景材料。

20世纪80年代以来,专访作为一种独立的新闻文体,在我国报刊界迅速崛起,蓬勃发展,且大有方兴未艾之势。可以说,专访这种文体具有强大的生命力。在现代新闻史上,人们本来是把专访当作一种采访方法,即获取独家新闻的手段,而不是把专访当作一种新闻文体。但是随着新闻事业的发展,这个概念的内涵和外延都在发生变化。它仍然是一种专门采访方法,但是采访后形成的报道已经被当作一种独立的新闻文体来使用。

专访和其他采访不同的是,其他采访在行动之前没有明确的文体意识,也就是到底是要写一篇消息还是通讯,只有在采访结束后,才能够量体裁衣,决定文体。但是专访例外,从一开始它的采访目标就是"专访"这一文体。

专访的写作要领,主要是分析与研究如何把访问的内容和过程叙述出来,专访主要有问答整理式、散文处理式、口述实录这三种叙述方式,其中以问答整理式和口述实录最为常见。

二、个案评析

◎ 原文

一名吸毒女青年的自述:
戒毒所的警官姐姐改变了我的一生

我叫苏琳(化名),今年28岁,云南省曲靖市人。现在昆明市某网吧担任负责人的工作。

在人的一生中,青少年时期本应该是最美好的花样年华。然而,我的青春记忆却充满苦涩和悔恨。在15岁到25岁的10年里,因为吸毒,我的生活没有阳光,始终被禁锢在毒品笼罩的阴影里,先后被公安机关批送劳动教养两次,强制戒毒两次。如今,我走出了毒魔缠身的阴影,生活中又充满了阳光和雨露。在被亲生父母遗弃后,是我的养父母给了我第二次生命,是云南省戒毒劳教所的康健警官,给了我第三次生命,使我获得了新生。是她6年来始终对我锲而不舍的教育挽救、真情感化,使我最终摆脱了毒魔的困扰,回归正常的社会生活。在此,我想通过自己的真实故事告诫青少年朋友们,珍惜青春、远离毒品,把握住现在美好的生活,否则,一旦染上毒品,你将完全丧失理智和人性,给自己和亲人带来永远无法弥补的伤痛。

成为瘾君子

应该说,我的童年时代是幸福而美好的。1980年2月,在出生后第三天,我就被亲生父母遗弃在县医院里。幸运的是,我被一对没有子女的好心夫妇收养,养父母对我视如己出、宠爱有加,在我身上倾注了他们所有的爱,我享受着和其他孩子一样的幸福生活。父母细心的呵护和良好的家庭氛围,使我从小就懂得了上进、好学。1991年7月,我以全校第三名的优异成绩升入了初中,我成了养父母的骄傲。

上中学后,父母繁忙的工作使他们逐渐放松了对我的教育,我开始贪玩,不再像以前那样爱学习了,胆子变得越来越大。从上课迟到、逃学旷课到与社会上的无业青年交往,经常打架,养父母耐心细致的教育我从未放在心上,浑浑噩噩的初中生活使我最终未考上理想的学校。

好心的父母为使我脱离原来的生活环境,想方设法把我送到了昆明市的一所职业学校学习餐饮管理。由于学校经常组织我们去酒店实习,我很快又认识了社会上更多的朋友,开始和他们交往,慢慢染上了抽烟、喝酒等不良习惯。上职业学校一年多以后,因为旷课太多,学校开除了我的学籍。怕父母太唠叨,我向他们隐瞒了被学校开除的事,而是继续用他们寄来的钱过着自己想要的生活。那些日子我一点也没有感到愧疚,反而觉得过得很潇洒、很好玩。

那时候,应该说我对毒品的认识完全是陌生的,直到亲眼看到几个朋友把一些白色的粉末放到锡箔纸上,用打火机在下面烤,用鼻子在上面吸。当时我想,这可能就是吸毒吧。其中有一个人引诱我说:"这东西很贵的,你尝一点儿,尝以后就什么烦恼都没有了。"带着一种对毒品的好奇,我半信半疑地接过来吸了几口。也就是这么几口,从此改变了我的命运。

我隔三差五就主动去找他们,再也无法割舍那种奇怪的依赖欲望,地狱般的生活从此开始了。这时候我才开始害怕。那一年,我才15岁。

为了吸毒,我开始想方设法向父母撒谎要钱,直到他们表示要到学校了解我的情况。万不得已,我只好回到家里,骗他们说不想上学了,那样的专业别人看不起。由于父母工作很忙,没有多过问我的事。在家里闲得无聊,我就经常去网吧、歌厅里玩,又认识了几个吸毒青年,经常在一起享用"白粉",成了最要好的"朋友"。

家里的东西不断丢失,我吸毒的事最终还是被父母发现了。他们当时气得脸色发青,说不出一句话来。从此以后,父母就经常劝我去戒毒。一开始我还应付一下,后来听得多了,就破罐子破摔,我行我素,甚至还当着他们的面吸。平时受人尊敬的父母,不想让别人知道我吸毒的事,整天提心吊胆地生活。没多长时间,他们的白发明显增多了,人也日渐苍老,经常唉声叹气,话也很少跟别人说。在这种阴影的笼罩下,家里失去了往日的欢声笑语。也就是在那个时候,父亲不幸遭遇了车祸。

我记得那天是1996年12月26日的晚上,天正下着大雨。当别人到家里报信时,我的毒瘾正在发作，我顾不上想那么多，就从家里拿走了50元钱，冒着大雨去买毒品。等我过足了毒瘾后，才去医院看望父亲的伤情。当我走到病床边时，父亲瞪着眼睛，颤动着发不出声音的嘴唇……而我却站在那里呆若木鸡。不一会儿，父亲闭上了眼睛，含恨离开。看着母亲和亲戚们哭得死去活来，我内心充满了悲伤，但大脑还处在毒品刺激后的兴奋中，没有为死去的父亲掉下一滴眼泪。

父亲的不幸去世，让我第一次有了要把毒品戒断、慰藉他在天之灵的想法。但每次毒瘾发作时，我就冷汗、鼻涕、眼泪流个不停，全身关节又痒又痛，薄弱的意志使我刚刚萌发的良知，一次又一次地消失。为了吸毒，我开始变本加厉地卖家里的东西；为了找到钱，我甚至多次对年迈的母亲恶言恶语。母亲的苦苦哀求始终未能唤回我已被毒品牵走的灵魂，我生活在毒魔笼罩的阴影里，越陷越深，难以自拔。

1999年5月至2000年7月，因为吸毒，我先后两次被公安机关送到强制戒毒所戒毒。反复吸毒使母亲对我痛心疾首、万念俱灰，在屡次劝诫无效的情况下，她向县人民法院提出了断绝抚养关系的申请。2000年3月8日，法院正式下达了判定养母与我断绝抚养关系的判决书。当时，我的灵魂和肉体都在毒魔的控制下，内心已经完全麻木，觉得没有人唠叨，反倒更省心了。但走出强制戒毒所的时候，我的内心还是充满了无家可归的孤独感和失落感。

从此以后，我有了更多的时间和毒友们泡在游戏厅和网吧里。为了吸毒，我们开始欺骗身边的亲朋好友，开始盗窃。一个人生活，我无法控制"心瘾"的折磨，觉得能抵住万发炮弹，却抵不住毒虫的百般噬咬。有时为了那一口粉，那一缕烟，我什么都做。

像姐妹一样的康警官

出所不到半年，我又一次因吸毒被抓获，被送到昆明市强制戒毒所戒毒，后批送云南省女子劳教所劳动教养一年。这是我吸毒以来，第一次失去人身自由，进入劳教所接受教育矫治。出所后，由于自己没有谋生的本领，又有过吸毒的经历，周围的人都看不起、不信任我，这使我的心理上无形中产生了一种被遗弃感。只有在那些吸毒的人群中，我才能真正找到被认同感，重新开始吸毒，也就成为情理之中的事了。俗话说，"若要人不知，除非己莫为。"不到1个月，我被送到强制戒毒所进行生理脱毒。2002年12月，被送到云南省某劳教所劳动教养3年。

从我内心来说，我是极其不愿意到劳教所接受教育矫治的，只认为是自己运气不好，才被公安机关抓到，送到劳教所来吃苦受罪。然而，值得庆幸的是，在劳教所里我认识了康健警官，是她使我开始审视自己走过的人生之路，懂得了父母20年来的养育之恩和自己青春的可贵；是她对我孜孜不倦的教育和无私的帮助，不断坚定了我戒断毒瘾的信心和决心，至今没有再吸一口毒。

应该说，劳教所每月20日的家属接见日，是我最失落的时候。因为其他学员在与亲人见面后难耐的喜悦和带回来的一些生活必需品，都不断地提醒我，现在已成了一个"三无"（无信件、无接见、无汇款）人员，常常感到无限的伤感和孤独。而在这个时候，康健警官总是走进我们的宿舍，与我交谈。她了解到我的家庭情况后，在思想上和生活上，给了我更多的关心和帮助。

我已经记不清她有多少次与我促膝谈心，有多少次给我买了牙膏、毛巾等生活必需品。在与她的交谈中，我了解到了吸毒对人的生理、心理的危害。自从有了她的关心和帮助，每月20日我不再感到孤独和寂寞。相反，我常常渴望那一天尽快到来。因为我知道，康警官即使再忙,那天她也一定会来看我,给我带一点小礼物,与我像姐妹、朋友一样交谈。和她在一起,我找回了吸毒后已经久违的被认同感。慢慢地,我感觉我们之间已经不再是管理者与被管理者的关系,而是一种平等、和谐的相处,一种心与心的交流。

记得有一年冬天,昆明的天气非常冷。看到我没有过冬的鞋子,康警官很快给我买了一双运动鞋。当时我清楚地看到,那是一双与康警官脚上所穿的一模一样的鞋子。我对康警官说,"我不需要穿这么好的鞋子。"康警官说:"鞋子买好一点,可以多穿几年。"那一刻,我感到康警官对我是真诚的、平等的,内心充满了感激之情。

每当夜深人静的时候,我常常会躺在床上思考与康警官的交谈,反思自己过去走的路。这时候,我也常常会想起我那白发苍苍的妈妈和已经去世的爸爸。应该说,我的人生本来是不幸的,刚一出生就遭到了亲生父母的遗弃;而我的人生也是万幸的,养父母给了我所有父母能给予子女的最无私的爱,而我却一次又一次深深地伤害了他们。我的人生之路还很长,继续吸毒的结果是可想而知的。看着自己从一个充满青春活力的少女变成白色恶魔的忠实奴仆,至今,3年前一个毒友注射过量毒品后惨死的情景还历历在目。

这一次,是到了我彻底与毒品决裂的时候了!我应该以自己的行为取得母亲的谅解,不辜负康警官的信任。我开始逐渐明白,顽固不化的思想、屡教不改的行为、意志毅力的脆弱,才是自己戒断毒品最大的敌人。

思想开窍了,我决心活出个人样来,痛改前非,做一个自食其力的人。在劳教所里,我像换了个人似的,服从警官的管理,积极参加学习,努力完成生产任务,多次受到大队领导和警官的表扬。通过自己的努力,我还得到了学员们的认可,并当选为民管会成员。

正当我在劳教所里不断取得进步,思想和行为步入正轨的时候,2005年中秋,在我快要解教前的几天,由于一名劳教人员故意挑衅,我在不够冷静的情况下,动手打了那名劳教人员。按照有关规定,我受到了延长劳动教养期限3个月的处罚。

这件事,我当时有些想不通。大队领导和警官多次找我谈话,积极做我的思想工作。最后,是康警官鼓励了我。她说:"作为一个成年人,应该为自己的行为负责,在哪里摔倒就从哪里爬起来,把坏事变成好事,挫折就会成为人生的一笔财富。"在我认识到自己的错误后,思想包袱就放下了。在后来的劳动教养延长期内,我没有再出现波动。我仍然积极参加学习和劳动,用汗水洗刷自己的过错,用良好的表现回报康警官对我的关心、帮助。

新生

时间过得很快,转眼到了2006年1月12日我解教的日子。当我走出劳教所的时候,是康警官在门外接我。当时,她没有穿警服,开着自己的车。我想,她是以一个朋友的身份来接我出去的。在出所前,我曾经无数次为自己今后的生活做打算。在所有的打算中,都不敢奢望有康警官的帮助。因为我总认为,走出劳教所这一道门,康警官的职责就完成了。而正是她在我出所后的不离不弃和无私的帮助,使我不断巩固在劳教所戒毒的成果,近5年没有再吸食毒品。

在车上,康警官告诉我,暂时先安顿下来,下一步再考虑工作的事。随后,她把我带到了昆明市区的一个出租房内。走进房间时,我的眼睛顿时湿润了。房间虽然不大,但被打扫得干干净净。屋内洗漱用品、液化灶和油盐酱醋等一应俱全。看到我傻傻地站在门口,康警官笑着说:"进来吧,这就是你临时的家了,以后缺什么,我们再买。这里条件是简陋了一些,但我们可以在这里从头开始啊。"她的一番话让我哽咽了,眼泪止不住流了下来。后来我得知,康警官已经为我垫付了3个月的房租。临走前,她拿了300元钱给我,而我说什么也不愿意收。她说:"就当是我暂时借给你的吧,一个人在外,身上怎么能不带一点钱呢?"这一切,都是我出所前从未想到的。

安顿好我的生活后,康警官特意向单位请了假,带着我到处找工作。她对我说:"你只要有了工作,生活问题就解决了,过得也会更充实一些,就不会再想吸毒的事。"我说:"康警官,你对我这么好,如果再吸毒,我还是个人吗?"她说,"可人总是要工作的呀,总要经历那么一个过程,即使工资低一点也不要紧,只要能养活自己就行,至少是自食其力啊。"

作为一个刚刚解教的吸毒人员,我没有什么学历和专长,找工作自然充满了困难与艰辛。每次当康警官向别人介绍我曾经有过吸毒的经历时,别人投来的鄙视的目光常常令我感到无地自容。本来康警官可以不说起这一段经历,但她告诉我:"做人要诚实。只有让别人对你知根知底,别人才会坦诚地对你。"

在康警官的不懈努力下,一位老板总算答应让我到他的网吧工作,但前提条件是康警官为我做了经济担保。

对于这份来之不易的工作,我非常珍惜。试用期间,我每天很早就来到网吧门口等着开门,及时把网吧里的卫生打扫得干干净净,客人来了热情招呼,勤快地打水倒茶,晚上很晚才回住处休息。老板对我的工作很满意,正式录用我成为网吧的服务人员。半年后,我成了一名收银员,每天要经手几万元现金。在财务上,我做到清清楚楚、明明白白,从未出过什么差错,并适时向老板提出各种合理化建议,使网吧的经营状况越来越好。在不到两年的时间里,我成了网吧的负责人。

每天忙碌的工作,对我戒断"心瘾"起到了非常重要的作用。在我工作的地方,也曾经多次有往日的毒友找到我,或提出下班后一起去玩,或向我借钱,或要到我住的地方借宿一晚。与他们在一起,最终的结果是可想而知的。在这个时候,我的耳边总是响起一个声音:"不能前功尽弃,不能前功尽弃啊!"我的眼前总会出现康警官充满信任的笑容和母亲无限悲伤的双眸。是她们使我一次又一次地向毒友们说"不",一次又一次摆脱了"心瘾"的折磨,即使在每天经手大量现金的时候,也从未产生过动摇。

在我休息的时候,康警官怕我孤单,总是打电话邀我一起出去走走,平时也经常过来看看我,我们之间成了无话不说的好姐妹。在她的带动下,我开始利用业余时间学习一些计算机网络方面的知识。每年1月12日,是我解教的特殊日子,康警官都要特意为我安排一次庆祝仪式,以进一步鼓励我彻底同毒品决裂。

为让我和母亲重归于好,康警官还多次打电话给她,介绍我现在的工作、生活情况,以及思念母亲的心情,希望能得到母亲的原谅。现在,母亲对我的态度也有所转变。总有一天,我要用自己的实际行动求得母亲真正的信任和谅解,报答她20多年来的养育之恩,让她安度幸福的晚年。

如今,我已经回归社会,迈出了成功的一步。在康警官的帮助下,我常怀一颗感恩之心,感恩社会、感恩父母、感恩云南省戒毒劳教所、感恩康警官和所有给予我无私帮助的人,决心以自己的实际行动,真诚地回报社会,回报亲人。在"6·26"国际禁毒日来临之际,我想通过自己的故事告诫青少年朋友们,珍惜青春、远离毒品,把握住现在的美好生活。

(《中国青年报》2008年6月26日
苏琳(化名)口述　张宇良　徐东瑜　王宇　本报记者张文凌撰稿)

◇ 点评文章

一则平民式"心态专访"的成功

《戒毒所的警官姐姐改变了我的一生》是一篇典型的口述实录的人物专访。这篇专访结构清晰,主要由"成为瘾君子"—"像姐妹一样的康警官"—"新生"这三大部分的谈话实录组成,中间穿插的小标题,作为连线,起到小结和穿针引线的作用。纵观全文,主线明朗,中心突出,语句精炼,主题集中。

分析这篇专访的叙述特点,表现在以下方面。

1. "现身说法"的普遍意义

口述实录的叙述方式最适合一些"现身说法"的专访,例如个人非常经历、特殊感怀、喜怒哀乐,抑或是谈及思想心理、心灵深处的问题。因此,体现了这种特征的专访又被称为"心态专访"。本篇文章采取的是被采访者苏琳(化名)的"现身说法",给读者的阅读感觉,确实好像与被访者促膝交谈、面对面地交流,直接的倾听使受众获得了心灵的共鸣,产生了良好的社会传播效果。

不是任何事情都适合写入口述实录式专访,而应该有所选择。这篇专访选择的是云南省曲靖市 28 岁的女孩苏琳(化名),几进戒毒所,在像姐妹一样的康警官的悉心帮助下,终于获得了新生这样一个感人至深的故事。这个故事是有一定针对性的,不是"家长里短"的泛泛而谈。它虽然是从一个私人的角度切入,但是报道的内容却具有普遍的社会意义。现在社会上,吸毒者越来越多,尤其是一大批青少年瘾君子已经成为一个重要的社会问题,亟待解决。那么这些青少年瘾君子吸毒成瘾的成因是什么?他们进入戒毒所是否能够获得新生?他们需要的到底是怎样的帮助?对于这些问题,这篇专访可以为读者提供感性的认识和一定意义上的回答。

2. 独特的价值取向

显而易见,苏琳是这篇文章的主人公;但是特别之处在于,和她毫无个性的化名一样,她只是一个普通人。选择的主人公不是什么名人、明星,也不是新闻人物、网络红人,而是大众百姓中的"你我他",这正是这类专访在采访对象的选择上表现出的与以往不同的新闻价值取向。

通过采访普通人,讲述"咱老百姓自己的故事",倾诉他们自己的经历、情感,讲述他们自己生活中发生的故事。这一点在如今传媒的"平民化"趋势下,显得尤为合适,受到广大受众的喜爱和接受。它使人感觉亲切,没有高高在上的遥不可及,而是感觉他(她)就在你身边,拉近了和读者的距离。读者也仿佛被带到访谈的实际场景中去,被访者和读者之间形成了一种直接交流,因而读来亲切、可信。

3. 对个人隐私的保护意识

新闻的生命在于真实,专访也是如此。在消息写作中,我们讲求细节真实,哪怕是一句直接引语也要有详细的出处,而不能使用模糊的"张女士""李先生"来替代。但是在这篇作品中,文章的主人公却以化名张琳的身份出现,也就是说,这个名称是假的;同时,对于其工作单位和地址"昆明市某网吧"亦是语焉不详。对于这一点,人们难免产生疑问:这是否是新闻失实的表现呢?

事实上,这涉及了新闻工作者职业道德的一个重要课题:是保护个人隐私还是维护这种微观真实?不难理解,采用真实姓名、详细地址和工作单位确实能够使读者更加信服,但是同时也就侵犯了被访者的个人隐私权。因为,不管他是瘾君子、犯人还是街头乞丐,抑或是普通老百姓,姓名、肖像和个人居住地址、工作单位等均是个人隐私的范畴,神圣不得侵犯。

虽然记者没能够使用主人公的真实姓名和详细地址,但是全文的真实性却丝毫没有打折。

文章的叙述非常丰实,"1980年2月,在出生后第三天","我以全校第三名的优异成绩升入了初中",有具体时间、具体数字,这样的表述给文中平添几分真实感。此外,类似于"看着母亲和亲戚们哭得死去活来,我内心充满了悲伤,但大脑还处在毒品刺激后的兴奋中,没有为死去的父亲掉下一滴眼泪"这样的描述也频频出现,若非真实经历,恐怕很难获得这样的真实感受和表达。全文在逻辑上体现出的合理性、文字间流露的真实性无一不使人深信不疑,这些很好地维护了新闻作品的真实性原则。

从此意义上说,记者巧妙地做到了新闻职业道德和保证新闻真实的二者平衡:既保护了主人公的个人隐私,使新闻人的职业道德和良心得到了遵守和体现,又利用新闻的逻辑力量保证了新闻的真实性。这一点难能可贵。

正是由于作品在叙述上表现出来的特色,这篇平民式的"心态专访"获得了成功,并给同类专访的写作提供了样本和借鉴意义。

三、作品鉴赏

对话莫言:希望把对我的关注变成对中国当代文学的热情

如常的沉默和冷峻,如常的低调和羞涩,身着粉灰相间的条纹衬衫、卡其色便装西服的莫言似乎与往日没有什么不同。10月11日北京时间19点,莫言斩获2012年诺贝尔文学奖,霎时间,整个世界的目光投向中国。一个星期过去了,"莫言"两个字仍然占据着全球各大媒体的重要位置。

10月18日,受文化部副部长王文章之邀,莫言在获奖后首次离开老家高密回到北京,参加由中国艺术研究院主办的莫言文学座谈会。在会议的间隙,记者对莫言进行了独家专访。

"内心深处仍深感惶恐"

记者:非常高兴能有机会面对面向你表示祝贺。2012年10月11日,对于中国文学而言,是一个欢喜之夜,也是一个不眠之夜,在无数作者和阅读者的守望中,我们盼来了你获奖的喜讯。经过一个星期的沉淀,你此时此刻的心情是什么?

莫言:诺贝尔文学奖当然是一个举世瞩目的奖项,获得这个奖项好像确实挺不容易的。但我也非常清楚地知道,在全世界有许多杰出的作家,都有资格获得这个奖项。在我们中国,也有许多作家,他们的作品也非常优秀,他们也都有资格获得这个奖项。但是,瑞典皇家学院将诺贝尔奖授予了我,所以在高兴之外,我的内心深处仍深感惶恐。

"中国当代文学并不逊色于其他国家的同时代作品"

记者:你的获奖不仅为世界提供了重新评价中国文学的机会,也打开了中国文学走向世界的通道。

莫言：中国当代文学并不逊色于其他国家的同时代作品，这是毫无疑问的。其实，我倒更想谈谈"莫言热"这个问题。我就希望大家把对我的热爱变成对中国当代文学的热情，把对我的作品的关注普及到中国当代文学上，把对我个人的关注普及到所有的作家身上。因为我深知，跟我同时代的写作者，他们对我真诚的祝贺我都看到了，我对他们是心怀敬意，大家都写得非常好，所以我想随着时间的发展，会有更多中国作家的作品被介绍、翻译成世界的各种语言，并且赢得广泛的读者。

"写作的冲动让自己拿起笔"

记者：这些天，你步入文坛的经历已经成为文学爱好者耳熟能详的传奇。当年，你为什么选择了文学这条道路？

莫言：当年我拿起笔来开始写作的时候，绝对没有想到过获什么奖项。

那时候，之所以要写作，我承认，有两方面的原因：一方面有功利的因素，就是想改变自己的处境；另一方面，确实感觉到心里有很多话要说，有写作的冲动和欲望。今天看来，这种冲动和欲望就是对文学的迷恋和爱好，就是想用艺术的方式把自己的生活、把自己所看到的故事再描述给别人听的一种愿望。

"小时候迷恋'讲故事'"

莫言：你可知道，我小时候特别迷恋、特别崇拜的是什么样的人？是讲故事的人。我至今记得，在我们乡村的广场上，在我们的集市上，在寒冬腊月生产队的喂牛、喂马的饲养棚里，我们都可以聆听到各种各样的说书人，给我们讲述古今中外各种各样的故事。那个时候，我既是一个故事的聆听者，也是一个故事的传播者。每次，听了这样的故事，我就忍不住想将我听到的转述给别人，将那些精彩的片段重述给大家。于是，我回到家，对我的父亲母亲讲，对我的哥哥姐姐讲。刚开始，他们对我的这种讲述非常反感，但是很快他们会被我的这种讲述所吸引。值得庆幸的是，我的母亲后来也对我网开一面，允许我在集上听人说书，允许我到别的村庄里听人讲故事，也允许我深夜回到家中，面对很小的油灯，在她一边缝制棉衣的时候一边听我讲我刚刚听到的故事。当然，有的时候我记不全了，我就开始编造，按照自己的想象衔接我记忆的残片。当然，我的故事编造得还不错，以至于我很小的时候便成为一名说书人。回想起来，后来我从事文学写作，写小说、写剧本，可能就是从给我母亲讲故事开始。

"经历了一场人生的洗礼"

记者：获奖以后，你的写作状态、创作体验，甚至是人生感悟有哪些不同？

莫言：很多不同。说实话，我很想努力地回到原来的状态，以一种初学写作的心态来写作，就好像我刚刚拿起笔、学习写作一样，而不是什么所谓的这个奖那个奖的获得者。

坦率地说，将近一个月来，我经历了一场人生的洗礼。围绕着诺贝尔文学奖这个问题诸多的争论，如同一面镜子。透过这面镜子，我看到了人心、看到了世态，当然，更重要的是我也看到了我自己。

前不久，在高密举行记者招待会的时候，我也用"镜子"这个比喻回答了中外媒体的提问。曾经有人不解地问，什么意思？为什么会通过这个看到自己？我想说，这其实是时代提供了一种可能。十年前，没有互联网的时候，这种可能性是不存在的。那个时候我们只能看到报纸，只能听到别人传谁谁谁怎么评价我。现在，面对庞大的网络，各种各样的人、各种各样的想法都可以在上面展现，包括对我的赞誉，也包括对我的尖刻嘲讽、挖苦。特别是后者，尽管让我感觉不舒服，但我想还是有它的道理。所以不论是批评还是赞扬，都是对我有利的。我有一种感觉，我现在被放在了社会的显微镜下，我看到这个人不是自己，而是一个叫"莫言"的写作者，而我自己，反倒变成了一个旁观者，站在旁边，看到大家指指点点、纷纷评价，这样的机会可谓千载难逢，我必将是受益终身。

"不愿意重复自己"

记者：你的作品总让我想起现代派的巨幅油画，线条游移、色块纠结、情感浓重，给人以沉重甚至是无法承受之重的感觉。在你的世界里，我们不仅能够体会到原始的脉动、野性的思维、对命运无常的直面和悲悯，还有异常浓烈的甜酸苦辣、贴近大地的隐秘世界、变形夸张的原始悸动、极度喧嚣的语言渲染，你用你的作品创作了一个扎实、丰富、浩荡、磅礴，叫作"高密"的乡土世界，评论家说你将生活升华成了美学。你如何评价自己这些年的文学创作？

莫言：对这几十年的文学创作，我体会很深，感触很多。写一篇作品可能还比较容易，但是一直要不断地写作，可能难度很大。要不断地写作、不断创新，不愿意重复自己，实际上就要跟自己斗争，不断地要向自己发起挑战。所以我主观的愿望很强烈，创新的意愿也非常强烈。但是一个人总还是有限度，究竟能创新到什么程度，是不是每一篇作品都有新的元素，是不是自己所有的作品都没有重复，这个我不敢说。我知道我的创作有很多的问题，我知道很多批评家都非常敏锐地看到了我创作的弱项和不足，这几十年来我听到了很多的赞扬，也非常认真地听取了很多的批评，包括很多非常刺耳的批评。赞扬鼓励可以使我继续前进，批评则使我做好准备。所以，我得说，感谢几十年来表扬和批评过我的朋友们，也感谢我得了诺贝尔文学奖之后众多的媒体，包括诸多的网友对我文学创作的评价，对我文学作品的评价，以及对我个人道德方面、人格方面的各种各样的评说。我觉得这对我来讲都是非常重要的。

"环境不同，风格各异"

记者：中国的乡土文学叙事有着深厚的传统。有人曾经将你比作鲁迅，但是在你的作品里，我们看到了一个与鲁迅、赵树理笔下完全不同的乡村，它不仅有泥塑、剪纸、扑灰年画、茂腔等顽强生长的民间艺术，更有我们通常感触不到的意识之下巨大的心理冰山，影响甚至决定了你的作品的风格。

莫言：相比鲁迅、赵树理，首先我跟他们时代不一样，我所处的社会环境，我个人体验的社会生活不一样，这决定了我们文学作品的内容不一样。同时，也正是因为我们所处的时代不同，我现在所了解我们这个时代的各种信息，所得知的各种新的思潮，也是他们当时所不具备的。但是，从文学的技巧上，从语言的功力上，从我们对中国古典文学、中国古代文化生活的占有上，我认为我与鲁迅、赵树理相差甚远，对他们我永远高山仰止，自知无法达到他们那种深刻和洞彻。

"创作更多的来源于对中国民间文化的接受"

记者：20世纪80年代以来，中国大地上开始了城市化的进程，物质主义欲望、金钱至上信念肆意涌动，城市经验已经取代了五四以来的乡土优先性，成为具有新的时代特质的文学样式。今天的农民，似乎是这个时代的弱势群体，是被城市化、现代化、国际化盘剥和侵犯的对象，中国农村在应对市场经济显得力不从心，乡村经验在现代性中是失败的经验，城市是现代性的赢家。值得称赞的是,你却从未离开过你的高粱地,在你的文学世界里顽强守护你的乡土叙事,以"悲愤的抵抗"表达你的文学追求,以及对世界的态度。在这里,作为喜欢你的作品的读者,我向你表达我的敬意。

莫言:对于乡土文学的创作,除了时代因素之外,我有我个人的理解,我觉得,我的作品更多的还是来源于对中国民间文化的接受。赵树理是一位对民风民俗非常非常了解的作家,他的作品里面更多地表现了民间的故事、语言等。我的作品可能比他多了来自民间的、虚幻的、想象的、超现实的因素,这些恰好变成了我作品中的重要组成部分。有人将诺贝尔颁奖词中"hallucinatory realism"翻译为"魔幻现实主义",其实不十分准确,我认为翻译为"变形的"、"怪诞的"、"迷幻的"更为达意。

记者:说到变形、怪诞、迷幻甚至是魔幻这些概念,你觉得你作品中的乡土风情与你成长的东北乡有哪些变化和勾连?

莫言:高密县东北乡实际上应该是中国乡土社会的一个缩影。我里面写的人物、写的事件,有很多来自四面八方、天南海北,包括我小说里面描述的风景。像《蛙》里那条波浪滔天的大河,现在高密根本没有,高粱也根本不种了,包括福克纳、马尔克斯描写的戈壁、沼泽、沙漠,在现实中都是根本不存在的。

"接下来的作品"

记者:能否透露,你的下一部作品是什么?

莫言:我现在正在着手准备三部作品:一部戏曲的剧本、一部话剧的剧本、一部小说,到底先完成哪一部还很难说。戏曲讲的是一个神话故事,大约完成一场;话剧讲的是一个发生在国外的中国故事;小说的场景还设在我熟悉的高密县东北乡。

"以自己的方式,讲出自己的追求与真诚"

记者:大家最关注的一个问题是,在12月10日的获奖演讲中,你会说些什么?

莫言:说真话,说实话。其实,获奖演讲有两份,一份五分钟,一份四十五分钟,我都还没有准备,下一步我要思考的就是这些演讲。有人劝诫我要说这些,有人启发我要说那些,而我,更想以我的方式,讲出我的追求,也讲出我的真诚。按照瑞典皇家学院的规定,11月5日之前,我要将演讲的题目告诉他们;11月12日之前,我必须将演讲的稿件交给他们,以便他们翻译,因为演讲词将以五种语言同声传译。

记者:你获奖以后,"莫言"这个名字妇孺皆知,不少读者、评论家提出"解读莫言"、"重读莫言"、"结构莫言"、"解构莫言",甚至是"消费莫言",我倒是想说"保卫莫言",保卫莫言,就是保卫中国文学和思想的纯粹。

莫言:谢谢!

记者:你也许没有看到,你获奖以后,网友编出了不少与你的名字、作品有关的短信段子,非常有趣。

莫言:其实我都看到了,非常庞大的一个莫氏家族!真让人羡慕。很遗憾,我姓管。

记者:如果用"莫"字组个词,表达你最近一段时间以来的心境,你会选择什么?

莫言:"莫访"吧?我觉得我这段时间话说得太多了。还是应该改成"莫舫",结束我们的采访?(笑)

(《人民日报》2012年10月19日 李舫)

"地产总理"任志强

在网友列出的"全国人民最想打的十人"名单中,他排名第三。他不是资产最多的房地产商,却绝对是招来骂声最多的。

别人忙着闷声发大财,他却忙着不停发表高论——尽管板砖横飞,他依然照说不误。他说,"真理不辩不明。"

有人称他为房地产界的"总理",有人说他是"鸡肋",还有人叫他"任大炮",他都一一笑纳。

3月2日,在位于北京南礼士路的华远大厦董事长办公室里,头顶已现花白的任志强从满桌的资料和文件中抬起了头,双眉紧锁毫无表情地冲记者点点头,就算是采访的开始。

"他说话不会拐弯"

2月的最后一天,任志强写了《给小潘的第二封回信》(小潘指潘石屹),然后把文章交给秘书上传到他的博客上。

任志强平时并不怎么打理自己的博客,不过但凡有他在别处发表的文章或观点,秘书觉得可以拿来回答网友疑问的,便会帮他上传到博客上。

这篇回信长5076字,任志强说,他写这篇东西只花了2小时。"这么长的文章我几乎每天都要写一篇,但专门给博客写还是第一次,这次是因为小潘特地打电话来让我写一篇。"

这篇东西是任志强货真价实"写"出来的。他一直拒绝使用电脑,再长的文章都是提笔而就,然后交给公司打字员录入。任志强称自己手写的速度比打字员录入还快,他觉得用电脑会阻碍他的思维的连贯。

这封信,以及之前任志强给小潘的第一封回信——《小潘的无知》立即成为新一轮的舆论热点。

若以资产而论,任志强的华远地产公司或许进不了京城地产三甲,但近两年来任志强只要一开口说话,江湖上必然是一阵刀光剑影。

2005年1月8日,任志强在"2005宏观经济引导力"论坛上发言说:我没有责任替穷人盖房子,房地产开发商只替富人建房。

2005年11月,在"2005首届中国地产品牌价值评估与品牌评选活动"论坛上,任志强说:房地产行业就应该暴利;买卖有理,炒房无罪,禁止炒房就是违宪。

2006年2月,在上海举办的房地产论坛上,任志强说:现在出现穷人区和富人区很正常。曾有好事者在网上发帖称,在全国人民最想打的人中,任志强排名第三。

在这次讨论中,任志强毫不留情面地批评了他的竞争对手、合作伙伴和私人朋友潘石屹。他用了一个非常直白的标题:《小潘的无知》。

"我这么批评他没什么,不会影响我们之间的关系。"任志强用毋庸置疑的口气告诉记者,小潘是我的学生,他的第一块地就是我卖给他的,那个时候他连什么是"七通一平"(房地产术语,七通指通电、通水等,一平指平整土地——记者注)还不懂呢。

"他说话就是这样,直来直去,不会拐弯。"潘石屹说起任志强不禁微微苦笑,"其实很多事情他说得都非常有道理,但就是表达方式有问题,让人难以接受。穷人富人这种说法太刺激,很容易伤害到像我这样从甘肃天水出来的穷孩子的自尊心。"

3月4日,凤凰卫视的锵锵三人行节目录制现场,任志强和潘石屹面对面。结果滔滔不绝的任志强让潘石屹根本逮不着说话的机会,节目主持窦文涛适时塞给潘石屹一个小铃铛:"你要说话的时候就摇这个铃铛,表示抗议。"潘石屹摇了铃铛,任志强没有理他,继续说——抗议无效。

"任大炮"

业界给任志强起过一个绰号:"任大炮"。他不仅炮轰过小潘,还炮轰媒体。

2005年10月,在全国工商联住宅产业商会年会的一次圆桌会议上,有记者和任志强谈起"炒房团好不好"的话题,一向坚持认为"炒房有理,炒房无罪"的任志强放出狠话:"我认为市场就是买卖,只要买卖关系是合法的、法律没有禁止就是好的,怎么用炒呢,如果媒体用炒的话我觉得就应该把媒体杀了。"

这是一句玩笑话,不过的确有记者觉得,采访任志强是一件心理压力巨大的任务。

一位女记者回忆说:"(任志强)谈问题谈得很好,见地深刻,但你必须事先做很多准备,否则会被当面指摘,让你下不了台。"

在华远大厦6楼的董事长办公室见到任志强的时候,明显感觉到眼前这个人的一股"拽"劲。任志强正在满桌资料和文件中埋头写文章。没有寒暄,没有礼节性的笑容,甚至连握手的程序都被省略。直到交换名片时,他才用右手的两个手指夹着一张名片递过来。

在给"小潘"的第二封信中,任志强毫不掩饰自己对媒体的态度:也不管我是在开会还是在工作,记者们都以为自己是老大,媒体的事儿最重要。好像我没有其他的工作,只是为了媒体在活着。

任志强对媒体的不满之处还在于,"媒体根本没有弄清我在说什么,就断章取义地曲解了我的话"。他写道:"几乎更多的媒体都摆出一副如果我不接受采访,他们就会更加变本加厉地曲解我的原意的架子。用任志强拒绝采访来证明我的观点的错误。"

即使是这样,任志强还是忍不住要表达自己的意见,哪怕被"曲解",哪怕招来骂声一片。

"说实话的人最可恨,但这社会不能全都说假话。也许你说了真话别人会误会,但你一定要说了,别人才能明白。"任志强自称网上赞扬他的话从来不看,批评他的话他都会仔细看,有些无理谩骂就置之不理,如果是"确实糊涂"的,他也会回复一下。

"有没有看到过批评得有道理的呢?"记者问。

"没有!"任志强的回答斩钉截铁。"鸡肋。"

任志强一定要表达自己的意见,只要他认为正确的就要坚持,不管面对的是公众还是领导。据他说,他从在部队开始就是如此。

任志强1969年参军,成为38军的一员。11年的行伍生涯,任志强除荣立下1次二等功和6次三等功外,还落下一个"鸡肋"的绰号。

一次上级要来团里考核,时任参谋的任志强承担了修理靶场的任务。靶场还没有修好,副团长就带着优秀连队来,想临时增加一堂打靶课。任志强不干了:靶场还没有修好,如果今天让你进来打了,明天就要让别的连队来打,最后工期完不成谁来承担责任?他当着一个连战士的面把副团长轰了回去。

一个小参谋竟然这么"拽",敢把副团长从靶场轰出去,这事引起全团哗然。

任志强认为自己是坚持原则,没任何错误。但团长为此给他起了个绰号:鸡肋。意思是说任志强经常不听领导说话,但在某些方面又的确不错,实在是"食之无味,弃之可惜"。

任志强觉得"鸡肋"这个说法实在适合自己,特地找人把这两字用毛笔大大地写在纸上,贴到宿舍的墙上。结果被团长发现,当场撕掉,还外加上一顿痛骂。

1981年任志强最后一次立功,部队给家里送来喜报,任志强也喜滋滋地向父亲夸耀。父亲非常不屑一顾:你立个破功吹什么,我像你这么大的时候已经当了很大的官了。

任志强说他当时被刺激了一下。任志强对自己的性格有了清晰认识,以"鸡肋"性格,他在部队永远也无法超过父亲在战争年代的提升速度,于是他决定离开部队。他也放弃了转业去公检法系统的机会,而是进了青年服务社,开始下海经商。

复员费发了2800元,任志强拿出900元买了辆摩托车。

1984年,任志强进入华远集团,担任人才交流开发公司的经理。第二年,公司盈利,任志强拿到1.6万元的奖金,于是给自己买了一辆二手的丰田小轿车。

无论是摩托车还是小轿车,在那个年代都算是"抖"上天了。任志强就不在乎别人怎么看,他认为这些是为了工作方便。

时至今日,任志强仍然没有改掉"鸡肋"脾气。2005年8月央行发布《2004中国房地产金融报告》,提出了取消期房销售制度的建议。4天后,任志强以华远集团总裁名义发表一封"万言书"——《逻辑混乱的地产报告——央行报告中的疑问》,炮轰央行报告"只知信贷而不懂房地产","央行对中国房地产的认识水平太低、太差了"。

"这种话别人都不说,就他一定要说,说出来实在是得罪人。他的缺点就是太耿了,只要他认定正确的事,他就一定要坚持。"任志强的同事很担心他的脾气。

"他把谁都得罪了,以后不要说我认识他。"潘石屹哈哈笑着打趣。

地产界的"总理"

京城房地产界对任志强有一个称呼——房地产界的"总理",意思是说他管的都是总理才应该管的事儿。对这个称呼,任志强坦然接受。

外人都以为这个说法是潘石屹提出来的,其实是万通集团的总裁冯仑,他还给任志强下三个定义:"把别人的事当自己的事,把自己的事不当事,没事找事。"

任志强的办公桌上堆放着满满的书籍、资料和文件,几乎可以将坐在椅子上的主人淹没。从2004年房地产宏观调控以来,任志强先后在这里写了3次万言书,还有中央部委点名要他参加的座谈会讲稿,皆是亲力所为,无人代笔。

任志强对政策研究极其热衷。他研究业权、担保制度,并在华远公司率先推行。

"我们所做的事情,表面看来是一个公司行为,但是一旦形成以后,就可能对中国今后几十年产生重大影响。"

国务院去年以文件的形式推出担保制度,任志强认为华远起的恰恰是表率和推动作用,"今后几十年甚至上百年,它都会延续下去,物权法都要引用它;再如业权,今天看来业权还没有被大家认识,但是几年以后,很可能就变成一个法律。"

这些都是超出房地产项目的问题,被任志强认为是自己的事业,是"乐趣的重要部分"。

中国住宅产业商会的《中国住宅》主编钟彬对任志强的评价是,"像个政治家的房地产商"。

"我最不愿捐钱给穷人"

任志强提出"穷人富人论"之后,有人攻击他是开发商这个最有钱群体的代言人,不关心穷人。

"我有四重身份,每重身份做的事都不一样,一般人根本搞不清这里面的关系。"任志强解释说。

第一重身份是华远集团的总裁。"华远集团是国有企业,我要对国家负责,集团的钱不能说想捐给谁就捐给谁,这要国家同意,比如 SARS 时国家说捐 100 万我们就捐 100 万,没得说。"

第二重身份是华远房地产股份有限公司的董事长。"这要求我对公司的股东负责。这两年大大小小捐了不少钱,大多是以这个身份捐的。"

第三重身份是全国工商联房地产商会的轮值主席。"这个位置上我就要代表房地产商,就要为行业说话。"

第四重身份是北京市政协委员。"我在这重身份上就是为穷人说话。我提出房地产担保制度就是为了消费者的利益着想;前两年首都机场过路费从 10 元提到 15 元,我第一个提案反对,后来又重新降回了 10 元。"

"但我最不愿捐钱给穷人。"任志强初中没毕业就被分到陕西延安县插队。1999 年任志强和当年插队的队友一起回到延安县,发现当地仍跟以前一样贫穷,曾住过的窑洞塌了一半,窗棂上还留着当年贴过的报纸的痕迹。

任志强以个人名义给村里捐了 10 万元,又让当地武装部挑了 40 多个文化水平相对好一点的村民,把他们带到京郊的一个别墅区当保安、园丁。

结果一年没到头,这几十个人几乎都跑光了。接着,任志强又听说,村里并没有收到那笔捐款,钱到了县扶贫办就不知去向。

京郊的门头沟一所小学说要建学校,华远公司主动捐了 20 万。后来校长来想要 40 万,因为盖学校花了 120 万。任志强一怒之下一分钱也不给了,盖一所小学哪里要用 120 万那么豪华?

"我们不愿意把钱捐给个人。这种输血式的把钱直接捐给穷人只能帮助到几个人,我们更愿意把钱捐给扶贫基金,因为扶贫基金不是一对一的,它能够创造更多的产值,能够通过培养一个孩子拉动十个孩子。"任志强在去年一年就捐助了 17 个基金。"如果你说的'不愿给穷人捐款'这句话出现在报纸上,恐怕你又要挨骂了。"记者对任志强说,任志强听了却毫无反应。

冷面总裁

任给有些记者留下这样的印象:"他看起来很凶,呃,从来没见他笑过。"

华远集团的员工们很少能见到任志强的笑容。即使是在电梯间里和他打招呼,他也常常若有所思地置之不理,或者冷冷地"嗯"上一声算作答复。一位跟随任志强 11 年的员工说,从来没有从任总嘴里听到一句直接赞扬的话。

任志强解释是:"工作时间嬉皮笑脸怎么行?一个董事长得维持形象。夸奖一定要放在嘴上么?我给他们发了奖金,这难道不是夸奖?"

一位跟随任志强近 20 年的华远老员工说,其实任对于员工是非常宽容的,虽然做事风格果断利落雷厉风行,却并不像外界想象的那样暴躁。他也会批评手下,但绝对就事论事,不会针对个人。"这么多年来没有见到他把谁说哭过。"

几年前一个女员工工作上出现失误,年底时人事部门决定不再和她续约。有人告诉她直接去找任志强,这个人吃软不吃硬,你掉几滴眼泪他一准心软。这个女员工一试之下果然如此。

SARS期间,任志强安排公司为每名员工发口罩、消毒水、中药、利巴韦林、核酪、打增强免疫力的"胸腺肽",人均费用高达1300元,超出大多数公司的标准。利巴韦林是香港用作SARS治疗的药品,当时供应非常紧张,任通过多方联系,不声不响地将药订了下来。

与任志强共事18年的华远公司财务总监袁绍华说,2001年企业分家的时候,许多员工宁愿拿着比以前少30%的薪水,也要跟着任志强去新公司。

任志强平均每天工作15~16个小时,他的日程常要以一刻钟为单位来安排。他除了要处理企业事务外,还要参加大量的社会活动。任志强的秘书说,他非常守时。公司早上8:30上班,只要不在外面开会,任志强总准时到办公室,从不迟到。

在接受凤凰卫视采访的邀请时,任志强只留了半个小时的空当。秘书提醒他可能不够,"他们的节目播出只要十几分钟就够了。"任满不在乎地说。

任志强用的手机是一款市面上已经找不到的摩托罗拉A388,手机外壳已经磨得斑驳不堪,这款2001年上市的产品现在的价格可能不会超过1200元。

任志强不喜欢穿西装。曾有记者看到任志强参加一个房地产商的聚会,别人都是正装出席,只有他穿了一套休闲装。

"我平时不喜欢穿得特别正式!坐也不能坐,站也不能站。"在任志强看来,穿西装与开奔驰都是工作需要,"不然谁给你投资?"

读书、桥牌、女儿

任志强办公室有一面书橱,里面装着古今中外各行各业的书。任自称从十几年前就给自己定下规矩,每天最少要读6万字的书,一直坚持到今天,只不过现在一部分读书任务被阅读文件和材料所代替,但对任来说这同样是获取信息。

任志强去年坐飞机168次,飞机上的时间被用来阅读大量书籍,任志强说他读书速度快,一本20多万字的经济学著作快则4个小时,慢则半天一天就能看完。"我不是走马观花地看,我一边看一边做标注。"他翻开一本刚刚看完的书,几乎每一页都有铅笔勾画的痕迹。"其实你读过的书越多,就会看得越快。"

任志强随便抽出一本《1998年统计年鉴》,翻开一页指到国家统计局关于国内收入阶层划分的依据,这就是"商品房是给富人盖的"这一说法的来源。任的手上有16个国家的房地产数据资料,还有小到国内某县级市的房地产资料,潘石屹想不起哪个数据的时候就会给任志强打电话,很快任就会查出这个数据以及来源出处。有人听过任志强的演讲,据说连续讲三个小时不用讲稿,所有数据、条文不会出一点错。

财务总监袁绍华对任志强的记忆力非常佩服:"经常是几年前的一个数据,他都能立即告诉你是哪一年哪一份文件里的,连文号是多少他都记得。"

《安家》杂志主编刘文斌说,任的文章里大量引用的数据和政策条文都有现实出处,非常具备说服力,这是某些专家都没有的。

任志强喜欢桥牌,华远公司赞助了北京市所有的群众性桥牌比赛。但他偶尔也会在午休的时候和同事打上两把拖拉机,据说牌不好的时候会闷声不响,打赢了的话也会得意得哈哈大笑。

任志强在自己写的《任人评说》一书中这样记录了他50岁生日时的感受:"十几年的军旅生活使我有了强壮的体魄和坚强的性格。也许所有的员工都只看到了我严厉的一面……

古语曰'男儿有泪不轻弹'……作为一个企业的领导,则在于他们无法在家人和下属面前流泪。"

任志强对于自己的未来有个规划。"也许3年后我就退休了,不再管企业的具体事务;再过几年真正退休时就开个幼儿园。受孩子影响,自己可以活得更长些,变得更年轻些。"

任志强摆满文件的办公桌上放着一张女儿的照片。女儿今年10岁,在上寄宿学校,只有周末回家。而任志强周末时间大部分在出差,所以一两个月才能见到女儿一面。"从她出生就是这样了,她也已经习惯了。但我只要有空,一定会去陪她。"只有在说到女儿的时候,任志强的眼中才闪过一丝难得一见的温柔。

(《南方周末》2006年3月9日　戴敦峰)

民主能让中国发出自信的声音
——专访CCTV主持人白岩松

南方周末:你写关于反对抵制家乐福的文章时,是否做好被骂的准备?

白岩松:最初这是写给网站体育版关于火炬传递的小文,在被媒体冠以"白岩松反对抵制家乐福"标题放大之后,引起网友们的争议。一方面有违我初衷,可另一方面却也深感欣慰。因为有争议并能公开表达,本就是一种民主;只有当争议突破界限,成了一种争斗时,才开始让人难过。

南方周末:10年前反美,4年前反日,现在抵制家乐福,你的感受一样吗?你自己当时怎么思考和行动的?

白岩松:一样都是因愤怒而起,但恐怕也会如风一般散去。这都是一种表达,但却不能在原地踏步。十七大已经更明确地把民主摆在中国面前,或许我们应该更快地从家乐福事件中跳出来,去思考我们该如何提升我们的民主素养、民主方式和民主心理,这样民主进程才会更快更平稳。

看着爱国激情中的年轻人,我很容易在他们的身上看到二十年前的自己,经历了八十年代的民主启蒙,我非常能理解一旦青春被爱国热情点燃时,该是怎样的热血沸腾和不顾一切。但今天的青年人也该了解一个中年人的爱国,更多已经演变成理性、忧虑、坚持和建设的责任。呐喊是一种爱国,理性也是。只不过理性比呐喊更耗心神。

南联盟大使馆被炸是我做的节目,我说了一句话至今都记得——真正的对应是一定想办法让这个国家变得强大。

南方周末:怎么像你说的那样理性爱国?有人会说,感性爱国不行吗?

白岩松:"我不同意你的意见,但我坚决捍卫你说话的权利",这是民主的重要基石。不去家乐福是你的选择,可别人去家乐福购物是人家的自由,如果你强行剥夺或干涉别人的权利与自由,这不仅不是民主,反而是另一种暴力与独裁。

表达自己的声音必须在理性的约束之下,更要守住法律与道德的底线。激情聚焦在一起,底线极易被突破,而突破之后造成恶果,又因法不责众使得人们很少反思、自律并且自责,下一次又会卷土重来。民主真正的魅力恰恰在于理性。没有理性支撑的民主运行时更易带来破坏而不是建设。

南方周末:但在有些人看来,我们现在面临巨大的威胁和挑战。

白岩松:要告别非黑即白、非对即错的简单二分法。有人说,你不赞成"抵制家乐福"就是"支持法国",这个逻辑靠不住。如果你简单地把人群分成非敌即友,你只会塑造更多的敌人,你的表达也将遇到障碍。其实在你认定的敌人中,有太多的人原来就是你的朋友。

南方周末:如果你是在现场,见到抵制的人群,会去阻止吗?

白岩松:作为个体,你很难去说什么,很容易激化。这时候需要更公众平台的声音。

南方周末:遗憾的是,我们很欠缺民主教育和历练。

白岩松:现在我们开始有发出声音的机会。

民主是个好东西,而与表达我们内心声音有关的中国化民主之路正悄悄地开始伸展。厦门市民散步来抵制PX项目,上海市民用集体购物来反对磁悬浮,都让人看到中国人在民主面前的创造力和不断增长的理性与克制。

最容易被激发的爱国热情,仿佛所向无敌,其实也是一把双刃剑。

对于已经发生的一切,即使有让人忧虑的东西,我们也不必过于担心。如果能在热冲动的同时,也能有一些冷思考,它就会演变成了一场不错的民主课。这其中,政府、媒体、专家学者必须尽到自己的职责,压制或放纵、利用或简单地迎合都会贻害无穷。正在激情中的年轻朋友正是未来民主建设过程中的基石和栋梁,而网络与手机短信等等新媒体,也将是未来民主过程中的重要平台,如何使两者更理性地整合与提升,是中国民主进程的必然需求。当然作为国家本身,如何学会在世界面前运用民主社会的通用法则,更有效更有说服力地表达自己的声音,已经是必须尽快补上的一课。

南方周末:作为中国媒体而言,是不是有某些固有思维在影响他们理性地发出声音?

白岩松:理性是媒体的任务。过去我们更习惯听到别人说你好的声音,时间长了,好像都说我们好话。南联盟事件时我就说过,这世界从来没有我们想象得那么简单和善良,这里有错综复杂的关系。在平常的传播中,国外好与不好的声音,应该经常让我们的受众听到,慢慢就会增强免疫力。当出现具体事件的时候,我们如何用国际通用的规则来更好传递自己的声音,要有效,而不是一段时间集中地连篇累牍地发社论般地发出声音。我们应该多用人的声音、人的故事,用通用的方式入情,入耳,入心。

南方周末:奥运会等于把中国置于世界舆论中心,很多情况比我们想象得复杂多了。在你看来,应该展现一个怎样的奥运,一个怎样的中国,一个怎样的中华民族?

白岩松:中国的发展已进入到新的阶段。伴随着中国的强大,我们听到的杂音和遇到的麻烦也会越来越多,中国或许也进入到一个挨骂的时代。这几乎是每一个大国在崛起时都会经历的阶段,在这个时候,理性、从容、有理有利有节更为重要。在这其中,大国国民心态的塑造尤为迫切,而理性、科学、民主是其中不可或缺的关键词。

奥运不是中国的,而是属于全世界的。不能因为它在北京举办,就去赋予它许多仅仅属于我们自己的目标。

面对很多杂音时,不仅你要面对,世界也要去面对。冲击圣火不仅是冲击中国,也在冲击人类举办奥运所追求的价值观。而且可以肯定,还会有许多冲击奥运的事情发生,我们要有心态上的准备。罗格说,他们曾担心汉城奥运办不了,最后不都办成一届很成功的奥运会吗?要从历史的眼光看,现在很难,但一切都会过去。

回顾现代奥运史,一帆风顺无任何波折的奥运会少之又少,我们应当更平和更从容更开放去面对它,轻松一点,快乐一点,执著地做好自己该做的事情,北京奥运差不了。

(《南方周末》2008年4月24日 苏永通)

阅读思考

专访的叙述方式主要有三种,我们在选登作品时,分别选登了不同的代表作。《对话莫言:希望把对我的关注变成对中国当代文学的热情》使用的是"问答整理式",这是专访最常见的叙述方式之一,也是最简单同时又能体现专访文体特征的叙述方式。其写作要领就是以记者提问、受访者回答的问答体,再现经过整理后的采访过程,适合重要人物的专访写作,但是劣势在于篇幅较长,在报纸上发表要占据相当的版面。《戒毒所的警官姐姐改变了我的一生》是一篇口述实录的人物专访。《"地产总理"任志强》是一则散文处理式的人物专访。

此外,2008年家乐福风波事件中,南方周末针对此做了两个版面的系列专访,我们选登了其中一篇《民主能让中国发出自信的声音》,给读者一个清晰的价值判断。做这类专访时,记者带着社会问题和实际工作中人们共同关心和迫切需要解决的问题,请有关人士加以解答。这些以记言为主的"问题专访"能够起到为读者解疑释惑、为决策者提供意见的作用,还能传播知识、引导舆论等。

第十五章 新闻特写

一、文体概说

新闻特写是从消息和通讯之中衍生出来的一种报道形式,它是对报道对象富有特征的片段或者细节、瞬间动态,予以鲜明而突出、形象而生动的再现的新闻报道体裁。它把新闻事件中最有价值、最生动感人的片段和部分加以放大,描形描态,绘声绘色,给读者以鲜明突出的印象。作为一种相对独立的新闻文体,新闻特写与消息、通讯相比存在一定的不同。新闻特写与消息的区别在于,消息往往择要地报道新闻事件的全过程,而新闻特写主要抓住新闻事件中富有特征的片段,浓笔展开;新闻特写与通讯的区别在于,新闻特写比一般的通讯写作更集中、细腻、活泼、突出,而且出手更迅速与洗练。

在文体结构上,一般的新闻,多数采用"倒金字塔"式结构,按照事实重要的程度依次排列,即最重要—次重要—次要,或者是按照读者对报道内容是否有共同兴趣以及兴趣之大小程度,依次排列,把最吸引人的部分突出在前面,即最高潮—次级趣味—详情经过。但是新闻特写的结构不同于一般的消息,它常常以一个概括性的导语开头,点出部分事实要点,或从生动的情节、场面、引语入笔,但不透露太多,真正最重要、最精彩的东西,放在后面,使人产生一种"满足感"。这种结构一般表现为引言—叙述—最高潮—尾声,当然也有从高潮开始的。

新闻特写的特点就是"放大"和"再现",相当于电影、电视中的近镜头、特写镜头。它运用特写放大的表现手法,将新闻人物的一个侧面、新闻事件的一个片段或者场面中最富有意义、最富有特征的部分呈现在受众面前,以求取得强烈而清晰的视觉效果。新闻特写重描写,要求抓住富有特征的细节,但其描写多用简笔勾勒的白描手法,不事雕琢,而重在传神。有人曾对这种体裁的写作要领做了这样的概括:反映现场气氛,捕捉逼真形象,抓住事物特征,注意情节高潮。因此,判断一篇新闻特写是否成功的主要依据是:作品是否选择重大题材中富有特征和透视力的片段或者细节加以描绘;是否渲染出了情节的高潮,写出了动态感和立体感;是否"情动于中而行于言",具有强烈的感染力。

值得一提的是,新闻特写是报纸在面临广播电视的巨大冲击时的应对手段之一。在时效性上,报纸无法与广播电视相比,但电子传媒转瞬即逝的特点,又使得报纸在现场感、细节等方面有充分的创造空间。因此,新闻特写具有十分鲜明的时代特点。

二、个案评析

◇ 原文

萨科齐惊魂特拉维夫机场

访以之行意在强化中东事务中的法国声音

法国总统萨科齐24日在以色列特拉维夫的本-古里安机场遭遇惊魂一幕。

当天,法国总统尼古拉·萨科齐结束对以色列的访问,偕夫人卡拉·布鲁尼在本-古里安机场准备登机回国。在离他100多米处突然响起枪声。在场的两国警卫人员闻声立即上前,护住萨科齐夫妇、以色列总统佩雷斯和总理奥尔默特等要人,快速登机、登车,分头离开现场。

几分钟后,以方发明声明称,是一名以色列警官突然开枪击中自己头部,绝无针对在场法、以任何人士之意。

虚惊一场

24日,萨科齐夫妇准备乘专机返回法国。以色列总统希蒙·佩雷斯和总理埃胡德·奥尔默特前往本-古里安机场机场送行。在欢送仪式上,军乐队鼓乐齐鸣。一曲未终,不远处突然传来一声枪响。侍立一旁的保镖立即拔出手枪,一溜烟地把萨科齐及夫人布鲁尼护送上飞机。据美联社报道称,身高腿长的布鲁尼身手矫捷,冲上舷梯的速度明显领先于丈夫萨科齐。与此同时,以色列方面的安保人员也慌忙将佩雷斯和奥尔默特护送上专车。

初步调查结果显示,枪声与刺杀无关:是一名在机场工作的以色列警官开枪自杀。事发处距离欢送仪式地点仅100多米。报道说,两名目击自杀者开枪过程的女警官当场吓晕,被送到医院救治。

也有以色列当地媒体称,这名警官因中暑昏倒,无意触动手枪扳机,打死了自己。

以色列警方发言人米奇·罗森费尔德稍后说,这一事件纯属意外。开枪者没有刺杀萨科齐的意图。

首次访以

这是萨科齐去年5月就任总统后首次访问以色列和巴勒斯坦地区。

在为期3天的访问中,萨科齐会见了佩雷斯、奥尔默特和利库德集团领导人本雅明·内塔尼亚胡,并在以色列议会发表演讲。

回国前,萨科齐曾前往约旦河西岸城市伯利恒,与巴勒斯坦民族权力机构主席马哈茂德·阿巴斯会晤。

以色列《国土报》认为,萨科齐此行,旨在加强法国在中东地区的影响力,继续推行他所倡议的"地中海联盟"构想。

访问期间,萨科齐一方面表示会在以色列受到威胁时站在以方一边,一方面批评以色列在约旦河西岸和东耶路撒冷扩建犹太人定居点的做法。

萨科齐说,为以色列安全提供最佳保证的方法,是支持巴勒斯坦建国。而将耶路撒冷作为两国共同首都,是实现以巴和平的必要条件。

夫人抢镜

相比于以巴和平之类的严肃话题,以色列媒体对萨科齐夫人布鲁尼似乎更感兴趣。布鲁尼迷人的微笑占据了23日以色列各大报刊的头版。

《国土报》头版选取了一张萨科齐夫妇22日抵达以色列机场的照片。画面大部分为布鲁尼的特写,萨科齐和奥尔默特则被放在不显眼的角落。

以色列发行量最大的希伯来文报纸《新消息报》在头条新闻中以"卡拉女王"称呼布鲁尼,并用整整两个版面对布鲁尼的"行头"津津乐道:价值2500美元的普拉达连衣裙、1200美元的手包和650美元的凉鞋。

娱乐小报《以色列》称赞布鲁尼是"继杰奎琳·肯尼迪以来最美貌的第一夫人",并绘声绘色地描写道:布鲁尼走下飞机时,佩雷斯羞红了脸,其他几位部长级人物也咧开嘴傻笑不止。

以色列电视评论员莫蒂·柯申鲍姆认为,对布鲁尼的炒作,部分反映出以色列人在乱局中不得不自娱自乐、逃避现实的心态。柯申鲍姆说:"我们疲于应对那些严肃问题,如战争、死亡。因此,所有人一下子开始关心她的钱包价值几何,那比较有趣。"

(《中国青年报》2008年6月26日 彭梦瑶)

◎ **点评文章**

一篇饶有趣味的特写佳作
——评《萨科齐惊魂特拉维夫机场》

发表在2008年6月26日《中国青年报》的这篇特写,截取了2008年6月24日,刚刚迎娶了新的夫人的法国总统萨科齐在以色列特拉维夫的本-古里安机场遭遇惊魂一幕并进行放大,饶有趣味地调侃了萨科齐遇到的这一场闹剧。该文章可读性极强,读来诙谐有趣、朗朗上口,犹若讲故事一般,口吻及其轻松,这是源于其叙事的个性化。

1. 叙事风格个性化

目前国内许多媒体对于国外作品的借鉴开始多起来。在中西方不同的新闻理念的引导下,中国的新闻写作强调记者主观理性表达,而西方作品相对而言更加强调客观感性表现。在这篇作品中,记者借鉴西方新闻作品的意味十分浓厚。

"相比于以巴和平之类的严肃话题,以色列媒体对萨科齐夫人布鲁尼似乎更感兴趣。布鲁尼迷人的微笑占据了23日以色列各大报刊的头版。"《国土报》头版选取了一张萨科齐夫妇22日抵达以色列机场的照片。画面大部分为布鲁尼的特写,萨科齐和奥尔默特则被放在不显眼的角落。"这些无不借鉴了西方作品的写作技巧,注重表现而非表达,主观看法虽然没有直接表达出来,但是写作技巧的运用使读者对记者的用意仍一目了然。再如:"据美联社报道称,身高腿长的布鲁尼身手矫捷,冲上舷梯的速度明显领先于丈夫萨科齐。"无须多言,暗讽意味显而易见。

此外,全文叙事口吻轻松、语气诙谐,善于欧式长句,对形容词和副词的恰当使用更值得一提。事实上,中西方新闻理念中对于形容词的看法是一致的,认为要"像挑选宝石与情人一样挑选形容词",并提出忌用形容词的警告:"形容词太多是危险的,形容词是会戏弄人的,只有懒惰而又蹩脚的记者才会在报道中堆砌形容词。"但是恰当的使用往往能够更加传神和收获意外惊喜。如在这一段的现场再现的描写中，记者写道：

"在欢送仪式上，军乐队鼓乐齐鸣。一曲未终，不远处突然传来一声枪响。侍立一旁的保镖立即拔出手枪，一溜烟地把萨科齐及夫人布鲁尼护送上飞机。据美联社报道称，身高腿长的布鲁尼身手矫捷，冲上舷梯的速度明显领先于丈夫萨科齐。与此同时，以色列方面的安保人员也慌忙将佩雷斯和奥尔默特护送上专车。"

文中恰当的副词的使用，对于当时现场的把握和认识也十分重要，如文章用"一溜烟地"形容了保镖的尽职和机警，用"慌忙"很好地形容了东道主以色列的慌乱和无措。此外，形容词的使用更是给文章添色不少，如用"身高腿长""矫捷"恰当地形容了布鲁尼临危逃窜的姿态。

2. 背景充实事件内涵

背景的运用可以说很好地充实了文章的内涵。运用背景材料烘托和凸现，材料运用要讲求技巧，位置要灵活，加强特写的厚重感。

这篇文章添加了关于萨科齐访以的背景材料，如："以色列《国土报》认为，萨科齐此行，旨在加强法国在中东地区的影响力，继续推行他所倡议的'地中海联盟'构想。""访问期间，萨科齐一方面表示会在以色列受到威胁时站在以方一边，一方面批评以色列在约旦河西岸和东耶路撒冷扩建犹太人定居点的做法。"如果仅仅是描述萨科齐遭遇的惊魂一幕，或许只是一场小小的闹剧，难免视界狭窄、新闻价值有限，但是正是因为记者不失时机地穿插了一些萨科齐访以的背景资料，使读者由这一个点的突发事故扩散到对萨科齐访以这个大事件的关注，文章整体格调得到了提升，由点及面的扩散很好地扩充了全文的内涵，加强了特写的立体感和纵深感，成为一篇血肉饱满、丰盈的新闻事件。

同时，记者在选择背景材料时，还独具匠心地选择了那些本身就具备镜头感的背景资料，如："以色列发行量最大的希伯来文报纸《新消息报》在头条新闻中以'卡拉女王'称呼布鲁尼，并用整整两个版面对布鲁尼的'行头'津津乐道：价值2500美元的普拉达连衣裙、1200美元的手包和650美元的凉鞋。""娱乐小报《以色列》称赞布鲁尼是'继杰奎琳·肯尼迪以来最美貌的第一夫人'"。这些都符合全文轻松诙谐的基调，与全文格调融为一体。记者有意把背景与新鲜的事实描写有机地融为一体，成为一个新创造体、新的镜头，从而在全文中居于更突出的地位，这是该文的一大特色。

3. 细节描写传达神韵

新闻特写相当于把新闻事件的某一个剖面或者某一个片段进行"局部放大"。一篇新闻特写往往是依靠精彩的细节描写来支撑的。细节要有动感，无论写人还是写事，只有捕捉到动态、动势才能做到形象和生动。记者要善于捕捉那些重要的细节，将那些关键的转折、稍纵即逝的精彩镜头和微妙的瞬间变化，准确详细生动地记录下来。

如再现枪击事件现场的描写："在场的两国警卫人员闻声立即上前，护住萨科齐夫妇、以色列总统佩雷斯和总理奥尔默特等要人，快速登机、登车，分头离开现场。""布鲁尼走下飞机时，佩雷斯羞红了脸，其他几位部长级人物也咧开嘴傻笑不止。"这几处场景描写仿佛带读者进入了现场，历历如绘，且情景交融。

需要指出的是，利用此种手法写作新闻特写，一定要区分场合，谨慎使用。

三、同题文本鉴赏

系列特写：平静的消失　伟大的升腾
——三峡工程蓄水首日纪实

宏图起于平静

曙光洒满了银色的大坝，宁静而安详。昨日，记者见证了举世瞩目的三峡工程下闸蓄水的一刻。

早上8时刚过，记者凭证进入三峡工程梯调中心调度室。这个只能容纳数十人的机房控制着长江三峡以上600多公里的水情，墙壁上两块电子显示屏实时显现着各个观测点的水位、流量等数据。在这里，管理者通过启闭69个闸门，可掌控长江血脉的跳动。

8时40分，三峡总公司领导步入调度室，三峡工程正式下闸蓄水的简短仪式在此举行。没有过分的张扬与渲染之词，只有轻松的笑容漾在脸上。

按程序，下闸蓄水令将从梯调中心发给2公里外的大坝电厂中央控制室，由技术人员操纵计算机关闭闸门。

记者立即驱车赶往三峡电厂中控室。在三峡左岸大坝的电厂安装间里侧，几名技术人员早已守候在电脑操作平台旁待命。承担操作任务的是值班主任付军照，他端坐电脑桌前，不时地看一眼身边的电话。

电脑屏幕显示，此时三峡大坝上游水位106.11米，下游水位66.1米。付军照说，在正式蓄水前，大坝已关闭了22个导流底孔中的18个，使水位达到预蓄水高度。从液晶显示屏上可看到，18个长形条块已抹黑，只剩下3号、13号、16号、20号共4个正在宣泄江流的闸孔还亮着绿灯。今天要关闭的是20号闸孔。

9时整，电话铃声响起。付军照立即起立接听电话，三峡总公司梯调中心主任袁杰传达总经理陆佑楣的指令。付军照鼠标轻点，屏上显示一道弧形门缓缓下移，三峡工程下闸蓄水正式开始。

9时20分，付军照向梯调中心回电，20号底孔闸门关闭，下闸蓄水成功。

经过10年闯关夺隘的风雨历程，三峡工程就这样平静、成熟地步入通航、发电的收获期。

登上大坝之巅，展目望去，只见坝上江面开阔，青山掩映，高峡平湖的宏图胜景已然浮现。激越了千百年的狂涛已成昨日旧梦，滚滚长江今天温驯得像一个婴儿。

（《湖北日报》2003年6月2日　杨礼兵）

峡江上的千古绝唱

"青滩、泄滩、崆岭滩哟，滩滩都是鬼门关；船过西陵峡呀，人心寒，一声号子，我一身汗！一声号子，我一身胆，一声号子我又一滩哟！"

昨日上午，在秭归港看蓄水的"峡江号子王"、81岁的胡振浩老人，激动地唱起了这首被誉为千古绝唱的《船工号子》。

铿锵悲凉的歌声撞击着两岸青山，带着我们的思绪，穿越岁月的长河。

历史曾以艰难的脚步在这里走过，船工们被恶浪吞噬过，被狂风撕咬过，被纤绳紧勒过，就是征服不了长江的惊涛骇浪。

古老的三峡,流传着文人墨客激情颂咏的诗篇,更流传着峡江人民与死亡抗争的艰辛、与江水搏击的沧桑。

而今,多少苦难已经走过,多少险滩永没江底。如今的秭归港,新式的载客缆车、气派的候船大厅让旅客赏心悦目;如今的秭归人,幸福的新生活令人羡慕,就连胡振浩老人家也赶上了时代的节拍,白衬衫、蓝领带,腕上还戴着一块时髦的欧米茄手表。

眺望不远处横锁长江的大坝,看着一天天涨高的江水,胡振浩老人说,他真想再唱一首号子,不是悲壮的回忆,而是为美好的新生活、为雄伟的三峡工程放歌。

"如今三峡建大坝,千秋大业兴中华,高峡平湖梦正圆,前程似锦美如画。"

喜悦的歌声,拍打着温柔的江水,吸引着来往的旅人驻足倾听。

"峡江号子王"说,他此生最大愿望就是,2009年,三峡大坝建成的那一天,他要再次为三峡放歌。

(《湖北日报》2003年6月2日 周芳 郑家裕)

沧海桑田的美丽

"瞧,那是县人民医院,还剩门诊一小块呢;那是县实验小学的校门,水已经上来了;再上面是防疫站,明天就保不住了……"

昨日中午,古归州江风簌簌,薄雾蒙蒙。站在岸边看水的65岁老人彭树淼指着135水位线以下的残垣断壁,如数家珍。

归州的每一寸土地,似乎都浸润着人们的记忆。只是,如今这里每一分每一秒,都在经历着沧海桑田。在离135米水位线很近的地方,郑家运开了一间副食店。5年后,他将彻底离开这片土地。

"归州有我的老主顾,有我的朋友,有川流不息的长江,真的有些故土难离。"闲暇时,郑家运最喜欢下象棋,县文化馆、工人俱乐部都有一帮"铁"棋友。如今,这些美好的回忆已随着江水的淹没,埋藏在心底。

县实验小学,学生最多时达3000多人。县移民局办公室主任王海群告诉记者,当时学生做课间体操,操场上站满了,教室走廊站满了,连厕所边都是人……偌大的县城,只有一座小学,不堪重负。

永别了,九龙奔江!永别了,鸭子潭!搬迁到135米水位上的归州人,目睹三峡工程带来的惊人巨变,淡定如常。归州中学正常开课,商店依旧在叫卖,人流往来穿梭,依稀古时"居人养犬获山鹿,稚子缚柴圈野鸡"的景象。

崭新的归州镇已崛起在山上,清爽靓丽。镇党办主任向福明告诉记者一个最简单的事实:镇小学学生不足700人。

"屈子衣冠犹有冢,明妃脂粉尚留香。"记忆终将褪色,留存归州的是为国家、为民族无私奉献的精神瑰宝。

自刘备撮土筑城,历1700年历史的归州已是第三次迁移。归州镇党委书记郑之问说:"为三峡,归州作出了奉献,但面临的机遇更多,归州的未来会更好。"

沧海桑田是美丽的。

(《湖北日报》2003年6月2日 周志兵)

在平静中告别

江水在静静地上涨,千年的巴东老城搬迁后遗留下的房基、道路、桥址,被静静地吞没。

三三两两的人们,或夫妻,或全家老少,或左邻右舍,或不约而同,纷纷来到故居前,与她度过这历史性的时刻。间或有长辈对年轻人,父母对年幼的子女,指认旧址,讲述往昔的岁月。有的默默地注视江水,对隐没在江水中的故居,作深情的告别。

76岁的潘昌贵爹爹和74岁的王珍左奶奶,昨日下午4时,一前一后,缓缓地从几公里外的新城,步行来到旧城,赶在江水淹没前,再看一次"住惯了的老地方"。潘爹爹退休前曾在县教委工作,住在县政府大院内,如今这里已是一片废墟,但他依然能清晰地辨认出他工作和居住过的旧址。惜别中,潘爹爹没有伤感,他侧转身,扬手指指山上新建的城市,微笑着说,现在的县城更大更美,住得比以前宽敞多了。

昨日是三峡大坝正式下闸蓄水的首日,江水一日内上涨了许多。如果从5月25日试蓄水算起,巴东段江水从海拔80米连续上涨到104米,江面宽了70多米。往日的礁石已悄悄隐去,汹涌的水流变得驯服,浑浊的江水变得清绿起来。鄂渝交界处,清代著名石刻"楚蜀鸿沟"四个大字,过往的游客再也不需仰脖子寻找。

迅速上涨的江水,没有对巴东人构成大的影响。在老县城的上游靠后,绵延10多公里的5座山头上,已崛起一座新城。街面宽阔,街市繁华,高楼林立,车流人流汹涌。两座新建客运港口照常迎接西上东下的客船,紧邻县城的长江大桥工地热火朝天。

县委书记于德海介绍,为迎接大坝蓄水,县城边黄土坡地质灾害的治理已按计划完成135米水线以下的工程,移民搬迁、清库及消毒治污、地下文物的抢救发掘和地上文物民居的搬迁,都早已按计划完成。

与县城隔江相望的神农溪,是国家4A级风景风,由于江水上涨,溪口变宽,往日湍急的溪流变得平缓悠然。不过早在蓄水之前,巴东人就已预料到这点,将最富刺激的漂流起点由叶子坝上移10多公里到沿渡河,相应的旅游设施都已建起。神农溪依然野趣横生,是喜欢漂流探险的好去处。

正在建设中的巴东长江大桥,赶在蓄水前,已将135米以下的工程全部完工,目前两座主墩已经耸立江面,南北两岸的边坡桥面已经铺就,建设者正在日以继夜地向主跨桥面冲刺,计划今年10月合龙。

(《湖北日报》2003年6月2日 姜月波 王昌信)

"江水升高我长高"

伟人的诗篇,美丽动人的传说,给巫山抹上了神秘的色调。第一次跨省来到巫山,一切都是那么新奇。

下船已是上午10时15分,走在长长的栈桥上,仰视前方,码头边老城的断壁残垣与山上耸立的巍巍新城,形成一种强烈的反差。及至岸边,滔滔江水已漫过老城脚下。

踩着堆积如小山般的碎石瓦砾,文明的碎片在脚下延伸。不远处的废墟高台上,三三两两的巫山人或站或蹲,望着日渐涨高的江水。

忽而,一片鲜亮的红色吸引了记者的眼球:几十个人身着统一的红色服装,正在一块临江的废墟上跳着欢快的舞蹈。记者赶紧爬坡过去,原来他们都是县武术木兰拳协会的会员,正在举行告别老城的活动。

趁着间歇,47岁的会长马兴云对记者说,会员们祖祖辈辈生活在老城里,再过上十天,老城就要被淹了,大家便约着一起来到这里,寻找各自原来的居所。我原来住的十字街,现在什么都没有了,我照了很多相,将来要把这段故事讲给后人听。

67岁的刘昌秀老人是一名退休教师,原来住在万元沟,几乎天天在附近的老城人民广场打太极拳。这次,她再次来到已成废墟的人民广场,站了半个小时舍不得走,"这次看了后以后就看不着了。"

在该协会中,12岁的小女孩张玄算是最小的会员了。在江边捡过三峡石的她,这次跟妈妈一起来参加告别老城活动,小姑娘禁不住放声唱起《三峡的孩子爱三峡》:

"船儿船儿赶路程,我的家乡三峡好迷人。橘树那个长在彩云里,还有那闪亮的航标灯……"

在巫山居民心里,老城已化作他们永恒的追忆。三峡工程的建设,使他们的生活发生了前所未有的变化。"现在我住上了150平方米的房子,是在老城时的五六倍,而且周围绿化、卫生、治安都搞得很好,每天心情非常舒畅。"谈起新城的生活,马兴云感慨万千。

下午5时,记者再次前往巫山码头。上百辆由的士、面的、摩、货车组成的车阵,把狭长的小道塞得严严实实;江面上趸船密布,两艘本地运沙船及几条宜昌来的运米船,从重庆来的运大理石的货船正在紧张卸货。

5时30分,当日最后一班客轮"江山1号"搭载近百名乘客,拉响长长的汽笛,迎着夜色向上游驶去。这一天,共有21班客轮停经巫山港。巫山县航管所主任唐红春告诉记者:大坝蓄水后,水流非常平缓,大大提高上行船舶的航速,货运节约近一半的成本,安全也更有保障。

"江水升高我长高,大坝建成我长成。三峡的孩子爱三峡,她在我心里生了根。"离开码头,张玄那清脆而童真的歌声,仍久久地回荡在耳边。

(《湖北日报》2003年6月2日　李剑军)

瞿塘峡宛如一池碧绿的湖水

昨日,三峡蓄水第一天。往日曾数次乘船行走三峡的湖南邵阳人易松再入夔门,被瞿塘峡的异常平静惊呆了。

昔日浑浊、湍急的江水,如今已变成一湖清水,安静地在夔门外徘徊。平湖秀色悄然展现在世人的面前。

63岁的奉节居民颜光荣端坐在白帝城的石头上。这几天老人天天早上都会来到江边,看着江水慢慢上涨。望着如镜的江面、清碧的江水,老人深有感触,"我活了60多年,从来没有在夏天看到这样平的江水。"

晚7时许,夔门水位已升至108米。据奉节县航道部门介绍,平湖的出现是因为蓄水后长江在重庆市奉节县与云阳县出现两头高中间低的"马鞍形"流式,江水向上游倒流,改变一江春水向东流的规律。落日余晖下,不少摄影爱好者在拍摄夔门摩崖题刻,风箱峡上仍有不少游客在参观、留影。夔门摩崖题刻顶端的水位线是126米,也就是说蓄水完后,这些字迹会全部淹没。有关部门已对这些文物进行了保护,主要题刻被切割下来,移到下游3公里以外200米的高崖上,剩下9幅石刻已通过一些技术保护起来。

位于瞿塘峡口的白帝城仍一面临水。水位上升到135米时,它将三面环水。为使它能屹立江水,人们正在给它做护栏工程,护栏恰似一条"金腰带"。到蓄水175米时,游客就要划着小船登白帝城了。

白帝城往上,是著名的"诗城"奉节县城永安镇,这里已成废墟。这座有1000多年历史的古城,如今一切都在消逝中。

上午9时,老人们身着盛装,在已被拆除的依斗门处,自发用文艺表演的方式迎接蓄水。活动一直延续到中午。

在依斗门码头,105米水位下的公路已被淹没,一家砖瓦厂的房屋也有一半没入江中。

傍晚,码头上的人渐渐多了起来,成百上千的老百姓拥到江岸的高坡上俯视江水,一边努力数着老码头石阶淹没的级数。

岸边围观的群众越来越多,人们纷纷赶来亲眼见证高峡平湖的诞生。江水在宁静地上涨,心潮在激动中起伏。

(《湖北日报》2003年6月2日)

系列特写:驯桀骜江水　取不竭能源

大坝上下　陆佑楣释放激情

今日上午9时,中国三峡总公司总经理陆佑楣下达下闸蓄水令后,即前往大坝泄洪坝段深处的闸门集控中心和坝上察看水情。

熟悉陆佑楣的身边同事说,他从未有过这样的轻松感。很少摄影的他,在大坝上竟不停地举着相机对着江水一阵猛拍,风趣的他还不停地照记者,照身边的同事。

这位把毕生精力献给三峡工程的水电专家,在这具有历史意义的时刻,全无遮拦地释放着心底的激情。

对江水怀有别样深情的,还有三峡移民。在大坝上游隔离堤头,从宜昌市太平溪镇赶来的60多岁的婆婆易惠玲,带着3岁的孙子,一大早就赶到了江边。她指着不远处说:"我的家就快淹到江里了,我既舍不得,也蛮高兴。"说话间,小孙子捡了一块石子往江里抛去。

今天的三峡大坝上下,开着车子前来看水的人络绎不绝,大多是一家老小。来自全国30多家媒体的记者,在不同的方位、不同的角度,忙着拍照。

与此轻松场景相对应的是,两万多名三峡建设者,在烈日下冒着30多度的高温,在左岸船闸现场、在右岸围堰工地,挥洒着汗水。他们知道,工程早一天全面投产,东部地区的人民就会早一天受益。

神农溪口　激流顿失滔滔

作为三峡中一个极负盛名的旅游景点,神农溪漂流以其古朴和野趣吸引了无数中外游客。在三峡大坝正式下闸蓄水的今天,她又是怎样的一番风貌呢?

今天上午9时,在神农溪上操桨了30多年的老船工余师傅,驾着一叶小舟,将记者带进了风光如画的神农溪。

小船从巴东港横穿长江,前面便是神农溪的入江口,这里已是水茫茫一片。余师傅介绍:"以前这里只有100来米宽,现在已有400多米了。"

驶进神农溪,第一个景点就是以雄奇闻名的龙昌峡。原来湍急的溪水这时却平静如镜。溪水因长江水的注入也变得混浊,溪上有少许飘浮物,纤夫拉纤走过的小路早已没入水中。余师傅说:"现在行船是方便了,可龙昌峡却变矮了,景色不如以前。"

上午11时,船行约10余公里,来到燕子阡溶洞附近时,溪流陡然变急,溪水也是清澈见底。记者在这里又找到了漂流的感觉。原来,这里就是长江的回水之处了。

船往回行,一块巨石赫然横亘溪中,这就是有名的神农石了。相传这是神农氏上山采药时,不小心将石头踢入溪中,便成了这块神农石。以前还能看见上面巨大的脚印,石上刻有"朝我来"三字,现在也没入水中。余师傅说:"以前这里溪流汹涌,漩涡众多,船夫要想避开神农石,必须朝它冲去,故有朝我来之说。"

神农石上有不少爆破工正在埋炸药,记者一打听,原来水位上涨后,神农石将全部被水淹没,会严重碍航,必须炸掉。

下午2时,记者回航途中,身后传来一声巨响。神农石现在已是粉身碎骨,我多少感到有些惋惜。

令记者感到欣慰的是,神农溪不会因蓄水而消亡。巴东县旅游局副局长张泽友告诉记者:"水位涨到135米时,这里将形成长20公里的峡谷平湖,另有一番风光。旅游部门正向上游开拓,那里的景色更为原始和迷人,溪流更为急促,届时神农溪的漂流必将更引人入胜。"

诗城奉节　每依白帝看三峡

长江三峡的起点奉节,有一处让人们牵挂的著名景点——白帝城。今日上午9时,奉节航道局监测表明,这里的水位达到了106.94米。

据白帝城有关管理人员介绍,白帝城位于238.85米高程。当水位抬升到135米时,对它影响不大。到2009年水位上升到最高点175米时,杜甫西阁景点才沉入江中。此时,白帝城将变成一个小岛,最值得观看的景观,绝大部分仍留在岛上。

一大早,记者来到江边时,看到江水已没有了往日的湍急。依斗门下的沿江大道已经没入水中,这里已涌来许多看水的居民。

57岁的万春林随身带着前年拍摄的依斗门全貌照片。他深情地说,小时候经常从依斗门下水游泳,坐在依斗门中享受江风,并在这里知道依斗门来自杜甫的"每依北斗望京华"的诗句。眼见闻名遐迩的依斗门转眼就要沉入江中,他依稀有些伤感。

当地官员乐观地介绍,江水涨起来后,白帝城和有"天下雄"之称的夔门以及奉节新城将连为一体,形成独特的文化旅游区。

西部巴东　小溪豁然变河湾

今天是三峡大坝正式蓄水的第一天,作为我省长江沿岸最西面的巴东县城,平静地度过了这个不寻常的历史时刻。

据水情报告,今天长江巴东段水位上升较快,至晚8时,已上升至107.5米。因巴东新县城的规划已全部在175米以上,所以水位的上涨并未对当地造成太大的影响。记者下午在县城江边看到,这里的清库工作早已完成,不少群众悠闲地在江边看水。

巴东新县城对面的官渡口镇是个百年老镇。几天前,这里还有一条三四米宽的小溪,当地人踏着条石就可以走过,现在,却变成了一条150米宽的小河湾,人们要用渡船才能过往。江水已缓缓漫至镇上最繁华的老街,一群背着背篓的官渡口村民趟着水从这里走过。

站在官渡口老街的废墟上,可以看见,江水舒缓宁静,江面上,一些渔船正在悠闲的捕鱼,人们似乎已经开始享受高峡平湖带来的好处。

(《楚天都市报》2003年6月2日　曹山旭　唐宜贵　潘勤　杨峰洲)

> **阅读思考**
>
> 　　2003年6月1日,三峡大坝蓄水,这是三峡工程建设中里程碑式的重大新闻。在湖北日报社的积极策划和充分准备下,于次日发表的《三峡大坝昨下闸蓄水》这一现场报道,荣获第十四届中国新闻奖一等奖。令人欣喜的是,由于记者们的努力,这一策划还产生了另一大成果:各点记者同日又发回了更翔实的现场特写。《湖北日报》同时还推出了《平静的消失　伟大的升腾——三峡蓄水首日纪实》整版特写。
>
> 　　同日,《楚天都市报》也整版刊登了系列特写《驯桀骜江水　取不竭能源》。这些特写真实地再现了当时的恢宏场景,读来令人如临其境。

四、作品鉴赏

特写:夫人奈娜最后吻别叶利钦

莫斯科时间四月二十五日下午,俄罗斯首位总统叶利钦的葬礼在莫斯科新圣女公墓举行。俄罗斯总统普京及夫人和俄国内外政要参加了葬礼。

当地时间下午四时三十分左右,覆盖着俄罗斯三色旗的叶利钦灵柩在一辆装甲车的牵引下,在叶利钦遗孀奈娜和两个女儿的陪同下,在普京总统夫妇和俄国内外政要的护送下,在总统卫队仪仗队的护卫下,缓缓驶过铺满红色鲜花的街道,向新圣女修道院墓地驶去。

从救世主大教堂到新圣女墓地沿途,处处摆放着人们敬献的红色康乃馨。街道两旁,挤满了自发前来送行的俄罗斯民众,有妇女忍不住悲痛,流下了眼泪。

在墓地,一袭黑衣、头戴黑色围巾的俄罗斯前第一夫人奈娜忍着悲伤走上前去,把一方白手帕塞在相伴五十余年的丈夫枕下,轻柔地整理了逝者发型,她双手颤抖着再次轻抚丈夫的脸颊,轻轻亲吻丈夫的额头,仿佛怕惊扰了这位当年叱咤风云的人物。

熟悉叶利钦一家的人都说,身为建筑工程师的奈娜低调、谦和,把自己的一生都献给了丈夫、孩子和家庭。退休后更是默默而又贴心地支持和陪伴在丈夫身边。

叶利钦的两个女儿伏在即将远去的父亲身上,轻轻抽泣,久久不愿起来。

伴随着送行的礼炮声,俄罗斯首位总统的遗体缓缓沉入墓穴。

按照俄罗斯民族传统,当去世者入土时,先由神职人员诵念特殊的祈祷文,然后才向棺木洒上泥土。这象征着人的身体来自泥土最后又重归大地,而灵魂永生。

(中国新闻社2007年4月25日　田冰)

第十五章　新闻特写

> **阅读思考**
>
> 此文获得第十八届中国新闻奖二等奖。行文以白描的手法，以客观平实的语言，从妻子、从家人的角度对葬礼做现场还原。在奈娜上前为丈夫整理白发、献上最后一吻的时刻，许多俄罗斯民众潸然泪下。或许此刻，在所有人眼里，只是一位老妇人送别相濡以沫数十载的丈夫，而与政治无关。康乃馨、白手帕、吻别，遂成此新闻特写。

此情此义，怎一个"爱"字了得

编前语

　　身在煤矿区，都说矿工不懂爱，其实矿工的胸怀宽广，矿工的爱就像矿井一样深，就像燃烧的煤炭一样炽热。梅永刚，淮北矿区一个普普通通的煤矿工人，当前妻抛下两个孩子，移情别恋，提出分手时，他平静地接受了这残酷的现实。而事隔6年，当前妻突发脑溢血病瘫在床，无人照顾，面临绝望之时，离异后一直独自抚养两个孩子的梅永刚毅然承担起照顾她的重任。风霜雪雨，四度春秋，他使她的生命一次又一次出现奇迹。矿工梅永刚的事迹感动10万矿工，感动煤城。

　　9月的一天，笔者一行走进淮北矿业朔里煤矿东村梅永刚的家，只见不到60平方米的房间收拾得井井有条、干干净净。梅永刚正在给轮椅上的张素琴按摩腿部，并不时地把她抱起，让半瘫痪的张素琴伸一下腰与胯部。

　　梅永刚边做着这些，边给张素琴讲一些趣事，张素琴虽然瘫痪在轮椅上，但听力和思维很正常。她不时地点点头微笑，还伸出两个手指来纠正他。上高三的儿子正在温习功课。女儿才新到黄山学院上大一，梅永刚这几年的心血终于有了回报，一家沉浸在幸福和欢乐中。就是这样一个欢乐的家庭，谁能想到曾经历过一番艰难波折呢？

从相爱到离异一波三折

　　今年同为42岁的梅永刚和张素琴，自小两家相距不到100米，从小学到高中都是同学，身材高挑、白皙漂亮的张素琴吸引了很多男生，身材矮小其貌不扬的梅永刚只能暗恋张素琴。高中毕业后，梅永刚在淮北矿业朔里煤矿修护段做了一名维修工，他鼓足勇气向身材高挑、白皙漂亮的张素琴表达爱慕之意，没想到张素琴竟同意和他交往。

　　梅永刚家境不好，又在井下上班，两人的相恋遭到了张素琴父母的极力反对。当时，矿区流传着这样一句话："宁嫁种田郎，不嫁掏煤汉。"矿工不但出力流汗，而且井下风险大，矿区的姑娘都不愿嫁矿工。张素琴反问母亲："你不也嫁给爸爸了吗？爸爸也是矿工呀！"母亲说："我是过来人，正是嫁给你爸，才知道嫁给矿工的千难万难，每到矿上出事故，我的心就悬到嗓子眼，一夜难眠。"张素琴说："你说的是过去的事了，现在煤矿都采用现代化设备，安全性好，再说我们是真心相爱，我们一定会幸福的。"母亲见说服不了女儿，就采取强硬措施，把她关起来不让两人见面，并以断绝母女关系相威胁。她知道母亲是为了自己好，但她实在割舍不下对梅永刚的感情。

　　张素琴顶着巨大压力发誓非梅永刚不嫁，妈妈看女儿日渐憔悴的模样，生怕出意外，只得同意。1988年，这一对"鸳鸯"终于走进婚姻殿堂。结婚那天，梅永刚就在心里发誓要用一生的努力好好待张素琴。

婚后的生活清贫而幸福，随着一双儿女的诞生，小家庭更是充满快乐。可在2000年时，梅永刚发现了妻子的行为有些反常，从不与外界联系的妻子经常到附近的煤矿学校门口打电话，一打就是半小时，经常找各种借口外出，有时深夜才回家。那年冬天，张素琴与他摊牌了，她要与他离婚，重新寻找幸福，梅永刚怎么也不相信自己心爱的妻子是这么打算的，可残酷的事实就摆在面前，梅永刚感到从未有过的失落与痛苦，经过激烈的思想斗争，梅永刚作出痛苦的抉择，他平静地对她说："我们离婚吧，这事已经出来了，也无法挽回，既然我爱你，我就要对得起你，我成全你，我不给你任何负担和累赘，10岁的女儿和6岁的儿子我来抚养，你没有生活来源，以后自己照顾好自己。"梅永刚不仅没有向张素琴要孩子今后的抚养费，还将家里仅有的2000元存款给了她。这一刻梅永刚的心情复杂而不可名状，是爱，是恨，是悔，是痛……

离婚了，梅永刚也就解脱了，一个幸福美满的家就这样破裂了，他希望这个深深伤害自己的女人能有个好归宿。梅永刚既当爹又当妈，照顾两个孩子。不少人看到梅永刚很苦很累，就张罗为梅永刚再找个女人，但他婉言拒绝了，他说："怕孩子受苦，我不想再娶，虽然一人带着两个孩子艰难度日，但我忘不了初恋的岁月，有些回忆和孩子们做伴，我感觉生活是可以继续的。"

张素琴回到了娘家，等待着幸福的"降临"。天地无常，人心难测，那个承诺可以给她幸福的人，却食言了，由疏远她变成躲避她，继而人间蒸发了，留给张素琴的是一个被摧毁的家和众人的指责。张素琴后悔了，她在心中又重新定义了"爱"，才知道梅永刚的爱是真诚的，前夫的人品是可靠的，她真想再次牵住前夫的手。同时，她也很思念孩子，起初，孩子对她不冷不热，她就每天在学校门口等着两个孩子，给孩子送件衣服，给孩子送吃的，下雨了，为孩子送伞……慢慢地，孩子们又接受了她，经常背着爸爸去看她。

真情唤醒昏迷前妻

2006年夏季的一天，在井下干了10多个小时刚上井的梅永刚突然听说张素琴突发脑溢血在街上晕倒了，正在淮北矿工总医院抢救。梅永刚的心猛地一沉，心痛不已，毕竟是结发夫妻，两个孩子的血脉里都流淌着她的血啊！当初相恋时那一幕幕浪漫的情景不断出现在脑海，前妻那渴盼的目光仿佛就在眼前。他终于知道自己根本放不下她，埋藏在梅永刚内心深处的爱像火山一样迸发了。他急速奔跑到医院寻找前妻。在矿工总医院手术室，梅永刚拉着医生的手连声哀求："求求您了，千方百计救救她吧，她才30多岁啊……"医生劝他："病人苏醒过来的几率很小，你心里要有准备啊！即便救活也可能终身瘫痪。"

手术结束后，张素琴仍然昏迷不醒。梅永刚在她床前一个劲地喊她，两天过去了，张素琴还是处于昏迷状态，梅永刚请假守在张素琴病床前，一步也不离开，一遍遍呼唤着她的小名，给她唱最爱听的《月亮代表我的心》，他相信他的真情呼唤一定能唤醒她。第四天下午，张素琴眼角淌出晶莹的泪珠，前后昏迷了80多个小时的她终于醒了。她看到梅永刚的微笑，她知道自己渴盼已久的前夫已经原谅她了，而且还像从前一样爱她，幸福终于"降临"，她失声痛哭，紧紧抓住梅永刚的手。梅永刚双手握紧前妻的手不松开，泪水润湿了眼眶。

四年如一日悉心照料

出院后，梅永刚一下班就往张素琴父母家赶，忙里忙外地照顾着。他发现两位70多岁的老人照顾瘫痪的女儿已是力不从心,就决定把素琴接回家照顾。两位老人感动得哭了,梅永刚的两个孩子也同时紧紧拥抱住父亲。

梅永刚的担子更重了,他既要照顾两个孩子,又要照顾张素琴。他索性请了一年半的假专门照顾她。每天,除了洗洗涮涮照顾她饮食起居,还推着她到外面晒太阳。为了让张素琴的四肢复苏,他还买了按摩的书学习,边给她按摩边讲有趣的事情逗她开心,夜里还得起来四五次帮她翻身……

为了给张素琴增加营养,梅永刚经常高价买回鸽子、黄鳝和乌鱼等给她补身子。然而,梅永刚越是这样,张素琴内心就越愧疚。有一次,她干脆绝食,不愿服药,想了结此生,不再拖累梅永刚。梅永刚就使出浑身解数给她做工作,他指着床头那张全家福照片一遍遍地劝她:"你看,我们一家四口在一起多完美,只要你有一口气,我们就是一个完整幸福的家呀!你回来了,孩子又有了妈,也有了家的感觉,学习更努力了,你也要替两个孩子多想想啊……"梅永刚的话似甘露滋润着张素琴的心。

在梅永刚四年如一日的悉心照料下,张素琴的病情有了好转。目前,她下肢有了感觉,右胳膊已伸展自如,能提笔写字,精神状态也好了很多,语言表达基本恢复正常。连两个孩子都说,没有爸爸的照顾,妈妈早就没有了。2009年11月,为了给已经上高中且都住校的儿女挣学费,梅永刚重新上班。每天一下班他就急忙回家做饭,照料张素琴。

梅永刚的工资每月1600多元,除去两个孩子上学的生活费、张素琴每月的医药费和增加营养等支出外,所剩无几,他只靠最简单的馒头、面条和小菜度日。淮北市民政局工作人员获悉后,特意来到梅家给张素琴办理了低保和医疗保险,矿上也伸出了援助之手,让梅永刚拿救助金,逢年过节,还送来慰问品。有一些朋友和邻居对梅永刚的行为不理解,说他憨,说他傻。梅永刚说,"我觉得爱一个人就要给她全部,对她负责到底。"张素琴说:"别人都说我有福气,如果有下辈子,我还要嫁给他,好好报答他。"

(《安徽工人日报》2010年11月1日 杨青 孟德强)

阅读思考

这是一篇有时代气息又具教育意义的人物特写。该文成功之处在于:选择表现主题的关键故事情节,深挖细写,描写生动,讴歌了勇于担当又真心包容的崇高爱情,有故事性也有教育性。尤其是一些场景的展现和细节描写格外感人,透视出人物丰富的内心世界与高尚的思想品德。

安全会上睡着了

台上:市安监局成立,部署安全生产工作,市领导讲话
台下:有人睡觉、打电话、玩游戏、发信息、吞云吐雾
插曲:市长发火:"切勿糊糊涂涂开会,糊糊涂涂出事,连乌纱帽怎么掉的都不晓得!"

一个重要的安全生产会议正开着,台上领导在讲话,台下听者睡着了,这种事就发生在湖南邵阳。

8月26日,"邵阳市安全生产监督管理局授牌仪式暨全市安全生产工作会议"在该市宝

庆山庄召开。出席会议的有湖南省安全生产监督管理局局长谢光祥、邵阳市市长黄天锡及市委、市人大、市政府、市政协的领导。参加会议的是各县（市、区）分管安全生产的副县（市、区）长和各县（市、区）安监局、市安委成员单位的领导。

会上，市长黄天锡指出，如果连老百姓的生命安全都不能保证，那就谈不上代表最广大人民的根本利益，更谈不上贯彻落实"三个代表"。要放弃过去那种就安全抓安全的观念，牢固树立安全为大局服务的观念。黄天锡称：武冈的一位村主任告诉他："我宁愿炸死，不愿饿死，也要搞爆竹生产。"黄天锡痛斥了这种愚昧的想法和做法。

副市长龙建威在作关于安全生产的主题报告时，与会的一些同志竟打起了瞌睡，黄天锡当即严正指出："切勿糊糊涂涂开会，糊糊涂涂出事，连乌纱帽怎么掉的都不晓得！"

令人遗憾的是，在黄天锡讲完话后，还是有些人昏昏入睡。在该市人大的领导讲话时，记者前后数了一下，至少有6人在睡觉。有的同志或打电话，或用手机打游戏、发信息。会议材料中有一份注意事项，其中第6条规定："与会人员不得在会场使用传呼机、手机，不得在会场内吸烟。"而事实上，会场上仍然烟雾缭绕，

会议还通报批评了没有参加会议的洞口（今年1月至7月共发生事故134起，同比下降27%，死亡36人，同比增加20%）、绥宁（今年1月至7月发生事故34起，死亡15人，同比分别上升21%和15%）等3个缺席会议的单位。

（《中国安全生产报》2003年8月30日 黄雄）

阅读思考

在安全会上，竟有人睡着了。思想不重视，怎能抓好安全？本文反映的就是这一颇有代表性的问题，意义重大。记者原来仅写了一篇会议消息，文中仅简单提及有人睡着了。编辑及时与其沟通，补充了材料，及时修改了主题。同时，为了深化主题，增强教育意义，编辑精心制作标题，配发相应图片，组织了背景资料，使整篇文章详略得当，短小精悍。

如何在会议新闻中，提炼新闻主题，凸显真正的新闻价值，这一个目标值得我们深刻思考。

毕业照定格苦难时刻，从此长大

上千张课桌一眼望不到头，巨型电风扇在教室后方大力摇摆。这是位于绵阳市安县的高三学生复课点，一间由厂房改造、总面积达8800平方米的"巨型教室"。来之前虽已听说有近2000名灾区的高三学生在这里复课，但真正走近他们，还是被眼前宏大的学习场面震撼了。

此行的目的是采访那个在地震中失去母亲的高三男孩。我们还在反复斟酌如何开始，一个瘦高的"眼镜男孩"已被同学们带到了面前。彭伟，安县中学高三（17）班的学生。他的家在北川县的一处山坳里，母亲已经被永远埋在了那片废墟下。

"彭伟，听同学说你的学习成绩很好啊，打算考哪所大学？"

彭伟腼腆一笑，用略带川味儿的普通话说："我希望是和林业有关的，我的家乡有很多树，很漂亮。"说起正在准备的考试，彭伟的话明显多了，他指着桌上一摞课本告诉记者，最上

面的5本是他在地震发生时唯一抢出来的东西。他最珍惜的一本改错笔记不见了,那是他复习的秘密武器,幸好在这里复课后,老师重新补讲了一些内容,才让他悬着的心稍稍安定下来。

"地震发生的时候,你在做什么?家人在哪里?"尽管不忍,却不得不问。

"当时我在学校,家人都在山上的家里,我以为他们全都没有了,过后知道,爸爸和弟弟还活着,还有人活着就好!"彭伟的感慨带着一丝苦涩。地震刚发生后的那段时间,彭伟经常独自发呆。"老师、同学有时候和我说话,我都听不见,后来有个唐山来的哥哥反复给我讲唐山的故事,慢慢地我就听进去了,唐山的孤儿们都没有放弃,我们也要自强不息。"彭伟说,他当时甚至想马上飞到唐山去,到那里上大学。

这时,周围已挤满了好奇的同学。

"同学们,那我们一起聊聊吧。"

"记者姐姐,你给我们上一堂课吧!"

"讲讲你们采访的故事!"

"这个嘛……这样,讲一个我们出糗的故事。"前些天我们曾尝试着做了今年高考语文试卷,前5道题只答对了2道。看着他们忍住不敢笑的样子,我们说,"你们其实都比我们厉害,只要相信自己,没有做不到的事情。"

他们微微昂起的小脑袋,让我们欣慰,这个短总算没白揭。告别时,我们把身上仅剩的4张名片中的3张送给了他们。也许他们并不会去北京找我们,但我们或许能够在未来的某一天接到他们的电话。

采访车匆匆驶向第二个目的地,不一会儿,我们的手机竟然连续震动了起来。5条短信!竟然都是来自他们!"姐姐,真的非常感谢你们媒体对灾区学子的关心,在全国人民的支持和鼓励下,我们一定会自立自强,努力创造自己理想的未来。""姐姐,我们是彭伟的同学,我们很感谢帮助过我们的所有人,也为工作在一线的新闻记者感动!是你们让我们在第一时间了解到家乡的情况,让我们学到了感恩,也让我们学会了坚强!"

"我们正在照毕业照呢,今天真的很开心……"捧着手机,我们的心在收紧,无可名状的情绪涌遍全身。这是在灾难中迅速成长的孩子,他们早早领悟的感恩让人既为他们骄傲又为他们心疼。

一定要一条不落地回复!我们触碰按键的手指竟在微微发抖。"毕业照!他们在照毕业照!"我们看着摄影记者,"调头,回学校!"我们几乎同时说。

砖红色的教学楼已在地震中受损,不能进入,高高悬挂的方形大钟永远停在了5月12日的14时28分,他们坚持要在这里拍,也许是要毕业照上永远留着那个苦难的时间,那个让他们瞬间成长的时刻。

"茄子!"孩子们的笑容定格在相机中。

7月3日高考那天,我们一定要把照片冲好送给他们,就当是一份朋友送的毕业礼物。

(《新华每日电讯》2008年6月27日　王璐　张淼淼)

灾区特写:免费电话报平安

19日,在平武县南坝镇涪江河空旷地带,一把红伞下的一张桌子上,摆放着数部电话机和手机。这些都是中国移动及解放军某部特别为灾区群众设置的"免费电话报平安"服务台。

张凤是南坝镇居民,家里房子虽然倒塌,但家人没有一人受伤。近几天来,她不仅从救灾点领到了生活必需品,还有医疗队员为她和家人检查了身体。19日下午,她从南坝镇乘渡船来到对岸救灾点,跑到服务点拨打在省外舅舅家的电话。"舅舅,我是凤儿!"电话接通后,张凤一下哭了起来,"我家的房子没了,爸妈和我都好……"

在南坝镇,通信一直中断到17日。17日晚,手机信号突然有了,但20分钟后,手机信号再次消失。18日上午,信号终于恢复,但由于网络繁忙,需要多次拨打才能和对方取得联系。

(《春城晚报》2008年5月21日)

阅读思考

这两篇是地震灾区特写,请分析这类灾区特写的特别之处。

第十六章 深度报道

深度报道是指通过多角度、多侧面的采访,完整反映重要新闻事件和社会问题,追踪其来龙去脉,揭示其实质意义和发展趋势的一种高层次的报道方式。它追求深刻性的理念,突破一人一地一事的报道模式,一面剖析事实,一面展示宏观背景,着重揭示何因(why)和怎么样(how)两个新闻要素。它具有深刻性、广泛性、整合性与递延性的特点,这就决定了深度报道强调挖掘新闻背后的新闻。

深度报道最早是盛行于美国。二战之后,报纸为了与广播电视新闻竞争,在原有的解释性新闻的基础上加以扩展,发展形成现代意义上的深度报道,如今它已成为西方主流报刊上的报道主体。在我国,深度报道大致崛起于20世纪80年代中期,1987年曾被称为"深度报道年"。到现在,深度报道的发展更趋繁荣和成熟,广泛渗入到广播、电视等媒体中,不再为报纸所独有。

怎样写好深度报道呢?当然得在"深度"上做文章,那么又该如何来把握和体现新闻事件的"深度"呢?曾有记者总结了一个"公式":发现新闻=重要时段+题材范围+角度选择。透视这个公式,我们就会发现,它恰恰抓住了深度报道的几个特点。

首先,"重要时段"涉及的是新闻事件的背景,不仅是新闻事件发生的时间,更是与社会的大政方针、公众的普遍关心、促成事件发生的各种因素相对应。只有把新闻事件放在这样的背景下来考量,才会有"深度发掘"的可能。

其次,深度报道所报道的事件和社会问题,就其题材和对社会的干预程度而言都是比较重要和重大的。但是深度报道的"题材范围"还应该包括题材的延展性,就是说,不仅要报道新闻事件的现状,还要揭示其本质和深层意蕴,预测其发展趋势,因此,中心事件之外的信息提供也会为报道带来立体感和系统性。

最后,深度报道使用的材料可以从大时间、大空间,宏观的、微观的,多侧面、多角度等方面来展现,这就涉及"角度选择"的问题。角度选择,简单说是报道的切入点,其实也可以说是记者或媒体机构预先设定的报道思想,选择好恰当的报道角度往往能给读者带来惊喜和思索。当然"角度"与记者的"距离"更近,它依赖于记者的观察能力、快速反应能力和丰富的知识储备,以及记者对某一领域独特的研究或见解。2004年,马加爵事件发生后,大多数媒体的报道都集中在马加爵是如何的凶残、平时又是如何的孤僻怪异上,而3月25日的《南方周末》却发表了一篇题为《还原马加爵》的报道,从人云亦云中跳了出来,比较真实、公平地报道了马加爵的为人以及他成为杀人犯的原因,引起了极大的社会反响。这就是角度选择不同带来的结果。

这三者是紧密联系在一起,并相互作用的,唯有如此才会带来"深度"的体现。那么又该如何把这种"深度"落实到具体的文稿写作中呢?

首先,深度报道永远是与解释、分析密不可分的;其次,作为一种报道方式,它本身并没有固定的格式体例,所以它的报道形式可以多样化,可以综合运用通讯、调查报告、专访等各种体裁和叙述、描写、抒情、议论等各种表现手法,广西日报社通联采访部主任陈健民在其著作《深度报道初探》中这样总结了深度报道的写作特点:"运用理性的逻辑,通讯的技巧,消息的简明,文学的笔调,政论的气势,多侧面、多角度、超时空、深层次,生动反映和剖析重大社会现象和社会问题,以引起思辨,寻求出路。"

对于深度报道,新闻界有多种不同分类,这里,我们根据内容侧重点和写作特点的不同,只介绍三种最常见的类型:解释性报道、预测性报道和调查性报道。

第一节 解释性报道

一、文体概说

解释性报道,又称解释性新闻、分析性报道。作为一种传统的深度报道形式,解释性报道起源于 20 世纪 30 年代的美国,如今已在西方主流报刊界占据着主导地位。与纯客观报道不同,解释性报道着重于从新闻事件发生的原因进行深入的解释和说明,以此揭示新闻事件的前因后果、意义和影响,也正因为如此,解释性报道被美国新闻界看作是一种背景性新闻。其用于解释和说明的材料比较广泛,比如相关政策、历史形态、人物事迹等。

与其他新闻样式相比,解释性新闻具有以下特点:

(1) 从报道重点看,解释性新闻把报道重点从五 W 要素中的何事(what)转移到何因(why)上,解释新闻事件发生的原因及影响,这是它最主要的特点。

(2) 注重事件的关联性。解释性报道考虑问题不是停留在事件表象,或是孤立地看待问题,而是注重挖掘和运用背景材料,阐述事件发生的原因、结果以及相关事物之间的联系,起到揭示新闻更深层的意义和影响的作用,帮助读者加深对新闻事实的理解,认识复杂世界。这就需要记者在叙述分析的过程中,厘清各个背景材料之间的关联性,并将这种关联性清晰地体现出来。

(3) 从写作特点看,解释性报道属于新闻报道,在说明和解释新闻事件发生的原因及影响的时候,要始终遵循用事实说话的报道原则,注重对大量的背景材料做基于事实的分析,而不是倾向性意见的表达,这也是其与新闻评论用意见解释事实的本质区别。实际上在进行解释性报道之前,记者对事件已经有了一个"方向性"的认识,需要利用新闻事实进行充分的解释分析,以便结论符合事实,而不是符合想当然。由于解释性报道涉及的材料复杂且丰富,这也要求记者有较高的文化修养,掌握大量的社会科学和自然科学的知识,善于思考。

因此,在进行解释性报道的文稿写作时,要注意以下几个方面:

(1) 以解释和分析新闻事件的原因、意义和影响为主,正确使用各种背景材料;

(2) 用背景材料解释新闻事实的时候,解释的成分占主体,不要有过多的倾向性意见的

表达;

(3)叙事要有层次,逻辑关系要清楚。

二、个案评析

◇ **原文**

美国为什么又加息

就在美国经济指标忽好忽坏,布什和克里的总统大选局势扑朔迷离的时候,以格林斯潘为首的美国联邦储备委员会(以下简称美联储)对美元的利率又进行了调整。8月10日,该委员会中决定利率的决策机构——公开市场委员会一致决定,将美元的短期利率(银行间隔夜拆借利率)上调0.25个百分点,从原来的1.25%调升至1.5%。这是在今年6月底,美联储将美元利率提高0.25个百分点之后,在短短6个星期时间里,再次提高美元利率。美联储同时还将商业银行的贴现利率提高0.25个百分点,即从2.25%提高到2.5%。普通商业和个人消费贷款利率也随之增长到4.5%。

美联储对美国的经济发展前景充满信心

美联储在作出这一决定以后,发表了它对于美国经济形势的声明,为加息进行解释。声明认为,"最近几个月,美国经济增长有所减缓,劳动力市场的改善步伐也开始放慢,但这主要是能源价格大幅上涨所致。美国经济看来正恢复强劲增长的势头,今年的通货膨胀率已经有所上升",所以,美联储要对利率作出调整。

声明还认为,在今后的几个季度中,美国经济既可能会持续增长,物价稳定又可能会面临挑战。"由于通货膨胀率预计还比较低,所以利率政策的调整也将会是可预期的,但如果经济发展情况发生变化,委员会将履行自己的职责,采取适当的措施,以保持物价稳定。"

很明显,美联储对美国的经济前景看好,认为目前的经济发展速度虽有所放慢,但不足以扭转经济复苏的进程,其加息的着眼点在于防止通货膨胀,以保持经济的稳定发展。

带动欧洲三大股市全线走高

本来,按照一般的金融市场规律,美元利率提高,更多的资金将会流向银行,股市将会受到影响而下降。前几天,纽约的股市受近期几个经济发展指标不利的影响,已经接连下跌。但美联储加息的决定公布后,纽约股市不降反升。道·琼斯指数上扬130.01点,回到9944.67点,纳斯达克指数上涨34.06点,收于1808.70点,标准普尔指数上升13.82点,以1079点报收。这都是因为虽然加息对股市在短期内有不利影响,而且,人们从美联储的声明中感觉到,它有继续加息的意向,但由于美联储对美国经济前景看好,长期而言,投资者对股市有信心,所以加息的决定仍推动股市上升。

同一天,欧洲三大股市也全线走高。伦敦《金融时报》100种股票平均价格指数上涨36.5点,终盘收于4350.9点;法兰克福DAX指数上升30.31点,收于3720.64点;巴黎CAC40指数上升35.76点,报收3533.06点。

有经济学家认为,全球范围的加息潮不可避免

在美联储将联邦基金利率上调0.25个百分点之后,香港金融管理局11日宣布,将银行间隔夜拆借利率提高0.25至0.3个百分点。香港多家主要银行12日起,亦跟随上调了港

元的存款利率。不过,利率仍处于历史上的较低水平,因此,经济分析师认为,加息不会对香港经济造成太大影响。

汇丰银行总经理柯清辉表示,上调储蓄存款利率不会令银行息差进一步缩小。有分析认为,即便今年以来美联储已两次上调利率,但香港各银行在利率上可能仍有部分空间,而不必完全追随美国未来的加息幅度。由于香港各银行在美联储下调利率时并未完全跟着作出相应的下调,所以,目前香港的商业信贷最优惠利率为5%,仍较美国4.5%的同类利率高出半个百分点。

除香港之外,有消息显示,欧洲各国及澳大利亚等国的中央银行也许会跟随美国加息,全球由此会掀起一个小的加息潮。国际清算银行首席经济学家威廉·怀特认为,全球范围的加息浪潮"不可避免",目前不能确定的只是各国加息的具体时间。

继8月5日,英国中央银行再次把基本利率上调0.25个百分点之后,8月11日,英国央行货币政策委员会暗示将继续加息,以遏制可能出现的通货膨胀,给英国急速发展的房地产市场降温。澳大利亚财政部长科斯特洛表示,随着美联储调高利率,全球已经正式步入加息周期。他同时强调,在这个时候,澳大利亚会更审慎处理国家经济。

有分析师认为,继这次加息之后,美联储会在9月21日及11月10日和12月14日的会议中,继续加息。但也有分析师认为,如果美国经济发展放慢的趋势继续下去,美联储将不得不重新考虑加息问题,即在9月21日的会议上不加息,等总统大选后再恢复加息的进程。到那时,经济成长和通货膨胀的情况将会更加清楚。

(《环球时报》2004年8月13日　何洪泽)

◇ 点评文章

条分缕析　丝丝入扣

这篇美国加息的报道是篇非常典型的解释性报道,本文的最精彩处就在于记者对美联储加息的原因和影响做了充分又全面的解释分析。

报道的第一部分用动态消息的方式简明扼要地报道了美联储加息的信息,带有"纯事件"报道的特点,然而记者在导语中巧妙地加了一句"就在美国经济指标忽好忽坏,布什和克里的总统大选局势扑朔迷离的时候",这让读者产生疑问,难道二者有必然的联系,或者加息另有原因?这些悬疑点的设置,不露痕迹,非常自然,也为下文的解释分析埋下了伏笔,因此一开篇就引起了读者极大的阅读兴趣。

接下来的原因和影响分析才是文章的重点。文章的第二部分,记者援引美联储对于美国经济形势的声明,对加息原因进行解释,原来加息不是因为总统大选,而是基于"对美国的经济前景看好,认为目前的经济发展速度虽有所放慢,但不足以扭转经济复苏的进程,其加息的着眼点在于防止通货膨胀,以保持经济的稳定发展",这就解除了读者在第一部分产生的疑惑,也使读者的认识由分散变得集中。但是如果记者就此打住的话,那本文的深度还无法真正体现出来。

大家知道,现在国际金融的影响是锁链式的,尤其是像美国这样的大国,它的政治经济的轻微动向都有可能会影响全球的发展,就像美国的次贷危机造成的全球股市动荡一样,因此,美联储的加息极有可能对全球经济带来影响。所以记者在第三、四部分中着力叙述分析这一影响,从横向上拓宽了新闻信息的容量。

文章第三部分事实叙述了加息对国际市场的连锁反应:从纽约股市上扬,再到欧洲三大股市也全线走高,紧接着第四部分记者援引一些经济分析师的观点,迅速展开对加息是否会引起国际金融市场的连带反应的分析,如,"加息不会对香港经济造成太大影响","欧洲各国及澳大利亚等国的中央银行也许会跟随美国加息,全球由此会掀起一个小的加息潮"。在这部分中,看似都是观点和意见的表达,但是记者援引相关人士的分析,还是属于解释的范畴,并没有表现出记者自己的倾向性来。

此外,在解释分析时,记者的展开是极其有层次的,针对新闻事实对其背景原因和影响条分缕析、不惜笔墨、不遗余力,使得整个报道很立体、充满动态感,读者看后会有一种豁然开朗的感觉。

透过本篇报道,读者对解释性报道的写作特点应该会有较为充分的了解。

三、作品鉴赏

"血铅事件"敲响环保警钟

今年春天,医生们在治疗一位在严重的电击事故中受伤的5岁男童时,发现了另一个同样严重的问题:男童血液里的铅含量已达到相当危险的水平。

这个发现揭开了中国最为严重的铅中毒事件之一。在中国西部甘肃省群山环抱、与外界相对隔绝的新寺村,一家制造铅锭的工厂已在这里生产了10年。铅锭通常用于生产彩色电视显像管以及电缆,然后这些产品又被销往世界各地。

据《华尔街日报》报道,政府官员说,这家工厂排出的有毒气体含铅量是准许排铅量的800倍。

迄今为止这个村里所有接受检测的村民(包括来自三所学校的250名儿童)都被查出体内含铅量超标。据中国官方媒体新华社(Xinhua)报导,在这个1800人的村庄中有10名儿童仍在住院接受治疗,至少有4人的大脑受到了严重损害。

村民周翔(音)说,这个村子里面每个人都受到铅中毒的侵害,我孩子的手指都是青一块紫一块的。他的儿子每升血液中的含铅量为488微克,已在医院接受治疗。

世界卫生组织(World Health Organization)称,儿童血铅含量超过每升100微克(美国中常用的衡量标准是每分升10微克)就可能带来危害。众多研究表明,血铅含量略高于这个水平都会导致永久性的神经创伤和智商下降。

新寺村的家长们紧紧握着仔细折好的实验室检测结果,并指着304、488甚至是798这样的数字说,他们终于明白了孩子们为什么总说感到恶心、头疼和其他部位疼痛。他们说,孩子们的牙齿都是黑的,有的根本不长牙齿。家长和老师都反映孩子们有记忆力和注意力不好的问题。

这场灾难体现了在面对中国飞速经济发展所带来的环境损害时中国民众是多么的脆弱。这些损害最终将引发影响一代人的健康危机。政府官员表示,即使在上海以及广东省等中国相对富裕的城市和地区,环境不断恶化是导致畸形儿出生率上升的元凶之一。

污染控制措施的不足已使中国的土壤、水源以及空气受到了铅、汞及其他污染物的侵害,这种现状使数百万儿童血液中有毒金属的含量达到了极其危险的水平。更糟糕的是,曾经污染西方国家的众多制造业在中国找到了新的栖身之地,因为在这里环境法规的执行力度较松。

北京大学医学部（Peking University Health Science Center in Beijing）研究人员回顾了过去10年的数据在最近的一份报告中写道，约34％的中国儿童血铅含量超过WHO规定的最高限。新寺村等设有工厂的城镇情况更糟。而在美国，血铅含量超过WHO限制水平的儿童不足1％。

上海交通大学医学院（Shanghai Jiaotong University School of Medicine）附属新华医院（Xinhua Hospital）的儿童铅中毒专家颜崇怀说，含铅量高"在我的诊室内非常常见"。颜崇怀为来自全国各地的患者进行治疗。该院最近接收了来自福建省的两名儿童患者，由于接触被铅污染的滑石粉，两名儿童的血铅含量分别为700及500。

在中国，铅在制造业中仍然受到"重用"，因为它储备充足、价格低廉、可锻性强而且不容易被腐蚀。铅化合物通常被添加至塑料及乙烯基中以增强它们的抗高温性能。由于铅很重，它通常还被添加至价格低廉的金属制品中，以使后者显得更加坚实。

铅粉还会被添加至那些按重量出售的草本产品中，以增加它们的重量提高价值。如果铅处在稳定的溶液中，它可能不会产生危害。但是玩具及珠宝中所含的铅则特别危险，因为儿童可能吞下这些东西。

中国的铅问题重新引起了美国监管当局的关注。两年来，美国消费品安全委员会（Consumer Products Safety Commission）已经召回了大约20种含铅量过高的中国进口产品，其中包括海滨遮阳伞、便携式卡拉OK设备及做成动物形状的手电筒玩具等多种商品。

纽约Montefiore儿童医院（Children's Hospital at Montefiore）负责铅项目的约翰·罗森（John F. Rosen）说，鉴于经济全球化的特点，海外的制造过程可能对美国儿童的健康产生重大影响。

今年早些时候，明尼阿波利斯的一名4岁男孩吞下了作为锐步（Reebok）运动鞋赠品的金属饰物后，最终因铅中毒而死亡。这块金属赠品就产自中国，含铅量99％。

锐步（Reebok International Ltd.）的一位代表称，公司非常重视产品安全问题，出了这次事件后，公司立即在25个国家召回了50万件产品。此后，公司加强了对供应商的监督，增加了对产品中有害物质的检测。

中国的污染问题不禁让人想起19世纪英国以及其他很多国家工业革命时期的情形。不过，在中国经济飞速发展的同时，政府官员已经深切地认识到包括铅在内的有毒物质的危害。

中国防范铅中毒的斗争尚处早期阶段，而美国早在30年前便开始展开此类行动。六七十年代，每年都有数百名美国儿童因严重的铅中毒入院治疗，主要与接触含铅涂料和汽油有关。由于当时医疗水平低下，这些患者中每4人就有1人死亡。诸多的死亡案例促使监管部门加强了立法，禁止在涂料、汽油以及其他很多工业产品中添加铅。70年代，美国通过了一系列环境法案防止工业污染的蔓延，有关铅污染的防范便是其中之一。

辛辛那提儿童医院医疗中心（Cincinnati Children's Hospital Medical Center）教授布鲁斯·拉菲尔（Bruce Lanphear）表示，如今，中国也开始面临工业短期利润与人类和环境成本的长期负担之间的权衡。

在几十年的经济高速增长过程中，中国政府一度忽略了经济发展对环境造成的危害，不过眼下政府开始努力治理这一问题。中国政府已经采取了一系列措施限制铅污染，例如在

90年代末淘汰了含铅汽油,通过了更严格的有关工作环境的法令。不过,中央政府也发现他们的努力经常在地方政府受阻,因为本地经济增长成为衡量地方官员政绩及升迁的重要指标。

新寺村就很难成为治理环境的战场。从这里乘车到附近最大的城市西安市大约需要8个小时,这里仍然以农耕为主,居民住的还是带有木框窗户的尖顶泥土房屋。

10年前,徽县有色金属冶炼有限责任公司(Huixian Hongyu Nonferrous Smelting Co. Ltd.)在这里开设了一家铅矿石提纯加工的工厂,该公司当时由政府所有的甘肃洛坝有色金属集团公司(Gansu Luo Ba Nonferrous Group)所有。

政府官员表示,该工厂每年生产铅锭5000吨,排出了大量存在污染的工业废渣。据其母公司的网站显示,这些产品中有一部分被用在了出口美国和韩国的电视机屏幕或电缆上。

这家工厂坐落在一条小河边,与当地的小学近在咫尺。它的大烟囱成了这个村庄最醒目的标志。这里离任何铅矿都不近,也没有方便的交通。一位本地官员表示,工厂之所以建在新寺村而不是大城市是因为在这里可以躲避监管审查。中国环境监管部门及一些环保主义者表示,重污染工业向农村转移的现象越来越普遍,那里的监管相对薄弱一些。

有迹象显示该工厂针对自己的工人至少实施了一些最基本的安全检查,这里的很多工人来自外村。该公司经常要求工人验血,辞掉那些血液铅含量过高的人。42岁的新寺村居民周飞(音)就因为验血结果不合格而失去了这份工作。他的邻居说,他现在已经记不得日期了。当记者直接询问周飞时,他甚至想不起来什么时候在这家工厂工作过。

新寺村的很多居民说,他们并不知道这家工厂排放的铅粉尘会有这么严重的危害。"我们只是农民。"村民徐民正说,他2岁的儿子的血铅含量达到了每升263微克,7岁女儿的铅含量达到316微克。他指着工厂的大烟囱,看着这些烟尘随风掠过玉米地和晾晒的红辣椒说,"我们并不了解铅的危害,但是政府官员应该知道。我们没有任何办法处理这种问题。"

(《华尔街日报》2006年10月3日 Shai Oster/Jane Spencer)

不当房奴——中国中产阶层的心声

在高楼林立、豪华公寓层出不穷的深圳,邹涛不经意间成为了抵制房地产市场的英雄。

这是一场大胆的民间运动,目的就是要压低过高的房地产价格。邹涛表示,在抵制买房的过程中,他曾经被深圳警方找上门,遭到过电话恐吓——但同时也获得了全国民众的支持。

邹涛表示,自从4月份在网上发出"不买房行动"公开信、呼吁深圳市民在房价高企之际不要买房以来,他收到来自各地表示支持的反馈超过15万份。这位现年32岁的高尔夫设备经销商显然是激起了普通民众对财大气粗的地产开发商以及在背后支持开发商的当地政府的强烈不满,在他们的助推下,房地产价格不断上涨,让很多居民只能望洋兴叹,而与此同时投机商持有的大量房产却处于空置状态。

"数百万中国人在支持你。"邹涛的手机上闪现出这样一条短信。

邹涛对房地产市场的抵制表明,房地产价格的上涨已经激怒了一向不问政治的中国中产阶层。高企的房价进一步拉大了中国社会的贫富差距,而此前中国已被认为是世界上最欠平等的国家之一。深圳市新建公寓的平均售价在125000美元左右,相当于一个受过大学教育的专业人员10年的工资。

房地产市场过热已经增大了中国部分大城市出现房地产泡沫的风险,从深圳到上海再到北京,房地产价格已是涨声一片。

在农村,当地政府不时接到农民的投诉抗议,因为无休无止的城市扩张夺走了他们的土地。在城市中心,很多居民对自己的楼房被强制拆迁、以便为高档住宅让路感到义愤填膺。现在,过高的房价又导致愤怒情绪蔓延到经济发展的最大受益者中产阶层中。

在房价飙升的背后是中国二十几年高速增长过程出现的一对矛盾问题。一方面,中央政府担心收入差距过大会引发社会动荡,因此极力想开发大众负担得起的住房;而另一方面,对于在经济发展和基础设施建设方面相互竞争的地方政府,它们严重依赖向开发商出售土地获得的收入,以及从高档房地产交易中收取的税收。它们的兴趣就在于实现利润最大化。

邹涛的不买房运动得到众多人士的支持,在深圳一家高科技工厂工作的32岁的经理David Huang便是其中之一。

多年来,Huang和他的妻子一直在存钱准备买房,希望让儿子有一个更大的活动空间,他们的儿子今年7岁。去年年底,他们攒够了可以买一套三居室住房的钱。但是Huang说,他工作很忙,将签约买房的时间一拖再拖。结果他的拖延让他付出了巨大的代价。他坐在一家咖啡厅里,手指着天花板说,1月份到现在这套房子已经涨价40%。

在供给如此充足的情况下房价何以持续飙升?"主要是投机行为和开发商操纵所致,"Huang说,目前他们一家仍在租房。"如果开发商想要一个合理的利润,我完全可以接受。但是现在的价格太离谱了。"

目前住房市场充斥着各种各样的资金,其中不乏大量的投机者,包括来自台湾和香港的华人,外资企业经理以及大城市中已经拥有住房、同时还要贷款购买更多房产的职业经理人。很多人坚信外资企业将继续涌入中国,驻华的外国人会将大城市许多空置的公寓一抢而空。摩根士丹利(Morgan Stanley)驻香港的地产业分析师谢昭平(Kenny Tse)估计,25%~40%的城市新屋购买者选择了用现金一次性付清房款的交易方式。

但Huang要想买房,每个月就不得不把800美元的工资掏出一半,偿还按揭贷款。他说,这怎么可能,还要为医疗以及其他不时之需做准备,中国的社会保障太微不足道了,背上这样的贷款就意味着"我不能失掉工作,不能生病",他说。

中国在计划经济时期并不提倡拥有私人住房。共产党掌握着所有个人财产,企业向员工提供补贴住房,员工只需缴纳微薄的费用。但1995年,中国领导人在广州率先设立房屋私有化试点。省政府授权国有企业将房屋以较低价格出售给员工。不久,该项目在全国推广开来,私人住房市场也随之成形。

与此同时,中央政府鼓励扩大住房贷款,从而掀起了新一轮建房热。除了为减轻企业负担,政府还希望通过房屋私有化带动整体城市经济的发展,推动从家装到金融服务等一系列行业的腾飞。

蓬勃兴起的房地产热潮甚至已经对全球经济产生了影响。由于房地产建筑业的推动等原因,中国消费了大量的钢材、铜和水泥,从而推高了全球的商品价格。与此同时,贸易顺差给中国带来了大量现金,国有银行迫切希望发放贷款,这进一步刺激了建筑业和房屋的购买行为。如果不把贷款发放到购买房屋的投资者手中,那么巨大的现金基本无处可去。目前银行的一年期定期存款利率为2.25%。

第十六章 深度报道

　　从一个侧面可以看出房地产市场的火爆程度，房屋装饰零售商宜家(Ikea International AS)刚刚在北京新开了一家家居超市，规模仅次于在瑞典的旗舰店。

　　但目前尚不清楚房地产的火爆局面会持续多久。部分经济学家警告说，中国的城市正面临房屋供大于求的局面，价格可能会出现大幅下跌。而更为乐观的人士则打消了这种担忧，称尽管大城市的房价明显上涨，但全国的房价同上年同期相比仅上涨了5.5%，同城市职工工资的增长幅度差别不大。

　　而让人更加难辨对错的是：中国缺乏西方常见的许多详细的房屋统计数据，如空置率、待售房屋和二手房屋价格，等等。数据的匮乏会令可能的买家在遇到花言巧语的推销时上当，也会令开发商自己无从了解供大于求的程度。

　　预计上海新住宅的空置率可能高达25%，不过官方数据显示，每年仍有25万套左右新住房涌入市场。供大于求已导致上海郊区的房屋价格开始下降，经过一轮上涨后去年下跌了25%。与此同时，在北京，房地产价格因为2008年将举办奥运会而正在走高。但豪华房屋的租金却在下降，显示房价主要是受投机性买盘而非实际需求所推动。

　　负责管理香港Lim Asia Alternative Real Estate基金的卓百德(Peter Churchouse)预计，情况将会变得糟糕。

　　房地产泡沫破裂的力度可能会远远大于90年代末的那次，从而重创中国经济。今年的房地产投资可能会接近国内生产总值的10%。世界银行(World Bank)估计，中国大型银行贷款的20%至30%都流向了房地产领域。房屋市场出现问题可能会让这些银行出现大量不良贷款。

　　中央政府已经采取措施预防这种情况的发生。上个月，有关部门宣布禁止新别墅的开发建设，这是迫使当地政府增加低成本房屋建设，打击投机者的众多举措之一。对于购买不足5年的住宅，国家将对利润部分征收20%的资本增值税，以及根据总销售价征收5.5%的营业税。政府还提高了贷款的最低首付比例(从20%提高到30%)，并规定开发商必须将新项目的70%用于建设小户型房屋。但新规定存在很多漏洞，中国政府过去遏制房屋价格的种种努力最后都以失败告终。

　　房地产繁荣带来的利益只流到了少数人手中。在英国会计师胡润(Rupert Hoogewerf)编写的2005年中国富人榜中，前20位中有一半都从事房地产行业，每个人的财富都在5亿美元之上。

　　但根据北京师范大学(Beijing Normal University)一个研究机构的数据，在北京，有70%的人无力购买房屋。比如32岁的软件工程师Price Wu，他的月薪约合1000美元，在中国属于高收入阶层，但即使他也要在能够负担得起的位置购买房屋。

　　Wu说，去年他和女友分手了，因为女朋友坚持要在结婚前购买一套满意的房屋，而他不愿意承担这种经济风险。他的要求并不高，"我不想要别墅，仅仅是一套非常普通的商品房就够了。"

　　Wu对开发商玩的游戏已经深感厌烦。他说："他们会告诉你只剩下5套房子了，如果现在不买，就没有了。"

　　他并不认为邹涛的不买房行动会导致房地产价格大幅下跌，但他希望至少会稳定房价。他还说，如果老百姓团结起来，显示出他们的力量，那就没有什么改变不了的。

　　在与开发商斗争的过程中，邹涛发现他已经从消费者权益鼓动者越线成为了政治活动家。在中国,一些最大的开发商都有当地政府做后台,同国有银行关系密切。

曾当过兵的邹涛出生在中国中部湖南省的一个贫困农村中。他说,他是带着一种保护弱势群体的感情长大的,经销高尔夫设备只是为了给他的消费者权益活动筹集资金。

他的维权活动使他在深圳小有名气。去年9月,在讨论提高停车费的一个公开听证会中,邹涛出示了他自己的调查结果,显示在他调查的12301人中,有85%的人反对涨价。最终,政府取消了提价计划。

对于在最新维权过程中受到的阻力,他并没有心理准备。他说,上个月,当他准备登机到北京向总理温家宝递交抱怨城市居民已经成为开发商"房奴"的信件时,便衣警察在深圳机场拘留了他。邹涛说,他被关押了一夜,第二天才得到释放。他踏上了当天飞往北京的头班飞机,向国务院(State Council)递交了请愿书。

邹涛还碰到了其他方面的麻烦。由于手下的员工先后受到匿名电话威胁,出于为他们的安全考虑,他不得不先后解雇了最后这15名员工。他在市中心的办公室过去摆满了Titleist高尔夫球和MacGregor运动包的样品,但现在几乎是空空如也了。他说,几天前,有人显然在他的轿车后轮胎画上了细口。他说,一位看到损害之处的技师告诉他,这样的轮胎可能会在高速行驶时突然爆裂,引发事故。

身着黄色高尔夫衫和休闲裤的邹涛缩在老板椅中说:"有许多人都恨我,他们认为我偷了他们的财富。"

香港卓越集团(Excellence Group)在深圳建设的最新写字楼——52层的卓越时代广场(Times Square)的营销策划部总经理李宁对邹涛的行动持谨慎态度。他说,我不同意他的观点,但我支持他说话的权利。

李宁认为,深圳房地产价格不断走高的原因之一在于当地政府,他称,深圳市政府错误估计了上世纪70年代末以来从农村向城市转变的爆炸性增长。现在,深圳共有1200万人口,但在高楼林立的市中心与广阔的郊区之间的公共交通非常不足。结果是人们都争相在市内购买住房。李宁说,价格的暴涨暴跌对我们不利,我们需要的是稳定。

就在邹涛在他的博客中号召采取"不买房行动"后不久,国营的《中国青年报》对9000人进行了一项网上调查,询问他们对此事的反应,结果有79.1%的受访者表示支持这项倡议。

(《华尔街日报》2006年6月14日 Andrew Browne)

郭美美戳破了什么

郭美美究竟是个什么样的人?

在接受我们近4个小时的专访时间里,中国红十字会秘书长王汝鹏说他"也很好奇"。当然,王汝鹏的好奇不是八卦,而是职责所系:"她究竟跟红十字会有没有关系?"

一个小女生的炫富行为,迅速引发公众对中国红十字会慈善信用的质疑,这或许是中国现阶段所特有的"典型事件"。那么,郭美美究竟跟红十字会有无关联?就目前已经披露的材料表明:郭美美的"男朋友"今年介入商业系统红十字会(商红会)所运作的商业项目里,由此,郭美美自称"学着做总经理",并将自己在微博上的身份认证改为,"红十字会商业总经理"——这是一个遥远,但似乎并非完全"虚构"的身份。

商红会又是什么机构?按照王汝鹏的说法:"商业系统红十字会作为一个行业分会,算是一个下级红会。(成立它)是为了发展基层组织,更大范围地传播红十字精神……这和其他社会团体发展基层组织一样,是组织建设的需要。"显然,从红十字会的角度看,商红会是慈善的"基层组织"。当然,王汝鹏也承认:行业红会与省市红会不一样,没有财政拨款,"没有钱就难以开展公益活动"。

而从商红会本身的立场观察,其实是发现商机而促成商红会的成立。其创始人王树民告诉本刊:"人员密集的大商场,通常是事故多发地带。在这类场所提供紧急救护非常必要。"——这当然是商机。而这一商机的特殊性是需要与红十字会合作。

2000年,商红会成立。红十字会让渡"慈善信用",以获基层组织;商红会发现商机,以"慈善信用"为本,寻找获取商业利润。"慈善信用"与"商业利益"开始合作,这个故事由此开演。只是,很偶然,这个叫郭美美的小女生的出现,结果是一个大败局。

郭美美戳破了什么?穿越性、财富、腐败那些口水以及阴谋论想象之外,那层隐匿的对慈善信用的质疑之幕,因此事件被戳破,迅速酿成一场信用危机。这才是这一事件公众情绪激昂的底因所在。

坏消息的腿最强壮,所以跑得最快。但是,如果不克制激昂的情绪,我们未必有机会深入这一事件所充分展示的中国现实。像中国红十字会这样的慈善机构,所谓"非政府组织",中华慈善总会前会长阎明复曾告诉本刊:"中国的非政府组织(NGO),是政府组织的非政府组织。"这是中国特殊的国情,不进入这一层面,我们将失去认识真实中国的机会。

所以,核心的问题是:在政府组织的非政府组织框架下,红十字会如何运作?尤其与其下级的机构,比如商红会,是一种什么样的管理与控制架构?不进入细部的技术运作层面,难以理解这一事件会如此歧义多重。

简单地看,以汶川地震为例,红十字会一年善款量达199亿元人民币,中国第一。而红十字会总会的编制内人员多少呢?79人。以如此少的人数筹集、管理如此庞大的善款,其善款流向必定将借助政府机构。政府的赈灾款与慈善机构募集的善款,在同一渠道里,如何分清彼此流向与最终的受益人?它的透明在技术上,既非不可能,也是巨大挑战。国家与社会的分离,概念确立,并非难事,而真实的运作,尤其技术上的面目清晰,非有智慧与时间成本,但欲顷刻而成,几近妄想。所以,政府组织的非政府组织,一旦成型,政府退出,虽是方向,却需艰难前进,方能达到彼岸。只是疑问在于,公众与舆情,能够多大程度上认识并容忍这一过程?

因此背景,我们重新审视红十字会与商红会,即"慈善信用"与"商业利益"的结合,也有可理解之处。南都公益基金会秘书长徐永光告诉本刊:商业与政府毕竟是两个系统。在商业系统设一个红十字会等于在商业领域长出一条腿来。——如果这一"基层组织"运行良好,那么无论筹款,还是发款,都将建立"非政府"渠道。这是美好前景。

只是,在目前政府组织的非政府组织境况下,红十字会与商红会的管理方式,无可摆脱现实行政管理旧窠的同时,又可能进入另一种陷阱。红十字会总会与省市红会,包括商红会,彼此关联只是"业务指导"关系。而实际通行管理原则是"属地管理"——即省市党政机关管理本级红十字会的"人财物"。这种制度之弊,即以上海卢湾区红十字会"天价饭"丑闻为例,无论红十字会总会,还是上海红十字会,均无权处置其当事人。若不能理解这一制度现实,郭美美事件,将毫无思考方向。

也正是如此管理制度,当红十字会总会将其"慈善信用"让渡给商红会之后,其监控手段,当然乏力。一个小女生,很轻易地就戳破其貌似强大的外壳。监控空置,才是原因。

如果进入并穿透广泛弥漫的不信任情绪,进入制度运作的技术层面观察,这种不信任,从正面的角度理解,也说明着中国信用制度建立的艰难。发现真实中国,我们才有可能寻找共识,并寻找重建信任社会的良策。

当然,郭美美事件另一种指向,是这种制度下可能的败德行为。但是,这或许需要诸如公安这样的强力机构,才能给予答案。而这样的答案,我们还需要等待。

(《三联生活周刊》2011年7月11日第28期 李鸿谷)

阅读思考

2007年,《华尔街日报》因为一组对中国经济发展问题的报道荣膺第九十一届普利策新闻奖国际报道奖。《中国"血铅事件"敲响环保警钟》《不当房奴——中国中产阶级的心声》恰是来自这组获奖报道中的两篇,都涉及中国经济发展中的重大主题。

《郭美美戳破了什么》揭露了中国公益事业发展中"慈善信用"和"商业利益"相结合后,管理制度空置和由此产生的腐败问题。下面我们从新闻业务的角度来分析一下西方记者与中国记者在写作解释性报道的不同。

从标题来看,前两篇报道的标题可以视为是用结果来解释为什么会出现这种现象,也就是说从标题中我们可以得出这样的信息:中国再不治理环境,类似"血铅事件"还会更多,后果更可怕;中国不正常的高企房价导致中产阶级不愿意当房奴。而后一篇的标题就是从现象入手去探查更多的与此相关联的真相。也正因为这种标题讯息,决定了两者在写作上的不同。

前两篇报道首先都使用了"跳笔"的手法。《中国"血铅事件"敲响环保警钟》从医生对一名5岁孩子的治疗写起,期间不断穿插背景材料,比如新寺村的制铅锭工厂的排铅量的超标、村民被毒害的现状、世卫组织的血铅含量标准、铅在制造业中的"被重用"及带来的可怕后果等;《不当房奴——中国中产阶级的心声》以抵制房地产市场的英雄邹涛开篇,穿插了中国房地产市场过热引发的种种社会问题、房地产市场可能会带来的经济危机、中国住房私有的发展历程等。要把这些材料统归到一篇文章中,实属不易,一旦没有处理好,很容易出现材料的堆砌和杂乱感,但是这两篇文章都在一条清晰的主线(新寺村村民的普遍血铅含量超标的原因探查,邹涛抵制房地产市场的坎坷曲折)下,使用了"跳笔":每一个现场场景的介绍后都会有背景材料加以补充,非常具有说服力,也拓展了报道的深度。

其次是使用典型事例,用事实来说话。西方新闻记者习惯于通过寻找与事件相关的人,让新闻充满人情味,从而引起受众的共鸣。《中国"血铅事件"敲响环保警钟》中,村民周翔说自己的孩子"手指都是青一块紫一块的","每升血液中的含铅量为488微克,已在医院接受治疗"。村民说,"孩子们的牙齿都是黑的,有的根本不长牙齿","家长和老师都反映孩子们有记忆力和注意力不好的问题"。美国"明尼阿波利斯的一名4岁男孩吞下了作为锐步(Reebok)运动鞋赠品的金属饰物后,最终因铅中毒而死亡。这块金属赠品就产自中国,含铅量99%"。这些典型事例用一种精确的细微刺痛了人们的神经,也让民众了解中国的环境治理已经到了刻不容缓的地步。《不当房奴——中国中产阶级的心声》以深圳某高科技工厂经理David Huang一家艰辛的购房经历,还有32岁软件工程师Price Wu因为不愿承担高房价带来的经济风险没有买房导致女友和他分手,以及邹涛上北京给总理递交请愿书而被关押的事情为例,透视了中国房价过高这一民生问题。两篇报道中典型材料的运用都带有人情味,能引起读者的共鸣,比如 David Huang 一家艰辛的购房经历,当然这也显示了记者细致的现场观察能力。

最后是运用比较的手法。《中国"血铅事件"敲响环保警钟》中运用了"横向比较":中美防范铅中毒的时间差和效果差。《不当房奴——中国中产阶级的心声》运用了"纵向比较":计划经济时代与市场经济时代住房所有制的变化发展历程。无论是横比还是纵比,都起到了拓展报道深度的作用,显示出一种反思的意味。

《郭美美戳破了什么》主题意图都相当明确:这么个小女孩的巨额财富与红十字会到底有什么关联?红十字会的机构设置是怎样的?红十字会的管理机制又是怎样的?所以在报道中,记者直接与中国红十字会秘书长王汝鹏对话,从他的介绍中厘清红会和基层组织的关系和运作方式,告诉读者,郭美美戳破的就是"慈善信用"让渡之后的管理空置。文章行文干脆利落,指向集中,批判力度尖锐。

综合来看,《华尔街日报》的这两篇文章比较看重新闻事件的"问题"和"冲突",没有直接提出解决之道,只是提出了一种思考问题的方式,但其折射出的国际视野和理性也有助于我们更清楚地看清自身的问题。《郭美美戳破了什么》中,记者在报道的结尾部分有一些"观点式"的建议,似乎不那么冷静,但又在情理之中。

第二节 预测性报道

一、文体概说

预测性深度报道是指记者对人们普遍关心的将会发生而未发生或已经发生的新闻事件,所做的前瞻性报道,它着重对新闻事实的发展变化趋势或前景进行科学预测,其价值取向表现为准确性、科学性和权威性。

预测性报道以理性、前瞻的眼光,以事实为依据,对某事物未来发展前景进行预测,向读者或受众提示、分析社会现实和未来生活,不仅强化了新闻的时效性,而且对社会舆论和社会心态能起到导向作用,甚至对政府政策的制定都有重要影响。在经济新闻和国际新闻的报道中常会使用这种报道形式。预测性报道要求迅速、准确、翔实。

在实际中,我们还经常会接触到预告式新闻,比如 2008 年北京奥运会、2010 年上海世博会、2013 年索契冬奥会、2014 年世界杯足球赛等,这些大事件都是在正式召开之前就已经被报道了。这种"提前"报道与预测性新闻的报道方式好像差不多,实际上有很大区别。一般而言,预告式新闻报道的事件都是已经确定了的事情,只是提前告知公众事件的发生时间、发生地点、涉及的人物等信息,以便公众调整自己的时间安排做出相应的关注,基本上这种预告很少有"不兑现"的状况;预测性报道则是对未发生而可能发生或已经发生了而发展趋向和后果可能存在多种可能性的事件进行科学的推测,具有前瞻性,当然"预测"的种种发展趋向和后果可能最终根本不会发生,也有可能会发生。

现代社会瞬息万变的发展,给人们带来丰富的物质享受的同时也带来了很多的不确定性。人们希望能够得到权威的、准确的信息,回避不确定性带来的风险,哪怕只是安慰。比如失踪的马航MH370航班到底去哪儿了。所以在这种情况下,人们会主动寻求最有价值、最具权威的信息,为自己的工作、生活提供确定性的依据。

因此,预测性报道在采写时要把握好以下几个方面:

(1) 以事实为依据。预测性报道具有准确性、科学性和权威性,不是无事实依据的"谣传",因此,它需要在深入的采访调查中掌握大量的第一手事实依据,并在分析研究的基础上,做出推测。这样的"预测"才能有说服力。

(2) 体现权威性。新闻传播中一直存在"意见领袖",其作用在预测性报道中显得比较突出。虽然普通人也可以对一些事件进行分析和判断,但是我们仅仅把它们视为一种意见而已,并不会真的去相信。特别是在对一些重大且复杂的事件进行分析报道的时候,我们更愿意接受那些来自权威层"意见领袖"的信息,因为它能破除谣言,规避风险,起到稳定社会心态的作用。这个"权威"应该具备这么几个要素:逻辑严密、有理有据的分析,权威机构,权威人士。

(3) 审慎的态度。预测的趋势和结果不能保证它能绝对实现,一定会存在误差,而且人们常常会将预测性报道当成自己行动、决策的方向,所以记者在进行报道的时候必须慎重,不要将话说得太"满"、太"死",要留有余地。毕竟预测性报道只是为人们提供事物发展的多种可能性,而不是绝对的必然。记者不能随意地表达自己的观点,要尽量选用有说服力的观点和材料为预测服务,这样才能使预测性稿件显得真实可靠,令人信服。

(4) 要与解释、分析相结合。预测得出事物的发展趋势和结果,离不开分析和解释,它们能增加预测的说服力和可信度。还要注意与解释性报道相区别,预测性报道中对"why"的分析和解释是为了引出未来的动向和走势,也就是"how",强调未来应该"怎么办",而解释性报道说清楚"why"就可以了。

二、个案评析

◎ 原文

俄罗斯向西方展示强硬姿态

俄罗斯总统梅德韦杰夫26日宣布承认南奥塞梯和阿布哈兹独立,并表示俄方不惧怕新的"冷战"。这是本月8日格鲁吉亚南奥塞梯爆发武装冲突以来,俄罗斯展现的最强硬姿态。

俄罗斯立场引起各方反应

俄罗斯总统梅德韦杰夫26日宣布承认南奥塞梯和阿布哈兹独立,并致函联合国秘书长潘基文,向他通报了俄承认阿布哈兹和南奥塞梯独立的决定。梅德韦杰夫当天在接受"今日俄罗斯"电视台采访时说,冷战或其他任何事情都吓不倒俄罗斯。

俄常驻北约代表罗戈津同日表示,俄罗斯承认南奥塞梯和阿布哈兹独立是对有关俄计划吞并上述两地的国际谣言的回应,并宣布俄罗斯冻结与北约在一系列领域的合作。俄常驻联合国代表丘尔金26日在回答记者提问时说,由于对南奥塞梯使用武力,格鲁吉亚破坏了所有安理会此前通过的有关决议,从而造成了一个"崭新的现实"。

联合国秘书长潘基文26日发表声明,对俄罗斯承认南奥塞梯和阿布哈兹独立表示关切,认为俄罗斯此举可能会影响高加索地区的安全与稳定。

美国总统布什26日发表声明,谴责俄罗斯承认南奥塞梯和阿布哈兹独立,并要求俄方"重新考虑这一不负责任的决定"。美国方面明确表示,将在联合国安理会动用否决权,以阻止南奥塞梯和阿布哈兹独立。

法国、德国、日本、西班牙、加拿大、保加利亚、波兰、捷克、乌克兰、瑞典、罗马尼亚等国也发表声明,对俄罗斯承认南奥塞梯和阿布哈兹独立表示"遗憾"、"关切"或"谴责"。

格鲁吉亚总统萨卡什维利26日晚向全体人民发表电视讲话,呼吁民众保持冷静,用和平方式进行斗争。

俄罗斯政策用意明显

分析人士认为,近年来俄美在不少国际问题上立场相左,而两国的战略利益发生冲突是根本原因。俄罗斯在俄格关系上的最新举动实际上是在向西方展现强硬姿态。

格鲁吉亚位于外高加索。外高加索地处欧亚大陆交界处,地缘战略地位非常重要。此外,紧邻外高加索的里海蕴藏着丰富的石油资源。

格鲁吉亚总统萨卡什维利自上台以来一直奉行积极融入西方、加入北约的政策。这一政策得到美国的大力支持,但引起了俄罗斯的强烈不满。

在北约扩大到俄罗斯的西部边界附近,继东欧和波罗的海国家加入北约后,美国又把触角伸向了外高加索地区,力图在这一地区挤压俄罗斯的战略空间。美国支持格鲁吉亚加入北约,俄则加以阻挠。结果是,在今年4月布加勒斯特北约首脑会议上,北约暂不允许格鲁吉亚加入"成员国行动计划",但承诺格鲁吉亚最终将加入北约。美国近年还主导修建了从巴库经第比利斯到土耳其杰伊汗港的输油管道,将本应经俄罗斯输出的里海石油绕开俄罗斯向西欧输出。

美国和北约的举动不断触碰俄罗斯的"红线"。普京早在担任俄罗斯总统后期就曾不止一次地抨击西方的对俄政策。今年7月出台的俄罗斯《对外政策构想》更是明确指出,俄罗斯对北约东扩计划及其军事设施靠近俄方边界的做法持否定态度,因为它破坏了平等安全原则。

本月中旬,美国与波兰在"僵持"一年多后就美在波建立反导基地问题突然达成协议。对此,俄驻北约大使罗戈津表示,美波在俄格发生冲突之际达成协议,表明该基地就是针对俄罗斯而建。

西方国家面临抉择

分析人士认为,此次克里姆林宫向西方展现强硬姿态表明,俄罗斯对美国及北约频繁的动作正在失去耐心。法国国际关系研究所所长德蒙布里亚尔曾撰文指出,俄罗斯正在重返国际舞台,受辱的时代已经过去。随着综合国力的进一步增强,俄罗斯将会伺机反击。

与此前俄罗斯和西方矛盾冲突的情况相比,这次俄罗斯的行动十分果断、表态异常鲜明。但此间舆论指出,莫斯科实际上是有意将改善双方关系的"皮球"踢到西方脚下。

梅德韦杰夫26日接受美国有线电视新闻网采访时说,俄罗斯需要的不是"冷战",而是与美国等西方伙伴建立真正的建设性关系,但实现这一目标需要的是务实精神和双方的意愿。他还表示,俄罗斯不愿将俄美关系复杂化,并且准备与美国人民即将选出的新领导人合作。

俄罗斯科学院美国和加拿大研究所所长罗戈夫此前表示,"冷战"后美国一直在试图巩固其唯一超级大国的地位,而俄罗斯并不想让自己的地位受到削弱,这是双方关系紧张的一个关键原因。

分析人士认为,面对俄罗斯的立场,美国等西方国家正在面临抉择。美国等西方国家的政策取向将对双方关系产生关键影响。欧盟已宣布将于9月1日召开首脑会议,讨论格鲁吉亚问题以及欧俄关系;美国方面明确表示,将在联合国安理会动用否决权,以阻止南奥塞梯和阿布哈兹独立。形势如何发展,仍需拭目以待。

(新华社2008年8月27日 赵嘉麟)

◇ **点评文章**

客观的分析预测展现国际局势变化

2008年8月8日,格鲁吉亚南奥塞梯爆发武装冲突,一时间西方各国的政治神经又高度紧张起来,它们的目光不光聚焦在南奥塞梯,还密切关注俄罗斯的政治动向。8月26日,俄罗斯总统梅德韦杰夫宣布承认南奥塞梯和阿布哈兹独立,并展现了自己最强硬的姿态,这立刻引起了各方的不同反应。本篇报道就是抓住俄罗斯的这一重要决定而做的预测分析报道。

这篇文章体现了预测性深度报道迅速、准确、翔实的特点。8月26日,梅德韦杰夫做出表态,8月27日,新华社记者就写了这篇报道,反应能力迅速,体现了报道的时效性。

准确是以翔实的材料为基础的,这两点在本篇报道中都有体现。文中对俄美关系的分析就使用了大量翔实的背景材料,使得分析准确可靠,预测真实可信。

整篇报道的结构非常严密,逻辑性很强,充分体现出国际问题报道的持重意味。全文共分三个方面:俄罗斯表态后西方各国的反应、对俄罗斯用意的分析、西方国动向预测,全面客观地分析了当前国际局势的变化。

文章的第一部分是根据俄罗斯的表态分析西方各国的反应,首先联合国秘书长潘基文认为"俄罗斯此举可能会影响高加索地区的安全与稳定",接着美国表示要"阻止南奥塞梯和阿布哈兹独立",而其他西方国家都根据自己的政治利益纷纷发表自己的意见。很显然美国的反应是最强烈的,原因何在呢?

文章第二部分使用了大量背景资料,首先指出格鲁吉亚地区拥有非常丰富的石油资源,这是一个导火索;其次,俄美两国在格鲁吉亚加入北约问题上一直存在严重分歧,这是问题的根源。这两方面进一步揭示俄罗斯表现强硬姿态的原因和俄美矛盾的症结所在,由此读者明白了俄罗斯此举意在向美国"示威",所以美国反应强烈。原本这属于两国之间的问题,为何连其他西方国家都要"趟进来"呢?因为"北约"是一个利益共同体,所以无论其他西方国家对俄罗斯的表态是"遗憾""关切"还是"谴责",都是喘着"美国气息"。

这两个部分看上去好像是在写解释性报道,但是预测性报道就是建立在分析的基础上的,如果没有大量翔实的背景材料分析,预测就无法体现出准确性、科学性和权威性,因此这两个部分是非常重要的,为第三部分的预测分析打下了基础。

第三部分很明显已经由前面的"why"的分析转到"how"上来了,它着重预测今后西方国家该选择何种策略来对付强硬的俄罗斯,正是这个层面显示出未来国际局势的走向和格局。俄罗斯已经抛出了自己强硬的政治立场,以美国为首的西方国家极有可能会采取措施,因为美国已经公开表示,"将在联合国安理会动用否决权,以阻止南奥塞梯和阿布哈兹独立"。

三个部分层层推进,环环相扣,显示出记者对这一国际事件的高超把握能力。

因此,在写作预测性报道的时候一定要注意,解释和分析只是预测的前奏和基础,关键是预测。试想,如果新闻报道说俄罗斯已经向国际社会表明了自己的态度,然后就预测西方各国将怎样抉择,这样所做的预测的可信度就要大打折扣。要想做出让大众信服的预测,就必须先释疑解惑。

三、作品鉴赏

全球展望:未调整的世界

现在对世界经济前景的希望再次增强。市场认为,日本似乎比以前明朗了一些,而美国公司也对自己的前景更为自信。只是对欧盟的展望普遍悲观。

乐观的理由何在?没有合理的理由。各国的形势没有变化。美国、日本和欧洲或多或少仍在重复多年来的作为。错误仍在重复,没有得到纠正。

日本回避结构调整

也许可以先看看日本的情况。日本的问题仍然非常严重。日本人不愿增加开支,因为他们多半已经过着舒适的物质生活,但就业没有保障。日本经济表现差劲已10年有余,而且很多日本公司和银行也在艰难挣扎。

日本政府的反应是什么呢?政府屡次花费巨额公共资金振兴需求。而需求暂时得到了支持,但最终结果却是财政赤字增加,政府债务增加以及重新变得增长乏力。

仍在执政的自由民主党的另一个喜好是利用政府资金或立法支撑股票价格或放宽日本公司的会计规则。这显然是一项"好"政策。谁希望公司调整结构呢?

换言之,日本回避了结构调整。日本股市在上扬,世界其他地区的股市也在上扬,因为投资者没有更好的使用资金的办法。这种上扬,就日经指数而言,也许会持续一段时间,但最终将消失。

美国接连制造泡沫

同时,美国正在效仿日本已经宣告失败的政策。美国总统布什已经改变了克林顿时期的政策。在克林顿执政的幸运年代,政府资金充足,因为每个人都资金充足。想不到吧,资金全都来自格林斯潘大叔及股票市场的滚滚财源。

联邦储备委员会主席格林斯潘在技术、生产率、股市过度繁荣即将结束之际放宽了政策,其意即再让兴奋继续下去。作为美国一家大银行的前首席经济学家,这位联邦储备委员会领导人的职责就是强行夺走潘趣酒碗(潘趣酒是一种用酒、果汁和牛奶调配的饮料),免得我们都喝醉。

在我们看来,格林斯潘恰恰采取了相反的措施,由于亚洲经济危机、俄罗斯拖欠债务、巴西动荡、长期资本管理失误以及令人恐怖的千年虫问题的逼近,他削减了利率。降息意味着美国1998年至1999年间的股票指数走势已经到了顶点,而且美国享受了它尚未为之付出代价的消费热潮。

从此发生了什么变化?股票泡沫破裂,格林斯潘将短期利率降至1%,目的是尽力防止衰退。这样一来,采用廉价资本治疗大繁荣后紧接着发生的严重不景气,其后果就是产生更多的廉价资本,抬高房价而非股价,还能为杯中酒增加一点从布什总统那里获得的以减税形式体现的额外劣质酒。

潘趣酒碗再次装满了各种不同成分,其结果将是同样的:坏账的影响将愈加严重,不仅是在住房市场,这将抑制美国及世界经济今后数年的发展。

美国所需要的是戒酒,是冷静下来,来一场痛苦却是校正性的衰退。相反地,它实际上获得了更多的廉价资本。

欧洲缺乏灵活性

但是,美国金融界人士总觉得应该受到谴责的是欧洲:在某种程度上是有道理的。不仅仅是20世纪90年代,而且是现在,欧洲经济增长落后于美国。欧洲的劳动力市场不如美国灵活,公司发展态势也同美国不一样。政府在经济政策方面也没有美国灵活。《欧洲发展与稳定公约》规定,政府赤字不得超过国内生产总值的3%,德国超过了这个标准,迄今未受惩罚。

世界经济陷入困境,原因有三。日本经济多年疲软,至今尚未自我纠正,而且没有迹象自我纠正。美国凭借股价膨胀享受了消费繁荣,现在又想凭借房价膨胀避免衰退。而欧洲由于回避改革也缺乏动力。世界经济的乐观预测,还将继续错上几年。

(合众国际社2003年7月9日 伊恩·坎贝尔)

伊拉克战争威胁世界经济

战争短期内结束:信心恢复 投资消费好转

开战以后,由于世界市场普遍预测战争将在短期内结束,因此股价上升、油价下跌。市场人士总是忘不掉1991年海湾战争。在伊拉克于1990年8月入侵科威特后,美国的个人消费大幅降低,国内生产总值连续3个季度陷入负增长。但是开战以后,股价却开始上升。战争经过6周时间结束后,实际增长率从1991年第二季度开始转为正增长。

这次,股价在美欧围绕联合国决议出现对立的阶段开始下跌。但是在开战的同时却开始反弹。美国有影响的智囊机构战略和国际问题研究中心预测,如果战争在1个月左右的时间内结束,迄今为止因前景不明朗而缺乏信心的消费者、企业和投资者的心理将会好转,比起没有爆发战争的情况,日美2003年的实际增长率反而都会有所上升。

很多人认为,美国经济正处于恢复基调中,伊拉克战争导致美国经济的停滞将是短暂的。

战争中期内结束:原油涨价 世界经济放慢

如果战争持续2个月左右,原油价格将上升,世界经济将放慢,日本经济则有可能出现衰退。与上次海湾战争不同,这次伊拉克战争是为了推翻萨达姆政权,因此很多人认为,战争时间将比海湾战争长得多。

战略和国际问题研究中心预测,如果伊拉克军队的军事反击对油田设施造成有限的破坏,原油价格将上升到每桶40美元左右的水平。

此外,如果再次发生以美国为目标的恐怖活动,将导致消费疲软和股价下跌,世界经济不可避免会出现衰退。

战争长期化:世界经济同时陷入萧条

如果由于伊拉克军队的顽强抵抗,战争持续3个月以上,油价将进一步上涨。军费增加将使美国财政赤字进一步膨胀,导致长期利率上升,世界经济有可能同时陷入萧条。受外部需求左右的日本经济不可避免会陷入负增长。

战略和国际问题研究中心指出,包括伊拉克周边国家在内,如果油田设施遭到严重破坏,伊拉克原油的供给将在2003年内停止,周边国家的生产将会遇到障碍,原油价格将上升到每桶80美元。

关于战争费用:美国耶鲁大学教授诺德豪斯认为,如果战争持续9个月以上,单是直接的经费就将达到1400亿美元,包括原油暴涨在内的经济成本,在今后10年间将达到1.9万亿美元。

(《朝日新闻》2003年3月24日)

奥运会后中国经济走势如何

"北京奥运会给了人们一把钥匙,一把了解中国近年来快速发展的钥匙。"北京奥运会之前,国际奥委会主席罗格这样说。

如今,举世瞩目的北京奥运会已落下帷幕,奥运会后的中国经济走向,成为人们关注的话题。

奥运会不会成为中国经济的分水岭

近来,有一些海外人士称,随着奥运会的结束,2009年、2010年对中国经济来说,将是很困难的年头。

"毫无疑问,筹办奥运会有力推动了北京的经济社会发展,但由于北京的经济总量只占全国的很小部分,因此筹办奥运会对中国经济发展的推动作用不宜估计过高。"这是国家主席胡锦涛在接受外国媒体联合采访时的回答。

统计显示,2002年至2007年,北京年均用于奥运会的投资尚不到全国每年固定资产投资总额的1%。从建设规模看,北京奥运工程竣工面积为71.83万平方米,只相当于2007年全国房屋竣工面积的0.0139%。

"如果说中国经济像大海,那么,跳进一只青蛙,对大海的影响几乎可以忽略不计。"中国公共经济研究会副秘书长、国家行政学院教授张孝德认为,奥运会对于中国经济确有刺激作用,但奥运会后的中国经济仍主要受宏观政策和全球经济走势的影响。奥运会是对中国概念在世界范围的一次大营销,但对中国经济发展的直接拉动是微乎其微的。

一些经济学家近日对奥运会后中国经济的发展表示乐观。厉以宁认为,中国经济不会出现奥运后的滑坡。奥运会结束后,更多的后续需求会随即跟上,中国不愁没有新的投资热点。

更为关键的是,目前中国经济处于下中等收入国家水平,城市化、工业化的过程都需要大量的基础设施投资。"不管有没有奥运会,经济都要发展。"张孝德说。

摩根大通近日发布一项研究报告认为,奥运会后中国经济放缓的可能性不大。从以往奥运会承办国的经历看,经济规模较大且经济增速较快的奥运会承办国不易受到奥运会的影响。摩根大通的预测数据显示,2008年中国的国内生产总值将达4.5万亿美元。

2008年,是北京奥运之年,也是中国经济增长开始周期性调整之年,二者同时出现是一种巧合,不存在必然联系。目前,中国经济在保持平稳较快增长的基本态势下,在一些领域有所降温,这是宏观调控政策措施作用下的中国经济的自身调整,是在朝着宏观调控的预期方向发展。

中国经济的长期发展不是因奥运会而始,自然也不会因奥运会而终。一场北京奥运会,在盛大的高潮后不可避免地会有落潮,但可以肯定地说,北京奥运会后不会发生经济的大衰退,不会出现经济发展的拐点,奥运会之后的"鸟巢"不会"人走巢空",而是依然繁荣。

自信心和发展理念方面影响深远

奥运会作为当今人类社会最大的竞技盛会和国家聚会,吸引着全球的注意力。当来自世界各地的人们体验中国时,不仅感受了中国文化的巨大魅力,更感受了中国经济的勃勃生机。成功承办奥运会所提升的自信心,对未来中国发展是一笔重要的精神财富。

中国在借鉴各国承办奥运会经验的基础上,根据自身特点,采取多种措施,借势发展奥运经济,丰富了奥运经济的概念,扩大了奥运经济的影响。承办奥运会为中国的发展注入了活力,在诸如区域发展、产业结构调整、国民素质提高、生态环境改善等方面产生了辐射作用。

"绿色奥运、科技奥运、人文奥运"的理念是科学发展理念的具体体现,对我国进一步改革开放、推进经济结构调整和转变发展方式的影响是久远的。"而这些久远的好处是留给人民群众的。"北京奥运经济研究会执行会长陈剑说。

借举办奥运会之机,中国加大了产业结构调整步伐。"十一五"规划明确提出,到2010年我国万元GDP能耗降低20%。以北京市为例,经济结构调整对节能减排的贡献率至少在60%以上。

奥运会对提高中国国民素质、改善投资环境、提高开放度和提升国际形象方面,则具有更长远、更持久的积极作用。奥运会的成功,将有力推动我国与世界全方位、多层次、宽领域的交流合作。

国际奥委会市场开发委员会主席海博格说,北京在经济地位、城市面貌、现代文明程度与融入国际的步伐都发生了变化,并且还将继续发生巨大的变化。

"从自信心上,奥运会对中国的影响是巨大的。"北京奥运会特许供应商、河南思念食品有限公司董事长李伟说,奥运会后,一个经过改革开放30年洗礼、经济持续较快发展的中国,将以更加开放的胸怀和更加积极的姿态融入世界。

北京奥运会还将极大提升投资者看好中国经济的心理预期。"心理预期对中国经济增长的影响,很难定量评估,但可以肯定的是,此轮中国经济连续保持多年的高速增长,奥运会是不容忽视的推动因素之一,这一因素将继续下去。"李伟说。

正视中国经济面临的挑战

2000年悉尼奥运会后,悉尼所在的新南威尔士州即出现GDP增长率小幅下滑、投资大幅下降、房地产业衰退等迹象,严重影响了当地经济的发展。

遭遇"奥运低谷效应",悉尼不是第一个,也不是最后一个。在它之后,承办2004年夏季奥运会的雅典为了那短短16天的狂欢,竟背上了10年的债务。

"奥运低谷效应"是大多数奥运会承办城市难以摆脱的阴影。如今的国际经济环境正经历着剧烈的波动,美国次贷危机、世界经济整体呈现通胀,国际粮价、油价高企等相继对中国经济发展产生影响。在欣喜之余,中国人难免生出忧虑,毕竟,几乎没有哪个奥运会承办城市能完全摆脱后奥运时代的经济风险。

经过30年改革开放,我国综合国力与经济潜在增长率稳步提高,加之经济总量大,地域辽阔,经济体系齐全,回旋余地较大。因此,奥运会的结束不会影响到我国经济发展的基本面。但是,如何避免物价的过快上涨,保持合理的增长速度,促进中国经济又好又快地向前发展,也是奥运会后中国经济面临的重大挑战。

2008年以来,中国经受了历史罕见的严重低温雨雪冰冻灾害和特大地震灾害等不确定因素的挑战,可谓迎难而上。上半年,我国经济同比增长10.4%,其中一季度增长10.6%,二季度增长10.1%,呈现自2007年第三季度起的逐季下降趋势。

"这一趋势的出现,是受国际经济形势发生重大变化的影响,更是我国经济发展深层次矛盾积累的结果,也是我国经济增长周期的正常调整。"国家发展改革委有关人士说。

奥运会之后,我国经济面临一系列不确定、不稳定因素影响,包括美国经济走弱对中国出口增长的影响、房地产业发展可能出现的周期性调整、原材料价格上涨带来的企业经营困难等,对经济平稳较快发展形成严峻挑战,需要高度警惕。

国家发展改革委宏观经济研究院副院长王一鸣表示,经济持续较快发展既面临周期性调整和经济转型压力,也会在一定程度上受到"后奥运效应"的叠加影响。为此,应该积极放大奥运会对经济发展的正面影响,有效应对可能出现的各种负面效应。

中国经济继续平稳较快增长

面对诸多问题和不确定性因素的挑战,中国经济依然保持活力,因为其拥有最大的市场、稳定的政治环境,以及投资、外需和内需三大经济拉动因素,加上宏观调控手段日趋成熟,为经济持续快速发展提供了重要保障。

王一鸣认为,奥运会影响的是预期,"一保一控"的目标就是要稳定通胀预期,防止出现全面通胀,同时把握好"保增长"和"控物价"之间的平衡点,保证经济稳定健康发展。

由于宏观调控,中国经济过热风险开始得到消化,经济增速开始变缓。这种"变缓"不是被动的变缓,而是宏观调控所追求的"变缓",是年初提出的"两防"调控政策开始发挥作用的表现。

可以预见,今年我国的经济增长仍将保持较快速度,原因有二:一是中国经济发展的中长期基本面良好;二是投资、消费、出口"三驾马车"拉动经济增长的短期动力不减。

同时,在节能减排等产业政策引导下,我国经济结构和产业结构转型明显加快,经济运行质量明显提升。

曾有经济学家担心,奥运会尽管对实体经济影响有限,但由于给投资者形成了良好的预期,致使资产价格因炒作而虚高,股市和楼市在奥运会结束后会迅速调整。

"如今,市场情况已发生了变化,及时有效的宏观调控已使得中国经济过热风险开始消退,经济运行逐渐回归到正常轨道上。"经济学家樊纲表示,股市、楼市的风险已在很大程度上释放,能源价格也作出调整,所以更不必过多担心奥运会后的中国经济。

中国目前正处于工业化中期。有专家作出预测,中国经济7%至8%或更高一些的增长率至少可以再维持15年至20年。中国投资将继续处于兴旺状态,经济发展的空间和潜力仍然很大。只要政策调节适当,我国经济就完全可以自如应对国内外各种情况的变化,持续保持平稳较快增长势头。

"这些是其他承办过奥运会的国家所不能比拟的。"上海银监局副研究员张望博士说。可以判断,中国经济运行在既往轨迹上有着全新的动力基础,支撑中国经济增长的基本面没有改变,中国经济将一如既往地运行在平稳较快增长的轨道上。

(新华社 2008 年 8 月 26 日　谢登科　杜宇)

奥运后经济仍处于"黄金时代"

基础设施建设有益长远发展　充满活力经济不会出现刹车

随着北京奥运会的举办,"奥运经济"也成为一个使用率很高的"热门名词"。对于"举办奥运会是否给中国经济带来好处"这个命题,许多专家认为奥运会对中国经济有推动作用,也有人认为中国经济将进入"后奥运警戒水域",但国际舆论普遍认为,奥运会对中国经济影响甚微。

办奥运对经济有益

许多经济界人士认为,在举办奥运会的过程中,北京获益颇多。英国路透社援引里昂证券驻上海经济学家安迪·罗思曼的话说,北京为奥运会花了很多钱,这可能有益于其经济发展。罗思曼指出:"多数花费被投资于永久性的基础设施,从长远来看,我们认为这些项目对中国经济是有益的。"

香港《南华早报》评论说,很少有经济学家预测奥运会后北京将出现经济不景气,他们普遍认为奥运会带动了基础建设、金融服务、通信网络和旅游接待行业的发展,能够为北京的现代化带来长期的好处。该报还指出,奥运会有利于提升举办国的形象,这种"软影响"的提升将为本地区带来更多游客和投资资金。

日本《福布斯》月刊认为,北京奥运会的经济效果是促进中国向消费大国转变。该媒体援引野村证券公司金融经济研究所亚洲调查部部长山口正章的话说,中国将以奥运会为契机在大众中普及体育,中国体育用品市场将进一步扩大,而现代零售、通信基础设施等行业也迎来快速发展期。

此外,对许多中国品牌来说,奥运会是其扩大国际影响力的"黄金时机"。英国《金融时报》网站 8 月 18 日撰文指出,联想和海尔等中国公司正寻求最大限度地利用奥运赞助商的身份,提高它们在国际上的地位,并借此提高在中国和全球其他地区的品牌声誉和市场份额。《福布斯》杂志也刊载题为《中国品牌也在争夺金牌》的文章指出,联想、李宁、安踏、海尔等中国知名品牌借助奥运会走向世界。

奥运后经济放缓是普遍现象

对中国"后奥运经济"的看法,国际上既有"乐观派",也有悲观言论。韩国《朝鲜日报》报道说,按"国际惯例",夏季奥运会举办国的经济增长通常会在奥运会后第二年受到影响,只有 1996 年的亚特兰大奥运会例外,中国也可能经历所谓的"低谷效应"。

美国有线电视新闻网(CNN)也指出,奥运会给举办国带来的"经济红利"就像百米赛跑一样短暂,而奥运会后举办国经济增长放缓则是普遍现象。

日本《富士产经商报》曾援引日本贸易振兴机构海外调查部部长薮内正树的话报道说,出口依存度高的中国极易受到世界经济的影响,政府为抑制通货膨胀实施的价格管理也开

第十六章 深度报道

始产生影响,奥运会后中国经济可能进入"警戒水域"。

不会出现"后奥运经济萧条"

目前,国际经济界人士普遍认同一种观点:国家越小、主办城市经济占全国经济总量的比重越大,奥运会后的"低谷效应"越明显,反之则越轻。法国《论坛报》据此认为,因北京经济占中国GDP总量的比重很小,因此北京奥运会对中国经济的抬升作用不像另外一些国家那样明显。

持相同观点的还有世界银行副行长兼首席经济学家林毅夫。他认为,中国整体经济规模大、与奥运相关的投资比重小、上海世博会等大型活动接踵而至、中国产业升级空间大等因素都表明中国不会出现"后奥运经济萧条"。

奥地利《新闻报》称,蒙特利尔和悉尼为举办奥运会动用了全国GDP的1/5,因此"后奥运滑坡效应"比较明显,但北京奥运会投资占全中国总投资的比例不超过1%,因此"低谷效应"几乎不存在,而中国经济在奥运会后仍将处于"黄金时代"。

美国《商业周刊》刊文指出,奥运会对中国经济增长及经济政策的影响大概可以忽略不计,因为北京人口仅占全中国的1.1%,经济产值不到全国的3%,即使把过去4年间筹备奥运会的开支加起来,也只占到中国在此期间GDP总和的0.3%。

法新社说,与许多在举办奥运会后经济出现滑坡的国家不同,中国充满活力的经济不太可能在奥运会后刹车。该报援引投资银行摩根士丹利最近的一份报告说:影响奥运会后经济表现的关键因素是一个国家的大小和奥运会主办城市在整个国民经济中所占的比例。汉城(现称首尔)、巴塞罗那和悉尼在整个国民经济中所占的比例都大大高于北京及亚特兰大。

日本《每日新闻》指出,奥运后中国将启动众多大型项目,包括上海世博会、广州亚运会以及京沪高速铁路等,再加上四川地震灾区重建事业,因此"曾被遏制的投资将再度开始加速"。该报强调,目前中国良好的国内消费能否在奥运会后继续维持,是中国经济能否强劲发展的要点所在。

(《人民日报海外版》2008年8月27日 新华社记者陈俊侠 韩冰)

阅读思考

《全球展望:未调整的世界》这篇报道是对全球经济形势的发展进行展望。在经济界一片"经济复苏"的预测声中,它提出了自己不同的看法——世界经济形势目前不会有很大改观,理由是世界主要经济体,如日本、美国和欧洲没有做出实质性的调整。这个结论很有说服力,因为它的分析和解释是在事实依据上做出的审慎判断。

《伊拉克战争威胁世界经济》在分析伊战对世界经济的影响方面,提供了多种可能性。战争本就复杂且形势多变,存在各种可能性。文中的预测恰好符合这个背景,显得科学和权威,也给受众提供了判断的依据。

后两篇同题报道都集中在"奥运之后中国经济的发展动向"这个问题上,并都做了全面的分析和预测,但因各自面对的对象不同,因而选择了不同的切入点。《奥运后经济仍处于"黄金时代"》更多是对观点的分析和阐释,引用了很多国外媒体的观点,虽然也显得全面,但没有涉及国内的具体问题,这可能是因为《人民日报海外版》的原因,不过也让读者知晓了国际社会对中国经济的今后发展的关注。《奥运会后中国经济走势如何》就充分

> 立足国内,列举相当多有说服力的经济发展方面的材料和事例,再辅以专家的分析阐释,奥运会后中国经济的走势让大家了然于胸。这两篇文章都很注重在分析的基础上做出恰如其分的预测,显得谨慎、客观。
>
> 一般而言,预测性报道多用在国际报道和经济报道中,请谈谈自己对预测性报道写作手法的认识。

第三节 调查性报道

一、文体概说

调查性报道(调查报告)最早可以上溯到20世纪初的美国"扒粪运动",20世纪60—70年代,英美等西方国家的新闻媒体又掀起了新一轮的揭发报道运动,期间最具影响力的当然就是1972年"水门事件"的报道。新中国最早的调查性报道是1956年4月刊登在《人民文学》杂志上的《在桥梁工地上》,这是一篇揭露官僚主义的批评性特写,作者是中国青年报记者刘宾雁。此后中国的调查性报道以社会发展的监督者角色自居,一直承担着守护国家和人民的利益、呼唤理性、制衡权力、追求美好、鞭挞丑恶的重任。

调查性报道也是最受公众欢迎的新闻形式,通过理性的调查和批评,既能满足公众的知情权,也能促使读者以理性的方式来看待社会问题,起到疏导公众情绪的作用,更能推动社会的进步。

从新闻理论的角度看,调查性报道最能够深刻体现新闻价值。那么什么是调查性报道呢?以深入调查揭露某一新闻事件被刻意隐瞒、不欲为人所知的内幕和真相为主的较为系统的报道形式,这是调查性报道长期形成的标志性定义。其实现在的调查性报道并非纯粹以"真相调查"为主,范围更广泛,可以总结工作经验教训、探讨事物发展规律、揭示事物真相,因此,调查性报道可以分为基本社情性调查、经验性调查、揭露性调查、研讨性调查、核查汇报性调查等类型。

我们还可以根据调查方式的不同,把调查性报道分为两种。一种是自发调查,就是说事件已经发生了,但是社会公众并不知晓,部分知情人士又对事件真相进行隐瞒,记者根据相关的新闻线索自发独立地展开调查,揭露事件真相。如2005年4月4日,美国《威拉米特周报》记者尼格·贾奎兹凭借《一个30年的秘密》的报道荣获第八十九届普利策调查性报道奖桂冠,奖项的授予正是为表彰他对美国俄勒冈州前州长高兹米特性侵害一名14岁女童案件所做的深入、严谨的调查。此外,1972年的"水门事件"也是记者的自发调查。

这种方式在中外新闻界都是备受推崇的,它既能体现记者的职业道德和职业素养,提高记者的知名度,也满足了公众的知情权,对社会舆论起到了重要的引导作用。然而,由于调查性报道涉及的大多数是与社会公众利益有关的事件,因此,其真相会遭到相关人士的刻意掩盖和隐瞒,这会对记者的调查形成层层阻力,调查的过程极具挑战性和冒险性,记者可能会遇到前所未有的困难甚至会有生命危险。

另一种是跟进式调查,记者要调查揭露的事件已经公开了,或者已经被相关管理、执法部门处理了。这种方式带有解释性报道的意味,可以说是对消息报道的补充说明,其调查的过程相对较为顺畅。

这两种方式的调查都可以在调查性报道的各种类型中见到。调查性报道具有主动性、信息性、动态性、全面性、具体性的特征,常见于各种新闻媒体的新闻调查,像中央电视台的《新闻调查》栏目、广州的《南方都市报》等都因为调查性报道而深受百姓喜爱。

调查性报道在写作上要注意以下四个方面:

(1) 深入第一线,展现调查过程。在"高兹米特猥亵女童案"的调查初期,由于当事人的矢口否认,尼格·贾奎兹的调查几乎陷入了绝境。后来贾奎兹对事件当事人之一苏珊的故乡波特兰市和现在的居住地尼维达市做了两次实地考察,从当事人、参与者、目击者、知情人四个层面,采访了上百个相关人物。这些调查过程的展现既说明了调查取证的不易,也从一个侧面揭示出这个秘密被掩盖了30年的真相。由此也说明,在调查一些敏感题材的时候,有时需要采用"迂回采访"的战术,进行立体调查,先从外围进行调查,然后再切入到事件中,这样能较为客观全面地反映新闻事件。

(2) 占有材料,展现观点。要揭露内幕和真相,口说无凭,必须通过采访调查获取大量的、真实有效的事实材料,才能向公众分析其内在的联系和隐含的重大意义。调查性报道中记者一般是不直接发表观点的,而是通过事实材料的表述引人深思,起到舆论引导作用。

(3) 核实原则。调查性报道涉及的问题一般与公共利益紧密相连,会引起人们的广泛关注。因此,记者必须仔细核实每一个消息的来源,确保事实的真实准确,所表达的观点也一定要有真实准确的事实依据,否则不仅无法起到推动社会进步的作用,还可能会伤害媒体自身的公信力。

(4) 平衡原则。一般而言,调查性报道涉及的问题有不少会让读者觉得是非对错已然非常明显,根本不需要再调查。而作为新闻记者,我们必须牢记"理性"和"平衡"这两个词。新闻媒体被认为是现代社会的公共话语平台,因此,在调查采访的过程中,记者绝不能有"先入为主"的道德评判心态,应该尊重个人的表达权,让当事双方都有机会表达自己的意见。

二、个案评析1

◇ **原文**

"王代表"机场发飙记

11月30日晚上9时30分,山东临沂机场。偌大的广场上停留着两三辆出租车,晚上唯一一趟来自广州的航班因大雾晚点,大多出租车司机因为等不及而回了家。候机大厅更是空空荡荡,安检门紧闭,为数不多的值班人员据说外出吃饭了。记者身处在这个冷清的机场,丝毫感觉不出这里曾发生过什么大事。

而在三天前比这更晚一点的时候,曾有一行10人,手持刀械,分乘几辆汽车,砸开安检门,冲至停机坪,将一名空中警察从飞机上拖下暴打一顿,然后扬长而去。因为一个特殊乘客的特殊行为,山东临沂机场——这个每天仅有两个航班的小机场,突然在国内民航界闻名。

挥舞拳头的中年男子

11月27日晚上9时55分,从广州飞来的SC4672航班徐徐降落在临沂机场。山东航空公司的这架中型飞机上，共载有大约110名旅客，他们当中约有40人在此中途下机，然后飞机载着剩下的旅客，继续飞抵青岛。

在此之前的飞机广播中说：请在临沂下机的乘客提前准备好机票，以备检票。据机组人员介绍，为了避免青岛乘客误下飞机，一直以来他们都有这样一个例行的手续。

将身旁的临沂旅客让出后，坐在后排的青岛富豪汽车销售公司总经理康军打了个盹。按照正常情况，去广州参加公司年会的他再有半小时便可回到青岛，身心疲惫的他盼着回去美美地睡上一觉。

然而，康军很快被前面一阵嘈杂声惊醒。他先是听到一个中年男子的骂声，接下来便传来一个女人的尖叫，与此同时，身旁等候排队下机的乘客队伍也开始骚动起来。康军起身，看到了那名骂人的中年男子——他对这个人印象深刻。"登机时他就在我前面，我（从他身上）闻到了酒味。"

尖叫的是飞机乘务长黄晓萍。她在与这位不愿出示机票的乘客交涉时，遭到对方辱骂。她随即要求对方"说话文明点"。结果，她被对方猛地推搡了一下胸部。

空警张强目击了黄晓萍被打的这一幕。张强当时坐在1排D座，而中年男子坐2排C座，张说他看得很清楚。

眼见事态恶化，张强立即过去制止，称对方违反了保卫条例。据康军介绍，当时张强身穿制服，胸前挂着工作牌，他的身份应该很容易被辨认出。

张强说，他还没来得及出示证件，便当胸挨了中年男子一拳。随即，两人开始扭打在一起。最后，在一名准备下机的临沂当地民警的协助下，张强将中年男子制服，并用机上备用的手铐将其与自己铐在一起。

"我注意到，他（张强）是先铐住自己，然后才把那男的铐住的。"康军回忆说。

从查票吵架到乘务长被打再到中年男子及其随从被制服，整个过程持续了不到10分钟。据康军介绍，在这个过程当中，他清楚地听到中年男子高喊："我是人大代表……"然而，在当时的气氛下，这句话显然起了反作用，"人大代表就可以无法无天了？"有乘客这样高声质问。

事后证实，这名中年男子是著名劳模、全国人大代表王廷江。王是临沂市罗庄区罗庄镇沈泉庄人，1989年，他把自己价值420万元的白瓷厂交给村集体，从此一举成名。

据临沂当地一位公务员介绍，王廷江任董事长的华盛集团目前实有资产10亿左右，职工1万人，是临沂市最重要的利税大户，该集团还拥有着一家新加坡上市的公司。

他们喊他"王书记"

目前仍在青岛东部医院住院的张强当时并不知道自己铐的是谁。事实上，一直到29日接受记者采访时，他还不太清楚对方的身份。"在制服他的时候，我们就与机场地面公安联系。"张强说。按照惯例，飞机上发生治安事件，那么当事人将被及时交给机场公安人员处理，以免影响航班继续飞行。

据张强介绍，机场派出所一位徐姓所长和两名值班民警到达。此时大概是晚10时40分左右。王的一名随从及被扣的手机被转给了地面公安人员。然而，据张强介绍，与他铐在一起的王廷江不知为何并没有被带走，场面一下子僵持下来。在这个过程中张强发现，机场民警竟然与被自己铐起来的人认识。"我听到他们喊他'王书记'。"

在冲突发生的过程当中，康军注意到，王身旁一个人曾拿出手机与外界联络。

僵持的场面维持大约10分钟，落座后的康军第二次听到空姐的尖叫。

"哎呀，他们冲过来了，乘客们，快帮忙拉上乘客梯。"康军听到空姐这样高呼。

然而已经来不及。一分钟不到，一行队伍冲了过来，登上客梯车，闯入机舱，将张强开始往下拉。康军事后从拍下的照片上数了一下，闯进机场的正好有十人。

"当时的场面像一场拉锯战。他们往下拉我，乘客们拉住我不让我下。"张强说。但是，"他们讲，谁拉就打谁。有的乘客不得不撒了手。"

后排的康军想冲到前面，然而舱门被拥向前的旅客阻塞。他眼看着张强被拖到了地面，同时一名空姐哭喊着倒下。

被拖下飞机的张强本能地护住了头，他感觉到各种硬物砸向自己，神智很快不再清楚。

"我现在还纳闷，他们是怎么打开手铐的。"张强事后回忆说，"因为我身上并没有钥匙。"据张强介绍，为了保证旅行安全，空中警察都会配备手铐，但通用的钥匙则保存在机场公安人员处。

殴打过程进行了大约3分钟。张强的裤子甚至也被脱下。

康军先是拨打了110，对方称"知道了"，便挂断了电话。然后他接着拨打临沂市政府公开电话，同样发现早有人打过电话。

据康军回忆，张强被打过程中没有一名地面安全人员干预，一辆没有开灯的警车停在离事发地点大约200米处。

10分钟之后，一辆救护车赶到。有人征求他的意见是否上车，张强摇头：我死也要死在青岛。

康军事后听中途从临沂登机的旅客讲，这伙人是用灭火器砸开安检玻璃，打倒阻拦的一男一女两名机场工作人员后闯入机场的。对于这个细节，记者未能从临沂机场方面得到证实。不过，临沂机场办公室一位不愿透露姓名的工作人员承认，安检门的玻璃确实被打碎了一块。

行凶者走后，一名出于义愤的乘客写下了事件经过，数十名乘客在上面签名作证。据了解，这份名单由机组人员交给了山东航空公司。

晚11时50分，打人者离开之后，SC4672号航班载着惊魂未定的旅客飞向青岛。而按正常情况，他们早在一个小时以前便该抵达青岛机场了。飞机起飞后不久，接到通报的临沂市委一位主管政法的副书记赶到了机场，并通过机场塔台与机组人员取得了联系。

事发之后

记者调查发现，临沂机场"11·27"事件发生过后，多数当事人皆缄口不言。11月29日，记者拨通事件重要当事者之一、SC4672航班乘务长黄晓萍的电话，黄表示不愿再回忆当时的情况："我只能说，网上的报道都是真实的。"

而同样目睹此事的该航班机长姜洪波同样表示，因为警方已就事件进行调查，他作为机组人员不便多谈。在得知记者将赴临沂调查此事时，他特意嘱咐"注意安全"。12月1日，当记者再次拨通被打空警张强的手机时，发现接听的是山航公司陪床的一名员工，他建议记者直接与公司联系，不必再找张强。

不过，山东航空集团总裁贾复文在11月30日接受记者采访时，对于上述机场暴力事件的真实性表示了认可，并透露公司11月29日已就事件上报国家民航总局，民航总局已经于30日派出调查组，奔赴临沂调查此事。另据了解，山东省委调查组11月30日已经抵达临沂。

有山航知情人士称，王廷江在山航飞机上打人已经不是第一次，一年多前当时的乘务长李延清也遭遇过类似对待。这样的说法得到了多名山航乘务人员的确认。因为李延清业已离开山航，记者未能从李延清本人处予以核实。

临沂机场的工作人员几乎无一例外地回避此事。记者能接触到的所有工作人员皆称当时并不值班，不知道情况。上文那位没有透露姓名的机场办公室工作人员称，他接到无数记者打来的电话，这已经"严重影响"了机场的正常工作。这位工作人员透露，与目前国内机场的情况一样，临沂机场受民航部门及当地政府等多重管理。机场运营理论上是自收自支，但由于亏损，当地政府每年要拿出大约100万予以补贴。

这位工作人员对机上发生的事称"不清楚"，至于闯机场事件本身，"性质应该说是恶劣的"，"不过说实话就砸了块玻璃而已"，"我们采取了措施"，"这是突发事件，你没法控制，就像'9·11'"。

紧张的气氛甚至波及临沂机场的出租车司机。一位不愿透露姓名的司机称，星期六（事发当日）星期天大家议论了两天，到了星期一却再没人提这个事了。

这位司机证实11月27日确实发生了闯机场的事。当时机场外大约停了20辆警车。"当时王廷江的车就停在这儿。"他指认着一块空地说。

据了解，王廷江乘坐的是一辆车号为鲁Q00022的奔驰车。许多临沂当地人对这辆车都很熟悉。该出租车司机介绍，这辆车早在当晚9点钟就停在机场门口接王廷江。结果大概过了一小时，又陆续来了几辆车，下来十来个"带家伙"的人。再接下来，大量的警车就赶过来了。

当时协助张强将王廷江"制服"的是临沂市某县的公安民警。一名出租司机当晚拉了两位从该航班上下机的乘客，从他们口中知道王廷江被铐起来了。据这位出租车司机介绍，其中一名乘客曾对他说，如果需要，他会回来作证的。

11月30日晚，记者拨通王廷江的电话当时，这位全国人大代表、著名劳模声音充满了疲惫。他拒绝了与记者见面的要求，称"现在上面的联合调查组正在临沂调查，我不方便在这个时候作表态，相信组织会给出一个公正的结果"。他还说，许多话到了必要时候会有个交代。在此之前，王廷江在接受媒体采访时，否认自己打了乘务人员，但承认属下进机场后把铐他的空警"揍了一顿"。

冲突背后的"积怨"？

临沂市旅游局一局长认为，王廷江的行为是临沂旅客与山航多年积怨的结果。

齐鲁晚报一位记者在获悉此事后，也没有表现出太大的吃惊，他告诉记者，山航飞机与临沂方面一直不睦，多有摩擦发生。

临沂市有官员甚至用"沂蒙汉子"来形容王廷江的此举，他认为山航一直以来歧视临沂旅客，称"王廷江替大家出了口气"。

临沂市是全国第三大批发市场，每年成交额高达三四百亿，流动人口达到30万人，尤其是与广东经济联系频繁，往来客商也比较多。但机票价格较高的问题一直为当地旅客诟病。

该局长告诉记者，临沂机场自2001年受当地政府委托，交予山航经营以来，机票价格一直居高不下，其中以飞往广州的航班机票价格最为离谱。他说，青岛距离广州的路途远于临沂距离广州的路途，但从临沂出发的机票价格足足高于青岛三四百元。

基于这样的情况，许多旅客宁愿选择在青岛与广州间往返，再转三个小时的车程到临沂。一度也有部分旅客为了省钱，虽然购买了广州至青岛的机票，但在飞机停经临沂机场时，要求下机。

知情人士透露，早在两年前，王廷江就因为机票价格与山航方面发生过冲突。当时的情形是王从广州买的回青岛的机票，但飞机在停经临沂时，王要求在临沂下飞机，被乘务人员拒绝，继而引发冲突。

事件发生后，临沂坊间议论纷纷，有一位曾经搭乘过该航班的旅客认为，乘务人员的冷硬态度和不当的处理方式也是激化冲突的原因之一。他对山航方面在临沂机场不仅要求查阅登机牌，也要查阅机票的行为提出了质疑。对于山航方面强调的诸如"为保证乘客安全，防止错下飞机"的解释和规定，他认为真正的猫腻是机票价格的原因，因为山航担心乘客买广州—青岛的机票登机而在临沂下机，节约300元钱，而招致旅客的抱怨和争执。

记者11月30日晚与山航集团总裁贾复文取得联系，核实山航在临沂机场垄断经营引发当地不满情绪的问题时，贾情绪忽然变得异常激动，并予以断然否定，他语气急促地解释道："当年临沂机场没有航线愿意到这来，是地方政府委托山航代为经营的，直到现在每年还亏损两三百万。"至于飞机价格高，他认为像临沂这样的支线，比较冷，票价高也在情理之中，况且并没有超过民航总局的有关规定。

他说，山航从来没有搞过垄断，而是一直鼓励所有的公司到临沂机场，只是有的航空公司怕上座率低，目前还不愿意安排航班。

中国民航管理干部学院的一位专家指出，委托经营最大的坏处就是容易导致一家独大，继而抬高票价，不利于乘客。

但这位专家也指出，不管原因如何，冲击机场和殴打空警都是违法的，应该受到严肃处理。

民航安全凸显隐忧

联系至半月之前，两个男孩轻易混过昆明机场安检设施，扒爬飞机，最终导致一死一伤的惨剧，此次"王廷江冲击机场"事件，再度令民航安全成为舆论关注的焦点，"民航的安全检查为什么如此脆弱？"

国家民航总局公安局办公室薛主任在接受记者采访时指出，如果将殴打乘务员和空警的行为归于个人素质问题，民航总局更加关注的是，其公司下属居然能开着三辆轿车越过重重警戒设施，打破安检门，直闯机场，并强登飞机，"这是对航空安全的严重挑衅"。

薛主任说，民航总局已经就目前临沂机场的围栏、保安、警戒设施的状况进行调查，是否存在安全隐患目前还不好定论。他强调，如果是肇事者肆意恶性冲击，此事不刹，后果将不堪设想。

毋庸置疑的是，此次事件已经给民航安全敲响了警钟，薛主任坦陈，民航总局相关领导已经对临沂一类的地方小机场的安全保障产生了担忧。他说："目前全国大大小小机场100多个，国际机场、干线机场、支线机场档次不一，经营状况也参差不齐，虽然民航总局在机场安全设施保卫等方面提出了相当高的标准，但囿于经营状况，是否都已经履行到位，是否存在投机取巧，令人担忧。"

中国民航管理干部学院董乃清教授指出，"对于民航而言，什么标准都可以降，独独安全保障标准不能降，这是共识。"

据一位现场乘客回忆，事发当时，地面保安人员根本无法控制局面，而在十余名肇事者长驱直入冲过安检门并将空警打倒后，两名自称"市局"的警察才赶至现场。

　　董乃清教授指出，近年来随着机场进行属地化管理转轨，机场治安归地方公安部门管理，而飞机上的安全依然由民航公司管理，这种天上、地下安全的各自为政，某种程度上容易出现安全漏洞和衔接不畅的局面。

　　截至12月1日上午，事发三天后，国家民航总局公安局还未收到当地公安部门就此事的调查回复。薛主任告诉记者，目前的各地机场安全由地方保障，按照案件属地管辖原则，该次事件应由临沂地方负责调查取证，"考虑到肇事者在当地的影响力，以及地方公安部门可能遭遇的阻力"，11月30日当天，民航总局空警大队勤务处杜小光处长、政治部唐芙蓉主任已经赶赴临沂，在探望受伤空警张强的同时，督促地方尽快处理此事。（本文涉及乘客均为化名）

（《南方周末》2004年12月2日　柴会群　朱红军）

◇ 点评文章

全面的立体调查凸显报道威力

　　2004年11月30日前后，一则关于人大代表机场打人事件的新闻出现在国内大多数的媒体上，引起了读者的广泛热议。而后，12月2日《南方周末》刊登了一篇名为《"王代表"机场发飙记》的调查性报道，虽然从时效性上来说，反应慢了一点（事发于11月27日），但是文章不仅详细讲述了事件的经过，而且深入事件背后，挖掘出事件的深层原因：临沂市和山航"积怨已久"，将读者的注意力带入到一个新层次的思索中。这是此前所有新闻报道中所未曾触及到的"海底冰山"，再次彰显了《南方周末》"透视"新闻事件的特殊敏感力。

　　同样的新闻事件，却有着如此不同的传播效果，这完全归功于记者的全面的立体调查。这篇深度报道是记者的自发调查，就是要调查事件的真相。对于一个新闻事件来说，要了解真相，事件的当事人是核心，其提供的信息最有价值，然后是事件的参与者、目击者，最后是知情人，这四个层面构成了事件的立体空间，形成"同心圆"效应。但是基于事件的特殊性，直接对当事人或是参与者进行采访调查有时未必能获得客观、准确的信息。

　　报道中讲到"临沂机场'11·27'事件发生过后，多数当事人皆缄口不言。11月29日，记者拨通事件重要当事者之一、SC4672航班乘务长黄晓萍的电话，黄表示不愿再回忆当时的情况：'我只能说，网上的报道都是真实的'"。"而同样目睹此事的该航班机长姜洪波同样表示，因为警方已就事件进行调查，他作为机组人员不便多谈"，"临沂机场的工作人员几乎无一例外地回避此事"，"11月30日晚，记者拨通王廷江的电话当时，这位全国人大代表、著名劳模声音充满了疲惫。他拒绝了与记者见面的要求，称'现在上面的联合调查组正在临沂调查，我不方便在这个时候作表态，相信组织会给出一个公正的结果'"。这样一来，记者原本打算从当事人、知情人处切入事件核心的采访计划自然无法实现，于是记者想办法转向事件的核心外层获取信息。所以，报道一开篇，读者就通过目击者之一的青岛富豪汽车销售公司总经理康军的叙述，了解了事件的经过，并清楚地知道事件的当事人是飞机乘务长黄晓萍、空警张强和那名打人的中年男子——人大代表王廷江。但是这三名当事人除了张强透露了部分信息之外，其他人和当事人所在单位领导、同事对此均是缄口不言，调查采访受阻。

　　此时另外两条线索打开了采访的局面，使得整篇报道出现了峰回路转的局面。其一是记者在采访时注意到一个很重要的信息,"紧张的气氛甚至波及临沂机场的出租车司机。一位不愿透露姓名的司机称,星期六(事发当日)星期天大家议论了两天,到了星期一却再没人提这个事了"。其二是"齐鲁晚报一位记者在获悉此事后,也没有表现出太大的吃惊","临沂市有官员甚至用'沂蒙汉子'来形容王廷江的此举,他认为山航一直以来歧视临沂旅客,称'王廷江替大家出了口气'"。一个打人事件,为什么除了当事人之外连道听途说者都三缄其口?为什么当地的记者同行却表现平静?为什么当地官员力挺王廷江?这一事件背后到底有怎样的隐情?难道是因为打人者的特殊身份使然?这一连串的疑惑使记者和读者都感觉到了这一事件的复杂性,绝不是之前的一些消息报道所能概括得了的。于是,记者就向当地的同行了解情况,同行告诉记者,"山航飞机与临沂方面一直不睦,多有摩擦发生"。由此,记者顺藤摸瓜遍访临沂市旅游局长、有关官员、知情人士,甚至山航集团总裁贾复文,终于揪出了"打人"背后深藏的原因:原来是因为不满山航集团将广州飞临沂的票价肆意抬高,比全程票价还贵,临沂的乘客早有怨言。而且一位曾经搭乘过该航班的乘客也认为"真正的猫腻是机票价格的原因,因为山航担心乘客买广州—青岛的机票登机而在临沂下机,节约300元钱,而招致旅客的抱怨和争执"。王廷江打人的原因果真如此吗?

记者没有直接做出回答,而是兼顾各方观点,通过目击者、知情人以及相关人士的话,让读者做出自己的判断,以体现报道的客观和全面,使整篇文章呈现一种公正客观全面的感觉。"有一位曾经搭乘过该航班的旅客认为,乘务人员的冷硬态度和不当的处理方式也是激化冲突的原因之一。""知情人士透露,早在两年前,王廷江就因为机票价格与山航方面发生过冲突。当时的情形是王从广州买的回青岛的机票,但飞机在停经临沂时,王要求在临沂下飞机,被乘务人员拒绝,继而引发冲突。"山航集团总裁贾复文"语气急促地解释道:'当年临沂机场没有航线愿意到这来,是地方政府委托山航代为经营的,直到现在每年还亏损两三百万'",至于飞机票价格高,他认为"像临沂这样的支线,比较冷,票价高也在情理之中,况且并没有超过民航总局的有关规定"。记者又采访到中国民航管理干部学院的一位专家,他指出,"委托经营最大的坏处就是容易导致一家独大,继而抬高票价,不利于乘客。但这位专家也指出,不管原因如何,冲击机场和殴打空警都是违法的,应该受到严肃处理"。由此,读者明白了"人大代表"打人是因为乘务人员的冷硬服务态度和机票价格的不合理使然。而且借专家的话牵出了问题的关键:经营垄断造成消费者权益受损,此矛盾不解决,恐怕类似的"暴力"事件还会出现。

然而记者并没有停止调查的脚步。文中有几处细节,读者要留意,在叙述事件经过时,记者记录了目击者目击到的一个细节,就是冲进机场打人的那伙人是"用灭火器砸开安检玻璃,打倒阻拦的一男一女两名机场工作人员后闯入机场的"。虽然记者"未能从临沂机场方面得到证实。不过,临沂机场办公室一位不愿透露姓名的工作人员承认,安检门的玻璃确实被打碎了一块"。康军还提到,这伙人冲进机场殴打张强的时候,地面安检人员完全不干预。另一名乘客证实了康军的话,"事发当时,地面保安人员根本无法控制局面,而在十余名肇事者长驱直入冲过安检门并将空警打倒后,两名自称'市局'的警察才赶至现场"。这些细节将这个临沂机场的打人个案与全国当下十分关注的机场安全问题挂钩,提出"民航安全凸显隐忧"。应该说这是记者采访中的意外收获,跳出了原有报道的"个人素质"大讨论的圈子,带给读者更广泛的思考空间,显示出深度报道的思考力度和揭示问题核心的尖锐度。

整篇报道,从采访路径看,记者采取了"目击者—当事人—当事人所在单位领导同事—

当地媒体记者—当地群众"这样灵活的立体调查路线,把事件的立体空间构成层全都囊括进来,非常全面。并且在采访过程中,记者善于寻找突破点,打开采访局面,层层深入,接近了新闻事实的最原本的面貌,带给读者"全景式"的认识,充分说明了"涉浅水者得鱼虾,涉深水者擒蛟龙"的道理。

娴熟的写作技巧能为记者的调查锦上添花,本文在写作上也很值得称道。首先,"文似看山不喜平",报道一开始对山东临沂机场冷清氛围的描写,调动了读者的阅读兴趣,其后在对事件展开调查时,利用小标题,制造出"柳暗花明"的效果,带给读者阅读的享受。其次,记者善用细节、善埋伏笔,使得文章逻辑结构严密。如当事人、知情人以及道听途说的人都讳莫如深,还有一些一笔而过的"闲笔",如"据临沂当地一位公务员介绍,王廷江任董事长的华盛集团目前实有资产10亿左右,职工1万人,是临沂市最重要的利税大户,该集团还拥有着一家新加坡上市的公司","据康军回忆,张强被打过程中没有一名地面安全人员干预,一辆没有开灯的警车停在离事发地点大约200米处",等等,都为后文的展开调查做了铺垫,解答了读者心中的疑惑。

三、个案评析2

◇ **原文**

由谁教育富裕起来的人们
——武汉汉正街第一代富翁追踪

当年富翁今安在

武汉汉正街,原来是条破旧的小街,因为靠近交通干道沿河大道,还因为这里的居民从来就有经营小商品的传统,1979年,改革开放大潮涌动起来,汉正街人就当街摆起小摊子,沿街开出小门面,批零兼售,经营起了服装、纽扣、针线等小商品。当年的工商统计表,如今翻开已有些泛黄,上面清晰地记载着103名个体户的名字。到1982年,这些个体户迅速成为十万、百万富翁。

财富来得如此之快,以致汉正街的第一代个体户们来不及作好准备,甚至不知该怎样面对富裕。首批个体户之一的王春芝,先是用赚来的巨款盖起了三层楼的豪宅,接着便用钱满足子女的各项高消费,买高档电器,吃山珍海味,几年下来,坐吃山空,只有斑驳的宅第依旧伫立,默默地叙述着主人曾经的辉煌和今日的落魄。王春芝如今赋闲在家,她感慨地说:"没几年就当了百万富翁,觉得这么多钱几代人都吃不完,就想好好享受一下,谁知道几年就把钱花光了。"

富裕更是一道沟坎,当年的富翁中,不少人跌倒在这道沟坎面前,再也没有爬起来。张重德靠做塑料生意起家,一度担任汉正街的个体劳动者协会会长。发财了,他离婚卖了商铺,用辛苦挣来的钱吃喝嫖赌,醉生梦死,最终生死不明。1980年开始做袜子生意,3年后成为百万富豪的蔡某,当过汉正街个体劳动者协会的小组长。富裕之后,蔡某夫妇各自包养情人,随后染上毒瘾。现在,这对夫妻一文不名,每天到汉正街背后的菜市场拾菜叶度日。

80年代初的汉正街是第一批富豪的摇篮,80年代末,汉正街则为这批富豪唱响了挽歌。宗贤韬是汉正街人至今无法忘却的一个名字。1984年,这位富裕了的个体户当了汉正街个体劳动者协会会长。他发起组建"汉正街小商品联合公司",235名个体户加盟,这一壮举曾轰动当时的媒体,电视剧《汉正街》中的一个角色就是以他为原型的。但一名优秀的个体经营者并不一定就是优秀的企业家。经营不善,大手大脚花钱,使宗贤韬很快债务缠身,店面转让,自己神秘失踪生死不明,如今只有他的女儿还在一条小街的街口支着小摊子炸面窝。

谁来教育富翁

汉正街第一代富翁中的沉沦者为何如此多?原因总要归结到他们自身的素质,而外部环境的熏染同样值得深思。当变化正在发生、悲剧开始上演的时候,社会是否意识到了这一切?汉正街的管理部门、党政机关是否曾给予第一代富豪们必要的引导和教育呢?

汉正街小商品市场个体户早已从1979年的103家发展到了今天的1.3万家。经营规模大了,经营品种多了,税收飞快地上升了,但是,个体户们的思想建设谁来过问?这里的个体户们反映说,没有人教育引导他们,没有人帮助他们提高素质,没有人到他们中间做有针对性的思想政治工作。早在1985年,北京市在个体劳动者中成立了党组织,组织个体户中的积极分子学习党章,开展思想政治工作,吸纳个体劳动者中的先进分子入党。然而,武汉的汉正街没有这样做。汉正街一位不愿透露姓名的个体经营者说:"我在这里做了近20年生意,上面来的人,不是收税就是收费。其实,现在市长请专家教授讲法律,讲经济,我也很想听专家教授们讲课,比如讲讲加入世贸,讲讲经济法规,讲讲私营企业家应具备的素质。可我不知道到哪里去听。"他一脸的无奈和茫然。

有人说,商潮滚涌的汉正街是商人致富的天堂,也是一块任你自生自灭的土地。一批早年的个体户因为缺少引导和教育,决策错误导致破产。余保安是较早完成原始积累的一名个体户,他发现汉正街小商品门面越来越多,感到竞争压力加大,想转向干点别的,可又无处咨询,便独自决定养殖甲鱼。结果投入刚刚完成,甲鱼大量过剩,价格大幅下降,开张之日成了步入困境之时。汉正街的第一代富翁王仁昌,积累百万资产后飘飘然起来,忙于应酬,对经营管理漠不关心,而当地有关部门的领导对他称赞多,提醒少,后来他的企业很快破产。当年的王老板,如今在自己弟弟的工厂打工。汉正街一位老人说,这里的一些个体户,业余生活就是歌舞厅、赌场加吸毒,不垮才怪!

莫让今日星辰在明天陨落

潮起潮落,汉正街又产生了新一代富翁。他们传承了第一代富翁的精明,在市场经济的大潮中壮大了自己的产业,形成了自己的名牌,被称为汉正街的新生代。

第一代富翁郑江的儿子郑大雄,作为"天堂伞"的总代理,是新崛起的个体经营者。还有武汉永胜集团的张永胜,雅琪集团的周建国等。这批中青年富翁已成为汉正街小商品市场的支柱。然而,新生代中正在出现"断层"。据介绍,汉正街新生代的富豪中,又有人经营不善、资不抵债、举步维艰;有人不思进取、生活奢靡、醉生梦死……第一代富翁沦落的悲剧会不会在新生代身上重演?

今年6月底,记者再次来到汉正街。管委会领导班子正在商议如何在个体劳动者中开展"双思"教育,教育他们致富思源、富而思进,教育这些富裕了的个体户开展第二次创业。管委会主任张兴建说,在个体户中开展思想政治工作确有一定的难度,有的个体户对此还不接受,但我们一定要找到最佳的方式、方法,加大个体户思想政治工作的力度,决不能放任自流。他说,这是对社会负责,是对汉正街的个体劳动者负责。

对汉正街的新生代们来说，他们还迫切需要现代经营理念。汉正街市场管委会有关负责人告诉记者，许多私营企业还没有紧跟时代潮流，没有建立健全自己的决策机制、监督机制，他们更多的是依赖已有的市场营销网络维持运转，对内是家长式决策、家族式管理，一旦决策失误，很难及时纠正，难以及时刹车。汉正街的个体经营者们固执地认为，他们对自己的资产既是所有者，也应该是唯一的经营者。对此，武汉中南财经政法大学教授刘烈龙说，私营企业主应该引入新的企业理念，作为资产的所有者，你可以当董事长，当董事。但如果你不是经营的专业人才，就不能担任企业高层管理人员，如总经理。他说，在发达国家，企业资产的所有权和经营权早已明确分开，而在我们国家，尤其是在私营企业，这两者很难分开，因此，一些私营企业屡屡出现决策和经营上的失误也就不足为奇了。

漫步今日的汉正街，每天都能看到新的商业铺面喜气洋洋开张，每天也能看到旧的商业铺面黯然倒闭转让。不紧跟时代大潮，不及时转变观念，不加强思想政治工作，今日汉正街的新星，明天就可能成为过眼烟云。

（《人民日报》2000年8月1日　罗盘）

◇ 点评文章

据事说理　引人深思

这篇追踪武汉汉正街第一代富翁的去向的报道获得了第十一届中国新闻奖二等奖。文章并不长，但是报道了一个事实：不少改革开放后迅速富裕起来的汉正街风云人物不思进取，坐吃山空，摆阔斗富，挥金如土，决策失当、经营不善，乃至生活奢靡、醉生梦死，最后几乎全部走向失败。此文刊出后，立即在武汉乃至全国都引起了强烈震动。

为了让"由谁来教育富裕起来的人们"的主题更加引人注目和深思，这篇调查报道在写作方法上有几点值得学习的地方。

第一，材料丰富翔实，善用典型事例。文章中丰富的材料和典型事例，都是记者悉心采访调查的结果。据悉，记者对武汉汉正街商人的兴衰史进行过长达18年的跟踪了解，掌握了大量的第一手材料。文章对汉正街的区位优势，对汉正街个体户的快速致富、迅猛发展等均有简明而又详尽的介绍，并选用了汉正街最早一批富裕起来又走向衰落的王春芝、张重德、宗贤韬、蔡某夫妇的事例，引出了文章的主题"由谁来教育富裕起来的人们"，显得水到渠成。

第二，据事说理，引人深思。这些最早富裕起来的人又迅速地陨落，除了不思进取、生活奢靡、醉生梦死外，还有一个重要因素是缺少引导和教育。汉正街一位不愿透露姓名的个体经营者的话就指出了问题的关键："我在这里做了近20年生意，上面来的人，不是收税就是收费。其实，现在市长请专家教授讲法律，讲经济，我也很想听专家教授们讲课。比如讲讲加入世贸，讲讲经济法规，讲讲私营企业家应具备的素质。可我不知道到哪里去听。"记者用余保安养殖甲鱼失败、第一代富翁王仁昌很快破产等事实，再次证实、强调了个体户迫切需要当地有关部门和领导的教育和引导。这也从一个侧面反映出有关部门对个体户成长的漠视、对个体经济的认识肤浅，把个体户由巨富走向衰落的原因简单归结为个人素质，这种剖析发人深省。

到底由谁来教育富裕，又该怎样来教育起来的人们，记者没有直说，读者可以从文章中寻找到答案。文章第三部分虽然讲到汉正街管委会在商户中开展"双思"教育，但有难度，汉正街新生代富翁中并不接受,并且在这些新富翁中存在着诸如不思进取、缺乏现代经营管理理念、对政治思想的认识学习不够等问题,这是最大的隐忧。上一代的沦落悲剧是否会重演?有关部门到底该如何作为?记者在思索,受众也在思索。这种开放式的结尾,能给其他富豪以警醒与启迪,无疑也会引起有关部门和领导的重视。这也是这篇报道刊出后引起巨大轰动效应的重要原因。

四、作品鉴赏

治病?骗钱?
——发生在哈传染病医院的怪事

如果不是微机打印的几张化验单摆在面前,记者说什么也不敢相信,堂堂正规医院的医生,竟会做出如此胆大妄为、医德沦丧之事——将正常的化验结果偷偷改为异常,然后收留"患者"住院;花上几千元住院医疗费后,再拿出真实的化验结果,打发"患者"出院。

这件令人气愤的怪事发生在哈尔滨市传染病医院的六病房。

三位病人的化验单

今年3月初,"患者"刘存安住院38天将要出院,他与好多患者一样,从医生那里要来自己的化验单,想复印一份化验单给自己备案。这时发现入院时的第一张生化检验报告单(化验单)的第一项——丙氨酸氨基转移酶(以下简称转氨酶)的检验结果有改动的痕迹。他很怀疑,立刻到医院化验室要求在微机里重出一份原始报告单。结果证实,从医生那里拿来的化验单果然被改动过了。

1月26日,刘存安来医院看病的第一张打印报告单转氨酶检验的真实结果是21.30(正常人为0~40),他从医生那里拿来准备去复印的报告单,转氨酶21.30的前面不知被谁用笔添了一竖,成为121.30,在此栏最后部分还添加了代表异常的向上箭头;而2月28日他出院最后一份报告单上的转氨酶检验结果是42.6,比入院时未改动的第一份报告单转氨酶上升了许多,原本没有箭头的部分,真的打印出了向上的箭头,正常变成了异常。

刘存安当然不干了,他这一闹惊动全院。几位患者拿到确凿的证据后,走进了报社,向记者讲述了前面的"故事"。于是,记者又看到了另外两张同样被改动过的检验报告单。

高立彬,23岁,双城人。1999年11月3日入院时的检验报告单上,转氨酶的检验结果是82.80,打印出向上箭头,也是由正常变异常。(后来高立彬对记者说:"我是偷看了病案,发现化验单有被改动的痕迹,才闹着强行出院的,和我一个病房姓王的病人也发现自己的化验单被改动。")

王荣波,37岁,哈市人。1999年10月18日入院时的检验报告单上,转氨酶的结果是23.50,与高立彬一样,数字前和标有箭头的部分也能看出有明显改动过的刮痕;王荣波后来又做了两次检验,11月10日和11月24日的报告单上,转氨酶检验结果分别为15.00和16.20,都没有代表异常的箭头。

医生的奇怪遭遇

从这三位"患者"的检验报告单和住院病案上看,除了刘存安的临床医师是N大夫外,另两位的临床医师都是六病房的主任王××。据他们讲,刘存安是王××春节前收住院的,N

大夫负责临床治疗时,发现检验报告单有改动,曾向王××反映过"转氨酶前面不知被谁加了一竖,改高了",可王却说:"改高了还不好?"N对面的医生悄悄告诉N:别吱声了。后来刘存安复印时发现改动跑来质问过N,N让他去问王主任。再后来刘找到过医院领导,院领导要六病房自己处理,N开始还在主任的派遣下参与过赔偿"病人"的讨价还价,从1万元讲到6000元后让她退出。N大夫3月7日下夜班后,莫名其妙地就被调进了病案室。

为什么要改写转氨酶

"为什么要改写转氨酶?"用反映问题医生的话说,这是个再简单不过的问题:利益驱动,为承包病房多创"效益"。所以,当别的病房每月只能收治30多病人时,王××的六病房却可以连续几个月、月月收治80多位"病人"。王成了医院的"创收"高手。根据三位"患者"住院病案上记载,王荣波在传染病院住了40天,住院费用为4592.61元;刘存安住院38天,费用2798.74元;高立彬住院24天,费用18296.12元。

(《黑龙江日报》2000年7月13日　萧芷茁)

被收容者孙志刚之死

3月17日:在广州街头被带至黄村街派出所
3月18日:被派出所送往广州收容遣送中转站
3月18日:被收容站送往广州收容人员救治站
3月20日:救治站宣布事主不治
4月18日:尸检结果表明,事主死前72小时曾遭毒打

孙志刚,男,今年27岁,刚从大学毕业两年。

2003年3月17日晚10点,他像往常一样出门去上网。在其后的3天中,他经历了此前不曾去过的3个地方:广州黄村街派出所、广州市收容遣送中转站和广州收容人员救治站。

这3天,在这3个地方,孙志刚究竟遭遇了什么,他现在已经不能告诉我们了。3月20日,孙志刚死于广州收容人员救治站(广州市脑科医院的江村住院部)。

他的尸体现在尚未火化,仍然保存在殡仪馆内。

孙志刚死了

先被带至派出所,后被送往收容站,再被送往收容人员救治站,之后不治。

孙志刚来广州才20多天。2001年,他毕业于武汉科技学院,之后在深圳一家公司工作,20多天前,他应聘来到广州一家服装公司。

因为刚来广州,孙志刚还没办理暂住证,当晚他出门时,也没随身携带身份证。

当晚11点左右,与他同住的成先生(化名)接到了一个手机打来的电话,孙志刚在电话中说,他因为没有暂住证而被带到了黄村街派出所。

在一份《城市收容"三无"人员询问登记表》中,孙志刚是这样填写的:"我在东圃黄村街上逛街,被治安人员盘问后发现没有办理暂住证,后被带到黄村街派出所。"

孙志刚在电话中让成先生"带着身份证和钱"去保释他,于是,成先生和另一个同事立刻赶往黄村街派出所,到达时已接近晚12点。

出于某种现在不为人所知的原因,成先生被警方告知"孙志刚有身份证也不能保释"。

在那里，成先生亲眼看到许多人被陆续保了出来，但他先后找了两名警察希望保人，但那两名警察在看到正在被讯问的孙志刚后，都说"这个人不行"，但并没解释原因。

成先生说，其中一个警察还让他去看有关条例，说他们有权力收容谁。

成先生很纳闷，于是打电话给广州本地的朋友，他的朋友告诉他，之所以警方不愿保释，可能有两种情况，一是孙志刚"犯了事"，二是"顶了嘴"。

成先生回忆说，他后来在派出所的一个办公窗口看到了孙志刚，于是偷偷跟过去问他"怎么被抓的，有没有不合作"，孙回答说"没干什么，才出来就被抓了"。成先生说，"他（孙志刚）承认跟警察顶过嘴，但他认为自己说的话不是很严重"。

警察随后让孙志刚写材料，成先生和孙志刚从此再没见过面。

第二天，孙的另一个朋友接到孙从收容站里打出的电话，据他回忆，孙在电话中"有些结巴，说话速度很快，感觉他非常恐惧"。于是，他通知孙志刚所在公司的老板去收容站保人。之后，孙的一个同事去了一次，但被告知保人手续不全，在开好各种证明以后，公司老板亲自赶到广州市收容遣送中转站，但收容站那时要下班了，要保人得等到第二天。

3月19日，孙志刚的朋友打电话询问收容站，这才知道孙志刚已经被送到医院（广州收容人员救治站）去了。在护理记录上，医院接收的时间是18日晚11点30分。

成先生说，当时他们想去医院见孙志刚，又被医生告知不能见，而且必须是孙志刚亲属才能前来保人。

20日中午，当孙的朋友再次打电话询问时，得到的回答让他们至今难以相信：孙志刚死了，死因是心脏病。

护理记录表明，入院时，孙志刚"失眠、心慌、尿频、恶心呕吐，意识清醒，表现安静"，之后住院的时间，孙志刚几乎一直"睡眠"；直到3月20日早上10点，护士查房时发现孙志刚"病情迅速变化，面色苍白、不语不动，呼吸微弱，血压已经测不到"。医生在10点15分采取注射肾上腺素等治疗手段，10分钟后，宣布停止一切治疗。孙志刚走完了他27年的人生路。

医院让孙志刚的朋友去殡仪馆等着。孙的朋友赶到殡仪馆后又过了两个小时，尸体运到。

护理记录上，孙的死亡时间是2003年3月20日10点25分。

孙志刚是被打死的

尸检结果表明：孙志刚死前几天内曾遭毒打并最终导致死亡

医院在护理记录中认为，孙是猝死，死因是脑血管意外，心脏病突发。

在向法医提出尸检委托时，院方的说法仍是"猝死、脑血管意外"。据3月18日的值班医生介绍，孙志刚入院时曾说自己有心脏病史，据此推断孙志刚死于心脏病。但是，这个说法遭到了孙志刚家属和同学的反驳，孙志刚父亲表示，从来不知道儿子有心脏病。

同样，法医尸检的结果也推翻了院方的诊断。在中山大学中山医学院法医鉴定中心4月18日出具的检验鉴定书中，明确指出："综合分析，孙志刚符合大面积软组织损伤致创伤性休克死亡"。

虽然孙的身体表面上看不出致命伤痕，但是在切开腰背部以后，法医发现，孙志刚的皮下组织出现了厚达3.5厘米的出血，其范围更是大到60×50厘米。孙志刚生前是一个身高一米七四、肩宽背阔的小伙子，这么大的出血范围，意味着他整个背部差不多全都是出血区了。

"翻开肌肉,到处都是一坨一坨的血块。"4月3日,中山大学中山医学院法医鉴定中心解剖孙志刚尸体,孙志刚的两个叔叔孙兵武和孙海松在现场目睹了解剖过程。"惨不忍睹!"孙兵武说,"尸体上没穿衣服,所以伤很明显。"

孙兵武说,他看到孙志刚双肩各有两个直径约1.5厘米的圆形黑印,每个膝盖上,也有五六个这样的黑印,这些黑印就像是"滴到白墙上的黑油漆那样明显"。孙兵武说,他当时听到一名参加尸体解剖的人说"这肯定是火烫的"。

孙兵武说,他看到在孙志刚的左肋部,有一团拳头大小的红肿,背部的伤甚至把负责尸检的医生"吓了一跳","从肩到臀部,全是暗红色,还有很多条长条状伤痕。"医生从背部切下第一刀,随着手术刀划动,一条黑线显现出来,切下第二刀的时候,显现出一坨坨的黑血块。

法医的检查还证明,死者的其他内脏器官没有出现问题,"未见致死性病理改变"。

法医的尸检结果表明:孙志刚死亡的原因,就是背部大面积的内伤。

鉴定书上的"分析说明"还指出,孙的身体表面有多处挫擦伤,背部可以明显看到条形皮下出血,除了腰背部的大面积出血以外,肋间肌肉也可以看到大面积出血。

"从软组织大面积损伤到死亡,这个过程一般发生在72小时内。"广州市第一人民医院一名外科医生介绍:"软组织损伤导致细胞坏死出血,由于出血发生在体内,所以眼睛看不见,情况严重会导致广泛性血管内融血,这一症状也被称作DIC。DIC是治疗的转折点,一旦发生,患者一般会迅速死亡,极难救治。所以类似的治疗,早期都以止血、抗休克为主,目的是阻止病情进入DIC阶段,没有发生DIC,患者生还希望极大。"

3月18日晚上11点30分,孙志刚被收容站工作人员送到医院(广州市收容人员救治站)。当天值班医生在体检病历"外科情况"一栏里的记录只有一个字:"无","精神检查"一栏里的记录是"未见明显异常,情感适切",初步印象判断孙志刚患有焦虑症或心脏病。

对于孙志刚背部大面积暗红色肿胀、双肩和双膝上可疑的黑点以及肋部明显的红肿,病历上没有任何记录。在采访中,当晚的值班医生承认,由于当晚天黑,没有发现孙志刚的外伤,第二天,"由于患者穿着衣服,也没有主动说有外伤",还是没有发现孙志刚严重的外伤。

"(护理记录中)所谓的睡眠很可能其实是休克",广州市第一人民医院的外科医生:"由于内脏出血,血压下降,患者会出现创伤性休克,这是发生DIC症状的前兆之一,应该立即采取抢救措施。"

但是护理记录上,还只是注明"(患者)本班睡眠"。

按法医的说法,孙志刚体内的大出血,是被钝物打击的结果,而且不止一次。"一次打击解释不了这么大面积的出血",一名不愿意透露姓名的法医在看完尸检结果以后说。

从尸检结果看,孙志刚死前几天内被人殴打并最终导致死亡已是不争的事实。

更值得注意的是,孙身体表面的伤痕并不多,而皮下组织却有大面积软组织创伤,法医告诉记者,一般情况,在冬季穿着很厚的衣服的情况下,如果被打,就会出现这种情况。

而3月17日至3月20日的有关气象资料表明,广州市温度在16℃—28℃之间,这样的天气,孙当然不可能"穿得像冬天一样"。

那3天,孙志刚在黄村街派出所、收容站和医院度过的最后生涯,看来远不像各种表格和记录中写得那么平静。

孙志刚该被收容吗?

有工作单位,有正常居所,有身份证,只缺一张暂住证接到死者家属提供的材料以后,记者走访了孙志刚临死前3天待过的那3个地方。

黄村街派出所拒绝接受采访,称必须要有分局秘书科的批准。记者赶到天河分局,在分局门外与秘书科的同志通了电话,秘书科表示,必须要有市公安局宣传处新闻科的批准。记者随后与新闻科的同志取得了联系,被告知必须先传真采访提纲。记者随后传了采访提纲给对方,但截至发稿时为止,尚没有得到答复。

广州市收容遣送中转站的一位副站长同样表示,没有上级机关的批准,他无法接受采访。记者随后来到广州市民政局事务处,该处处长谢志棠接待了记者。

谢志棠说,他知道孙志刚死亡一事。"收容站的工作人员都是公务人员,打人是会被开除的,而且收容站有监控录像",谢志棠说,孙为什么被打他不清楚,但绝对不会是在收容站里被打的。在发现孙志刚不适以后,他们就立刻把孙送进了医院。

"我有百分之九十九点八的把握可以保证,收容站里是不会打人的",谢志棠说。谢志棠还说,孙被送到收容站的时间并不长。

与广州市收容遣送中转站一样,收治孙志刚的广州市脑科医院的医教科负责人也表示,孙的外伤绝对不是在住院期间发生的。这名负责人介绍,医院内安装有录像监控装置,有专人负责监控,一旦发现打架斗殴,会立即制止。记者要求查看录像记录,该负责人表示,将等待公安部门调查,在调查结果没出来前,他们不会提供录像资料给记者。

孙志刚是被谁打死的?

民政局认为收容站不可能打人,救治站否认孙的外伤发生在住院期间,黄村街派出所拒绝接受采访。

在离开收容站前往医院时,孙志刚曾填写了一张《离站征询意见表》,他写的是:满意!感谢!感谢!

现在已经无从知晓孙志刚当时的心情,也不知道他为什么要连写两个"感谢",是在感谢自己被收容吗?

记者在翻阅有关管理条例并征询专业人员以后,才发现,孙志刚似乎并不属于应该被收容的对象。

在广东省人民代表大会常务委员会2002年2月23日通过并已于同年4月1日实施的《广东省收容遣送管理规定》中,明确规定,"在本省城市中流浪乞讨、生活无着人员的收容遣送管理工作适用本规定"。

黄村街派出所的一位侦查员在填写审查人意见时写道:"根据《广东省收容遣送管理规定》第九条第6款的规定,建议收容遣送。"

这一款是这样规定的:

第九条 有下列情形之一的人员,应当予以收容:

……(六)无合法证件且无正常居所、无正当生活来源而流落街头的;

《规定》中还明确规定:"有合法证件、正常居所、正当生活来源,但未随身携带证件的,经本人说明情况并查证属实,收容部门不得收容"。

孙志刚有工作单位,不能说是"无正当生活来源";住在朋友家中,不能说是"无正常居所";有身份证,也不能说是"无合法证件"。

在派出所的询问笔录中,很清楚记录着孙本人的身份证号码,但是在黄村街派出所填写的表格中,就变成了"无固定住所,无生活来源,无有效证件"。

孙志刚本人缺的，仅仅是一个暂住证。但是记者在任何一条法规中，都没查到"缺了暂住证就要收容"的规定。记者为此电话采访广州省人大法工委办公室，得到了明确的答复：仅缺暂住证，是不能收容的。

能够按广州市关于"三无"流浪乞讨人员管理的有关规定处理的，仅仅是不按规定申领流动人员临时登记证，或者流动人员临时登记证过期后"未就业仍在本市暂住的"人员。

但不知为什么，在黄村街派出所的询问笔录中，在"你现在有无固定住所在何处"和"你现在广州的生活来源靠什么，有何证明"这两个问题下面，也都注明是"无"。

成先生已经向记者证实孙志刚确实是住在他处的，此外，记者也看到了服装公司开出的书面证明，证明孙是在"2003年2月24日到我公司上班，任平面设计师一职，任职期间表现良好，为人正直，确是我……服装有限公司的工作人员"。

为何在有孙志刚签名的笔录中，他却变成了无"生活来源"呢？这现在也是个未解之谜，民政局的谢处长对此也感到很困惑，"他一个大学生，智商不会低，怎么会说自己没有工作呢？"

于是，按照询问笔录上的情况，孙志刚变成了"三无"人员，派出所负责人签"同意收容遣送"，市（区）公安机关也同意收容审查，于是，孙志刚被收容了，最后，他死了。

孙志刚的意外死亡令他的家人好友、同学老师都不胜悲伤，在他们眼中：孙志刚是一个很好的人，很有才华，有些偏激，有些固执。孙的弟弟说，"他社会经验不多，就是学习和干工作，比较喜欢讲大道理。"

孙志刚的同班同学李小玲说，搞艺术的人都有自己的个性，孙志刚很有自己的想法，不过遇事爱争，曾经与她因为一点小事辩论过很久。

孙志刚死亡后，他的父亲和弟弟从湖北黄冈穷困的家乡赶来，翻出了孙生前遗物让记者看，里面有很多获奖证书。"他是我们家乡出的第一个大学生。"不过，现在孙的家人有点后悔供孙志刚读大学了，"如果没有读过书，不认死理，也许他也就不会死……"

（《南方都市报》2003年4月25日　陈峰）

"集体服药丑闻"调查

3月11日，星期二，6岁小女孩青青缺勤了，她没有去就读的陕西省宋庆龄基金会枫韵幼儿园，而是被妈妈昌女士一大早就带到了西安市西京医院排队。和多数孩子一样，年幼的青青因为惧怕打针吃药对医院充满抵触，但33岁的昌女士却显得比她还要紧张，因为此前一天，这位年轻的母亲刚刚获悉了一个惊人的消息——枫韵幼儿园长期给400多名幼儿集体服用一种中文名叫"盐酸吗啉胍"的成人抗病毒处方药。

因为岁数的原因，青青只模糊记得自己至少在老师的安排下服用了大概一年左右这种白色的小药片。而正是这一年间，昌女士发现女儿持续性肚痛、头晕、皮肤瘙痒，昌女士一直为此很困惑，也曾多次带女儿去医院检查，B超、血检，始终查不出病因。

当枫韵幼儿园给幼儿集体服药的秘密被意外发现后，数百名家长闹开了，昌女士这才发现原来青青这样的症状在这所幼儿园的幼儿中间非常普遍，情况严重的孩子生殖器出现病症，比如男孩子下身红肿、尿不出，就像患上了前列腺炎，女孩子则下身分泌物增多。

忧心忡忡的昌女士等不及有关部门的调查结果，第二天就将孩子带到了西京医院检查，医生透露，仅这天上午，就至少有十几名枫韵幼儿园的家长带孩子来做检查。

第十六章　深度报道

血检、尿检单子开了一堆，望着无辜的女儿，昌女士气得快哭了。"一直以为三聚氰胺离我很远，谁曾想到幼儿园在我不知情的情况下，给我女儿长期服药，丧心病狂，令人发指。"

枫韵幼儿园为何给全园幼儿集体服药？《新民周刊》展开了调查。

幼儿普遍出现药物反应

陕西省宋庆龄基金会枫韵幼儿园位于西安市高新区风韵蓝湾小区内，风韵蓝湾是一个经济适用小区，幼儿园的生源主要来自周边小区。学校门口的铜牌显示这是一家隶属于陕西省宋庆龄基金会的一级幼儿园，根据家长们的介绍，风韵蓝湾小区业主2006年陆续入住，2007年，幼儿园开园，法人代表孙雪红，院长为赵宝英。

因为给幼儿集体服药的丑闻曝光，3月11日，枫韵幼儿园陷入了瘫痪，家长们集体罢课，并围堵在校门口讨要说法，个别家长因情绪激动围堵附近的道路，被警方带离。

41岁的王先生有一个5岁半的儿子龙龙就读于这所幼儿园的大班"太阳班"，他在接受《新民周刊》采访时气得哭了，王先生觉得太愧对自己的孩子，因为龙龙至少一年多以来一直在抱怨自己肚子疼、头晕、皮肤瘙痒，还总是眨眼睛，王先生以为孩子在撒谎，为此还动手打过孩子。

龙龙还伴有尿路红肿症状，时常嚷嚷着要尿尿，到了马桶边却半天尿不出，王先生一直以为龙龙是上火了，便给龙龙吃下火的食物，但根本不见好转。

直到2014年3月初，枫韵幼儿园一名小女孩回家后告诉妈妈，"妈妈，我以后再也不会感冒了"。妈妈问为什么，女孩回答："因为在我们学校吃了不会感冒的药。"女孩描述那是一种白色的药片，味道很苦。

这名母亲让孩子把药带回来看看，没想到孩子下午回家真的把药拿回来了，白色的药片上写有"ABOB"。

消息陆续在家长们中间传开，一下子炸开了锅，枫韵幼儿园的幼儿家长有从事医疗工作的，很快查出来这种由太原市振兴制药有限公司生产的抗病毒药物，名叫"盐酸吗啉胍片"，俗称"病毒灵"。

根据药物说明，这种药物所含的吗啉胍成分能抑制病毒的DNA和RNA聚合酶，从而抑制病毒繁殖，用于流感病毒及疱疹病毒感染，其不良反应可引起出汗、食欲不振及低血糖等。

有家长获悉，1999年12月11日国家药监局对地方标准的病毒灵公布停用，理由是效果不确切。还有家长获悉，"盐酸吗啉胍片"用于小白鼠实验出现小白鼠后代畸形的现象，这更加剧了家长们的担心。

3月10日，因为服药秘密败露，枫韵幼儿园约幼儿家长晚上到学校协商，但场面几近失控，有愤怒的家长差点揪住院方殴打。

大班幼儿朵朵的妈妈吴女士告诉本刊记者，见面会上，朵朵的爸爸向学校反映朵朵肚痛、皮肤瘙痒、盗汗等症状时，班上36个孩子的家长几乎都反映孩子有同样的症状。

"我这才知道朵朵的副作用不是个案。"根据吴女士的叙述，朵朵上个星期服药后，出现明显盗汗症状，半夜突然间从睡梦中爬起来，头发湿得像刚洗过一样。吴女士认为女儿的这种症状完全符合"盐酸吗啉胍片"的副作用表现。

3月11日下午，名叫李娜的母亲来到枫韵幼儿园讨要说法，她的儿子高一鸣今年7岁，从两岁半就入托枫韵幼儿园，孩子长期喊肚子疼，却始终查不出原因，2013年，高一鸣从幼儿园毕业，就读一年级前，按照小学老师的建议，李娜再次带孩子到医院做了详细的检查，结果发现右肾积水，主治医师当时觉得很奇怪，因为找不到病因。

"我听说枫韵幼儿园的秘密后，问孩子，孩子这才告诉我在幼儿园时一直服用白色药物，老师是放在水里让孩子喝下去的。"

3月渠道不明进货1万片

《新民周刊》记者调查，1999年，国家药监局确实对地方标准的"病毒灵"公布停用，但国家标准的"病毒灵"并没有停用，记者从国家食品药品监督管理总局网站资料库查询，全国范围内的盐酸吗啉胍片生产企业资料共有288条，其中枫韵幼儿园所采购的太原市振兴制药有限公司"盐酸吗啉胍片"于2010年9月19日获批，批准字号"国药准字H14023483"。

"病毒灵"的主要副作用确实是出汗、食欲不振等，但没有发现其他严重影响健康的不良反应。此外，该药对抗病毒的效果明显，价格相当便宜，通常一百片售价不过1.5元左右。不过，即便成人使用，也要严格按照说明书或遵医嘱服用，来自西安市多家医院的反馈意见是，这种药是处方药，因为出厂时没有做孩子的临床试验，所以不推荐孩子使用。因为担心副作用，西安市儿科权威医院西安儿童医院早就不进这种药。

3月10日晚上，幼儿园与家长的见面会上还来了当地教育局、药监、卫生局以及当地宋基会等单位的领导，地方政府给出的态度是成立调查组调查此事。

学生家长王先生很愤懑地对《新民周刊》表示，园方最初解释给孩子服药是为了增强孩子的抵抗力，"但这种药只有治疗作用，没有预防作用。园方的解释说不过去。"

"整个枫韵幼儿园老师、保育员加起来一百多人，这么长时间以来居然没有一个人对家长透露过给孩子们集体服药的事，你们就没有娃娃？"王先生说，他很难理解这所幼儿园的员工集体无良到了这种程度。

那么，枫韵幼儿园究竟又是为何在家长们不知情的情况下给幼儿集体服药？园长赵宝英的解释是，这是一个"失误"。园长承认，只是跟园里的保健医生简单商议后便开始给400多个幼儿服用"盐酸吗啉胍片"，服药的目的是为了预防病毒感冒，保证出勤率，至于服药时间，为"一个季度"。

但这个解释家长们并不认同。枫韵幼儿园分大中小班，这些班级分别被冠名"星星班"、"月亮班"、"太阳班"，大班的多位家长反映孩子吃了快三年。王先生指控这所幼儿园至少已经给幼儿服用这种药物长达七年之久，也就是说很可能是从开园就给孩子偷偷服药。

一名小学三年级的孩子家长透露，其子女回忆在枫韵幼儿园上学期间就被老师喂过这种药物。

而为了哄孩子们顺从地吃药，园方想了很多办法，比如有老师跟孩子说这种药吃了舒服，有营养，还有老师说吃了药就再也不会生病。就这样，一直以来这个秘密居然没有一个孩子跟家长提及。

"盐酸吗啉胍片"是一种处方药，园长解释，药是从药房购买的。但家长们很不解，处方药怎么可以随便买到，而且一买就是这么大批量？

王先生透露，家长们通过调查发现，幼儿园的保健医生黄林侠并没有医师资格证，只有一个保健证书。更为惊人的是，家长们发现了至少两张进货单，其中一张写于今年3月份，进货量为1万片。但家长们在学校并未发现药片,"这些药是不是已经被孩子们吃了?"王先生很担忧。

枫韵幼儿园给孩子们服用"病毒灵"的用量也让家长们很是担心,根据幼儿们对家长的反馈,有的班级一天给孩子喂一片,有的两片。

"帅帅"的妈妈告诉《新民周刊》记者,这种药即便给孩子服用,也必须严格按照体重计算,且分三次服用,"学校怎么可以这样按成人的药量给孩子长期服用。""有的孩子说,每过一段时间就吃,一吃就是三天。"

家长们要求学校出具用药记录,遭到拒绝,对用药规律以及用药最早始于何时等问题,园方讳莫如深。

保证出勤还是药物试验?

关于给孩子集体服药的原因,青青的妈妈昌女士认为可能与收费有关,枫韵幼儿园是一所民办幼儿园,每月收费1130元,其中国家补贴90元,也就是说每个家长每月需交1040元。这个收费,王先生认为是比较高的,因为他的工资收入每个月也就只有两千多元,"但我们还是要把孩子送进幼儿园,看中的就是宋基会这个品牌。"

按照收费办法,如果幼儿缺勤一天,枫韵幼儿园就要给家长退一天的费用,超过十天缺勤,就要退一半的托费。

但王先生等更多的学生家长则担心有更大的利益驱动,比如是不是在将孩子当小白鼠进行人体药物试验。

王先生作出这种怀疑的依据是,"不管孩子身体健康与否,都必须吃这种药。孩子一旦生病请假,园方就表现得非常紧张,打电话追问生了什么病,什么反应,我们一直以为园方很关心孩子,为此很感动,但现在想来有些不正常。"

《新民周刊》进一步调查发现,枫韵幼儿园被家长集体投诉已不是首次,2012年,这所幼儿园的家长集体反映,为了升级一级幼儿园,园方进行突击装修,让孩子们打地铺睡午觉,两个孩子一个被窝,而且装修时的油漆味道非常严重,连家长们接送孩子时都觉得鼻子眼睛受不了。但这件事后来不了了之,幼儿园还顺利评上了一级幼儿园。

在陕西省宋庆龄基金会鸿基、枫韵幼儿园网站页面上,宋庆龄的头像非常醒目,枫韵幼儿园宣称其品牌理念为"继承和发扬宋庆龄先生毕生致力于的儿童文教事业",办园导向为"安全、健康、快乐、发展",安全理念为"安全是幼儿园发展的底线,防患于未然"。

然而,给幼儿集体服药的事件显然与这些宣传相背,家长们质问,"黑心幼儿园配得上宋庆龄先生的称呼吗?"

《新民周刊》多次联系枫韵幼儿园进行采访,均未得到回应,目前,当地教育、卫生、药监、宋基会等部门已经介入调查。

作为家长代表,王先生表达了家长们的诉求,一,尽快调查并公布枫韵幼儿园给孩子集体服药的真正动机、用药规律;二,在家长们信得过的医院对孩子进行体检;三,卫生局组织专家介入,评估药物对孩子的影响,包括长期影响,保障孩子成长后的生活、生育安全。

王先生还有一个担心——是否还有其他幼儿园存在枫韵幼儿园的问题。

(《新民周刊》2014年3月13日 杨江)

阅读思考

《治病？骗钱？》是一篇针砭时弊的新闻力作，获得第十一届中国新闻奖一等奖。文章揭露的是一件发生在医院里的损害患者利益的、引起公愤的恶劣事件。记者凭借手中掌握的最有说服力的事实，通过三个小标题，对这件医院怪事多角度多侧面地进行层层深入的追根溯源，条理清晰。报道之后不仅省市领导及时做出批示，要严查责任者，中央电视台《焦点访谈》也对此事进行了专题报道，黑龙江省卫生医疗机构还借此开展了医德医风的大讨论，并提出整改的措施，取得良好的社会效果。

2003年，《被收容者孙志刚之死》这篇发表在《南方都市报》的深度报道得到了业界和社会上的高度评价，它促使在我国施行了21年的《城市流浪乞讨人员收容遣送办法》被废止，促成了更为人道的《城市生活无着的流浪乞讨人员救助管理办法》正式出台。整篇报道按照事件发展的时间顺序层层调查孙志刚死前死后的种种疑惑，最后用书证材料将"猫腻"曝光给大众，冷静而深刻。

2014年3月，一则令人震惊的消息：陕西枫韵幼儿园长期在家长不知情的情况下，私自给孩子喂食抗病毒药物，这让人们再次将关注的目光投向了幼儿园。《新民周刊》的报道《"集体服药丑闻"调查》恰是通过对这个恶性事件的调查，对现行幼儿园管理的漏洞进行曝光。

整体来看，这三篇调查性报道的思路都很类似，首先从事件出现的结果入手，环环紧扣地揭露其原因和背景，有着相当尖锐的批判力度；调查的过程中，记者都很冷静、理性，用大量的事实材料客观地进行报道；调查的结果都引发行业整顿和政策制度调整，取得了良好的社会舆论监督效果。

试分析：客观报道在调查性报道中的作用体现在哪些方面？调查性报道的思路结构如何？

第四编

广播电视网络新闻报道

第十七章　广播新闻报道
第十八章　电视新闻报道
第十九章　网络新闻报道

第十七章 广播新闻报道

一、文体概说

广播新闻就是广播电台所播出的新闻。由于广播媒体传播的特点,以及受众接受方式的不同,广播新闻又不同于一般的新闻。翻开一份报纸,阅读之前,首先吸引你的是标题!报纸靠这些位置不同、颜色不同、字体不同的标题吸引读者的视觉关注。那么,广播靠什么来"推销"新闻、揭示新闻的重点、吸引听众的听觉注意呢?靠的是声音。广播节目都是用来听的,属于"一次性"播出的艺术。

广播是以声音和电波为介质传播新闻和信息的一种媒介。广播这种传播媒介的特点对广播新闻的写作提出了特殊的要求。广播消息除了要具备简洁、典型、快速等共性要求外,还应该具有广播媒体的个性特征。

(1) 突出现场感。与纯文字报道不同的是,广播新闻写作在技巧方面常常让听众直接听到现场音响,采用许多现场录音和现场人物对话,以增添新闻的真实感和现场感。

(2) 通俗化原则。广播语言力求口语化和自然化,除了应符合口语化的基本要求外,更强调听起来舒服悦耳、亲切自然,甚至口语中"哦""啊"之类的口头禅也允许出现;要讲求语言表达技巧,让听众成为传播的中心,把所发生的新闻事实说给听众,避免"我播你听"那种高高在上的传统做法,努力缩短广播与听众的距离;在表达上要生动活泼,妙语连珠,甚至带点幽默,使听众在听新闻的同时获得愉悦,在潜移默化中受到熏陶;在口吻上要显得平等亲近,将以往广播新闻的一对众的单向传播理念变为新闻传播者与听众间的一对一的双向交流理念,让每一位听众觉得传播者好像在与自己交谈。

简而言之,广播新闻应该是准确、鲜明、生动、概括、清楚明白。优秀的广播消息应当做到:取材精粹,排列有序;细节生动,小中见大;语言明快,真切感人。

尤其是在 2008 年突然袭来的南方雪灾和汶川地震中,广播给人们提供了必需的信息量,凸显出特殊的地位。我们对广播媒体的认识也应站在新的高度。

二、个案评析 1

◇ 原文

美英军队开始对伊拉克实施军事打击

中央人民广播电台!

中央人民广播电台!

现在播送刚刚收到的海湾局势的最新消息!据报道:北京时间今天上午10点40分,美英驻海湾军队开始对伊拉克实施军事打击!

中央人民广播电台!

中央人民广播电台!

现在播送刚刚收到的海湾局势的最新消息!据报道:北京时间今天上午10点40分,美英驻海湾军队开始对伊拉克实施军事打击!

此前已有报道说,大批美军战机已经开始从科威特飞向伊拉克边境。目前战斗仍在进行。我们将在稍后的报道中详细介绍情况,同时我们将滚动报道战场最新动态。请您锁定中央人民广播电台第一套节目。

(推出《海湾零距离》大型直播节目的开始曲)

(中央人民广播电台2003年3月20日 王凯)

◇ 点评文章

时效性:抢占广播新闻的制高点

第十四届中国新闻奖二等奖作品《美英军队开始对伊拉克实施军事打击》,在近乎白热化的媒体大战中,这条快讯为广播抢得了先机,也为日后中央台成为公众了解伊战的主渠道开了个好头。时效性是广播新闻抢占制高点的法宝,具体表现为发稿速度要快、文章形式要短、文字内容要实。

(1)快。大战在即,全世界媒体都把目光锁定在了伊拉克。在伊拉克战场外是一场没有硝烟的媒体之战。而广播作为直接简练的传播方式,无须印刷,无烦琐技术制作,无疑在时效上最具有优势。这篇文章,其速度之快是因为媒体在背后下了苦功。2003年3月20日,是美国给出的对伊拉克动武的最后期限。此前中央人民广播电台在人员、通信、技术手段等多方面上做了充分准备,开通了境内外多路信息渠道。当天上午10点,最后期限已过,前方仍没有动静,只传出消息,11点白宫将举行记者招待会,10点30分,美国战机已飞离科威特,相关情况不断汇集而来。10点37分许,国际最权威的媒体传来信息,爆炸声在巴格达上空响起,伊战打响。在此关键时刻,中央人民广播电台果断地中断正常节目播出,第一时间抢发了这条消息,电台审、采、编、播人员极强的职业敏感和应变能力,体现出他们强烈的责任意识、大局意识和服务意识。后来权威媒体统计:这条快讯从电波中飞出的时间是20日10时40分30秒;11秒钟之后,CCTV-4以字幕报出战争爆发消息;约3分钟后,新华社的消息出现在发稿系统;8分钟后,CCTV-1播出消息。中央人民广播电台以其充分的备战和果感的决断打赢了这次时间战。

(2) 短。指消息的篇幅简短,它倡导"春秋笔法",要求语言简洁,"删繁就简三秋树",以准确地抓住事物的精髓。这条消息包括标点和有关预告在内,仅仅238字,然而其内在价值和分量并未因此打折扣。广播因其转瞬即逝的特点要求声音必须对关键字句进行重复和强调,如"现在播送刚刚收到的海湾局势的最新消息!据报道:北京时间今天上午10点40分,美英驻海湾军队开始对伊拉克实施军事打击!"这一重磅信息点在开头重复了两次。作为第一时间抢发的"急就章",其特有的"原始"韵味,言简意赅、富于动感的叙述,亦让人领略到新闻快讯独具的魅力。诸如"刚刚收到""最新消息""战斗仍在进行""战场最新动态"等表示"现在进行时"状态的字句,句式简短,干脆利落,表达流畅,至今仍能让人感受到大战爆发时的紧张和震撼。

(3) 实。当然消息的短是以内容充实、叙述清楚为前提的,不能盲目求短,而应追求"文约事丰"。消息的主要任务是报道事实,它要依靠事实讲话,没有具体的事实,仅有的空洞的议论是不成其为消息的。在这篇快讯中,记者简短的文字中传递的信息量却很充实。在全文的核心句"据报道:北京时间今天上午10点40分,美英驻海湾军队开始对伊拉克实施军事打击!"中,事件发生的时间、空间均有准确的定位,使读者获得了相当精准的信息。

三、个案评析2

◇ 原文

翱翔雅典,跨越历史
——刘翔夺得男子110米栏金牌

各位听众,我现在正在雅典奥运会主体育场为您报道,男子110米栏决赛就要开始了,我国选手刘翔在前三轮比赛中一路过关斩将,轻松顺利地进入了决赛。

现在运动员都在起跑线上做着最后的准备,刘翔是排在第四道,刘翔做了个深呼吸,给自己鼓了鼓劲儿。

好,现在运动员已经在起跑器上准备起跑。

(出发令枪声)

起跑!第一个栏,我们看到刘翔和旁边的选手并驾齐驱。

第八个栏,第九个,最后一个。刘翔第一个冲过了终点,中国选手刘翔第一个冲过了终点!他以12秒91的成绩获得了男子110米栏的冠军,刘翔刚才的成绩也是平了这个项目的世界纪录。刘翔今天晚上真的太出色了,这个成绩超过了他以往所创造的个人最好成绩。刘翔为中国田径夺得了本届奥运会的第一枚金牌,也为中国田径和亚洲田径夺得了第一个奥运会短跑项目的金牌。

现在的刘翔身披着五星红旗,正在绕场奔跑着,刘翔向场下的观众挥手致意,并不断地把我们的五星红旗展示给全世界的人们。现在刘翔身披国旗绕到了我所在的看台的前面,他自己也忍不住哭了起来,确实太让人激动了!

(观众齐声喊:"刘翔,刘翔!")

【出录音】

刘翔:根本就没有想到,我自己也没有想到能跑到13秒里面。我可以说,在黄皮肤的中国人或者亚洲人来说,我实现了一个不大不小的奇迹吧。

(中央人民广播电台 2004 年 8 月 28 日　侯艳)

◇ 点评文章

来自现场的报道:凸显广播的魅力

《翱翔雅典,跨越历史》是一篇生动、流畅地记录我国田径选手刘翔在雅典奥运会上夺得男子 110 米栏冠军的现场报道,特点鲜明,令人回味。这篇优秀的现场广播短新闻,其特色突出表现在以下方面。

1. 简明扼要,重点突出

全文结构完整,基本上遵循事件发生发展的一般规律,从开头、发展、高潮、结尾,每一部分都恰如其分地进行渲染和情感的投入。开头一段就开门见山地交代时间(现在)、地点(雅典奥运会主体育场)、人物(刘翔)、事件(男子 110 米栏决赛)。这符合广播简短、明了的特性,开宗明义,一下子把听众带到现场特定的氛围中。

记者紧扣新闻事件的发展过程,亲历现场,将报道主体分成几个部分:背景铺垫、比赛解说、现场描述、赛后点评和采访,整篇报道一气呵成而又层层递进、引人入胜,完整地记录了刘翔夺冠的全过程,充分展示了广播消息的传播特征,给听众留下深刻印象。

在不长的篇幅中,记者巧设高潮,波澜起伏,引领听众情绪节奏跌宕起伏。"好,现在运动员已经在起跑器上准备起跑"是第一个高潮,把听众带入起跑前紧张的瞬间;"第八个栏,第九个,最后一个。刘翔第一个冲过了终点,中国选手刘翔第一个冲过了终点!他以 12 秒 91 的成绩获得了男子 110 米栏的冠军",此处,达到第二个高潮,听众好似身处现场,与观众一起在欢呼;最后,刘翔身披五星红旗"并不断地把我们的五星红旗展示给全世界的人们","他自己也忍不住哭了起来,确实太让人激动了!",听众情绪达到喜悦的高峰,这一切与现场观众的欢呼声交相辉映,连贯成高潮迭起、一气呵成的整体,充分体现出广播消息的传播魅力。

广播因其特殊的性质,在强调其重要性时往往采取重读或复读的形式,如第五段中"刘翔第一个冲过了终点,中国选手刘翔第一个冲过了终点!"强调其重要性,加深了受众的认识,听众的情绪也高涨起来。

2. 现场动感十足

文章突出细节刻画真实人物。记者通过自己敏锐的视角,用细节勾勒出鲜活的人物形象,用准确生动的语言抓住了紧张赛场气氛中刘翔心理状态的变化,给人以深刻印象,如:"刘翔做了个深呼吸,给自己鼓了鼓劲儿。""身披着五星红旗,正在绕场奔跑着,刘翔向场下的观众挥手致意,并不断地把我们的五星红旗展示给全世界的人们。现在刘翔身披国旗绕到了我所在的看台的前面,他自己也忍不住哭了起来,确实太让人激动了!"可以说,刘翔的动作是记者着墨最多之处,通过这些集中在刘翔身上的连续动词,一个鲜活的刘翔展现在听众面前,而这也正是这些动态的细节所赋予的人物形象内涵。

现场报道是事件性新闻常用的报道方式,记者作为目击事件的见证者,凸显其所处的位置,无疑会加大新闻的传真性。报道中,记者均是在现场不停地描述、记录事件的发生,并配以现场的声音,如现场真实的"出发令枪声"、刘翔的"出录音",以及观众"刘翔,刘翔!"的喊声等。因为只有现场的声音才是最真实、最鲜活、最能打动人的,听众才能听到、感受到那时那刻的真实现场。

全文所选用的情节材料画面感强,事态发展环环相扣而又留有悬念,使受众较易感受到事实的状态和情感。整篇报道都是在现场完成的,记者的情绪紧扣现场气氛,感染力强,例如刘翔夺冠瞬间,记者作为一名中国人的喜悦和自豪达到顶峰,这也深深地打动了听众。同时,真正做到了事件发生发展和报道同步的效果,这无疑增加了听众的兴趣,刺激了受众想知道结果的欲望,这种"非全知的叙事视角"有利于把受众和广播媒体报道紧密结合在一起,使听众感觉亲切,好像是和广播记者一起来观看结果。该节目播出后引起听众的热烈反响,很多人发来短信:"听着这篇报道,我们也跟着叫呀,跳呀,也忍不住流下了激动的泪水。"

  3. 发挥了声音的表情功能

《翱翔雅典 跨越历史》除了事件本身的显著性,在采制技巧方面也极适合声音传播。通篇语言简练、明快而不失庄重,广播"以声达意"的特点尽情发挥。对现场音响的剪辑精当、简练。记者情感真挚、表达流畅,使其声音发挥了极富感染力的表情功能。

记者多使用口语表现现场。这些口语化的现场描述能起到突出细节、画龙点睛的作用。口语的特点是不苛求语言章法的齐备,往往是短句短段,朗朗上口,方便收听。这条消息在介绍比赛准备阶段时说:"刘翔做了个深呼吸,给自己鼓鼓劲儿",话语虽不多,却抓住了大赛前的紧张气氛。在比赛阶段,"起跑!第一个栏……第八个栏,第九个,最后一个。刘翔第一个冲过了终点,中国选手刘翔第一个冲过了终点!"像上面这段口语解说,多用词组,可以说是不完整的句型,但在现场实况中,特有的气氛、语调、环境却可以让听众一听即明,句子长了反倒影响听觉记忆,而且与现场气氛不符。这种口说耳听的描述方式极易把听众拉入现场,使之如身临其境,从而有效地凸现广播消息的又一个重要特征——现场感。

此外,广播消息的连贯性往往是由有声语言和现场音响相结合共同完成的。在整个消息中,当记者描述刘翔夺冠的瞬间,可以听出她的声音像所有中国人一样,达到喜悦的高峰,记者的这一情绪也极大地感染了听众,大家共同感受到同为中国人的喜悦和自豪。

四、作品鉴赏

芜湖查获全国"醉驾入刑"第一人

  主持人:今天是"醉驾入刑"开始实施的第一天。今天凌晨零点02分,芜湖市司机曹某在醉酒驾车时被交警当场查获,成为我省乃至全国"醉驾入刑"第一人。请听安徽交通广播记者李鑫采制的录音报道。

  记者:今天凌晨零点,全省各地交警统一开展查缉酒驾"零点行动"。统一行动刚刚开始,参加行动的芜湖交警就发现了一辆黑色别克轿车存在明显酒后驾驶嫌疑,只见这辆轿车开得是歪歪扭扭,不断走着S形路线。

  零点02分,这辆牌照为皖BCJ688的轿车在芜湖市银湖北路和天门山路交叉口被芜湖交警支队大桥大队民警拦截。轿车司机是名40多岁的中年男子,满脸通红。交警当即对他进行了呼气式酒精测试。【出现场音】吹吹吹,好。醉酒,严重超标。

轿车司机姓曹,芜湖市鸠江区人。面对检测结果,疑似醉驾的曹某这样解释:【出现场录音】我不知道(你们查酒驾),不然我也不喝酒了,今天中午我钓鱼的,喝了一点酒,平时我也不喝酒。

随后,曹某被交警带到芜湖市第二人民医院接受抽血检测。凌晨1点半,检测结果出炉,结果显示,曹某体内的酒精含量达到94 mg/100 mL,已经超过80 mg/100 mL的醉酒驾驶标准。

从今天零时起,《刑法修正案(八)》正式开始实施,将醉酒驾驶上升为构成危险驾驶罪的犯罪行为。今天凌晨2点,芜湖交警部门按照新的"醉驾入刑"规定,对曹某处以刑事拘留,曹某成为我省乃至全国"醉驾入刑"第一人。

芜湖交警支队大桥大队民警:【出录音】他要承担行政责任之外,还要承担刑事责任,处6个月以下拘役,并处罚金。

(安徽广播电视台交通广播2011年5月1日　李鑫　鲁金茗)

> **阅读思考**
>
> 　　此文系第二十二届中国新闻奖二等奖作品。2011年5月1日零时02分,芜湖公安交警查获了醉酒驾驶的司机曹某,依法对曹某刑事拘留,曹某成为安徽省乃至全国"醉驾入刑"第一人。这一事件也成为见证我国开展醉驾入刑、加强交通安全管理的重大事件。
>
> 　　试分析:该文作为一篇广播新闻稿,其特点突出表现在哪些方面?

九江发生5.7级地震　震区主干道交通安全畅通

听众朋友,听众朋友,现在是9点15分,我们刚刚得到消息:我省九江发生了地震。现在,我们中断正常节目插播这条消息:今天上午的8点50分左右,九江的瑞昌市附近发生了5.7级地震,目前省有关方面正在按照紧急预案进行处置。

现在,我们也正在联系相关地区,了解地震的情况、地震有没有对交通造成影响。刚才我们直播室也有晃动,现在才明白,是九江发生地震了。

现在我们的编辑已经联系上了瑞昌市交警大队丁大队长,我们来接听一下电话。

【电话铃声】

丁队长,您好,丁队长,您好,听得见吗?

【电话忙音】

请编辑继续联系丁队长。地震发生以后,很多听众打来电话、发来短信,问到底是怎么回事,是不是发生了地震。现在确定是九江发生了地震,现在我们的记者正在向有关方面了解最新的情况。

听众朋友,下面我们连线到九江市交警支队大桥中队的肖队长。

【出连线音响】

(肖队长,刚才九江发生了地震,那么现在九江大桥的情况怎么样?)

秩序良好,整个路面上的车辆和流量正常得很。

(那么地震发生的时候,桥面上是个什么情况?)

我们是8点钟交接班,当时我和同事两个人在整理文件,就感觉一下子房子震动,因为我们的值班室正好在桥面的引桥路口上,我们误认为是重型车辆路过,所以我们两人就出去看了一下情况。当时桥面的车辆、流量正常,没有一点异动。过了大概5分钟就接到底下电话,说发生地震了,我们101的总台通知我们所有的路面交警,上路值勤巡逻,保证秩序。

【连线止】

听众朋友,现在我们再来关注一条消息:记者刚刚从地震局了解到,如果还有余震的话,地震局会通过手机短信通知市民。请大家放心。

好,编辑再次接进来瑞昌市交警大队丁大队长的电话。

【出连线音响】

(丁队长,您好!)

好的。

(我们刚刚知道,九江瑞昌发生了地震,现在情况怎么样?)

老百姓有点惊慌,所有的市民全部都从房子里出来,满街都是人,城区的交通秩序比较混乱。

(那地震发生的时候,您是在什么地方,当时的情况怎么样呢?)

当时我在路面值勤,在瑞昌到码头去的路上,叫瑞南线,新修的水泥路。一辆桑塔纳从我旁边过,突然间发现水泥块好像跟地面脱层了,晃得很厉害,马上反应过来是地震。这时候紧接着旁边砖瓦厂的工人从里面往外跑,哇呀呀说地震。

【连线止】

丁队长请稍等一会儿,我们来关注一条即时路况,目前九江市浔阳路烟水亭路段的行人非常多,双向已经拥堵。这是本台九江四号路况信息员提供的即时路况。在这儿我们也要请司机朋友注意了,现在九江市区很多人都出来了,道路上的行人也比较多,要注意行人安全。

好,又有一路电话,这是高速交警三大队周林辉大队长。

【电话铃声】来了解昌九高速公路的情况。

【出连线音响】

(周队长,地震对高速公路有没有影响?)

地震对高速公路的行车影响不大,发生地震的时候,我们在高速公路上巡逻,79公桩、往九江方向,高速公路上没有什么感觉,可是我们看到下面村庄的老百姓从家里面往外跑。

【连线止】

听众朋友,今天上午的8点50分,九江瑞昌市附近发生了5.7级地震,通过前面的连线,我们了解到,目前地震对九江长江大桥还有昌九高速公路一些交通主干道没有造成大的影响;在瑞昌地震中心,人员的伤亡情况我们还不是很清楚,但是城区的交通比较乱,同时九江市区的交通也有些乱,有关方面正在采取紧急措施。也请大家锁定FM105.4江西交通广播,我们将及时报道。

(江西人民广播电台2005年11月26日　蓝蔚　丁佩芳　蔡静)

> **阅读思考**
>
> 2005年11月26日,江西九江突发地震。江西人民广播电台信息交通频率在地震发生后的25分钟,也就是上午9点15分,在全国媒体中最早发布了"九江的瑞昌市附近发生了5.7级地震"和"(江西)省有关方面在按照紧急预案进行处置"的消息,后被评为第十六届中国新闻奖二等奖。江西人民广播电台信息交通频率中断正常节目,运用现代传播理念,采取多向互动、即时整合、现场传声和进程追踪等多种方式,对新闻事件给予了多视角的关注,信息量大,内涵丰富,充分发挥了广播在突发事件中重要的、不可替代的作用。

公安微博危机公关十小时

昨天下午,山大南路上,一起普通的治安案件引发千人围堵的群体事件。济南公安微博第一时间公布权威信息,将这场风波顺利平息。请听济南台记者采制的录音报道:公安微博危机公关十小时。

(录)昨天17点,在山大南路,一名女警察与一对修车的老人突发争执。

市民李先生:【出录音】她嫌人家老头老太太修得慢了,就跟人家争吵起来,然后就开口骂人。

争吵中,女警察叫来一名男子,将两位老人打倒,并迫使老太太跪在地上。周围群众看不下去了,纷纷要求他们给老人道歉。

17点17分,历城巡警闻讯赶到现场,刘警官:【出录音】经过了解,是一起治安纠纷。由于现场人太多,我们准备把双方带到就近的派出所做进一步处理。

然而不明就里的群众误以为警车是想掩护女警察逃走,于是将警车也团团围住。【出录音,现场】出来!出来!出来!

18点32分,网上出现了"刘三好学生"的一条微博:"山大南门东边,据说发生警察殴打老太太致老太太下跪的事!"

这条微博被迅速转发。更多的市民赶往现场,在很短的时间内就聚集了一千多人。【出录音】后来人越聚越多,大家很气愤嘛,就把这个车拥到路中间,这个山大南路就不能走了。

19点31分,济南市公安局微博警察孙海东发现了这一情况,立即通过"济南公安"官方微博介入:"历城分局,怎么回事?"

19点45分,孙海东随市公安局领导一同赶到现场参与处置。【出录音】现场很多人举着手机,不断地拍照,发微博。但大部分群众都没有看到第一现场。如果以讹传讹,事情会越闹越大。所以我们必须和时间赛跑,在微博上将真相尽快发布出去。

【键盘声,压混】

20点15分:"经调查,一名省司法厅女狱警在修车过程中与群众发生冲突。"

20点20分:"经核实,省女子监狱民警林某着警服修电瓶车时发生纠纷,叫其丈夫将受害人打伤。"

20点26分:"现场的警车是历城巡警的出警车,是为了先期处置。"

20点36分:"目前打人者已被扭送山大路派出所。现正在接受处理。"

这些微博被转发了7163次。网上的声浪渐渐平息,现场的群众也因为了解了真相而陆续散去。

今天凌晨4点07分,"济南公安"微博再发最新进展:"打人者林某和朱某被处以十五天行政拘留。两人已被连夜拘留。"

众多网友对"济南公安"微博的做法表示了赞许。

网友"多多":"'济南公安'微博辟谣真快,真给力。"

网友"大晴天":"从处理结果来看,政府没有偏袒。赞一个。"

济南市公安局副局长徐春华:【出录音】微博传播谣言非常快,传递真相、消除谣言同样快。在突发事件中,一定要及时地将信息公开。你不说,别人就会乱说。相反,信息越公开,民众的情绪就会越稳定。

山东大学教授王忠武:【出录音】在这个事件中,林某的特权意识和对争执对象人格的不尊重,触及了警民非正常互动的底线,这样就引发了旁观者对自身权利和安全感的一种焦虑和不安。济南公安以微博应对微博,效率、公正性可圈可点。这应该是政务微博发展的一个方向。

(济南广播电视台2011年8月18日)

阅读思考

2011年8月17日,因为误传是警察打人,发生在济南山大南路的一起普通治安案件在网络和现实中被迅速发酵和传播。济南市公安局也一度被置于舆论漩涡的中心。面对危机,济南市公安局主动选择信息公开,以微博应对微博,在事件的调查处理过程中第一时间向广大网友和市民公布真相,挤压谣言的生存空间,最终使这场来势汹汹的网络风波归于平静。整篇作品紧紧抓住各个重要的时间节点,以时间为主线,通过多人分饰角色、配音情景再现、模拟特种音效等多种手法,将汹涌的网络声浪、紧张的现场情景以及政务微博不断公布的真相有机融合一起,让整个过程丝丝入扣,步步惊心,引人入胜。

调车员王连军的中秋夜

主持人:中秋夜,是与亲人"团圆"紧紧联系在一起的。但有这样一群铁路人,他们虽然不是铁路运输的"排头兵",却是安全与畅通的坚强保障。由于工作需要,他们必须坚守在自己的岗位上。他们,就是负责列车编组与解体工作的铁路调车员们……

本台记者陈昕、张若鹏昨天夜里跟踪采访了长春火车站调车员王连军。下面让我们一起走进他们的内心世界,倾听他们对铁路的心声。

【以下出记者现场】

9月13号凌晨1点,中秋之夜。室外气温在12度上下,空旷的地方有风,感觉还要更冷些。天上的一轮圆月很亮、很美,但王连军没有时间欣赏。

【出录音】待会的工作就是我们去库1倒挂,进行倒调作业,把需要修的车摘下去,好车挂上。有的到期了,就得修,有的临时发生故障回来就得甩下来修或者换。

参加工作31年来,王连军数不清有多少个节日夜晚是在工作中度过的。但他记得31

年的时间里,他所带领的调车班组没有发生过一起事故。

【出录音】(记者:我看您刚才在车上和司机有个对话?)我们俩得对话,防止冒号。(记者:互相确认一下?)互相确认,对,保证安全。我们这个工种,搞行车的,总得把安全放在第一位,没有安全就没有一切。

凌晨1点25分,王连军和司机将调车机开入大库,与需要摘挂作业的列车连接好。王连军打着手电开始逐节检查列车连接状况。19节车厢,500多米长的车库,王连军每天都要来回走上一二十遍。

【出录音】(记者:像咱们平时摘车挂车是不是全得走一遍啊?)对呀,我们得检查,检查车下有没有什么障碍物啊,两边干活的车啊,机械啊,侵没侵线啊,我们都得看。一天十个二十个来回都不等。最少五公里,不够走。

多年的工作积累,王连军对每种列车车型了如指掌。一打眼就能看出每种列车的长度。

【出录音】像那个绿皮车就是25G和25B的,带空调,26.6米全长。像24.5的就没有空调了。我们都得掌握每节车长度,加一起能有多长,这条线能容纳多少辆车,心里有数。

来来回回五六趟,王连军的调车小组编好了一列车。但他们没有时间休息,直到早上8点,所有在长春站始发终到和需要修理、更换的列车都要由他们负责拖拽、摘挂。

【出录音】我最大的愿望是跟家人团聚,这是中国传统节日。八月十五团圆节嘛。但是作为我们一线职工来讲没年没节,赶上哪个班就得当哪个班,当班中就得干好本职工作。

(吉林人民广播电台 2011年9月13日 陈昕 张若鹏)

溜索 再见

2011年11月23号上午11点,怒江州福贡县石月亮乡拉马底村的怒江江面上,分别被命名为连心桥、幸福桥的一座农用汽车吊桥和一座人马吊桥同时开通,拉马底村的村民们从此告别了溜索过江的历史。

交通运输部政策法规司司长何建中:【出录音】我宣布,拉马底村连心桥开通!

记者:【压混】交通运输部政策法规司司长何建中宣布,拉马底村连心桥开通。"溜索"医生邓前堆亲手揭开了大桥的红绸布。

连心桥和幸福桥的建成通车,将为拉马底村的1000多名村民提供出行便利。同时,这也是怒江索改桥任务的开始。

云南省交通运输厅副厅长张长生:【出录音】我们力争在"十二五"期间,把怒江两岸16座过江桥项目彻底进行完成,怒江人民靠溜索过江的历史将会画上圆满的句号。

乡村医生邓前堆,28年溜索横跨怒江为两岸村民解除病痛,希望村子里修一条能通车的桥是他最大的心愿。今天,他终于梦想成真。

邓前堆:【出录音】我心里非常高兴!这给我们怒江人民带来了很大的方便,我要说一声,溜索,再见!

(云南人民广播电台 2011年11月23日 补平 彭震 陶方军 甘露)

万里长江第一条过江地铁今天运营

今天上午10点,长江第一条过江地铁——武汉轨道交通2号线一期工程开始运营。请听记者刘群、赵阳采制的录音新闻。

武汉轨道交通2号线一期工程开通仪式的会场设在汉口中山公园站。很多市民都早早来到这里,准备亲眼见证令人激动的时刻:

市民:我早晨八点钟就来了,高兴、高兴!

市民:感觉蛮幸福,很幸福!蛮自豪啊!

【现场声,压混】

和以往重大工程竣工庆典不同的是,今天的仪式,没有搭设主席台,没有摆放鲜花,也没有领导致辞。在市民代表和地铁建设者代表简短发言之后,武汉市委书记阮成发等市领导就和市民、建设者、拆迁户代表一起乘坐首趟过江地铁,以此庆祝第一条过江地铁投入运营。阮成发和市民们一边拉着家常,一边走进地铁车站。他说得最多的就是对市民的感谢:我们发自内心地感谢(你们)!这个功劳归于全市人民。

【地铁广播:欢迎您乘坐武汉轨道交通二号线……(压混)】

走进地铁车厢,副市长胡立山对市民们说:武汉人建成了长江第一座大桥,又建成了长江第一条隧道,今天我们又建成了长江第一条地铁,非常自豪!

武汉轨道交通2号线一期工程总投资150亿元,工期5年,创造了五个中国第一,这就是:第一条穿越长江的地铁;盾头独头掘进距离最长的区间隧道;埋深最大的地铁隧道;第一条在江底修建带泵房联络通道的隧道;水压最大的地铁隧道。隧道在江底最深的地方有46米,这里的水压可以把水柱喷射到15层楼高。

武汉地铁集团董事长涂和平:在水下我们做了五个联络通道,如果一条隧道出现问题,乘客就下车走安全走廊,到另外一条隧道,就非常安全了。在这个紧急情况下,通风井就几分钟可以把烟迅速地抽到洞外。

【地铁广播:乘客您好,列车即将穿越万里长江……(压混)】

列车穿越万里长江,这让车厢里的所有人都兴奋起来。

【列车穿江现场音响数秒,压混】

市民张女士:3分50多秒,不到4分钟,蛮爽!

3分50秒!地铁穿过了3322米的长江地铁隧道!这比公交车走武汉长江大桥快一个多小时。

学生张诗悦:特别特别高兴、特别特别开心!

市民陈女士:很骄傲的,不能用语言来形容!

市民杨威说:我家是住在(汉口)常青花园,我要在(武昌)洪山广场上班。以前我是早上六点钟就得起来,坐两个小时的公交才能到单位,现在我只需要七点起来,八点就可以到单位,而且还绰绰有余。对我个人来说也是最大的一个受益者。

地铁2号线起点是汉口金银潭,终点在武昌光谷广场,全长27.73公里,设有21座车站,贯穿中心城区的黄金交通走廊,串联起江北江南五大商圈。单边运行时间52分钟,运行初期每天客流量可超过50万人次,可以分流全市24%的过江客流。

市委书记阮成发告诉乘坐地铁的市民:今后五年,(武汉)每年要通一条地铁,这样呢就是(武汉的)三个火车站、飞机场和地铁之间是无缝对接,整个武汉的交通它的综合性和立体性(就)充分体现了。

(武汉广播电视总台2012年12月28日 刘群 赵阳 应响洲)

> **阅读思考**
>
> 以上几则均是广播消息的代表佳作,请分析它们体现了广播消息写作的哪些一般要求。

温家宝握手艾滋病患者,提倡全社会关爱艾滋病人

2003年12月1号,今天是"世界艾滋病日"。中共中央政治局常委、国务院总理温家宝专程来到拥有艾滋病药物研究资格的国家级临床基地北京市地坛医院,看望住院治疗的艾滋病患者,慰问医护人员。请听中央台记者郭亮发来的报道。

记者:北方冬日的阳光洒在北京地坛医院整洁而安静的院落里。上午10点30分,温家宝和吴仪在刘淇、王岐山的陪同下来到患者和医护人员中间,他们的胸前都佩戴着象征关爱艾滋病患者的红丝带。在与艾滋病患者亲切握手之后,温家宝、吴仪等还与患者并肩围坐,促膝交谈。

温家宝:你叫什么名字?

患者一:我叫孙福利。

温家宝:哪的人?

患者一:山西洪通的。

温家宝:发现病多长时间了?

患者一:5年了。

吴仪:他输血得的。

温家宝:得病输血感染的?在家乡?

患者二:在家乡。

温家宝:你叫什么名字?

患者二:我叫王梦才。吉林人。

温家宝:也是因为输血感染的?家里还有什么人?

患者二:父母,还有个孩子。

温家宝:他们都好吧?

患者二:他们都好。

温家宝:你是农民吗?

患者二:我是农民。

温家宝:要坚强啊,要树立信心啊!全社会都会关爱你们。你是……

患者三:工人。

温家宝:你也是输血?

患者三:输血。

温家宝:你今年有多大年纪?

患者三:36岁。

温家宝:还年轻啊,来日方长啊。你能治好!

医生:他的血液功能现在基本上正常了。

温家宝：是啊，你一定要相信，你能治好！

医生：他的家庭环境、周围环境也好。

患者三：我家乡都没有歧视。

吴仪：孩子多大了？

患者三：9岁了。

吴仪：上学了吗？

患者三：上三年级了。

吴仪：没有受到歧视吗？

患者三：没有。

温家宝：我们提倡的就是关爱，平等，帮助，反歧视。大家懂得科学，懂得规律，就会做到这一点。用国产药的话要多少钱？

记者：温家宝特别询问国产药物的研制和应用情况，以及城乡患者治疗的经济负担等。他叮嘱医护人员不仅要为患者做好医疗和护理工作，更要高度重视健康宣传和法律援助等人文关怀。

温家宝：我想在这里啊代表中国政府郑重地表示：我们一定要把防治艾滋病的工作摆在政府的重要议事日程。我们已经并还将要采取一系列重大的措施，第一加强宣传教育，要使全社会的广大群众都能够正确对待艾滋病，都能够重视艾滋病的防治；第二，依法加强监督和管理，及时准确地报告疫情；第三呢，我们施行抗艾滋病病毒的免费治疗，免费匿名检测，免费母婴阻断，还有对患艾滋病而去世的这些家属的孤儿实行免费的就学。中国政府是一个负责任的政府，我们要以更加开放的态度，密切与国际的合作。

记者：温家宝最后倡议，全社会都要关心艾滋病患者。

温家宝：相互关爱，共享生命，保护人类，保护世界，也保护自己。

（掌声）

（中央人民广播电台2003年12月1日至2日　郭亮）

阅读思考

　　本书第二章选编的《中国总理与艾滋病人握手》，与本章选编的《温家宝握手艾滋病患者，提倡全社会关爱艾滋病人》是同题新闻。请分析文字稿和广播稿在写作上的侧重点和区别，以及广播新闻和报纸新闻的差异性。

第十八章 电视新闻报道

电视新闻是现代信息社会最常见、最直观的一种新闻信息传播方式,它以电视为载体,以画面和声音为主要传播手段,将新近发生、发现和变动的事实传播给观众。它展现出来的是声像的结合,加强了新闻的现场感,同时糅合了现代电子技术、电视摄像、采访、剪辑、解说词、配音等程序,每个环节都具有很强的专业性。

1. 电视新闻的特点

符号是信息传播的载体,报刊新闻主要依靠文字符号传达信息,广播新闻主要通过声音来表达意义。电视新闻传播符号呈现多样化,主要有三种:画面、声音、文字。电视新闻与平面媒介和广播媒介相比,有以下特点。

(1) 综合性。电视新闻是声像的结合,具有视听的效果,其中画面包括不同颜色的活动图像、字幕、图表、照片和影像资料,声音包括解说、同期声和现场效果,这些优势正好弥补了报纸和广播的不足。

(2) 视像性。这是电视新闻最基本的特点,采访报道的过程和新闻事件的发展进程都可以用画面展现出来,可观、可感,使得报道既形象生动又真实可信。

(3) 迅速、即时、连续。电视新闻可以 24 小时向观众进行报道,增加了观众获得信息的次数,为他们随时了解最新信息提供了便利条件。现在很多电视台都增加了整点新闻播报,如凤凰卫视的《凤凰快报》、东方卫视的《东方快报》等都是突出反映电视新闻即时性的代表。

2. 电视新闻的报道形式

作为一种新的传播手段,电视新闻有多种报道形式。

1) 口播新闻

这是指播音员在播音的时候,屏幕上没有与所报道的新闻内容相对应的画面,只有播音员的形象。这种方式虽然无法体现电视的优点,却是电视新闻的重要组成部分。它一般都是与录像新闻和现场直播新闻配合在一起的,起到连接、提点的作用。比如荣获第十一届江西新闻奖一等奖的电视消息《江西南昌关爱留置观察和隔离人员》(江西电视台 2003 年 5 月 9 日播出)的开头有一段导语:

针对大量外出务工人员返乡的严峻形势,南昌市开展了"十个一"献真情活动,认真做好与"非典"接触人员的留置观察和隔离工作。

这一段就是播音员在播音室面对摄像镜头的口播,没有新闻画面,接下来马上切到了配合新闻事件画面的现场口导:

各位观众,这里是南昌市第一隔离区。今天,南昌市西湖区有关部门为隔离在这里的人们送来了健身器材,让他们在隔离室也能体育锻炼,增强抵抗疾病的能力。

如果没有前面的口播,直接出现现场口导的话,会显得很突兀,也会影响观众对这条新闻的注意力。

口播新闻对于那些难以用图像表达的抽象新闻内容,有很重要的表达作用。

口播新闻又分为录像播出和直播,主持人口播新闻一般时间不长。

2) 影像新闻

这是全世界电视新闻采访报道最常见的一种播出形式,也是受众每天都能接触到的。它将新闻事件发生的过程、记者主持人的采访集中在一起,录在录像带中,展现在电视荧屏上。它增强了新闻的可看性,延展了读者的视野。但是它无法表现抽象新闻内容。

3) 现场直播新闻

它与影像新闻最大的不同在于它是将"此时此地"发生的新闻事件报道出去,也就是说新闻事件的发生、传播者的报道、受众的收看,三者的活动在同一个时间里进行;而影像新闻中受众的收看行为与前两者之间存在时间差。

为了凸显重大新闻事件的时效性和重要性,也为了进一步加强或构建电视媒体的影响力,现场直播受到越来越多的重视,像我们大家非常熟悉的97香港回归、十七大的召开、2008年初的迎击暴风雪报道和"5·12"四川汶川大地震后的报道都是采用这种方式。

现场直播最能显现电视新闻及时、真实、直观、具体、可感的优点。因此,它对"硬性"和"软性"条件的要求也更高。"硬性"条件就是要运用先进的技术设备,为直播做好质量保证和技术支持;"软性"条件要求新闻工作者具备良好的职业道德和身体素质、快速的反应能力、宽广的知识面。只有最优质的"软""硬"条件形成良性配合,才能做出最佳的现场直播。

央视"97香港回归特别报道"堪称中国电视重大新闻现场直播的典范。当时为了保证直播报道的顺利播出,央视制订了非常详细的计划:《香港回归宣传报道方案》和《香港回归特别报道技术实施方案》,对报道的主题思想、时间安排、需要的技术设备以及信息通信、动力保障方面都考虑得非常周全,还设立了京港两地报道中心。直播报道从1997年6月30日6时开始到7月3日6时结束,历时72小时,内容极其丰富,包括重大活动直播、新闻背景介绍、新闻滚动播出、庆回归音乐电视系列(25集)播出。这些板块相对独立又紧扣主题,形式生动,当时北京演播室和香港演播室以及大量外采记者的配合天衣无缝,整个报道充满了历史的纵深感、民族自豪感,得到了中央领导同志的称赞,也荣获第八届中国新闻奖特别奖,更铸就了业界经典。

"5·12"四川汶川大地震发生后,央视和四川电视台在一小时之后马上启动了"众志成城 抗震救灾"的电视直播,进行24小时全方位灾情报道,全程报道了抗震救灾第一线的最新进展。持续多日的报道创下了到目前为止中国电视直播时间最长的历史记录。业界人士对此次现场报道给予了很高的评价,认为这"为中国新闻事业的发展树立了具有深远意义和影响的里程碑",也实现了"电视直播报道的历史性突破","促进了社会公正","体现了人文关怀"。[①] 国外媒体也给予了高度评价。当然,如此规模大、时间长的现场直播报道还得力于

---

① 吴国光:《电视直播报道的历史性突破》,《当代电视》2008年第7期。

我们"充分掌握现代科技手段"。

4）图片新闻

这种类型大家都不陌生，报纸上也常有，电视图片新闻的最大特点在于画外音和图片的结合，播音员一般不出现在屏幕上。相对于前面几种类型，它的制作是比较简单、方便的，精彩之处在于提炼主题和精心撰写简短而又有说服力的解说词。央视二套的早间新闻栏目《第一时间》就有图片新闻环节，一些地方台的民生新闻中也常见其影踪。

3. 电视新闻稿的写作方法

文字在电视新闻中的作用显得越来越重要，电视新闻中文字的功能主要是提要、强化。精当的文字配以恰当的表现方式，如合适的字体、具有视觉冲击力的颜色，能够吸引观众的注意，言简意赅地突出新闻要点。如中央电视台《新闻联播》中重要新闻的播出往往配上整屏字幕，现在各电视台都在新闻节目中大量使用滚动字幕，来增加新闻的信息含量。文字与画面应相得益彰，不能喧宾夺主。以画面为主，文字主要是补充说明，或是使整个电视片的结构相对完整、严谨。

电视新闻具有视听兼容的特性，主要靠文字解说和生动的画面来传播信息，两者是相互依存的关系。因此文稿的写作至关重要，必须注意以下几个方面：

（1）声画合一。这一方面要求文稿的写作以画面为基础，密切配合画面，充分表达画面内容；另一方面还要补充画面的事实，增强画面的表达效果，传达画面无法传达的信息。

（2）语言大众化、口语化。文稿是电视新闻听觉的展现，再加上电视观众在收看节目时多是轻松随意的状态，因此必须清楚明白，多使用简单、明了的口语化语句。

（3）篇幅要短。电视画面是"流动"的，转瞬即逝，其时间长短会限制文稿的篇幅，所以解说词必须短小精粹、高度概括。

4. 电视新闻的类型

电视新闻是各种新闻性节目的总称，囊括多种新闻类型，据此，可以分为以下几类：电视消息、电视系列报道、电视新闻专题、电视访谈、电视直播、电视新闻评论。

第一节 电视消息

一、文体概说

电视新闻消息是以现代电子技术为传播手段，以声音、画面及文字为传播符号，对新近或正在发生、发现的事实的报道。在固定的时间内，迅速及时、简明扼要地集中播发新闻消息，是很常见的电视新闻类型，如中央电视台的《新闻联播》或地方电视台的《江西新闻联播》《浙江新闻联播》等栏目。这些新闻栏目播发的新闻内容广泛，涉及国际国内，包括政治、经济、科技等社会生活的各个方面，具备快、新、短的特点，类似于报纸、广播上的消息和简明新闻，只限于简洁、明确地反映新闻事实。

1. 电视消息的基本特征

电视消息一个最为显著的特点就是用客观存在的事实说话，它往往通过较为精炼的文字、多样化的题材、新鲜而又引人入胜的内容来第一时间报道国内外、省内外新近正在发生、发现的新闻事实。

(1) 快。电视消息的制胜法宝就是一个"快"字,也就是说任何刚刚发生、发现或者正在发生的新闻事件,都要在最短的时间内第一个告知观众。因此,记者应该强化抢新闻的意识,如果一条新闻报纸已经报道,广播业已播出,电视新闻再去拾人牙慧,恐怕就不会有多少观众了。特别是对突发事件的报道,由于事件发生的时间、地点都无法预知,更是检验电视台和记者应变能力的试金石。近几年来,现场直播、现场报道日益增多,每年的"两会"以及一些重要的外事报道都实现了现场直播。比如荣获1998年中国广播电视一等奖的作品《巴格达遭空袭纪实》,展现了1998年12月19日伊拉克首都巴格达遭到美英第三轮大规模巡航导弹袭击的过程。中央台记者水均益站在一幢楼房的平台上,对整个事件进行了现场报道,我们亲眼看到了爆炸的现场和被火光染红的天空,也听到了猛烈的爆炸声。这是中央电视台记者首次在一线战场实拍到的现场报道,以最快的速度传回国内,当天在中央电视台播出,具有很强的时效性。

(2) 短。消息类新闻的任务是迅速简要地报道国内外大事,由于要抢时效,制作周期又短,这就要求电视记者一定要用最简练的语言与最典型的画面形象传递尽可能多的信息。消息类新闻往往以秒计算,要抢在第一时间播出,自然不可能像电视专题那样详细交代新闻事件的背景以及它的前因后果关系。消息可以在解说中提供新闻要素,在形象画面中表现事件过程,使新闻报道能够简洁地表现内容。消息类新闻的解说词应该是高度提炼和浓缩过的语言。新闻要用事实说话,电视新闻记者通过深入采访占有大量第一手材料,经过对事件的理性思考,将观点寓于材料的选择、安排之中,依靠事实本身的逻辑力量说服观众。

(3) 变。即题材呈现多样化。电视新闻面对的观众是十分广泛的,不同年龄、职业和文化程度的观众受其政治、经济地位以及具体环境的影响,彼此对信息的需求也各有不同。因此,电视消息要拓宽报道面,用广泛的题材吸引观众,使电视新闻真正起到信息主渠道的作用。这就要求记者深入生活、深入群众、深入实际,做好调查研究,及时发现新问题、新现象、新经验,特别是加强观众感兴趣的社会新闻的报道分量;这就要求记者做个有心人,常常注意观察身边的人和事,善于从一些司空见惯的事件中挖掘出比较深刻的新闻内容。

(4) 活。即活泼、生动,有较强的可视性。要使电视新闻"活"起来,必须强调遵循新闻的基本规律,即用事实说话。好新闻必须用事实说话,既要有概括性的交代全面情况的材料,又要有典型的材料。电视记者还要善于用电视语言展现事实。随着社会的进步和现代人生活节奏的加快,人们对电视新闻的需求也在不断扩展、不断更新。新闻的指向是求新、求异、求快、求多,观众总是希望第一时间获得与以往不同的迅速、及时、大量的新闻信息,因此只有用准确、精练、有特色的电视语言提供最新、最快、最准确的消息,才具有竞争力。

2. 电视消息的选题

电视消息题材广泛,可以把世界各地、各行各业发生的新闻事件展现在观众面前。但由于时效性以及篇幅限制,电视消息在选题上也有着特殊的要求。

(1) 时间新。现代电子技术的发展使电视记者具备了在新闻发生地同步播报新闻的能力,记者应该强化竞争意识,争取在第一时间向观众发布新闻。电视新闻记者也应该逐渐强化这种竞争意识,对于一些重大新闻事件,都应该实现同步播报。

(2) 题材新。人们看电视新闻,就是希望了解最新发生的事件和社会各个领域发展的最新趋势,因此电视新闻报道提倡首创精神。记者不仅要报道别人首创的东西,更要争取报道别人没有报道的独家新闻。记者必须调动自己的所有感官去搜索,开动脑子去想,才能独

第十八章 电视新闻报道

辟蹊径,广开题材,使报道常见常新。这就要求记者把眼光投向更为广阔的生活空间,发掘别人没有发现的题材。如北京电视台的《市长来咱家吃饺子》,报道的是北京市副市长来到危房改造后回迁新居的市民家中与居民一起吃饺子、迎新春,以此反映北京市危房改造取得的成绩。

(3) 角度新。"横看成岭侧成峰,远近高低各不同。"电视新闻报道的着眼点要多侧面、多变化,选取最有价值和最吸引观众的角度。是否善于选择好角度,是记者业务水平的体现。如果报道老是从一个角度取材,如由上而下、指导工作等等,即使都是正确的、需要的,时间一长,雷同过多,电视观众就会感觉单调乏味。稍微换个角度,是提高新闻报道质量和收视率的一个重要方面。

(4) 立意新。要有好的立意,记者就必须吃透情况,深入采访,不但能从宏观上把握事件的全局,也能够从微观上看清事件的走向,要在获取大量的第一手材料的基础上,从中提炼出有新的立意的主题思想来。要有好的立意,还必须要求记者对周围不断变化的事物多问几个为什么,用充满好奇的眼睛去认真观察身边的人和事。

3. 电视消息稿的写作特点

首先格式上要实现声画对应。画面与解说词共有两种对应关系。一为声画合一,即画面与解说词同步,两种信息流合二为一。二为声画对位,即画面与声音异步,从表面看,两者似乎毫无关联,各说各话,但实质上,在表达主题上仍是相辅相成的。其次在表达上要做到 4 个 C 标准,即 clear(清楚)、concise(简洁)、correct(准确)、conversational(口语)。其中 conversational(口语)尤为重要,因为电视新闻解说词是给人听的,必须具有口语化的特点。因此,应从广播稿的写作中汲取有益的营养。一般而言,做到以下八点:

(1) 把单音词改为双音词。
(2) 把文言词改为白话,把书面语改为口语。
(3) 少用长句子。
(4) 忌拔高。
(5) 对陌生词汇要解释。社会发展日新月异,新名词、新概念、新事物层出不穷,许多事物对观众而言是陌生的,必须对此做出解释,从而起到解疑释惑的作用。
(6) 通俗。电视面对的广大观众教育文化水平平均只有中等教育水平,因此,必须有的放矢,力争使大多数观众都能理解节目内容。
(7) 忌媚俗。防止把社会流行的一些并不科学的词汇写入解说词。
(8) 巧用数字。数字具有巨大的说服力,但使用不当,也会使观众厌烦,并且会互相干扰。必须恰当选择,并活用数字。

二、个案评析 1

◇ 原文

胡锦涛在河北考察工作

【口导】

在中华民族的传统节日春节即将到来之际,中共中央总书记、国家主席胡锦涛来到河北省张家口市看望干部群众,了解群众生产生活情况。

【新闻内容】

隆冬的河北坝上,天寒地冻,滴水成冰。1月20日至21日,胡锦涛和随行的中共中央政治局候补委员、中央书记处书记王刚驱车来到张家口,在河北省委书记白克明等陪同下,看望当地干部群众,给大家带来党中央、国务院的亲切关怀和节日问候。

【同期声】

胡锦涛:给大家拜年!过年准备好了没有?

群众:准备好了。

胡锦涛:都准备的什么呀?

儿童:爷爷过年好。

胡锦涛:小朋友过年好。都准备些什么呀?

群众:准备……哎呀不会说。

胡锦涛:不会说会做就行啦。(笑声)

群众:饺子、馒头、大米。

胡锦涛:那好呀!今天晚上吃肉、吃饺子。还得喝点儿酒吧?

群众:喝!喝酒!

胡锦涛:然后看电视,过大年。(笑声)好!给大家提前拜年啦!

【新闻内容】

近年来,张家口市连遭比较严重的自然灾害。胡锦涛十分惦念这里的群众。20日下午,他首先来到怀来县敬老中心看望安置在这里的"五保"老人、伤残军人等老年人。他在详细询问了老人们的生活和健康情况后深情地说:

【同期声】

胡锦涛:明天就是大年三十,后天就是猴年的春节了。俗话说,"每逢佳节倍思亲"。我们来到敬老中心看望大家,向老人家拜年!(掌声)

【新闻内容】

1月21日是农历大年三十,胡锦涛来到张北县油篓沟乡喜顺沟村看望农民群众,给大家拜年。在村民吕占林家,胡锦涛边同这家人一起包饺子边同他们拉家常。

【同期声】

胡锦涛:现在我们不是要搞全面建设小康嘛,全面建设小康其中一个重要内容就是要帮助、支持贫困地区的群众,能够脱贫致富,让大家都过上好日子,这才是社会主义嘛。

【新闻内容】

胡锦涛叮嘱当地干部,要把关心群众生产生活的工作抓紧抓实抓好,既要解决群众的燃眉之急,又要制定扶贫帮困的治本之策。

【同期声】

胡锦涛:有没有过年吃不上饺子的?

村干部:都有吃上。

胡锦涛:你们要把这个工作做细呀!

村干部:请总书记放心,我们一定能够做好。

胡锦涛:要保证全村所有的村民今年大年三十晚上,明天大年初一,都能吃上饺子,大家都高高兴兴过个年。

【新闻内容】

胡锦涛还考察了张家口市桥东区老鸦庄镇流平寺村农业科技园区、张北县馒头营乡退耕还林还草工程和奶牛饲养小区、张家口发电厂等农业项目和企业,了解当地经济发展情况。他强调,要牢固树立和认真落实全面、协调、可持续的发展观,按照"五个统筹"的要求,聚精会神做好发展这篇大文章,努力推动经济持续快速协调健康发展和社会全面进步。

(中央电视台 2004 年 1 月 21 日　徐少兵　邓睿　冯卓)

◎ 点评文章

镜头下的"亲民""爱民"之情

这篇电视消息报道了 2004 年农历大年三十上午,时任总书记、国家主席胡锦涛来到河北省张家口地震受灾地区与群众一起过新年的事件,充分展现了以胡锦涛同志为总书记的中央领导集体发扬"以人为本、执政为民"的工作作风。在表现手法上充分利用电视镜头的表现力来彰显主题。

1. 视听兼容,立体展现

这则电视消息运用了口导、新闻内容、同期声和画面,充分体现了电视新闻的视听兼容的特点,加强了新闻的感染力。开篇口导交代了时间、地点、人物和事件,这都没有什么特别的地方,与一般的报纸消息差不多。然后记者就用画面、解说词、同期声进行报道。解说词简要介绍了画面中的场景,"隆冬的河北坝上,天寒地冻,滴水成冰",以具体可感的形象性语言强调了口导中的时间,凸显出事件的不寻常。紧接着出现了特写镜头:胡总书记走入百姓家中,给百姓拜年,展现了一幅浓郁的年节喜庆气氛,这些画面起到了立体表现新闻主题的作用。我们可以比较阅读新华报业网上发表的同题消息,虽然详细介绍了胡总书记在河北考察时对群众的慰问,但是概述有余而形象性、画面感不强,给读者留下的印象不如这篇电视消息深刻。因此电视新闻的视听兼容的特性,能够"打通"报纸、广播的传播局限,能以生动可感的方式从多个方面揭示报道的主题和内涵,体现了传播的优势。

2. 深入刻画,印象深刻

为了凸显"亲民"的主题,为了把宣传和报道不着痕迹地结合起来,报道使用了特写镜头来刻画感人细节。胡锦涛总书记走入敬老院深情问候老人,走入寻常百姓家唠家常,和普通农民一起在炕头上包饺子,这些镜头串接在一起就是一幅蕴含着浓浓的亲民、爱民之情的感人画卷,给观众留下了深刻的印象。这种"消息+特写"相结合的表现手法,能够细腻而准确地抓住事件最具表现力的要素,然后用镜头放大,展现在观众眼前。正文配合的那些画面都是概括式叙述展示,只有这些细节才能真正有力地表现主题,所以记者在几组镜头中都使用了同期声,不做任何的解说,而饱含深情的镜头语言却说明了一切,于"无声"处动人心。

3. 解说词简洁到位

这篇报道的解说词一共有 5 处,虽然每一处都很简短,却做到了"声画合一",揭示了画面的内涵,也起到了衔接画面的作用。如:"隆冬的河北坝上,天寒地冻,滴水成冰。1 月 20 日至 21 日,胡锦涛和随行的中共中央政治局候补委员、中央书记处书记王刚驱车来到张家口,在河北省委书记白克明等陪同下,看望当地干部群众,给大家带来党中央、国务院的亲切关怀和节日问候。"这一段"声画合一"的解说,充分体现了画面的内容。报道最后的那段解说词,对画面无法展现的内容,如"发展观""五个统筹"等做了说明,充实了画面的容量,也强化了画面的表达效果。这样的效果还体现在另一段解说词中:"近年来,张家口市连遭比较严重的自然灾害。胡锦涛十分惦念这里的群众。20日下午,他首先来到怀来县敬老中心看望安置在这里的'五保'老人、伤残军人等老年人",既补充说明了前面特写镜头的作用,又不露声色地穿插了背景介绍,还起到了衔接下一组画面的作用。可以说,这篇篇幅不长的电视消息充分运用了解说词的作用。

该报道用无懈可击的表现手法,彰显了党和国家领导人以人为本、亲民爱民的作风,取得了良好的效果。节目播出后,美联社、凤凰网等各类媒体都详细转载了该消息并配以积极的评论,这足以说明这篇消息所蕴含的新闻容量。

三、个案评析2

◇ 原文

地震灾区第一夜

【口导】

昨天上午8点49分,九江发生里氏5.7级地震,截至今天上午9点,已监测到发生余震182次,其中震级最大的为5.0级。瑞昌市、九江县有40万灾民被转移到室外空旷地带,在最低气温只有8℃的情况下,这么多的人生活状况如何?地震灾后的第一个夜晚,我们的记者在灾区进行了跟踪采访。

【现场声】

高音喇叭巡逻车:发生余震的可能仍然存在,室内活动很不安全……

【解说】

确保不发生新的伤亡是首要任务,地震发生后,瑞昌市4辆巡逻车不间断广播宣传,50个民兵小分队逐户进行排查,要求所有群众到户外紧急避险。晚上8点30分,记者所跟随的排查小分队发现,在桂林街办的一栋楼房内,一名妇女仍然滞留家中。

【同期声】

灾民:我不走不走不走。我就在这里待着,我就在这里睡觉,不要紧,不要紧。

【同期声】

排查队员:这个也是对你的安全负责……

【解说】

经过七八分钟的劝说,得知家中物品能有安全保障,这名妇女终于同意从家中搬出。

晚上9点,九江县人民医院被震裂了的手术室里紧张忙碌,医生、护士正在为一名产妇做剖腹产手术。由于受到地震惊吓,这名产妇出现早产现象,不及时手术,母婴都有生命危险。两个小时后,产妇平安生下一个男孩,为记住这一特殊时刻,小孩起名叫抗震。

与此同时,在九江抗震救灾应急指挥部,地震专家们正在进行紧张的数据采集和测算。晚上11点,国家地震局专家做出了震情预测。

【现场声】

国家地震局专家:根据这个会商的结果,根据目前已有的资料,目前认为发生更大地震的可能性不大。

【解说】

凌晨1点,民政部紧急调运的数千顶救灾帐篷运抵九江灾区,武警、消防官兵们迅速行动,一场搭建帐篷的大会战也同时展开。街道干部、公安干警、灾区群众积极行动,扛材料、支骨架、盖顶棚,大家齐心协力,一顶顶帐篷在寒风中迅速矗立。

【同期声】

灾民柯昌胜:使我们灾民冻不着、淋不着,我们非常感激他们。在受灾之后,有这么多人关心我们,帮助我们,使我们处处感觉到社会主义大家庭的温暖。

【解说】

凌晨3点,我们遇到了溢城街办民政所所长王武立,这是当晚第三次与他相遇,此刻,他仍在一个帐篷一个帐篷地发放矿泉水、方便面。地震发生后,他顾不上自家房子的严重受损,连续十几个小时,在几十个灾民安置点来回奔波。

在瑞昌电视台搭建在路边的临时工作区,编辑、记者们正通宵赶制节目。尽管广电大楼成了危房,但有关抗震救灾的报道一分钟都没有耽搁,这里成为灾区最快捷的信息平台。

【同期声】

瑞昌电视台台长汪新锋:在这样一个非常时期,我们就应当及时地把一些防灾救灾的知识传递给人民群众,把党的声音、党的温暖及时传递给人民群众。

【字幕】

27日凌晨6点

【现场声】

瑞昌电视台播音室:今天是11月27号,现在播出瑞昌早新闻。昨天主震后又发生了100多次余震,但没有造成新的伤亡。目前抗震救灾工作正高效有序展开,灾区群众的情绪逐步恢复正常……

(江西电视台2005年11月27日　张龙　上官海滨　曾佳　孙宏翌　曾军)

◇ **点评文章**

真实感人的纪实报道

2005年11月26日8点49分,处于地震少发地带的江西九江市的瑞昌市、九江县发生罕见的里氏5.7级地震,引起了党中央、国务院领导的高度重视。由于震中浅,破坏力强,十几万栋房屋被不同程度地损坏,40万群众无家可归,被紧急转移到室外避险。天气寒冷,余震不断,灾区群众将怎样度过灾后的第一个夜晚,成了举世关注的焦点。该报道获得第十六届中国新闻奖一等奖。

这篇消息采用了纪实的报道手法,采用了5个小故事,客观地向观众报道了地震灾后第一夜的真实状况,突出现场的氛围,增强真实性和视觉冲击力。

消息一开始,用了高音喇叭巡逻车的现场声,"发生余震的可能仍然存在,室内活动很不安全……"直接就把观众带入到那种紧张的情绪中。然后画面切入到排查队员挨家挨户的检查上,显得自然、流畅,接着是排查人员劝一名还留在危房中的妇女到空旷地方避险的画面,这与广播中的话语形成了呼应。随后画面又转到医院,有一名可爱的小宝宝平安诞生了。这两个小故事是记者精心选择的,意在向观众说明灾区群众的生活是有安全保障的,非常感人,也很有说服力。

接下来,记者又用画面展示了专家的预测和武警官兵为灾区群众搭建救灾帐篷的情景,通过对灾民的现场采访,对民政所所长王武力公而忘私的行动的展现,从细微处再一次强化了灾区群众的生活保障措施的到位。

因为九江地区是地震的少发区,突然发生地震,又余震不断,再加上各种负面小道消息四处传播,一时间灾区群众大都感到惶恐、无助、听天由命。此时需要为灾民做的不仅是生活安全保障,还必须消除心理重压和疑惑。因此消息中出现了一幕特别的场景:瑞昌电视台搭建了临时工作区,及时为灾区群众传递救灾知识和社会各界的关心,稳定灾区群众的情绪。这一幕看似是记者摄录时的无意之举,其实大有深意,充分说明灾区各项救灾措施的细致完备,反映了在灾难面前广大灾区人民敢于战胜灾害的精神风貌,体现了一切为了灾区人民的深刻内涵,也进一步解除了观众的担心。

报道中解说词虽然使用得多,但是做到了"声画合一",增强了画面的表现力。

这篇消息在江西台《午间新闻》《江西新闻联播》先后播出,并被国内外多家新闻媒体引用,对抗震救灾工作的进一步展开起到了很好的引导作用,同时还有效地遏制了一些负面小道消息的传播,为稳定灾区人心做出了大的贡献,真正发挥出舆论的主导作用。

四、作品鉴赏

小粮仓解决了大问题

【口导】

我省连续三年的夏粮丰收令人喜悦,但也带来了一个不容忽视的问题——储粮难。新郑市采取储粮于民、存粮于户,解决了这一问题。请看报道。

【新闻内容】

今年夏粮喜获丰收的河南省新郑市,在采取措施确保夏粮收购工作顺利进行的同时,积极开展一户腾出一间屋、一家建个小粮仓的储粮于户活动。新郑市粮食部门根据农户小粮仓的特点,向农民印发了通俗易懂的技术资料,并抽调技术人员深入到每家每户进行宣传指导。城关乡敬楼村的王占伟,在技术人员的指导下,除卖给国家的粮食外,在自己的家里存了2000多公斤小麦。

【同期声】

农民王占伟:现在的保存办法,比以前要好得多,第一不霉烂,不变质,现在等于说用他们的药可以长时间保存。

河南新郑市市委书记岳文海:我们今年在解决丰收以后农民的粮食怎么办的问题时,确定的指导方针是集中储粮与分散储粮结合,国家储粮与千家万户农民储粮相结合。丰产时把粮食储起来,既备荒备灾,又减轻了国家储粮的压力。

【新闻内容】

据了解,目前新郑市已建起小粮仓18400多个,农户储粮2700多万公斤。

(河南电视台1997年7月14日 田东里 卢慎勇)

第十八章 电视新闻报道

> **阅读思考**
>
> 这条消息只有三四百字,一分多钟的时间,但文字精练、以小见大,把小粮仓所起的大作用揭示了出来,对于解决群众卖粮难、国家粮仓库容不足的问题起到了指导性的作用。

吉祥北京:五福迎宾 吉祥物揭晓

【口导】

主持人现场:各位观众,我现在是在北京工人体育馆北京2008奥运会吉祥物发布暨倒计时1000天活动的现场。再过几分钟,北京2008奥运会吉祥物就要正式发布了。从开始征集到现在,一直引起人们关注的吉祥物究竟是什么样子呢?让我们共同期待这精彩时刻的到来。

【新闻内容】

中共中央政治局常委、全国政协主席贾庆林为北京奥运会吉祥物揭幕。

北京奥运会吉祥物由五个拟人化的娃娃形象组成,统称福娃,分别叫做贝贝、晶晶、欢欢、迎迎和妮妮。五个名字组成谐音"北京欢迎您"。他们的造型融入了鱼、大熊猫、藏羚羊、燕子和奥林匹克生活形象,色彩与奥林匹克五环一一对应。

【采访】

新疆小使者艾克然木:它们都代表了中华民族的一些特征,代表我们中国,所以我很欣赏这5个吉祥物!

【采访】

外国记者:我想这些吉祥物,一定会得到全世界孩子们的喜爱。

【新闻内容】

北京奥运会吉祥物这个快乐而幸福的小团队是中国奉献给世界和奥运会的形象大使。它们向世界各地传递着绿色奥运、科技奥运和人文奥运的北京奥运会理念。它们把激情与欢乐、健康与智慧、好运与繁荣带给世界各地。

(北京电视台2005年11月11日 金鹏 刘青 赵今春 李琪)

温家宝细说"振超精神"

【口导】

主持人演播室:今天上午,在青考察的国务院总理温家宝又专程来到青岛港集装箱装卸现场。他说,要见识一下许振超——这位大名鼎鼎的桥吊队长。

【画面/字幕】

温家宝乘车驶入前湾港

温家宝与许振超握手

【解说】

温家宝一下车,就在人群里认出了许振超。温家宝与许振超边握手边交谈。

(温家宝阐述"振超精神"的场面)

【同期声】

温家宝：我是专门来看望你，看望大家。

许振超：感谢总理对我们工人的关心。

温家宝：现在，全国都在向振超同志学习。那么，什么是振超精神？振超精神就是爱岗敬业、无私奉献的主人翁精神，就是艰苦奋斗、努力开拓的拼搏精神，就是与时俱进、争创一流的创新精神，就是团结协作、互相关爱的团队精神。

（许振超工作的一组资料镜头）

【解说】

装卸工出身的许振超，凭着对事业的一腔热血和一手精湛过硬的绝活，从一名码头工人成长为桥吊专家，带领工友们多次刷新集装箱桥吊作业世界纪录，创造了轰动航运界的"振超效率"。

（温家宝与许振超交谈）

【同期声】

温家宝：全体干部职工都要向振超同志学习，我也要向振超同志学习。（掌声）

（青岛电视台 2004 年 6 月 21 日　李锋　纪伟）

神舟九号返回舱成功着陆四子王旗草原　三名航天员平安归来

【口导】

今天上午10点03分，历经13天航空飞行的神舟九号飞船平安、顺利返回，本台记者在主着陆场——内蒙古四子王旗草原，见证了这一激动人心的时刻。

【记者现场】

记者：现在是上午的10点整。现在我们看到神舟九号飞船正在徐徐降落，在我这个位置可以看到九号飞船的降落伞，那刚才我听到了很大的一个响声，就应该是降落伞打开的声音。在神九的旁边，现在我可以看到有四架直升机正在神九飞船旁边盘旋，应该是正在迎接神九的归来。我们看到神九飞船马上就要降落了。神舟九号飞船已经降落了，它已经顺利落在了地平线上。

【记者现场】

记者：上午10点25分，我们现在到达了神舟九号飞船的返回落点，现在我们可以看到神舟九号飞船舱门已经打开，现在有五位工作人员，外面有五位，里面还有一位，正在对神舟九号进行检查。

【解说】

现在是11点02分，我们可以看到第一位航天员出舱了，这应该是景海鹏，他在向大家挥舞着双手，可以看到他的身体状况应该是非常良好。11点08分，第二位航天员也出舱了，刘旺。第三位航天员，这是一位女航天员刘洋，这是我国的第一位女航天员，她也顺利出舱。

在现场我们也了解到，曾经承担过神舟一号到神舟八号开舱手的李涛，今天再次打开了神舟九号的舱门。

【记者现场】

记者：今天舱门打开得顺利吗？

李涛(航天科技人员):非常顺利。

记者:用了多长时间?

李涛(航天科技人员):一分钟也就是,不到一分钟时间。

记者:跟前几次有什么区别吗?

李涛(航天科技人员):这一次和神五差不多,他们在里面也同时在开舱,我们同时内外联动的。

记者:在航天员出舱前为什么要先进去一名工作人员?

李涛(航天科技人员):主要是检查一下航天员的身体状况首先是否良好。

记者:现在三名航天员正在我身后的这架飞机里进行体检。

【解说】

现在是12点50分,我们看到三位航天员已经完成体检,正在陆续走出医保医监飞机,第一位出来的是景海鹏,从表情来看,他们的状态还是非常好的,每个人脸上都挂满灿烂的笑容,热情地向周围的工作人员、媒体记者挥手致意。

现在,工作人员把三位航天员分别送到三架直升机上。

【记者现场】

记者:现在是中午1点10分,三位航天员分别乘坐三架直升机,另外还有一架指挥机、一架通信机,共五架飞机护送航天员前往毕克齐机场。

(内蒙古电视台2012年6月29日 菅海霞 梁兆峰 石藤正一 韩巍)

> **阅读思考**
>
> 这几则电视消息显示出消息报道的固有特征,那就是快、短、变、活,这就要求记者能迅速抓住新闻事件的核心,用最有效、最有说服力的画面来解释新闻事件的主题。因此,电视消息中出现的画面都不是简单随意的摄录,而是精心选择的结果。
>
> 试分析:电视消息标题写作有什么特点?它和其他体裁的新闻消息区别在哪里?

一堆木头与一连串车祸

【口导】

今天下午4点多钟,在荆州荆监一级公路江北段,一辆满载木头的货车突然冲出公路,一头栽进路边的树林,木头撒落在公路上,天色渐暗,这些木头成为一个个路障,非常危险。

【新闻内容】

记者赶到事发现场看到,来往车辆只能从一条狭缝中驶过。那辆运送木头的肇事货车挡风玻璃破碎,前轮也被撞掉,草丛里还留有血迹。受伤的肇事司机已被送往医院救治。记者意识到这些散落在路上的木头就是危险的路障,如不及时清理,很容易发生二次事故,赶紧拨打了110报警。

接警的110值班民警说出事地在郊外,让记者找辖区派出所。但记者联系当地的窑湾派出所,却被告知:道路故障必须找交警处理。记者随即拨打122报警,没料想值班交警还是要记者找辖区派出所。无奈之下,记者只好在离木头50米处设立警示标志,打开采访车的警示灯提醒司机减速缓行。可就在这时候,事故还是发生了。

【同期声】

事故货车司机：吓死了吓死了！（记者：没看到木头是吧？）事故货车司机：哪里看得到？下雨，哪里看得见？眼睛看到了来不及刹车。这边（又）有车。

【新闻内容】

货车挡板被撞坏，油箱受损，幸好人没受伤。在接到记者报警一个小时后，窑湾派出所民警来到现场，他们一边联系交警来清障，一边和记者一起，将散落在路中间的木头抬到路边。不料想，又一起车祸发生了。

【同期声】

事故面包车司机：没看到，走到眼前才看得到。看到时已经来不及了。

【新闻内容】

面包车车门被撞凹了进去，车上一名乘客的眼角被玻璃碎片划伤，鲜血直流。

【同期声】

记者对受伤乘客：坚持一下，您坚持一下。

【新闻内容】

这边事故还在处理，那边又有车祸发生，一辆摩托车撞到木头上，司机直接飞出了好几米，当即不省人事。

【同期声】

医生：这里压着了，脚脚脚，往前推，往前推。帮忙把血止一下。家属，家属！赶紧上来！

【新闻内容】

在现场先后发生了四起车祸后，交警终于赶到了现场。由于漆黑一片，木头散落范围较大，交警随即又调来2辆警车挡在公路两头，着手清理木头。

由于夜暗，视线太差，从黑暗中冲来的又一辆摩托车，接连撞上了好几根木头，车上三人当即倒地。

【同期声】

伤者：哪个知道这里有树呢？

【新闻内容】

为了避免更多的车祸发生，交警喊来了工人搬运木头。直到晚上9点钟，现场的木头才被完全清除，道路通行得以恢复。这起连环撞车祸共计5辆车受损，6人受伤。

【编后】

发生在眼前的一连串车祸，让我们现场采访的记者心惊胆战，同时也有些自责和纠结。他们说也许多设几个醒目的警示标志，也许不先忙于拍摄采访，而是将精力放在对来往的车辆进行提醒上，这五起事故说不定能减少一些。在这起连环交通事故中，110、辖区派出所、交警的值班民警相互推诿，反应迟缓，很让人恼火！要说，像这样的工作作风和服务态度在许多职能部门都存在着，我们平常已见怪不怪了。只是，平常这样的不作为、慢作为带来的最多只是办事效率低下，惹办事的一肚子气而已。可人命关天的事故就这样发生在漫不经心的拖沓和推诿中，相关部门看了作何感想，还可以无动于衷吗？真的希望这血淋淋的镜头能够唤起他们警醒，让类似一堆木头引发一连串车祸，让人民群众生命财产遭受重大损失的事情不要再发生了！

（荆州电视台2010年10月26日　江虹　艾冀　李佳）

第十八章 电视新闻报道

> **阅读思考**
>
> 这条不到 4 分钟的电视新闻将电视现场报道新闻的作用发挥得淋漓尽致。该新闻有现场、有故事、有冲突、有介入、有评论,是难得一见的现场好新闻,是一次记者充满社会责任的媒体作为,是对那些作风疲沓、推诿、不作为、慢作为的职能部门进行舆论监督的力作,称得上是民生新闻报道类似题材的成功范例。
>
> 试分析:作为电视现场报道新闻的佳作,这篇作品的魅力体现在哪里?编后的点评对于新闻主题起到怎样的作用?

第二节　电视系列报道

一、文体概说

电视系列报道也可称之为连续报道,是在一段时间内,从事件发展的不同角度对重大题材或具有传播价值的新闻进程进行集中报道。它是深度报道的一种形式。一个系列报道通常由若干独立又有机联系的篇章组成。与《新闻联播》等新闻节目最大的不同在于,它可以使用背景资料,也可以进行追踪式报道。它是增强电视新闻思想深度的有效形式,因而成为电视新闻常用的报道形式之一。

1. 电视系列报道的主要特征

(1) 独立成篇,连续发表。电视系列报道因为报道篇幅较长或报道内容复杂,不得不分成若干篇进行报道,它的出现,使一些篇幅较长或内涵宽广的报道不再受到播出时间和版面的约束。但是,系列报道的各组成部分,并非是一个长篇报道的机械分割,它们都各自独立成篇,每篇都有完整的结构和内容;每两篇相邻报道之间并无承接关系,它们遵循的是同一主题统帅下的逻辑脉络,通过一篇一篇的连续发表而使逻辑关系得以展现,主题得以突出,从而发挥整体强势。

(2) 主题单一,专题性强。电视系列报道是通过主题串联篇章的报道。主题是系列报道的灵魂,统帅着所有材料,统帅着各个独立篇章的中心思想,它就是贯穿整个报道的逻辑脉络。正因如此,系列报道的主题必须单一、集中、鲜明。因而,系列报道往往又是关于某一专题的报道,它围绕某一主题,多侧面、多角度、多篇幅地进行专题性研究,从而拓展了报道的深度和广度。

(3) 形式一致,整体透视。电视系列报道强调主题的统一,因而报道的视角及方式要有一个统一的规范。在形式上,系列报道中的各篇章都应该文体一致、长短相同,有统一的写作风格。这样不仅能造成强烈的视觉冲击力,给读者留下深刻的印象,而且能更加强化对新闻事件的整体透视力,使反思和分析更具理性和深度。

2. 电视系列报道稿件的写作要点

(1) 电视系列报道的选题对象是一些新颖而又重大的题材。这些题材具有复杂的内涵,而且其每一侧面都具有现实的意义,每一方面都值得展开深入的报道,否则会造成新闻的遗憾。系列报道就是要对一般人发现不了的深刻价值和意义做深入挖掘,将题材进行切割并做透彻分析。

（2）电视系列报道总的主题，是各篇章有机联系成为一个整体的统帅，决定着系列报道的质量和分量。因此，这个总主题一般都是比较复杂而深刻的，在一个较为深刻的总主题的统领下，各组成部分才能体现出应有的深度。系列报道各篇章的主题必须扣准总的报道主题，使整个报道和谐而统一。

（3）电视系列报道各组成篇章应具有统一的形式，每一单篇报道都应尽量做到内容均衡、形式一致、风格相似，以形成整体强势。

二、个案评析

◇ 原文

"最美司机"吴斌

第一篇

76秒8个动作　司机吴斌临危保护24名乘客

【口导】

5月29日，中午11点39分，杭州长运司机吴斌驾驶客车从无锡返回杭州。一块铁块突然击穿挡风玻璃，撞击吴斌的腹部。危急关头，司机吴斌强忍剧痛，用职业坚守，在76秒时间内完成了8个动作，确保了车上24名乘客的生命安全。

【新闻内容】

这段就是事发时，大巴上的行车记录：

铁块撞击吴斌腹部。他忍住剧痛，双手控制住方向盘；松开左手去打转向灯；点刹踩下刹车；换空挡；客车靠边停稳；按下双跳灯；拉上手刹；站起身说明情况，告诉乘客不要随意下车，保证安全。从11点39分24秒到11点40分40秒，76秒时间里，吴斌用信念、坚守完成了这8个动作，确保了整车24名乘客的安全。

经医院检查，吴斌当时四分之三肝脏碎裂，三根肋骨骨折。

【同期声】

杭州长运集团客运二公司安机科科长陈一波：抢救吴斌的医生说，这种疼痛是一般人难以忍受的。他的一系列操作非常规范，真的很不容易。

【新闻内容】

飞进来的铁块初步判断是对向车道某车辆的零部件，出事时，吴斌驾驶的客车时速为每小时90公里左右，没有超速。

【同期声】

杭州长运集团客运二公司安机科科长陈一波：如果停车迟一秒两秒，多开一百米、两百米，后果是不堪想象的，也许24位旅客的性命就没了。但是吴斌用自己的生命，护住了整车旅客的性命。

【新闻内容】

今天凌晨，吴斌因伤重去世。

第二篇

全城挥泪送别"平民英雄"吴斌

【口导】

今天是吴斌出殡的日子。经杭州市政府特别批准,出殡路线绕行西湖。沿途30公里,普通市民自发夹道等候。今天,这座拥有870万人口的城市以一种前所未有的方式,送别"平民英雄"。

【同期声】

手把稳,开到边上停好。

方向灯打出,后面的车子都会注意了。方向灯不打,后面的车子撞上来,闯大祸了。

这一下真的不容易,真的不容易。他主要头脑清醒。任何人都做不到。刹车不刹,里面的人全部完了。他刹车刹住。

隔壁邻居老大爷老大妈叫一声,阿斌,帮帮忙。他说,他有力气。

【新闻内容】

下午1点刚过,从吴斌家楼下,到小区门口,两三百米的路,人越聚越多。

【采访】

邻居:我们邻居全部都来了。吴斌,一路走好。

同事:是我们单位的同事。最后一程一定要送到他。

【同期声】

吴斌走好。吴斌一路走好。

【新闻内容】

夹道等候,让我们送他最后一程。

警车开道,这是我们对英雄的最高礼遇。

【同期声】

吴斌,我们到西湖边了,到六公园了。西湖边到了。丽珍在后面的车里陪你,悦悦也在这里陪你。

吴斌,吴斌,一路走好。

【黑场字幕】

"平民英雄"吴斌追悼会明天上午8点半在杭州殡仪馆举行。

第三篇

全城"送别" 爱心背后的价值观

【口导】

"最美司机"吴斌的报道到今天已经是第八天了。吴斌走了,但是因此而引发的感动还在继续。下面是一则本台评论。

【新闻内容】

吴斌用76秒,诠释了责任与担当,完成了从凡人到英雄的嬗变。

今天,我们关注"平民英雄",但我们的关注点绝不仅仅停留在吴斌的英雄事迹上。需要特别指出的是:杭州给吴斌英雄礼遇——全城送别——这同样值得我们关注。它折射出来的意义,非同寻常。

【采访】

浙江省社科院公共政策研究所所长杨建华:多少万人自动地去为他送行,场面之大,人数之多,完全是一种自发的。而且,送行的队伍绵绵长长,望不到尽头。让人感到,这是一条人的河流、爱的河流、善的河流,这是我们全体市民的高度认同。

【字幕】

浙江相继出现了最美妈妈吴菊萍和最美司机吴斌这样让全体中国人为之叫好的道德楷模,不是偶然的。浙江确实是一个道德高地。

——中央文明办专职副主任王世明

【新闻内容】

从"最美妈妈"吴菊萍到"最美司机"吴斌,"最美"是社会公众对平凡而又出人意料的善举的激赏和赞美,体现了百姓内心的一种社会理想和价值期许。作为中国经济转型最早的浙江杭州,这里的人民在享受先富裕起来的生活的同时,不断地在发现"最美",关注"最美",传播"最美"。这场"送别"本身就昭示世人,当今时代,社会主义核心价值观的"长城"依然坚强挺立在公众心中。

【采访】

浙江省社科院公共政策研究所所长杨建华:这段时间以来,什么三聚氰胺,什么诚信丧失,让人感到非常痛苦,非常难受。我们这个社会为什么变得冷漠了? 但是,我们这个社会其实有爱,我们这个社会有善。在于我们发掘,在于我们每个人去做出他们这样一种善举,形成善的爱的大潮。

【新闻内容】

平民吴斌成英雄,全城自发送英雄,这是事物的两个侧面,既相对独立,又相互关联。它从两个侧面印证了杭州人的爱心,也印证了经济高速发展的中国,精神文明也在同步成长。让我们致敬吴斌! 致敬杭州! 致敬中国!

(杭州电视台2012年6月1日至6月8日

袁也 蒋学栋 袁帅 车诚 李文 夏茂松)

◇ 点评文章

评析电视系列报道《"最美司机"吴斌》

《"最美司机"吴斌》是杭州电视台综合频道在2012年6月上旬倾注主要精力做的系列报道。整组报道由47篇稿件组成,我们选刊了其中最典型的3篇报道。可以说,《"最美司机"吴斌》是突发性先进典型人物报道的成功实践,体现了媒体主动引领社会舆论的责任与担当。该系列报道充分发挥电视的特性,用画面声音,用真实、真诚、真情来吸引人、感动人,是践行"走转改"的典型范例。

1. 新闻嗅觉灵敏,较好地把握了新闻价值

该系列报道的记者具有良好的新闻嗅觉,准确、迅速地判断和把握了吴斌事件的潜在价值,并进行了深入挖掘,最后提炼出"最美"这个重要的关键词。自"最美女教师"张丽莉、"最美妈妈"吴菊萍等报道出现后,网络上、各大报刊上大大小小的"最美"现象蜂涌而出,而杭州

电视台综合频道的记者们也很好地培养了发现"最美"的敏感力,抓住了"最美司机"这个新闻价值。频道当晚就派出两组记者蹲守吴斌家,第二天立即以大篇幅报道跟进,是国内以最大力度报道"最美司机"的电视媒体。

此外,报道主体的选择也体现了记者很好的新闻敏锐度。在8天时间,杭州电视台综合频道共播出"最美司机"吴斌系列报道47篇。我们选刊的3篇稿件:第一篇《76秒8个动作 司机吴斌临危保护24名乘客》把笔墨、镜头集中在76秒视频和吴斌个人,以还原新闻现场;第二篇《全城挥泪送别"平民英雄"吴斌》则把目光转移到这座城市里的普通人,因为"'最美司机'吴斌"这组报道的主角不仅仅是吴斌和吴斌的家人;第三篇《全城"送别" 爱心背后的价值观》是一则深度评论。有现场、有事实、有评论,从各个侧面展现了吴斌作为"最美司机"感动了一座城市,更感动了全中国。

2. 写作凝练感人,细腻刻画了英雄人物形象

系列报道充分发挥了电视的特性,用画面、声音,用真实、真诚、真情来吸引人、感动人。在报道中,记者语言凝练感人,如:"他忍住剧痛,双手控制住方向盘;松开左手去打转向灯;点刹踩下刹车;换空挡;客车靠边停稳,按下双跳灯;拉上手刹;站起身说明情况,告诉乘客不要随意下车,保证安全。从11点39分24秒到11点40分40秒,76秒时间里,吴斌用信念、坚守完成了这8个动作,确保了整车24名乘客的安全。"记者在讲述76秒发生的事情时,用了"忍""控制""松开""打(转向灯)""踩""换(空挡)""停稳""按下""拉上""站起""告诉"11个动词,干脆利落、简洁坚定,就好像吴斌生命最后一刻的举动一样那么毫不犹豫、依然坚定。再如:"今天,这座拥有870万人口的城市以一种前所未有的方式,送别'平民英雄'。""吴斌用76秒,诠释了责任与担当,完成了从凡人到英雄的嬗变。""今天,我们关注'平民英雄',但我们的关注点绝不仅仅停留在吴斌的英雄事迹上。需要特别指出的是:杭州给吴斌英雄礼遇——全城送别——这同样值得我们关注。它折射出来的意义,非同寻常。"这样的语言无不触动灵魂,让人潸然泪下。与此同时,吴斌的英雄形象在这些解说词和画面的相互映衬下渐渐清晰。

此外,记者还通过对吴斌同事、邻居等的采访,还原了吴斌这个年轻司机的不平凡,讲述了关于他平常的点点滴滴。如第二篇《全城挥泪送别"平民英雄"吴斌》,把镜头对准普通民众。报道使用极少的解说词,用声音和画面这些鲜活的、极具感染力的形式,展现了全城送别英雄的场景。它突破了传统英雄片的说教形式,这样的报道不是报纸的、广播的,它只属于电视这种独特的传播形式。

3. 聚焦"最美",掀起舆论高潮

"最美司机"吴斌是2012年轰动全国的新闻人物,也是继"最美妈妈"吴菊萍之后,大家再次把焦点聚集到浙江杭州,掀起了"最美"的舆论高潮,引导社会向善向上的价值观。事实上,对"最美"的传播效果不仅体现在收视率、点击率上,全城数万人自发夹道为英雄送别,这就是普通民众对报道中蕴藏的社会主义核心价值观的最大认同。

能够收到如此好的传播效果,一方面是高密度、高强度的报道。连续一周左右高强度的"最美司机"系列报道,让吴斌成为全城百姓争相讨论、赞美、学习的人物。其中的多篇报道被全国电视媒体采用,数百家网络媒体转载,单条稿件的点击率高达10万次。另一方面,评论也起到了非常重要的作用。如第三篇《全城"送别" 爱心背后的价值观》就是一则评论。平民吴斌成英雄,全城自发送英雄,这是事物的两个侧面。它印证了杭州人的爱心,也印证

了经济高速发展的中国,精神文明也在同步成长。简言之,这一电视系列报道以特有的人文关怀,传播出"最美人们"的坚韧执着,揭示了人性真善美的光辉。

三、作品鉴赏

系列报道:爱心寄养

爱心寄养(一)

【口导】

每个人都希望有个温暖的家,对于被遗弃的孤残儿童来说,家,意味着梦想与幸福。我们今天跟家有关的故事就从一个寄养家庭说起。

【新闻内容】

12月8号早晨,天气有些寒冷,但是永宁县惠丰村村民朱慧琴的心情,却温暖并显得急切,今天他就可以见到寄养的孩子了。9点半,当5岁的慕容进京一进家门,朱慧琴便迫不及待地迎了上去,喜悦之情溢于言表。

【同期声】

朱慧琴:这都是你的,这也是你的,笑的,知道吗?这是你的刷牙杯,这是你的擦脸毛巾,知道吗?

【新闻内容】

抱着慕容进京,朱慧琴把家里每间屋子重新走了一遍,慕容进京似乎感受到了"妈妈"浓浓的爱意,不时露出了害羞的笑容。5岁的慕容进京是一名脑瘫孩子,今天是他从宁夏儿童福利院来到寄养家庭的第一天,也是第一次见到以后将生活在一起的妈妈——朱慧琴。

说起为什么要寄养一个孩子,朱慧琴告诉记者,这是因为看到村里其他的寄养家庭氛围特别的好,所以就动了这个念头。

【同期声】

朱慧琴:我们家人要在着,好像也好点,要不在,就我一个人转出转进,有时候就跑到楼上瞧瞧别人(寄养的)娃娃。(所以看别人寄养的孩子,现在也有了这个心思。)我们也有自己的房子,我说我们也带一个,我们就申请了。

【新闻内容】

带着慕容进京熟悉完家庭环境后,朱慧琴正式与宁夏儿童福利院的工作人员签订了寄养儿童协议书,正式成为了惠丰村第53户寄养家庭。由于没有接触过脑瘫的孩子,朱慧琴还将接受工作人员的一系列培训与指导。

【同期声】

工作人员:他现在是5岁8个月,诊断的是脑瘫。然后他就是长期服用利培酮,早晨半片,晚上半片,我们把药也给你带了,然后你按时给他吃上。这孩子性格比较活泼,喜欢被人抱,喜欢被关注。左腿检查有骨折的病史,然后在做训练,在做康复的时候要多注意安全方面的因素。

【新闻内容】

对于朱慧琴来说,家里以后将多一位成员,生活也将会变得更加丰富。而对于一直生活在儿童福利院的慕容进京来说,他终于有了自己的家,有了疼爱、愿意照顾他的妈妈爸爸,也许是感觉到了这些,慕容进京从进了家门便安安静静地窝在新妈妈的怀抱里,似乎在享受已经失去很久的温暖的母爱。

【编后】

一个村子里有53户寄养家庭,承担着抚养96名孤残儿童的责任,到底是什么原因让这么多家庭愿意去照顾这些孩子,明天我们将继续为您讲述——寄养家庭的故事。

爱心寄养(二)

【口导】

目前我区有104名孤残儿童寄养在67户家庭中,残疾程度达到98%。其中永宁县杨和镇惠丰村就有寄养家庭53户,寄养儿童96名。是什么原因让如此多的寄养家庭汇聚在一起,又是什么原因支撑他们去持续不断地付出?

【新闻内容】

作为惠丰村第一批寄养家庭,今年52岁的张会琴还清晰记得十年前第一次看到孤残儿童时候的场景。

【同期声】

张会琴:刚开始来的时候好动,见什么咬什么,就连我也咬,咬住不放,见血了才放。摸不清楚,大小便也不知道,你刚弄完了他又糊上了。最后想这些娃娃有点太可怜了,就是献一点爱心吧。

【新闻内容】

现在,张会琴家里寄养着三个孩子,精神发育迟滞的欧阳源、脑瘫孩子高谢林以及脑积水患儿欧阳明。其中照顾时间最长的欧阳源已经来到这个家里十年了。

还记得欧阳源刚来不久时,有一次忽然癫痫病发作,没有经验的张会琴当时被吓得浑身发抖,生怕孩子出什么事,最后赶紧打电话给儿童福利院,在工作人的帮助下才将孩子安稳好。自此以后,张会琴再也没有在外面过过夜,就是逢年过节也不例外。

【同期声】

张会琴:从他来我一直就没离开过他,一直和他睡,因为你不知道他什么时候发作。我出去晚上非要回来,不回来根本不放心,因为他那个癫痫病真的挺害怕的。

【新闻内容】

欧阳源没法说话交流,但是通过一些简单动作,张会琴就能够随时掌握他想干什么。高谢林有严重的运动功能障碍,张会琴就教他唱歌、背诗,在不断的训练下,高谢林甚至现在还可以写字,而这些都是用时间慢慢"耗"出来的。

【同期声】

记者:这十年你心里最大的感受是什么?

张会琴:怎么说呢?心里话,最大的感受就是付出了肯定得到爱。像我有时候感冒了,听声音不对他们就说妈妈你感冒了,要吃药。我想我付出了得到的肯定是爱。

高谢林:比一般的妈妈付出的还要多,我觉得她比我亲生妈妈付出多一百二十倍。我想对妈妈说,谢谢你这六七年照顾我。好不哭了,不哭了。

【新闻内容】

付出了就得到了爱,是寄养爸爸妈妈照顾这些孩子最大的心声。也正是看到了这些寄养家庭的融洽生活,村子里越来越多的人开始加入到这个队伍里,渐渐形成了我区最大的一个寄养家庭基地,而基地的形成也让寄养家庭身后有了强有力的后盾。

【同期声】

宁夏儿童福利院院长杜勇:这种集中可以增进寄养家庭之间的交流和沟通,同时我们的孩子他有一个群体,(有)这么一个关系,这样的话(可以)建立一个共同的需要。同时相互也有一个影响,就是社区之间、邻里之间、寄养家庭之间的相互影响,能形成一种氛围,形成一种团队的精神,形成一种团结协作的精神,相互之间产生了一种良好的社会支持。

【编后】

爱,是寄养父母和寄养孩子之间的纽带,正因为有爱,父母们觉得付出再多也值得。但是只有付出对于这些孤残儿童来说远远不够,如何帮助他们进行康复治疗,塑造健全的社会人格,对于孩子来说才是最重要的。而普通家庭寄养能否做到这一点呢,明天我们与您继续关注寄养家庭的故事。

爱心寄养(四)

【口导】

家是一个人成长最重要的因素。一个完整的家庭结构,对孩子们的心理情感发育至关重要,使他们的社会化程度更高,更能融入社会、走向社会。

【现场】

给爸爸一个苹果。

【新闻内容】

在寄养父母的指导下,刚来时连站都站不稳的诸葛豪豪,现在不仅能够自己走路,还能够听懂父母一些简单的对话。

【同期声】

黎玉琴:这些孩子以前看着是脑瘫,现在看起来都对人挺有爱心的。你要对他好,他也对你好。

【新闻内容】

在寄养家庭中,尽管孩子们有着各种不同的残疾,但是他们都在寄养家庭里学会了感恩,学会了和人交流,对以后他们回归社会帮助很大。黎玉琴先后领养过6名孩子,除了现在带的2名孩子,不久前寄养的尉迟江鹏已经被涉外领养,真正地回归了社会。

【同期声】

宁夏儿童福利院院长杜勇:这十年来,通过寄养家庭的努力,我们先后有50多名孩子经过家庭的培育康复指导,原本是没有希望真正回归社会的,都被涉外送养了,就是被跨国收养了,有国外的爱心家庭收养了。从这个比例来看,充分说明了家庭寄养基地建设包括家庭寄养本身给孩子带来很大的扶持,就是让他能够永久地回归社会,实现永久性的安置。

【新闻内容】

除了涉外送养的孩子,通过家庭寄养,一些残疾程度较低的孩子也考入了职业技术学院和大学。对于如脑瘫、智力低下的重残儿童,确实没法回归社会的,宁夏儿童福利院会在他们年满16岁以后,安置到成人的社会福利院。同时在寄养过程中,如果发现孩子有教育或职业培训需求的时候,儿童福利院也会按照他的个性需求进行培养。为了实现让孩子回归社会这个目标,宁夏儿童福利院也在积极地为今后的寄养工作进行新的探索。

【同期声】

宁夏儿童福利院院长杜勇:现在初步决定,我们将建立1000平方米的家庭寄养指导服务站,就是把我们院里机构的一些医疗康复教育的优势资源辐射到这个站上,为我们的寄养儿童全方位地服务,同时还能为当地社区的残障儿童提供医疗教育康复的服务。这是我们未来的设想,同时我们还想着让更多的孤残儿童真正能实现回归社会、回归家庭的梦想。

【编后】

寄养家庭不仅给了孤残儿童一个温暖的家,也给了他们一个回归社会的希望。但是仅仅靠寄养家庭的付出,这个希望仍然漫长而又遥远,只有全社会的共同关注与扶持,为这些孩子们创造一个更加宽容适宜的社会与人际交往环境,这些孩子才有机会真正地回归社会。

(宁夏广播电视总台 2012年12月13日至12月16日

胡志冠　顾锐　陈志远　王卫东)

阅读思考

《爱心寄养》讲述的是寄养家庭的故事,以每一个家庭故事为引子,去讲述家庭寄养中面临过的不同问题。四期报道通过四个家庭的故事为观众呈现出完整的家庭寄养的现状、情感、困难以及期望。内容从点到面,层层递进,让观众不仅看到一个真实的寄养家庭是什么样子,更重要的是让观众能思考自己能为这些弱势群体做些什么力所能及的事情。我们选刊了其中的三个故事。

四、同题文本鉴赏

系列报道:平凡中的伟大——郭明义

平凡中的伟大(一)

【口导】

每天走一遍40多公里长的采矿场公路,一走就是15年;每天义务献工2小时,一献又是15年。从担任鞍钢齐大山铁矿公路管理员的那一天起,郭明义就以他坚实的脚底板,践行着一名普通工人的恪尽职守。

【新闻内容】

齐大山铁矿是目前亚洲生产规模最大的铁矿山,而这些公路就是维系矿山生产的生命线,承担着鞍钢每年生产所需的5000多万吨矿石、岩石的输出和转运。郭明义的职责就是守护好这些生命线。

每天早上,郭明义都不到5点就出门,为的就是提前做好一天的工作准备。

【采访】

郭明义的同事张毓春:一年四季天天如此,咱说实话,烦他,这栋楼值班的就他来得早。

【新闻内容】

这是值班门卫张毓春的实话,起初他对郭明义的做法不理解,但郭明义一坚持就是15年,老张服了。齐大山铁矿在早上8点交接班,但郭明义每天都在6点准时抵达,这一点,矿区的工友们也服了。

【采访】

工友：下大雪他自己从家半夜走到山上走2小时,雪都没腰那么深,我们都下不去。

【同期声】

郭明义：40公里,每天都要走一遍。

记者：走一遍主要看什么？

郭明义：看路面的平整,有没有坑,影不影响大型机械的生产。

【同期声】

郭明义向高森山安排当天工作任务。

【新闻内容】

2006年7月那个大雨滂沱的夜晚让高森山终生难忘,白天刚铺好的坡道晚上就被暴雨冲毁了。

【采访】

郭明义的同事高森山：在我们六神无主不知道这个活儿该怎么去干,我就看着山坡上下来一个人影。我就感觉到是不是郭明义同志,大伙就喊,郭明义来了。当时(他)浑身上下都是泥,鞋都没有了。我握住他手的时候,我眼泪都掉下来了。

【采访】

记者：你对自己工作非常看重是吧？

郭明义：非常热爱,虽然艰苦,但我很乐观,快乐总是伴随着我。

【新闻内容】

乐观,就是这种乐观,让郭明义在走过的每一个岗位上都有着使不完的劲儿:任齐大山铁矿英语翻译时,他是外方专家最信赖的伙伴;在汽运车间大型汽车司机岗位上,他所在的班组提前16天完成全年生产计划;担任公路管理员的15年间,郭明义义务奉献了15600多个小时,相当于多干了5年的工作量。

有人特意算过一笔账,齐大山铁矿有了这么一位守路人,15年来,光省下运输车辆的轮胎和备件支出,就达到了3000多万元。

【采访】

工友：一般人学不来,那咱就在自己的岗位上好好干。

【新闻内容】

众人拾柴火焰高。这几年,在全国同行业中,齐大山铁矿的电铲效率、汽车运输效率一直名列第一。

【采访感言】

■ 干一行 爱一行 钻一行

无论在哪一个岗位,郭明义都从不叫苦;无论是什么样的工作环境,郭明义都保持乐观。持之以恒的精神和脚踏实地的努力,让郭明义成了干一行、爱一行、钻一行的典范。正是这种精神,让工人阶级的力量最大限度地得到集中和释放,才有了企业的不断发展和社会的共同繁荣。

【本台评论】

■ 永不过时的螺丝钉精神

郭明义为我们树立了爱岗敬业的典范。爱岗,就是要以本职工作为出发点和落脚点,激发出自豪感、责任感和使命感;敬业,就是要科学、严谨地对待自己的岗位,释放出活力、创造力和战斗力。郭明义干一行,爱一行,钻一行,甘当一颗螺丝钉,他用行动诠释了一条真理,那就是,螺丝钉精神永不过时。

郭明义是辽宁这块发展热土培养和成长起来的,他也是辽宁千千万万个爱岗敬业者的代表。我们向郭明义同志学习,要与正在基层党组织和广大党员中开展的"创先争优"活动紧密联系起来,迅速形成学习先进、赶超先进、争当先进的浓厚氛围,将为推动辽宁的科学发展、创新发展、和谐发展提供强大的精神力量。

当前辽宁正处于大发展的黄金阶段,对我们的各项工作提出了更高的要求与期待。我们将学习和弘扬郭明义爱岗敬业精神与自身工作实际相结合,与深入开展"创先争优"活动相结合,与辽宁的全面振兴事业相结合,在各自的岗位上勇担重任,敢于创新,拼搏进取,无私奉献,就必将创造出无愧于时代、无愧于历史机遇的一流业绩!

平凡中的伟大(二)

【口导】

在鞍山,知道郭明义的人都叫他"活雷锋"。说来也巧,郭明义和雷锋的确有着千丝万缕的联系:同一个人介绍入伍,踏上新兵火车就做好事,都是汽车兵,都在部队入的党,转业后又到了同一个单位。沿着雷锋走过的足迹前行,也让郭明义对自己人生的"坚持"有了无穷的力量。

【新闻内容】

每天下班后泡个热水澡,是齐大山铁矿的工人们最喜欢的解乏习惯。2006的冬天,大伙除了泡澡还有了更舒服的享受,因为浴池里来了免费的搓澡工,那个人就是郭明义。

【采访】

许平鑫:来一个搓一个,有时候都搓了20多人了,咱就说郭师傅你别搓了,郭师傅说坚决不行。

【新闻内容】

郭明义的坚持是有原因的,不管爱不爱听,他每给一个人搓澡,都会详细讲解一遍捐献造血干细胞的知识。当时,一名矿工的女儿得了白血病,而治疗这种疾病最有效的办法就是尽快进行造血干细胞移植。郭明义的想法很简单:劝动一个捐献者,不就增加了一个挽救孩子的希望吗?他的执着和孩子的命运牵动了全体矿工的心。那一年的12月26日,400多名职工参加了首次造血干细胞样本采集。

【采访】

工友:郭师傅说,小伙子去献。我说去,我说郭师傅你让我干什么咱就干什么。

【新闻内容】

造血干细胞配型成功的几率只有十万分之一。但郭明义的执着却创造了奇迹:2008年

11月,矿工许平鑫光荣地成为全国第1066名造血干细胞捐献者。工友患病的女儿如今也与一名志愿者配型成功。

【采访】

工友:他就是贵在坚持,坚持到现在,他做的那些事都是很普通的事,但咱们一般人坚持不了。

【新闻内容】

郭明义的坚持的确让人无法不敬佩。30年来,他无偿献血已达6万毫升,相当于自身全部血量的10倍。30年来,他先后资助了180多名困难学生,仅捐款就捐了12万。为了希望工程、身边的工友和灾区群众,郭明义几乎把家里能捐的都捐了。

【同期声】

郭明义:这是我的牛仔装,我看都不错。

妻子孙秀英:现在就这两套衣服,那是我看着呢。如果我再给他买一条裤子,那这条就没有了。

【采访】

鞍山市希望办主任宋红梅:2008年领导委托咱们给他家买一台电视,当时说这个是固定资产,不可以捐献了,所以至今他保留那一台电视就是我们送的。

2008年3月,"郭明义爱心联队"正式成立。就连他常去汇款的邮局接待员、天天上班路过的小吃部业主,都成了联队的一员。涓涓细流,汇聚成河,如今,爱心联队已由原来的30多人,发展到了2800多人。

【采访】

爱心联队成员高森山:他就是我们身边的活雷锋。一开始我们就是说,捧他吧,后来一点一点就融入这个爱心联队了。

【采访】

爱心联队成员李宇:是郭明义唤醒了人们心灵深处这种善吧,是他启发了大家,去做这种公益事业。

【新闻内容】

用老郭的话讲,做公益事业也是要与时俱进的。今年6月25号,国内目前参与人数最多的遗体器官捐献志愿者俱乐部又在郭明义的倡导下成立了,190多名鞍钢职工和24名鞍山市民光荣地成为俱乐部首批志愿者,老郭的队伍又壮大了。现在,郭明义爱心联队的大旗下,已经发展出鞍山市第一支无偿献血志愿者服务队、第一支红十字志愿者服务队、第一支红十字志愿急救队等七支分队了。

【报告会现场】

我始终觉得自己能回报的还是太少,必须尽心尽力,不留遗憾。

【采访感言】

■ 把帮助别人当成一种真正的快乐

郭明义的义举,除了天性的善良,还在于他在与困境中的人们交往和对比中,找到了平衡,在帮助别人的过程中,找到了一种真正的乐趣。正因如此,平凡的他超越了平凡,成为令人信服的地道的"好人"。而他所具备的无私奉献、助人为乐的道德情怀正是雷锋精神最核心的价值取向;其对身边人产生的强大吸引力和感召力,也正是这个时代对中华民族传统美德的传承与尊重。

【本台评论】

■ 在奉献社会中收获至深幸福

在郭明义看来，与那些渴望帮助的孩子和工友相比，自己是富裕的，也正是在与受助者的情感互动中，他感到了关爱的力量，收获了至深的幸福。如果说社会是个庞大复杂的机器，每个人都是其中的一个有机组成部分，那么任何一个零部件出现故障，都会影响社会的整体运行，并且直接或间接地影响他人。从这个意义上说，一个人越是希望社会美好，就越是应该为他人分忧、为社会担责。扶危济困不是分外之事，而是一个社会公民的分内之责。

在对他人、对社会的关注中，郭明义总在问自己还应该做些什么，还能够做什么。这是社会公民意识成熟的表现。我们的社会以人为本，而人则应当以社会为本。确立人以社会为本的理念，社会责任才有出发点和落脚点。

学习和弘扬郭明义助人为乐、回报社会的精神，就应该如郭明义那样在内心追问自己，在行动中践行社会公民的责任，每个社会成员都去相互关爱、相互支持，用爱心和奉献营造一个更加良好的社会氛围，就能不断推动和谐社会的建设，提升每个社会成员的责任感和幸福感。

平凡中的伟大（三）

【口导】

家庭、事业，是人生不可或缺的两部曲，说起来，今年53岁的郭明义对自己的这两方面都很满意，虽然在妻子眼里，有时他是个爱撒点小谎的老小孩，可在工友们心里，他却是最值得信赖、最贴心的老大哥。他就像一团火，时刻温暖着身边的人。

【新闻内容】

郭明义的家距离他工作的齐大山铁矿需要步行40多分钟。有一段时间，郭明义跟妻子商量，能不能花钱在单位食堂吃午饭，妻子同意了。但是没多久，细心的妻子就发现郭明义每天下班回到家都会饥肠辘辘。不断追问之下，郭明义承认，他其实是把午饭钱都省下来去帮助工友了。

【采访】

妻子孙秀英：我说那你就别在食堂吃了，你明天还是回家吃吧。他说那钱怎么办。我说行，钱我照常给你。

【新闻内容】

妻子其实早已习惯了郭明义善意的说谎，他说自行车丢了，而且一连丢了三辆，妻子知道他肯定是把车又送给有需要的人了。在家庭和单位之间，郭明义就这样善意地周旋着，妻子不怨他，矿山的工友们更是对这位好大哥齐刷刷地竖大拇指。

【采访】

工友：你说没有鞋，他马上就能把鞋脱下来给你，他就是这样的人。

【新闻内容】

在齐大山铁矿，郭明义还是出了名的"润滑剂"，他愿意听工友们发发牢骚，要是碰到大家对工资分配、劳保品发放啥的有误解，他也会耐心跟大伙解释、跟领导沟通。

【采访】

电铲司机张继伟：其实也不是郭师傅什么都知道，都是大伙反馈来的，反馈到郭师傅这，郭师傅就把事给办了。什么是威望，替工人想，替工人办事情，这就是威望。

【采访】

郭明义：我们需要党员干部真正地去听他们在想什么，他们需要什么。每个人都去做，一人去带去几个，一人去帮一个两个的，这个社会不就好了吗，还哪有太多的怨言？大家都比较和谐，比较心情舒畅了嘛！

【新闻内容】

对待工友，郭明义从来不吝啬时间、精力和他能拿得出的财物。对待"不义之财"他却始终坚持说不。这些年，瞒着妻子，郭明义还婉拒了单位几次福利分房的机会，一家三口人至今仍住在鞍山市郊一个不到40平方米的小房子里，上大学的女儿放假回家还得睡在4平方米的小门厅里。

【采访】

妻子孙秀英：我觉得委屈我女儿。我也羡慕人家住大房子，但是老郭总开导我，你要是住大房子打扫卫生累啊。

【新闻内容】

每每郭明义都能用他的幽默和乐观巧妙地化解妻子的怨言，就像在异常艰苦而枯燥的采矿场，郭明义也总有办法把大伙拉得很近一样。

【同期声】

工友：郭师傅，来首歌。

郭明义唱《走进新时代》。（叠放他工作及帮助工友的画面）

【采访感言】

■ 解矛盾　暖人心　促和谐

郭明义用无私和真挚，把一名普通工人的大爱和一位共产党员的执着追求，播撒到社会的每一个角落。他所坚守的公而忘私、淡泊名利的价值取向，所倡行的团结友爱、互帮互助的蔚然风气，诠释的是人与人之间的和谐共融，昭示的是人与社会的共同进步。

【本台评论】

■ 激发爱与奉献的群体效应

孟泰、雷锋、王崇伦、郭明义，辽宁大地上英模辈出，薪火相传。他们既传承了中华民族的传统美德，又具有鲜明的时代特征。与英模前辈相似的是，郭明义所体现的社会价值，不仅在于他数十年如一日地用自己博大的爱心、满腔的热血铸就了人间大爱，还在于他以自己无私奉献的精神感染和带动了更多的人，从而将个体的行为转化为群体的行动，凝聚起公众心向善的共识，引导着社会的健康风气，践行着公民的社会责任，成为承载和谐社会价值观的鲜活载体，从而使主流价值观的传导，越发地具有感召力，具有深入和持久的影响。

人的生存和发展也依赖于一个良好的社会环境，而良好的社会环境是社会成员之间良性互动的产物。学习和弘扬郭明义甘于奉献的精神，由浅入深，由表及里，由心动到行动，这也是个长久坚持的过程。也唯有如此，我们才能既拥有郭明义这一行动标杆，又能不断在身边涌现出更多的郭明义，为辽宁的大发展、快发展提供不竭的推动力。

（辽宁广播电视台2010年9月3日至9月5日　陈平　阮峰）

"雷锋传人"

近年来,作为伟大革命战士出现的雷锋形象和精神,正被来自商业、政治、娱乐的多重力量做多种解析。而在辽宁鞍山市,有一位几十年如一日,捐款捐血,连家都不顾的"雷锋传人"。他凭借什么穿越变迁的时代? 又凭借什么,成为他人眼中的传奇?

8月的一天早晨,鞍山监狱管理局,狱警郭明顺刚打开广播就听到他哥的消息——"鞍山市委决定,在全市开展向郭明义同志学习的活动……"

郭明顺吓坏了:糟了,我哥出事了!

按这位43岁的老狱警的旧经验,上级这么隆重号召向某人学习,那人一定救人牺牲了,不牺牲也得残废,否则讲不通啊——"我哥也就一普通人,干了啥惊天动地的大事?"

直到他母亲在电话那头确认"老大没事,好好的",郭明顺悬着的心才放了下来。

在郭明顺心里,家里大哥郭明义"话不多,工作老忙,不顾家,过年过节从没准时回来过……甚至没个大哥样"。

可就是这个"没大哥样"的郭明义,被人们介绍时,总加上一个前缀:"雷锋传人"。他工作的鞍钢,曾经是中国最著名的战士——雷锋参军的地方。1963年,毛泽东题词号召全国人民向其学习。

郭明顺很纳闷:雷锋那么伟大,老大咋就整成雷锋传人了呢?

越来越穷的"捐献狂"

2010年9月4日,辽宁鞍山,郭明义来到鞍山市采血中心的采血车上准备献血。在他的号召下,鞍山市涌现出一大批无偿献血志愿者。郭明义本该是人人羡慕的"高级白领"。作为鞍钢齐大山矿的公路管理员,他月入四千多。妻子孙秀英在鞍山市第四医院病案统计室工作,月入近两千。作为从部队退伍到鞍钢28年的"老资格",该升官的,该分房的,早就该轮到他了。可身高一米七〇左右、有些驼背的郭明义怎么看,都不像"高级白领",反而看着很寒酸。

他住得更寒酸——一家三口还住在四十来平方米的矿区宿舍,外墙脱皮,楼道露钢筋,进了门——没有衣柜,穿的用的,都堆在床底下;客人超过三个,便只能坐在床上。

按他工友的说法,郭明义是个捐献狂,生生把自己"捐"成个穷人。郭的抽屉里有140多张汇款单——1994年当地实施希望工程开始,寄给180多个孩子的学费。这仅是一部分,以前郭明义寄钱不留底,后来在矿区领导的要求下才留的。

郭明义的捐献方式,有时让家人很"崩溃"。人家换衣服都在家里换,他是反着来的。妻子孙秀英说,有时老郭早上一双新鞋一身新衣服上班,晚上一双旧鞋一身旧衣服回来——他在路上看到哪个可怜穿着破烂的,心一软就跟人家换衣服。人家都是骑自行车上班的,可郭明义不成。不是不需要,从郭家到矿山,步行得40分钟。也不是不会骑,15年前,老郭可是骑自行车上班的。主要是因为老郭送自行车送上了瘾。听说海城有个孩子要走4公里路上学,郭明义心一软,就把自行车送了;妻子只好又给买一辆,可没多久,他又将自行车送人了;又买一辆,又送……妻子给整怕了,按这速度,得开自行车铺才行——老郭从此只好走路上班了。老郭送电视机也上瘾,他家曾买过三台电视机,每一台没用多久就先后被他捐给了别人。2008年,鞍山团市委听说这事,特地买了一台赠送给郭明义,并特地嘱咐这是固定资产,捐了犯法,老郭一害怕,这才没捐,全家从此安稳看上了电视。矿里领导学到了经验,两年前奖励他手机,特意交代,这是固定资产兼工作需要,捐了犯法,老郭这次也没捐。从他1994年开始资助贫困学生开始,16年来,他不仅把自己生活费捐了,而且把各种补贴一分不留地捐了;不仅把各级组织给他的奖金、慰问金捐了,还把所有的奖品、慰问品也都捐了。鞍钢矿业公司党委书记杨靖波替他算了笔账,他在鞍钢工作28年,工资总收入29万,他捐献了12万,占了收入的近一半。

除了捐钱,郭明义还"捐血"——从1990年开始,至今已有20年。如果将郭明义20年来捐献的全血和血小板全部折算成鲜血,他已累计献出近6万毫升,相当于一个正常人全身血液的十多倍。

傻不傻,都有说法

"这不傻吗?"和郭明义住在同一个矿区的修艳平和陈亚平是郭明义的小学同学,年过半百的他们,双双下岗,正值上有老下有小的艰难时刻,他们至今依然不能理解,老郭为何会"傻"到这个程度,"连家都不要了,换我,做不来"。

而郭明义的小学班长,现在担任鞍山市燃气总公司党务工作部部长的沈维刚,最近在报纸和电视上看到有关郭明义的报道,甚至都想找这位昔日的老同学谈谈,"献爱心可以,但要以保障自己最基本的生活为前提"。

沈维刚算是"混"得好的,他有房有车。他的办公室和郭明义的家差不多大。1998年,这位老班长从鞍钢跳了出来,下海扑腾,此后就与郭明义失去了联系。最近的一次相见,是在两年前的同学聚会上。

聚会从下午开始,一直持续到第二天中午,久违的同学见面,唠嗑的唠嗑,拥抱的拥抱,郭明义却显得颇不合群,他不仅迟到,而且早退。

那天,即便是下岗吃低保的同学,也衣着光鲜,只有郭明义,依然是一身灰色的矿工服。大家起哄让他表演节目,他张嘴就唱了一首《爱的奉献》,一字不减。他还朗诵了一首自己写的诗。虽然大家都鼓了掌,但沈维刚觉得,掌声复杂,"有真心赞扬的,也有起哄的"。

同学中,几乎人人知道,郭明义资助贫困学生,无偿献血,但他们并不知道,他捐助了多少人,献了多少次血,看着他常年一身工作服,只是以为他"很困难",同学中有红白喜事,几乎都自动将他省略,"怕他随不了份,面子上下不来"。

对郭明义的行为,不只是同学,他身边的工友,一开始同样不理解。他们给他起的外号很多,"郭大傻"、"郭败家",甚至有一段时间,都以为他有"病",难听的话,当面就来,"老郭,你是不是献血献上瘾了?""老郭,我玩麻将没钱了,赞助点?"老郭不说话,说得急了,也只是笑笑。

工作狂人

有人说老郭怪,更怪的是在工作上。

齐大山矿是亚洲最大的露天铁矿,郭明义自1996年开始任齐大山矿公路管理员。在齐矿修路作业区党支部书记刘洪良看来,老郭其实可以不这么累的。完全可以一张报纸一杯茶,一个电话到调度室,问问今天哪里情况不好,再一个电话给修路组,坐等验收就行。但老郭是一定要折磨自己的。他每天早上四点半起床,比预定工作时间提前两小时上班。他有节假日,但几乎从不休息。

15年来,他从没准时出席家里的年夜饭。一开始他没手机,家人都不知道要等到什么时候;后来有手机了,催也没用。为此,弟弟郭明顺没少和他急过,但他就是不改。

几十年前,齐大山矿还是一座山,开挖到现在,已经变成了一个深135米的坑,从采场入口到作业面,要走将近40公里。郭明义每天就穿梭于这条路上。矿区的作业平台,不能建露天休息室,没有任何遮挡。郭明义的皮肤因此而比一般的矿工还要黑。矿里曾经提出,要为他换个轻松些的工作岗位,也被他拒绝了。矿区领导为他算了笔账,他每天提前两小时到岗的结果是叠加出156000个小时,等于在他正常工作时间内,多工作了5年。而他每天在作业区步行十多公里,累计起来,则相当于走了4次长征。

老郭的亲力亲为,其实相当于"越俎代庖"。开始时,负责修路的主任不爽,和老郭急过,老郭也和他急。坚持不下,最后也只有他妥协——老郭的执拗,让人无奈。

不理解他的人,只好以"卡"(鞍山话,"傻"的意思)来解释,但他们却又没办法理解老郭的聪明——凭着自学和进修学习,老郭拿了大学本科文凭,拿了助理统计等4个专业证书。

53岁的老郭现在依然能讲一口流利的英语,1993年齐大山矿扩建,需从国外购进33台电动轮汽车,他还曾被点名担任现场口语翻译和英文资料翻译。这在文化程度普遍不高的矿工群体中,让他显得与众不同。

在齐大山矿干了24年的汽运作业区班长孙国海回忆,进口备件的质量本来与郭明义无关,但他每次为备件做说明时都要习惯性地检查一下质量。一次检查中,他发现了5台电动轮汽车的后轴箱有开焊、电机烧断等重大问题,老郭自费买来相机,将问题点拍下来,还写出中英文说明。凭着这些有力"证据",齐矿最终获得外方公司10万美元的赔偿。

扩建工程完成后,外方想聘请其担任驻中国代表,日工资13美元,干一天顶国内工人两个月,老郭拒绝了,他的理由居然是——"我是齐矿工人,不能给老外打工。"

登高一呼

老郭不仅自己做好事,还喜欢带着别人做。

郭明义怀里还常年揣着献血的表格。没有长篇大论,遇到熟人,开口就是一句话——"有这么个事,你参加不?"修艳平和陈亚平下岗时,曾经找过老郭帮忙介绍工作。老郭挺热心,到处找人,一周之后,他便打电话让这俩女同学来一趟。一到矿上,老郭说,"明天矿上组织献血,你俩也去吧?"这两人,一个低血压,一个有病在身,不好说不去,填了表,结果不合格。血没献成,工作的事也不好意思再找老郭了。

为了动员工友们捐献血小板,有一段时间,老郭经常去澡堂,免费给工友搓澡。边搓边说,说通了,就随手拿出表格,让对方填。舍不得钱的老郭,搓澡的工具却很齐全,他自己买浴巾,五颜六色的都有,工友们笑话他,他也并不在意。

几十年如一日的坚持,让老郭在矿山拥有了非同一般的号召力。2007年2月,郭明义在和血站的工作人员闲谈时得知,由于这些天天气冷,献血的人少,临床用血快要供不上了。老郭说,我来组织。一个月后,在鞍山市中心血站,原定50人参加的无偿献血活动,一下子来了100多人,血站的工作人员欣喜之余也有些措手不及,体检表差点都没够用……这一次,市中心血站共采血2万多毫升。类似这样大规模的无偿献血活动,郭明义此后又组织了11次,累计献血12万毫升以上。

鞍山市红十字会组织宣传部长苏震介绍,整个鞍山市,总共有5000多名造血干细胞捐献者,老郭所在的矿山就有1700多名,占了三分之一还多。为了减少反悔率,每次到矿上采集,他都会问一下,对方是否真的了解,是否真的愿意捐献,得到的答案都是:"老郭讲过的,我们是真献。"

"活雷锋"的思想源头

家人有时也不能理解老郭,最气的是连房子都让人了。郭明义曾经有过三次分房的机会,都被他让给了别人。年迈的老母亲甚至产生了误会,认为他"工作表现不好,领导不给分房";而妻子,则常常是在房子分完之后,啥也没落下,才知道消息,连闹都来不及。家里人有时候也纳闷,为啥老大就成了"活雷锋",思想源头在哪呢?他们能找到的唯一答案,是老大像他爹——简直越来越像。

郭明义的父亲也是齐大山矿的矿工,16岁就独自撑起了家,抡大锤,放炮眼。不但养活了一家六口,还供他的一个叔叔念完了大学。1968年,一个名叫毛新平的下乡知青打水时,水井塌陷,老郭的父亲第一个跳下去救人,人没救上来,自己也受了重伤。他因此而被评为省劳动模范,受到周恩来接见。这给郭家带来无上荣耀,至今,老郭家依然保存着周恩来送给他父亲的请柬。

郭父后来升为齐矿革委会主席,矿上要分他两套房,他也只要了一套,挑的还是小的;他是文盲,但坚持读报,去世时学会了六十多个汉字。而郭明义的母亲,因为会推拿,常常为邻居免费治病。邻居感激不尽,而母亲只是淡淡一笑。

深受父母影响的郭明义,小时候就以"实诚"著称。假期里,老师要求他们抓耗子,拿耗子尾巴上交。许多同学嫌脏,就偷车老板的大鞭子,用锉刀将鞭梢挫几下冒充老鼠尾巴——其实老师嫌脏,也不真检查——只有郭明义老老实实地满世界抓老鼠,抓住后割尾巴。

郭明义19岁时当兵——那时想当兵并不容易,因为郭父是劳模,同时又是矿里的干部,郭明义才得以验上。妹妹弟弟记得,那个时候大哥的信,规规矩矩,"可以当报纸来读",最后结语通常是"实现四个现代化,好好学习"。1982年,24岁的郭明义转业,又回到了矿上,从此就没再离开过。

相对单纯的成长经历,以及较为封闭的环境,让郭明义长期保持着一颗单纯的心。妹妹郭素娟说,有时甚至觉得,哥哥"有点天真",一起看电视剧,看到好车和豪宅,她感叹一句,也会引来大哥的批评。除了思想特别"正"之外,在家人看来,老郭与一般人其实也没什么两样。他不抽烟,不喝酒,但是会玩麻将,会斗地主。一家人聚会,他偶尔也会上阵,有事要先走,他就让给媳妇孙秀英,同时不忘叮嘱一句,"多输点"。

他也并非全然不顾家,逢年过节,都会让媳妇给老母亲买这买那,隔三岔五,就会给老妈去个电话。他的二弟媳,前年得了癌症,姊妹三人凑了一万,准备动手术,他一人就出了六千。

不过在生活中他有时候还是会有点"少根筋":由于他每天凌晨4:30就起床,他也理所当然地认为,别人也会起很早。他经常在早上六点半给鞍山市希望工程办公室主任宋红梅去电话,打听资助孩子的状况;一次参加同学喜宴,找同学李树伟借了10元钱,第二天早上五点,就给对方去电话要还钱,李树伟说不要了,这下可好,每天早上五点,老郭准时来电话,他的爱人实在受不了了,只好让李树伟赶紧去取。

和常人一样,老郭甚至也有"丢人"的时候,1990年他第一次抽血,第一针硬是没抽出来,"三十多岁的人了,竟然还害怕"。

第十八章　电视新闻报道

随着时间的推移，特别是最近郭明义被树为榜样之后，理解他的人，越来越多——这其中包括一直喜欢和他抬杠的小弟郭明顺，"人家这么一宣传，我才琢磨出俺哥还真是不简单，做一件好事不难，这几十年都来劲——难！"

（《南方周末》）2010 年 9 月 23 日
陈新焱　实习生胡涵对本文亦有贡献）

阅读思考

《平凡中的伟大——郭明义》系列报道共三篇，于 2010 年 9 月 3 号起，连续三天在《辽宁新闻》栏目中播发。作为相当成功的人物典型系列报道，记者却始终坚持从"凡人"这一角度去发掘英雄的本色，把郭明义这位中宣部认定的新时期道德模范，还原为一位个性鲜明、有血有肉、散发着人性美的平凡英雄。《平凡中的伟大——郭明义》系列报道播出后，郭明义的先进事迹在辽宁省乃至全国产生了极其强烈的社会反响，并成为掀起全国"学习郭明义，争做新时期活雷锋"热潮的序幕。

这两篇新闻稿，前一篇是电视系列报道，后一篇是发表于《南方周末》的一则深度报道。

试分析：对于同一题材，电视系列报道和报纸深度新闻在处理上有何不同？二者各自的特点在哪里？

第三节　电视新闻专题

一、文体概说

电视新闻专题，是电视专题片的一种，以传播复杂新闻事实为主，它也是电视深度报道的常用节目形态。它可以运用纪实手法，对社会生活中发生的重大事件或社会普遍关注的焦点问题，进行集中的、深入的报道和阐述，既有较强的新闻性，又具备一定的艺术审美性。当然，它必须遵循新闻的客观真实性原则。

电视新闻专题一般包含人物新闻专题和事件新闻专题两大类。人物新闻专题侧重于表现人物的特殊人生经历，事件新闻专题则侧重于报道社会重大事件的发展进程。

电视新闻专题一般具有以下特征：

（1）强烈的新闻性和监督性。电视新闻专题瞄准的事实都是比较复杂的，涵盖了大量的新闻价值要素，且"why"和"how"要素比较突出，能迅速抓住受众的注意力，形成一定的舆论强势，起到舆论监督的作用。因此它有助于疏导民众情绪，促进事件的正常解决，推动社会的良性发展。

（2）观念先行。电视新闻专题在报道人物和事件的时候，总是希望能在社会上起到正面促进作用。因此，在报道之前，报道者就会选定一个方面用纪实手法加以突出，在真实的基础上强化观念和新闻性，从而影响大众对热点事件和人物的评判，起到舆论引导和正面宣传的作用。

（3）融入真实的情感。电视新闻专题体现的意识，无论是批判还是颂扬，抑或是所谓的客观,实际上都贯穿着记者的情感,因为任何一种表达方式都是情感的显现。当然这种真实的情感需要恰当使用。新闻界有句行话:新闻记者要把自己的舌头藏起来。因为记者的主要职责就是报道事实,用事实来说话,记者的情感、思想观点都必须藏在事实中,让受众通过事实形成自己的判断。但是,这条准则并没有否定记者情感的运用,只是要求要"藏好"。事实上,在电视新闻专题片中,情感表达恰当的话,既能体现人文关怀,又能让所要传达的观念更容易被受众接受。

比如2011年4月29日中央电视台《深度国际》栏目制作的新闻专题《王室爱情新传》,就将这种理性的情感传达得非常到位,让人们从王室婚礼的奢华表象中审视英国皇室在英国社会发展和外交关系中的作用和影响。

(4) 形象化的表现形式。电视新闻专题的报道方式是"文字+画面",这就意味着它是在形象的基础上来传达主题。而且这些新闻形象会让观众产生一种情绪感染,从而认同并接受新闻主题。

(5) 理性的思考和反思意味。电视新闻专题指向的题材大多与社会公共利益相关联,必须具备一定的理性和深刻性,批判或是颂扬都很直接,因此在作品中常常会有直接的说理和议论。

二、个案评析1

◎ 原文

胶囊里的秘密

共同打造高质量的生活,欢迎收看《每周质量报告》。大家都知道,药品安全,人命关天,党中央、国务院一直高度重视药品质量安全,今年1月国务院印发了《国家药品安全"十二五"规划》,要求医药企业必须坚持安全第一、科学监管的原则,落实药品安全责任,确保药品质量,降低药品安全风险,并且要求有关部门依法严厉打击制售假劣药品的违法犯罪行为。今天,我们就来关注胶囊类药品。因为有些药品对人体的消化系统、呼吸系统有较大的刺激性,所以需要用胶囊包起来才便于服用,胶囊作为药品的重要辅料同样也会被人体消化吸收。在调查中我们栏目的记者发现,这小小的胶囊里却隐藏着大秘密。

儒岙镇位于浙江省新昌县,是全国有名的胶囊之乡,有几十家药用胶囊生产企业,年产胶囊一千亿粒左右,约占全国药用胶囊产量的三分之一。

药用胶囊是一种药品辅料,主要是供给药厂用于生产各种胶囊类药品。记者在当地发现一个奇怪的现象,这里的胶囊出厂价差别很大,同种型号的胶囊按一万粒为单位,价格高的每一万粒卖六七十元,甚至上百元,低的却只要四五十元。

在新昌县卓康胶囊有限公司,一名销售经理向记者透露,他们厂生产的药用胶囊主要供应东北、山西等地一些药厂,所用原料主要就是明胶,因此胶囊价格悬殊跟明胶原料有很大关系。

记者:材料不是一样的吗?

浙江省新昌县卓康胶囊有限公司销售经理王浩明:材料不一样。

记者:为什么?

浙江省新昌县卓康胶囊有限公司销售经理王浩明:就不可能一样的,一个是两万多(一吨),一个是三万多。

在这家厂的原料库房,记者只见到了这名销售经理所说的每吨售价三万多的明胶,并没有见到所谓两万多一吨的明胶。

浙江省新昌县卓康胶囊有限公司销售经理王浩明:两万的一般不放在这里,这里随时有检查。

记者:你两万的那个还怕检查吗?

浙江省新昌县卓康胶囊有限公司销售经理王浩明:那个是不合格的胶,合格的胶现在最起码三万多(一吨)。

记者:三万多?

浙江省新昌县卓康胶囊有限公司销售经理王浩明:嗯。

这种两万多一吨的明胶为什么要藏在别的地方防范检查呢?记者跟随这名销售经理,在另外一个原料库房见到了这种明胶的真面目。这种明胶用白色编织袋包装,上面没有厂名厂址等任何产品标识。

记者注意到,这种两万多一吨的便宜明胶同三万多一吨的明胶比较,外观非常相似,都是呈淡黄色颗粒状,肉眼几乎看不出有什么差别。

那么,这种没有厂名厂址等产品标识的白袋子明胶来自哪里?为什么厂家对外严格保密?这当中究竟有怎样的隐情呢?

在随后的调查中,记者发现当地其他一些厂家也在暗中使用这种白袋子明胶生产药用胶囊。

新昌县华星胶丸厂是当地一家规模较大的胶囊生产企业,有二十多条生产线,每天可生产几千万粒药用胶囊,产品主要供应吉林、青海、四川等省的多家药厂用来生产胶囊类药品。

在这家厂的一个原料库房里,同样存放着这种无任何标识的白袋子明胶。

生产线上的一名负责人介绍,这种价格相对便宜的明胶,用来加工药用胶囊能够大大降低成本,所以在当地非常畅销。

浙江省新昌县华星胶丸厂生产线负责人朱明光:像我们这个镇上,普通胶两万以上,三万以下的比较抢手。

记者:比较好卖?

浙江省新昌县华星胶丸厂生产线负责人朱明光:比较好卖。

对于这种白袋子明胶的来源,这名负责人同样守口如瓶。

浙江省新昌县华星胶丸厂生产线负责人朱明光:这个我们跟你说是商业机密,我们要保密的,因为价格上面有不同。

记者在新昌县走访的多家胶囊厂,都在暗中使用这种来路不明的白袋子明胶加工药用胶囊。一提到这种明胶的来源,厂家都非常警惕,不愿多讲。

随着调查的深入,记者发现,这种神秘的白袋子明胶一般都是通过经销商,偷偷卖给胶囊厂用来加工药用胶囊。

在华星胶丸厂,记者碰到一个前来送货的人,三轮车上装的正是白袋子明胶。他告诉记者,他是卓康胶囊厂生产线的一名负责人,卓康胶囊厂老板既生产药用胶囊,同时也经销这种明胶原料。

在这名负责人的带领下,记者在一个隐蔽的原料存放点见到了大量的白袋子明胶。这名负责人表示,这种白袋子明胶除了供应华星、卓康胶囊厂使用,还卖给其他一些相对熟悉的固定客户。

记者:你这个都是固定的客户要的?

浙江省新昌县卓康胶囊有限公司生产线负责人:固定的。

记者:固定的厂家都是华星那边的?

浙江省新昌县卓康胶囊有限公司生产线负责人:不是。上面(工业)园区也有。

在新昌县做药用胶囊的厂家圈内,大量的白袋子明胶通过地下链条暗中销售和使用已是公开的秘密。

记者:你这经销商多吗?你这边卖这个白袋子胶的经销商?

浙江省新昌县儒岙镇胶囊原料经销商:有。

记者:很多?

浙江省新昌县儒岙镇胶囊原料经销商:哎呀,你不知道,地下的。

记者:地下的,你老跟搞地下党似的?地下的,动不动。

浙江省新昌县儒岙镇胶囊原料经销商:那是。他们这种白袋子的不能拿出来卖的。

历时半年,记者十多次前往新昌县调查,终于摸清楚了这种暗中销售的白袋子明胶的来源。一名曾在新昌华星胶丸厂承包胶囊生产线的负责人向记者透露,这种神秘的白袋子明胶大多来自河北、江西等地。

浙江省新昌县华星胶丸厂生产线前负责人徐学明:哪里最多呢,我给你说,最多的是河北,他们说是叫衡水一带。

根据掌握的线索,记者随后来到河北省衡水市追查白袋子明胶的真相。

河北学洋明胶蛋白厂位于衡水市阜城县,具备年产上千吨明胶的生产规模,是一家获得食品添加剂产品生产许可证的企业。

在这家厂的库房里,记者看到了大量白袋子包装的明胶。据厂里的一名经理介绍,他们厂去年生产了一千多吨这种白袋子明胶,其中大部分都卖给了浙江新昌地区的药用胶囊厂。

河北学洋明胶蛋白厂经理宋训杰:有,都去新昌那边,头年我跟你说,我这百分之七八十的胶都跑那边去了。

记者:去年。

这名经理告诉记者,白袋子包装的明胶之所以便宜,是因为使用了一种价格低廉的"蓝皮"做原料,用这种"蓝皮"加工的明胶业内俗称"蓝皮胶"。浙江新昌儒岙镇一些厂加工药用胶囊所用的白袋子明胶,实际上就是这种"蓝皮胶"。

记者在这名经理的带领下,见到了所谓"蓝皮胶"原料的真面目。厂里的空地上,远远望过去像垃圾回收场,记者原以为这些堆得像小山一样的东西是厂里的生产垃圾和废料,走近一看才明白,这些都是各种各样的碎皮子,散发着刺鼻的臭味。

据这名经理介绍,这种碎皮子正是"蓝矾皮",业内俗称"蓝皮",实际上就是从皮革厂鞣制后的皮革上面剪裁下来的下脚料,所以价格便宜,每吨只要几百元。鞣制后的皮革通常被用来加工皮鞋、皮衣、皮带等皮革制品,这些便宜的皮革下脚料则被他们厂收购来加工成所谓的"蓝皮胶"卖给一些胶囊厂,做成药用胶囊供应药厂生产胶囊类药品。

《中国药典》规定,生产药用胶囊所用的原料明胶至少应达到食用明胶标准。按照食用明胶行业标准,食用明胶应当使用动物的皮、骨等作为原料,严禁使用制革厂鞣制后的任何工业废料。

那么,这种被明令禁止使用的工业皮革废料究竟是如何变成药用胶囊原料的呢?

在河北省学洋明胶蛋白厂,记者目睹了整个加工过程。这些又脏又臭的碎皮子首先要进行前处理。

记者:你们的话一般还加什么原料吗?

河北省学洋明胶蛋白厂经理宋训杰:灰,加白灰。

记者:就是生石灰。

河北省学洋明胶蛋白厂经理宋训杰:生石灰。

用生石灰处理后的碎皮子必须进行脱色漂白和多次清洗。

记者:你这个脱色工艺是什么工艺啊?

河北省学洋明胶蛋白厂经理宋训杰:酸碱中和的。

记者:酸碱中和,强酸强碱呗?

河北省学洋明胶蛋白厂经理宋训杰:对。

就这样,原本又脏又臭的工业皮革废料,经过生石灰浸渍膨胀、工业强酸强碱中和脱色、多次清洗等一系列工序处理后,变得又白又嫩,看上去跟新鲜动物皮原料没什么两样。

河北省学洋明胶蛋白厂经理宋训杰:漂完了以后,你看不出是鲜皮蓝皮来,鲜皮洗完也是这样的。

记者:鲜皮洗完也这样。

在熬胶车间,清洗后的皮子被放入这口直径达三四米的熬胶锅里熬成胶液。

记者注意到,正在熬制的皮子里面竟然还夹杂着其他异物。

记者:我看这是啥?这口罩这是,什么卫生?

河北省学洋明胶蛋白厂经理宋训杰:里面脏东西啊。熬完胶以后都清出去了,有没有脏东西没关系。

熬出来的透明胶液,再经过浓缩、凝胶、干燥、粉碎等工序,就摇身一变,成了淡黄色的所谓"蓝皮胶"。

厂里的经理承认,这种明胶实际上就是国家明令禁止用作食品药品原料的工业明胶,然而,他却信誓旦旦地向记者保证,这种工业明胶完全能够用来生产药用胶囊。

记者:胶囊的话能不能用?

河北省学洋明胶蛋白厂经理宋训杰:百分之百没问题。

原来,在浙江新昌儒岙镇被用来加工药用胶囊的白袋子明胶,实际上就是使用这种又脏又臭的"蓝矾皮"生产的工业明胶。

"蓝矾皮"是工业皮革废料,由于皮革在工业加工鞣制时使用了含铬的鞣制剂,往往会导致铬残留,使用这种"蓝矾皮"加工的工业明胶,重金属铬的含量一般都会超标。

河北省学洋明胶蛋白厂经理宋训杰:"蓝皮"铬不用化(验),肯定超标。

记者:超标多少?有没有测过?

河北省学洋明胶蛋白厂经理宋训杰:一般十五六(倍)吧。

在包装车间,记者注意到,这种工业明胶被分别装入两种包装袋,一种包装上赫然印着"工业明胶"的字样,另一种包装上则是一片空白,没有任何产品标识。

同样的明胶,最后被套上了不同的包装,标明工业明胶的卖给各种工厂作为工业黏合剂,无任何产品标识的白袋子胶,则卖到浙江等地的胶囊厂加工药用胶囊。

河北省学洋明胶蛋白厂经理宋训杰:胶是一样的,说白了,蓝皮你们用也是自己后面用,不是说明目张胆地用。

记者:对对,你说做胶囊那一块吧?

随着调查的步步深入,记者又获得了新的线索。江西省弋阳县也有厂家在用工业废料"蓝矾皮"加工这种白袋子工业明胶。

龟峰明胶有限公司位于江西省弋阳县,是一家有着二三十年生产经验的老牌明胶厂,年产明胶一千多吨。公司董事长直言不讳地告诉记者,他们厂使用"蓝矾皮"生产的工业明胶也是通过白袋子包装,大量卖到新昌县儒岙镇用来加工药用胶囊,客户多达上百人。

江西省弋阳县龟峰明胶有限公司董事长李明元:新昌儒岙镇那里跟我做生意的起码七八十个、百八十个人是有的。

记者:多少人?

江西省弋阳县龟峰明胶有限公司董事长李明元:一百个人是有的。

在明知这种白袋子明胶卖到胶囊厂是生产药用胶囊的情况下,这家厂竟然还专门拟定了一个工业明胶购销合同,并在合同中声称,厂方提供的明胶为"蓝矾皮"加工的工业明胶,不得用于食用和药用,购买方如违反则承担完全责任,提供产品的厂方不负任何责任。

记者:那儒岙那边买你这个胶做胶囊的还都跟你签这个合同了?

江西省弋阳县龟峰明胶有限公司董事长李明元:对。要不就不买,要买就要签合同。

据他透露,在浙江新昌县,业内使用工业明胶生产药用胶囊的现象非常普遍。

江西省弋阳县龟峰明胶有限公司董事长李明元:前两年反正也不讲什么蓝皮不蓝皮,在新昌我专门有个经销部。

记者:专门有个经销部?

江西省弋阳县龟峰明胶有限公司董事长李明元:对,全国八年,四年五年(前),都是用我的这种胶。

食用明胶行业标准明确规定,严禁使用制革厂鞣制后的任何工业废料生产食用明胶。然而在河北、江西两地,这种使用鞣制后的皮革废料"蓝矾皮"生产的工业明胶,采用白袋子包装做掩护,通过隐秘的销售链条,最后流入浙江省新昌县儒岙镇部分胶囊加工厂,冒充食用明胶,生产加工药用胶囊。

那么,这种采用工业皮革废料做出来的工业明胶,又是怎么加工成药用胶囊的?调查中明胶厂和胶囊厂的人多次提到的重金属铬究竟超不超标?哪些药厂在使用这些用工业明胶做的胶囊呢?记者继续回到新昌县调查。

胶囊作为药品辅料,生产环境和加工过程必须卫生。但是在新昌县卓康、华星等胶囊厂,记者却看到了另外一幕:人员未经消毒,便可随意出入生产车间。负责挑拣整理的工人直接用手接触胶囊。一些掉在地上的破损胶囊被扫起来,连同切割下来的胶囊废料一起回收使用。

浙江省新昌县卓康胶囊有限公司工人:废料肯定是要放进去的。

记者:废料都要放进去。

浙江省新昌县卓康胶囊有限公司工人:煮出的废料肯定要放进去。

记者看到,这种工业明胶原料在用来加工药用胶囊前首先要进行溶胶,并根据药厂需求添加各种食用色素进行调色。

由于这种明胶不卫生,在溶胶调色的过程中还要加一种名叫"十二烷基硫酸钠"的化学原料杀菌去污。

浙江省新昌县卓康胶囊有限公司销售经理王浩明:明胶比较脏,然后高温杀菌也可以的。然后就是加进去,然后把油脂什么的清洁掉。

就这样,这种工业明胶,掺入胶囊废料,经过色素调色及化工原料清洁,进行充分溶解,就成了加工药用胶囊的胶液。胶液再经过半自动胶囊生产设备成型,最后通过切割整理,便加工成了五颜六色的药用胶囊。

按《中国药典》规定,出厂检铬,但是这种胶囊没有对重金属铬进行检测,就直接包装成箱,贴上合格证出厂了。

在卓康、华星等胶囊厂,竟然连检测胶囊铬含量的设备都没有。

记者:你这设备有没有能检测铬的?

浙江省新昌县华星胶丸厂生产线负责人朱明光:铬的没有。

铬,是一种毒性很大的重金属,容易进入人体细胞,对肝、肾等内脏器官和DNA造成损伤,在人体内蓄积具有致癌性并可能诱发基因突变。

2010版《中国药典》明确规定,药用胶囊以及使用的明胶原料,重金属铬的含量均不得超过2 mg/kg。那么,这种白袋子包装的工业明胶,以及使用这种工业明胶为原料做出来的药用胶囊,重金属铬的实际含量究竟是多少呢?

记者在华星、卓康两家胶囊厂,分别对白袋子明胶原料和药用胶囊成品进行取样,送到中国检验检疫科学研究院综合检测中心。经过检测,这两家厂的白袋子明胶的铬含量分别为62.43 mg/kg和103.64 mg/kg,按照国家标准中铬含量不得超过2 mg/kg的规定,这两种明胶重金属铬含量分别超标30多倍和50多倍。两家厂的药用胶囊样品中铬含量分别为42.19 mg/kg和93.34 mg/kg,分别超标20多倍和40多倍。

事实上,在新昌县儒岙镇,部分药用胶囊生产商对白袋子工业明胶铬超标的事实心知肚明。

浙江省新昌县华星胶丸厂生产线负责人赖三军:国家标准规定铬不能超过百万分之二,像这个百万分之十多一点。

记者:百万分之十多一点,等于超标四五倍了?

浙江省新昌县华星胶丸厂生产线负责人赖三军:超标五倍、六倍。

这种铬超标的药用胶囊,价格相对便宜,除了偷偷流入一些小药厂、保健品厂、医院和药店之外,还卖到了一些大药厂。

记者:你这有什么大厂子?叫什么,有名一点的。

浙江省新昌县华星胶丸厂生产线负责人赖三军:青海格拉丹东。

在新昌县华星胶丸厂,生产线的另一名负责人还向记者透露了采购这种胶囊的其他药厂。

浙江省新昌县华星胶丸厂生产线负责人朱明光:像我这十几箱胶囊要发到吉林海外,海外制药集团都很大了吧,都在做啊。

随后,记者分别对青海格拉丹东药业公司和吉林长春海外制药集团公司两家制药厂进行了调查,发现这两家药厂的确都在使用浙江华星胶丸厂生产的药用胶囊。

青海格拉丹东药业公司总经理声称,他们厂对采购的药用胶囊都进行了严格把关。

青海格拉丹东药业有限公司总经理王应海:肯定正规。到我们这一个要有资质,再一个每一批货进来必须经过我们药检,必须经过我们质量检验。

记者:你们那个空心胶囊还要检测啊?

青海格拉丹东药业有限公司总经理王应海:肯定要检,我们都要检。

在吉林长春海外制药集团公司,记者看到,仅一张化验单上显示该厂所用华星胶丸厂的胶囊就达2040万粒。而检验人员未经检测就在铬的检测项目写上了合格的结论。

吉林长春海外制药集团公司检验人员:(铬)上原子吸收的(检测)它那比较麻烦,得安排时间才能上,所以先写上了。

厂里的生产车间主任告诉记者,药品生产所用的药用胶囊一般不检测铬。

记者:它(胶囊)的铬什么的都不检?

吉林长春海外制药集团公司车间主任程兆平:铬啊,含铅啥的都不检,正常应该检的,对身体都有害的。

在前后长达8个月的调查中,记者走访了河北、江西、浙江等地的多家明胶厂和药用胶囊厂,发现河北学洋明胶蛋白厂和江西弋阳龟峰明胶公司两家明胶生产企业,采用铬超标的"蓝矾皮"为原料,生产工业明胶,然后套上无任何产品标识的白袋子包装,通过一些隐秘的销售链条,把这种白袋子工业明胶卖到浙江新昌地区,这种铬含量严重超标的工业明胶由于价格相对便宜,被当地一部分胶囊厂买去作为原料,生产加工药用胶囊。这种被检出铬超标的药用胶囊最终流入青海格拉丹东、吉林长春海外制药等药厂,做成了各种胶囊药品。

随后,根据调查中掌握的线索,记者分别在北京、江西、吉林、青海等地,对药店销售的一些制药厂生产的胶囊药品进行买样送检。检测项目主要针对药品所用胶囊的重金属铬含量,经中国检验检疫科学研究院综合检测中心反复多次检测确认,9家药厂生产的13个批次的药品,所用胶囊的重金属铬含量超过国家标准规定 2 mg/kg 的限量值,其中超标最多的达90多倍。

这些药品分别是:

(1)青海省格拉丹东药业有限公司生产的脑康泰胶囊(产品批号:1108204),所用药用胶囊铬含量为 39.064 mg/kg。

(2)青海省格拉丹东药业有限公司生产的愈伤灵胶囊(产品批号:1008205),所用药用胶囊铬含量为 3.46 mg/kg。

(3)长春海外制药集团有限公司生产的盆炎净胶囊(产品批号:20110201),所用药用胶囊铬含量为 15.22 mg/kg。

(4)长春海外制药集团有限公司生产的苍耳子鼻炎胶囊(产品批号:20110903),所用药用胶囊铬含量为 17.65 mg/kg。

(5)长春海外制药集团有限公司生产的通便灵胶囊(产品批号:20100601),所用药用胶囊铬含量为 37.26 mg/kg。

(6)丹东市通远药业有限公司生产的人工牛黄甲硝唑胶囊(产品批号:20111203),所用药用胶囊铬含量为 10.48 mg/kg。

(7)吉林省辉南天宇药业股份有限公司生产的抗病毒胶囊(产品批号:091102),所用药用胶囊铬含量为 3.54 mg/kg。

（8）四川蜀中制药股份有限公司生产的阿莫西林胶囊（产品批号：120101），所用药用胶囊铬含量为 2.69 mg/kg。

（9）四川蜀中制药股份有限公司生产的诺氟沙星胶囊（产品批号：0911012），所用药用胶囊铬含量为 3.58 mg/kg。

（10）修正药业集团股份有限公司生产的羚羊感冒胶囊（产品批号：100901），所用药用胶囊铬含量为 4.44 mg/kg。

（11）通化金马药业集团股份有限公司生产的清热通淋胶囊（产品批号：20111007），所用药用胶囊铬含量为 87.57 mg/kg。

（12）通化盛和药业股份有限公司生产的胃康灵胶囊（产品批号：111003），所用药用胶囊铬含量为 51.45 mg/kg。

（13）通化颐生药业股份有限公司生产的炎立消胶囊（产品批号：110601），所用药用胶囊铬含量为 181.54 mg/kg。

明胶厂明明知道这些工业明胶被胶囊厂买去加工药用胶囊，却给钱就卖；胶囊厂明知使用的原料是工业明胶，却为了降低成本、不顾患者的健康，使用违禁原料加工药用胶囊；而制药企业呢，则没有尽到对药品原料的把关责任，使得这些用工业明胶加工的胶囊一路绿灯流进药厂，做成重金属铬超标的各种胶囊药品，最终被患者吃进了肚子里。接下来我们还有一连串的问号，还有多少食用明胶厂暗中生产销售工业明胶？片子当中这些明胶厂生产的工业明胶还流向了哪些胶囊厂？胶囊厂用工业明胶加工的药用胶囊还卖到了哪些药厂？我们新闻频道的记者目前已经达到浙江、江西、河北三省的事发地，随时给您到来最新的追踪报道。好，感谢收看《每周质量报告》，下周同一时间再见。

（中央电视台《每周质量报告》2012 年 4 月 15 日）

◇ 点评文章

评析《胶囊里的秘密》

2012 年 4 月 15 日，央视《每周质量报告》栏目播出新闻专题《胶囊里的秘密》，对非法厂商用皮革下脚料造药用胶囊进行曝光。一时间"毒胶囊事件"震惊全国，党中央领导同志多次做出重要批示，要求严肃依法查处，确保人民群众的利益。之后，全国各媒体和相关部门纷纷展开行动，在全国范围内"围剿"毒胶囊。可以说，这期专题节目利用电视的特性，通过大量的暗访调查的事实，彰显了媒体监督的巨大威力，并获得第二十三届中国新闻奖一等奖。

1. 紧扣新闻价值，体现社会责任感

"毒胶囊事件"是我国食品安全领域的重大事件，关系着每个人的生命安全，可谓体现了新闻价值的全部要素。记者凭借自身的新闻敏感对这一重大事件进行跟踪暗访调查，层层剥开小小胶囊中的重大秘密：原来，毒胶囊从原料到生产再到销售，已经形成了一条庞大的环环相扣的产业链条，甚至一些知名药厂也牵涉其中，这确实触目惊心。在整个调查过程中，记者一直在追问一个问题：监管何在？这样的追问就将新闻价值拓展到社会传播效果层面了。

在新闻传播领域,新闻价值是记者发现新闻、体现新闻敏感的关键渠道。但是在重大事件的报道中,如果仅仅考虑新闻价值而不顾及传播效果的话,很有可能这个报道就会变成纯粹的"负面报道":公众看到的是又出事了,自身的生命安全无法保障,由此缺乏安全感,对社会对国家产生不信任感。这种危害将比毒胶囊的危害更甚。但是我们看到曝光之后,党中央高度重视,公安、卫生、药监、质检、工商等部门纷纷展开行动,在全国范围内围剿毒胶囊,抓获犯罪嫌疑人200余人。这种局面恰恰是此类曝光报道的目的所在,也是老百姓最希望看到的结果,体现了记者的社会责任感。

2. 勇敢成就"用事实说话"

这期新闻专题报道的事件与公众生命安全相关,与社会和谐稳定相连,其是非对错显而易见。普通民众很容易从情感的角度对此进行道德层面的批评和谴责,但是记者的批判显然要触及社会弊病的更深层,从而达到促使社会体系趋于完善的目的,这就需要大量的新闻事实作为批判的依据。新闻业界都知道,只要是曝光、揭丑式的报道,采访过程绝对不会顺利,一般只能采取暗访的方式来进行,而且充满危险。在《胶囊里的秘密》这期专题报道中,记者每到一个地方暗访调查,只要发现一些新线索就会立即赶赴另外一个地方继续进行调查,以期获得对事件的全面而整体的认识,这种全力以赴的背后就是记者的勇敢和严谨的工作态度。所以我们看到记者的行踪跨越浙江、河北、江西、青海、吉林等地,行程数万里。通过长达8个月的调查暗访,记者掌握了大量翔实的证据,让观众看到了触目惊心的真相:"在新昌县卓康、华星等胶囊厂,记者却看到了另外一幕:人员未经消毒,便可随意出入生产车间。负责挑拣整理的工人直接用手接触胶囊。一些掉在地上的破损胶囊被扫起来,连同切割下来的胶囊废料一起回收使用。""由于这种明胶不卫生,在溶胶调色的过程中还要加一种名叫'十二烷基硫酸钠'的化学原料杀菌去污。""但是这种胶囊没有对重金属铬进行检测,就直接包装成箱,贴上合格证出厂了。在卓康、华星等胶囊厂,竟然连检测胶囊铬含量的设备都没有。""经中国检验检疫科学研究院综合检测中心反复多次检测确认,9家药厂生产的13个批次的药品,所用胶囊的重金属铬含量超过国家标准规定2 mg/kg的限量值,其中超标最多的达90多倍。"这些强有力的事实透射出强烈的批判,却又显得客观、公正,真正践行了"用事实说话"的原则,从中也体现了新闻工作者良好的业务素养和严谨的工作态度。

3. 直接展现观点和态度

《胶囊里的秘密》是一期典型的事件新闻专题,显示出强烈的批判性。报道的结尾,记者将涉及使用了毒胶囊的药品的厂家、名称和批号一一列出,这就是一种直接的批判和否定;主持人的一番总结话语,不仅理性而深刻,更是强化了这种批判性。因此,在此类事件的电视新闻专题中,我们必须敢于直接表明观点和态度,让整个社会在理性中学会批判、学会反思。

4. 画面语言体现纪实性和批判性

本片题材重大,记者主要是通过暗访的方式来获得真相,所以在后期制作中,并没有使用什么特殊的艺术表现手法,基本上片中的场景转换都是以记者调查线索的变化为依据。尤其记者是暗访,所以画面还会出现一些晃动或者不是特别清晰的状态,正是这种好似"不合格"的镜头却传达出真实、客观的新闻特征,显示出纪实性的风格和理性的批判性。

三、个案评析 2

◎ **原文**

远行——10集电视专题片《小平十章》第1集解说词(节选)

1975年5月,邓小平以中国政府第一副总理的身份,再次踏上了法兰西的土地。在访问期间,邓小平受到了热烈而隆重的接待。法国总统德斯坦在欢迎词中特意真挚地提到,"希望这次访法能引起您对法国的回忆,因为您在法国曾生活过5年"。

而就是这位受到最高礼遇的国宾,50年前却是法国警方搜捕的对象。那时候,他的名字叫邓希贤。

1926年1月8日,在凌晨的黑暗中,数十名法国警察直奔比扬古尔卡斯德亚街三号。这个旅馆的5号房间,就是中国青年邓希贤的住所。

法国警方为什么要去搜查邓希贤?这个不足22岁的年轻人为什么会引起法国警方的注意呢?

事隔78年之后,在法国国家档案馆里,我们掀开了邓小平早年的这段历史。

在卷宗编号为第F7-13438的法国国家档案中,有一份1926年1月7日的警察密探情报。这恰好是搜捕行动的前一天。在这份报告中,详细记录了邓希贤的日常活动。

【法语同期声】

"他作为共产党积极分子代表出席会议,在中国共产党人所组织的各种会议上似乎都发言……"

"……邓希贤拥有许多共产党的小册子和报纸,并收到许多寄自苏联的来信……"

这个引起法国警方注意的年轻共产党员邓希贤,在5年多前远行到达法国时,还只是一个想"学点本事"的勤工俭学生。1920年9月,16岁的邓希贤走出四川广安,远离家乡来到法国留学。

然而,留学生活一开始就遇上了困难,由于勤工所得不足以支付昂贵的学费,邓希贤只读了几个月法文补习课就面临着被迫退学的危险。他只好写信向家里求助,希望能完成求学的愿望。

邓小平弟弟邓垦(邓先修):要交伙食费,还有少量的学费,还有什么书籍费等等。当时我父亲不在家,我母亲在家里管钱,困难多多。这样子,小平同志就知道家里也有数。他上学,继续上下去恐怕困难很多。他自己也发愁,家里的人也为这个事情伤脑筋,想不出个办法来。

最终,邓希贤没有凑足学费,求学之路就此断绝。他被迫走上了靠做工维持生计的勤工之路。正是在这一期间,年轻的邓小平深切体会到了资本主义社会的本质,并开始受到共产主义思想的影响。1922年夏天,18岁的邓希贤加入了中国旅欧共产主义青年团。

遵义会议之后,邓小平跟随中央红军胜利到达了陕北延安。两年后的1937年,他又随八路军总部奔赴太行山敌后抗日战场。正是从太行山下,邓小平开始了人生中又一次惊心动魄的远行。正是在一次又一次的远行当中,邓小平由一个16岁的青年学子,逐步成长为一位成熟的革命家。

(湖南电视台 2004年)

◎ 点评文章

做好电视专题片的几点要求

电视专题片能利用电视的优势,将画面、解说词、音乐等要素结合起来生动地反映主题。要做好电视专题片需从以下几个方面入手。

1. 选材要典型

这在人物通讯的章节中就强调过,只有具有鲜明时代特征的典型人物,才具有深刻的现实意义,才能体现出时代风采。邓小平是我国社会主义现代化建设的总设计师,他经历了共和国的峥嵘岁月,是共和国的一面镜子,所以《小平十章》这部专题片从选材上来说是非常典型的。制作专题片来歌颂典型人物能起到很好的社会效益。

2. 解说词要"声画合一"

解说词"声画合一"的要求,就是要简洁通畅,能传达电视画面没有传达或无法传达的信息。但是在电视专题片中,解说词可以根据专题片既定的情感基调,加入抒情的成分,增强专题片的情感饱和度,更有效地传达画面蕴含的深层信息。我们节选的《远行》解说词就很有抒情的意味,表达了对伟人的崇敬之情。

"声画合一"还要求解说词把电视画面和同期声、字幕、音乐等连接成一个完整的集合体,共同为主题服务。我们在看电视专题片的时候,常常会发现当解说词的情感饱满到一定程度的时候,配乐就开始"接过"情感的接力棒,与画面一起,营造情感氛围,带动观众的情感变化。

3. 要注重用镜头语言刻画细节和表现背景

细节能起到画龙点睛的作用,能给观众留下深刻的印象。而背景是人物性格、命运和事件发展变化的依据,它包括自然背景、时代背景和文化背景,这三个背景不需要同时出现在一部专题片中,应根据专题片的主题选择不同的背景。选择准确的时代背景能增加专题片的表现力。

通讯是用文字来刻画细节和表现背景的;电视专题片则用镜头来展现生动的场景和细节,表现细节的时候常用特写镜头,将细腻的情感或动作放大,从视觉冲击力上加强观众的视觉感知和情感体认。在电视专题片中,表现背景,就应根据情节发展的需要使用一般的长镜头或特写镜头描绘人物活动的场所或行动的依据。使用镜头语言的时候还要注意适时使用同期声或配乐,强化镜头的表现力。

4. 结构要精巧

电视专题片的制作涉及标题拟制、画面剪辑、音响合成、字幕设计等复杂的工序,因此一定要协调好它们之间的关系,根据专题片的结构来搭配这些构成要素,共同为突出主题服务。《远行》这一集的叙述结构是倒叙,因此画面的切换、配乐的选择、字幕的使用、解说词的情感基调都要全力展现邓小平经历的艰难岁月。如果是其他结构,比如顺序结构的话,画面的切换、解说词的情感基调就不需要转换得太快。

总之,只有构思精巧、制作精良,才能制作出内容、形式俱佳的电视专题片。

四、作品鉴赏

"7·21"生命大救援

【字幕】

2012年7月21日至22日凌晨,北京市普降特大暴雨,房山成为这次特大暴雨的重灾区。

(特大暴雨画面:电闪雷鸣,大雨滂沱。瞬间房倒屋塌,桥梁冲毁,洪水中漂流的汽车,呼救声……出片名)

【旁述】

在这次特大暴雨中,房山区平均降雨量为281.1毫米,山区最大降雨量541毫米,达500年一遇。全区10小时内降水近6亿立方米,相当于每3分钟就有一个昆明湖的水从天而降!暴雨造成城市、农村低洼处严重积水,山区爆发了山洪、泥石流等多种灾害。闪电撕破夜空,惊雷咆哮;狂风张牙舞爪,暴雨倾盆。河流暴涨行洪,吞噬村落。降雨总量之多和破坏力之大史无前例!

瞬间,房山境内17条河流有16条暴涨行洪,其中,拒马河洪峰流量达到2500多立方米/秒。洪水造成全区大面积停水断电、通讯中断,数十个村庄与外界联系隔断。大地顿时陷入一片惊恐和黑暗之中。一时间十渡、河北镇、青龙湖、城关街道等多地频频告急,灾情发生3小时内,房山110接到涉汛警情1100多起,群众生命岌岌可危!

灾情就是命令!市委市政府紧急部署,市委书记郭金龙、代市长王安顺亲临房山指挥抢险。房山区迅速进入一级战备状态,把保证人民群众生命安全放在首位,第一时间发布灾害预警预报,第一时间组织群众转移,第一时间组织力量抢救受困群众。随着一道道救援指令的发出,一场拯救生命、抗击暴风雨的战斗全面展开。

【特技转场】

连续降雨6个小时后,城关街道各处险情频传。东沙河新东关段拦河闸段决口50多米。仅仅5分钟,进到村民家里的水就已经从没脚踝上升到齐腰深,水位深时淹没了人的头部以下,全村漫水最深处超4米。此处地处城关交通要道,一时间,东街村告急!城关百姓告急!

接到报警电话,城关街道迅速组织人员施救,在车辆无法靠近的情况下,救援人员利用大吨位装载机救人,用铲车斗子装人、运送被困群众,先后紧急调配6辆装载机水中前行搜救。与此同时,区防汛抗旱指挥部紧急调配各种救援力量火速前往东街村,公安、消防、蓝天救援队等人员利用冲锋舟在洪水中穿梭搜救,直到凌晨4点半将最后一位村民救出,96人成功获救。

【特技转场】

时值周末,在十渡镇,暴雨引发的特大山洪咆哮着冲向公路、桥梁和旅游设施,围困了在此度假的一万多名游客及部分当地村民,群众生命危在顷刻。十渡镇村干部迅速组织人力紧急疏导,踏着洪水,连夜劝阻转移拒马河两侧农户与游客。

当晚,十二渡龙岗山庄紧急求救,那里有70多辆车和200多名游客被困,情况非常危急!电闪雷鸣,豪雨如泼。十渡镇立即组织50多名抢险队员营救,救援人员手拉手试探着趟过齐腰深的洪水,在湍急的水流中,救援队员组成人链,扶助游客慢慢穿过激流。就在游客刚刚被转移后的十几分钟,十二渡公路桥就被洪水冲垮。

【特技转场】

与此同时,位于青龙湖镇的中国少年军校总校基地被洪水围困,校门与主楼之间一片汪洋,水位接近2米,并仍在急速上涨。来自全国各地数百名青少年正在这里集中参加暑期夏令营活动,孩子们的生命受到威胁。通往学校的道路已被塌方的落石、泥沙和肆虐的洪水阻断,接到指挥部救援命令后,公安、消防官兵冒雨急速徒步赶往学校,救援力量在其中一段不到5公里的公路上连续遭遇三次因为山体滑坡而造成的道路堵塞,官兵们冒着随时可能再次滑坡的危险,在最短时间内开辟出了一条通往现场的救援通道。到达灾害事故现场后,火速利用冲锋舟转移学生,受困的351名学生和68名教职工最终脱离了险境。

【特技转场】

也是在21日当晚,暴雨使京港澳高速出京17.5公里路段瞬间变成水库,现场积水量达20万立方米,相当于一个小二型水库的库容量。南岗洼桥水深达6米,致使127辆车被淹,2辆大巴车上受困的170多名乘客遇险。

【执法记录仪记录同期声】

民警:我是民警,你告诉我具体位置在京石高速哪一段?

群众:铁道桥的西边,铁道桥的西边。

民警:听到那边有哭声、叫声,应该就在附近。

【旁述】

闻讯赶来的附近150名农民工和民警跳进水中,利用救生圈、绳索、消防水带进行施救,历时近4个小时,使被困水中的170多人脱离了危险。

【转场】

据统计,"7·21"特大自然灾害造成房山区受灾人口80万,暴雨险情中,在市、区党委、政府的坚强领导下,房山人民众志成城、奋不顾身投入抢险一线。暴雨中共转移撤离群众65000多人,转移安置被困游客16000人,无一名群众因转移不及时而出现伤亡。

房山,在暴风雨中度过了最漫长的一夜。危难时刻,李方洪、高大辉、冷永成、郭云峰用生命捍卫着群众的安全。干部、党员、群众,心连心,手挽手,全力以赴,抗击暴风雨,唱响了新时期党和人民血肉相连的时代赞歌,在人民心中竖起了不朽的丰碑!

(北京市房山区广播电视中心 2012年7月26日
巴金鹏 郭伟 王猛 温鸿雁)

老兵,回家

【精彩看点】

70多年前,一次偶然的外出,他加入远征队伍。

为了抗日救国,保护老百姓。

数十年坎坷飘零、颠沛流离,却割不断对故乡的思念。

【同期声】

我要回去找点我家乡顺德的美食。

第十八章 电视新闻报道

【同期声】

一个抗日的英雄,95岁的时候,一身伤疤,还住在那个透风的房子里,难道你会不心疼吗?

【旁述】

耄耋之年,95岁远征兵落叶寻根,这归家的路,会牵出怎样的人间冷暖?《老兵,回家》,《社会纵横》马上播出。

(出片头)

【一版字幕】

2012年5月24日

云南盈江县昔马镇黄伞坡村

【旁述】

这里是云南盈江县昔马镇黄伞坡村,距中缅边境只有10多公里,95岁的邱联远老人在这个村庄已经生活了30多年。大部分时间,老人就这样独自坐着。一间四处透风的竹屋,一个简陋的灶台,一张桌子,一把椅子,一个橱柜和几只鸡蛋,是老人现在全部的家当。

几十年来,村里人只知道他是外乡人,直到一个多月前,一名志愿者来到这里,老人心底尘封了几十年的往事才被一点点打开。

【同期声】

关爱老兵网志愿者滇西月:我看了很辛酸的。一个抗日的英雄,95岁的时候,一身伤疤,还在透风的房子里,难道你会不心疼吗?

【旁述】

72年前,只有23岁的邱联远从老家出外买米,这一去,便成了他与家人的别离。

【同期声】

远征军老兵邱联远:我离开家去当兵,根本我的家人、我的叔叔、我的父亲都不知道,我的哥哥都不知道。

【旁述】

1942年,抗日战争进入最艰难阶段。邱联远加入了中国远征军,为保卫中国西南大后方和抗战"输血线"而出征滇缅印、抗击日本。他从昆明巫家坝乘飞机,飞越驼峰航线去往印度兰姆咖集训。到达印度后,他被编入新一军三十八师一一二团三营七连,训练后与战友一起从印度打回缅甸,几次与死神擦肩而过。

【同期声】

远征军老兵邱联远:三枪,子弹打通了我的背包。子弹这样打过来,如果直直地过来,脑袋就开花了。

【旁述】

中国远征军在滇缅战场上打得极为惨烈。在云南腾冲县城,87岁的原远征军五十四军一九八师五九三团上尉黄应华生活已经不能自理,耳朵也很难听到东西。1942年,腾冲被日本军攻陷时,他还不足17岁,是腾冲第一中学初三年级的学生。那时候,腾冲的百姓几乎倾城而逃,而他和李炳福、彭文德三人留了下来。他们结为兄弟,拍照留念,相约胜利后相见,而没想到这竟是三人最后的合影。

【同期声】

远征军老兵黄应华：我是腾冲人，我第一个冲出去。

【旁述】

1944年9月13日，也就是腾冲抗战胜利前一天，李炳福牺牲了，牺牲之地距他家仅有500米。彭文德，是在攻城时在南门街遇敌人炮击身亡，虽然已经过了70年，但一想到兄弟二人，黄应华还是忍不住落泪。

【同期声】

远征军老兵黄应华：想念战友，这些人都是为国家牺牲。我现在就想好好活下来。

【演播室主持】

如今，当年的远征军们大都已离开人世，剩下的也都是像邱联远、黄应华这样已到垂暮之年的老人。而与他们曾经所付出的血泪极不相称的，是一些远征军老兵如今贫苦的生活状况。

【旁述】

战后，邱联远定居云南瑞丽，与缅甸女孩阿兰结了婚，生了三个儿女。后来邱联远去农场劳改，阿兰就带着孩子回了缅甸。

从农场回来后，邱联远和妻子李林正结婚。2005年，在邱联远89岁的时候，妻子去世，房子又在一场大火中烧毁了，那是他最为艰难的一段时间。

【同期声】

远征军老兵邱联远：过去我的东西很多，现在都烧完了。

【旁述】

一场大火几乎烧掉了老人的全部，包括他曾经极为珍视的抗战时的证件和照片。如今，他只能靠低保维持生活。

【同期声】

云南盈江县昔马镇黄伞坡村村民李如强：公家一个月给我50元。

【旁述】

靠着做点打铁的手艺活，邱老攒了点钱，在村里给妻子修了一个体面的墓碑。他说，日后，他会和妻子合葬在一起。

【同期声】

远征军老兵邱联远：她埋在这里，我准备在这里铺水泥，将这坟墓建成我们广东的样式。

【旁述】

虽然，早已经考虑好了自己的身后之事，但对于95岁的邱联远来说，对故乡的离愁却是愈来愈浓烈。上次回家，已是1971年。对于已到垂暮之年的他来说，故乡近在眼前，却远在天边。

【同期声】

远征军老兵邱联远：我回去安排我的孙子孙女，找点我家乡顺德的口味，螃蟹和鱼生，我吃点家乡菜。

【一版字幕】

2012年5月24日上午

广东顺德龙江镇

【旁述】

顺德龙江镇南坑村,这几天的气氛有些不太寻常。村里人时常会聚集在一起议论着什么。因为有人过来打听,有个多年前出去抗战的老兵是不是曾经生活在这里,还能不能寻找到认识他的亲人。这里,就是邱联远魂牵梦绕的故乡。70多年过去,时光流转。村口的池塘已经不再,两棵大榕树却还是枝繁叶茂。曾经的农家院落已变成一栋栋崭新的楼房,邱联远曾经的故居也经历了多次修葺。

【现场同期声】

龙江镇南坑村村民:以前这里就是一条路,全部都是鱼塘。现在我们这里建设都挺好的,这间房子就是他们姓邱的,都知道这房子是他的。

【旁述】

如今,邱家的后人仍居住在村子里。但与邱联远同辈的老人已经不多了。这位80多岁的老人是邱联远的堂弟。说起哥哥当年离家时的情景,老人依然历历在目。

【同期声】

堂弟邱俭有:那年日本人过来了,大家都各散东西了,鸡飞狗走,所以他就去了。

【同期声】

邱联远的侄女:以前有联系过,但是之后就没有联系了。现在个个都觉得很开心,他90多岁了能认祖归宗。

【同期声】

南坑村村民:老人家90多岁,能够回到家里寻根,他一定很高兴。

【一版字幕】

2012年5月24日上午10点

云南盈江县昔马镇黄伞坡村邱联远妻子墓碑

【同期声】

远征军老兵邱联远:你要好好保佑我,回家平平安安的,过几天我就回来了。

【一版字幕】

2012年5月24日下午4点

【旁述】

老人想要回家的消息在几天前就传到了顺德龙江镇的南坑村。村里人商量,要让老人体体面面地回来,他们派出了邱氏族人的代表来接他回家。

【同期声】

远征军老兵邱联远:高兴,相当地高兴,心情很激动。

【一版字幕】

云南盈江县昔马镇黄伞坡村

【旁述】

邱联远要回老家了,黄伞坡村的乡亲们来到了老人的小竹屋,在乡亲们的心里,此地更是邱联远的家乡。老人远去寻亲,这淳朴浓郁的山歌,既是替老人欣喜、对老人祝福,更是期盼着他能顺利归来。

【同期声】

远征军老兵邱联远:我的想法是,自己一定要回来。个个群众对我相当地关心,他们也不舍得我。

【一版字幕】

2012年5月25日上午9点

【同期声】

云南盈江县昔马镇黄伞坡村村民：保重，保重，在外面要注意身体啊。早点回来。

【一版字幕】

2012年5月25日下午3点

云南腾冲县国殇墓园

【旁述】

2012年5月25日，在飞赴家乡前一天的下午，邱联远和云南腾冲县的三位远征军老兵一起来到国殇墓园，拜祭牺牲的远征军亡灵。这些为了祖国牺牲的热血儿女们，墓碑上或只一个名字，或只一个军衔，他们的故事似乎已经慢慢湮灭，只剩下这些当年共经生死的战友在墓前默默相望。

【同期声】

远征军老兵邱联远：很多人都不在了，我们团就我独一个了。

【同期声】

腾冲县黄埔军校同学会会长卢彩文：我们的老同学们，现在还健在的，只有15个人了。今天能够参加的人只有3个。

【旁述】

时光无情，每年，都有远征军老兵死去，和邱老一样，他们中的很多人也都面临着生活的困境。

郭自益老人，今年90岁了，他身体残疾，老伴患病，一家六口都挤在这狭小的阁楼里。屋门口这个刻章的摊位，是他们生活的全部来源。

【同期声】

关爱老兵网志愿者贞妮：他今年已经有90岁了。这是他老伴，他老伴今年85岁。每个月就是靠低保，还有爱心人士志愿者的捐助过生活。

【旁述】

关爱老兵网网友滇西月是抗战老兵的后代，正是他最先发现了邱联远老人的故事。近年来，他拜访了不少在滇西的老兵，老人们的境况令人担忧。

【同期声】

关爱老兵网志愿者滇西月：这个老兵他瘫痪在床，孤身一人，没有任何经济来源。这个是四川籍的刘富有老兵，是四川大竹县的，到现在没回过家。爹妈怎么样，他的村子怎么样，他都记不住了。

【演播室主持】

回家，是这些远征军老兵们共同的希望。当年，他们从全国各地来到滇西为国奋战，如今很多人却只能带着一身的病痛孤独终老，对家乡只能在心里远远地遥望，也许永远也没有机会再踏上故乡的土地了。这样看来，邱联远老人是幸运的，他就要回家了，儿时的大榕树还在吗？乡音依旧，容颜已老，家乡的亲人还认得他吗？

【一版字幕】

2012年5月26日下午16:30分

广州白云国际机场

【同期声】

远征军老兵邱联远:过去在昆明坐飞机到印度,现在坐飞机来广州,很感激。

【旁述】

时隔40多年,双脚再次踏上了故乡的土地。近乡情更怯,此时此刻,老人安静地靠在座位上,他又在想些什么呢?

【同期声】

(村里欢迎现场亲人相见)

这个是我妹,我小妹阿英。

阿英啊?

对对对!(哭)你不要再走了,不要走了。

【同期声】

邱联远的外甥女:我一直以为他死了,我姐姐看报纸看到的。

(当时得知,他还在生的时候心情是怎样?)

(哭。)

【旁述】

告别家乡40余年,故乡的景致已经大变了模样,家门前的两棵老榕树却是更加繁盛。

【同期声】

中国远征军老兵邱联远:我上次回来,我的家、庙堂都还在。现在回来,我认都认不得了。

【旁述】

在这里,邱联远实现了一个多年来的心愿,吃上了顺德的家乡菜。

【同期声】

中国远征军老兵邱联远:(你回来最想吃什么菜?)我回来迟点就要去吃鱼饼,蒸点酱油拌一下就吃。

(一组老人画面,接歌曲《故乡的云》)

【演播室主持】

关键词:为了忘却的纪念

虽然顺德家乡亲人们希望他能在故乡养老,也表示愿意承担他的生活,但是邱联远老人说,他还是要回到云南,回到黄伞坡村。那里,不仅是他洒下热血的地方,更长眠着他的妻子。待自己百年之后,他要与妻子合葬在一起,生死相守。虽说落叶归根,但他乡已是故乡。邱老的归乡之路,坎坷却也温暖,这已不仅仅是他一个人的回家,更代表着现在还活着的远征老兵的心愿。我们需要铭记的,也不仅仅是他们个人命运的悲欢离合,更有那些不能忘却的历史。让我们欣慰的是,现在有越来越多的人,加入到关爱老兵的行动中。在此,我们祝福所有的老兵能够安度晚年,健康平安。

(广东卫视2012年5月31日 阮拥军 张琳玥 陶凌 邝雯珊)

> **阅读思考**
>
> 　　《"7·21"生命大救援》是一个题材重大的电视新闻专题，它以纪实的手法真实记录了北京市房山区遭受的500年一遇特大自然灾害时的情景，从中反映了政府部门以人为本、百姓利益第一的执政理念。该片大量使用同期声，画面素材丰富，场景、细节安排得当，现场感强，真实感人。该片播出及时，发挥了主流媒体的正面引导作用，最终也获第二十三届中国新闻奖二等奖。
>
> 　　《老兵，回家》是一个细腻、感人的人物电视新闻专题。它采用纪实手法记录了远征军老兵邱联远回家的故事，通过蒙太奇的叙事手法将邱老的个人命运、远征军老兵群体真实的生存现状、历史背景糅合在一起，令人感动的同时也凸显了厚重感。节目播出后取得良好的社会效果，并荣获第二十三届中国新闻奖一等奖。
>
> 　　综合来看，本节选摘的三个电视新闻专题，因为报道的基调不同而呈现出不同的状态，《胶囊里的秘密》是批判，《"7·21"生命大救援》是颂扬，《老兵，回家》是感慨。在电视画面语言上，前两篇还是遵从新闻真实性的原则，《老兵，回家》则使用了一定的艺术表现手法。
>
> 　　试分析：电视新闻专题与电视文艺专题有什么不同？在电视新闻专题中使用艺术手法，需要注意些什么？

第四节　电　视　访　谈

一、文体概说

　　电视访谈也叫电视专访，就是电视记者、节目主持人与特定的具有新闻价值的人进行交流沟通，或围绕特定的新闻事件与嘉宾交流探讨的节目样式。电视访谈也是目前各大电视台非常流行的一种电视节目形式。

　　根据电视访谈节目侧重点的不同，可以将其分成事件性访谈、意见性访谈、人物访谈三种类型。

　　访谈节目有两个核心要素：主持人、嘉宾。在不同类型的访谈中，这两个核心要素的重心会有些变化。

　　在人物访谈节目中，一切问题的设置和准备工作都应该以嘉宾为中心，嘉宾是整个节目的"信息源"，是掌握受众想了解的信息最多的人，观众的关注焦点集中在嘉宾本人。主持人和所有编创人员必须营造出一种适合交流的场景，让嘉宾能够以自然、自如的状态来分享自己的经历和内心世界。例如《杨澜访谈录》《鲁豫有约》《超级访问》等。

　　而事件性访谈节目和意见性访谈节目，是针对某一新闻事件或者重大政策方针，进行事实分析和观点表达，因此话题是重心。这两类节目邀请的嘉宾一般是话题涉及领域中的权威人士，观众一般不会关注嘉宾的个人经历和精神世界，只关注嘉宾的见解。例如央视新闻频道的《央视论坛》、凤凰卫视的《新闻每日谈》和《凤凰全球连线》等。

　　主持人在节目中起着驾驭访谈局面的作用，其个人风格会决定节目的风格。主持人要善于提问,激发嘉宾的说话愿望;要善于把握访谈节奏,引导被采访者的思路朝着采访主题的思路行进;还要善于倾听,适时做出必要的提点。

要做好电视访谈,需要注意以下几个方面。

首先,选择嘉宾和话题。具备新闻价值的人和事才具有传播价值,我们可以选择名人、明星、权威人士、新闻人物,也可以选择近期发生的前景不是很明朗的重大事件,如马航MH370航班失踪,或者选择一些新出台的重大政策方针,如单独二孩政策。

其次,做好细致的前期策划和采访。电视访谈呈现给观众的虽然只有几十分钟的内容,但是前期的策划和采访工作必须足够细致和全面,例如:确定采访主题;制订采访计划;与嘉宾做好前期沟通,设计好采访问题,避免在正式访谈时出现令人尴尬的问题和场景;拍摄好一些相关的背景资料等。

再次,发挥电视优势,综合使用电视语言。电视语言是个统称,它包括三大构成部分:画面、声音、文字。画面包括现场场景的布置、背景资料画面等;声音包括现场同期声、背景介绍、背景音乐等;文字包括字幕、片头等。电视语言的使用能增强访谈节目的可看性,充分发挥电视声画合一的优势。

最后,要体现人文性。电视访谈节目变成一种流行的节目形式也说明它受观众欢迎,因为它已经成为公共话语权的平台,实现了普通民众与名流权威分享人生经历、交流思想见解的愿望,从中观众能获得情感沟通、心灵慰藉的心理满足。因此,无论是哪一种类型的访谈,其传达出来的话语主旨都必须是积极的、正面的、理性的,体现出人文性和深刻性。

二、个案评析

◇ 原文

"中华慈善之星"袁立:穷人与富人是不断地轮换的

背景音:在富大公司董事长袁立的办公室里,挂满了这样的书画作品,这是公司多年慈善义拍来的。"乐善好施,扶危济困,回报社会",是袁立始终不变的襟怀。10多年来,这家仅500名员工的公司,已经先后向社会捐款900多万元。2007年,袁立被评为"中华慈善之星"。

骆新:袁总,我到您这儿来采访,您这个楼是我见过的企业当中唯一一个没有装电梯的。

袁立:是是是,对。

骆新:这是因为您这个楼老,还是您有意为之?

袁立:我们这个商务楼,当初买下来的时候就没有电梯。现在我看到很多人走上我的办公室,有点上气不接下气,我就告诉他你是处于亚健康状态。按照规定,医学里面的规定,走五楼面不改色心不跳,好。

骆新:我在这儿看了好多照片,看到您还不断地在进行健身。

袁立:我坚持了大概有20多年,所以我的理念就是终生学习,终生健身。我每个星期最少是4次上健身房,坚持2个小时。

骆新:为什么要有这样的毅力要去健身,是害怕自己这个企业,尤其是当企业的负责人,怕自己精力跟不上,体力跟不上?

袁立:我觉得我其他没有什么优点或者长处,我有一个很大的优势,我从小养成一个责任心,这是我家庭给我带来的。我8岁那年,我父亲被打成右派分子,然后下放到农村去劳动教养。那时候我是家里唯一的男子汉,我外婆、我妈、我妹妹,三个女同志,所以我母亲就从小教育我,你要承担起一个男人的责任,我们家庭就你一个男人。

骆新:只有8岁。

袁立:8岁,1958年嘛。我之所以有今天,我觉得跟我的童年和青少年时代的磨难、阅历,完全分不开。如果说到这个点,我叫天将降大任于斯人也,要劳其筋骨,饿其体肤。我有这个责任,我刚刚开始创业的时候,才七八个人,十几条枪,现在我有500个员工。

1992年,袁立走出了国企,创立了这家生产胶带的民营企业。15年以后,已发展成为有8个子公司、年产值5个亿的集团公司。产品供不应求,生产规模已成为上海龙头,并跻身全国行业前三名。

骆新:但是那个时候下海,其实您也没有想好未来这公司会有好的发展吗,虽然我知道您当时已经是国有企业主管销售的。

袁立:对。

骆新:您就觉得下海这么好干?有多少人从国企出来以后,其实他的日子过得并不好。

袁立:是。如果当时我们不进行我们这一次重大的股份制改革,我估计富大公司就玩完了。因为我们在上海,有许多地方跟浙江、江苏那些地方的民营企业、乡镇企业(比较),竞争不过它们,商务成本什么都比它们高,我为这个事情整整苦恼了一年,我一直自己一个人在慢慢地悟,这是一个什么道理。最后我悟出来一个道理,这是一个知识经济时代的特征,人才资本开始向货币资本叫板,最终解决的办法是货币资本妥协。所以最后我拿出来一个分配方案,这个分配方案就是把企业的利润拿出来,跟我们的员工,跟我们的人才,跟企业的精英、高层管理者平分。

骆新:平分是个什么概念,按人头平分?

袁立:没有。就是企业留一半,我们的全体员工留一半。但是全体员工不是平均分配,那就变大锅饭了,那就没有用了。

骆新:根据职务、贡献?

袁立:根据绩效、职务、工龄,各方面挂钩。然后分给他们的这一块里面,50%是以企业的期权方式,再有50%是给他们的奖金。这么一个重大体制的改革,在当时受到很大的阻力。

骆新:来自什么地方?

袁立:关键来自我们投资者。不是我一个人,我们三个投资者,三个股东老板。这种大手笔的改革,你要有点魄力还不算,要把思想工作做通是很不容易的。我画了一个圆,我告诉他们,现在这个圆100%是我们三个人的,然后我把这个圆一切二,半个圆给员工了,还有半个圆是我们的,你觉得你现在损失了。

骆新:损失50%。

袁立:然后我估计这个圆每年的递增速度是30%,那么五年以后我们再画一个圆,这个大圆,它的一半要超过你这个小圆的全部。用这个图形、模型来一讲,大家都一目了然。实际上我们通过这一次机制改革以后,我们的增长速度超过30%。我们现在是三管齐下,为了把员工的积极性调整到最佳状态。首先用利益驱动,我拿出来半个蛋糕,讲明了,给你们的,绩效挂钩,按劳行赏。然后我建立一个企业文化,我们给你灌输一个正确的价值观,你要按

第十八章 电视新闻报道

照我们这个价值观去做。最后我们要把这个企业,把它创建成为一个温馨的、全体员工赖以生存的家园,要把这么一个理念灌输给大家,这就是一个感情驱动。最后把这三者糅合在一起,我最后要达到一个目标,我的目标就是四个字,很简单,叫无为而治。

骆新:用老子的话说就是,其实它的为和执是有关系的。如果你越把这东西执在自己手里,你就觉得是有为的,结果你越有为,越做不出事。

袁立:老子讲的,叫上有为而下无为,上无为而下有为。我们做领导的不要有为,下面的人就会有为。

骆新:但前提是您得让他们成为这个企业的股东。

袁立:对,要让他们有一种真正的主人翁的感觉,还要让他们看得见摸得着这个企业的效益的最后分配。

骆新:那这是不是也会给这个企业带来一点小麻烦?如果每一个人都成为这个企业的股东的话,您对一些不合适的员工,或者当年他可能是你的股东,但你觉得他不称职,你想把他剔除出管理层或生产层之外,你就很难,变成是一个家族制企业。

袁立:我告诉你,我们公司有一个很好的体制,我们有个"两会"制度,职工代表大会、股东代表大会。我们每年召开一次"两会",所有的重大的决策都在这个"两会"上讨论通过,而且是民主投票。从董事长一直到总经理,到副总裁,所有的高层领导全部是选出来的,民选的。所以你这个人合适不合适,要不要把你换一个岗位,换一个职务,大家说了算,不是我说了算。我们公司从来不发生劳资矛盾的,我们有工会,有职代会,有基层党组织的,所有的这一切都是他们在前面,我都在幕后的,我不参与的。

骆新:得罪人的成本其实也被分散掉了。

袁立:不是。我觉得这个企业里面一定要有一个正义感,我们提倡的是要正气压倒歪风邪气。因为我还是相信我们的党组织,相信我们的工会,相信我们的职代会。

骆新:我把这些权利都交给你们了,那还要您总裁干吗?

袁立:我管销售,管市场,这是最重要的。管技术,管开发,管研发,管财务,管钱,这是企业的命脉,这是企业的效益。

背景音:袁立办事大,从一开始就不拘一格,既坚持现代企业制度,又吸纳国企的有效做法。一切服从于一个根本宗旨,就是以人为本,真正为全体员工谋幸福。实现这个目标,富大的法宝,就是民主管理。

袁立:我觉得劳动者有他的权利,我们叫劳权,我们投资者有他的权利,就是股东的权利,股权。一个是股权,一个是劳权,我们把它们有机地结合在一起。我想一个企业内部的和谐是非常重要的,在企业里面最大的矛盾实际上是一种劳资矛盾。

骆新:对,不和谐因素。

袁立:所以我一直在考虑怎样来构建一个比较和谐的劳资关系。

骆新:您这个企业我还发现有一个特征,您不断地在做各种各样的慈善公益事业。但有没有人问过您,说袁总,您做这些事其实也就为了作个秀,为了让民营企业在现在这个社会当中能够坐得更稳一点。

袁立:我原来是一个穷人,穷光蛋,可以讲是,我从小就家庭很穷。我说我现在有那么多钱,越来越多的钱,后来我下海了,当老板了,慢慢慢慢地富起来,我感谢党,感谢社会。最终我一直在考虑一个问题,我该不该有这么多钱,我能不能承受有这么多钱。我觉得我们每个人一生许多事情都是有限的，我算了一下，我们中国人大概一辈子，你不要有什么恶习，不要恶意地挥霍浪费，有300万足够足够，足也，钱多了有什么用啊。所以我在想，在我们中国有一个不成文的潜规则，叫富不过三代，有五代的，但是绝对再长就没有了，那个乔家大院，它五代，整整180年，乔致庸那个家族，现在没了，我们去参观过的，就变成一个空壳在那里，大家参观。

骆新：这是拍电影用的。

袁立：所以我后来就发现整个社会，穷人和富人是在不断地轮换的。假如说这个社会，穷人永远是穷人，富人永远是富人，那么这个社会就断层。正因为是这样轮换，穷人也有希望，我也会变成富人，那么富人你也不要痴心妄想，你永远是富人。这个事情上一定要想明白，尤其是我们民营企业家要想明白，你想不明白，你这个人痛苦，累，活得累，我就想得很明白。

上海富大集团公司宣传部部长王伟如：他开始的时候是骑自行车，后来开摩托车，后来开桑塔纳，后来开丰田，后来开大奔。开了大奔以后他又回过来了，他现在开始上班下班走路。如果去开会，去虹口区政府开会，他就骑个自行车。他平时吃，早晨就是吃很差的大饼油条，中午跟我们一样，晚上家里烧点小米饭、山芋。

背景音：富大富了，袁立有钱了，但他们自觉扛起了社会责任。从1996年起，富大设立了多个慈善帮困基金，以极大的热忱，帮助了一批又一批需要帮助的人。

骆新：您能把这个企业有这样的一套制度性的规范，您觉得更多的是由于您的道德水准高，还是因为您的智力水准高？

袁立：我们富大的成功，我觉得第一是我们有一个企业文化，我们的企业文化的核心是六个字，三句话：第一是善良，第二是诚信，第三是感恩。我觉得这是一个普适的价值观，在富大公司，你如果这个三条做不到的话，你必须要离开。善良，助人为乐，每年我们的员工都要捐赠，5元、10元都可以，我们都张榜的，谁愿意这个榜上我没有名字，他也不敢，这是犯大忌的。第二个诚信，在我们公司谁要是有诚信的污点，你就上了黑名单了，诚信它包括很多方面，比如说你说话，说话一定要兑现的，你借钱一定要还的，你承诺的事情一定要完成的，一定要办到的。感恩，我们要求你在家里一定要孝敬父母，这是最起码的一种感恩，你连自己的父母都不孝顺，生你养你的人，你都对他们不好，你这个人还会好吗？我们公司曾经有一个中层干部，就是因为在家里对父母不好，后来被我们除名除掉了。

骆新：您觉得如果有这么一个您自己所认为的善良的或者慈善的净土，在企业里可以完成。(但)这个企业如何去面对更加尔虞我诈，甚至比较残酷的市场，它还有竞争力吗？

袁立：我一直讲这么一句话，我没有能力去改造社会，但是我有能力改造我这个企业，我把我这个企业的事情做好，就是尽到我最大的能力，尽到我最大的责任。

背景音：办公室，是袁立每天都要来的地方，哪怕节假日。这里有忙不完的工作，还有看不完的书。

骆新：我在办公室里看到您有很多书，我发现您可能是一个特别喜欢这方面的人。

袁立：是。我能有今天，我很感谢我母亲对我的培养，因为从小我母亲就培养我一个阅读的习惯。

骆新：读什么？

袁立：全读，叫博览群书，我每天要看两小时书，不管什么时候，不管出差在外面，不管在国内还是国外，这已经是一个习惯，我不看书我睡觉都睡不着。

骆新：特别想知道，您自己对哪些书会感兴趣，哪些书对您有影响？

袁立：我喜欢历史，这点我是向毛主席学的。我没有学很复杂的，什么《资治通鉴》《二十四史》，我没有去学，我学《中国通史》，因为它比较简明，范文澜写的，通读五遍。

骆新：有人说读历史多了以后是懂得权谋之术。

袁立：不一定，不一定。以史为镜，可以知未来，以人为镜，可以知兴衰。

骆新：所以您也办了好多学习班。

袁立：我们的员工培训是固定的、制度化的，全体员工的培训，几乎到了不惜工本的代价。

骆新：他们经过培训是有证书制的吗？算学历吗？

袁立：我们公司认可的。

骆新：哦，公司认可的。

上海富大集团公司销售员袁佩玲：我们每年有四次的业务培训，他也注重我们每个员工，成为一个学习型的员工。所以我很欣慰，从一个高中生，我虽然是个高中生，其实我在我们的业务上，我觉得应该是一个销售工程师了，应该这样说。

上海富大集团公司销售员张圣芳：当时来的时候也是觉得好像只是为了打工赚钱而已，但是到了富大公司以后，感觉到学到好多东西。接受了公司的企业文化以后，跟别人在交流方面，好像也都在以我们的这种企业文化来跟人家交流。

上海富达集团公司副总裁杨根明：我们富大成功的地方不是每一个人富了，这是一个成功，最成功的地方就是他们每个人都体现了自己的价值。

骆新：您能不能解释，您当时为什么把您的企业起名字叫富大？这个名字肯定能够说明点问题。

袁立：我们中国人就是穷，所以想富。最早起步的时候只有4000元钱，都是借的，所以对富、对富裕的生活的追求，应该说是我们中国人很普遍的心态和情结。所以要富，富了以后还要做大，所以起了个名叫富大。

骆新：现在能满足了您当时起名字的这种愿望吗，既富且大？

袁立：对我个人来说我早就满足了。

骆新：您究竟算是一个聪明的人，还是算是一个勤奋的人？

袁立：我算一个很想得明白的人。我是一个明白人，我给自己下的一个定义，这是一个明白人。我很少钻到牛角尖里面去，尤其是对钱的问题，我想得非常明白。我一直信仰这八个字，我办企业我有一个宗旨，叫财聚人散、财散人聚。当这个企业它创造的财富聚拢在我一个人手上的时候，人心要散掉的，所以为了要把人心凝聚在这个企业里面，我宁可把财都分给大家，我不要。

骆新：您现在这公司找到接班人了吗？

袁立：现在完全能替代我的人还没出现，我们正在培养，我现在搞的叫禅让。

骆新：禅让？

袁立：我搞的是禅让，就是让给我们企业里面最优秀的员工。

骆新：您太太是做什么工作？

袁立：我爱人是退休工人，早就退休了。

骆新：您也没让她在您这个企业当中兼个职？

袁立：我跟我爱人有一条君子协议，在家里，你是老大，但是你不能进入我这个富大的企业，绝对不能进来。在家里随便什么事听你的，你说怎么办就怎么办，我完全百分之百服从，但是有一条底线就是你不能进入到我这个企业里面来，因为我怕她干预、干扰。所以我爱人挺好，从1992年到现在十几年了，她从来不问，企业的事情从来不问，她在家里做全职太太。

骆新：当然您刚才说了，您女儿是从国外留学回来的，您没让她在您的身边？

袁立：不在我们公司。我这个女儿，我从小看她也不是什么杰出的人才，我想将来我叫她当老板，我把这个企业传给她，我等于是在害她，我等于让她一辈子受累，何苦呢？我和她说你就到外面去找一家企业打打工吧，你就是当一个小白领的料，别看你国外留学回来，你肯定没你老爸厉害。她现在一家外资企业做得蛮好，做一个小白领。我说我到时候会给你一点钱，给你个几百万，你就这么潇潇洒洒、轻轻松松地过完你的人生。骆老师，我再给你透露一个内幕消息，我的女婿，我女儿结婚了，而且是悄悄地，什么都没有办，就悄悄地结婚了，我女婿就是我原来企业里面的员工，但是从他们两个人确定恋爱关系这一天开始，我就告诉他，你必须离开富大了。我讲过的不搞传承，不搞家族制的，你要和我女儿结婚，你就必须离开富大，你到外面去找工作。他就离开富大，离开两年了，现在结婚了。而且他也不可能再回来了，我跟他讲，这是不可以的，我们就要讲诚信，我这个是在大会上讲过的事情，全体员工都知道的。

骆新：我简直对您佩服极了，我觉得在民营企业当中很少有人能够做到。

袁立：我肯定讲到做到，我现在这个理念，我在一天，我尽我的责任把这个企业做好，但是我肯定到最后，我把这个企业完完整整地回归给这个社会。然后企业给我一点钱，我去办一个公益性的养老院，我当这个养老院的院长，我就一直干到我死，都在养老院里面。

骆新：这其实有点像很多企业家，他自己愿意干一个基金会，完全是一个福利性的。

袁立：是。我去办一个养老院，然后我把我原来的这些员工，我的一些同学、邻居，一生中跟我有过接触的、共过事的这些人，把他们都接到我这个养老院来，我们度过一个晚年嘛。人要想明白。

(上海广播电视台《走近他们》2008年1月5日)

◇ 点评文章

从《"中华慈善之星"袁立》看电视访谈的特点

这个专访是在非常轻松随意的气氛中展开的，分别从个人成长经历、艰辛的创业历程、更新企业经营管理理念、专注社会慈善事业四个方面展现了富大集团董事长袁立的多彩人生和充满魅力的个性。这期访谈很成功，表现在以下几个方面。

(1) 从主持人方面来看，骆新非常善于倾听、善于控场。访谈节目虽然是主持人和嘉宾的交谈，但是重心在嘉宾，因此主持人应该具备良好的倾听习惯，在倾听的同时要学会抓谈话内容的要点，并思考话语的衔接。文本中，骆新提的每个问题都不是很长，简洁利落，甚至有些话都在重复袁立言语中的信息，既体现了主持人对嘉宾的尊重，又起到"淡化"自身而"聚焦"嘉宾的作用，可是整个访谈走向却都在主持人骆新这边。

主持人骆新的谈话能力很强，善于引导被采访者，比如专访的开头，主持人骆新以爬楼、健身这看似与专访无关的事情引出人物成长经历的介绍，调动了被采访者的情绪和表达愿望,为接下来的采访打下了基础。骆新顺着袁立对童年、对创业之初的回忆,很自然地聊到他的事业上。不仅如此,访谈中,骆新还能随时以身边的小物件作为起承转合的杠杆,展开下一问题的采访,使得每个部分的采访衔接得自然流畅。例如通过楼梯、照片,触发了嘉宾的说话愿望;通过袁立办公室里的书,了解了袁立进行员工培训的原因,等等。从文本来看,这期访谈的内容逻辑层次很强。主持人骆新的提问看似随意,实际上每个问题的设置、每个小物件的使用都在朝着节目预先设定的方向前进,节奏不急不缓,思路相当清晰,没有一丝一毫的干扰话语,显示出主持人高超的控场能力。

当然,这种驾驭能力还离不开前期的细致安排。如果没有前期对嘉宾的了解和对采访主题的把握,主持人又怎能自如地发挥驾驭能力?

(2)背景资料的恰当使用。访谈内容是节目的主体,但是其中也使用了一些背景资料来完善谈话内容。例如袁立回忆自己刚创业的景况时,就用了一段1992年袁立离开国企创业的背景解说;谈到企业管理,又用了一段解说来评价袁立的企业管理方式;特别是谈到员工培训的时候,干脆就直接采访公司员工,从侧面烘托了袁立的形象。这些背景资料用得并不多,却使得整个专访的容量丰富、表现力强。

(3)注重营造"场合"。大多数电视访谈节目都是在演播室进行的,而这期专访的地点却是嘉宾的办公室。从"场"的角度来说,有主场和客场之分,本期访谈在嘉宾主场进行,有利于消除嘉宾的紧张心态,会让嘉宾觉得放松且自如,访谈自然也更为顺畅。而且在每个话题的转换过程中,骆新使用的小道具都是嘉宾办公室里的个人物品,这能激发嘉宾的主场心态,激发嘉宾的谈话兴趣。

(4)浓郁的人文气息。因为嘉宾是一位知名企业家,更是一位乐善好施的慈善家,所以整个访谈中,主持人的问题设置都朝着"他为什么会成为一名慈善家?他是怎样走向慈善之路的?"这个方向,这也体现了观众的期待,故而访谈的内容就首先从嘉宾的童年经历开始,让观众感到亲切和放松。在谈到嘉宾的企业管理理念时,特别介绍了他的"以人为本"的意识,介绍了他的穷富观念,展现了嘉宾身为企业家的社会责任感和悲悯情怀。整个访谈的主旨都很积极、正面,传递出浓郁的人文气息。

三、作品鉴赏

杨澜访谈录:黎叔的正道(节选)

杨澜:大家好,我是杨澜。今天我要采访的这位嘉宾具有双重身份,作为摄影指导,他一直活跃在第一线,拍摄过像《夜宴》《赤壁》这样的大片,获得过诸多的奖项。作为电视剧导演呢,他的产量并不是最多的,但是每一次出手都会引起相当大的社会反响,像《走向共和》《大明王朝》,到2009年热播的《人间正道是沧桑》,都获得过不俗的收视率。他,就是张黎。虽然张黎总是把自己称作是"编剧的翻译",但是,对历史题材情有独钟的他,不可能没有自己的观点。

背景音:2009年的5月,原本作为央视开春大戏的《人间正道是沧桑》,在经历了一波三折的播出时间的更改变化之后,终于和观众见面了。播出之后,不仅收视率一直居高不下,更在观众中掀起了一轮关注中国现代史的热潮。更有一些观众,自发地开始对照历史史料,寻找电视剧中的历史人物原型。部分专家也表示,这部电视剧是革命历史题材影视创作的创新。

杨澜：这个剧播出以后，受到这样一个好评，出乎你的意料吗？

张黎：没有。

杨澜：没有？你觉得应该是拿出来以后，是个像样的活儿啊。

张黎：我一个感觉特别强烈，就是当时其实能做得更好。

杨澜：这部戏最初在找到你的时候，这个剧本到底是哪个地方最能打动你？

张黎：开始接这部戏的时候，它是附着在一个家庭里边，两个家庭里边的。其实它是找了一个角度，它也谈到了所谓家庭、家族、民族，包括道统这种理论。以往我们看到的这种家庭戏，这种属于近代史的民国戏里面，他们的家庭里面没有政治冲突。

杨澜：要拍这样的一部戏，我不知道在你前期做准备的时候，有没有这种心潮澎湃的时候，还是说看到的剧本实在是太多了，已经能够用一种非常理性的、纯粹手术刀式的眼光，来看到每一个递到手上的作品？

张黎：就是今天我们接到一部戏，不管是（做）导演还是摄影，跟我们当年刚毕业的时候接第一部戏几乎是一样。

杨澜：一样是说还有一种兴奋、紧张？

张黎：兴奋、睡不着觉，生怕漏掉什么。

杨澜：这实际是挺可贵的。这是一种幸运。

张黎：怎么说，也有人说是老不正经。

杨澜：哈哈，才不会。我认为这是一种幸运。其实，要丧失了这种热情和兴趣，就不应该再在这一行做下去了。

张黎：对，就不做了。

杨澜：那你还记得看到这个剧本的时候，你觉得哪一段会让你有这种特别兴奋的感觉呢？

张黎：挺多的，挺多的。首先就是我是拍历史剧吧，我拍一部戏，我希望自己成为这个时代的一个，专家成不了，至少这个朝代，或者这个时代的一个通透者吧。

背景音：《人间正道是沧桑》以1925年到1949年间中国风云变化的历史为背景，展现了杨家兄妹三人和黄埔军校师生的人生和斗争经历。该剧用家族叙事和亲情叙事的方式，描绘了共产党和国民党在二十多年的合作和较量。并用虚构的艺术手法，重新表现了那段历史进程当中的真实人物和历史事件。在之前媒体采访的时候，张黎曾说自己也从这部历史剧中感到一种淡淡的忧伤。

杨澜：你为什么说这部戏里总有一种淡淡的忧伤？你觉得那淡淡的忧伤是什么呢？

张黎：我们先不用"人性"这个词。我们就谈"人"吧。当把一个人所有的他的外壳给他剥掉，他的主义、理想、信念，把它剥掉之后，你会发现，人有两个特质，一个特质就是他与生俱来的这种魅力。第二呢，当他失败、沮丧、沉沦的时候，他有一种，一种什么呢，一种就是，特别像一个水果快烂的时候，一种异香扑鼻。所以，我们说很多人物，包括历史，它都是在它行将灭亡的时候，行将消亡的时候，一定是美的。

杨澜：我看到你在接受一个采访的时候，你说这种哀伤，可能还带有一点点的反省。就是你觉得那个时代，不管人们有多少的恩爱情仇，至少有几个主角吧，他们所代表的还都是有各自的理想追求的。但是，今天呢，大家好像都是在理想和追求方面，大家往往会拿它作为调侃。说你看你这多装啊,这多假啊,用这样的一种方式来调侃理想的。是不是在这样一种时代对比上,你产生了某种有忧伤感?

张黎:对那个历史时代人物的还原,也不是真实的。实际上,我们尽量做到什么呢?是用理想的方式去还原理想。你说这个戏中间出现的所有人物、那个历史有吗?也未必有。所以,还是用理想的方式、方法去展现理想。

背景音:从2003年的《走向共和》,到《大明王朝》,从《军人机密》到《中国往事》,《人间正道是沧桑》已经是张黎作为导演的第五部作品了。他的每一部作品,对于中国的电视观众来说,都是耳熟能详的。观众们也总是能从这些电视剧中发现自己欣赏的演员,以及剧中所塑造的人物形象。然而当问起对演员的指导和交流,张黎的答案却十分地出人意料。

杨澜:有没有跟这个演员特别较劲儿的时候?因为导演跟演员,有的时候是朋友,有的时候也是敌人。

张黎:我吧,我没这个本钱,跟演员较劲。

杨澜:为什么?

张黎:我学的不是表演,不是导演,我是学摄影出身。

杨澜:是吗?那你就呵着他们,大爷似的捧着?

张黎:也不是呵着。实际上是什么呢?后来我们发现,我们用我们这个专业的特有方式。首先因为知道(这是)自己的弱项嘛,跟演员分析人物、分析角色、现场讲戏什么的,我是真不行,特别的不行。所以说怎么办呢?开拍之前,首先把演员,尽量是选择演员合适这个角色,第二呢,尽量跟演员,就是求他们你能尽量早点早进组。

杨澜:求他们?

张黎:《大明王朝》的黄志忠是提前一个半月进组。陈宝国是提前一个月进的组。进组以后呢,我们一块来看资料、看剧本,来判读剧本、研读剧本,争取在开拍的时候,他们已经达到一个台阶上了。最好希望他们能附体,就像……

杨澜:灵魂附体一样。

张黎:包括《走向共和》的孙淳,后面他基本上属于已经附体了。那时候我们就特别轻松,机器一拍就完了。就说明我这人其实调控演员的能力特别弱,就是说拍过戏的演员,对我来说就是个财富。当他大概符合这个角色的时候,哪怕不太符合,我们去修订剧本去找这个演员。相互找嘛。我倒宁愿用曾经使用过的演员。

(《杨澜访谈录》2009年8月30日)

阅读思考

这两篇都是人物专访,都是以嘉宾为中心,访谈观众对嘉宾最为关注的问题。从中我们发现电视访谈绝不是简单的一问一答,高明的主持人能使专访变成思想的交锋、精神的交流,绝对是智慧的展现。本节没有选择意见性访谈和事件性访谈,请同学们注意收看相关电视节目,仔细体会与人物访谈的不同。

试分析:主持人在电视访谈中的作用?如何提高访谈的谈话技巧?

第五节 电视直播

一、文体概说

电视直播是在一个完整的时空里同步展现事件的发生过程,它的魅力在于最快捷、最直接地展现"正在发生的事实进程",使新闻与播出达到"零时差"。观众可以在第一时间从荧屏上观看和了解到新闻事件的发生和进展。

电视直播具有以下特点。

(1) 时间的同步性。直播省去了录播节目中必须要有的新闻采集、制作、审核等许多中间环节,摄制节目的时刻也就是观众接受信息的时刻,使观众能在第一时间经历新闻事件的发生与发展,在过程中同步体验,实现了新闻事件的"零距离"接触,大大增加了电视新闻的传播魅力。

(2) 不可预见性。直播新闻的现场同步性,也决定了新闻播出的不可预见性,因为新闻事件最终是一个什么样的结局,连新闻记者也无法预料,什么样的结果都可能发生。观众收看直播新闻,就是要体验事件发生过程中对于结局的紧张期盼。这种第一时间内的终极悬念使观众产生一种紧张的期待感。

(3) 新闻信息的原生态。现场直播省略了节目制作、播出的许多环节,同时也保证了现场信息传播的真实性和可信性,使信息在传播过程中最大限度地减少了损耗,还新闻以本来的面目,以原生态的面貌呈现在观众面前,甚至各种细微的差错也无法回避与修正。这种真实性使观众产生了强烈的心理认同。

事实证明,正是电视直播的这些特性,使得它成为电视新闻最具魅力和影响力的表现形态。

二、个案评析

◇ 原文

雨中进行时(节选)

主持人马迟:从昨天开始气象部门就已经发布了预报,从今天的午后在全市范围内将会有大到暴雨出现,而今天我们了解到的最新消息是,气象部门预报已经发出了雷电黄色预警,同时也发布了暴雨蓝色预警以及地质灾害预警。同时呢,我们的各路记者现在也是分赴消防、排水、市政和交管部门,因为如果一旦大雨降临,这些部门的工作人员将会及时上岗,排除险情。同时还要给大家介绍一下,和我们进行交流和互动的方式,因为今天其实需要一句话,叫作大家帮助大家,这种信息的沟通是非常重要的,包括我们在以前的经验当中已经有了。那同时也要告诉您一下我们的互动方式,欢迎您到公共新闻频道的官方微博,参与我们的微博互动,可以告诉现在您附近发生的情况,同时还可以上传您相关的照片,发表您的看法。我们的官方微博再次跟您重复一下,是BTV公共新闻的新浪实名认证微博,也欢迎您积极参与,您的微博会显示在我们的(横飞)屏幕当中,同时也可能参与到我跟培元的讨论当中。

国培元：对，争取通过这个微博渠道大显身手。

马迟：下面我们首先要来连线交管局，值守在那里的是交管局的汪海警官，让汪海警官给我们介绍一下，目前您了解到的整个交通的情况以及雨情。

汪海：正像刚才我们专家所说的那样，到现在为止各个部门都已经是充分把人员投入到了大雨这个维护当中。因为这场是提前就进行了预报，所以说从今天早上开始，各个部门，包括交管部门都已经是备足了警力，而且降雨之后迅速启动了雨天的应急方案。据我们到现在了解的情况来看，主要是城区的北边，特别是昌平还有海淀那个部分，降雨量是比较大的，而且降雨之后确实因为瞬间雨量比较大，到现在为止很多地方还是出现了这个轻微的积水情况。现在交通民警在各个积水点段正在努力地维护交通，而且市政、排水各个部门，也正在努力地进行工作。让我们来看一下。现在您可以看到在我们城区很多部分路面是比较湿的，特别是在我们海淀比如说四五环之间的很多路段雨量是比较大，您可以看到（建新大厦）还有现在的西三旗这个位置都出现了部分的积水，特别是西三旗桥下因为积水比较深，现在已经有部分车辆在雨中被误了，您可以看到车辆通行非常困难。可以告诉大家，现在您看不到民警，但是现在民警比较多，都正在忙着推车呢，所以也要提示大家现在降雨是刚刚到了起始阶段，等一会儿可能城区部分还会有降雨情况，大家要特别当心。好，现在情况大概就是这样。

您看到的现在主要是一个积水的情况，而且城区部分据我们所了解现在影响不是很大，那么有几个地方需要提示您，一个是刚才看到的西三旗，另外一个就是海淀在我们的一亩园桥下路口的位置，这个地方出现了积水，但是这个地方积水虽然不深。要特别提示您的是，因为现在可能是地下水达到了一个饱和状态，您可以看到很多井盖的位置是在往外冒水，那么车辆通过的时候，一方面在桥下有交通民警正在涉水进行指挥，另外一方面通过很多井盖的位置也要提示大家千万要留意，而且通过积水路段一定要观察水面的情况，如果发现有这种冒水的情况，尽可能地还是要躲着走。您可以看到现在民警是正站在我们路口当中的、很多积水的水中指挥交通，所以说您出行的时候这会儿要特意注意，而且希望大家现在减少雨天的出行。情况大概就是这样了。

（演播室）

马迟：好的，谢谢前方汪海警官给我们带来的最新的消息，看来第一我们得到的信息是现在海淀尤其包括西三旗附近可能雨量很大。

国培元：有点模样了。

马迟：有一点点积水的情况。但是我在这个画面当中又找到几个非常重要的温暖的点，第一我看到咱们的交警，正站在那个路中央，正在指挥交通，同时我在画面的侧面还看到了咱们排水的同志，应该现在已经正在工作，相信他们现在也很紧张。

国培元：对。因为我说上次那场雨呀，应该打了一个叫遭遇战，是（对）北京城一个反应能力的考验，就是说我什么都没准备的时候，这个雨突然来了，你能做到什么程度。这次应该是准备好了，打的阵地战，但是这个雨呀，跟这个天斗，咱谁也没有什么十足的把握，但是至少在这一次，交通、排水、市政府、消防全都是严阵以待，其实他能做的东西都已经做到了。那我们从119指挥中心了解到，现在执勤的中队有92个，而车辆有362辆，手抬泵就有68台，（扶挺泵）有69台，救生衣有1164件，对于城八区42座桥梁，消防部门都做了防汛抢险救灾的应急预案，随时都准备出动。另外我们在这个消防队里我们的记者还专门看到了一个细节,就是消防部门对于排水设备现在都进行了改进,在手抬泵的底下都安装了滑轮,可以快速地进入胡同等地区进行排水的救援工作。那下面我们就来连线一下排水集团,看看那里的准备工作的情况。

(短片《市排水集团积极应对　全面准备》)

朱晓彤:观众朋友,我现在是在丰益桥,丰草河北侧的这个外环辅路上,在我身后是北京市排水集团的防汛抢险车辆。他们今天上午十一点钟已经赶到这里备勤了,虽然现在这里还没有下雨的迹象,但是他们目前都处于一级的备勤状态。在我旁边的是北京市排水集团管网分公司第四运营部的副经理,我们现在请他来跟我们谈一下大家备勤的状况。

副经理:好的。针对这次降雨的情况呢,我们是按照一级备勤的情况进行的准备,在中午十一点的时候,全体的人员和车辆都已经到达现场。我们现在一共有三个大型的抢险车,包括吊车、发电车,还有一个处置车,在车上我们放有一台六寸泵,还有一台十寸泵,我们的职工目前有二十多人。主要应对的就是在我们丰草河的东管头下,如果发生了突发的积水情况,我们会及时地进行处理,保证桥区的正常的通车,保证行人的出行。

(演播室)

马迟:好,那说到这个排水的话题,正好跟刚才培元聊的,咱们是一个相同的话题,就是刚才你说到咱们有一个社会资源的配置问题,为什么不能把它设计成百年一遇?

国培元:对。

马迟:因为这还有一个公共社会资源的问题。

国培元:对对对,它有一个性价比。它并不是说我要是提高了标准,它必然就是我的效益就好,更安全。如果你配置得不合理,跟北京常年的这个降水不匹配的话反而麻烦。

马迟:刚刚导播已经告诉我,气象局方面有最新的消息传来了,我们马上来连线气象局的廉明宇,让廉明宇给我们介绍一下。

廉明宇:好的,马迟。那我们刚才也是拿到了最新的有关于降雨量的情况,我们知道从今天下午的一点多呢,北京很多西部的地区都已经出现了这个降雨的情况,虽然说仅仅持续了不到两个小时,但是雨量还是特别大的,比如说像在海淀,它在刚刚过去的不到两个小时的时间降雨量达到了51.6毫米,像箭亭桥是67.5毫米,昌平的北七家也是达到了50.5毫米,都已经达到了暴雨的这个级别。为此今天下午北京市气象台也是发布了暴雨的蓝色预警和雷电的黄色预警。昨天我们在节目当中也是提示大家,就是市气象局和市国土资源局已经联合下发了关于地质灾害的黄色预警,就是在北京的北部和西部山区发生地质灾害的可能性比较大,所以在这里我们也是再次地提醒当地的居民群众,包括很多城里人去郊区游玩的话,一定要特别特别注意人身安全。那么我们刚才看到现在城区的这个降雨的情况基本上已经停止了,只不过在这个西部的山区,比如说在延庆的一些山区中,现在还是有一些降雨的这个情况的。那我们也看了一下这个目前的雷达回波图,大概在两三个小时之后,这个降雨云团会再次地杀回到这个北京的京城,依然是会自西向东地这样地不停地移动。所以在这里我们也建议大家,如果您现在还在外面比如说逛街游玩的话呢,早点回家,因为两三个小时之后,这场降雨到来不仅仅要比刚才的那个范围大,而且雨量还要强,并且会一直持续到明天的上午。所以在这里还是要提醒大家另外一点,就是我们不但是这个雨量比较大,范围广,而且还伴有雷电,所以大家一定要采取一些防雷电的情况。

马迟:好,谢谢廉明宇给我们从气象局带来的最新的天气情况。刚刚我们的前方记者又给我们发回了最新消息,说现在东三环雨量增大,我们来看看最新的情况。

连线记者王丽晓:我现在是在三环的国贸桥附近,现在正下着大雨。今天下午在天通苑等地区出现降雨的情况的时候,国贸这边依然是闷热的情况,没有下起雨。这里从下午的四点开始下起了小雨,然后在现在,在六点左右的时候雨量突然变大。但是下雨并没有对出行造成影响,可以看到车辆还是行驶比较畅通的,那么无论是东还是西方向,车辆依然是保持着顺畅地行驶。交管部门也是在路边对广大司机做出了提示,雨天路滑。在这里也提醒广大司机朋友,今天晚上雨量会进一步扩大,提醒大家出门一定要做好,一定要提前安排好出行计划。

(演播室)

马迟:好,那我们的记者也辛苦了,刚刚通过画面我们看到我们记者也没有打伞,一直在为我们发回这种现场的报道,确实非常辛苦。我想在这样的一个极端天气当中,在雨当中,有很多的部门、很多的人其实正在这样辛苦地工作着,为了我们这个城市能够非常正常地运转,我们确实也要对他们表示感谢。

(片花)

马迟:那在这样一个雨情到来之前呢,各个部门也是做了很多应急的预案以及准备,我们通过一个短片一起来了解一下。

(短片《今日本市再迎大雨量级降水 多部门提前行动做好应急准备》)

解说:市排水集团再次细化了主汛期排水方案,为避免出现雨篦子被堵下水不畅的情况,下雨时将派出小分队奔赴全市105个区域,确保雨篦子疏水畅通。

男1:这个看到的就是我们所有巡查人员、抢险队伍,还有我们打捞组,现场的GPRS的定位。当接到戒备命令,我们所有的队伍和人员都要按照事先设定的位置、设定的时间到达指定的位置。按照这个降雨级别,集团投入的这个现场备勤、值守的人员应该将近1500人。

解说:据报道,接到暴雨天气预报后,本市将安排专人看护雨篦子。城区划分为105个区域,全部安排专人,重点区域至少有10人,人员要在雨前上岗,下雨时做到随时清掏。

男2:我们在中到大雨的时候,为了保证桥区的出水系统万无一失,我们把人员增加了。同时针对这个雨水篦子,在极端的情况下我们采取这么一个装置,要把它完全打开,尽快地把水要抽到泵站里面去。

解说:同时市排水集团购置了30台备用发电机,用于保障泵站正常工作。另外,针对强降雨期间泵站工作能力不足的问题,市排水集团配备了8组大型抢险车队和16组小型抢险车队,其中包括车载水泵、指挥车、发电车等,在接到气象部门有关降雨的预报后,抢险车队将提前赶到指定地点,避免出现因降雨开始后,抢险车辆被堵在路上的可能。针对强降雨无法及时排出的问题,从明年年初开始,本市将对部分雨水泵站进行改造,在底下开挖蓄水池。遇到强降雨后,蓄水池能将地面积水沉积起来,降雨后通过泵站再将雨水抽送到污水处理厂进行处理,处理后的水还能用来浇灌绿地和河道。

(演播室)

马迟:好,看过片子之后,其实我要给大家介绍一个幕后的细节,就是我们刚刚试图联系很多的,现在正在雨中的工作的部门,包括我们的消防、市政、排水、交管部门,他们都在紧张地工作当中。很多人电话都在占线,是打不通的,因为他们正在紧张地联络。

国培元:指挥调兵遣将。

马迟：工作过程当中，我们现在也在积极地跟他们进行沟通。其实在这个雨中，我刚才也看到很多细节，包括咱们在刚才交管局的画面当中有交警在指挥，有咱们排水集团，包括我现在想，如果雨很大的话，包括在一些平房区，那可能会面临一些压力，包括我们的市政部门、我们的房管部门可能都要出动。

国培元：而且你看，刚才从这个信号传回来看，它是东边日出西边雨，是吧，这是北京的现象。

马迟：对，尤其是最近的一个现象，而且雨这个大部队是迟迟没来，按照天气预报应该现在已经开始了。其实我发现这个雨也是很识趣的，它发现你准备好了，人家开始就绕道了，逐渐往晚上去了，不骚扰你了。就我们这个编导给我们介绍的情况，现在为了这场雨，北京市的各个部门提前三天就纷纷在做预案，比如说交警，他是根据气象部门预测的主要的降雨点，制作了一整套的，比如说怎么样去指挥交通、疏堵、什么支线的这种交通的配套；像地铁部门也是，上次有几个地铁口是漏水了，而且是那种倒灌了，现在都是在严阵以待；市政刚才不是，咱们刚才也看到了，一队一队的人马，现在感觉好像就等着，万事俱备只欠东风了，这雨不来还不行了在这儿。

马迟：那其实说到这个降雨的时候，还有一个地方最值得关注，培元。那就是机场，民航方面，因为我相信现在可能会有一些旅客在焦急地等待着，但是这个时候对大家的服务就很重要了。

国培元：对，雷雨天其实受影响最大的就是民航，经常会造成航班的延误，甚至取消。

马迟：所以这个时候大家对于旅客的一种安抚和服务，包括一些细节，那可能对于人的情绪就非常重要了。

马迟：下面我们也通过一个短片一起来了解一下，现在机场和民航方面的应对措施和准备。

（短片《大雨来临 首都机场目前情况》）

陆林：我现在是在首都机场的运控中心。现在已经是下午三点，机场周边还没有降雨，但是空气已经是异常的潮湿。为应对降雨，首都机场运管委已经启动了协调机制，做好航班的放行工作。

女：首都机场西部和西北部已经受到这个雷雨天气影响，尽管这个本场没有降雨，但是管区已经有雷雨了，所以说本场现在运行已经开始降效。至于这个大范围的雷雨主要是从六点钟开始，一直持续到夜间，累计降雨量是大到暴雨。

陆林：这次降雨预计会对咱们造成什么影响？

女：目前来说整个运行已经开始降效，因为部分航班需要绕飞，因此空运是受到这个（流控）的影响。针对这种情况，首都机场其实也是启动了运管委应急联动机制，那么空管、航空公司和首都机场已经联席在我们二层会商中心，大家坐在一起协同决策，联席会商，然后对整个的航班进行统一的放行、排序。目前整个运行还是平稳和有序的。

（演播室）

马迟：现在切回演播室。大家看到我们的演播室当中多了一位嘉宾，这位嘉宾是中国人民大学公共管理学院的副院长毛寿龙教授，也是专门研究公共管理方面的专家。那今天为什么要把您请来，因为每一场雨、每一次极端天气，都是对一次城市公共管理的一个考验，也是一份答卷。

毛寿龙：对。

马迟：不知道毛教授对于这个雨的预案，应该是如何来做的，包括一些极端天气的预案是如何来做的？

毛寿龙：对于这个预案的话，实际上是一个系统，也就是说首先要对这个问题有一个非常好的分析，比如就是历史上的问题和其他地方的一些问题，以及未来可能出现的一些问题。然后要形成一个纸面的东西，这个东西实际上是，看着是纸面的，实际上有很多东西在准备的。比如说一旦那个，就雨来讲，每年它的雨的大致的一个分布，或者说什么时候会容易出现问题，那么这时候这个预案上就要准备各种各样的东西，把这部分的工作放在第一位。然后再组织、职能、人员的配备以及物资的准备都事先做好了工作了，所以一个预案实际上等于是说，一旦汛期到来了，很多东西都启动了。尤其是像今天，已经是觉得要下大雨了，下中到暴雨的情况下，就要启动各种各样的东西了，实际上已经进入行动阶段了。所以我觉得现在应该说已经是很多人在那待命来解决各种各样的问题了。

马迟：不，是已经开始行动起来了，很多部门已经行动起来了。

毛寿龙：对，而且这里面还包括一系列的政策手段，有些可能未必是在预案里面，可能还有各种各样的紧急的一些东西。

马迟：您指的政策手段是什么？

毛寿龙：比如说那个短信要发出去，还有各种各样的消息要传出去，让市民做好准备。那么这次实际上也并没有说让大家不要上街，还是让大家安排出行，这个还是比较人性化的，并没有说报红色警报，如果到红色警报的话，就让大家乖乖待在家里了，或者说有些地方如果被淹的话，可能都要撤离。

马迟：对。

（《雨中进行时》宣传片）

（连线防汛办记者兰玲）

马迟：兰玲，你好。

兰玲：你好，主持人。

马迟：请给我们介绍一下你在防汛办了解到的他们现在做什么，还有哪些最新的消息？

兰玲：好的。我现在正是在防汛抗旱指挥部的这个会商室，刚才副市长（夏战役）来到了防汛指挥部，和大家一起会商今天迎接暴雨的情况。我们在这个大厅能看到两路交管局的信号，也能看见我们北京电视台正在进行的直播，刚才也看到了我们台摄像机拍到的这个雨的这种情况。夏市长对这次媒体的积极应对，对于电视台的这种及时的直播也给予了充分的肯定。现在从我看到的指挥大厅的这个屏幕的情况看，像西三旗桥，还有五棵松桥，还有（新新桥），现在的这个交通的路况的话还是比较畅通的。然后我手上还拿到了一份截至下午十七点一个最新的雨量的情况表，现在全市平均的降水量，截至十七点，平均的降水量是4毫米，最大的点是出现在海淀区的（金包闸），现在的整个的雨势都还是比较平稳的。就是看雷达回波图的这个云的情况的话，可能稍晚一点可能还会持续有雨，防汛抗旱指挥部现在也在密切地关注天气的变化，随时对全市的防汛情况进行一个调度和指挥。主持人，我这边的情况现在就是这样。

马迟：那兰玲，我还想再问一下，刚刚你提到了通过这个雷达回波图看到在晚些时候有可能还会有一次大范围的降雨。如果这场降雨来临的话，防汛部门包括各个部门将会有哪些应对的措施?

兰玲:雷达回波图它是一个特别专业的图,上面能看到一些红色的小点,然后可能像平谷、顺义(都有)。现在刚刚跟他们对方这个防汛办,通过跟他们的通话,现在是开始下2~6毫米这样的雨量,但是据专家说,可能会在下一阶段,像郊区也会下得大一些,但是具体的话还得看当地的这个雨量收集的机器传回的一些数据,那样是比较准确的。然后另外一会儿呢,我还得到了一个最新的消息,在刚才,就是可能郭金龙市长一会儿也会亲自来到防汛抗旱指挥部,来这里跟大家一起来进行一个会商和指挥。好,我现在就是这样。

(北京电视台2011年7月24日)

◇ 点评文章

从《雨中进行时》看电视直播的特性

《雨中进行时》是北京电视台一次成功的新闻现场直播节目。2011年7月24日,北京遭遇了三年以来最大的一次强降雨,瞬时间,北京的正常城市运行面临着严峻考验。为了及时向市民提供有关降雨的第一手服务资讯信息,北京电视台记者深入第一现场,全面报道了交管局、排水集团、气象局、防汛办、交通委等部门所采取的及时、高效的应急措施,对于缓解政府压力、服务首都百姓起到了积极、正面的作用。

归纳分析,《雨中进行时》主要从以下三方面体现了电视直播的特性。

1. 报道及时

7月24日下午3点左右,强降雨开始,在降雨不到10分钟的时间内,北京电视台第一时间组建直播报道团队,迅速协调各方资源,编辑、记者、主持人立即到岗,于3点20分在北京卫视和公共新闻频道并机播出特别节目《雨中进行时》。节目播出速度之快,反映出北京电视台应对紧急突发事件的能力。节目播出后观众反应强烈,纷纷致电北京电视台,希望今后要大量对应急、突发类事件进行新闻直播报道。

当日的收视数据显示,《雨中进行时》直播报道收视率同比上升320%,占有率上升200%以上。报道的迅速及时,以及良好的收视率、播出效果,都离不开北京电视台前期的大量准备。7月23日,北京市气象台就发出24日午后有大到暴雨的预报。得到消息后,北京电视台迅速启动报道预案,排水、交管、防汛、消防、气象、房管、热线等部口的记者随时待命。强降雨开始后立即启动应急预案,出动记者、编辑、主持人近百人,分赴北京市应急办、防汛办、排水集团、首都机场、各主要立交桥区、城区平房区等城市主要部位,对有关部门排水、抢险等情况进行了实时现场报道,为电视直播争取了宝贵的时间。

此外,节目中还充分运用路况直播、气象直播、电话连线以及3G传输、微博互动等手段,随时提供最新的雨情及相关信息,为市民的出行提供了大量的有效信息。在长达8小时的直播中,全面、准确、真实、深刻地反映了首都北京在这场大雨中政府措施得力、各部门积极应对,获得了市民理解和支持。

2. 同步展现现场

直播的基本功能是同步展现现场、演播室现场和新闻发生的现场。镜头对于新闻事件现场的展现通常是即时的、连续的、完整的,所以具有真实性。电视直播作为电视的一种表现方式,由于它让观众看的是"现在时",因此被看作是最接近真实的表现手段。"您现在看到,就是正在发生的",这种同步性正是新闻直播的最大魅力。

电视直播除了用画面记录事态的发生发展,记者在现场的报道也是重要的组成部分。作为新闻事件的目击者甚至参与者,记者不仅要观察现场、感受现场、体验现场,以便更好地向观众讲述事件的经过、特定的环境、气氛甚至种种细枝末节,而且在现场要善于发现、挖掘和思考,发现现场的重要信息,挖掘出有价值的事实和细节,使新闻事件的发展变化在观众的眼前展开。

《雨中进行时》在长达8小时的直播中,多次与前方记者连线,记者冒着风雨拍摄采访到了最鲜活、最感人的画面。如捕捉到交通民警涉水指挥车辆通行,以及部分车辆在雨中被误,民警忙着推车的画面;市排水集团安排专人看护雨篦子,所有人员都要在雨前上岗,下雨时做到随时清掏的画面;市防汛抗旱指挥部里,市长、副市长亲自坐镇指挥的画面等。前方记者对事件的探究和捕捉过程,就是观众获知新信息的过程,让观众感受到事件现场的真实,也增强了直播报道的感染力。

3. 深度挖掘丰富信息

电视直播不仅以多种传播符号直接进入观众视听,而且以丰富的信息感染着观众。在《雨中进行时》的直播报道中,不仅有主持人马迟和嘉宾国培元演播室的讲解报道、一线记者从采访现场发回的报道,还把中国人民大学公共管理学院副院长毛寿龙教授请进演播室,深入解读城市在自然变化中的应对策略,探讨如何提高政府处理公共应急事务的能力,力求全方位、多角度对本次强降雨进行报道,进而深度挖掘丰富信息。

除此之外,直播中对一些重点领域和部门,如城市排水集团、首都机场、防汛指挥部等情况采用短片播出的形式进行及时的报道,不仅让观众同步看到现场,更要让观众看到现场最值得关注的焦点,获知他们最想了解的新闻信息。如报道前期同气象局的连线中,就提到海淀区降雨量达到了51.6毫米,箭亭桥是67.5毫米,昌平的北七家也是达到了50.5毫米,都已经达到了暴雨的这个级别;提醒市民要早点回家,两三个小时之后,这场降雨范围会更大,雨量会更强,而且还伴有雷电……这种丰富实用性的信息,使得电视画面的视觉表现力大大扩张,使观众对新闻现场的了解变得更具体。

最后,《雨中进行时》直播节目定位准确,"传递政府声音、心系百姓生活",从政府与百姓两个角度进行报道。一方面,反映在极端天气下北京市委市政府的高效反应和应急能力;另一方面,让北京市民及时了解政府动向,提供及时的资讯服务。直播节目真正搭起了政府与百姓之间沟通、理解的桥梁。

三、作品鉴赏

中国人民解放军驻港部队先头部队出关欢送仪式

(北京演播室)

敬一丹:各位观众,晚上好。现在是七点五十七分,距离午夜零点还有四个多小时。

罗京:为了保证今夜零点香港政权交接的顺利完成,中国人民解放军驻港部队要赶在零点之前进入香港的预定位置,在政权交接的同时完成防务交接。

敬一丹:现在驻港部队的先头部队已经到达深圳皇岗口岸,他们将从这里启程出深圳关口,在今天晚上九点正式进入香港。

下面我们请香港演播室主持人介绍一下先头部队现在的情况。

（香港演播室）

水均益：各位观众，为了确保中国人民解放军从7月1日零时起在香港履行防务任务，驻香港部队先头部队现在已经到达了皇岗口岸，准备进驻香港。我们一起来看看现场的画面。

（人民热烈欢送驻港部队，记者白岩松在落马洲桥上做现场报道。）

水均益：大家现在看到的就是深圳通往香港的皇岗口岸，在深圳通往香港的口岸中，皇岗口岸是最西边的一个，也是亚洲最大的一个陆路交通口岸。现在驻香港先头部队已经到达了这里，按照时间来推算的话，应该是在七点四十五分的时候部队到达皇岗口岸。我们现在看到在部队到达的地方，当地的老百姓搭起了一些彩门，上面写着"热烈欢送驻香港部队进驻香港"。在这个现场，有几千名老百姓很早就来到了这个口岸，准备欢送我们的子弟兵。

按照时间上的推算，部队将在九点整通过皇岗口岸进驻香港。那么八点的时候，也就是说马上，还有一秒钟，八点的时候部队将过关。我们现在来看一看现场的情况。

现在大家看到的是深圳的夜景，最高的那个楼就是深圳的帝王大厦。

现在大家看到的就是皇岗口岸进口的地方。

按照我们前方记者告诉我们的最新的安排，驻香港部队先头部队要在八点的时候通过皇岗口岸。过了皇岗口岸以后，就是香港那一侧的落马洲口岸，两个口岸之间，有一道"管理线"，驻港先头部队要在"管理线"前面的一个小楼下停一会儿，然后在九点的时候再过关，进驻香港。

刚才我们已提到了"管理线"，实际上"管理线"是自从鸦片战争英国强租香港、九龙、新界之后，香港与内地接壤处的一种人为造成的界线。1899年3月，港英当局违反约定，将新界的界线扩张到了原来并不属于英租界的深圳河。现在大家在画面上看到，车队已经开过来了，前面有引导车。

目前深圳与香港之间的这道"管理线"东起盐田港，西至南头大青码头，全长大约77公里。

大家现在看到车队已经开过来，前面有摩托车、警车开道。我们现在看到的，应该是我们的先头部队的车队。按照中英双方之间的协议，我们的先头部队一共是509人、39辆车、包括陆海空三军人员，这支部队是由驻香港部队的政委熊自仁带队的。

观众朋友，我们现在看到的欢迎的人群好像不止刚才我们说的几千人，可能还要多，但是我们现在没有准确的数字。大家现在看到的是先头部队的车队，前面有先导车，现在车队要过来了。的确，我们可以看出这是非常威武的一个场面，不愧是"威武之师，文明之师"。

各位观众，我们现在正在跟现场记者白岩松联系，等一会儿他会在现场向我们报道部队过关的情况。

我们现在看到驻港部队的指挥员熊自仁下来了，他在接受儿童的献花。我们刚才说到驻港部队是"威武之师，文明之师"，这是毫无疑问的。有一些香港记者曾经用驻港部队两位领导的名字来说明驻港部队。这两位领导，一个就是驻港部队司令员刘镇武，一位就是驻港部队的政委熊自仁，用他们两个人的名字来套这个"威武之师，文明之师"。因为他们两个人的名字最后一个字，一个是"武"，一个是"仁"，可以说这非常贴切地反映了我们驻港部队是"威武之师"和"文明之师""仁义之师"。

第十八章 电视新闻报道

我们最近也看到一些香港的报纸在做一些民意调查,这些调查显示了香港老百姓对于驻港部队的认识和评价都是非常之高的。现在我们看到现场的气氛非常热烈。

观众朋友们,中国人民解放军驻香港部队,是按照邓小平"一国两制"的伟大构想,于1996年1月28日组建完成的。它是我军编制序列当中第一支也是唯一的一支由陆、海、空三军编成的部队,这象征着我们中国政府对于香港特别行政区行驶包括陆域、海域、空域在内的领土主权,也标志着香港的陆域、海域、空域完整地回到祖国的怀抱。

我们现在看到车队正要准备通过皇岗的口岸,已经启动了。我们的驻港部队官兵们都坐在大轿子车里边,在向欢送的人群招手致意。

现在已经通过皇岗的口岸,在向皇岗与落马洲之间的"管理线"开进。我们的记者在前一段时间采访驻港部队时了解到,他们有一些内部的约定,就是当遇到欢迎群众的时候,一定要非常有礼貌地用右手致意,向周围的群众表示感谢。现在我们可以看到,所有的人全都是在用右手致意。

现在我们的导播正在和我们的前方记者白岩松联系。

可以说这是一个非常具有历史意义的时刻。

好,观众朋友们,我们的导播现在已经和我们的前方记者白岩松联系上了,请把信号切到他那里,让他来向大家做进一步的报道。白岩松,请你给我们介绍一下你那里看到的情况。

(现场)

记者白岩松:好的。各位观众,我现在是在落马洲大桥上。大家可以看一下,这里有一条铁的线,在桥的中央。可以这样说吧,我现在左脚一面就是香港,那么右脚的这一面就是深圳。刚才水均益也说了,按理说这条线是不应该存在的,因为深圳和香港自古就属于同一个县。150多年前英国入侵之后,便有了这条线,便有了这条深圳和香港之间让很多人感到伤心的线。但是再过三个多小时,这条线就只具有区域线的意义:一面是我国的经济特区,一面是我国的特别行政区。

现在大家可以顺着镜头看一下前面的那栋小楼。

大家看这栋小楼,我们部队的车队马上就要停在小楼的前面,在隔一会儿将从那个豁口开进线来,一直开到这儿,我估计距离可能有120米左右。平常这里是非常繁忙的,可以说是车水马龙,人来人往,但是今天这里却显得有一点宁静。

车队现在已经到了。现在我们看到一辆前导车在向这边开进,前导车停下了,看样子是来探查情况。大家看到的这栋小楼,就是皇岗口岸的一座办公楼。在1992年1月,邓小平同志第一站就到了皇岗这个口岸。

对面就是新界,前面有灯光的那一片就是在香港一面的落马洲口岸。相信当时一代伟人邓小平站在小楼上,一定会注目眺望香港。就香港问题的解决来说,我们应该感谢邓小平同志。我刚才进了贵宾室,看到一巨幅邓小平同志在1992年1月到皇岗口岸的照片。我当时就有一种感触,今天送行的人非常多,我相信虽然伟人已经故去,但是在送行的人群中会有人记起伟人注视的眼光。

水均益:观众朋友,我们现在借助我们香港演播室的这个沙盘,来看一看驻港部队的先头部队今天要行进的路线。我们首先来看看现在驻港部队的位置——皇岗口岸。今天晚上九点过了这个口岸以后,行进的路线是这样的,我们一起来看看。

首先是向南,顺着这条二号公路,也就是香港的西线公路继续向南,到这个地方,其中有一小路部队要到石冈,这里有一个军营。其他的部队还是顺着这条路经过新界的元朗继续往西走,再往南走到屯门。到了屯门以后沿着海边,这附近是黄金海岸,是非常有名的一个旅游胜地,继续往前走,沿着海边……这个地方是青马大桥。观众朋友们注意,那么继续再往前走到荃湾,然后向南到九龙,通过海底隧道就到了它的目的地,也就是威尔士亲王军营。

而另外一路我们继续看一看,其余的先头部队呢,还将继续往南,要到我们这次驻港部队在香港的最南端的一个基地,就是在这儿——赤柱。

好,观众朋友们,接下来我们继续请白岩松向您介绍现场的情况。

白岩松:各位观众,我现在是在落马洲大桥上。现在可以通过我们摄像师的镜头看一看,就在前面灯亮的那一块,在那栋小楼的前面,驻香港部队的先头部队的车队正在做准备。预计再过三四分钟将通过我刚才向您介绍的这条"管理线"。借这样一个短暂的时间,我们可以看看对面的深圳。

整个深圳现在非常的漂亮,可以说每栋楼里不知会有多少只眼睛也在注视这条线。

现在激动人心的时刻越来越近了。先头部队八点从皇岗口岸进来之后,八点二十大约要通过这个"管理线",接着行进到前方香港的落马洲口岸,车队将做短短的停留,然后大约九点,车队39辆车的最后一辆车要通过落马洲口岸,正式进入香港。

也许还有人关心呢,说这个"管理线"是怎么来的?落马洲大桥下面就是深圳河。当时做这样的一条"管理线",就是取深圳河河道的中心画线,自然升到这个桥上。

大家可能还会觉得有一点别扭,说这个车队从深圳向香港开,怎么会在道路的这一侧了?香港的交通规则跟我们已经习惯按右侧通行是不一样的,它是按左侧通行的。

我刚才在这个小楼的下面,见到了几位驻香港部队的新战士。他们有的刚服了半年的兵役,有的服了一年的兵役。跟他们聊天的时候,我说你是不是为你们能成为驻香港部队的一个成员而感到兴奋和自豪?他们说是的,非常是的。

现在我们看到前面这辆前导车一直在闪灯。大家现在看我们的镜头,车队已经过来了,离"管理线"还有120米左右,车速并不是很快,成一路纵队,前导车让开了。这是神圣的时刻!车速并不是特别的快,大家看到车队已经来了。

越过"管理线"!第二辆也越过了"管理线"!

现在我们看到的是满载着士兵的中型巴士。据我的观察,士兵在里头是目视前方,非常安静。

各位观众,这条线并不长,大家看到了车速也并不快,但是今天驻香港部队越过"管理线"的这一小步,却是中华民族的一大步。为了这一步,中华民族等了一百多年。

好了,我在这里的报道就到这儿结束了,请继续收看我们的节目。

(香港演播室)

水均益:好,谢谢前方记者的报道。

各位观众,有关部队行进的情况我们先直播到这里。在八点五十分左右,我们还将向您报道部队通过皇岗口岸,进入香港这一历史性的时刻。

观众朋友们,让我们一起来伴随着共和国的脚步走进新的一天。

好,现在请导播把信号切回北京。

(中央电视台1997年6月30日"香港回归特别报道")

> **阅读思考**
>
> 　　现场直播并不是独立的文体，只是一种报道方式，无论是电视消息还是电视专访或是电视新闻评论都可以采用。现在单独附上电视新闻现场直播文稿，只是想提醒注意现场直播的叙事模式。1997年香港回归现场报道铸就了电视业界的经典，我们所选的只是其中的一个片段，但是我们发现，演播室内外的主持人和记者在进行播报的时候，都在顺序的大框架中使用了插叙、补叙的复合式叙事结构，使得现场报道层次清晰有条理，也增添了文本的意义。
>
> 　　试分析：电视直播节目的选题标准是怎样的？电视直播节目的不确定性主要体现在哪些方面？电视直播节目对主持人、记者有哪些要求？

第六节　电视新闻评论

一、文体概说

　　电视新闻评论也是近年来电视新闻中比较常见的一种报道形式，在时效性方面，它比现场报道要弱，但胜在深度上。电视新闻评论具有一般新闻评论的特点，都是在某一重大新闻事件或社会问题出现之后进行评议。不同之处在于，电视新闻评论借助电视的传播手段实现对新闻事件或社会问题的分析、判断和评议，因而具有较强的揭露和批判的锋芒，也有一定的反思和讽谏的意味。谨慎、理性，成为电视新闻媒介引导舆论导向的重要手段，广受百姓欢迎。

　　电视新闻评论通常分为两大类：一类称之为口播评论，一般是为电视新闻配发的编前、编后话以及节目主持人、记者的即兴点评，凤凰卫视的《有报天天读》就是这种类型，2008年8月3日的《新闻联播》中有一段口播短评《慰问四川，祝福奥运》；另一类是电视评论片，将新闻画面（同期声）、背景资料、字幕与夹叙夹议的评论报道有机组合在一起，形成立体的形象的评论，既帮助观众了解了新闻事件，也能引发观众的思考，起到强化舆论的作用，如央视的《焦点访谈》、凤凰卫视的《时事开讲》等。

　　我国电视新闻评论的起步较晚，从20世纪80年代初期开始，才逐渐在《新闻联播》节目中设简短的编前、编后，配发少量短评（小言论）。随着新闻改革的深入，电视新闻评论也逐步发展并愈来愈受到观众的欢迎，央视先后开办了《观众论坛》《观察与思考》。1993年底中央电视台成立评论部，为电视评论的更大发展提供了组织保证，在推出《东方时空·焦点时刻》以后，从1994年4月1日起，又出台一档综合评论性专栏节目《焦点访谈》。在中央电视台的带动下，全国各地的电视台纷纷尝试改版，增加深度报道和评论的分量。

二、个案评析 1

◇ 原文

奥巴马＋拜登＝？

美国总统选举冲刺谁能笑到最后？

（精彩看点）

8月23号，特拉华州国会参议员乔·拜登成为美国民主党总统候选人奥巴马的竞选伙伴。

"奥巴马尊重你们，他将成为你们在白宫交到的最棒的朋友，这个我敢保证。"

36年国会议员，丰富的外交经历能否弥补奥巴马的经验缺失？两党大会陆续召开，民调支持率差距缩小，美国总统选举进入冲刺阶段，奥巴马与麦凯恩究竟谁能笑到最后？《新闻1＋1》正在解析。

（演播室）

主持人（董倩）：晚上好，欢迎收看《新闻1＋1》。

1＋1到底等于几，这道简单的数学题让美国民主党总统候选人奥巴马足足算上了几个月的时间，昨天这个谜底终于揭晓，他就是来自美国特拉华州的资深参议员拜登。那么接下来奥巴马继续要算的这道题是1＋1到底能够大于2，还是说常规的等于2，还是说最坏的结果小于2。首先我们先通过一个短片了解一下他的这位竞选搭档拜登。

（播放短片）

解说：8月23号，奥巴马通过官方网站宣布，将与自己一起参加11月总统大选的搭档就是美国特拉华州国会参议员拜登。同一天奥巴马就与拜登共同出席了竞选集会。

奥巴马（美国民主党总统候选人）：让我来介绍下一届美国副总统，就是乔·拜登。

解说：至此，让全世界争论了几个月之久的奥巴马副手大猜想终于揭开谜底。

乔·拜登（美国特拉华州国会参议员）：是时候让奥巴马当总统了，这是我们的选择，这是美国的选择。

解说：这就是奥巴马刚刚选定的竞选伙伴拜登。

今年65岁的拜登可谓资历雄厚。1972年，刚刚29岁的拜登就当选联邦参议员，是美国历史上最年轻的参议员之一，奥巴马当时还只是个小学生。此后，拜登当过参议院司法委员会主席，现任外交委员会主席，非常熟悉华盛顿的政治操作，也非常善于辩论。曾有美国媒体评论说，就辩论能力而言，拜登明显压倒奥巴马，连一向伶牙俐齿的希拉里在拜登面前也占不了任何便宜。

对于竞选总统，拜登甚至也有过两次经历。1987年，拜登第一次参加美国总统竞选，由于在所有候选人中拜登形象最佳，筹得的资金也最多，因此他被外界视为最强的候选人。然而由于竞选对手对媒体宣称拜登的演讲有剽窃行为，拜登最终退出大选。

去年1月，拜登再次参加总统竞选，但由于奥巴马和希拉里很快成为焦点，拜登再次遭遇失败。

此次，拜登之所以能脱颖而出，一些政治观察家认为这跟最近的国际形势密切相关。由于俄罗斯和格鲁吉亚发生冲突，巴基斯坦政局陡变，这些都使奥巴马的对手、擅长外交和国家安全事务的麦凯恩开始得分,而奥巴马选择拜登显然是想倚重他的外交经验,向麦凯恩发起反击。

乔·拜登: 奥巴马尊重你们,他将成为你们在白宫交到的最棒的朋友,这个我敢保证。

解说: 其实此前,关于奥巴马的搭档人选,外界一直有各种猜想,并推出了一系列热门人选。其中美国前第一夫人希拉里可谓呼声最高,不过希拉里的助手曾透露,奥巴马团队根本就没有向他们索取过任何资料。而其他几位热门人选,美国前副总统格尔、弗吉尼亚州州长蒂莫西·卡因,印第安纳州国会参议员艾文·贝赫等也先后被证实排除在名单之外,至此,拜登才逐渐进入了媒体的视线。不过直到正式宣布之前,奥巴马团队对人选问题一直态度模糊,这似乎成了奥巴马一个不愿破解的谜团。外界分析,奥巴马并不是故意玩儿悬念,而是最后敲定拜登着实让他费了一番脑筋。《纽约时报》披露说,直到8月10号,奥巴马仍然举棋不定,多亏助手提醒他。最近一次奥巴马海外行的表现不足以向美国人证明他的外交经验,因此他应该选择一名外交高手。就在此时,格鲁吉亚与俄罗斯的冲突爆发,拜登直飞格鲁吉亚的果断表现让坐在电视机前看新闻的奥巴马狠狠一拍沙发靠背说,就是他了。

不管媒体的披露是否准确,至少有一个事实是,近来奥巴马对麦凯恩的优势正在不断缩小,平均民调支持率仅领先1.6%,可以说已经形成事实上的平局。而要扭转这种局面就必须找到一个能有利压制麦凯恩的副手,不过现在似乎谁也不知道拜登究竟是不是这样的最佳人选。奥巴马和拜登的搭档究竟是否能达到1+1大于2的效果?

副总统不是决定因素

主持人: 了解完拜登之后,今天我们演播室请到的是北京大学的朱锋教授,我们来听一听您对于美国总统大选期间的一些看法。首先您给我们介绍一下,在美国大选过程中副总统人选的确定对于总统候选人他能不能取得最后的胜利会起到什么样的作用?我之所以问这个问题是因为我们刚才从短片里面也了解到,现在奥巴马和麦凯恩的民意支持率基本上是不相上下的,现在他们双方都在面临一个选择副总统候选人,这个选择对他们的胜算会起到什么样的作用?

朱锋: 我觉得从美国的竞选历史上来看,其实副总统和总统的所谓竞选拍档当然非常重要,因为他代表了总统候选人的形象以及他能够给选民传达的整个声音,包括我们说候选人的挑选很大程度上是总统的比如说他个人的思想、思维,以及他处理事情的风格方式的一个非常生动的体现。当然,其实刚才我们从短片中也看到,从奥巴马的挑选角度来说,拜登是弥补了他的一个短摆,但是我并不认为副总统会有决定性的作用,因为美国的选举历史上没有一个案例,说最后是因为靠副总统的人选极佳,然后帮助总统跨进白宫。所以我自己觉得有意义,但是并非是绝对重要。

主持人: 但是拜登的选出对于奥巴马来说是不是具有特殊的意义,因为我们知道短片中反复提及,就是奥巴马在外交经验上是有所欠缺的,而拜登的出现恰好可以弥补到他的这个短摆。

朱锋: 那当然,因为我们都知道奥巴马他没有在美国基层州一级的工作经验,他也不是联邦的部长或者内阁阁员出身,他是一个年轻的参议员,所以从这个角度来说,从初选到现在,整个共和党猛攻奥巴马的一个非常重要的内容就是说他没有从政经历,怎么能够管好这么一个偌大的国家。所以最近我们都知道麦凯恩的民调为什么会非常迫近奥巴马这样一个超人气的民主党候选人,就是因为格鲁吉亚的战争。所以我们说麦凯恩当年就是越战的英雄，所以处理这些战场问题绝对一往无前，而且非常有经验，所以他的这种公众形象一下子使得他个人在选民心目中的地位大大提升。

主持人：您刚才说到了奥巴马因为他这么多年来一直是担任参议员，他没有政府工作经验，但同样的经历也是发生在拜登身上，拜登33年的参议员经历似乎也并没有在政府执政的这么一种经验。这种角度来看的话，他们两个搭档到底是劣势还是优势？

朱锋：我觉得您这个问题提得确实非常尖锐。比如说就像拜登，他有30多年国会议员的从政经验，我们说国会议员其实有一个非常好的个人资历上突出的优点就是，如果你当的年头越长，那就证明你可以在国会中各种工人性的委员会里面担任的职位，以及你曾经在这些委员会里工作的经历都要丰富得多，所以我们都知道拜登他做过司法委员会，他现在又做过外交委员会。所以我相信他这样的经历对他个人的支持能力是一个很大的补充。

主持人：我们知道拜登他是一个资深的政客，他是华盛顿的圈内人，或者换成我们的话来讲他是个华盛顿的老江湖，这一点在某种程度上，比如说在人脉上就可以帮助年轻的奥巴马迅速熟悉华盛顿的政治地图到底是什么样的，这是优势。但是在某种程度上是不是也是劣势？因为我们知道奥巴马在一开始参加竞选的时候，他举出来的大旗就是改变华盛顿的政治，但是现在选来选去还是选出来一个老年的白人男性，会不会跟他当时提出来的要改变改变改变的这种初衷发生变化？

朱锋：我觉得你这个问题提得非常好。美国政治有非常多的规则，这些规则比如说现在奥巴马作为一个黑人的总统候选人已经获得了跨越所有的种族、社会阶层的认可，因为他的支持者遍布各个角落，这个时候如果再选一位黑人的副总统，那些白人会说我们在哪里，我们的利益谁来保障。所以我相信他的选择其实有三个很重要的标准，第一，这个人一定必须是白人，因为他要取得某种族裔间的平衡；第二个，这个人一定要比他有丰富的从政经验；然后第三个很重要的就是您刚才讲的，奥巴马是华盛顿这个政坛中或者政治界的一个新手，他需要一个引路人，他需要一个老江湖或者说一个有人气的人来帮助他慢慢地在华盛顿今后的执政经历中去穿越各种障碍、险阻，去获得他个人政治的足够资本积累。所以我相信用刚才我说的这三样标准来看，拜登真的是不二人选。

奥巴马不可能选希拉里

主持人：我们知道前一段时间作为民主党候选人搭档的呼声很高的人选是希拉里·克林顿，为什么没选她？刚才您说的三个条件，她除了不是男人，她全部都合拍，而且她如果作为一个白人老年女性的话，她也合乎奥巴马提出的改变这样一个传统，为什么不选择希拉里？

朱锋：我觉得很简单，就是奥巴马没有感觉。因为最近我看了很多媒体对奥巴马的采访，从一开始很多人都知道他们不可能是拍档。

主持人：为什么？

朱锋：原因很简单，一开始两个人就撕破脸，初选的时候选战打得如此激烈，希拉里恨不得把奥巴马祖宗三代都揪出来，然后两个人说粗话，所说的竞选语言真的已经就是我们刚才讲的到了伤感情的地步。

第二个很重要的原因就是个性上有很大很大的区别，奥巴马代表了所谓的真正的原来出生于边缘的社会阶层，靠自己的努力慢慢地一步步奋斗到今天，而且他顶着很多的种族歧视的眼光。希拉里一开始就非常优越，完全是一个中产阶级家庭，然后学习非常优异。

第十八章 电视新闻报道

主持人：嫁了个总统。

朱锋：对，最重要的人生最大的投资是嫁了个总统，然后自己现在出来还要再投资，再当总统。所以我个人觉得他们之间完全是两种类型的人。

主持人：您要这么说的话，互相说坏话是竞选人，哪怕是一个党派的竞选伙伴之间必不可少的事情。比如说拜登也曾经讲过奥巴马的坏话，而且这个坏话讲得还不轻，说他是最没有资格当美国总统的人，结果他现在就成了这样一个最没有资格当美国总统的人的辅佐的人，您怎么看他这个坏话？

朱锋：其实政治就是一种游戏，这种游戏是按规则来进行的，当彼此都为自己的利益去挣扎的时候，当然他需要攻击，而且选举的语言永远是攻击的语言，大家都认可这一点。但是一旦尘埃落定，总统候选人已经选出，谁是他的拍档，因为副总统候选人同样名垂千史，同样权重一时，同样可以成为万众瞩目的一个对象。所以这时候我相信拜登和奥巴马之间的结合是一种非常好的权力的撮合，彼此你情我愿，而且有巨大的需求，但是希拉里绝对不同。

7月初的时候你注意过一个镜头没有？两人第一次出现在一个群众的聚会场合，然后奥巴马上去很深情地吻了一下希拉里，言外意思就是，从此以后一吻泯恩仇，但是回过头来第二天美国媒体的报道劈天盖地地批评奥巴马，说你这个小子真没出息，你为了拿点选票竟然……

主持人：没立场。

朱锋：对，不惜牺牲色相了。所以我相信奥巴马对此有很大的感触和体会，就是他明显意识到他和希拉里之间不管如何掀开过去不愉快的一页，他们俩之间站在一起本身代表了已经是公众不认可的这样一种拍档关系。

主持人：我们刚才说的更多的是奥巴马和拜登组合的优势，我们再看劣势。因为也有美国媒体说拜登成为美国副总统候选人的这么一个劣势就是在于他当了太长时间的参议员，而参议员最大的一个劣势就是善于夸夸其谈、言中无物，不知道您怎么看？

朱锋：我在华盛顿生活过，也去过好几次国会山庄，包括2001年拜登参议员访问北京的时候我还跟他有过一次座谈。我自己觉得美国的国会依然是很有意思，从中国的角度来说，我们说嘴巴很大，说话不负责任，而且飞扬跋扈、非常趾高气扬的人，但是在华盛顿他们代表了管理这个国家的一个团队，而且这个团队在美国的社会中有很高的威望，有宪法对他们的地位保障和对他们基本权利行使绝对的捍卫。所以我相信拜登尽管是一个老油条，而且是个老江湖，但是他代表了美国人认可的去管理这个国家的经营团队的一个分子，所以迄今为止他的口碑，包括他个人的口才还有外表，我相信都还是蛮有亲和力的。所以在这种情况下，我并不觉得他的老江湖背景对他竞选未来的前程是一个很大的消极的影响。

主持人：好，您现在收看的是《新闻1+1》，今天我们讨论的是美国大选如火如荼的选情，我们的节目稍后继续。

主持人：无疑，民主党总统候选人奥巴马的人气现在是超高，而对于共和党总统候选人麦凯恩来说，他有着令人称道的领袖气质。他们目前在美国国内的支持率分别又是如何呢？首先通过一个短片了解一下。

（播放短片）

解说：美国总统大选的竞争日趋激烈，一场围绕总统候选人的商品大战也正悄然上演。美国一家拖鞋制造商近日推出了两款人字拖，拖鞋上面分别带有麦凯恩和奥巴马的卡通头像,每双售价30美元。这款拖鞋吸引了不少年轻的时髦女性,目前销量非常可观,其中奥巴马拖鞋的销量大概是麦凯恩的两倍。

虽然奥巴马在这场拖鞋之战中略胜麦凯恩一筹,但根据美国有线电视新闻网8月24号的报道,民调结果显示,就在美国民主党全国代表大会召开之际,此前支持率一直领先的奥巴马现在已经被麦凯恩追成了平手,都为47%,而在上个月这个数字是51%对44%。有线电视新闻网民调负责人表示,这对于奥巴马来说是明显的退步,甚至在上周奥巴马没有提名拜登为竞选搭档的时候,大多数的民调结果都表明奥巴马还保持着微弱的领先优势。

是什么原因造成了支持率的变化?有专家分析,此前支持希拉里的选民可能在其中起到了重要的影响。上个月末,有75%的希拉里支持者表示将支持奥巴马,但现在这一数字已下降67%,转而支持麦凯恩的人数则从16%上升到了27%。

一个年轻气盛,一个老而弥坚,一个初出茅庐,资历尚浅,另一个却是越战老兵,政坛宿将。虽然离最后的投票还有几个月,但两位候选人谁都不敢怠慢。为了增加竞选的胜算,奥巴马在上个月短短一周的时间里先后访问了阿富汗、科威特、伊拉克、约旦、以色列、巴勒斯坦、德国和法国,分析人士普遍认为,奥巴马如此旋风式出访旨在向美国选民表明,虽然自己初出茅庐,但是具有领导盟友的能力。

2008美国大选是会产生美国第一位黑人总统还是有史以来最老的一位总统,现在看来这个谜底的揭晓还需要更多时间的考验。

(演播室)

主持人:好,接下来我们马上连线采访中央电视台驻华盛顿的记者杨福庆。杨福庆你好。

杨福庆:董倩你好。

主持人:按照美国东部时间,现在应当是早上的10点20分左右,那么据你看到的还有了解到的,在美国民主党全国代表大会召开以前,它们的气氛是什么样的?

杨福庆:应该说两党大会受到了美国民众的高度关注,整个民主党大会目前吸引了大概一万多的媒体,所以可见大家的关注度非常的大。

主持人:我们也知道,目前从美国的民意调查来看,共和党和民主党的支持率应该说是不相上下,美国当地怎么分析这种咬得很紧的局面?

杨福庆:就像刚才片子里面介绍的,在8月之前,奥巴马几乎在所有的民调之中都领先于麦凯恩,但是从8月份开始,两个人的差距就逐渐缩小,在8月16号的一项民调中,麦凯恩甚至超过了奥巴马5个百分点,最近的民调则显示两个人支持率已经旗鼓相当。有分析人士认为这主要是因为奥巴马选择拜登为竞选伙伴以后没有认真地考虑希拉里作为自己的副总统的竞选伙伴,因而造成了一些支持希拉里的女性选民的不满,当然也有分析认为奥巴马选择了拜登是一个明智之举,为奥巴马在外交和政治经验上面加分不少,这种优势还没有时间来得及反映到民意上来。民调尽管能够体现出一些选民的心态,但是都是阶段性的,比如说随着两党大会的召开和两个人竞选的开始,民调还会出现新的变化。

主持人:好的,谢谢杨福庆从华盛顿带回的报道。

民调接近不说明问题

主持人:我们再回头来看,刚才杨福庆也讲了一些美国当地的情况,您觉得出现刚才我们说到的这种麦凯恩的支持率奋起直追的这种情况,刚才杨福庆已经介绍了,您觉得最重要的是什么?

朱锋:我觉得其实每次美国大选的基本规律就是常常在初选的时候,比如因为更加年轻、口才更好、更有观众缘的一个候选人会脱颖而出,但是随着大选临近,现在是8月份,到了9月份以后,很多的民调数字才能真正地反映出这两个人在选民中的地位和选民对他们两个人仔细的掂量,它会直接体现在民意里。所以原来我们的基本判断至少到9月初,麦凯恩就会领先于奥巴马,因为这是一种基本规律,慢慢大家都熟悉以后,原来这种年龄的差异,原来因为不同的个性魅力所产生的差异都慢慢没了。美国的选民团队是一个很成熟的团队,因为他们毕竟经历了这么长久的选举,所以我自己觉得这是一个正常现象。首先现在两个人数字接近并不能说明谁一定就占优,还远着呢。

主持人:也就是说美国选民如果分析他们的心态,恐怕在一开始去选举的时候是看热闹,但是越往后就越看门道。

朱锋:那当然。全世界的选民调查,大概从参与度到选举和个人生活的价值理解,没有一个国家超得过美国人,因为他们确实是在这样一种选举文化中从小被熏陶出来。所以从这个角度来讲,我相信现在来看两个人数字接近不能说明任何问题。

主持人:刚才我们也说到了,拜登已经成为奥巴马的竞选伙伴,接下来人们就自然把关注目光放在谁会成为麦凯恩的竞选伙伴,既然"老少配"是一个综合性的考虑,那作为一位老人,他会不会找一位年轻的搭档?

朱锋:当然。我觉得其实现在麦凯恩最大的劣势是在他的年龄。我今年去了两次美国,很多的美国朋友都说如果麦凯恩年轻10岁,奥巴马不是他的对手,因为麦凯恩本来就非常有人气,可惜真的是有点老,快70岁的人。所以现在的情况下,我觉得麦凯恩肯定会选一个,我相信大概差不多45岁到55岁年龄段之间的这样一个候选人,因为跟他有一个比较好的年龄落差,但是又能够相互体现,一个是老而弥坚,另外一个是年少气壮这样有一个很好的团队组合。

麦凯恩为什么迟迟不定副手人选?

主持人:刚才我们说到的是麦凯恩他将选择一个什么样的竞选伙伴。接下来的是对于共和党总统竞选团队,他们在面对一个已经出现的民主党的竞选班底,他们会做出什么样的调整,因为距他们的"1+1"出路的时间也不远了。

朱锋:对,因为民主党推出来完全以奥巴马为标准,就是这是一个什么样的总统,要量身订造一个什么样的副总统来形成一个拍档,而且美国大选竞选的时候,总统和副总统拍档有个专门英文词叫Ticket,就是票那个词,这两个人在一起就是票友一样,他们一起来做。共和党现在之所以迟迟推不出来,我相信有两个问题,一个问题是麦凯恩其实有丰富的从政经历,他到了这个年龄,他对整个这套选举的过程看得很准,现在无非就是共和党有若干个想争这个位子的人,但是他又不愿意很快选了一个人,(这)对另一个人所代表的力量是一个打击,所以他现在宁可稳坐钓鱼台。

第二个原因很重要的是麦凯恩现在对他来讲,他知道他肩负的是共和党中心的使命,因为布什政府对整个共和党的民意基础打击太大,所以他现在代表了整个共和党党内高度民意的团结一致,就是说他要赢,他要使得共和党今年咸鱼翻身。所以我觉得在这样一种重大的政治责任面前,他也宁可稳,所以我觉得共和党麦凯恩现在迟迟不推出副总统候选人不是坏事。

主持人：目前等共和党把副总统候选人，把竞选搭档选出来之后，美国的大选才开始更加有看头。

朱锋：对，基本上是要等两党的全国大会开完。两党的全国大会最终的意义就是在程序上合法地确认他们，经过两党全国大会的选举认票、否票，最后来加冕成为候选人，所以真正的好戏在后头。

（中央电视台《新闻1+1》2008年8月26日）

◎ 点评文章

从《奥巴马＋拜登＝?》看电视新闻评论的特点

2008年8月23日，特拉华州国会参议员乔·拜登成为美国民主党总统候选人奥巴马的竞选伙伴，这一组合成为大众和媒体共同关注的焦点，央视《新闻1+1》对此做了这期评论节目，分析精辟，很是精彩。

1. 体现了视听兼备、直观性强的特点

电视新闻评论可以利用传播载体的优势，综合运用画面、字幕、音响和解说词等多样性的表现符号，充分显示电视评论"形象化"的特色。我们所选的这期评论节目就将新闻画面（同期声）、背景资料、字幕与夹叙夹议的评论报道有机组合在一起，形成立体形象的评论，它突破了报纸、广播的局限，将形象思维与逻辑思维紧密结合在一起，使得评论手段丰富多彩，既帮助观众了解了新闻事件，又能引发观众的思考。

2. 主持人主体化

在电视新闻评论中，主持人的作用是非常重要的，既要对新闻事实做出恰当的点评，又要对嘉宾做出适当的引导，推动节目的节奏。这期《新闻1+1》的节奏全在主持人的把握中。节目开始先给观众看了一段介绍拜登和奥巴马团队的背景资料短片，接着就是主持人董倩提出问题，评论嘉宾朱峰做出恰当分析评论，让观众对奥巴马团队的竞选策略有了大致了解。接下来的分析评论都是这样的结构，可以说主持人董倩在节目中扮演了观众的角色，不停地抛出问题，而这些问题恰恰是观众迫切想知道的。

不仅如此，主持人还运用了所谓"抽屉式"的报道方式。这种方式是以主持人为中心，为了全方位地报道分析问题，他可以随时提问嘉宾或与场外记者进行连线，那么嘉宾和连线记者相对是处于被动状态，他们掌握的信息和材料必须通过主持人的"需求"才能展现在观众面前。节目中主持人董倩与中央电视台驻华盛顿记者杨福庆的现场连线就是这种报道方式的体现，它进一步扩展了信息背景，并推进了问题的继续展开。这种报道方式其实大家并不陌生，2008年初迎击暴风雪的现场报道和"5·12"汶川大地震报道就是其具体体现。

3. 平民化

电视新闻评论的平民化表现在三个方面：一是报道视角的平视，传播者与受众始终是站在平等的角度上进行交流的；二是主持人风格的平易近人；三是嘉宾的身份。那么本期节目有没有这些"平民"因素呢？首先主持人与嘉宾的点评是从观众的角度出发的，语言中往往透露出轻松和幽默，比如：

朱峰：……7月初的时候你注意过一个镜头没有？两人第一次出现在一个群众的聚会场合，然后奥巴马上去很深情地吻了一下希拉里，言外意思就是，从此以后一吻泯恩仇，但是回过头来第二天美国媒体的报道劈天盖地地批评奥巴马,说你这个小子真没出息,你为了拿点选票竟然……

主持人:没立场。

朱锋:对,不惜牺牲色相了。所以我相信奥巴马对此有很大的感触和体会,就是他明显意识到他和希拉里之间不管如何掀开过去不愉快的一页,他们俩之间站在一起本身代表了已经是公众不认可的这样一种拍档关系。

这样一来,国际政治的严肃性就化解为生活化的幽默了,非常有趣。

其次是主持人董倩的主持风格,她始终具备一种高超的综合概括能力,能在纷繁复杂的事件中理出清晰的思维线索。比如节目就是从三个层次上来展开的,分别是"副总统不是决定因素""奥巴马不可能选希拉里""民调接近不说明问题",董倩在节目中总是适时地加以点评和推进问题的进展,显得从容不迫,节奏感拿捏得非常到位,给观众的感觉就是轻松和亲和,不知不觉中就跟着她的节奏"走"了。

最后,嘉宾朱峰是北大教授,是精英阶层,这可能与节目所选的话题有关(国际政治问题),但是在他的分析评论中,始终透出"平民化"的话语方式,化解了其身份带来的隔阂。

一般而言,普通人作为嘉宾走上电视,成为电视新闻评论中一个有益的趋势,这表现出电视评论在"精英论坛"的强大话语权之外,开始注重民间,关注民间杰出分子的声音。

4. 媒体的主动性

如果从新闻的接近性上来看,美国总统候选人提名与中国百姓并没有太多的关系,但是媒体仍然主动出击,原因在于媒体竞争的激烈。很多媒体都想做"独家",但是现在传媒领域中讯息传播渠道、手段迅速多样,要独占鳌头何其不易,因此媒体必须主动出击,从各个不同角度来阐释新闻事件的内涵,凸显角度优势。对于节目中"奥巴马+拜登"这样的组合,可以以简短的消息来报道,但这样毫无深意,而从不同的角度进行评论分析和预测,则挖掘了新闻的内在传播价值,也凸显了媒体优势。我们也看到现在电视媒体上的电视新闻评论节目是越来越多,就是这个原因。

当然现在还有些电视新闻评论节目很注重与受众的互动,注重感染力效应,这都需要配合节目的风格和主题。

三、个案评析 2

◇ **原文**

茅台镇上的强迁之痛

(演播室)

主持人(敬一丹):您好,观众朋友,欢迎您收看《焦点访谈》。

假如您在街上开着一个店铺经营得好好的,突然被要求立即搬迁,两天搬走没商量,经济损失没人管,自己不搬有人动手。您是不是得要一个说法?假如一条街上的多家店铺都遇上了这样的麻烦,谁该给出一个说法呢?这样的事就发生在贵州仁怀的茅台镇,对,就是出茅台酒的茅台镇。

(播放短片)

解说:环茅南路位于贵州省仁怀市的茅台镇,是一条已有多年历史的繁华的商业街。街上一百多家商铺中有三四十家经营当地的白酒,还有五六十家分别经营着百货、五金、药品和餐饮等。今年5月1号,许多商户都收到了一则通知,要求他们立即搬迁,通知来得十分突然,大家全然没有准备。

商户1:通知我们叫我们搬迁,就是说要规划成白酒一条街。

商户2:全部都要搬走,全部都做酒。

商户3:反正就是强行你搬走,什么也不说,不说什么政策,反正就说搞成一条白酒街,叫你搬你就要搬。

解说:茅台镇是一个造酒古镇,近年来又发展起了一批生产白酒的企业。茅台镇政府文件显示,为了打造茅台镇中国第一酒镇的品牌,镇政府决定把环茅南路建成白酒品牌展示一条街,街上所有商铺都必须卖当地产的白酒,不卖酒的商铺则要立即搬走。

4月26号,镇政府派出工作人员到各家商铺了解情况,而商户们没想到,5月1号镇政府就正式下发了通知,要求5月3日完成搬迁,也就是说商户从接到通知到迁出此地只有短短两天的时间。

商户4:即使要我们搬,我们也要通过一段时间,尽量想办法找到门面以后,把它搬走才行。你跟我们今天说了明天搬,我们没有这个能力,实在没有办法。

解说:事先既没有征求这些商户的意见,也没有给他们安置新的门面,只有这样一个简单的通知,不卖酒的商铺就得在两天内全部搬走。面对这一突如其来的变故,商户们感到非常诧异。

记者:那你们有没有问过镇上的政府工作人员,就说让你们搬到哪儿去呢?

商户1:问过了。他说不管你搬到什么地方,我们不管。

商户4:他们不管这些,就是说这是政府行为,叫你搬就搬。

商户5:这是我们的营业执照,是工商部门发给我们的营业执照,有效期是2014年8月17号。现在政府要我们搬就搬,我们搬到什么地方?

解说:据记者了解,这条街上的商户都有合法经营手续,并与房东签了具有法律效力的租赁合同,并已支付了至少一年的租金,现在搬迁就意味着将这些钱白白扔掉。这家通讯营业厅的老板去年刚花了十几万元装修店面,现在眼看着大笔的装修费和租金都要白白打了水漂,他非常心疼。

商户6:装修、买设备花了10多万,我去年为了保住这家店我花了10多万,整栋楼都租下来,跟那个房东签了5年的合同,钱也是付了。你说现在我怎么办呢?

记者:他们有拿出来补偿安置的方案吗?

商户6:没有,没有,就说叫你走就走。

解说:不仅租金赔了,由于辛苦经营的店铺没了,店里面积压的存货也无处可销,都砸在了手里。

商户7:我们在一个星期以前进了20吨货,全部是贷款进的。我们这些损失谁来赔?损失太大了。

商户4:我家有15万以上,其他有百万、有几十万的。我们一家老小就靠这个店维持生活,就像一个饭碗一样,你们把饭碗给我们端了、踢了,我们在哪里生活?

解说:由于不接受这种突然袭击式的做法,也没有能力马上搬走,许多商户没有按时搬迁。于是镇政府派出了由城管、公安、工商等部门组成的联合执法队，每天在街上巡查，阻止这些店铺正常营业。

近几天，执法队甚至开始强行扣留店铺里的货物。商户们只好都关起大门，等到中午和晚上执法队下班以后，才敢偷偷开门营业。然而一旦被执法队撞上，后果便相当严重。

商户4：一来就几十个，有些还拿着棍、锤砸东西。

商户1：他把我们这里门头敲坏了，又把我的报警器敲坏了。

商户7：来很多人，几十个，就像抢东西一样。还有其他的什么冰箱、什么水果，什么他们都往车上拉。我们说现在是法治社会，他说我们不懂法律。

解说：5月9日，记者在环茅南路暗访，正巧遇上执法队再次来强行执法，这次带队的是茅台镇的两名副镇长。

袁仁涛（贵州省仁怀市茅台镇副镇长）：打乱老子的规划，拖延我们好长的时间了，要求你们5月3日，今天已经5月9日了。

商户7：你们又没有通知我们开过会。

执法队：来，大家动手，大家动手。

袁仁涛：你不要影响我的执法，影响了我执法，所有我们的行政成本肯定都算在你的头上，你还跟我讲。我跟你讲，再次跟你打招呼，再来影响，涉及犯法的马上带走。

解说：在这一幕发生的第二天，记者来到茅台镇政府，采访了带队执法的茅台镇副镇长，他向我们介绍了规划建设这条白酒一条街的初衷。

袁仁涛：我们响应很多企业的要求，品牌企业的要求，就是要集中地在我们的核心区域的这条街上，把代表我们茅台镇酒文化、酒的品牌、酱香白酒品牌，再集中地在这条街上展示出来，营造我们的酒文化氛围，提升我们茅台镇作为中国"国酒之心"对外的整体形象，是这么一个基本的考虑。

解说：建设酒文化，打造茅台镇"国酒之心"的对外形象，这原本是个好事。但在这个过程中，当地政府能否坚持依法行政，保障商户的权益，这是不是也事关茅台镇的形象呢？

记者：政府在进行这样一个建设和搬迁的计划之前，有没有先征求群众的意见？然后制定一个合理的补偿安置方案呢？

袁仁涛：这个如果补偿安置方案，我们这个肯定是不可能，刚才我都说了，如果每一家提出来30万、50万怎么办？政府哪里有资金来买这个单？

记者：政府搞这样一个统一的规划建设，但是这些个人的损失要让这些商户们承担，这样一个安排合理吗？

袁仁涛：如果说这个肯定暂时有一定的影响，短时间之内，相当于渡过难关嘛，当前的这个难关，我相信一年以后，这一块的问题不大。

解说：根据《中华人民共和国城乡规划法》第26条规定：城乡规划草案在报送审批前，应当予以公告，并采取论证会、听证会等方式征求专家和公众的意见。第50条规定：因依法修改城乡规划给被许可人合法权益造成损失的，应当依法给予补偿。

显然茅台镇政府为了整体规划建设，而让商户们自己承担损失的做法，既不合理也不合法，而对于政府工作人员强行扣留货物的行为，茅台镇政府又是怎样解释的呢？

记者：被城管和公安扣留的商品是这些商户的合法财产，咱们这样做依据是什么呢？

袁仁涛：我们的城市管理，并不是说每一条街、每一个经营户都能够说自身经营哪一种，当然他们有自主权,但是也要符合我们地方的规划。我们规划出来以后,我建议你搬到哪里去,这个并不存在,按照我们城市管理并不存在违法,我们的政府现在很多都是提依法行政。

记者:你觉得这样强行搬走公民的个人合法财产是依法行政吗?

袁仁涛:就是暂扣,这个措施就是希望您,希望他配合我们的工作,而且不要因为个人的利益,影响我们整体的利益。

记者:那这些商户的个人利益谁来保障呢?

袁仁涛:应该说一项行政行为实际上维护的是我们绝大部分人的利益,当然个别的肯定有影响,今后有什么困难政府想办法,包括我们的干部想办法,帮助你们渡过难关。

解说:现在茅台镇政府的强行执法行动还在继续,而环茅南路的群众也盼望着事情能有个合理的解决,以保护自己的合法权益。

商户3:不公平在哪里?就算你要叫我们搬家,起码有一个过程,要怎么解决,你肯定要跟每一户协议、商量,不是这样强行来拆是不是?

商户4:只叫我们搬,又不给我们指定搬到哪里,还有损失也不给我们解决。我们支持你们政府的工作,但是你们要理解我们老百姓的苦头,多多少少给我们解决一下。

(演播室)

主持人:商户们的遭遇在人们的心里留下了一个个问号挥之不去。地方政府搞特色建设提升形象,要不要同时坚持"以人为本"的原则,而相关群众的切身利益又被放在什么样的位置上呢?茅台镇要求一些商户在两天内搬迁,却不考虑实际情况、不解决搬迁损失、不考虑生活补偿,如果提出异议,就采取强行措施,随意叫停商户合法经营、扣押合法财产,茅台镇政府负责人竟然说这是在依法行政,这依的究竟是什么法呢?

(中央电视台《焦点访谈》2011年5月15日)

◇ 点评文章

用事实说话　彰显社会责任

《茅台镇上的强迁之痛》是2011年5月15日央视《焦点访谈》的节目,荣获第二十二届中国新闻奖三等奖。

报道的内容是2011年,贵州省仁怀市茅台镇为打造"白酒一条街"特色街区,让数十户经营户尽快搬迁,但在搬迁补偿及安置等措施未明确的情况下,强行将部分经营户的货品扣押,引起经营户不满。稿件最大的特色在于以深度报道方式剖析事实,展示媒体立场,强调用事实说话,彰显社会责任。通读全文,编者认为节目是从以下三方面来把握用事实说话的报道立场的。

1. 选择典型的事实说话

用事实说话是指在忠实地报道事实的基础上,通过对事实的适当选择与表述,巧妙地表达传播者的立场与观点的一种报道原则与报道方法。在新闻评论类节目中,用事实说话的类型很常见。其优势在于,用事实说话,寓情于事实,符合人们主要是从新闻中了解事实信息的要求,以及新闻应以事实信息沟通情况、达到信息交流与分享目的的基本特征,因而能够潜移默化地影响新闻的接收者,且具有说服力。

用事实说话成功的关键,在于精心选择典型的事实,选择"领导重视、群众关心、普遍存在"的大量反映社会进步的事实与发展过程中存在的问题,使其成为节目的焦点、公众的焦点,运用事实的逻辑说服力,充分而含蓄地表现记者的倾向与观点。

茅台镇上的强迁事件在当年是人们广泛热议、备受关注的事件。地方政府搞特色建设、提升形象,却忽视了相关群众的切身利益。茅台镇要求一些商户在两天内搬迁,却不考虑实际情况、不解决搬迁损失、不考虑生活补偿,如果提出异议就采取强行措施,随意叫停商户合法经营、扣押合法财产,而茅台镇政府负责人竟然说这是在依法行政。

该期节目反映出了目前基层政府工作中一个较为典型的现象——一些基层政府为创发展、求政绩,在工作过程中不依法行政,简单粗暴处理问题。从事件选取的角度来说,把握住了时代的脉搏,贴近民生,表现出强烈的社会责任感和对老百姓利益的高度关注,节目较好发挥了舆论监督作用,并反映了底层人民群众的利益诉求。

2. 观点通过事实表达出来

媒体在节目中当然会表明观点和态度,但它不会直截了当地站出来"说话",而是"寓论断于序事",即"事实"是节目的核心,十多分钟的节目里媒体更多的是在"说"事实,观点是通过"事实"的叙述过程表达出来的。

茅台镇上的强迁事件是由当地群众提供的线索,赶到当地后,记者并没有急于展开采访,而是暗中摸底和观察。为充分展示事件经过,让节目更有说服力,记者尽量避免自述情节,而是努力捕捉现场细节,让当事人自己用行动说话。

如当地政府强行要求几十家商铺必须在两天内全部搬走,而对于搬迁至何处,及搬迁造成的损失如何赔偿,却没有说明,引起商户的不满。

记者:那你们有没有问过镇上的政府工作人员,就说让你们搬到哪儿去呢?

商户1:问过了。他说不管你搬到什么地方,我们不管。

商户4:他们不管这些,就是说这是政府行为,叫你们搬就搬。

商户5:这是我们的营业执照,是工商部门发给我们的营业执照,有效期是2014年8月17号。现在政府要我们搬就搬,我们搬到什么地方?

……

商户6:装修、买设备花了10多万,我去年为了保住这家店我花了10多万,整栋楼都租下来,跟那个房东签了5年的合同,钱也是付了。你说现在我怎么办呢?

……

商户7:我们在一个星期以前进了20吨货,全部是贷款进的。我们这些损失谁来赔?损失太大了。

商户4:我家有15万以上,其他有百万、有几十万的。我们一家老小就靠这个店维持生活,就像一个饭碗一样,你们把饭碗给我们端了、踢了,我们在哪里生活?

同时,记者也隐蔽拍摄下了执法队干扰正常营业、强行扣留商户财物的种种细节,充分暴露出部分干部法制意识淡薄,工作方式简单粗暴,暴力强拆,态度恶劣。

袁仁涛(贵州省仁怀市茅台镇副镇长):打乱老子的规划,拖延我们好长的时间了,要求你们5月3日,今天已经5月9日了。

商户7:你们又没有通知我们开过会。

执法队:来,大家动手,大家动手。

袁仁涛:你不要影响我的执法,影响了我执法,所有我们的行政成本肯定都算在你的头上,你还跟我讲。我跟你讲,再次跟你打招呼,再来影响,涉及犯法的马上带走。

节目中随着对"事实"一步步揭露的叙述过程,让观众在边看边思索的过程中潜移默化地接受媒体暗含的观点和态度,最终达到舆论监督的目的。

3. "述"和"评"相结合

电视新闻评论节目是一种生动、立体、主动介入式的传播,节目中不仅仅是对事实的展现,还需加强"评"的分量,加大"说理"的力度。"评",要"评"到点子上,"评"到关键处。对新闻事实必须要有自己的真知灼见,思想观点必须有自己的个性。它的魅力正在于对观点思想的深刻挖掘和表达,点到痛处,击中要害,启发人们的思考,以获得真正的思想与观点。

《茅台镇上的强迁之痛》采用演播室主持和现场采访相结合的结构方式,使报道有着落,评论有依据,述与评相互支持,相得益彰。

从结构看,节目分为"三部曲":主持人引题——记者现场追踪采访——主持人总结。很显然,第二部分记者对当事人、相关人的现场采访是节目的重头戏,占有很大比重。正是通过现场采访这一方式,把与问题相关的事实层层揭开,逐渐接近真相,从而深层次揭示内幕和本质。在这种节目形态中,"说话"的主体不是记者也不是主持人,而是事件的当事人、被采访对象。在节目第一部分和第三部分,主持人的引题和总结,对事件进行了精辟的概述和点评,最终用意还是在于启发人们的思考,以获得真正的思想与观点。这种评论方式使得报道更加客观真实,观众更容易接受。

节目播出后,当地政府及时改正了错误,重新安排了工作计划,给要搬迁的商户们合理的补偿安置,并在协商的基础上,将搬迁计划延长至一年,从而解决了众多商户们的切身之困,这应该是本期节目最让人欣慰的社会效果。

四、作品鉴赏

公交让座 "让"与"坐"

【导视】

(电影《搜索》片段)

说你呢,墨镜姐姐,让你给老人让个座。你别装作听不见啊。我让你给身边的老人让个座,要坐坐这里。

你们可都听见了啊,他调戏我。

这是前不久刚刚上映的电影《搜索》。因为没给一位老大爷让座,片中的主人翁以及牵连其中数人的命运,被彻底改变。

(电影同期声 一组网络帖子):这次肯定是独家,不让座这事肯定能成为热点。

这样的热点与争议,也正在城市空间、你我的身边上演。公交让座,"让"与"坐",《新闻解码》马上播出。

(演播室)

主持人:追踪新闻事件,详说当下热点,大家好,欢迎收看《新闻解码》。让座,这是一个表达礼让、体贴和理解的词,但实际上在我们的现实生活中,这其实是拆开的两个字,代表了当事的双方和两种行为。而在一个非常局部的环境中,两种行为带来的除了沟通、走近之外,还可能带来什么呢?摩擦。就像刚才的电影短片,主人翁没有给公交车上的老人让座,结果被人用手机拍摄并上传,引发了市民愤慨和人肉搜索。这样的摩擦也在我们生活中频频上演,公交让座,网络上传,道德评判,并且有从道德层面向法律层面演变的趋势,先来看前不久发生在我们身边的两件事。

VCR:一组重庆女生不让座被网民骂的帖子(用电影的剪辑手法,用电影音乐)。

【新闻内容】

这是一份点击量超过5万的帖子。8月15号,一名网友以《大家一起人肉这个女人》为题在某论坛发帖:"自己乘坐从北碚到沙坪坝的公交车时,一位妇女抱着小孩上车没有位置,这女的看着就看着,完全不当回事,在远祖桥下站的,什么人啊?"

【新闻内容】

有意思的是,从发帖日到昨天记者再次打开网页时,发现照片已经删除,但这并不影响点击量的飙升,已经超过了5万。回帖中,不少网民做出了指责。"要是有急刹车之类的意外,可能让宝宝受伤,不让座的就是间接凶手。""给抱孩子的让座是起码的道德底线!"发帖者也回应称:"当时白衣女孩就坐在抱小孩妇女的正前方,售票员提醒了三次,请大家为抱小孩的乘客让座。面对提醒,白衣女孩依然无动于衷,发帖只是泄恨而已。"但也有人质疑发帖者的动机。有网友表示,谴责不让座的行为是可以的,但不应公布女孩的照片。还有网友认为,也许这个女孩身体有恙,不让座也可以理解。

【新闻内容】

而就在这场风波逐渐平息之际,一名女子拿狗占座的新闻又一次刺激了公众的神经。这是8月30号,一位市民用手机拍摄的照片。这位姓刘的市民说,当时乘客很多,不少人都站着。一位60多岁的老太太,看到女子旁边有个空座,就想坐下来,但对方却称,自己是用狗帮朋友占的座位,而且买了车票,绝对不让。两人便在车上吵了起来。

【采访】

刘先生:当时她说是有人,她和那个老太婆两个在吵架,说老实话,她把人家老太婆吵得不堪入耳,骂人家。

【新闻内容】

就这样,那名女子和宠物狗一直坐到终点站,刘先生也没有见到她口中的朋友出现。

【采访】

刘先生:我觉得这种行为,确实很气愤,客车是坐人的,一个狗儿,小狗儿你可以抱在身上,但是你不应该来占个位置。

【新闻内容】

同样,这名女子的照片和视频也被发到了网上。与此前白衣女孩不让座,有网民觉得可能另有隐情相比,这次,网络上发出的却是一边倒的呵斥之声,不少网民倡议,要把这名女子的姓名、住址等信息全部搜索出来,发布在网络上。

【采访】

市民:我觉得应该发到网上去谴责,谴责她这个事情做得差,做得不对。

【采访】

市民:狗没有资格占座,你带宠物上车,狗就放在座位边上或者座位下面就可以了。

(演播室)

主持人:今天我们请到的嘉宾是西南政法大学教授程德安,和我们一起来关注这个话题。让座是一把文明的标尺,是我们一直呼吁的美德,但是我们会认为这是一件非常平常的事,不过在现实生活中我们也确实看到不让座的情况也有发生,所以今天我们把它放在"让"与"坐"的双方、两种不同的行为方式下来讨论这个话题。这事儿您怎么看?

嘉宾:我觉得让座是发自内心的美德,它是一种自觉的行为,但是如果强迫对方让座,那实际上是一种暴力行为。

主持人:不让座的行为确实在网络上引起了热议,而且大家更多地表达的是愤怒,我看到几乎每一页帖子上面都会有"人肉(搜索)"这样的词出现。还有一个非常关键的一方,就是被礼让的一方,被让座的一方。我们看到其实在网络上他们的感谢帖好像也不太多。这是大家关注点不一样吗?

嘉宾:我觉得大家出发点不一样,我们觉得让座是自然的事,不让座才是不正常的事,所以说我们很容易把不正常的事特别地加以放大。不让座的人为什么这么容易被媒体加以关注呢?由于新媒体的发酵作用,很多网民就会跟风,但我觉得在新闻价值判断上不应该把眼光仅仅盯在该让不该让这个问题上,实际上我们可以往深度上更多地考虑,为什么老年人和孕妇乘车的时候有限的资源这么少,如何在增加投入公共交通资源方面,我们政府能做更多的工作,而不是说仅限在一两个没有让座的问题上。

主持人:而且对某一个人施加这样的关注度,整个人生经历的一个曝光,实际上也是对他的一种伤害。

嘉宾:这是非常大的伤害,这实际上已经涉及法律问题了,那么实际上就侵犯了当事人的隐私。因为你在网上曝光这些东西,引起了一种围观,那么网民们由于缺乏判断,这样一来,如果网民们一旦盲从,就会形成对不让座者的网络围攻,这对当事人来说是极为不公平的。

主持人:所以说这是一种暴力

嘉宾:是一种暴力,是一种软暴力。

主持人:如果说这是一种软暴力倾向的话,那么接下来几位就是干脆对不让座者报以老拳,施以暴力,我们接着往下看。

【新闻内容】

(一组报纸标题)8月23日,杭州一小伙不让座被打五耳光。8月25日,兰州小伙不给老人让座被打。8月26日,长春小伙没给中年妇女让座被扇耳光。同一天在济南,一小伙也因没给带孩子的妇女让座被打了一耳光。

【同期声】

打我干嘛,我打你干嘛,声音那么响,你听不见吗?孩子在这站着,两次差点摔倒,你不知道吗?

你踩我几次我都没有说。

我踩你我扇你都是轻的。

【新闻内容】

8月26号晚上8点左右,在济南公交车115路上,一位带着小女孩的妈妈给了一位不让座小伙一巴掌。通过当时的监控视频我们看到,公交车行驶中这对母女一直站着,司机按了几次提示器让大家让个座位,可是没有人响应。一位坐在老幼病残孕专座上的小伙一直无动于衷,孩子的妈妈似乎有点不高兴,一巴掌扇在了小伙子的脸上。

【同期声】

我扇你，我替你妈扇的你。

我无语。

你无语？你就应该无语。

【新闻内容】

同样无语的还有杭州K192公交车上的这位年轻人。浙江《青年时报》报道说，小伙被扇了五个耳光后，一声不吭，呆坐在位子上，鼻血流个不停。

【电话采访】

《青年时报》记者周淳淳：小伙子应该不是杭州本地人，包括他的一些穿着、一些打扮来看，就像是从外地或者是刚刚到杭州来找工作，或者是找到工作正在打工的人。

【新闻内容】

8月23号，这名记者在微博上发现了杭州刘先生发的这张照片，并说自己刚才在公交车上看到一幕很惊心。原来这位刘先生是和打人的夫妻一块儿上车的。

【电话采访】

《青年时报》记者周淳淳：丈夫个子不高，但是看起来很壮，很魁梧。妻子扎了个马尾辫，手里面抱着几个月大的孩子。

【新闻内容】

当时公交车的司机也注意到了这对夫妇，还专门按了车上的提示语提醒大家让座。

【同期声】

请给有需要的乘客让座，谢谢。

【采访】

杭州公交车司机李鹏飞：车子里面有一个后视镜，我看他抱着小孩一直站在那里。我就回头喊了一句，大家相互照顾一下，抱小孩的站不稳，摔着了不好办。

【电话采访】

《青年时报》记者周淳淳：到了下一站，后排有人下车，抱着孩子的妻子找座位坐上，丈夫仍然站在原来的地方对着这个小伙子。小伙子再抬头跟丈夫对上眼之后，就惹到对方不高兴了，丈夫就抡手朝小伙的脸上扇过去，丈夫第一个耳光下去的时候，那个小伙子戴着的红框眼镜就直接飞出去了，等到第二个耳光再打下去的时候，小伙子鼻血就唰地流下来了。

【新闻内容】

突如其来的一幕把车上的乘客都惊呆了，车厢一片安静，也没有人阻止。直到这对夫妻两站之后下车，才有一位老奶奶走过去递给被打者几张纸巾。

【电话采访】

《青年时报》记者周淳淳：刘先生说小伙子一看就知道很内向的那种性格，包括老奶奶后来递给他纸巾他才说了声谢谢，一直也没有跟旁人有交流。

【新闻内容】

后来，这位不让座者流着血、握着自己被打断的眼镜一直默默地坐到了终点站。这样的场面让目睹了事件整个过程的刘先生极为震惊。

【电话采访】

《青年时报》记者周淳淳：当时刘先生说小伙子这样子的行为很可能就是他身体有不舒

服的地方,或者是已经很疲倦了,也不是说故意不让的,可能身体的原因没有让座。

【新闻内容】

在电影《搜索》中,公众最后才知道那位不让座的"墨镜姐"是因为得了绝症心情沮丧。而现实中的这几位被打的不让座者随后也曝出了不为人知的原因,8月26日,在长春公交车上,因没给中年女子让座被打的小伙,被同车乘客发现竟是走路一瘸一拐的残疾人。济南那位被孩子母亲打的年轻人,也告诉公交车司机当天喝了点酒,有点头晕。我们无法证明,这就是水落石出的真相。但是,不让座者就该和耳光挂钩吗?

【同期声】

电影《搜索》片段:

从暴出她在公共汽车上不让座到今天她的生命结束,你有什么想说的吗?

【字幕】

我想通过这部影片表达:不得以"正义之名"伤害个人,宽容才能够使人冷静判断是非曲直。

——《搜索》导演陈凯歌

(演播室)

主持人:这一件件事都发生在8月,可能是炎热的天气让暴力升温。所以有人评价说你让不让座是一个关于道德层面的问题,但打人肯定就是一个法律层面的问题。对此程教授你怎么看?

嘉宾:打人肯定是法律问题了,对人家造成了人身的伤害,我觉得为什么有打人这个事件发生,也就是说打人者其实对自己的妻子被别人让座,他有着过高的期待,但实际在乘坐汽车、公共交通车的过程中,让和不让的情况是很复杂的,比如说电影里的女主角,她实际上那天心情很糟,得知自己得癌症了,心情不好;还有的人连续工作五六个小时,好不容易坐在座位上,甚至头都没有抬,看不见;还有被打的那个男孩,他实际上身有残疾。这些情况实际上从这个人的身体外在上来讲我们判断不出他不应该让,而我们觉得他应该让,这个实际上判断是很复杂的,你比方说妇女、上了年纪的老人,那么还有儿童,这三种人我们好判断,但是身心疲惫的人,遇到麻烦事的人,这个我们就很难判断出来了。那么我们说用暴力来打这个不让座者,实际上他就缺乏有效的沟通。也许这个打人者可能每次乘坐公共交通车的时候,他都给老弱病残、需要帮助的人让座了,但这次自己的妻子需要帮助的时候却没有人给他让,他可能心里是非常恼怒的。

主持人:但从另外一方面讲,打人就在一定程度上说明了道德水平的高低。

嘉宾:对,是这样的。我们觉得让座是一个善意之举,我们可以要求、希望,但不能苛求。

主持人:那么我们倡导为他人让座,希望摒弃暴力,怎么样用更文明的方式呢?我们来看看重庆綦江一位84岁老人的做法,当然,这样的做法同样引出了很多争议。

【同期声】

你让我坐座,这个精神很好。

【新闻内容】

这位正在给乘客发红包的老人叫代正兴,今年已经84岁高龄,出门坐车,到县城里取报纸、买东西,遇到给他让座的人,他都会出掏出一个红包表示感谢。代正兴说,让座送红包他已经坚持了两年多。红包里装了两样东西,感谢卡和两元钱,每张卡上的字都是相同的:"你高风格让座和帮助,感谢您!"至于红包里的两元钱,他觉得是帮让座人出的乘车费。

【采访】

代正兴:人家坐得好好的位置,我去坐起,人家起来站起,我十分过意不去。所以我想了这个办法,发个书面的感谢卡,给他结车费。

【新闻内容】

代正兴给让座者送红包的事,周围几个村的人都知道。三个月前,同村人董多田在车上给代正兴让座。但当时代老身上没钱了。十多天后,董多田在村里碰到了代正兴,老人却从身上掏出个红包给他,说是上次让座应该补的。

【采访】

董多田:我都不好说得,年纪轻轻让个座位,还得个红包,我不好说得,不要,他非要给我。

【新闻内容】

至今董多田还留着红包。

【采访】

董多田:等孩子长大了,就拿给他看,这是某某老一代做好事,年轻人长大了就要向他学习。我的想法就是这样,所以没甩那个红包。

【新闻内容】

代正兴说,他也注意到最近因让不让座引发的争执,特别是不让座者被人扇耳光的事情让他觉得很痛心。

【采访】

代正兴:为了让座,强行别人(让座)我认为这是错误的。我认为我这个是比较文明,他们得到这个红包后也启发他们,也提醒他们,特别是一些青少年,他看到我拿(红包感谢卡)后,主动让座的这种还多,比原来还多点,我感觉(对人)有感化。

(演播室)

主持人:这事争论在哪儿呢? 正方觉得这是对让座行为的肯定与褒奖,反方觉得这使得让座染上了金钱色彩,是让座,还是买座、卖座呢? 因为大家可能觉得你让座是一种价值理性,是一种内心的(行为),是无价的,但是给红包好像就给这种爱心行为明码标价了。

嘉宾:明码标价我觉得谈不上,因为这个老大爷给的这个金钱,区区只有两块钱,我觉得怎么看待他这个感谢呢? 发感谢卡和给两块钱这个举动呢,我觉得更应该看是什么样的人,在做出这种期待。老大爷代表了成千上万的老人,他用一种期待,期待着和他同类的老人登上公交车以后,有更多的人关注他们。老人在乘坐公共交通车的时候,他们是一个非常特殊的群体,一个妇女,就是怀孕的妇女,还有就是老人,这两种人是最容易引起公交车上道德争议的两个群体。那么我觉得对我的父母,现在是八十多了,那么在他们五六十岁的时候,跟我乘坐公共交通车的时候,我并没有感觉他们腿脚不灵,甚至有时没人给他让,我觉得他可以站住。但他过了七十五以后,有的时候打的打不上,跟我乘坐公共交通车的时候,我特别有这种期待。为什么? 我能感觉到他已经步履蹒跚了,我觉得很多年轻人没有给老人让座,实际上年轻人没有到那个年龄段。

主持人:他没有感同身受,他可能就没有这样的爱心冲动?

嘉宾:对,他没有这种感受。我觉得老大爷这个举动实际上是一个整体的呼唤,对于让座美德的一种整体的呼唤,所以说区区两块钱我觉得和金钱不能挂上。

主持人: 所以片子里边很有意思,有个村民董多田他就说他要把两块钱这个红包留下来,给自己的孩子们看,所以这种爱心是需要传代的。

嘉宾: 是要传代的,因为实际上也提醒我们的政府、我们的公交服务人员,要更多地关注这个群体。

主持人: 节目的最后还想给大家分享一位观众给我讲过的一件事。说一次上公交,有位学生给老人让了座,过了几站,这个老人站了起来,让学生来坐。学生问,您到站了吗?老人说,也别累坏了你,你看你还背这么个大书包。确实,挤公交的哪个都不轻松,背着大书包的学生、早出晚归为生计奔波的上班族……如果大家都像学生与老人那样相互理解和体贴的话,"让"与"坐"的尴尬、争执乃至暴力就一定会少一些,朴素、温暖、宽厚的城市文明也一定会多一些。好的,感谢程教授的参与,也感谢电视机前的您收看本期《新闻解码》,下期同一时间我们再会。

(重庆卫视《新闻解码》2012年9月14日)

阅读思考

　　这期《新闻解码》节目荣获第二十三届中国新闻奖二等奖,节目以谈话的方式展开对公交车让座问题的谈论和评析。节目以电影《搜索》片段作为片头,引出重庆新近发生的两起由公交车让座所引发的热议事件,由此探讨以软暴力的方式谴责不让座者的行为是否恰当;进而结合杭州、山东、辽宁等地对不让座者饱以老拳、施以暴力等事件,探讨对于不让座者到底该持怎样的态度;最后以重庆綦江82岁老人为让座者发红包,倡导大家让座为落脚点,体现出媒体正确的舆论导向。

　　节目邀请的嘉宾为西南政法大学教授,主持人与嘉宾在节目中并没有单纯分析暴力让座背后的情理、法理困境,而是从"让"与"坐"的双方、两种行为方式进行多维度探讨,言论客观、中立,观点新颖独到,具有很强的思辨性。

　　试分析:主持人在这个节目中的作用是怎样的?节目在"平民化"、互动性上有怎样的体现?结合《茅台镇上的强迁之痛》和《公交让座"让"与"坐"》这两篇作品,思考电视新闻评论节目"用事实说话"与"用观点说话"有何区别?

第十九章 网络新闻报道

一、文体概说

网络新闻是指综合运用文字、图片、图像、音响、动画等手段，借助网络平台和网络发布技术对新近发生的事实所进行的报道。它是通过网络发布并传播的新闻报道。

随着互联网的蓬勃发展，互联网跻身新闻媒体业已是不争的事实。受众在感受和赏析网络新闻时，依据的评判标准也是新闻的"实时性"和"真实性"两大方面，可是由于严格意义上的传统媒体般的"把关人"的缺失，网络新闻的真实性不断受到质疑。但网络新闻的特点是反映迅捷、更新速度快、表现形式丰富、便于互动等，这是传统媒体新闻生产无法比拟的。例如，网络的超文本特性导致表现手法多样化，使新闻呈现出更丰富、更新颖、更契合受众快速信息需求的阅读形态。所谓超文本，指的是两个方面：一是指信息的形式可以以多媒体的形式存在；二是指通过超链接，使信息之间产生丰富的聚合联系。网络新闻在运用超文本链接方式写作时，往往采用将材料分层的做法，把最关键的信息作为第一层次写作（骨干层次），而相关详细信息则作为第二层次或第三层次提供（枝叶层次）。即用一个骨架的方式描述对象，而有关的细节分别用超链接给出，读者可以根据自己的需要决定进入哪一个方面或者某个层次进行细节阅读。

同时，随着互联网技术日新月异的发展，网络新闻的写作主体等不断发生改变，提出了一系列新的新闻研究课题。如微博客平台的成熟和普及，极大地推动了"公民记者"和自媒体的出现，过去掌握在少数传者手上的新闻采写权、话语权，开始逐步实现全体网民共享，网络新闻也开始成为传统媒体重点关注的新闻源。

具体而言，网络新闻报道根据来源可以分为两种类型：复制（转载）新闻和原创新闻，其中复制（转载）类新闻占绝大多数，新闻网站采取和传统媒体签订授权协议的方式，转载纸媒新闻。网络原创新闻不仅数量少，而且其写作方式、表达特征如何更好地契合网民心理特性、阅读习惯，还处于摸索阶段，而它正是我们分析的重点。广而言之，随着近年移动互联网和智能手机的发展，类似"今日头条"APP这种资讯类客户端，以基于数据化挖掘的信息推荐引擎推送的信息，有学者认为其不同于简单的转载新闻，存在"二次创作"和侵犯著作权之嫌，在社会上引发了不少争议。本章所指的网络新闻不含移动互联网新闻。

网络传播的特性，使新闻报道走向解构，新闻报道的体裁特征逐步淡化，表达方式不断融合,文本样式千姿百态。网络原创新闻表现新闻的手段与传统新闻不同,它是一种新的结构、新的文体,现在这种结构和文体还只是"小荷才露尖尖角"。随着网络原创写作的进一步实践,网络新闻会创造出一种全新的样式。

二、个案评析

◇ **原文**

温家宝总理记者招待会花絮(图)

3月18日上午十一届全国人大一次会议闭幕后,国务院总理温家宝在人民大会堂三楼中央大厅与采访十一届全国人大一次会议的中外记者见面并回答记者提出的问题。图为记者招待会现场。新华网陈竞超摄(图略——编者注,下同)

3月18日上午十一届全国人大一次会议闭幕后,国务院总理温家宝在人民大会堂三楼中央大厅与采访十一届全国人大一次会议的中外记者见面并回答记者提出的问题。新华网、中国政府网对此次记者招待会进行文字、图片、视频实时报道。

18日上午8时,距离总理记者招待会开始的时间还有两个半小时,当记者来到记者招待会现场,发现前六排的座位已经都被早到记者占据。据现场工作人员介绍,7:30开始放记者,两会新闻中心、发言人办公室的有关工作人员7:40摆好了桌签。8时零3分,有工作人员走上主席台试麦克。发布会现场的五盏顶灯只开了两盏,灯光比较昏暗。[2008-03-18 08:13:52]

早8时许,人大大会堂三层金色大厅已是人头攒动。"预留"、"此座已有人"、"请勿随意占座"等各种字样的手写或打印字条几乎占据了所有座位。众多媒体记者不时为了座位友好地磋商。[2008-03-18 08:16:50]

8点刚过,金色大厅内已经"座无虚席",记者们采取了各种方式提前"占座",用来占座的"工具"有笔记本、手提包、报纸、写着"有人"的白纸等。稍微晚到一点的记者仍在焦急地到处寻觅座位。[2008-03-18 08:17:28]

8点刚过,总理记者会会场金色大厅里已经上演一场大学时代的上早自习的常见场景:占座。只见会场各排座位上摆放着各种物品,还有人生怕外国记者不认得中文,特意用白纸打印出中英文"预留(reserved)"。有记者笑言,区区一个小座位,折射出国际媒体大舞台。[2008-03-18 08:18:50]

总理记者招待会现场花团锦簇,记者注意到,在主席台前摆放了杜鹃、蜈蚣草、百合竹,还有金灿灿的金桔。当记者问及摆放金桔的用意时,工作人员说,是为了突出"果实累累"的寓意。[2008-03-18 08:23:13]

距离总理记者招待会的时间还很长,在会场内的各媒体开始"相互采访"。俄罗斯国际文传电讯社北京分社社长柯舍夫告诉新华社记者,中国政府对俄中关系发展的贡献非常大,现在俄中经贸关系发展非常快。柯舍夫很希望自己能得到向中国总理提问的机会。[2008-03-18 08:29:34]

主席台正中的位置前摆满了百合花,面对主席台,从左到右的桌签依次为:何绍仁、姜恩柱、张德江、李克强、温家宝、翻译、回良玉、王岐山、刘建超。在会场的北侧,依次为中央人民广播电台、中国人大网、中国网、人民网、新华网、中国政府网、央视国际、中央电视台,有关工作人员已经就位。招待会后排有三组供摄影记者使用的临时架子,居中较好的位置已经全部被早到的记者占据,正中屏风前的架子的最高层上,一名外国摄影记者正在不停地试镜头。8:29,会场的灯光打亮,各媒体记者忙碌的身影更加清晰。[2008-03-18 08:31:31]

澳亚卫视摄像记者告诉新华社记者,去年他参加完大会闭幕式才来到总理记者招待会会场,结果发现"为时太晚矣"。今年他不到5点半就到大会堂门口排队,总算占到了一个很满意的机位。[2008-03-18 08:33:04]

到18日上午8时30分,人民大会堂三楼金色大厅记者席已是"座无虚席",一位来自香港商报的记者因为找不到座位显得很着急。他说刚拿到请柬就跑过来,但发现还是来晚了。[2008-03-18 08:34:25]

总理记者招待会的会场已布置完毕。主席台前摆满了早晨刚刚运到的鲜花。与往年类似,总理面前摆放的是粉色的百合和橘黄色、粉色的玫瑰,它们在翠绿的巴西木和嫩绿的黄莺的映衬下,显得格外娇嫩。[2008-03-18 08:38:45]

距离总理记者招待会还有一段时间,媒体记者已经陆续来到金色大厅。新华网、中国政府网直播人员已经在现场准备就绪。[2008-03-18 08:46:35]

图为央视主持人王小丫在招待会现场。新华网陈竞超摄

不少摄像记者已经架设好摄像机,正在调试机位。摄影记者们也早早架起镜头,抢占有利位置。有一些记者在招待会主席台前拍照留念,有的则与坐在旁边的同行交流。[2008-03-18 08:53:08]

总理记者招待会吸引了大批媒体的关注,不少境内媒体8点前就已提前占据有利地形,许多境外媒体记者也早早出现在招待会现场。打印着"预留"字样的白纸、电脑包、手提包、大衣……会场中间较好的位置已经基本被各类可用来占座的东西占满了。[2008-03-18 08:57:09]

快到9点,又有一批记者进入会场。看到大多数座位已被占据,记者们纷纷寻找着场内的熟人。"嗨,有座位吗?匀兄弟一个?""抱歉,我们也是僧多粥少啊,这次帮不了忙了。"记者们仍然为了有利地形执着寻找着。[2008-03-18 09:00:38]

在"开放程度空前"的两会闭幕前,总理记者招待会成为中外媒体竞技的最后一块阵地。一早同行见面,"你提问吗?"已经成为招呼用语。英国《卫报》记者说,中国总理每年一次的记者招待会让各国媒体都很重视。他说"我想提问"。[2008-03-18 09:03:34]

新华网、人民网、中国政府网、中国人大网等网站工作人员已全部就绪,新华网已开始现场的花絮直播。为了向场外网民全方位呈现招待会的盛况,新华社派出十余名记者分布场内四周,采写花絮。[2008-03-18 09:05:39]

图为吴小莉在招待会现场。新华网郭毅摄

在场不少媒体记者都抓住机会交流本次参会心得。一个最主要的话题是:中国的两会越来越受关注,两会期间的各种发布会都是"满座"、"超员"。占座越来越难,抢独家新闻也越来越难。[2008-03-18 09:16:08]

温家宝总理两会期间举行记者招待会已经是第六次,一些多次参加两会采访的记者彼此间已经熟识。然而,在2008年总理记者会上,"老"记者们感慨颇多的却是新面孔多过老面孔。一位常驻北京的加拿大记者环顾四周后说,原来总理记者会上的洋面孔屈指可数,现在多到自己都认不得了。[2008-03-18 09:17:00]

由于离记者招待会还有一段时间,一些提前入场占座的记者因没吃早饭,在落定之后,便拿出自带的食物轻松地开始补充能量。[2008-03-18 09:18:10]

"能不能给我们行业报纸一些提问的机会呀?"早早赶到金色大厅的中国煤炭报记者李春霞一见到全国人大新闻局负责人何绍仁就赶紧说。这位已经多次上两会的行业媒体记者,手中拿着报纸,上面有来自煤炭行业的全国人大代表向大会提交的"建议"。她说,作为煤炭行业的媒体工作者,自己最想向总理提问的是政府将采取什么措施保障煤炭企业的权益和进一步改善煤炭工人的工作和生活环境。"今年南方发生的雨雪灾害使得很多大的煤炭企业遭受不小损失,我手里拿的就是煤炭企业代表的建议,他们希望能通过记者手中的笔反映一下情况。"李春霞说。[2008-03-18 09:19:41]

7点20分就进入会场的台湾无线卫星电视台记者仇佩芬,是多年参加两会报道的"老记",她在后排选择好座位后告诉记者,今年她最大的感受就是大会对境外记者的服务越来越好了。"今年我提的很多采访申请基本上都满足了,这令我很开心。"[2008-03-18 09:24:52]

9时38分,总理记者招待会还没有开始,记者发现,今年采访两会的外国记者中,不少人都能说一口流利的汉语。坐在记者身边的吉米欧来自于英国金融时报,据他介绍,他可以用中文写稿。现场的不少外文记者除了和自己同事交流时用外文之外,和工作人员交流、同中国记者交流基本都能用中文。[2008-03-18 09:49:07]

距离记者招待会开始还有半个多小时,各项准备工作已经做得差不多的记者们开始拿主席台做背景忙着"拍照留念"。当香港凤凰卫视女主播吴小莉出现时,很多媒体记者将她围起来又是采访,又是拍照,脾气甚好的吴小莉几乎成了"拍照摆设",很多现场记者和工作人员争相与她合影留念。[2008-03-18 09:50:06]

中央电视台主持人王小丫现场采访了凤凰卫视主持人吴小莉,问她在这次总理记者招待会上准备提哪些方面的问题。引得现场不少媒体记者把镜头对准了她们。[2008-03-18 09:56:07]

全国人大新闻局局长何绍仁宣布,记者招待会会在10时15分准时开始。他希望大家保持会场秩序。[2008-03-18 10:10:12]

相关链接
温家宝18日10时15分将会见中外记者(2008-3-18 10:12:28)
金色大厅华灯初启 媒体大战"即将上演"(2008-3-18 10:06:05)
大会表决通过关于政府工作报告的决议(2008-3-18 9:55:30)
大会表决通过2007年计划报告与2008年计划决议(2008-3-18 9:55:07)

(红网 2008年3月18日)

◇ **点评文章**

即时滚动:网络新闻强大的冲击力
——试析《温家宝总理记者招待会花絮》

2008年3月,每年一度的"两会"召开,媒体云集,而总理记者招待会更是媒体关注的焦点。该则新闻以网络新闻最突出的"即时滚动"式播出,发现了招待会前现场一些精彩的镜头。虽只是一些花絮,但是其具备了网络新闻的基本特征。

1. 实现了新闻的连续发布

传统媒体新闻,以单篇的静态报道为上,新闻文本讲求完整、独立。而网络以滚动式多篇报道为上,其新闻文本形式从整体上来说,表现为一种连续状态。因而,网络新闻没有传统新闻的那种刻板式的结构,追求的是一种千姿百态的随意性。

网络对一件新闻事实的报道,往往随着事件的发展,采取进行式,表现形式上也就呈现一种连续状态。这篇网络新闻主要是写温家宝总理记者招待会前的一些场景和小故事,如"中外记者巧妙占座""主席台前摆放金桔""会场内各媒体的相互采访""王小丫现场采访吴小莉"等信息,从其形式和内容来说,每一个小故事都是一个单篇,但是因为整体上的这种连续状态,使各单篇从内容到形式都失去了独立性和完整性,而成为整体报道的一个有机部分。

新华网曾把网络新闻的这种连续写作形态描述为这么几个步骤:事件发生或得知的第一时间,发快讯;随后,详细报道,多篇报道,以超文本的方式展开;接下来,附上背景资料和相关报道;最后,对此事件的评论。

2. 提高了新闻时效

报纸的传播,受出版与发行时间的限制与制约极大,日报通常以"天"为单位。广播号称时效性先锋,但依然受到播出时段、顺序的制约。网络媒体的新闻可以轻易地做到随时发布,并及时滚动式发布各种新闻消息,在报道突发事件时,这个优势尤其明显。

在文中,我们看到每一个小单篇的后面都附有时间,这个时间不是以日为单位,而是以秒为单位。这种精确到秒的计时方式无不证明网络新闻在时效性上确实是一个极大的突破。

正是在此意义上,有人认为,新闻播发由"TNT"(今日消息今日报道)发展为"NNN"(现时新闻现时报道)。这种时效性的增强,无疑影响到新闻写作观念和手法的变化。

3. 增加了新闻信息容量

网络媒体具有不受任何限制的"广容性",它对新闻和信息量的包容是无限的。

报纸版面历来有"寸土寸金"之说,广播电视又有所谓"黄金时段"和24小时的限制,但是网络媒体则无此顾虑,它既不受空间版面的限制,又不受时间的限制。这篇新闻从[2008-03-18 08:13:52]到[2008-03-18 10:10:12]这样一个不到两个小时的时间段内,却连续发布了25条单篇花絮,纸媒上是不可能提供这样的版面来实现的。

此外,传统媒体的报道,多是就事报事,一般对一件事一次只做一篇单独报道。网络媒体一改传统媒体线性叙事的习惯,采用超链接的方式将无限丰富的材料立体式地发布,最终形成"新闻报道群"。所谓报道群,就是就一个新闻事件而同时产生多篇不同类型的报道和相关资料,也称"1+N"模式。如在这篇作品的文末出现的"相关链接",读者可根据自己的兴趣所在,点击进入,看到相关条目的详细内容。目前网络新闻的链接形式可谓多种多样,除了本文的"文末链接",还有"文中链接",进入这些链接,可以将新闻报道的相关背景资料调出。可以说,网络媒体的这种"海纳百川"的气势无人能敌。

4. 完美了新闻可视效果

网络媒体传播手段的多媒体化,实现了文字、图片、声音、图像等报道效果的有机结合。全文的标题"温家宝总理记者招待会花絮(图)"提示受众,这是一则图文共赏的视觉新闻,吸引受众从新闻专题中点击链接标题进入文章内容,这也是由网络媒体的特殊性决定的。文章内容实现了文字和图片的实时报道。除了文字信息,还配发了"王小丫""吴小莉"等当红名记的图片,实现了图文并茂,抓住了网友的眼球。

目前的网络新闻写作朝着文字、图片、视频实时报道的趋势发展,提倡写"感觉新闻",强调"五种感觉",即视觉、听觉、触觉、味觉、嗅觉,把新闻做得可读、可听、可视,比传统媒体新闻更加丰富饱满、更加精彩。

网络新闻在一定程度上已经对传统媒体新闻写作和文体产生了影响,而网络新闻写作本身也存在着极大的可塑性,随着原创网络新闻写作的不断摸索、实践,网络新闻必将找寻到其个性的写作规律。

三、作品鉴赏

简讯:中国艺术体操队历史性地夺得首枚奥运奖牌

在24日结束的奥运会艺术体操比赛上,中国艺体姑娘发挥出色,以35.225分历史性地夺得集体全能银牌,这也是中国艺术体操的首枚奥运会奖牌。

俄罗斯队以35.550分夺得金牌,再次包揽奥运会艺术体操两金。白俄罗斯队以34.900分夺得铜牌。

北京奥运会艺术体操项目设个人全能和集体全能两枚金牌。俄罗斯选手卡纳耶娃已经夺得个人全能金牌。此前,中国艺术体操的历史最好成绩是亚特兰大奥运会的第五名。

(新华网2008年8月24日)

快讯:鸟巢现场大屏幕回忆08奥运精彩瞬间

在进行了16天的激烈争夺之后,本届北京奥运会将在今天落下帷幕。今晚8时,奥运会闭幕式在"鸟巢"举行。鸟巢现场大屏幕回忆08奥运精彩瞬间。

(腾讯网2008年8月24日)

快讯:北京奥运会圣火缓缓熄灭

带着太多的留恋与不舍,北京奥运会的圣火缓缓熄灭,运动员手中的画卷也慢慢地合拢。场地中巨大的高塔幻化为熊熊燃烧的圣火,凝聚着人类拼搏、追求、共筑友谊的崇高精神,北京奥运会的圣火将永远燃烧在我们心中。

闭幕式上,几名外国运动员登上标有北京奥运会会徽的飞机舷梯,在进入机舱前,他们从背包上拿出了一幅画轴,徐徐打开。"鸟巢"顶上的碗边显示屏幕上,展现出从8月8日至8月24日,北京奥运会每一天的精彩瞬间。画面展示至8月24日时,画轴合拢,主火炬塔上的火焰也同时熄灭。

这一创意同开幕式相呼应。北京奥运会主火炬塔圣火点燃,是以中国的奥运英雄李宁在国家体育场"鸟巢"顶端的碗边,以空中飞人的方式,奔跑在碗边上徐徐展开的在全球进行火炬传递的精彩画面组成的画卷上,奔跑至北京、奔跑至"鸟巢",点燃了"祥云"图案打造的主火炬塔。这一方式令人震撼。

(人民网2008年8月24日)

北京奥运会闭幕式现场报道

记者常烨报道:鸟巢场内播放着奥运歌曲,照明灯已经都打开,观众席上来了差不多一半。看台一共有6层,我们坐在西南侧一层,抬头就能看到对面燃烧着的主火炬。[2008-08-24 18:52:08]

记者常烨报道:仪式前演出开始了,福娃上场了,五个福娃都出来了。场内还有一些身穿银色服装的演员,在有节奏地挥舞双臂、拍手。[2008-08-24 18:55:17]

记者常烨报道:场上说话主持的好像是陈佩斯,只是距离太远,有些看不清。场内五个福娃左右摇摆着,转圈,很可爱。[2008-08-24 18:57:27]

记者常烨报道:场地中间有一男一女两名歌手在唱歌,二三十名演员热情起舞,五个福娃也跟着跳舞,胖乎乎地摆动,很好玩。现在,福娃和舞蹈演员撤场,十几个骑单车的演员出场了。[2008-08-24 19:02:06]

记者常烨报道:现在两名演员骑着单车在原地快速转圈,然后,十几名演员都起来了表演单车。单车演员表演"叠罗汉",一个单车上从下到上依次有三个人,一个演员站在另一个骑单车的演员肩上,然后行进中跳到后面另一个骑单车的演员身上。[2008-08-24 19:03:15]

新华网报道:闭幕式仪式前表演以福娃为主要形象,分别以独特的方式向观众献上来自北京的祝福。这段表演用幽默诙谐的戏剧性表演作为贯穿线,结合杂技、演唱、舞蹈等多种艺术表现形式,将闭幕式演出前的现场装台工作与精心设计的表演,自然而巧妙地融为一体。[2008-08-24 19:07:49]

记者常烨报道:现在感觉观众一下多了起来,看台上基本上都坐满了。大家不停地扇着手中橙色的扇子。扇子是组织方提供的。[2008-08-24 19:11:17]

记者常烨报道:每个观众都有一个组织方发的袋子,里面有一个拨浪鼓,一个塑料火炬,带有电池,一按开关就能亮,还有一个橙色的扇子,一个小国旗,一个小五环旗。[2008-08-24 19:15:47]

新华网报道:在举世瞩目的第29届奥林匹克运动会上,中国体育健儿肩负祖国和人民的殷切期望、怀着为国争光的强烈信念,顽强拼搏,奋勇争先,取得了51枚金牌、21枚银牌、28枚铜牌的优异成绩,位居金牌榜第1位,创造了中国体育代表团参加奥运会以来的最好成绩,实现了重大历史性突破,书写了中国体育事业发展的新篇章,为把北京奥运会办成一届有特色、高水平的奥运会作出了重大贡献。[2008-08-24 19:18:49]

记者常烨报道:几个演员骑车绕场,车上竖着个风车架,有十几个五颜六色的风车都在转。场地中央也有二三十个演员在跳舞,一些人手持着风车。[2008-08-24 19:19:49]

新华网报道:中共中央、国务院在致第29届奥林匹克运动会中国体育代表团的贺信中写道:党中央、国务院向为祖国和人民赢得巨大荣耀的中国体育代表团,致以热烈的祝贺,表示亲切的慰问![2008-08-24 19:22:23]

新华网报道:希望中国体育代表团发扬优良传统,认真总结经验,戒骄戒躁,再接再厉,不断为祖国和人民赢得更大荣耀,为推动我国体育事业向前发展,为弘扬奥林匹克精神和促进国际奥林匹克运动,为夺取全面建设小康社会新胜利、开创中国特色社会主义事业新局面再立新功![2008-08-24 19:22:36]

新华网报道：罗格在24日上午举行的新闻发布会上说，北京奥组委一直把满足运动员的需要放在首位，奥运村和比赛场馆都堪称一流，过去16天里整个组织工作运转非常顺利，国际奥委会感到非常满意。他说："显而易见，中国已经把标杆提得非常高了。这对伦敦来说是个极大的挑战。但我坚信，也希望，伦敦能够把水准提得更高，这样我们的奥运会就能够一届比一届办得好。"[2008-08-24 19:22:49]

记者常烨报道：天色已经完全暗下来了，场内灯光四射，气氛热烈。主火炬的熊熊火焰格外醒目。四周看台上闪光灯不断闪烁，观众们在纷纷留影，记下这精彩一刻。[2008-08-24 19:23:28]

新华网报道：中国拳击选手和艺术体操队的历史性突破，帮助中国体育代表团在北京奥运会上取得历史最好成绩。中国军团51枚金牌、100枚奖牌的成绩，让奥运会出现中美领衔的新格局。这样，中国、美国、俄罗斯仍然成为金牌榜前三名，但北京奥运会的格局已经成为中美领衔。俄罗斯比第二名的美国少13金，比第四名的英国多4金，成为第二集团领头羊。[2008-08-24 19:26:01]

新华网报道：北京奥运会共有55个代表团获得金牌，有87个代表团获得奖牌，获得奖牌的代表团是历届奥运会最多的。蒙古、多哥、阿富汗、塔吉克斯坦等代表团，在北京奥运会上首次获得金牌或奖牌。此外，本届奥运会共打破了43项世界纪录。[2008-08-24 19:26:13]

新华网报道：北京奥运会还见证了两位传奇巨星的诞生：美国游泳运动员菲尔普斯独得8金并打破7项世界纪录，在两届奥运会夺取14枚金牌的成绩，让他成为获得奥运金牌最多的运动员；牙买加短跑运动员博尔特在男子100米、200米、4×100米比赛中全部夺冠，并全部打破世界纪录，不但前无古人恐怕也将后无来者。[2008-08-24 19:26:26]

新华网报道：为表彰我国女运动员在北京2008奥林匹克运动会上取得的骄人成绩，全国妇联决定，授予在第29届奥运会上获得金牌的陈燮霞等女运动员、中国女子体操队等单位全国三八红旗手、全国三八红旗集体荣誉称号。[2008-08-24 19:27:40]

新华网报道：全国妇联在表彰决定中指出，我国女运动员在北京2008奥运会上表现出的不畏强手、迎难而上的顽强斗志，精湛的运动技艺和良好的体育道德，再一次展示了新时期中国妇女自强不息、勇攀高峰的精神风貌，极大地激发了包括亿万妇女在内的全国人民的民族自信心和自豪感。[2008-08-24 19:28:45]

新华网报道：全国妇联号召各族各界妇女向受表彰的巾帼体育健儿学习，学习她们胸怀祖国、无私奉献的崇高境界，学习她们坚忍不拔、顽强拼搏的坚强意志，学习她们不断进取、追求卓越的优秀品质，弘扬"自尊、自信、自立、自强"的精神，在夺取全面建设小康社会新胜利的伟大实践中创造新业绩、树立新风尚，争做时代新女性。[2008-08-24 19:29:03]

新华网报道：中国的羽毛球女单卫冕冠军张宁将担任闭幕式上中国体育代表团旗手。[2008-08-24 19:34:01]

新华网报道：北京奥运会闭幕式8月24日结束后，有中国"空中国门"之称的北京首都国际机场将迎来奥运大家庭成员离港高峰、残奥大家庭成员到港小高峰。据首都机场运行指挥中心预测，8月25日首都机场抵达高峰单日人数达4794人，离港高峰单日人数将超过8000人。[2008-08-24 19:38:24]

新华网报道：首都机场股份公司有关负责人介绍说，为了做好双高峰的迎送工作，首都

第十九章 网络新闻报道

机场团队一方面合理安排人力继续做好奥运大家庭成员离港工作;一方面加强残奥会志愿者岗前强化培训。机场团队在5、6月份对所有残奥会志愿者进行技能培训的基础上,8月份对残奥会志愿者再次进行了强化培训,内容包括机场服务礼仪、航站楼消防疏散、边检、海关、检疫和口岸签证等知识。这位负责人表示,残奥会举办期间,在首都机场服务的志愿者共有1300名,其中,600多名为奥运会赛时志愿者复用,他们将成为机场志愿服务的骨干力量。[2008-08-24 19:38:43]

记者常烨报道:主持人出现在场内,一共四位,有吴大维、李佳明、杨澜、周涛。在主持人引导下,全场观众欢呼着挥舞手中道具,舞起红色的火炬,很是壮观。[2008-08-24 19:42:41]

新华网报道:中国残联理事长、北京奥组委副主席汤小泉24日在北京国际新闻中心接受中外记者采访时表示,目前北京残奥会各场馆的固定无障碍设施均达到了国家规范要求,其中,国家体育场等5个场馆已达到国际水平。[2008-08-24 19:45:20]

新华网报道:"切实加大无障碍设施和环境建设的力度,全面推进重点景区、宾馆、饭店、银行等公共服务设施无障碍建设工作。"据汤小泉介绍,残奥会赛时将开设16条公交专线,投入400辆无障碍公交车供赛会使用,8条轨道交通线123个车站都至少有一个出入口能满足轮椅乘客从地面到站台的出行需求,新增42部爬楼车和109部升降平台,还组建了我国第一支无障碍出租车队,长城、故宫等重要景点已实现通行无障碍。[2008-08-24 19:47:30]

新华网报道:另外,残奥会的22个定点医院、16家残奥会签约酒店根据实际要求实施了无障碍改造,奥组委出版了无障碍指南等出版物,启用了无线助听和视频手语翻译软件。[2008-08-24 19:48:17]

新华网报道:汤小泉表示,目前,有残奥任务的各个场馆团队都已经进行了赛前模拟测试演练,有针对性地测试了场馆无障碍设施、运行组织、转换期计划以及对各类残疾人客户群体的特殊服务等工作。[2008-08-24 19:51:01]

新华网报道:据了解,北京残奥会竞赛场馆共20个、独立训练场馆6个,全部利用奥运会的比赛和训练场馆,主要分布在奥林匹克中心区和大学区内,各场馆都制定了相应的场馆详细运行设计和转换期工作计划方案。[2008-08-24 19:51:14]

新华网报道:在来自世界各地的运动健将不停刷新奥运会纪录的同时,2008年北京奥运会的全球电视收视规模也打破了历届奥运会的纪录。[2008-08-24 19:51:26]

新华网报道:根据全球知名媒介和资讯集团尼尔森在全球38个国家和地区所收集的数据表明,在2008北京奥运会的前十天,全球收看北京奥运会的观众已经达到44亿人,约为全球人口的三分之二。根据目前统计数据,至8月17日为止,北京奥运会的收视规模已经远远超过了2000年悉尼奥运会的36亿观众和2004年雅典奥运会的39亿观众,创下了奥运会电视史上的新纪录。[2008-08-24 19:51:34]

新华网报道:尼尔森公司预计,本届奥运会的收视规模在激烈的各项奥运会决赛和众人期盼的闭幕式的推动下,将会再创新高。[2008-08-24 19:51:46]

新华网报道:如果让国际奥委会主席罗格讲述一则故事,北京奥运会什么最让他感动?24日闭幕式前几小时召开的新闻发布会上,罗格竟然告诉记者们,最让他感动的是将金牌噩梦般"射飞"的美国枪手马特·埃蒙斯。[2008-08-24 19:51:56]

新华网报道:罗格说:"对于一名奥运会选手来说,这个过程非常痛苦。他的妻子赢得奥运会首金的时候,我看见他们拥抱的场面,那是温馨的一刻。然后噩梦来了,他又一次领先,距离金牌非常近,他的手搭住扳机,只要打进7环,就将成为奥运冠军,然而他扣下了扳机,却只命中4.4环。"[2008-08-24 19:52:04]

新华网报道:罗格这样解释这个故事之于他的感动:"最让我感动的是他的态度,他说,这是一个巨大的失败,我承担责任,但我还会回来,去赢得那枚金牌。他的故事讲述的是,奥运会不仅仅是赢的过程,也是每一个运动员每天向自己的极限挑战的过程。"[2008-08-24 19:52:13]

新华网报道:埃蒙斯的故事之外,罗格还想讲述有关"手足"情谊的故事:"如果让我讲一则北京奥运会的故事,我会讲发生在乔治亚和俄罗斯运动员之间的一个场景。那时距离双方发生暴力冲突才两天,他们的运动员却一起站在了奥运会的领奖台上、拥抱彼此,我觉得这所体现的体育精神和友谊真正令人动容。"[2008-08-24 19:52:24]

新华网报道:从奥运会的圣火在北京夜空中绽放的那一刻起,16天里,我们享受了奥林匹克运动带来的无数奇迹与无尽的惊喜。当神圣的奥林匹克会旗与鲜艳的五星红旗一同高高飘扬,13亿中国人一同用真诚与热情为奥林匹克运动点燃了灿烂的中国红。[2008-08-24 19:53:43]

新华网报道:今晚,奥运的北京将再次为奥林匹克运动书写崭新的历史,书写快乐的回忆,书写最美的祝福。朋友们,让我们携手并肩,一起走完这段珍贵的北京奥运时间,让我们再一次用最美的笑容和热烈的掌声为北京的奥运故事画上完美的句点。从奥运会的圣火在北京夜空中绽放的那一刻起,16天里,我们享受了奥林匹克运动带来的无数奇迹与无尽的惊喜。[2008-08-24 19:53:58]

记者常烨报道:军乐队已经入场,在南侧做好了准备。场上热情的观众欢呼声此起彼伏,大家都在激动地等待着。[2008-08-24 19:54:19]

新华网报道:当神圣的奥林匹克会旗与鲜艳的五星红旗一同高高飘扬,13亿中国人一同用真诚与热情为奥林匹克运动点燃了灿烂的中国红。今晚,奥运的北京将再次为奥林匹克运动书写崭新的历史,书写快乐的回忆,书写最美的祝福。

朋友们,让我们携手并肩,一起走完这段珍贵的北京奥运时间,让我们再一次用最美的笑容和热烈的掌声为北京的奥运故事画上完美的句点。[2008-08-24 19:54:23]

新华网报道:(全场掌声雷动,手持着彩旗的观众激情地挥舞着。)[2008-08-24 19:54:38]

新华网报道:(鸟巢响起欢快的迎宾曲)[2008-08-24 19:54:46]

新华网报道:出席闭幕式的党和国家领导人有:胡锦涛、江泽民、吴邦国、温家宝、贾庆林、李长春、习近平、李克强、贺国强、周永康、王刚、王兆国、王岐山、回良玉、刘淇、刘云山、刘延东、李源潮、张高丽、张德江、徐才厚、郭伯雄、薄熙来、尉健行、李岚清、吴官正、罗干、何勇、令计划、王沪宁。[2008-08-24 19:54:59]

新华网报道:出席闭幕式的还有国际奥委会主席雅克·罗格,终身名誉主席萨马兰奇以及来自各国的贵宾。[2008-08-24 19:57:06]

新华网报道:燃放焰火,全场开始倒计时。[2008-08-24 20:00:05]

现场主持人:女士们、先生们,欢迎中华人民共和国主席胡锦涛先生、国际奥委会主席雅克·罗格先生。[2008-08-24 20:01:02]

新华网报道：(胡锦涛主席和罗格先生站起来向观众挥手致意。)[2008-08-24 20:01:13]

现场主持人：女士们、先生们，请起立，升中华人民共和国国旗，唱中华人民共和国国歌。[2008-08-24 20:01:34]

新华网报道：(全场高唱中华人民共和国国歌，鲜艳的五星红旗在鸟巢冉冉升起。)[2008-08-24 20:02:08]

新华网报道：全场收光，南北两侧大屏幕播放闭幕式主题阐述短片。短片回顾了2008北京奥运会的精彩瞬间。隆重而热烈的盛典即将开始。[2008-08-24 20:03:02]

新华网报道：闭幕式表演《相聚》开始。200名鼓阵表演者在中心仪式表演台层层台阶上呈环状排列，仰天舞动击鼓。两面巨大的天鼓从南北两端上空飞来，洪亮的鼓声由天边传来。[2008-08-24 20:04:30]

新华网报道：鼓声寓意着庆典的开始，人们在震撼天宇的鼓声召唤下汇聚一堂，相聚在奥林匹克五环旗下，这又将是一次欢乐的相聚、友谊的相聚。[2008-08-24 20:04:39]

新华网报道：天鼓鼓手在奇幻的光效中以独特的造型击鼓。天鼓在广场中心上空汇集，缓缓向中心仪式表演台落下，在距表演台上方约5米处悬停。天地之鼓交相辉映。[2008-08-24 20:06:39]

新华网报道：柔美清脆的银铃闪动着璀璨的光辉，如同万点繁星洒落人间，灿烂的北京的夜色点亮着这个不眠的夜晚。[2008-08-24 20:06:46]

新华网报道：银铃象征光明、吉祥，阵阵铃声如清泉般流淌，优美的旋律激荡起欢腾的庆典热潮。[2008-08-24 20:06:54]

新华网报道：满场熠熠闪动的光华，让这个告别之夜，充满神奇的梦幻色彩，空气里荡漾着难舍的声音与眷恋的深情。[2008-08-24 20:07:00]

新华网报道：1148名银铃舞者在鼓声的召唤下，汇聚在中心仪式表演台周围，载歌载舞迎接天鼓。隆重而热烈的盛典即将开始。[2008-08-24 20:07:26]

新华网报道：第一节文艺表演《相聚》开始，这节表演时间为13分钟，将把现场欢乐氛围推向高潮。激昂的鼓声召唤人们相聚在奥林匹克五环旗下，柔美清脆的银铃闪动着璀璨的光辉，点亮我们心中的梦想。优美的旋律激荡起欢腾的庆典热潮，满场熠熠闪动的光华将欢乐的氛围推向高潮。神奇梦幻、五彩缤纷的表演传达出共同的梦想与激情。这是欢乐的相聚，这是友谊的相聚，这是五环旗下的相聚。[2008-08-24 20:07:31]

新华网报道：来源于中国少数民族银饰，象征着光明与吉祥。闪烁的光芒如同万点繁星飞落人间，点亮内心的梦想。阵阵铃声如同流水般奔腾，激荡起欢腾的庆典热潮。梦幻浪漫的银铃与热烈阳刚的鼓阵既形成了奇妙的对比与反差，又产生了和谐的融合与呼应。[2008-08-24 20:07:53]

新华网报道：当场上灯光压暗，在优美的音乐声中，银铃舞者在场中舞蹈行进，数十万个铃铛闪现如璀璨星河般夺目的光辉。银铃舞者的服装设计借鉴中国传统民族服装样式，以简约、时尚的现代设计理念营造浪漫、奇幻的视觉效果。在表演者头部、肩部、腰间、手腕、脚腕及裙边装饰有1000余个闪光的铃铛，具有渐变效果的金色云纹布满全身。[2008-08-24 20:08:02]

新华网报道：《相聚·迎宾》开始。中心仪式表演台上，天鼓与银铃舞者在动感韵律中交相呼应,开始了迎宾的庆典。场地四周涌入8辆造型各异的欢庆鼓车。鼓车上下是以各种独特的击鼓方式表演的鼓手们。歌声和鼓声交织,热烈而富于动感。8架旋转飞杆摆荡跨越。[2008-08-24 20:10:32]

新华网报道:"欢庆鼓车"以中国少数民族中各式鼓及典型民族纹样作为创意元素,以现代造型语言将精彩的传统视觉元素解构、重组,创造出造型独特多变、具有现代金属风格、与表演完美结合的"多功能视觉移动表演平台"。8辆鼓车长约10米、宽约5米、高约3.6米,车上安装有投影及鼓风设备,可随表演神奇地吹起白色风帆,帆上是美丽的纹样。表演者或仰,或坐,或悬吊于车上,以各种高难度姿态击鼓。伴随击鼓,鼓车和鼓身发出绚丽的光彩。[2008-08-24 20:10:41]

新华网报道:"旋转飞杆"以中国少数民族代表性竞技体育项目"打磨秋"作为创意元素,以现代简约化的设计理念营造神奇、浪漫的视觉效果。"旋转飞杆"车身长8米、宽1.8米、高2米,飞杆最大上扬可达6米。表演者身穿红色发光紧身衣,悬挂于飞杆末端,伴随优美的音乐,腾空而起……当场上灯光压暗,发光的红色人体在空中做着各种体育造型,宛如本届奥运会的标志——舞动的"红色小京人",时而在空中奔跑,时而在空中飞翔,向观众们展现着火一样的运动激情,展现着"更快、更高、更强"的奥林匹克精神。[2008-08-24 20:10:50]

新华网报道:60辆光速飞轮流动穿梭,200名弹跳飞人奔腾翻转。银铃舞者变化成条条放射的波浪线,穿梭环绕,与8辆欢庆鼓车共同形成4条载歌载舞的迎宾通道。[2008-08-24 20:10:59]

新华网报道:在中国传统文化庆典仪式中,鼓具有极为鲜明的象征意义。鼓声寓意着庆典的开始,人们在鼓声的召唤下汇聚一堂,以隆重的仪式化表演传达出共同的梦想与激情。[2008-08-24 20:13:25]

新华网报道:"弹跳飞人"借鉴现代极限体育项目,运用"弹跳鞋",在空中进行高难度的翻转、跳跃等姿态展现。"弹跳飞人"服装配合整场主题氛围,通体发光。在奇幻的音乐中,"弹跳飞人"起身跳跃,在空中划出一道道优美的光彩,展现运动的激情与美感。空中流星般飞腾的发光人、场内飞旋穿梭的神奇光环,形象地传达出"更快、更高、更强"的奥林匹克精神。[2008-08-24 20:13:33]

记者常烨报道:空中飞人、飞鼓令人震撼,观众不时发出尖叫。[2008-08-24 20:14:06]

记者常烨报道:第一个节目结束,观众报以热烈掌声。[2008-08-24 20:15:52]

现场主持人:女士们、先生们,欢迎参加第29届奥林匹克运动会204个代表团旗帜入场。[2008-08-24 20:16:16]

新华网报道:(本届奥运会各代表团旗帜入场。)[2008-08-24 20:16:33]

记者常烨报道:全场观众不停地挥动着橙色扇子,欢迎参加第29届奥林匹克运动会204个代表团旗帜入场。[2008-08-24 20:18:30]

新华网报道:(参加第29届奥林匹克运动会204个代表团旗帜环绕在鸟巢体育场中央)[2008-08-24 20:23:34]

现场主持人:女士们、先生们,欢迎参加第29届奥林匹克运动会的运动员入场。[2008-08-24 20:23:50]

新华网报道:(本届奥运会运动员入场)[2008-08-24 20:24:06]

第十九章 网络新闻报道

新华网报道:北京奥运会的赛场上来自204个国家的1万多名运动员在短短16天时间里,用精湛的技术、顽强拼搏的精神,为全世界观众奉献了一场场精彩的比赛。[2008-08-24 20:24:18]

新华网报道:这是一次创造奇迹、超越梦想的奥运会,本届奥运会共打破了38项世界纪录、85项奥运会纪录。许多代表团实现了金牌、奖牌历史性的突破。[2008-08-24 20:24:25]

新华网报道:中国代表团历史上首次跃居金牌榜首位,一项项优异的成绩、一个个辉煌的瞬间让人类骄傲,让世界沸腾![2008-08-24 20:24:33]

新华网报道:在这里,我们要对所有运动员说声祝福。"北京祝福你们,13亿中国人民祝福你们,祝你们在自己的竞技征程上力争超越与突破,祝你们在未来的运动赛场上继续收获荣耀与辉煌。"[2008-08-24 20:25:04]

记者常烨报道:场内乐曲激昂,拉拉队员挥舞彩带热烈欢迎运动员入场,一片欢腾景象。[2008-08-24 20:25:15]

新华网报道:(各国、地区的运动员兴高采烈地入场,当电视镜头拍他们的时候,他们兴奋地在镜头前打出各种庆祝的手势。)[2008-08-24 20:28:30]

新华网报道:观众挥舞着小旗和进场的运动员互动,交相辉映,鸟巢成了欢聚的海洋、欢乐的海洋。[2008-08-24 20:35:16]

新华网报道:为运动员颁发奖牌的是国际奥委会主席雅克·罗格先生,来自比利时。与他一起为运动员颁奖的是国际田联主席拉明·亚克(音)先生。[2008-08-24 20:39:35]

新华网报道:本届奥运会男子马拉松比赛前三名颁奖仪式在闭幕式上举行。获得前三名的运动员分别是:肯尼亚选手卡马乌,摩洛哥的贾·加里普,埃塞俄比亚的特·凯比蒂。冠军卡马乌的成绩是2小时6分32秒,打破了奥运会纪录。亚军贾·加里普的成绩是2小时7分16秒,第三名特·凯比蒂的成绩是2小时10分。[2008-08-24 20:40:22]

新华网报道:铜牌获得者是埃塞俄比亚运动员,银牌获得者是摩洛哥运动员,金牌获得者是肯尼亚运动员。[2008-08-24 20:40:45]

现场主持人:女士们、先生们,请起立,奏肯尼亚国歌![2008-08-24 20:41:13]

现场主持人:女士们、先生们,让我们向奥林匹克获奖运动员致敬,并表示热烈的祝贺![2008-08-24 20:41:48]

新华网报道:为了纪念希腊波斯战争(公元前492年至前449年)期间马拉松之战(公元前490年)的胜利,表彰因传达胜利消息而牺牲的英雄斐迪庇第斯的功绩,1896年,雅典人在第1届奥林匹克运动会上,规定了一个新的竞赛项目——马拉松赛跑。距离根据当年斐迪庇第斯经过的路线确定为全程40公里又200米。[2008-08-24 20:42:10]

新华网报道:1908年第4届奥运会在伦敦举行时,为方便英国王室成员观看马拉松赛,特意将起点设在温莎宫的阳台下,终点设在奥林匹克运动场内。起点到终点的距离为26英里385码,折合成42.195公里。国际田联后来将该距离确定为马拉松赛跑的标准距离。女子马拉松开展较晚,1984年才被列入第23届奥运会。[2008-08-24 20:42:24]

现场主持人:女士们、先生们,欢迎北京2008年奥运会志愿者代表入场![2008-08-24 20:42:43]

新华网报道:北京奥运会期间,7万多名赛会志愿者在61个工作领域2940多个岗位提供服务;40万城市志愿者在城市和场馆周边550个城市志愿服务站点提供信息咨询、语言翻

译、应急救助等服务;100万社会志愿者在北京市社区乡镇提供各类志愿服务。[2008-08-24 20:42:58]

新华网报道:志愿者热情、真诚、良好的服务,受到了服务对象的高度评价。志愿者的微笑,是北京最好的名片。接受献花的12名志愿者,代表了服务于北京奥运会的7万多名赛会志愿者、40万城市志愿者和上百万社会志愿者。[2008-08-24 20:43:04]

现场主持人:女士们、先生们,欢迎新当选的国际奥林匹克运动员委员会新委员入场。[2008-08-24 20:43:54]

现场主持人:韩国跆拳道运动员文大成、俄罗斯退役游泳名将波波夫、德国女子重剑选手博克尔。现在,他们代表全体运动员向北京2008年奥运会志愿者代表鲜花,感谢他们的辛勤付出![2008-08-24 20:45:54]

新华网报道:1999年12月,在洛桑为期两天的会议之后,国际奥委会通过了重大的变更议案,以确保组织更加开放、反应更迅速、更加负责。50项改革包括增加15位现役运动员为国际奥委会正式委员。他们应由其他运动员选举产生。这项议案通过鼓掌表决被批准。这是现役运动员作为运动员委员会的成员,首次成为国际奥委会的委员。[2008-08-24 20:46:09]

新华网报道:国际奥委会新当选的4名运动员委员会委员分别是雅典奥运会跆拳道冠军、韩国的文大成,俄罗斯退役游泳名将波波夫,德国女子重剑选手博克尔,古巴女排队员小路易斯。他们是在8月21日当选为国际奥委会运动员委员会委员,任期8年,并自动成为国际奥委会委员。[2008-08-24 20:46:10]

现场主持人:让我们再次以热烈掌声感谢北京2008年奥运会的志愿者们。[2008-08-24 20:52:41]

现场主持人:女士们、先生们,请起立,升希腊国旗,奏希腊国歌![2008-08-24 20:52:47]

现场主持人:女士们、先生们,女士们、先生们,欢迎北京奥组委主席刘淇和国际奥林匹克委员会主席罗格上场![2008-08-24 20:52:55]

刘淇:尊敬的胡锦涛主席和夫人,尊敬的罗格主席和夫人,尊敬的各位来宾,女士们、先生们、朋友们,第29届奥林匹克运动会已经胜利地完成了各项任务,在北京奥运会即将落下帷幕的时刻,我谨代表北京奥组委向国际奥委会、向各国际单项体育组织、各国家和地区奥委会,向所有为本届奥运会作出贡献的朋友们表示衷心的感谢![2008-08-24 20:53:07]

(新华网 2008年8月24日)

20:00奥运会闭幕式文字直播

人民奥运:一辆伦敦标志性的双层巴士开入场地,大巴上写着"London-beijing-London"。[21:10:18]

人民奥运:众多舞者模仿着穿梭在伦敦街头的行人,热情的舞蹈,展示着伦敦特有的魅力。[21:11:26]

人民奥运:一个小女孩手捧足球,漫步在场地之中。[21:12:27]

人民奥运:双层巴士变型成为一个舞台。[21:13:03]

人民奥运:著名乐队齐柏林飞艇的主音吉他手和英国最受欢迎的女歌手利昂娜·刘易

斯共同为现场观众表演英国特有的英式音乐。[21:15:37]

人民奥运：伦敦奥组委建立了100多个考察项目，并派驻官员来北京实习。伦敦奥组委的观摩团队访问了场馆，并了解交通、技术等一切幕后细节。伦敦将在10月召开会议，收集整理从北京奥组委、国际奥委会以及其他到北京观摩的官员那里收到的回馈信息。[21:16:10]

人民奥运：著名足球运动员贝克汉姆出现在舞台上，他将足球踢向人群！[21:17:30]

人民奥运：贝克汉姆是伦敦奥运会的形象大使。[21:18:08]

人民奥运：精彩的伦敦8分钟的文艺表演结束了。让我们开始期待2012年的到来！[21:18:39]

人民奥运：第二节 记忆[21:20:03]

人民奥运：时间定格，记忆浓缩，运动员慢慢打开手中的画卷。在本届奥运会激烈澎湃、辉煌荣耀的16天里，运动员为实现梦想而奋力拼搏的感染瞬间，在鸟巢上方缓缓铺陈开来，镌刻下北京2008这段永恒难忘的奥运记忆。[21:21:33]

人民奥运：两位舞者模仿人体雕塑翩翩起舞。[21:22:37]

人民奥运：雄壮的音乐声中，本届奥运会上每一天的一幕幕难忘的场景再次浮现在我们眼前。[21:23:10]

人民奥运：现场再次响起北京奥运会的主题曲《我和你》。[21:24:02]

人民奥运：带着太多的留恋与不舍，北京奥运会的圣火缓缓熄灭，运动员手中的画卷也慢慢地合拢。场地中巨大的高塔幻化为熊熊燃烧的圣火，凝聚着人类拼搏、追求、共铸友谊的崇高精神，北京奥运会的圣火将永远燃烧在我们心中。[19:08:45]

人民奥运：《记忆》是闭幕式文艺表演的亮点。通过全新的视觉影像空间与独具新意的人体表演形式，将北京奥运会期间的精彩瞬间神奇地呈现在全球观众的面前。[21:25:39]

人民奥运：场面上巨大的高塔幻化为熊熊燃烧的圣火，象征着北京奥运会的圣火永远燃烧在我们的心中。[21:26:23]

人民奥运：永不熄灭的奥运圣火，向全世界传达着人类追求更快、更高、更强的竞技理想。它不仅是人们对运动员不懈拼搏、不懈超越的精神比赛，也是人们对北京奥运会所有珍贵记忆的精彩诠释。[21:26:46]

人民奥运：舞蹈的人群组成一个"记忆之塔"幻化成永不熄灭的圣火。[21:28:11]

人民奥运：在告别圣火的动情时刻，由人体构建而成的"永不熄灭的奥运圣火"，向全世界传达人类追求"更快、更高、更强"的奥林匹克精神。它不仅是对本届奥运会运动员们不懈拼搏、不断超越的精神的崇高颂扬，也是人们对北京奥运会最珍贵记忆的精彩诠释。[21:28:56]

人民奥运：16条祥云纱沿着高塔缓缓升起，点燃此刻狂欢的激情。[21:30:41]

人民奥运：让我们以奥林匹克的名义，开始这场盛大的狂欢，用歌声送出来自中国北京的祝福，用舞蹈架起全世界友谊的彩桥，让我们把美好的记忆永远定格在2008年8月24日，这欢乐不眠的北京之夜。[21:31:07]

人民奥运：第三节 狂欢[21:31:19]

人民奥运：狂欢开始了，6名中外歌手走上舞台，放声高歌！[21:32:19]

人民奥运：北京奥运会圣火在北京国家体育场"鸟巢"的主火炬塔缓缓熄灭，这一圣火熄

灭的方式颇具诗意,以几名运动员卷起打开的画轴的方式熄灭8月8日开始燃烧的北京奥运会圣火。[21:33:31]

人民奥运:中心仪式表演台上,6名中外歌手联袂演唱充满激情、活力、动感的歌曲《北京,北京,我爱北京》。中心仪式表演台台阶上,8名打击乐手、64名女子二胡乐手随着激情的歌声共同表演。[21:34:01]

人民奥运:《北京,北京,我爱北京》介绍。作词:关喆,作曲:菊地圭介(日本),演唱:王力宏(美国)、RAIN(韩国)、谭晶、陈慧琳(中国香港)、韩雪、师鹏。[21:36:06]

人民奥运:几位民族唱法女歌手唱响《今夜月明》。[21:37:41]

人民奥运:多明戈和宋祖英放歌"鸟巢",他们演唱的是《爱的火焰》。[21:40:19]

人民奥运:本歌最大的亮点在于多明戈将使用中文演唱部分章节,而宋祖英将唱起英文。[21:42:19]

人民奥运:多明戈介绍:西班牙男高音歌唱家。1941年1月出生于西班牙首都马德里,1950年随父亲到墨西哥,学习钢琴和指挥,后又学声乐。1960年在《茶花女》中首次演唱男高音。1968年在美国纽约大都会歌剧院上演的歌剧《阿德里安娜·莱科夫露尔》中,他的演唱获得成功。1974年和1975年,他分别突破了威尔第歌剧中难度最高的两个男高音角色:《西西里晚祷》中的阿里戈和《奥赛罗》中的奥赛罗。[21:42:48]

人民奥运:20世纪90年代,多明戈主要是与帕瓦罗蒂、卡雷拉斯联袂演出。多明戈的演唱以抒情性见长,充满情感和戏剧性的征服力。[21:43:05]

人民奥运:宋祖英介绍:中国当代最具实力的青年歌唱家之一。女,苗族,1966年8月出生于湖南省古丈县。毕业于中央民族学院音乐舞蹈系,中国音乐学院民族声乐研究生班。1991年调入中国人民解放军海政歌舞团,国家一级演员。她多次获得各种声乐大赛金奖,曾随有关团体出访欧洲、澳大利亚、美国、加拿大及东南亚进行艺术交流。[21:43:18]

人民奥运:孙楠和韦唯走上舞台,演唱的是《超越》。[21:45:41]

人民奥运:在他们身后是50名青年歌手,齐声合唱。同时,75名空中特技演员身着发光飞翔服装做升降、旋转的空间表演。[21:47:28]

人民奥运:现在表演的是群星带来的歌曲《远方的客人请你留下来》。[21:49:30]

人民奥运:成龙、刘德华、周华健、莫文蔚、谢霆锋、容祖儿、孙燕姿、孙悦、汪峰、刘媛媛、白雪、冯瑞丽共同领唱。[21:50:38]

人民奥运:奥林匹克公园上空焰火助兴,为盛大的闭幕式增添了亮色。[21:52:10]

人民奥运:远方的朋友,请你留下来,让我们的欢聚再久一点。[21:54:05]

人民奥运:远方的朋友,请你留下来吧,让我们的告别再晚一点。[21:54:12]

人民奥运:回望征程相聚北京,2008年8月8日20点之后的每一分每一秒都值得我们细细品味,永久珍藏。[21:54:21]

人民奥运:16天的奥运历程,中国人民用满腔热情贡献了庄严承诺,实现了绿色奥运、科技奥运、人文奥运,让北京奥运会成为体育运动的盛会、和平的盛会、友谊的盛会。[21:54:34]

人民奥运:16天的奥运历程,各国的奥运健儿弘扬了奥林匹克精神,创造了奥运历史上一个又一个新的辉煌。[21:54:43]

人民奥运:人们会记住2008年的中国,记住充满生机与活力的北京和所有奥运协办城

第十九章 网络新闻报道

市的热情。[21:54:51]

人民奥运:人们会记住2008年,把同一个世界,同一个梦想照亮。[21:55:15]

人民奥运:不同国家地区、不同民族、不同文化的人们组成了团结友爱的奥林匹克大家庭,加深了了解,增进了友谊,让我们真诚地祝愿,奥林匹克运动不断发展。[21:55:51]

人民奥运:第二十九届北京奥运会正式落下了帷幕![21:56:34]

人民奥运:这是一届完美的盛会![21:58:00]

人民奥运:让我们牢牢记住这精彩纷呈的16天!牢牢记住让我们感动、铭记、遗憾、狂喜的每一个瞬间!让我们期待2012年奥运圣火的再次燃起!再见北京![21:59:59]

人民奥运:感谢您对于人民网奥运报道的持续关注!奥运会闭幕式的文字直播就为您进行到这里。感谢您的收看,朋友们,再见![22:01:29]

(人民网 2008年8月24日)

我国拟修正刑法　加大打击贪污贿赂犯罪力度

新华网快讯:正在审议的刑法修正案(七)草案将巨额财产来源不明罪行的最高刑期从5年提高到10年。

新华网8月25号报道　十一届全国人大常委会第四次会议25日至29日举行。对于会议将审议的刑法修正案(七)草案和保险法修订草案,业内人士表示,前者拟加大力度惩罚泄露证券交易内幕信息行为,后者拟拓宽保险资金运用范围。

业内人士称,本次刑法修改的重点是进一步加大对金融违法行为和贪污、贿赂等经济犯罪的打击力度。此外,走私罪、逃税罪、绑架罪、受贿罪等罪名也有调整。

专家介绍,截至目前,现行刑法主要通过六个修正案和九个立法解释的形式进行了修改和完善。1999年刑法第一个修正案在有关证券犯罪的条款中增加了期货犯罪的内容;第六修正案对金融机构工作人员、单位挪用客户资金、操纵证券市场等犯罪行为的有关规定做了大量修改。

参与保险法修订的南开大学风险管理与保险学系教授朱铭来介绍,保险法修订草案没有规定具体的投资形式和比例,只是对投资的总体范围进行明确,进一步拓宽了保险资金投资范围,比如可"买卖有价证券"和不动产投资等。

而现行保险法的规定是,保险公司的资金运用限于在银行存款、买卖政府债券、金融债券和国务院规定的其他资金运用形式。

此外,十一届全国人大常委会第四次会议将审议循环经济法草案、食品安全法草案、专利法修正案草案等法律案;审议国务院关于2007年中央决算的报告,审查和批准2007年中央决算;审议国务院关于2007年度中央预算执行和其他财政收支的审计工作报告;审议国务院关于今年以来国民经济和社会发展计划执行情况的报告等。

(新华网 2008年8月25日)

阅读思考

网络新闻最大的优势就是"快",这决定了网络原创新闻的主要形式就是简讯这一文体形式,如《中国艺术体操队历史性地夺得首枚奥运奖牌》《鸟巢现场大屏幕回忆08奥运精彩瞬间》这些都是第一时间的捷报,比其他传统媒体在时效性上占了上风。

我们还特意选登了2008年8月24日关于北京奥运会闭幕式的报道。新华网的《北京奥运会闭幕式现场报道》对闭幕式仪式正式开始前的准备场地和环境进行了现场报道,而人民网的《20:00奥运会闭幕式文字直播》则对闭幕式仪式现场进行了文字报道。二者均采用即时滚动的方式。

《我国拟修正刑法　加大打击贪污贿赂犯罪力度》为我们提供了一个网络新闻写作的一般范例和样本。网络新闻往往采用一种固定的格式来写作此类新闻,先于第一时间发简讯,然后通过资料的采集,综合发表相关的详细信息,最后构成一则完整的网络新闻。

后记

《优秀新闻作品选读》自第一版出版以来,至今整整五年了。非常感谢五年来给予我们大力支持和厚爱的读者,感谢华中科技大学出版社的领导以及编辑的关心和帮助,是你们的支持和鼓励促使了本书第二版的出版。编者综合教学反馈及同行的经验交流,修订了第一版当中的错漏和思虑不周之处,以期让读者有更多的收获。限于编者水平,不足之处敬请读者批评指正。

本书编写工作分工如下:第一章、第二章、第三章、第十七章、第十八章的第一节和第二节、第十九章由郑贵兰撰写;第四章、第五章、第六章、第七章、第十四章、第十五章由江西省新闻出版广电局的陈强撰写;第八章、第九章、第十一章、第十八章的第五节和第六节由柯小艳撰写;第十章、第十二章、第十三章、第十六章、第十八章的第三节和第四节由廖雪琴撰写。

本书在编写和出版的过程中,得到了南昌大学科技学院领导的关心和支持,在此,谨致诚挚的谢意。

编者于南昌大学科技学院
2014 年 3 月

图书在版编目(CIP)数据

优秀新闻作品选读/廖雪琴,郑贵兰主编. —2版. —武汉:华中科技大学出版社,2014.6 (2021.8 重印)
ISBN 978-7-5680-0172-4

Ⅰ.①优… Ⅱ.①廖… ②郑… Ⅲ.①新闻-作品集-中国-当代 Ⅳ.①I253

中国版本图书馆 CIP 数据核字(2014)第 135676 号

优秀新闻作品选读(第二版)

廖雪琴 郑贵兰 主编

策划编辑:肖海欧
责任编辑:殷 茵
封面设计:旻昊图文空间
责任校对:周 娟
责任监印:周治超
出版发行:华中科技大学出版社(中国·武汉)
　　　　　武昌喻家山　邮编:430074　电话:(027)81321913
录　排:华中科技大学惠友文印中心
印　刷:武汉科源印刷设计有限公司
开　本:787 mm×1092 mm　1/16
印　张:24.75　插页:2
字　数:615 千字
版　次:2009 年 8 月第 1 版　2021 年 8 月第 2 版第 5 次印刷
定　价:39.80 元

本书若有印装质量问题,请向出版社营销中心调换
全国免费服务热线:400-6679-118　竭诚为您服务
版权所有　侵权必究